U0513798

西北民族大学中华多民族文学遗产丛书

多洛肯 主编

# 地域文化背景下的
# 秦文学研究

延娟芹 著

上海古籍出版社

西北少数民族文学研究中心研究成果

西北民族大学中央高校基本科研业务费项目
（编号 31920170131）资助出版

# 序

赵逵夫

秦朝是短暂的,但秦国、秦民族历史悠久。所以,秦的郡县制和法治观念影响中国历史文化两千多年,不是没有原因的。由于秦人在统一全国的过程中对内实行法治,对外采用武力与分化政策,统一之后的十多年中完全致力于政治、经济、礼仪制度等各方面的统一,注意消除影响深度统一的各种因素,在文学方面没有留下多少值得称说的作品。但从其发展历史来看,也有一些值得重视的东西。尤其近些年大量秦简等地下文献的发现,更引起人们对秦文学的关注。

当年王国维在其《古史新证》中提出"二重证据法",强调将"地下发现之新材料"与"纸上之材料"互相释证。梁启超的视野则更为开阔,他在《中国历史研究法》中说:"得史料之途径,不外两种,一曰在文字记录以外者,二曰在文字记录者。"无论是传世文献还是新出土文献,其文字记载者归为一类,而将学人的眼光也引向对历史文化遗址、遗风、遗物及口传历史的关注。近些年一些学者在"二重证据法"基础上又相继提出多种形式的"三重证据法"或"多重证据法",大体也不出梁启超所言范围。

到目前为止,全国已经发现了多批秦简,有关秦人的考古遗存、文物也多有发现,这些新材料对我们重新认识秦人历史、解决秦文化研究中长期悬而未决的问题提供了最直接的证据。

秦人发祥于今甘肃南部。20世纪80年代,在甘肃礼县的大堡子山发现了秦先公先王陵墓群,出土了大量精美的礼器,其规模相当宏大。《史记·封禅书》中载:"秦襄公既侯,居西垂,自以为主少昊之神,作西畤,祀白帝。"《史记集解》引晋灼曰:"《汉注》在陇西西县人先祠山下。""陇西"指陇山以西,犹言"陇右"。西垂在今甘肃礼县、西和县北部,天水西南之地。西垂是秦人早期生活的重要都邑,在秦人发展史上起了重要作用,与后来的雍城、咸阳具有同样意义。

甘肃省对文化建设工作非常重视,于2012年提出建设"华夏文明传承创新区"的战略方针,其中大力推进早期秦文化的研究是这一战略的要素之一,这是符合事实的。

中国著名的民间故事——牛郎织女故事的产生,与秦人早期的生活经历以及他们对先祖的美好记忆有关。《史记·秦本纪》一开头就说:"秦之先,帝颛顼之苗裔孙曰女修。女修织,玄鸟陨卵,女修吞之,生子大业。"女修是秦人最早的女性始祖,以善"织"而彪炳史册。在《山海经》中两处写到周人的先祖叔均发明了牛耕,且被尊为"田祖"。织女星的命名与女修有关,牵牛星的命名则与周人的先祖叔均有关。女修解决了农耕人的穿衣问题,带动了农业社会中最重要的工艺副业和社会文明各方面的发展。由织女星和牵牛星演化而成的"牛郎织女"传说,是我国孕育时间最长、产生最早的民间传说,其题材反映了我国几千年"男耕女织"农业社会的特征,也体现了古代劳动人民追求婚姻自主、勤俭持家、忠贞爱情、反对门阀制度的主题;它也是我国四大民间传说中流传最广,影响最大的一个,一直传到日本、朝鲜和东南亚一带,而且由之形成"七夕节"。相关传说中的银河,就是秦人生活区域的汉水(西汉以前西汉水、东汉水是一条水,东汉水即沔水是汉水的一条重要支流,后由于汉水上游流至今略阳后水道淤塞,折而向南流入嘉陵江,遂成两条水,名沔水为东汉水)。银河在先秦时也叫"汉",或"云汉"

"天汉",汉代以后才开始叫"银汉""河汉""天河",后来又叫"银河"。天上的"汉"是秦人根据自己所居之地的汉水命名的。秦先民最早居于汉水上游,因而将晴天夜晚天空呈现的银白色光带名之为"汉",又将天汉边上最亮的一颗星命之为"织女"以纪念其始祖。天水之名也由此而来。周人早期生活于今甘肃东部庆阳一带,周人、秦人生活地域距离不远,秦人后来所居之地岐一带本为西周故地,形成周秦文化交融的契机。至今在甘肃陕西一带有许多牛郎织女传说遗存与风俗,如织女庙、牵牛墓、卧牛山等。陇东至今保存有一些十分看重牛的风俗,以及同牛有关的活动,如在正月初一有"出新牛"的风俗等。在我的老家甘肃西和县以及礼县一带,每年农历七月开头的七天都要举行隆重的乞巧活动。乞巧风俗随着牛郎织女传说由汉水流域传向全国,甚至传向国外,成了世界文化发展史上具有特殊意义的女儿节。目前,甘肃省已举办十届乞巧女儿节。2006 年西和县被中国民间文艺家协会命名为"中国乞巧文化之乡"。2008 年西和七夕节被国务院公布补收入第一批国家级非物质文化遗产保护名录。2014 年西和县被文化部命名为"中国民间文化艺术之乡"。2016 年,甘肃省乞巧文化研究会成立。

　　牛郎织女传说主要流传于民间,其早期如何演变,因史料较少,学界以前认识较为模糊。有的学者以为最早的文献记载是《诗经·小雅·大东》,因为该诗借牵牛星、织女星以讽刺周王室对东部诸侯国的剥削,把牵牛星、织女星看作有生命的人,并且同天汉联系起来。但《大东》一诗中毕竟未涉及与二者相联系的故事情节。一般认为牵牛织女的文献最早是《古诗十九首》中的《迢迢牵牛星》,该诗描写牵牛织女隔着河汉流泪悲伤的情景,确已反映了牛郎织女故事的基本情节。但从《诗经·大东》到《迢迢牵牛星》时间相隔将近一千年,这期间牛郎织女故事是如何演变的,不得而知,因而产生了种种错误的观点。

20 世纪 70 年代在湖北云梦睡虎地出土的秦简中,有两简明确提到牵牛织女。其一简文为:"牵牛以取织女,不果,三弃。"另一简文为:"牵牛以取织女,而不果。不出三岁,弃若亡。"显然,前一条中的"三弃"是"不出三岁,弃若亡(无)"的缩减或残缺,是言不到三年,织女弃家而去,家中如同没有她。可见,牵牛织女的传说故事在战国末年已基本形成(参拙文《由秦简〈日书〉看牛女传说在先秦时代的面貌》,《清华大学学报》2012 年第 4 期)。但还不能说这就是牛郎织女传说产生的时间上限。《诗经·秦风》中的《蒹葭》,诗中的抒情主人公想接近河对岸的另一个人,却总是无法接近。这首诗在解说上,两千多年来一直有分歧,但此诗成于秦襄公时的看法自《诗序》以来,没有分歧,而当时秦人尚居于今天水西南、礼县、西和北部之地。《蒹葭》应是牛郎织女传说在秦地早期传说的反映。在西周末年、春秋初期,牛郎织女传说在民间传播的突出例证便是《诗经·周南》中的《汉广》一诗。这首诗虽然也产生于汉水流域,但产生于汉水中游地带。诗中的"汉之游女",与《迢迢牵牛星》中的"河汉女"一样,也是指织女。由此可以看出早期秦国文学的传播情况。《汉广》和《蒹葭》这两诗都是牛郎织女传说的早期反映。可以说,这也就是秦文学的源头。

秦文化在其他方面的成就也不容忽视。

石刻文献是我国古代最重要的文献内容,它可以弥补正史和各种史学著作的缺漏,而且其中也有一些有价值的文学作品:人物传纪、散文、诗歌。而石刻碑铭最早是产生于秦地的。《穆天子传》中载周穆王"天子遂驱升于弇山,乃纪其迹于弇山之石"。郭璞注:"弇山,弇兹之山,日入所也。"弇兹之山一般写作崦嵫之山,古今各种史地之书和工具书都说在天水西南,正是指礼县、西和北部之地。这是古代文献中关于石刻的最早记载。史书所载可靠的最早石刻文献也是产于秦地的。秦地著名的石鼓文,十个鼓形圆石,每一个上面刻有四言诗一首,内容是歌颂秦国国君狩猎的盛况。

较早的石刻文献是战国时秦人的《诅楚文》，反映了秦楚对抗中秦人采取的宗教神灵手段。到了秦代，秦人的石刻文数量更多，秦始皇时的《封泰山碑》《峄山颂德碑》《琅邪台刻石》《之罘刻石》《碣石石刻》《之罘东观大篆》《稽山颂德碑》及秦二世的《二世诏文》等碑刻，不但成为后代碑铭的典范，更将石刻风气推向全国。

在发现的大量秦人器物中，有一件乐府钟，上铸"乐府"二字，说明秦代已经设有乐府机构，证明《汉书·艺文志》中言"自孝武立乐府而采歌谣"，是说的汉代建乐府的情况，历来学者误认为此为设乐府之始，形成延续两千多年的误说。实际上是秦代乐府机构的设置为汉乐府的繁荣奠定了基础。

以上仅举几例，说明秦文学与文化在中国文学文化史上的重要意义。

学者们常说"汉承秦制"，其实秦人的一些制度甚至影响了整个封建社会。战国时期东方国家慑于秦国迅猛的东扩势头，以及兼并战争中多次使用权谋权诈，对秦产生痛恨而贬斥之；汉王朝代秦而治，汉王朝为凸显以汉代秦的合理性，对秦王朝及秦国多抨击而少称许。这应是特定历史条件下的必然现象。但这种评价却使得后人多认为秦人精神文化落后，秦文学艺术不足谈论。战国时期的大儒荀子曾经去齐至秦，见到秦昭王和秦相范雎，就他亲眼所见秦国的政治、吏治、民风等方面的情况做了评价，总结它是"佚而治，约而详，不烦而功，治之至也"（《荀子·强国》）。荀子曾三次担任当时最大的学术中心齐国稷下学宫的祭酒，培养了法家的两个重要人物韩非子和李斯，从认识社会的眼光和理论水平来说，在当时无以过之。荀子对当时秦国的肯定性评价值得我们重视。从出土的大量秦人器物看，秦文化并不落后于东方国家。因此，需要对包括秦文学艺术在内的秦文化重新进行客观的认识和评价。

公元前 770 年，周平王东迁，西周故地为秦所有，大量的西周民众以及文化也为秦所接受。秦文学上承西周文学，下启两汉文学,是中国文学史上的关键环节。研究秦文学,有助于认识中国文学由地域文学逐步走向统一文学过程中的规律,有助于梳理中国早期文学的发展流变过程。出土的秦人文献虽然不是很多,但一些具体作品如志怪故事、成相辞、祝祷辞、木牍家书等为重新认识各文体的发展流变提供了珍贵资料,在文体研究中具有追溯源流或补充缺环的重要意义。

目前学术界对秦文化的研究已经取得了一定的成果,但从文学的角度研究秦人文献,则显得较为薄弱。将大量的出土文献与传世文献相结合,对秦文学做全面系统的梳理研究,既有可能,也有必要。

延娟芹同志于 2006 年来我处攻读博士学位。入学不久,她就将秦文学研究作为博士论文内容,2009 年顺利通过答辩。2010年,延娟芹在原博士论文基础上结合答辩老师的建议,拓宽思路,以《地域文化背景下的秦文学研究》为题申报了国家社科基金项目并获准立项。在项目研究期间,她又进入华东师范大学中国语言文学博士后流动站,在方勇先生指导下进行合作研究,以《秦汉时期〈吕氏春秋〉接受研究》为博士后出站报告题目。《吕氏春秋》是一部对战国时各家思想、理念进行总结的著作,它是为秦王朝建立大一统意识形态局面服务的,其中也有些很有文学性的篇章和有关文学艺术产生、传播、批评的材料。延娟芹在研究《吕氏春秋》的接受情况时,对《吕氏春秋》以及秦文学有了进一步的认识。

文学是在特定时空背景下产生的,研究文学作品,既要从时间维度梳理其在文学史上的传承流变轨迹,也要从空间维度探讨特定的地理环境、人文氛围对文学的影响。传统的文学史,比较重视作家、作品在时间轴上的发展演变,对于空间角度的阐述,相对来说不够深入。时间与空间,是文学产生的重要条件,缺一不可。有些文学现象,单纯从时间的角度很难得到令人信服的解释,如《诗经》和楚辞,同产生于先秦时期,但风格迥异,这除了二者产生时间不同所致外,南北地域差异的影响更为突出。我们需要以史证诗,同样也要以地证诗。

在中国古代,人们很早就有了空间意识,《诗经·国风》就是按照不同的地域进行编集,《尚书·禹贡》《汉书·地理志》都是有关地理环境的重要史料,刘勰、锺嵘也都提及气候与文学的关系。

20世纪80年代,一门新的学科——文学地理学出现,有的学校开设了相关课程,近年又成立了文学地理学学会,研究队伍不断壮大,这是可喜的变化。目前学会已经召开多次年会,甚至得到日本学者的支持,在日本召开了一次年会。但是,从地理环境的角度研究文学,从古及今,实证研究成果丰硕,理论探讨明显不足,如古代的"江西诗派""桐城派""常州派"等都着眼于地域的不同。而理论方面的研究,如地理环境如何影响作家的思想、性格并进而影响作品风格,文学与地理环境之间如何互动,地理环境中诸要素如地貌、水文、生物、气候等如何具体影响文学,文学地理学的具体研究方法等问题,都需要细致加以总结提炼。作为一门独立学科,除了实证研究外,还必须有自己的理论体系;而理论体系的提出,又需要建立在扎实可靠的实证研究基础之上。文学地理学,应与文学史具有同样的体系与地位。

延娟芹从地域文化视角研究秦文学,符合文学发展的客观规律。全书从泛文学的视角出发,对秦文学史料进行了全面彻底的梳理勾稽,做了认真的考证辨析,并进行了编年,尤其是对文学研究者关注较少的秦出土文献,如铭文、石鼓文、秦简等,考辨更为细致,对一些史料提出了自己的看法。这是本书的基础工作,也是延娟芹用力最多的部分。站在秦国的立场、从秦人的角度对一些传世文献重新进行研究,如《商君书》与《吕氏春秋》不再单纯作为诸子著作,而是将其放到秦文学发展的链条中考察其成就地位。参照秦人的音乐、雕塑、书法、绘画等其他艺术门类史料,以及其他周边文学文化,通过横向比较,进一步认识秦文学的特点;不但在先秦地域文化的广阔背景下审视秦文学,同时将秦文学置于中国文学的发展链条中,探讨秦文学的发展阶段、特点、成就、地位以及影响,全面立体地展现了秦文学的全貌。

《地域文化背景下的秦文学研究》结项报告,得到评审专家的一致肯定,鉴定结果为良好。本书的出版,补充了学界对秦文学研究的不足,丰富了先秦地域文学研究。我希望延娟芹能以本书为新起点,在以后的研究中能取得更多、更突出的成就。

2018 年 11 月 23 日于西北师范大学滋兰斋

# 目　录

# 绪　　论

秦文学,从时间讲,包括春秋时期、战国时期、秦王朝时期三个阶段。从地域讲,春秋、战国时期的秦文学,属于地域文学,与齐文学、楚文学等并列,秦代文学则是全国性文学。本书讨论的秦文学,就是在这一时空框架下文学的发展历程。

## 一、前人研究综述

有关秦文学的文献主要有《尚书·秦誓》,《诗经·秦风》,石鼓文,《左传》《国语》中所载秦人辞令,秦铭文,秦简中的篇章,《诅楚文》,《秦曾孙骃告华大山明神文》,《商君书》,《吕氏春秋》,《战国策》《史记》所载秦国论说辞、书信,李斯等人的散文,刻石文,秦代歌谣等。

20 世纪以来,有关秦文化的考古发现取得了令人瞩目的成就,掀起了秦文化研究的热潮。然而,与秦物质文化、制度文化、思想文化的研究所取得的丰硕成果相比,学者们对秦文学的研究相对薄弱一些。

对《秦风》的研究是与《诗经》的研究同时进行的。首次对各国诗歌风格进行评论的是《左传》中记载的吴公子季札,但是他的论述甚为简略。汉代学者们在地域文化研究领域多有探索,如《史记·货殖列传》《汉书·地理志》在阐述各地风俗文化方面就有重要的参考价值,郑玄《诗谱》在解诗的同时也结合各地域文化作了分析。尤为可贵的是,班固在阐述秦地自然环境、疆域政区沿革、风土人情时还结合《秦风》作了论述,他自觉探讨了自然环境、人文地理对诗歌的影响以及这种影响在诗歌内容、风格方面的体现,虽然有失笼统,不够细致,但却开启了后人对《诗经》研究的新视角。魏晋至唐代,学者们对《诗经》的研究没有什么重大突破。直到宋代朱熹的《诗集传》出现,才有了新的转机。《诗集传》是"诗经宋学"的权威著作,其中也结合地域文化对诗歌风格作了探讨。清代出现了几部研究《诗经》的重要著作,如姚际恒的《诗经通论》、崔述的《读风偶识》、马瑞辰的《毛诗传笺通释》、陈奂的《诗毛氏传疏》、胡承珙的《毛诗后笺》、魏源的《诗古微》等。纵观古人的研究,学者们都看到了《秦风》内容所反映的秦人尚武、好战的风习,有的学者还对这一特点的形成原因作了简要论述,这是《秦风》研究中的主要趋向与突出特点。但古代学者都只是在讨论《诗经》时谈到《秦风》,论述较为零散。

现当代学者开始将《秦风》作为独立的研究对象加以考察,出现了一些相关的论文。重要的有殷光羲的《〈秦风〉总论》(《楚雄师专学报》,1999 年第 1 期、第 2 期),他将《秦风》十首从题材角度作了分类,认为这些诗歌都直接或者间接涉及与秦君有关的内容,关注的重点和内容是上层人物。从气格看,可概括为豪气、霸气、骄气、杀气,总体上以粗犷刚劲为基调,以写实为主。张启成的《论〈秦风〉》(《贵州大学学报》,2003 年第 6 期),认为《秦风》具有慷慨激昂的尚武精神,这一特点的形成与秦国历史、地域、环境、民俗有关。另外还有杨世理的《〈诗经・秦风〉新解》(兰州大学硕士学位论文,2006 年),汪淑霞的《〈诗经・秦风〉研究》(山东师范大学硕士学位论文,2008 年)等。还有的学者就《秦风》中某一首诗歌的特点与成就也作了探讨,如翟相君《〈秦风・黄鸟〉的兴义》(《西北大学学报》,1984 年第 4 期)等。总体说,学者们虽然就具体诗歌的理解略有偏差,但是基本上都采用诗、史互证的方法,都联系秦国历史、风俗等来解诗。

　　石鼓文的研究多集中于创作时代的考订、个别字词的释读以及石鼓文在秦文字演变中和书法史上的地位。由于学界对石鼓文有些疑难字词的释读还有争议,加之残泐较严重,这些都大大影响了从文学角度的研究。目前,从文学角度研究石鼓文的有张启成的《论石鼓文作年以及与〈诗经〉之比较》(收入张启成《诗经风雅颂论稿》,学苑出版社,2003年)等。与石鼓文相似,有关《诅楚文》的研究论文也主要是创作时间、创作背景的探讨,文学方面的研究有杨宽的《秦〈诅楚文〉所表演的"诅"的巫术》(《文学遗产》,1995年第5期)。褚斌杰、谭家健主编的《先秦文学史》(人民文学出版社,1998年)中也有关于石鼓文和《诅楚文》的论述。秦简研究方面,最受瞩目的是睡虎地秦简《为吏之道》,学者们就成相体的来源、特点、演变作了不少有益的探讨,如谭家健的《云梦秦简〈为吏之道〉漫论》(《文学评论》,1990年第5期),姚小欧的《睡虎地秦简成相篇研究》(《文学前沿》,2000年第1期),王化平的《秦简〈为吏之道〉以及相关问题研究》(四川大学硕士学位论文,2003年),孙进、江林昌的《出土秦简〈成相篇〉与楚民族的瞽史说唱传统》(《民族艺术》,2006年第2期),俞志慧的《秦简〈为吏之道〉的思想史意义——从其集锦特色谈起》(《浙江社会科学》,2007年第6期)。此外,秦简中其他篇目学者们也有涉及。如《墓主记》,李学勤、何双全都认为是比较早的志怪故事。[1] 褚斌杰与谭家健认为睡虎地木牍所记两封家书是"我国最早的家信"。[2] 王家台秦简《归藏》的出土也引起了学者们的极大关注,就秦简《归藏》与《周易》孰先孰

　　[1]　李学勤文为《放马滩秦简中的志怪小说》,《文物》,1990年第4期。何双全观点见氏著《简牍》,敦煌文艺出版社,2004年,第42页。
　　[2]　褚斌杰、谭家健《先秦文学史》,人民文学出版社,1998年,第534页。

后的问题、二者的区别、《归藏》的流传与版本问题等展开了热烈的讨论，从文学角度研究的有戴霖、蔡运章的《秦简〈归妹〉卦辞与"嫦娥奔月"神话》(《史学月刊》，2005 年第 9 期)，倪晋波的《王家台秦简〈归藏〉与先秦文学——兼证其年代早于〈易经〉》(《晋阳学刊》，2007 年第 2 期)与《秦简中的神话传说》(《光明日报》2008 年 2 月 18 日)两文。

《商君书》的研究主要集中于商鞅生平事迹的考证评介、《商君书》的流传与校释、成书以及真伪、体现的思想等方面。因其文学性不突出，对其文学特点的研究较少，谭家健《先秦散文艺术新探》(齐鲁书社，2007 年)就其法家文风作了论述。

《吕氏春秋》是秦文学中最重要的著作。古今学者对该书的研究侧重于其学派归属与思想倾向、编撰特点、成书年代与作者、社会政治思想、对后代的影响以及《吕氏春秋》与《商君书》《荀子》《淮南子》的比较等问题。现当代学者开始关注《吕氏春秋》的文学价值，主要从三方面入手：一、《吕氏春秋》文本所表现的文学特点；二、《吕氏春秋》反映的文艺美学思想；三、《吕氏春秋》中寓言故事的价值。主要论文有章沧授的《论〈吕氏春秋〉的文学价值》(《文学遗产》，1987 年第 4 期)，刘怀荣的《论〈吕氏春秋〉的文学思想》(《山西师大学报》，1995 年第 3 期)，朱立元、王文英的《试论〈吕氏春秋〉的言意观》(《上海社会科学院学术季刊》，1996 年第 2 期)，王雪清的《〈吕氏春秋〉文艺思想研究》(福建师大硕士学位论文，2002 年)，郭鹏的《〈吕氏春秋〉对〈文心雕龙〉的影响》(《宁波大学学报》，2004 年第 4 期)，徐莉莉的《〈吕氏春秋〉中的寓言研究》(延边大学硕士学位论文，2006 年)，翟小兵的《论〈吕氏春秋〉的音乐美学思想》(四川师大硕士学位论文，2007 年)，向玉露的《〈吕氏春秋〉文学价值研究》(华中师大硕士论文，2007 年)。除了这些单篇论文外，一些相关论著也以专节的形式作了论述。如李家镶的《吕氏春秋通论》(岳麓书社，1995 年)专辟两章分别论述《吕氏春秋》

的文艺思想与政论文学,王启才的《吕氏春秋研究》(学苑出版社,2007年)中列《〈吕氏春秋〉的文学价值》一章。谭家健、郑君华的《先秦散文纲要》(山西人民出版社,1987年),顾易生、蒋凡的《先秦两汉文学批评史》(上海古籍出版社,1990年),聂石樵的《先秦两汉文学史稿》(北京师范大学出版社,1994年),褚斌杰、谭家健主编的《先秦文学史》,王焕镳的《先秦寓言研究》(古典文学出版社,1957年),陈蒲清的《中国古代寓言史》(河南教育出版社,1983年),公木的《先秦寓言概论》(齐鲁书社,1984年),白本松的《先秦寓言史》(河南大学出版社,2001年)等,都对《吕氏春秋》中的相关问题进行了专门的论述。

　　秦代文学家最受古今学者关注的是李斯。古代学者侧重对李斯的《谏逐客书》与刻石文的结构、语言、影响等方面的评点,但相对零散得多。现当代学者在相关论著中也设专节讨论李斯的文学成就,如郭预衡的《中国散文史》(上海古籍出版社,1986年),聂石樵的《先秦两汉文学史稿》,刘衍的《中国散文史纲》(湖南教育出版社,1994年),褚斌杰、谭家健主编的《先秦文学史》,吴兴人的《中国杂文史》(上海人民出版社,2002年),张啸虎的《中国政论文史稿》(武汉出版社,1992年)等。当然,这些著作主要是对《谏逐客书》的文学特点进行阐述。单篇论文有公木的《李斯秦刻石铭文解说》(《吉林大学学报》,1978年第1期),蒋彰明的《试论〈谏逐客书〉的艺术特性》(《西北师大学报》,1993年第1期),陈裕佑的《论〈谏逐客书〉的公文特性》(《广东教育学院学报》,2000年第5期),余雨阳的《〈谏逐客书〉的理性力量》(《贵州民族学院学报》,2003年第6期),付志红的《李斯刻石文的文学关照》(《北方论丛》,2006年第3期),张敏的《秦始皇东巡刻石的文学价值》(收入《秦文化论丛》,第十四辑,三秦出版社,2007年),学者们对《谏逐客书》与刻石文的文学特点、成就,以及对后代的影响等都有论及。对秦代歌谣的研究有张宁的《秦民谣探述》(收入《秦文化论丛》,第十辑,三秦出版社,2003 年),另外,一些诗歌史著作对秦始皇时民歌也有提及。

　　除了就具体篇章的研究以外,也有学者尝试从秦文学总体发展的角度开展一些探索,如刘世芮、卢静的《秦文学简论》(《甘肃教育学院学报》,2001 年第 4 期),张宁的《秦文学探述》(收入《秦文化论丛》,第九辑,西北大学出版社,2002 年),两文就秦文学的总体情况作了简要介绍,虽显简略,但是为我们进一步研究提供了一定的帮助。米玉婷的《春秋秦地文化与地域文学研究》(西北师范大学硕士学位论文,2007 年)就春秋时期秦文学有关史料作了梳理。需要说明的是林剑鸣的《秦史稿》(上海人民出版社,1987年),这是一部系统研究秦历史的著作,讨论的时间范围从远古时代的秦人传说一直到秦帝国的灭亡。书中就秦每一阶段的政治、经济、军事、外交、文化等都作了系统阐述,为我们宏观了解秦历史文化提供了很好的借鉴,尤其是在论述春秋战国秦科学文化时,对秦文学也作了简要说明。倪晋波的博士学位论文《秦国文学研究》(复旦大学博士学位论文,2007 年)就春秋战国时期的秦国文学进行了研究,论文分为三编。上编是基础研究,主要是相关秦国文献之年代考证。中编是外部研究,重在对秦文化的迁延与秦国文学的分期讨论。下编是内部研究,是对秦国文学作品的艺术分析。这是目前见到的较为全面地讨论秦国文学的论文。

## 二、选题依据

　　古今学者对秦文学的研究,虽然取得了一定的成就,但是尚存在一些问题,主要表现在以下几方面:

　　第一,学者们多是就秦文学中具体著作和篇目的研究,这些研究显得不成系统。倪晋波的博士论文虽就秦国文学进行了研究,但是秦文学的最后一个阶段在他的论文中没有讨论。

第二,《秦誓》《秦风》以及《战国策》中所载秦国书稿,多包含在对《尚书》《诗经》《战国策》的研究中,《商君书》与《吕氏春秋》也是作为诸子著作被关注。专门站在秦国的立场、从秦人的角度对这些著作的研究较少,而将这些作品放到秦文化、文学发展的链条中所做的研究更少一些。

第三,石鼓文作为秦国现存的唯一组诗,前人研究多集中于时代的考订、文字的释读等问题,从文学角度的研究,如诗歌本身反映的特点、与《诗经》的异同、与《诗经》之间的关系等问题的探讨,显得较为薄弱。

第四,《左传》《国语》中记载的精彩辞令,古今学者都有述及,当代也有学者把各种辞令作为文体,从而对其进行研究。这无疑是以一个全新的视角来审视先秦文学,显示了不凡的学术眼光。然而,就各国辞令所表现的细微差异,目前的研究有些不足。

第五,秦出土文献中只有少数篇目被文学研究者关注,对秦出土文献文学价值的研究还有待深化。

第六,对秦文学在中国文学史上的地位,学界重视不够,目前还没有学者在全面整体研究秦文学的基础上对其在中国文学史上的地位作出探讨。

针对以上问题,本书将秦文学作为主要研究对象。首先联系秦文化,勾稽、梳理有关传世文献和出土文献,力求全面展现秦文学的内容,对秦文学各部分的特点、成就以及价值等进行仔细辨析和研究,探讨秦文学发展的历程以及秦文学的总体特点。其次,在先秦地域文化的大背景下,将秦文学、文化与周边文学、文化进行比较,以期对秦文学有更加深入的认识。在上述研究基础上,将秦文学置于整个中国文学史的发展中,探讨秦文学对后代文学的影响以及历史地位。此外,就学界有争议的问题和研究中的一些薄弱环节也提出自己的见解。

### 三、研究范围与内涵界定

本书所指的文学概念，与通行的文学理论所指文学概念略有差别。现在通行的文学理论有许多合理之处，但是用于中国古代文学尤其是先秦文学却不是十分合适。依据文学理论中的散文概念，中国古代的许多作品如赞、铭、诔、疏、序、跋等等必将被逐出散文之列。而中国古代的散文，大多数就是这些被今天认为是应用文的文章。以先秦文学为例，当时许多学科并没有独立，纯文学的作品只有《诗经》和楚辞，但是《孟子》《庄子》《韩非子》等诸子散文，《尚书》《左传》《战国策》中的一些文章如誓、诰、行人辞令、策士书信等其实也是优美的散文。将这些应用文体作为文学作品对待，其实也是我国传统文学观念的一贯认识，我们古代影响较大的文学理论著作、散文选本等都将这些应用文体作为文学作品。如刘勰《文心雕龙》中列文体 35 种，如《颂赞》《祝盟》《铭箴》《诔碑》《策诏》等，《文选》《古文辞类纂》等也收录了不少这样的应用文。因此，本文所讨论的文学，比通行的文学理论著作所指的文学概念要宽泛一些，是一种泛文学、大文学的概念，即各种文章体裁，只要表现出语言之美，通过精彩的表达反映出人的智慧与崇高，或可以唤起对人生、自然之热爱、对幸福生活之追求，有助于认识社会、历史，能起到陶冶性情、愉悦心情之作用的，都可以视之为文学作品，并不限于有故事情节和人物形象，议论、记叙的散文也在文学的范围之中。这也正是本文所指的文学的内涵。

从大文学的概念出发审视秦文学史料，许多史料就会兼有文学与文化的双重身份。加之秦文化是秦文学发展的基础和土壤，二者之间有着极为密切的关系。因此，在秦文化以及先秦地域文化视野下讨论秦文学史料时，不可避免要涉及一些有关秦文化以及其他先秦地域文化的问题，文中有的章节也兼及对相关秦文化问题的辨析。

# 第一章　秦国的建立与
## 秦文化的形成


## 第一节　秦国历史概述

秦文学是秦文化的组成部分,秦文化又是秦文学发展的基础。本章首先对秦文化形成的有关问题作梳理和辨析。

### 一、远古传说时代的历史

有关秦国封国之前的历史,史载很少,传说时代的历史主要见于《史记·秦本纪》。就秦人祖先的来源,目前学界有两种对立的观点,即"东来说"与"西方戎狄说"。前者主张秦人来自东方的东夷部落,在漫长的历史中逐渐由东方迁徙到今陕西、甘肃一带。后者则认为秦人本为西方的民族,其祖先属于戎狄族,以后逐渐与华夏融合。这里重点讨论前一说。

"东来说"首见于《史记·秦本纪》:

> 秦之先,帝颛顼之苗裔孙曰女修。女修织,玄鸟陨卵,女修吞之,生子大业。大业取少典之子,曰女华。女华生大费,与禹平水土。已成,帝锡玄圭。禹受曰:"非予能成,亦大费为辅。"帝舜曰:"咨尔费,赞禹功,其赐尔皂游。尔后嗣将大出。"

　　乃妻之姚姓之玉女。大费拜受，佐舜调驯鸟兽，鸟兽多驯服，是为柏翳。舜赐姓嬴氏。[①]

　　又《史记·五帝本纪》载："帝颛顼高阳者，黄帝之孙而昌意之子也。"《史记·封禅书》："自周克殷后十四世，世益衰，礼乐废，诸侯恣行，而幽王为犬戎所败，周东徙雒邑。秦襄公攻戎救周，始列为诸侯。秦襄公既侯，居西垂，自以为主少皞之神，作西畤，祠白帝，其牲用骝驹黄牛羝羊各一云。"《说文解字》亦曰："嬴，少昊氏之姓。"

　　以上记载说明：1. 如许多民族一样，秦人历史世系最早也追溯到女姓始祖，女修吞卵为其祖先的诞生蒙上了神秘色彩，这是所有民族的共同特点。2. 嬴秦是帝颛顼的后裔。3. 嬴秦以鸟为图腾，祭祀少皞（昊），以少皞为始祖神。而少皞是东方以鸟为图腾的东夷部族首领。4. 嬴秦远祖大费曾经辅助禹治水，还佐舜驯服鸟兽。5. 嬴秦在伯翳时舜赐姓为"嬴氏"。那么，嬴秦既是颛顼的后裔，为什么又以东夷族首领少皞为始祖神呢？

　　《左传·定公四年》载鲁国始封之君伯禽封于"少皞之虚"，杜预注："少皞虚，曲阜也，在鲁城内。"[②]《尸子》也说少皞"邑于穷桑"[③]。曲阜就是少皞部落活动的中心地带，这一地区古称"穷桑"。少皞之虚与颛顼有什么关系呢？《吕氏春秋·古乐》："帝颛顼生自若水，实处空桑。"[④]空桑即穷桑。少皞和颛顼都活动于曲阜一带，颛顼大约是少皞部落衰落后代之而起的部落首领，可以说，嬴秦既是少皞之后，又是颛顼之后。

――――――――――

　　①　《史记》，中华书局，1982年，第173页。本书所引《史记》，俱据该本。
　　②　《春秋左传正义》，见《十三经注疏》标点本，北京大学出版社，1999年，第1547页。
　　③　《尸子译注》，（清）汪继培辑，朱海雷译注，上海古籍出版社，2006年，第48页。
　　④　陈奇猷《吕氏春秋新校释》，上海古籍出版社，2002年，第288页。本书所引《吕氏春秋》，俱据该书。

　　大业是史载嬴秦第一位男性祖先。关于大业其人,《史记·秦本纪》张守节正义曰:"《列女传》云:'陶子生五岁而佐禹。'曹大家注云:'陶子者,皋陶之子伯益也。'按此即知大业是皋陶。"皋陶在尧、舜时期曾担任过重要职务,《尚书》中就有《皋陶谟》一篇,可见他当时地位非同一般。传说皋陶制定过刑法,叫做"五刑",还对国家的大政纲纪提出了一套设想。

　　到大费时,嬴秦祖先已经有了很大发展,大费佐禹治水,驯服鸟兽,被赐嬴姓,这些足以说明当时秦人祖先已经发展成为势力较强、影响较大的部落。

　　《史记》关于秦人族源以及世系问题的记载,也被后世许多人采用,如卫聚贤的《中国民族的来源》①、林剑鸣的《秦史稿》②等。现代学者的论述基本依据《史记》框架,再结合其他文献以及考古材料,尤其是以出土文物所反映的图腾崇拜、墓葬特点等方面进行佐证,这里不再赘述。有的学者还从考古学的角度具体考证了秦人西迁的路线,颇有启迪。

　　有关"西方戎狄说"(即"西来说"),在七章第二节有详细辨析。目前来看,"东来说"的证据较为充分,赞同者较多,占据上风。

## 二、夏、商、西周时期的秦人

　　公元前二十一世纪,夏王朝建立,经历约四百年的历史,于公元前十七世纪由商王朝取代。夏代史料到春秋时保留已经很少,孔子就曾经慨叹:"夏礼,吾能言之,杞不足徵也;殷礼,吾能言之,宋不足徵也。文献不足故也。足,则吾能徵之矣。"③流传到现在

_____

① 收入《古史研究》第三集,上海文艺出版社,1990年,第49—51页。
② 林剑鸣《秦史稿》,上海人民出版社,1987年,第14—18页。
③ 杨伯峻《论语译注》,中华书局,1980年,第26页。

的文献更是少之又少。夏代历史的复原除借助零星文献记载外，主要借助考古文物进行推测。有关秦人在夏代的活动，《史记·夏本纪》载：

> 帝禹立而举皋陶荐之，且授政焉，而皋陶卒。封皋陶之后于英、六，或在许。而后举益，任之政。十年，帝禹东巡狩，至于会稽而崩。以天下授益。三年之丧毕，益让帝禹之子启，而辟居箕山之阳。禹子启贤，天下属意焉。及禹崩，虽授益，益之佐禹日浅，天下未洽。故诸侯皆去益而朝启，曰："吾君帝禹之子也。"于是启遂即天子之位，是为夏后帝启。[①]

这里的"益"即秦人祖先"伯益"。其父皋陶辅佐禹有功，禹让伯益做了自己的接班人。从禹以天下授益看，这支生活于东海之滨的部落已经同居住在中原的夏王朝有了密切的来往，在当时各部落中属于势力强大的一支，但是其影响还不足以统治中原，因此会有"诸侯皆去益而朝启"的事件发生。

较之夏代，有关商代的传世文献和出土文献有了大幅度的增加。秦人与殷人族源接近，最初都生活于东方，文化也有许多相似之处，如崇日情结，以玄鸟为图腾，重祭祀，信天帝鬼神，文化中都有神秘主义色彩等等，这些都使得秦人祖先与殷人的关系非常密切，地位也更加荣耀。《史记·秦本纪》：

> 大费生子二人：一曰大廉，实鸟俗氏；二曰若木，实费氏。其玄孙曰费昌，子孙或在中国，或在夷狄。费昌当夏桀之时，去夏归商，为汤御，以败桀于鸣条。大廉玄孙曰孟戏、中衍，鸟身人言。帝太戊闻而卜之使御，吉，遂致使御而妻之。自太戊

---

① 《史记》，第83页。

以下，中衍之后，遂世有功，以佐殷国，故嬴姓多显，遂为诸侯。其玄孙曰中潏，在西戎，保西垂。生蜚廉。蜚廉生恶来。恶来有力，蜚廉善走，父子俱以材力事殷纣。周武王之伐纣，并杀恶来。是时蜚廉为纣石北方，还，无所报，为坛霍太山而报，得石棺，铭曰"帝令处父不与殷乱。赐尔石棺以华氏"。死，遂葬于霍太山。①

　　到了商朝，嬴秦祖先势力进一步扩大，其活动范围也愈加广阔，"或在中国，或在夷狄"。秦人祖先在推翻夏王朝的战争中充分发挥其善训鸟兽的特长，为汤御②，立了大功。至此，秦人祖先得到殷人更优厚的礼遇。到孟戏、中衍时，不仅继续为商王御，且娶王室之女，已经进入统治者阶层。前人已经打下了坚实的基础，接下来的几代继承前代功业，成为当时统治者中举足轻重的力量。到中潏时，迁居西垂③，已是在西方拱卫殷商王朝的有力屏障，为殷商政权的稳定作出巨大贡献。武王伐纣，恶来、蜚廉以身殉死，当时秦人与殷王朝的亲密关系于此可见。

　　公元前十一世纪，兴起于西方的周部落在武王的率领下，一举灭殷，建立了西周王朝。随着殷王朝的灭亡，秦人也成为周人的臣属。

　　武王灭商后，未来得及巩固新兴的政权，两年后就离世，儿子成王继位。之后发生了西周建立后第一次决定命运的事件，商纣的儿子联合管叔、蔡叔发动了大规模的反周叛乱。这次叛乱在周公旦三年艰辛的东征下，终于平定。《逸周书·作雒》云："三叔及

---

　　①　《史记》，第174—175页。

　　②　当时国君御者一般由地位较高者担任，与后世御者不同。如《左传》闵公元年载赵夙为申生御戎，闵公二年狐突又为申生御戎，僖公二十七年荀林父为栾枝御戎等，这些御者皆为晋国卿族。由此也说明嬴秦祖先在当时地位非同一般。

　　③　《史记》中西垂具体地望，互相矛盾，模糊不清。这里应为商之西垂，即渭水中游。见林剑鸣《秦史稿》，第23页。

殷东徐奄及熊盈以叛。"①林剑鸣认为,"这里的'徐''奄'都是嬴姓,而'盈'就是'嬴'"。②可见,周初嬴姓之人是与西周统治者为敌的,参与叛乱的结果是遭到西周奴隶主阶级更为残酷的镇压,原来在殷商西垂的嬴人,被赶往更西的西周边陲,成为春秋秦人的直接祖先。

秦人在西周地位的真正转变始于非子(？—前858年在位)。《秦本纪》载:

恶来革者,蜚廉子也,早死。有子曰女防。女防生旁皋,旁皋生太几,太几生大骆,大骆生非子。……非子居犬丘,好马及畜,善养息之。犬丘人言之周孝王,孝王召使主马于汧渭之间,马大蕃息。孝王欲以为大骆嫡嗣。申侯之女为大骆妻,③生子成为嫡。申侯乃言孝王曰:"昔我先郦山之女,为戎胥轩妻,生中潏,以亲故归周,保西垂,西垂以其故和睦。今我复与大骆妻,生嫡子成。申骆重婚,西戎皆服,所以为王。王其图之。"于是孝王曰:"昔伯翳为舜主畜,畜多息,故有土,赐姓嬴。今其后世亦为朕息马,朕其分土为附庸。"邑之秦,使复续嬴氏祀,号曰秦嬴。亦不废申侯之女子为骆嫡者,以和西戎。④

---

①　黄怀信、张懋镕、田旭东《逸周书汇校集注》,上海古籍出版社,1995年,第544页。

②　《秦史稿》,第25页。

③　史载"申"有二。一指申国,《大雅·嵩高》就是褒赏申伯的诗。从诗内容看,这位申伯应是宣王之舅,王朝重臣。《左传·隐公元年》:"初,郑武公娶于申,曰武姜。"杨伯峻注:"申,国名,伯夷之后,姜姓。后为楚所灭。故城在今河南省南阳市。"(见《春秋左传注》,中华书局,1990年,第10页)申灭于楚后,申地成为楚国北方重镇,楚封于申的大臣称作申公。另一为申戎,如《后汉书·西羌传》载:"及宣王立四年,使秦仲伐戎……明年,王征申戎破之。"(《后汉书》,中华书局,1965年,第2871页)言于孝王的申侯就是申戎。

④　《史记》,第175—177页。

非子因善于养马,得以邑之秦。非子也成为嬴秦人的直接祖先,从此秦人成为了周的附庸。严格说,非子之前的秦人祖先还不能算真正的秦人。三传到秦仲(前844—前822年在位)时,秦人地位得到进一步的提升,被封为大夫。后来秦仲的儿子们又被封为西垂大夫。

> 周宣王即位,乃以秦仲为大夫,诛西戎。西戎杀秦仲。秦仲立二十三年,死于戎。有子五人,其长者曰庄公。周宣王乃召庄公昆弟五人,与兵七千人,使伐西戎,破之。于是复予秦仲后,及其先大骆地犬丘并有之,为西垂大夫。[1]

西周末年,随着周王室势力的衰落,秦人的地位在一天天上升,由附庸而大夫,最终成为维护周王室、抵御戎狄的主要力量。到襄公时,秦人力量已足以与其他大国相抗衡。《国语·郑语》载郑桓公为司徒时与周大史伯的一段对话,桓公问史伯:"姜、嬴其孰兴?"史伯答曰:"夫国大而有德者近兴,秦仲、齐侯,姜、嬴之俊也,且大,其将兴乎!"[2]桓公友是郑国始封之君,周厉王之少子,宣王之弟,宣王封之于郑。郑桓公任司徒在周幽王八年,当时正是秦襄公时期。这里史伯将秦与齐国并论,认为都是大国,都将兴起。齐国是姜太公的封国,姜太公在武王灭纣战争中立了大功,被封在齐地,在整个周代,齐国在各诸侯国中地位都不可小视。在西周末年,秦还没有被封国时,史伯已经预到嬴秦必将崛起,将秦国与齐国并提,说明在西周末年秦人势力已经有了很大发展。

春秋以前秦世系如下:

---

[1] 《史记》,第178页。

[2] 徐元诰《国语集解》,中华书局,2002年,第476页。本书所引《国语》俱据该本。

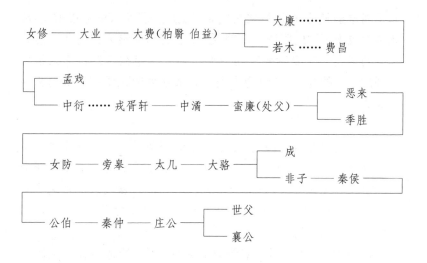

## 三、春秋时期的秦国

　　春秋时期秦国的建立是与西周的灭亡相关联的。关于西周的灭亡原因，以及秦国的建立，古今都有不同说法。多数学者认为是前 770 年，这一年秦襄公（前 777—前 766 年在位）护送周平王东迁，因而被封国。这一说法主要来自《史记·秦本纪》。然而，我们细细梳理发现，有关史料与这一说法相抵牾之处颇多。因这个问题关系到秦在立国时的疆域、国力等问题，有必要先作一番详细辨别。将有关史料列举如下：

　　《诗经·小雅·正月》：

　　　　赫赫宗周，褒姒灭之！①

---

　　①　程俊英、蒋见元《诗经注析》，中华书局，1991 年，第 586 页。本书《诗经》引文俱据该书。

《左传·隐公六年》周桓公曰：

　　我周之东迁，晋、郑焉依。①

《国语·周语中》周襄王欲以狄师伐郑，富辰劝谏时也有相同说法。

《国语·晋语四》叔詹谏郑文公曰：

　　晋、郑兄弟也，吾先君武公，与晋文侯戮力一心，股肱周室，夹辅平王。②

《左传·昭公二十六年》记王子朝使告诸侯：

　　至于幽王，天不吊周，王昏不若，用愆厥位。携王奸命，诸侯替之，而建王嗣，用迁郏鄏。③

孔疏引《汲冢书纪年》：

　　先是申侯、鲁侯（当作曾侯）及许文公立平王于申，以本太子，故称天王。幽王既死，而虢公翰又立王子余臣于携，周二王并立。（晋文侯）二十一年，携王为晋文公（当为晋文侯）所杀。以本非嫡，故称携王。④

《国语·晋语一》中史苏言于里克：

<hr />

① 杨伯峻《春秋左传注》，中华书局，1990年，第51页。
② 《国语集解》，第331页。
③ 《春秋左传注》，第1476页。
④ 《春秋左传正义》，第1474页。

申人、鄫人召西戎以伐周,周于是乎亡。①

《国语·郑语》"及平王末,而秦、晋、齐、楚代兴,秦景、襄于是乎取周土",韦昭注云:

"景",当为"庄"。庄公,秦仲之子、襄公之父。取周土,谓庄公有功于周,周赐之土。及平王东迁,襄公佐之,故得西周鄷、镐之地,始命为诸侯。②

《史记·周本纪》:

(幽王)又废申后,去太子也。申侯怒,与缯、西夷犬戎攻幽王。幽王举烽火征兵,兵莫至。遂杀幽王骊山下,虏褒姒,尽取周赂而去。于是诸侯乃即申侯而共立故幽王太子宜臼,是为平王,以奉周祀。③

《史记·秦本纪》:

七年春,周幽王用褒姒,废太子,立褒姒子为嫡,数欺诸侯,诸侯叛之。西戎犬戎与申侯伐周,杀幽王郦山下。而秦襄公将兵救周,战甚力,有功。周避犬戎难,东徙雒邑,襄公以兵送周平王。平王封襄公为诸侯,赐之岐以西之地。曰:"戎无道,侵夺我岐、丰之地,秦能攻逐戎,即有其地。"④

---

① 《国语集解》,第 251 页。
② 《国语集解》,第 477 页。
③ 《史记》,第 149 页。
④ 《史记》,第 179 页。

梳理以上几条材料,可以发现如下问题:

1. 西周灭亡的深层原因固然主要是周幽王昏乱所致,但是事件的发生确实与褒姒有一定的关系。幽王宠爱褒姒,欲废长立幼,导致申侯与犬戎联合灭了宗周。

2. 依据《左传·昭公二十六年》王子朝语和《古本竹书纪年》,当时曾经出现二王并立的局面。幽王废了太子宜臼,因太子母亲系申侯之女,申侯遂联合曾、许立太子于申,是为平王。幽王死后,虢公翰又立王子余,是为携王。晋文侯二十一年,携王被晋文侯杀,平王天子独尊的地位才得以确立,这时平王才从申北上,定都洛邑。晋文侯二十一年是前 760 年,这样平王东迁的时间就与《史记》所言前 770 年相矛盾。秦襄公于幽王五年(前 777)立,平王五年(前 766)卒,在位十二年。若东迁在前 760 年,则平王东迁时襄公已死六年,护送平王的只能是秦文公,也与《史记》载襄公救周不符。

3.《左传·隐公六年》《周语》载平王东迁时拥护者只有晋国和郑国,未言秦,与《史记》所记襄公护送平王并得以封国不同。

4. 在幽王废太子事件中,幽王、褒姒等欲废太子,为矛盾的一方;申侯、犬戎支持太子,为矛盾的另一方。斗争的结果是幽王被杀。然而令人不解的是,既然犬戎曾经帮助平王灭了幽王,犬戎与平王应该是友而非敌,平王怎么又会因为"避犬戎难"而东迁呢?假如平王的东迁不是为避犬戎,又是什么原因导致平王不惜放弃已经建都数百年的周族发祥地而远徙东方呢? 另外,《郑语》载"申、缯、西戎方强",韦昭注:"缯,姒姓,申之与国也。"[1]缯既然是姒姓,按照情理应该是与褒姒站在一方的,怎么会帮助太子与申国联合灭褒姒呢?

5.《郑语》载平王东迁时"秦景、襄于是乎取周土",《周本纪》也

---

① 《国语集解》,第 475 页。

言申侯等在杀幽王、虏褒姒后"尽取周赂而去",说明犬戎并未占有周地;《秦本纪》却载平王封襄公为诸侯时周地为戎所有:"戎无道,侵夺我岐、丰之地,秦能攻逐戎,即有其地"。到底其时周地为谁所有？犬戎抑或秦人？

6. 太子宜臼逃奔的申国,在今河南省南阳市。当时对周人以及后来的秦人构成威胁的犬戎居西北,申国怎么可能越过周的大本营去与犬戎联合呢？再说,尽管当时天灾人祸①,幽王昏乱,周室不宁,也远非一个小小的申国就能轻易灭亡的,到底西周的灭亡还有什么原因呢？

事实上,对于上述一些互相抵牾的史料,前人早已提出怀疑。崔述就曾说:

> 申在周之东南千数百里,而戎在周西北,相距辽越,申侯何缘越周而附于戎？……申与戎相距数千里,而中隔之以周,申安能启戎？戎之力果能灭周,亦何藉于申之召乎？申之南,荆也。当宣王时,荆已强盛为患,故封申伯于申,以塞其冲。周衰,申益衰弱。观《扬水》之篇,申且仰王师以戍之。当幽王时,申畏荆,自保之不暇,何暇反谋王室？且申何不近附于荆以抗周,而乃远附于戎也？……西周之亡,《诗》《书》无言及者,于经无可徵矣。然《春秋传》往往及东迁时事而不言此,自《周语》述西周事众矣,而亦未有此。此君臣父子之大变,动心骇目,不应皆无一言纪之,而反旁见于晋、郑《语》,史苏、史伯追述逆料之言。且所载二人之言,荒谬亦多矣。……若之何《史记》遂据追述逆料之语而记之为实事也！②

---

① 《诗经·小雅·十月之交》:"百川沸腾,山冢崒崩。高岸为谷,深谷为陵。"《大雅·召旻》:"旻天疾威,天笃降丧。瘨我饥馑,民卒流亡。我居圉卒荒。"这两首诗都作于幽王时期,说明当时遭受了地震和饥荒。

② 《丰镐考信录》卷七,见《崔东壁遗书》,上海古籍出版社,1983年,第246—247页。

当代学者童书业也认为"这些记载，虽未必完全荒诞，但可疑之处甚多"①。

对于上述材料，学者们也进行了一些推理。如宋王应麟曰："明襄公救周，即得之矣。《本纪》之言，不可信也。"②王玉哲在此基础上进一步阐述到："平王东迁洛邑，并不是避犬戎，实乃避秦。"并且指出了《秦本纪》之所以这样记载，乃是源于司马迁写作素材来自秦人所作《秦纪》，秦人为了偏袒嬴秦，因而将秦人侵周之真象伪饰为救周③。

以上学者的推理也有一些难以圆通之处。既然东迁时周地已经为秦所有，到文公时的东猎到达岐地，又该如何解释？既然平王东迁是为避秦，说明当时平王与襄公是对立的。但是我们看到，在秦国立国后的几百年，秦人始终是与周王室站在一边，而与西戎进行着艰苦卓绝的斗争，并且付出了惨重的代价。秦人还曾帮助周王室平定内乱，也得到过周王室的封赏。这些用平王避秦都很难说通。因此，本文还是依据《史记》的说法，平王东迁亦即秦国封国在前 770 年，在这一事件中，襄公曾经发挥了一定的作用，但是当时秦国并未占有周地。

尽管史书记载有许多矛盾之处，有一点可以肯定，在西周灭亡之时，西北的秦人已经发展成为一支不可忽视的力量，被封实乃水到渠成、顺理成章之事，护送有功仅仅是被封的一个契机。《史记·周本纪》载："平王之时，周室衰微，诸侯强并弱，齐、楚、秦、晋始大，政由方伯。"秦在立国前的势力可见一斑。

秦襄公八年，揭开了秦国历史上划时代的一页。这一年，秦人终于被周王正式封为诸侯，从名分上取得了与其他国家相同的地

---

①　童书业《春秋史》，上海古籍出版社，2003 年，第 13 页。
②　王应麟《困学纪闻》卷十一《史记正误》，文渊阁四库全书本。
③　王玉哲《中华远古史》，上海人民出版社，2003 年，第 737—738 页。

位。从此这个长期不被重视的国家开始进入东方国家的视野,有时甚至还对当时的"国际"形势起决定性作用。经过五百多年的争霸战争,秦人顺应历史发展潮流,终于灭了东方各国,统一了全国,结束了春秋战国列国之间战争频仍的局面。

但是,秦国在建国后首先面临一个巨大的考验,即平王赐给秦国的岐以西之地,当时尚在戎狄手中,与其说平王将这片土地赐给襄公,不如说平王交给襄公一个在西方抵御戎狄的重要使命。这一使命异常艰巨,平王的东迁就是因为周王畿和关中地区戎狄有增无减、势力强大,在这里无法立足,不得不迁往洛邑。所谓迁都,实质是被戎狄赶跑了。周王室尚且如此,刚刚建立的秦国能够生存下去吗? 还是个未知数。

建国后秦国积极进行讨伐戎狄的准备,整顿武备,然而从襄公八年到十二年,伐戎几乎没有取得任何成果。直到十二年才始"伐戎而至岐",东征取得一定的胜利,可襄公在这次战争中死去,继位的秦文公(前765—前716年在位)又退回到西垂故地(今甘肃天水礼县一带)。

秦文公继位后的一件大事就是文公三年的东猎,东猎一方面有迁徙的性质,同时也有扩大领地的目的。一年后,东猎到达汧水和渭水会合的地方——汧渭之会(今陕西宝鸡附近)。这里曾经是秦人祖先非子养马的地方,也是关中最富庶的地区之一,文公决心结束东猎,在此定居。文公十六年,伐戎取得了第一次真正意义的胜利,秦国的势力东移到岐地。岐地是周人的故居,文公到达后,不但拥有了适于农业生产的肥沃土地,同时还接收了平王东迁时遗留下来的周余民。这为秦国日后经济、文化的发展奠定了良好的基础。

文公之后宪公(前715—前704年在位)继位,仍然将灭戎作为主要国策。为了有利于对戎狄的进攻,将国都由汧渭之会迁往平阳(今陕西宝鸡东阳平村),消灭了盘踞在荡社的一支戎人,占领其邑,其首领亳王逃往西戎。宪公死后秦国因权力的争夺发生内乱,武公(前 697—前 678 年在位)平定内乱,集权得到进一步加强,消灭了戎人彭戏氏、小虢。至此,西起甘肃中部,东至华山一带,整个关中的渭水流域都为秦所有。到德公(前 677—前 676 年在位)时,又将国都迁往雍(今陕西凤翔县)。

取得伐戎的彻底胜利是在秦穆公时期。穆公(前 659—前 621 年在位)是春秋五霸之一,他统治期间,秦国奴隶制发展到了颠峰期。无论是对西戎的战争,还是与晋国的争霸,都取得了一系列战绩,大大增强了秦国的声威。这一时期,穆公采用内史廖的计谋,离间由余与戎王的关系,迫使由余降秦。在由余的帮助下,终于打败了西戎,取得了益国十二、开地千里的伟大胜利。从此,今陕西以西的广大地区都统一于秦国的政权之下,结束了长期以来支离破碎的割据局面,有利于恢复生产,也促进了民族之间的互相融合。

穆公之后,秦国奴隶制迅速走向衰落,秦国疆域再没有扩大。康公(前 620—前 609 年在位)继位,这时借穆公余威,有时尚能在秦晋战争中掌握主动权。之后的共公(前 608—前 605 年在位)、桓公(前 604—前 577 年在位)政绩平平。到景公(前 576—前 537 年在位)时又出现一次小小的承平景象。之后的哀公(前 536—前 501 年在位)、惠公(前 500—492 年在位)、悼公(前 491—前 477 年在位)、厉公(前 476—前 443 年在位),都没有什么突出的政绩,秦国的奴隶制彻底衰落。

穆公以后秦国虽然在战争中取得几次小小的胜利,但是因再没有出现像秦穆公一样有作为的君主,政治腐朽,忠奸不辨,一些有才能的大臣也无法发挥作用,并没有改变衰落的局面。秦国的又一次崛起到了战国时期。

虽然穆公以后的秦国在走向衰落,然而与其他诸侯国相比,秦国依然是当时不可忽视的一支力量,秦景公二年晋楚鄢陵之战前,范文子与郤至的一番话:“秦、狄、齐、楚皆强,不尽力,子孙将弱。”

（《左传·成公十六年》）连秦国的劲敌晋国也不得不承认秦国是当时四强之一的事实。

　　春秋时期秦国世系如下：

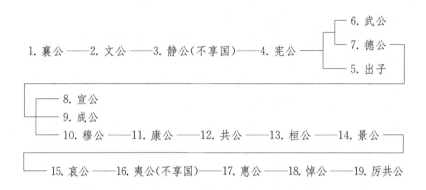

1. 襄公——2. 文公——3. 静公（不享国）——4. 宪公——6. 武公／7. 德公／5. 出子

8. 宣公
9. 成公
10. 穆公——11. 康公——12. 共公——13. 桓公——14. 景公

15. 哀公——16. 夷公（不享国）——17. 惠公——18. 悼公——19. 厉共公

## 四、战国时期的秦国

　　战国初期，各国新兴的地主阶级相继登上政治舞台，秦国因为奴隶制起步较晚，奴隶制危机在秦国出现也相对晚一些。因此，在各国争相进行封建制改革，大踏步前进的时候，秦国依然维持着奴隶制，以旧有的轨迹缓慢发展。这一时期，秦国表现出较其他国家相对落后的状况。春秋战国之交的厉公（前476—前443年在位）时期，秦国尚能保持一定的大国优势，如南方的楚国和西南方的蜀国都主动表示友好，对秦国几次造成威胁的义渠戎也"来赂"，繇诸也曾来乞援（见《史记·六国年表》）。另外，秦国还主动出击魏国，伐另一戎族大荔，甚至占领了大荔的王城，讨伐义渠戎，俘虏了义渠王。这些都说明秦国在厉公时期在周围诸国和部落中尚属强大。但是，厉公之后经躁公（前442—前429年在位）、怀公（前428—前425年在位）、灵公（前424—415年在位）、简公（前414—

前 400 年在位)、惠公(前 399—前 387 年在位)、出子(前 386—前 385 年在位),这五十多年中,秦国却屡屡挨打。威胁最大的是近邻魏国,魏国在秦简公时期数次进攻秦国,并且突破了春秋以来一直作为秦国屏障的黄河,占领了秦国河西之地。就连曾经主动献礼修好的义渠戎也向秦进攻,一直打到渭水,秦之被动不难窥知。与外患相伴的是内忧,自躁公死后,大权就操纵在以庶长为代表的守旧势力手中,怀公、灵公、简公、惠公、出子,五君都是在守旧势力的扶植下继位,其中怀公还被贵族逼死。除此之外,秦国还发生了被统治阶级的起义,当时诬为"秦之大盗"的跰就是这一时期的起义领袖。可见这时秦国无论是统治阶级之间还是统治阶级与被统治阶级之间的矛盾都已经公开激化,同时也昭示着秦国的奴隶制已经走向终结,一个新的时代即将到来。

秦献公(前 384—前 362 年在位)即位,进行了一系列改革,开始了秦国封建制的步伐。这时的改革虽然还不够彻底,但是使秦国逐步走出了战国初期被动挨打的局面,对秦国的富强以及日后的进一步崛起起了重要作用。这一时期同邻国韩、赵、魏的战争,秦国转为胜多败少。给秦国带来巨大变化、使之一跃成为七雄之首的是秦孝公(前 361—前 338 年在位)时期的商鞅变法。经过商鞅变法,秦国革除了奴隶制,迅速发展壮大起来,逐渐成为当时最强盛的国家之一,在诸侯国中的地位大大提高。在秦孝公八年和九年,秦主动出击魏国,两次都大胜。

秦惠文王(前 337—前 311 年在位)是秦国历史上既孝公之后又一位卓有成就的国君,也是秦国首次称王的国君。他在位期间,继续推行孝公时期的政策,更重要的是,在执行"任人唯贤"的用人方针时力度超过前代。这一时期,法家、兵家、纵横家、墨家等学派人物纷纷聚集到秦国。著名纵横家人物张仪就是这时来到秦国。在张仪等人的帮助下,秦国收回了曾经被魏国占领的黄河以西的全部土地。惠文王更元九年(前 316)消灭了巴、蜀,更元十三年,秦楚在丹阳展开激战,秦占领楚汉中。

　　惠王死后,武王(前310—前307年在位)继位。武王死后,发生内乱,宣太后之子昭襄王(前306—前251年在位)继位,共在位56年。昭襄王时期,在与齐、楚、韩、魏的战争中,取得不少胜利。十九年(前288),昭王自称西帝,并且尊齐湣王为东帝。虽然称帝的闹剧只维持了两个月,但足见昭王的野心。二十五年(前272),彻底消灭了义渠戎。昭王之后的孝文王(前250年在位)和庄襄王(前249—前247年在位)在位时间都短暂,政治业绩不太突出。秦王政(即后来的始皇帝,前246—前210年在位)是战国时期秦国最后一位国君,在他执政时期完成了对全国的统一。十六年(前231),秦攻韩,俘虏韩王,韩亡。十八年(前229),攻赵,赵亡。二十二年(前225)王翦攻辽东郡,俘虏燕王,燕亡。同年,王贲又水淹大梁,魏王请降,魏亡。二十四年(前223),王翦率大军伐楚,灭楚。二十六年(前221),王翦率兵南攻齐,齐王建被俘,齐亡。至此,战国结束,统一的中央集权的封建王朝——秦王朝开始。

　　战国时期秦世系如下:

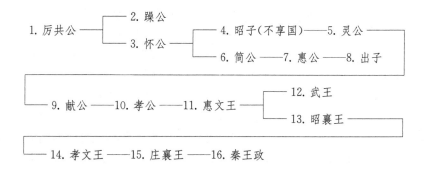

　　秦王朝建立后,始皇进一步开拓边疆。如在灭齐的当年,就派五十万大军进攻南方的南越和西瓯。秦始皇三十四年(前213),

秦把五十万罪徒谴到南方与越人杂处,始皇还在西南"置吏",至此,南方边境也进入秦朝版图。在平定南方的同时,始皇还派大将蒙恬率兵三十万伐匈奴,夺回了河套以北阴山一带地区,设置九原郡。三十七年(前 210),秦始皇在第五次巡行的途中,因病死于沙丘。秦二世(前 209—前 207 年在位)继位,二世三年,在起义军的进攻和六国旧贵族叛秦的浪潮下,二世被赵高逼迫自杀,二世之兄子公子婴被立为秦王。前 206 年,秦王子婴向刘邦投降,秦王朝灭亡。

## 第二节　秦国的地理环境

地理环境是人类赖以生存和活动的舞台,它影响着人类的生存方式和文化形态,对此我国古人早有论述。在生产力极其低下的人类社会的早期,人们的生产生活对自然的依赖更加强烈,这种影响也就表现得越加明显。我们虽然不赞成环境决定论,然而地理环境对文化的影响不容忽视。本节将重点探讨秦文化赖以形成的地理环境。

### 一、有关地名

国都是一个国家的政治中心,理清了一国国都的迁徙轨迹,实质上也就清楚了这个国家势力的迁移、变化过程。随着秦国对周边戎狄和其他小国的兼并,秦国疆域得以不断扩张。为了适应开疆拓土的需要,秦国的政治中心——都邑也经过数次迁徙。有关秦人早期都邑的具体地望,有的目前还有争议。下面作一简单梳理辨析,以了解秦人势力范围之变化轨迹。

(一) 西垂、犬丘、秦邑

前人关于西垂有两种不同的说法,一种认为西垂是西部边疆的泛称,另一种认为是具体地名。这主要是因为司马迁在运用这一地名时有些含混,导致后代聚讼不一。如《秦本纪》中"及其先大骆地犬丘并有之,为西垂大夫"一句中的西垂就有泛称的意味。而"文公元年,居西垂宫"一句,以及《秦始皇本纪》附《秦纪》中"襄公立,享国十二年。初为西畤。葬西垂。生文公。文公立,居西垂宫。五十年死,葬西垂"中的西垂,很明显是具体地名。

犬丘为非子最早居住之地,也是秦人最早的根据地,史籍有时也记作西犬丘。犬丘与西垂应该是一地二名①。西垂之具体地望,《史记》张守节正义认为在汉代陇西郡西县,即唐代上邽县,今甘肃天水。20世纪在甘肃礼县大堡子山发现了秦公陵园以及大量随葬品,后又在大堡子山东南方向与之相距约三公里的西汉水南岸圆顶山上,发现了秦贵族墓葬,为我们寻找西垂之地望找到了依据,大多数学者认定西垂就在礼县附近。如徐卫民主张在今礼县永安附近②,祝中熹主张大致范围在今西和县北部和礼县东部③。各家所说大致范围相近,具体位置略有偏差。

秦邑是周孝王封非子的地方。孝王欲立非子为大骆嫡嗣,因申侯的劝谏,乃作罢。于是另封非子于秦邑,大骆之嫡子仍居于犬丘,形成秦人两宗并存的局面。秦仲时期大骆一族被西戎灭亡后,周宣王召庄公昆弟五人使伐西戎,破之。于是庄公得以重新移居犬丘,嬴秦两支合而为一。

关于秦邑的位置,《史记》裴骃集解引徐广曰秦邑在"今天水陇

---

①　《春秋》:"八年春,宋公、卫侯遇于垂。"《左传·隐公八年》:"八年春,齐侯将平宋、卫,有会期。宋公以币请于卫,请先相见。卫侯许之,故遇于犬丘。"经传所载为同一件事,说明垂和犬丘是一地二名。段连勤据此考证,西犬丘与西垂也是同地异名,因地处西方,故前者冠以"西"字。见段连勤《关于夷族的西迁和嬴秦的起源地、族属问题》,收入《秦文化论丛》第一辑,西北大学出版社,1993年。

②　徐卫民《秦都城研究》,陕西人民教育出版社,2000年,第46页。

③　祝中熹《早期秦史》,敦煌文艺出版社,2004年,第105页。

西县秦亭也"。司马贞正义曰："《括地志》云：'秦州清水县本名秦，嬴姓邑。《十三州志》云秦亭，秦谷是也。"二人一致认为秦邑在天水附近。

总之，西垂是具体地名，并不是西部边疆的泛称，西垂与西犬丘为同地异名，汉代西县、西山也应指此地，具体位置应在今甘肃礼县附近。秦邑应在今甘肃张家川附近[①]。

（二）汧城、汧渭之间、汧渭之会

汧城在《史记》中没有记载，但张守节有说明，《正义》曰："《括地志》云：'故汧城在陇州汧源县东南三里。《帝王世纪》云秦襄公二年徙都汧，即此城。'"《括地志》由唐代李泰主编，《帝王世纪》系魏晋人皇甫谧撰。《晋书·皇甫谧传》谓皇甫谧是"安定朝那人"，晋之安定在今甘肃平凉一带。皇甫谧身为西北人，他的记载值得重视。假若《正义》引文无误，《帝王世纪》是襄公二年迁徙于汧城的最早记载[②]。

1979 年，陕西陇县边家庄村民发现残墓一座，器物一百余件，之后不断有器物出土。1986 年，陕西省考古研究所等几家单位进行抢救性发掘，共发现墓葬三十多座，出土器物几百件，仅五鼎四簋的大夫级墓葬就有八座，三鼎二簋的士级墓葬三座。在边家庄墓地东南约 1.5 公里的磨儿原村西，又发现一座古城遗址。考古学家认为这座城址与边家庄墓葬是有机联系在一起的，边家庄墓地是磨儿原城址的墓葬。磨儿原城址就是襄公所迁汧城之具体地望[③]。

汧渭之会为汧水渭水汇合之处，应有具体位置，汧渭之间距离

---

① 张家川乃 1961 年由清水县分出，古人记作清水县不误。

② 另有一种意见认为襄公迁汧城一事实属误传。理由是：《史记》没有襄公迁汧城的记载，史籍中载襄公迁汧城也仅《帝王世纪》一处。不相信司马迁原文反而相信近千年之后张守节的引用，似不合逻辑。见祝中熹《早期秦史》，第 92 页。

③ 见张天恩《边家庄春秋墓地与汧邑地望》，《文博》，1990 年第 5 期。

汧渭之会不应太远，可以将二者合而论之。目前汧渭之会具体地望有陇县、宝鸡市千河镇、郿县几种说法。徐卫民主张在汧水以东渭河以北的宝鸡市千河镇魏家崖村一带，并且以出土文物予以佐证，影响较大①。秦人自文公四年（前762）到达汧渭之会，至宪公二年（前714）徙平阳，在这里共生活四十八年。

（三）平阳、雍

《史记·秦本纪》："宁公（当为宪公）二年，公徙居平阳，遣兵伐荡社。"《正义》曰："《帝王世纪》云秦宁公都平阳。按：岐山县有阳平乡，乡内有平阳聚。《括地志》云：'平阳故城在岐州岐山县西四十六里，秦宁公徙都之处。'"林剑鸣认为平阳应在今陕西宝鸡县东阳平村②，马非百言在岐山县西南③。1978年，在陕西宝鸡县杨家沟乡太公庙村出土秦公镈三件，钟五件，为秦武公时器物。学者考证平阳古城当在今杨家沟附近，据岐山县城约二十公里。宪公、出子、武公在平阳共活动三十六年。

《史记·秦本纪》："德公元年，初居雍城大郑宫。以牺三百牢祠鄜畤。卜居雍。后子孙饮马于河。"雍城遗址在今陕西凤翔县附近。雍地是秦人的大本营，自战国灵公迁泾阳为止，雍城作为都城长达二百五十多年之久。在中国都城史上，雍城应有一定地位。

（四）泾阳、栎阳、咸阳

据《史记·秦始皇本纪》所附《秦纪》，灵公居泾阳，但是具体什么时候由雍城迁到泾阳，没有说明。王国维认为泾阳在今陕西泾阳县境。

秦献公继位的第二年，为了便于同魏国作战，将国都从泾阳迁到栎阳。王国维认为栎阳故城在今陕西高陵县境。到孝公十二年

---

①　《秦都城研究》，第63页。

②　《秦史稿》，第40页。

③　《秦集史》，第874页。

（前350），栎阳作为都城共三十三年。

孝公十二年，徙都咸阳，到秦亡，咸阳作为都城一百四十四年。

泾阳、栎阳两地在秦国都城史上影响不大。在迁都泾阳、栎阳后，因雍地存有众多先祖祠庙，仍经常有国君前来居留活动，雍城长期保持着繁荣之势。《史记·商君列传》载："于是以鞅为大良造。将兵围魏安邑，降之。居三年，作为筑冀阙宫庭于咸阳，秦自雍徙都之。"说国都直接由雍迁往咸阳，也是正确的。

## 二、春秋时期秦国大致疆域

由都邑的变化可以对秦人的活动范围作出大体划定。秦人在早期主要生活于今甘肃礼县附近。襄公二年（前776）越过陇山，迁到今陕西陇县一带（但是犬丘仍然有较大势力留守）。文公东猎，沿着汧水继续东移，到达今陕西宝鸡、岐山、凤翔一带，至此，秦人的主要活动范围由甘肃东部转移到关中。在战国秦惠文王灭巴、蜀之前，秦人主要生活在陕西关中和甘肃东部的大片地区，对秦文化形成影响的主要是这一区域。

都邑虽然是秦人生活的核心地区，但是秦人并不仅仅满足于都邑这一块小小的范围。下面通过春秋时期秦国所灭亡的几个国家的具体地望来推知当时秦国的疆域。

宪公时与亳战，亳王奔戎，伐荡社；武公时灭邽冀戎，初县郑、杜，灭小虢；穆公时灭茅津戎、梁、芮、滑、鄀，霸西戎。梁、芮、郑都在黄河西岸，秦灭梁、芮，打通了东向的障碍。鄀在今河南淅川县，伐鄀则为秦国南向的发展提供了保证。邽戎在今甘肃天水县南，冀戎在今甘肃甘谷县南。因戎人生活迁徙不定，荡社具体地址说法不一，其活动区域约在今陕西三原、兴平、长安附近。茅津之戎约生活在今陕西、山西交界之处，山西平陆附近。由以上秦所灭国家可知，春秋时秦国势力已达今陕西黄河西岸确定无疑。秦晋之间几次战役(如河曲之战、韩原之战、王官之战、殽之战)和会盟都在黄河附近也说明这一点。在西边,"用由余谋伐戎王,益国十二,开地千里,遂霸西戎"(《史记·秦本纪》)。"由于秦穆公灭西戎,秦国直接统治的地域,其西方至少达到今甘肃中部以至更远的地方"[①]。

可以说,春秋时期秦之最大范围,东到陕西黄河西岸,西到甘肃中部,北及黄土高原南部,南抵秦岭,即整个关中地区和甘肃东南部都为秦所有。

战国前中期秦人活动区域与春秋时期大抵相近,后期随着六国的相继灭亡,秦人也由偏居西北一隅逐渐走向了全国。然而除西北外,其他地域的地理环境对秦文化影响并不大,故不论。

### 三、秦国地理环境对秦文化的影响

秦国有黄河、华山、秦岭为屏障,又有多处重要关隘,这样的地理形势在战争中的作用显得非常突出。黄河、高山作为屏障,自然就形成易守难攻之势,使得秦国能够偏处西隅,独立发展,免受战乱之苦,国内能够有相对宽松安定的环境发展生产。在战争中秦国又能够居高临下,随时攻击六国,无四面受敌之虞。总观《左传》记载几百次战役,在秦国境内的战役寥寥,这不能不说是得益于秦国地理环境的作用。对此,古人多有阐述。汉代贾谊曾曰:"秦地被山带河以为固,四塞之国也。自缪公以来,至于秦王,二十余君,常为诸侯雄。此岂世贤哉?其势居然也。且天下尝同心并力攻秦矣……然困于阻险而不能进者,岂勇力智慧不足哉?形不利,势不便也。秦离小邑伐并大城,守险塞而军,高

---

① 《秦史稿》,第 50 页。

垒毋战,闭关据阨,荷戟而守之。"①《读史方舆纪要·陕西方舆序》说得更明了:"陕西据天下之上游,制天下之命者也。是故以陕西发难,虽微必大,虽弱必强,虽不能为天下雄,亦必浸淫横决,酿成天下之大祸。"②

在关中和中原之间,有一条著名的通道,称作函谷关(亦称桃林),这是我国先秦时期东西方联系的主要交通干线。这条道路群山夹峙,路途艰险,"函谷左右绝岸十丈,中容车而已"③。"东自崤山,西至潼津,通名函谷,号曰天险"④。春秋时期的小国家虢国就位于函谷关附近,这也正是晋献公要假途灭虢的真正原因。顾栋高曾感叹道:"(晋)最得便利者,莫如伐虢之役,自渑池迄灵宝以东崤、函四百余里,尽虢略之地。晋之得以西向制秦,秦人抑首而不敢出者,以先得虢扼其咽喉也。"⑤他虽是就晋国而论,事实上也指出了秦国地理形势的特点。

当然,地势之险是保证秦国国内相对安定的重要条件。另一方面,我们也应该看到,这也导致了秦国的保守,阻碍了秦国与东方国家的大规模交流,延缓了秦国东出进军的步伐。

我国地势从西到东呈三级台阶:第一级为华北平原、长江中下游平原一带等平原地带;次为黄土高原、秦岭一带;第三级为青藏高原。秦国处于第二级台阶上。秦之西再没有可与秦匹敌之国家,秦国的目光自然就始终注目于东方。当秦人把视线投向遥远的东方时会发现,中国西高东低的地势使得秦国似乎有俯视天下之势。这对秦国统治者的心理暗示——称霸,并最终统一全国,不能说没有丝毫影响。可以说,地理环境加强

---

①　《新书校注》,中华书局,2000 年,第 16 页。
②　顾祖禹《读史方舆纪要》,中华书局,2005 年,第 2449 页。
③　《后汉书·郡国一·河南尹》注引《西征记》,中华书局,1965 年,第 3393 页。
④　李吉甫《元和郡县图志》卷六《河南道二》,中华书局,1983 年,第 158—159 页。
⑤　顾栋高《春秋大事表》,中华书局,1993 年,第 495 页。

了秦人努力开疆拓土的决心,这一点从都城的布局就可以看
出。秦国都城不筑城墙①,这与东方国家明显不同,可见秦人采
取的是御敌于千里之外、以攻为守的国防战略,体现了秦人的积极
开拓精神。

　　秦国社会风习、文学艺术,乃至秦人性格也受到西北地理环境
的影响。

　　秦国风俗的形成,固然有政治环境、统治者的提倡等因素的影
响,地理环境的作用亦不可忽视。对此,班固早有阐述,《汉书·地
理志》曰:

　　　　天水、陇西,山多林木,民以板为室屋。及安定、北地、上
　　郡、西河,皆迫近戎狄,修习战备,高上气力,以射猎为先。故
　　《秦诗》曰"在其板屋";又曰"王于兴师,修我甲兵,与子偕行"。
　　及《车辚》《四载》《小戎》之篇,皆言车马田狩之事。汉兴,六郡
　　良家子选给羽林、期门,以材力为官,名将多出焉。孔子曰:
　　"君子有勇而亡谊则为乱,小人有勇而亡谊则为盗。"故此数
　　郡,民俗质木,不耻寇盗。②

通过《秦风》我们也可以看到秦人刚烈勇武的性格。这种现象至汉
代犹然,古人常云关西出将,关东出相,与此有一定关系。

　　我国西北多高山戈壁,地理环境远较江南、中部地区恶劣。生
活在这里的人们,便形成了乐观豪爽的性格,其艺术也少清新秀丽
之美,多苍茫雄浑之气。

---

①　见王学理《"秦都咸阳"与"咸阳宫"辨证》,《考古与文物》,1982 年第 2 期。
②　《汉书》,中华书局,1960 年,第 1644 页。

## 第三节　秦国的政治制度

### 一、秦国政治制度

（一）君位的继承制度

嫡长子继承制是西周以来周王朝和各诸侯国主要的继承制度,之后这一制度一直伴随着整个中国封建社会。秦国在早期却没有严格实行这一制度。

秦国君位的继承情况,目前可参照的文献是《史记·秦本纪》。春秋时期秦国共有十九位国君（包括因早卒不享国的静公和夷公）。康公之后的八位国君,司马迁均以"子某公立"的字样标明,既没有指出卒去的国君共有几个儿子,也没有说明继位者在诸兄弟中的排行。看来,司马迁对这点也是不甚了了,因此我们也无从判断继位者的身份。康公之前（包括康公）的十一位国君,司马迁对有些人的身份作了介绍,具体情况如下：兄弟继位者四人（武公、德公、成公、穆公）,非长子继位者二人（襄公、出子）,以长子身份继位者二人（宪公、宣公）,明确为太子继位者二人（静公、康公）,不明嫡庶者一人（文公）。

令人不解的是,与其他国家为君位而明争暗斗甚至酿成宫廷内乱不同,秦国有些合法继位者愿意主动放弃君位的继承权。如庄公卒,长男世父（嫡长子）不立,让其弟襄公;武公卒,其子白不立,立其弟德公;宣公有子九人,均不立,立其弟成公;成公卒,子七人均未立,立其弟穆公。尽管是兄终弟继,继位者也没有与诸侄子之间因权力问题发生斗争。这些有力地证明秦国早期确实没有严格执行嫡长子继承制,这一制度在早期秦国并没有多少影响,在当时的秦人思想中,嫡长子继承制观念还很淡漠。

不实行嫡长子继承制,秦国的继位者是如何选择的?《公羊传·昭公五年》："秦伯卒。何以不名？秦者，夷也。匿嫡之名也。"
何休注："嫡子生，不以名令于四竟，择勇猛者而立之。"[①]选择勇猛
者作为继承人是早期秦国的继承制度。其特点是不论嫡庶，择优
而立。这种制度的确立与秦国国情有直接关系。秦国的历史始终
与战争相伴随，严酷的战争要求国君必须勇猛有力，国君甚至要亲
自指挥作战，如襄公、文公都曾经带兵作战。假若国君只论嫡庶不
论才能，显然不能适合现实需要。

（二）设县制

除嫡长子继承制以外，分封制也是西周宗法制度中的重要内
容，秦国同样没有采用这一制度，而是采取设县制。《史记·秦本
纪》载："（武公）十年伐邽、冀戎，初县之。十一年，初县杜、郑。"史
籍所载春秋时期较早设立县制的是晋国、秦国和楚国。《左传·哀
公二年》载晋国与郑国铁之战前赵简子宣布："克敌者，上大夫受
县，下大夫受郡。"楚国在伐灭周边小诸侯国后，也设县，如申国、息
国被灭后，楚国就最早在这二地置县。相比之下，秦国设县更为彻
底一些。秦国在占领地设立由国君直接认命长官的县，国君直接
对地方进行控制，因此没有出现因分封造成的权力下放，秦国始终
没有出现像晋国、楚国一样在国内职掌重权的卿族，盖源于此。

（三）官制

由于秦国立国较晚，因此早期官制也不十分完备，直到秦穆公
时，才建立起一套较为完整的统治机构。在秦国国家机构中，设立
最早、地位最重要、也是秦国特有的官职是庶长一职。庶长原是武
官，秦国不断地扩展领地，新开拓的土地就由统兵武官来管理。这
些武官除了带兵作战以外，还需要负责地方统治，管理庶民，因此
被称作"庶长"。秦国庶长是除国君之外权力最大的人，有时竟可

---

① 《春秋公羊传注疏》，《十三经注疏》标点本，北京大学出版社，1999 年，第
483 页。

以废立国君。秦之庶长无定员,有庶长、大庶长、左庶长、右庶长、驷车庶长等。

秦国也设立史官制度。《史记·秦本纪》载秦文公十三年(前753)"初有史以记事"。司马迁写作《秦本纪》《秦始皇本纪》和《六国年表》主要的依据就是秦国的史书《秦纪》[①]。文公时有史官史敦,穆公时有史官内史廖(系由周王室入秦)。秦国史官地位很高,其职司不只限于记言、记事,还可以接近国君,担负着为国君解决问题、提供建议的重任。卜、祝是秦国专司宗教、祭祀的官职,如《左传·僖公十五年》:"秦饥,晋闭之籴,故秦伯伐晋。卜徒父筮之,吉。"杜注:"徒父,秦之掌龟卜者。"[②]

秦国君属下有卿、大夫。卿有上卿、亚卿之别,上卿地位当在亚卿之上。百里奚就曾任上卿[③],由晋逃奔到秦国的公子雍,曾做到亚卿职位。秦国大夫也分为不同等级,按照地位由高到低依次为上大夫、右大夫、大夫。如蹇叔就曾为上大夫,"缪公使人厚币迎蹇叔,以为上大夫"(《史记·秦本纪》)。《左传·襄公十一年》:"秦右大夫詹帅师从楚子。"《国语·晋语二》载秦穆公"乃召大夫子明及公孙枝"。

战国时秦的官制更加完善。惠文王时设相,张仪就是秦国第一个相,武王时又分为左相、右相。这时庶长仅仅成为了爵位名称。统兵武将有将军、大良造、国尉等职,商鞅就曾为大良造。此外还有御史、郎中令、太仆等。地方行政官员有郡守、县令、秩、史等,县以下官吏统称啬夫。

秦代官制基本是战国秦官制的延续和扩大。中央最重要的官职有"三公",丞相(即原来的相、相国)为文官之长,官位最为显要,

---

① 《史记》中《秦纪》书名不统一,《秦始皇本纪》中作《秦纪》,《六国年表》中作《秦记》,本书统一作《秦纪》。

② 《春秋左传正义》,第 373 页。

③ 向宗鲁《说苑校证》,中华书局,1987 年,第 43—44 页。

李斯就曾为丞相;太尉(即原来的尉、国尉)为武官之长;御史大夫
(即原来的御史)地位略低于丞相,有权监视百官。"三公"之下又
设"九卿"。地方官吏有郡守、县令、三老、亭长等职。

(四)军事制度、法律制度

在秦国政权中,军队占据重要地位。

穆公之前秦国军队史载很少,到穆公时作三军,设三帅。秦国
三军与其他国家以车兵为主不同,不但有车兵,同时还有数量不少
的步兵和骑兵。秦国各级军官除上述庶长外,还有不少官职,如"不
更"。《左传·成公十三年》秦国与晋国率领的诸侯之师战于麻隧,"秦
师败绩。获秦成差及不更女父"。杜注:"不更,秦爵。"[①]其他军官无
从考知。战国时,爵位自不更以下的男子都有被征调当兵的可能。

提到秦国的法律制度,自然会想到商鞅变法和秦简中数量很
大的秦律。事实上,秦国的法律制度由来已久。《史记·秦本纪》:
"(秦文公)二十年,法初有三族之罪。"可见这种极其残酷的制度在
秦国早期就已经出现。春秋时期秦国法律如何,史载寥寥。战国
时期秦律无论是条目还是内容,都大大丰富和完善。如秦律中有
《田律》《厩苑律》《金布律》《关市律》《仓律》等等,内容包括刑法、民
法、行政法、诉讼法等各方面,虽然分类、形式不及汉代、唐代法律
科学,但是已经具备了后代法律的雏形。

## 二、秦国政治制度对秦文化的影响

秦国政治制度的独特性形成了秦文化不同于其他地域文化的
特点,具体表现在以下几点:

(一)集权性

集权性是古今学者对秦文化一致的认识。秦国长期处于严酷

---

① 《春秋左传正义》,第761页。

的军事战争状态,可以说,军事活动贯穿秦国历史始终。军事斗争必然要求权力的高度集中,军事纪律则要求下级绝对的服从。秦国的军队由秦国君主指挥,没有出现其他国家由卿、大夫与国君分享军权的情况。受秦国这种长期军事活动的影响,秦国政治、文化也呈现鲜明的集权性,可以说,秦国是一个带有军事性质的中央集权的国家,国君直接掌管着官吏的任免权和军队的指挥权。这种高度集权的统治在战争年代就显现出了优越性,它有利于在战争中从大局出发,上下统一于一个人的指挥,步调一致,齐心协力,集中全国兵力与外敌作战,以取得战争的胜利。目前见到的秦国春秋时期的有铭铜器,均系国君或国君夫人作,与其他国家这一时期卿大夫争相作器有别,这是秦国政治集权性的反映。

（二）实用性

秦文化的实用性体现在许多方面。最突出的表现是秦国对待其他文化的态度。诗书礼乐是自西周以来文化的重要内容,更是划分贵族与平民的重要标尺,东方诸国无不以此津津乐道。对这些先进的文化,秦国有意学习效仿,并且取得明显成效。但是对于西周以来占绝对地位的宗法制度,秦国却并没有接受。当时周天子名存实亡,诸侯国内大族之间权力的争夺、倾轧,卿大夫家臣权力的日渐扩大,成为各国共同面对的棘手问题,鲁国、晋国、齐国等当时有影响的国家,问题尤为突出。这些政治矛盾,秦国国君自然清楚,因此秦在建国后并没有重用世家大族。纵观春秋战国,秦国没有出现如其他国家一样握有重权的世族,导致秦国无世族。秦国在吸收东方文化时从实用的角度进行了扬弃。

秦国这种对其他文化中不同成分的取舍、吸收、扬弃,源于秦国一贯的指导思想,即讲求实用。从为周孝王在汧渭间养马的非子开始,面对现实、接受现实,从而根据现实情况脚踏实地地奋斗,就成为秦人的生存准则。秦国被周王以及其他诸侯国的逐步认可接受,建立邦交,乃至秦国领土的不断扩大,都来自秦人面对现实的不懈努力。

秦国对人才的选择也体现了实用的原则。战国时期广泛招揽人才的国家比比皆是，最突出的是齐国的稷下学宫，高潮时多达一千余人。从学术派别来看，稷下汇聚了当时几乎所有的主要学派。但是细细考察可以发现，秦之士人与东方士人还有差别，东方士人表现出较多的书卷气。秦国士人明显地积极参与政治的具体运作，虽然秦国士人大多数来自东方，但是一旦进入秦国，就会与政治紧密结合。这些客卿之所以能够接近秦王并且得到信任，大都靠事先经过精心揣摩的一段说辞或者一套使国家在短时期内由弱变强的可行性方略。若得到秦王首肯，就会将其方略付诸实施，客卿的加官晋爵也与他对秦国政治的贡献直接关联。秦国士人与东方士人作用的不同，与秦国国君以及整个秦国社会对文人的选择、功利性期待有很大关系。那些不能够直接干预政治、保持相对独立性的士人，在秦国没有多大的发展空间。活跃在秦国的是纵横家、兵家人物，这批人才为秦国灭六国的最后胜利作出了巨大贡献。由此可见实用风习对秦国政治的影响。

秦国政治的实用性还表现在军事领域。在军事战略上，秦国既重视军事谋略，更重视提高部队整体作战能力。秦国的军事政策以计谋为主，以取胜为最终目的。秦穆公为达到征服西戎的目的，不惜采用美人计、离间计等手段一方面腐蚀戎王的斗志，另一方面离间戎王君臣关系，迫使由余投靠秦国，在由余的帮助下最终取得了霸西戎的胜利。战国时期，秦国的谋略更是比比皆是，甚至为了达到目的不择手段，被六国视作"虎狼之国"。这与其他国家既重视谋略，同时也强调战争的正义与否、仁义道德不同，例如像晋楚城濮之战，晋国为求得道义上的主动权甘愿退避三舍，这样的事在秦国是见不到的。

秦国文学艺术体现的实用性特点，在第八章讨论秦国文学的特点时详论。

（三）开拓性

前已说明，秦国没有实行嫡长子继承制。西周统治者之所以实行嫡长子继承制，是为了国家政权的稳定，避免诸公子之间、叔侄之间为权力的争夺而造成宫廷内乱。在中国漫长的封建社会，这种继承制度的确减少了许多因皇位之争而引发的政变。但是这种制度是把稳定放在第一位，把国家的发展放在第二位。发展离不开和平的环境，可二者毕竟有主次之别。秦国在君位继承方面是实行能者居之的制度，这种制度的特点是把国家的发展放在第一位，反映了秦人谋求发展、积极进取的开拓精神。

秦文化的开拓性还表现在对待国都问题上。秦国君主并不安于现状，而是锐意进取，积极开疆拓土，只要有利于收复、扩展领土，秦人当迁都则迁都，决不迟疑。秦自非子居犬丘，至孝公定都咸阳，共迁都六次。从秦人由西向东的迁都走向以及迁都的目的可以看出秦民族是一个具有不断开拓进取精神的民族。伴随着秦国都城的不断迁徙，秦国的疆域也随之不断扩大。

## 第四节　秦人的宗教信仰与社会习俗

### 一、宗教信仰与社会习俗

秦人在饮食、服饰、居住、交通、婚姻等方面的风俗与其他国家差别不大。这里重点论述秦人与其他国家在信仰和习俗方面的不同之处。

（一）信仰风俗

秦人以鸟为图腾。《史记·秦本纪》载："秦之先，帝颛顼之苗裔孙曰女修。女修织，玄鸟陨卵，女修吞之，生子大业。"大业的后代大廉名曰鸟俗氏，大廉的玄孙孟戏、中衍，皆鸟身人言。秦人图腾崇拜在出土文物中也有反映，如秦景公一号大墓中就发现彩绘木雕金凤鸟。

秦国特有的大型祭祀叫作"畤",如《史记·封禅书》载:"秦襄公攻戎救周,始列为诸侯。秦襄公既侯,居西垂,自以为主少皞之神,作西畤,祠白帝,其牲用骝驹黄牛羝羊各一云。"秦统一后,秦始皇还进行了封禅大典。秦国是一个多神崇拜的国家,天帝后土、秦之先祖、日月星辰、山川河流,甚至马、牛等都可以成为祭祀的对象。《史记·封禅书》:"于是始皇遂东游海上,行礼祠名山大川及八神,求仙人羡门之属。"秦人祭祀对象的多杂在《日书》中体现最为明显。

秦国社会盛行鬼神术数,秦文化中有突出的巫文化和神秘主义色彩,如消灾禳疾、诅咒对方等巫术活动在秦国都有发生。《日书》载秦人生活中有许多迷信禁忌,他们常常进行避邪驱鬼活动,五行思想在民间也颇为流行。秦统一后,五行思想更为盛行,秦统治者还将五行与政治、帝王相联系,成为了秦代的政治学说。

(二)丧葬风俗

秦人丧葬风俗最突出的是殉葬制度。

殉葬制度盛行于商代,开始衰落于西周,春秋时期各国虽有殉葬的记载,但并不普遍。秦国由于立国较晚,并且与戎狄杂处,在各国殉葬制度接近尾声的时候,秦国殉葬依然大盛。《史记·秦本纪》载秦武公死,陪葬六十六人;秦穆公死,陪葬一百七十七人。秦献公时,虽然宣布废除殉葬制,然而从考古发掘看,依然有殉人墓葬出现。

秦人陪葬者多为生产奴隶,但是姬妾、近侍、工匠、仆从、大臣、义士等有时也从死。如秦穆公死后,贤良奄息、仲行、铖虎也在陪葬者之列;战国时宣太后与魏丑夫私通,临死要求魏丑夫为她殉葬。

(三)尚武的习俗

关于秦国的社会习俗,前人多有阐述。如本章第二节引《汉书·地理志下》一段。朱熹就具体诗歌也有阐释,《诗集传》中就《秦风·无衣》曰:"秦人之俗,大抵尚气概,先勇力,忘生轻死,故其见于诗如此。"①

秦文化中有很浓的军事色彩,这种军事色彩对秦国政治、社会风俗产生了深远的影响,秦人尚武习俗的形成与此有一定关系。王夫之曾曰:

> 故昔者公刘之民尝强矣,因乎戎而駤忲未革也。周之先王闲之于杀伐,而启之于情欲,然后其民也相亲而不竞,二南之所以为天下仁也。逮乎幽、厉之世,民已积柔,而慆淫继之,杀伐之习,弗容闲矣。秦人乘之,遂闲之于情欲,而启之于杀伐,于是其民駤忲复作,而忘其慆淫。妇人且将竞焉,秦风所以为天下雄也。"②

马瑞辰亦云:

> 秦以力战开国,其以力服人者猛,故其成功也速,其延祚也短;而其弊也,失于黩武而不能自安。是故秦诗《车辚》《驷驖》《小戎》诸篇,君臣相耀以武事。其所美者,不过车马音乐之好,兵戎田狩之事耳。③

秦人的尚武不同于别的国家。以齐国为例。齐国也是一个崇尚武力的国家,《晏子春秋·内篇谏下》载:"公孙接、田开疆、古冶子事景公,以勇力搏虎闻。晏子过而趋,三子者不起。"④后来晏子

---

① 朱熹《诗集传》,凤凰出版社,2007 年,第 91 页。
② 王夫之《诗广传》,中华书局,1964 年,第 56 页。
③ 马瑞辰《毛诗传笺通释》卷十二《秦风总论》,中华书局,1989 年,第 361 页。
④ 《晏子春秋校注》,中华书局,2014 年,第 27 页。

不得不使用计谋,才把在朝廷中不可一世的三勇士杀了,这就是后代流传的"二桃杀三士"的故事。齐国的尚武,更多地体现在个人的英勇杀敌以及私斗方面。秦国则不然,《史记·范雎蔡泽列传》载范雎游说秦昭王时,称赞秦国之民,"民怯于私斗而勇于公战,此王者之民也"。秦人勇于公战,怯于私斗,与齐国的私斗形成明显的对比。

秦人好战、尚武,连秦国妇女也不乏阳刚之气。《列女传·仁智传》所载的伯嬴就是一位性情颇为刚烈的女子。

> 伯嬴者,秦穆公之女,楚平王之夫人,昭王之母也。当昭王时,楚与吴为伯莒之战,吴胜楚,遂入至郢,昭王亡,吴王阖闾尽妻其后宫。次至伯嬴,伯嬴持刃曰:"妾闻天子者,天下之表也;公侯者,一国之仪也。……今君王弃仪表之行,纵乱亡之欲,犯诛绝之事,何以行令训民?且妾闻生而辱,不如死而荣。……妾以死守之,不敢承命……于是吴王惭,遂退。①

伯嬴有理有节的一番话不仅使吴王汗颜,今天读来仍然令人肃然起敬。

## 二、秦人的宗教信仰与社会习俗对秦文学艺术的影响

秦人的宗教信仰与社会习俗影响了秦文学的题材。

秦文学中许多篇目反映了秦人尚武的社会习俗,如《秦风》多描写车马和武器装备,尤其是《无衣》一诗直接表现秦人乐战的心理,石鼓文则是秦人游猎生活的真实写照。有的篇目是秦人某种宗教仪式的产物,如《秦曾孙骃告华大山明神文》,是秦骃在罹患重

---

① 张涛《列女传译注》,山东大学出版社,1990 年,第 148—149 页。

病后祈求华大山保佑自己能够康复如故,为祭祀华大山而作;《诅
楚文》则是在一次秦楚大战前夕,秦作此文以诅咒楚怀王,希望神
灵助秦成功。这些文章,都服务于特定的宗教仪式。

秦文学的总体风格也受到秦社会习俗的影响。秦文学艺术总
有一股勇往直前、不可抑制的气势和力量,表现出阳刚之气。王应
麟曾曰:"风俗,世道之元气也……观《驷驖》《小戎》之诗,文、武好
善之民,变为山西之勇猛矣。"①他指出《秦风》具有崇尚勇猛、雄伟
的特点。

秦国音乐亦然。秦国传统音乐,可分为两种。一种是继承西
周的庙堂乐,节奏舒缓,庄严肃穆,主要用于祭祀等正式典礼,有关
秦的出土乐器多为这一类;另一种是秦人日常生活中的自由歌调,
结构简单,声调高亢,风格朴野,被称为"秦声"。可以说"秦声"正
是秦人音乐的特色,代表秦国音乐的风格。从乐器来看,瓮、缶等
打击乐器是秦人的常用乐器,这类乐器的特点是,乐音简单高亢,
节奏鲜明,粗犷豪放,尤其适于战争中激发士兵斗志时演奏。秦人
的生活与战争紧密关联,这种高亢昂扬的音乐在秦国的盛行与流
传,与此有一定关系。先秦乐器的演变轨迹为,最早是用于庙堂祭
典的打击乐器,后吹奏乐器逐渐出现,而战国流行的婉转动听、优
美复杂的新乐,则主要使用弹弦乐器。但是在秦国,打击乐器始终
没有完全被其他乐器所取代,打击乐器能够与其他种类的乐器共
存于秦国,正是由秦国音乐的特性决定的。

以上大略梳理了秦国的发展历史,就地理环境、政治制度、社
会风俗三个方面对秦文化的影响作了探讨。需要指出的是,秦文
化的兴起要早于秦国的建立。从考古遗存看,最晚到西周时期,秦
文化特点就比较明显了。甘肃甘谷毛家坪秦文化遗址中,最早的

①　《困学纪闻》卷三《诗》,文渊阁四库全书本。

是西周中期墓葬,在这些墓葬中发现的陶器,与西周陶器器形非常相似,竖穴土圹墓、西首葬等又是秦墓的典型特点,表明到西周中晚期,秦人一方面吸收了周文化,另一方面秦文化自身特点也已经非常突出。

## 第五节　秦思想文化与艺术成就

秦文化是秦文学孕育、发展的深厚土壤。本节我们对秦文化作一勾稽梳理。

前人谈及战国中晚期的秦国文化,多认为物质文化发展较快,精神文化却远不及东方国家。加之秦人尚武好战,商鞅变法压制文化的发展,秦始皇焚书坑儒,更给后人留下秦人重武轻文、秦精神文化落后的总体印象。如有学者指出:"秦文化的实用性表现之三就是它在物质文明方面发达,在精神文明方面逊色……秦国的精神文明则远远落后于东方诸国。春秋战国时期是我国古代学术大繁荣的时代,然而秦国却没有产生一个真正的思想家和一个独立的学派。"①

然而事实是,战国晚期在吕不韦的主持下秦国编撰了一部杂家著作——《吕氏春秋》。在《吕氏春秋》中,儒、道、墨、法、阴阳、兵等各家思想共存,甚至各派的一些分支也有记载,为我们全面了解先秦诸子思想提供了重要依据。除此之外,宇宙、自然、社会、历史、人生、逻辑、教育、农业、艺术、医药、天文等知识无所不包,有些达到了先秦最高成就,是先秦学术的一大集成。在精神文化较为落后、没有思想家的国家竟然编撰了这样一部集各种思想文化为一体的巨著,这一现象不能不让人产生疑惑,《吕氏春秋》是如何编

---

① 邱文山、张玉书、张杰、于孔宝《齐文化与先秦地域文化》,齐鲁书社,2003 年,第 746 页。

撰而成的？

　　战国时期的秦国精神文化真落后于其他国家吗？仔细勾稽梳理相关文献，可以发现，事实并非如此。战国中晚期的秦都咸阳是当时的学术中心，这为《吕氏春秋》的编撰奠定了坚实的基础。关于《吕氏春秋》编撰背景的形成，我们从战国时期秦国士人情况以及思想文化状况两方面进行讨论。

## 一、从战国时期秦国士人情况看秦思想文化成就

　　李斯在《谏逐客书》中曰：

　　　　昔缪公求士，西取由余于戎，东得百里奚于宛，迎蹇叔于宋，求丕豹、公孙支于晋。此五子者，不产于秦，而缪公用之，并国二十，遂霸西戎。孝公用商鞅之法，移风易俗，民以殷盛，国以富强，百姓乐用，诸侯亲服，获楚、魏之师，举地千里，至今治强。惠王用张仪之计，拔三川之地，西并巴、蜀，北收上郡，南取汉中，包九夷，制鄢、郢，东据成皋之险，割膏腴之壤，遂散六国之徒，使之西面事秦，功施到今。昭王得范雎，废穰侯，逐华阳，强公室，杜私门，蚕食诸侯，使秦成帝业。此四君者，皆以客之功。由此观之，客何负于秦哉！[1]

李斯不但指出秦国重用客卿的几个重要时期，同时指出了客卿对于秦国强盛的重要作用。不论出身，不分贵贱，唯才是用，重用外来人才，这是秦国自封国后一贯的用人制度。秦国是平王东迁时始立国，立国时处境异常艰难，平王赐给秦襄公的"岐以西之地"尚在犬戎手中，还常常遭受犬戎的侵扰。恶劣的生存环境，使得秦国

---

　　① 《史记·李斯列传》，第 2542 页。

在人才选择上只能是唯才是用，而不能像晋、鲁等国采用"尊尊亲亲"的世袭的用人原则。春秋战国时期秦国各个国君都继承了这一用人制度。因此，在其他国家出现了影响政局的世家大族，秦国却没有出现这一现象。可以说，秦国偏居西北，最终能够相继灭了六国统一全国，与秦国的用人制度有直接关系。

战国中后期，随着商鞅变法的成功，秦国势力的逐步东扩，秦国成为当时的头号强国。秦国在当时诸侯国中的这一地位，对士人无疑有着莫大的吸引力，当时的士人纷纷从各国汇聚到秦国。战国晚期，秦都咸阳已经成为当时最为繁荣的学术中心。

战国中晚期秦都咸阳学术中心的形成，主要经历了四个阶段。

（一）秦孝公时期（前 361—前 338 年）的二十余年间

这一时期是咸阳学术中心形成的开端。秦孝公时期一项重要的政令就是在孝公元年颁布了《求贤令》：

> 秦僻在雍州，不与中国诸侯之会盟，夷翟遇之。孝公于是布惠，振孤寡，招战士，明功赏。下令国中曰："昔我缪公自岐雍之间，修德行武，东平晋乱，以河为界，西霸戎翟，广地千里，天子致伯，诸侯毕贺，为后世开业，甚光美。会往者厉、躁、简公、出子之不宁，国家内忧，未遑外事，三晋攻夺我先君河西地，诸侯卑秦，丑莫大焉。献公即位，镇抚边境，徙治栎阳，且欲东伐，复缪公之故地，修缪公之政令。寡人思念先君之意，常痛于心。宾客群臣有能出奇计强秦者，吾且尊官，与之分土。[①]

商鞅就是在看到《求贤令》后自魏国入秦的。魏国当时文化较为发达，尤其是魏文侯（前 445—前 396 年在位）礼贤下士，魏国聚集了许多文人，成为当时的文化中心之一。魏国发达的文化显然

---

① 《史记·秦本纪》，第 202 页。

对商鞅有很大影响,商鞅就是带着魏国李悝的《法经》入秦的,
"(李)悝撰次诸国法,著《法经》六篇……商君受之以相秦".[1] 商
鞅还曾师从鲁人尸佼,《汉书·艺文志·诸子略》"杂家"著录有《尸
子》二十篇。班固注云:"名佼,鲁人,秦相商君师之。鞅死,佼逃入
蜀。"可见,商鞅虽以法家著称,他对其他诸家思想也是熟悉的。商
鞅见孝公,分别以帝道(道家)、王道(儒家)以及霸道(法家)游说孝
公,也说明了这一点。

　　商鞅入秦后孝公任为左庶长,颁布了变法令。变法取得巨大
成功,商鞅也由左庶长升为大良造。商鞅最后虽然被杀,但是法家
思想并没有随着商鞅的被杀而在秦国消失,反而由于变法的成功,
法家思想在秦国得以正式确立。在商鞅的倡导下,秦国出现了一
批商鞅的后学,《汉书·艺文志》载"《商君》二十九篇",属法家。又
载"《公孙鞅》二十七篇",属兵权谋家。《荀子·议兵》:"故齐之田
单,楚之庄蹻,秦之卫鞅,燕之缪虮,是皆世俗所谓善用兵者
也。"[2]说明战国时人就认为商鞅不仅是法家人物,也是兵家人物。
学者们研究,《商君书》多数篇目并非出自商鞅之手,但是出自商鞅
后学可以肯定。这些篇目从内容看都是站在秦国的立场,反映的
是秦国的实际情况,因此都应该撰写于秦国[3]。商鞅后学具体情
况虽然无从考知,但商鞅死后仍有大批的法家人物留在秦国可以
确定。

　　孝公时期见于史籍的文人还有商鞅的反对派甘龙、杜挚。他
们的情况史籍记载不多。关于甘龙,《史记·商君列传》司马贞索
隐曰:"孝公之臣,甘姓,名龙也。甘氏出春秋时甘昭公子带之后。"
　　孝公时期可考知的士人不多,但孝公颁布《求贤令》后从六国

---

①　《晋书·刑法志》,中华书局,1974 年,第 922 页。
②　王先谦《荀子集解》,中华书局,1988 年,第 276 页。
③　张林祥《〈商君书〉的成书与思想研究》,人民出版社,2008 年。

来到秦国的文人一定不少。《求贤令》的颁布,拉开了咸阳成为学术中心的序幕。

（二）秦惠王时期（前 337—前 311 年）的二十余年间

这一时期是咸阳学术中心形成的准备阶段。秦惠文王在位二十七年,延续了孝公时期的治国方略,秦国国力仍处于急速上升时期。凭借强盛的国力,惠王踌躇满志,将惠文君改为惠文王,在秦国历史上首次称王。

惠王时期秦国招揽的客卿数量更为庞大,这一时期活跃在秦国的主要是法家、兵家、纵横家、墨家人物。纵横家张仪是惠王时期最重要的文人,惠王时期在官职上最重要的变化就是国君之下设相,张仪就是秦国第一个相。当时的许多大事件张仪都曾参与,如与公子华一起率兵攻魏,为秦出使魏、楚、韩、齐、赵、燕等国,为人熟知的用商於六百里欺骗楚国一事,张仪就是总导演。《史记》中专列《张仪列传》,《汉书·艺文志》载张仪曾有《张子》十篇,汉武帝建元元年,"丞相绾奏:'所举贤良,或治申、商、韩非、苏秦、张仪之言,乱国政,请皆罢。'奏可。"[1]可见其书在汉初犹存。

除张仪外,惠王时期的士人还有陈轸、公孙衍（犀首）、司马错、甘茂、乐池、管浅、冯章、寒泉子等[2]。陈轸与张仪俱事惠王,曾为秦出使齐国,劝谏惠王对义渠戎采用安抚的办法使其归顺。公孙衍为魏之阴晋人,惠王时为大良造,张仪卒后入相秦,曾率兵攻魏。乐池,亦相秦惠王。

墨家人物在惠王时期非常活跃,秦墨是当时墨家三大分支中最重要的一支。如墨家之钜子腹䵍,惠王时居秦。唐姑果,亦为秦之墨者。东方之墨者谢子,曾西见惠王。田鸠,惠王时居秦三年。

---

① 《汉书·武帝纪》,第 156 页。

② 张仪、司马错事迹见《史记·张仪列传》与《战国策·秦策》,陈轸、公孙衍、乐池事迹见《史记·张仪列传》,甘茂事迹见《史记·甘茂列传》,管浅、冯章、寒泉子事迹见《战国策·秦策》。

这些墨家人物对于秦国墨家思想的传播有重要意义。

惠王时期打破了孝公时期法家占主要地位的局面,这一时期纵横家、兵家、墨家等人物也纷纷参与到秦国的政治生活中,为咸阳学术中心的形成以及《吕氏春秋》的编撰奠定了良好的基础。

(三)秦武王、秦昭王时期(前310—前251年)约六十年间

这一时期是咸阳学术中心形成的前奏。武王在位三年,武王将惠王时期设置的相又分设左右相,如樗里疾、甘茂、屈盖等都曾任过武王时相。樗里疾为惠王弟,曾为秦出使周。甘茂,楚人,曾为秦出使魏、赵。屈盖亦为楚人。此外,惠王时期的冯章在武王时依然是重要文人,武王三年他出使楚[①]。

昭王在位五十六年,这一时期人才最为集中,就丞相论,就有樗里疾、向寿、魏冉、孟尝君、楼缓、芈戎、范雎、蔡泽、金受、寿烛、杜仓[②]。向寿,楚人,为宣太后外族,曾为秦出使魏、楚。魏冉,宣太后弟,任秦相共五次达二十五年之久,是秦相在位最长者。孟尝君为战国四公子之一,身边有不少门客,他在秦昭王时期虽然只任秦相一年,但这一时期齐国稷下学宫学术繁荣的余绪尚在,孟尝君及其门客可能把齐国百家争鸣的学术思想带到秦国。范雎曾建议秦昭王对六国实行远交近攻的策略。芈戎为宣太后同父弟,昭王十一年使楚。蔡泽曾说范雎功成身退。

昭王时期还出现了一批文臣武将,如公孙眜,昭王元年出使韩。司马错,昭王拜为客卿。白起,军事家,昭王时期的多次战役任将帅。司马靳,司马错孙,事武安君白起。造,客卿,曾说穰侯。胡伤,卫人,昭王时为客卿。蒙骜,官至上卿。公子池,惠王之子,昭王之兄,昭王十一年使齐、韩、魏。姚贾,昭王时使魏。王稽,昭

---

① 樗里疾事迹见《史记·樗里疾列传》,屈盖事迹见《战国策·秦策》。

② 魏冉、范雎、蔡泽、孟尝君事迹分别见《史记·穰侯列传》《范雎列传》《蔡泽列传》《孟尝君列传》,楼缓、金受事迹见《史记·秦本纪》,寿烛事迹见《史记·穰侯列传》,杜仓事迹见《韩非子·存韩》,芈戎事迹见《战国策·韩策》。

王时使魏,曾引荐范雎进见秦昭王。吕礼,齐康公七世孙,事昭王。冷向,秦臣。司马庚,秦大夫。许绾,秦臣,为宜阳令。韩春,秦大臣,曾说昭王取齐女为妻。庸芮,秦臣,曾说宣太后①。

荀子在昭王时期也来到秦国,他在秦国与范雎有一段谈话:

> 应侯问孙卿子曰:"入秦何见?"孙卿子曰:"其固塞险,形势便,山林川谷美,天材之利多,是形胜也。入境,观其风俗,其百姓朴,其声乐不流污,其服不挑,甚畏有司而顺,古之民也。及都邑官府,其百吏肃然莫不恭俭、敦敬、忠信而不楛,古之吏也。入其国,观其士大夫,出于其门,入于公门,出于公门,归于其家,无有私事也,不比周,不朋党,偶然莫不明通而公也,古之士大夫也。观其朝廷,其闲听决百事不留,恬然如无治者,古之朝也。"②

荀子对秦国的山川形势、民风民俗、都邑官府、朝廷制度、文武百官、市井下人等都作了评论,说明他在秦国并非短暂的逗留,应该是生活了较长的一段时间,才会对秦国有如此全面的了解。

总之,昭王时期秦国统一天下的趋势日渐明朗,这一时期的秦国对六国士人具有更大的吸引力,一批文臣武士纷纷汇聚到秦国这个大的政治舞台,力求一显身手。从秦统治者而言,统一天下是秦人从未经历过的重大历史使命,也需要一批有识之士

---

① 公孙昧事迹见《史记·韩世家》,白起事迹见《史记·白起列传》,司马蕲事迹见《史记·太史公自序》,胡伤事迹见《史记·秦本纪》及《史记·穰侯列传》,蒙骜事迹见《史记·蒙恬列传》,造、公子池、韩春、庸芮事迹见《战国策·秦策》,姚贾事迹见《史记·韩非列传》《战国策·秦策》及《史记·秦始皇本纪》,王稽事迹见《史记·范雎列传》,吕礼事迹见《史记·秦本纪》及《史记·穰侯列传》,冷向事迹见《战国策·韩策》,许绾事迹见《战国策·魏策》及《吕氏春秋·应言》。

② 《荀子·强国》,王先谦,《荀子集解》,中华书局,1988 年,第 302—303 页。

的辅佐,以便统一大业能够顺利进行,因此对士人的渴求超过之前任何一个时期。可以说,昭王时期是咸阳学术中心形成的前奏。

（四）秦庄襄王到秦王政前期(前 250—前 221 年)近三十年间

这是战国晚期咸阳学术中心的形成期,也是《吕氏春秋》从酝酿到编辑成书的时期。

庄襄王时期以及秦王政前期主要是吕不韦当政,权倾一时的吕不韦身边必然聚集了大批士人。除了昭王时期的一批人依然活跃在这一时期外,重要士人还有李斯、尉缭、昌平君、昌文君、王翦、王贲、李信、蒙武、蒙恬、蒙毅、顿弱、中期、茅焦等[①]。李斯为楚人,曾为相,秦始皇时的许多大事件李斯都是参与者。尉缭为战国末期重要思想家,曾游说过秦王政,《汉书·艺文志》载《尉缭》二十九篇,属杂家。兵形势家载《尉缭》三十一篇。昌平君为楚公子,秦王政九年,嫪毐作乱,秦王“令相国昌平君、昌文君发卒攻毐”,《索隐》:“昌平君,楚之公子,立以为相,后徙于郢,项燕立为荆王,史失其名。昌文君名亦不知也。”(《史记·秦始皇本纪》)王翦及其子王贲俱为秦始皇时大将。蒙武为蒙骜之子,蒙恬、蒙毅为蒙武之子,蒙氏三代四人均为秦国重要将帅,尤其是蒙恬,史载其尝书狱,典文学。顿弱,始皇时使韩、魏、燕、赵。中期,曾与秦王政争论。茅焦,齐人,因嫪毐事向秦王进谏。

法家人物韩非也曾使秦,在韩非使秦前,他的作品早已流传到秦国,并得到秦王政的高度赞赏,《史记·韩非列传》:“人或传其书至秦。秦王见《孤愤》《五蠹》之书,曰:‘嗟乎! 寡人得见此人与之游,死不恨矣!’”韩非使秦后,李斯嫉妒韩非,逼迫韩非服

---

① 李斯事迹见《史记·李斯列传》,尉缭事迹见《史记·秦始皇本纪》,王翦、王贲事迹见《史记·王翦列传》,李信事迹见《史记·王翦列传》以及《史记·秦始皇本纪》,蒙武、蒙恬、蒙毅事迹均见《史记·蒙恬列传》,顿弱事迹见《战国策·秦策》,中期事迹见《说苑·正谏》,茅焦事迹见《史记·吕不韦列传》。

毒自杀。

《吕氏春秋》是吕不韦召集门客编撰而成,史籍中还记载了吕不韦的两个门客。甘罗,甘茂孙,事文信侯吕不韦。司空马,三晋人,少事文信侯,为尚书①。

秦国还不乏其他方面的人才,如李冰为蜀守时修建了大型水利工程都江堰,韩国水工郑国入秦修建了郑国渠,可见秦国科技方面的成就。秦国还有相马专家伯乐、九方皋,秦简日书中有《马禖》篇,学者考证是中国最早的相马经②。《史记》还记载了被称为"秦倡侏儒"的艺人优旃。③《吕氏春秋》的内容包罗万象,堪称当时的百科全书,战国末期秦国士人的知识结构也说明当时秦国文化之丰富。

战国养士之风盛行,《史记·吕不韦列传》:"当是时,魏有信陵君,楚有春申君,赵有平原君,齐有孟尝君,皆下士喜宾客以相倾。吕不韦以秦之强,羞不如,亦招致士,厚遇之,至食客三千人。"吕不韦门下尚有食客三千,其时秦国之士人数量应该远远大于这一数字,由此可见当时秦国人才聚集的盛况。

战国时期出现的秦国作品也证明了当时秦国士人的繁盛。目前能见到的战国中后期秦文学作品,除《吕氏春秋》外,还有《秦纪》《诅楚文》《秦曾孙骃告华大山明神文》《商君书》《谏逐客书》《南郡守腾文书》等,《诅楚文》与《谏逐客书》向来为人称颂,是文学史上难得的佳作。秦国下层社会也有文学作品出现,有些作品甚至具有追溯源流的重要文献价值,如《睡虎地秦简》中的《为吏之道》可与《荀子·成相》互证,从军士兵的两封家书是目前见到的最早的

---

① 甘罗事迹见《史记·甘茂列传》,司空马事迹见《战国策·秦策》。

② 贺润坤《中国古代最早的相马经——云梦秦简〈日书·马〉》篇,《西北农业大学学报》,1989 年第 3 期。

③ 李冰事迹见《风俗通》及《水经注》,郑国事迹见《史记·河渠书》,伯乐事迹见《韩非子·说林下》,优旃事迹见《史记·滑稽列传》。

家书,放马滩秦简中的《墓主记》是目前见到的最早的志怪故事,有学者指出比《搜神记》早了五百多年①。这些都说明战国时期的秦国从上流阶层到下层社会,都有比较好的文化基础,说明当时秦国文人数量之庞大。

从孝公下诏《求贤令》始,到秦王政统一全国前夕,秦国在国力日渐强盛的同时,也吸引了许多士人,以上只就史籍所见重要士人做了梳理。这些士人多数为法家、兵家、纵横家人物,但也不乏其他方面的人才。有的本为秦人,大多数则为外来人士,他们在秦国活动时间长短不一,共同促成咸阳学术中心的繁荣,为《吕氏春秋》的编撰奠定了坚实的基础。

## 二、史籍所见秦国思想文化状况

咸阳学术中心的形成,推动了战国中晚期秦国思想文化的发达,当时重要的诸子学派都在秦国出现。

（一）秦之墨家

《韩非子·显学》:"自墨子之死也,有相里氏之墨,有相夫氏之墨,有邓陵氏之墨。故孔、墨之后,儒分为八,墨离为三。"②《韩非子》中明确记载墨子之后墨学曾离为三。墨家三派究竟有什么不同?《庄子》中作了简略说明,《天下篇》云:"相里勤之弟子,五侯之徒,南方之墨者若获、己齿、邓陵子之属,俱诵《墨经》,而倍谲不同,相谓别墨;以坚白同异之辩相訾,以觭偶不仵之辞相应;以巨子为圣人。皆愿为之尸,冀得为其后世,至今不决。"现当代学者对墨学三派分布地域以及特点作了细致的考证,如蒙文通言:"三墨者,即南方之墨、东方之墨、秦之墨。秦之墨为从事一派,东方之墨为说

---

① 李学勤《放马滩简中的志怪故事》,《文物》1990年第4期。
② 陈奇猷《韩非子新校注》,上海古籍出版社,2000年,第1122页。

书一派,南方之墨为谈辩一派。"①

秦墨在秦惠王时期最为活跃,前引田鸠、谢子、唐姑果以及墨家钜子腹䵍在惠王时期都活跃于秦国。墨家钜子居秦,说明当时墨家在秦国影响之大。《吕氏春秋·去私》:

> 墨者有钜子腹䵍,居秦,其子杀人,秦惠王曰:"先生之年长矣,非有它子也,寡人已令吏弗诛矣,先生之以此听寡人也。"腹䵍对曰:"墨者之法曰:'杀人者死,伤人者刑。'此所以禁杀伤人也。夫禁杀伤人者,天下之大义也。王虽为之赐,而令吏弗诛,腹䵍不可不行墨者之法。"不许惠王,而遂杀之。②

秦国从孝公开始,任用商鞅变法,变法的内容之一就是严刑罚,即"王子犯法与庶民同罪"。惠王为孝公子,这时法家思想在秦国确立时间并不长,变法内容还需要严格执行。但惠王却因腹䵍之故要赦免其子,并且称腹䵍为先生,可见腹䵍深受惠王的礼遇与敬重,墨家在秦国地位非同一般。

墨家在秦国地位如此之重要,自然会吸引一些墨家人物进入秦国。《吕氏春秋·首时》:"墨者有田鸠欲见秦惠王,留秦三年而弗得见。客有言之于楚王者,往见楚王,楚王说之,与将军之节以如秦,至,因见惠王。"高诱注:"田鸠,齐人,学墨子术。"③《淮南子·道应训》也有记载,文字略异。田鸠属东方之墨无疑。《汉书·艺文志》载有《田俅子》三篇,《绎史》:"田鸠即田俅。"④田鸠有

---

①  蒙文通《论墨学源流与儒墨汇合》,收入刘梦溪主编《中国现代学术经典·廖平蒙文通卷》,河北教育出版社,1996年,第584页。

②  陈奇猷《吕氏春秋新校释》,上海古籍出版社,2002年,第56—57页。本书所引《吕氏春秋》俱据该本。

③  《吕氏春秋新校释》,第780页。

④  马骕《绎史》,文渊阁四库全书本。

著作传到汉代,在当时应为墨家重要人物。遗憾的是,田鸠居秦三年欲见惠王而弗得见。停留三年之久等待惠王的接见,也说明当时秦国墨学在战国时期各国影响巨大。

《吕氏春秋·去宥》又载:

> 东方之墨者谢子将西见秦惠王。惠王问秦之墨者唐姑果。唐姑果恐王之亲谢子贤于己也,对曰:"谢子,东方之辩士也,其为人甚险,将奋于说以取少主也。"王因藏怒以待之。谢子至,说王,王弗听。谢子不说,遂辞而行。

此事又见《淮南子·修务训》《说苑·杂言》,唐姑果又作唐姑梁、唐姑等,谢子又作祁射子。高诱注:"唐姓,名姑梁,秦大夫。"当东方之墨者谢子将见秦惠王时,惠王征求唐姑果的意见,并最终采纳了唐姑果的意见,足见唐姑果深得惠王的信任。东方之墨者田鸠与谢子在秦国都遭到排斥,可见《韩非子·显学》载墨子之后墨学三个分支之间分歧很严重,它们已经属于不同集团,很难融合。

秦墨还有著作传世,今传《墨子·备城门》以下诸篇,不少学者考证就应该出自秦墨者之手。如蒙文通通过将《墨子》中《备城门》《号令》等篇与秦法与秦国官制相比较,认为:"自《备城门》以下诸篇,备见秦人独有之制,何以谓其不为秦人之书?……推而明之,其为秦墨之书无惑也。"[1]

《吕氏春秋》中《去私》《节丧》《安死》《当染》等篇都反映的是墨家思想,这些篇章应该就是居秦的墨家后学所作。

墨家思想还渗透到了秦国的政治、军事、法律思想中,是秦国立国思想的重要组成部分。上引腹䵍拒绝惠王的一片好意,坚决杀了自己的儿子,就颇有法家的作风,墨家钜子执法之严格于此可

---

[1]　《论墨学源流与儒墨汇合》,第587页。

见。《墨子》中有关内容也反映了墨法之间的相似之处。如《墨子·号令》:"奸民之所谋为外心,罪车裂。""四面之吏亦皆自行其守,如大将之行,不从令者斩。诸灶必为屏,火突高出屋四尺,慎无敢失火,失火者斩其端,失火以为事者车裂。伍人不得,斩;得之,除。救火者无敢讙哗,及离守绝巷救火者斩。其正及父老有守此巷中部吏,皆得救之。部吏亟令人谒之大将,大将使信人将左右救之,部吏失不言者斩。诸女子有死罪及坐失火皆无有所失,逮其以火为乱事者如法。""归敌者,父母、妻子、同产皆车裂。先觉之,除。当术需敌,离地,斩。伍人不得,斩;得之,除。""其以城为外谋者,三族。"①

以上引文中提到的三族、车裂等,均是秦之重法。引文语言风格也与《商君书》《睡虎地秦简》语言如出一辙,颇有法律条文斩钉截铁、冷酷无情之风格。三族之法,秦国古已有之,《史记·秦本纪》载,秦文公二十年(前746),"法初有三族之罪"。而车裂之法,不见于《商君书》以及《睡虎地秦简》,应来自秦墨之法。郭沫若曾指出:"墨者与秦王既相得,我们要说秦法之中有墨法参与,总不会认为是无稽之谈吧。"②认为墨法是秦立国思想的重要组成部分,这是很有见地的。这不仅进一步证明战国后期秦国是墨家的重要活动中心,而且说明秦国的法律深受墨家影响。

(二)秦之道家

秦国也出现了道家人物。《列子·汤问》:"唯黄帝与容成子居空峒之上。"③容成子据称是老子之师,《列仙传》:"容成公者,自称黄帝师,见于周穆王……事与老子同,亦云老子师也。"④容成子籍贯不可考,但他居住的崆峒山,近于秦地。《庄子·寓言》又载:"老

① 孙诒让《墨子间诂》,中华书局,2001年,第593—605页。
② 郭沫若《青铜时代》,科学出版社,1957年,第179页。
③ 杨伯峻《列子集释》,中华书局,1974年,第157页。
④ 《列仙传》,上海古籍出版社,1990年,第2—3页。

聃西游于秦。"①《列仙传》也有相关记载。老子西入秦的时间,赵逵夫先生考证应是在前 501 年前后,"老子当生于前 570 年前后,至其入秦之时,已七十来岁。我以为他应是在彻底厌倦了当时的社会之后,从人生的方面考虑问题,一方面希望逃避在耄耋之年死于刀兵,另一方面想进一步了解秦地所传重生、养生的思想。"老子晚年入秦后还收授门徒,杨朱就是老子晚年所收弟子。《庄子·应帝王》:"阳子居见老聃。"《山木》有"阳子之宋",成玄英疏:"姓杨名朱,字子居,秦人也。"阳子居即杨朱。秦地另一个与老子有关的人是秦失。《庄子·养生主》:"老聃死,秦失吊之,三号而出。"学者们考证秦失也是秦人,其思想与老子有一致之处。《庄子·齐物论》《人间世》等篇中提到的南郭子綦(也作南伯子綦),也为秦人。孙以楷等学者考证南郭子綦是庄子的老师。赵逵夫先生就秦地出现众多的道家人物总结到:"我认为从春秋时代开始,秦地就有一种重生的观念,这种观念因为老子思想的影响进一步理论化,成为后来老子思想承传者所张扬的思想中一个重要的内容,而这一内容又成了后代道教思想产生的麴蘖。"②

赵逵夫先生认为从春秋时代开始,秦地就有一种重生的观念,甚有见地。关于秦地盛行重生养生观念,还可以从其他方面得到证实。

秦国医学水平在春秋时期就已经为各国之冠,连当时的北方霸主晋国也要去秦国求医。《左传·成公十年》载:"医缓者,秦人也……晋景公疾病,求医于秦。公使缓为之。"而秦景公时的医和,在为晋平公诊断时的一番话已经触及到许多医学中的基本理论原则:

---

① 王先谦《庄子集解》,中华书局,1987 年,第 249 页。本书所引《庄子》俱据该本。

② 参见赵逵夫师《论老子重生思想的源流与道教思想的孕育》,《兰州大学学报》,2007 年第 4 期。

　　晋侯求医于秦,秦伯使医和视之,曰:"疾不可为也,是谓近女,室疾如蛊。非鬼非食,惑以丧志。良臣将死,天命不佑。"公曰:"女不可近乎?"对曰:"节之。先王之乐,所以节百事也,故有五节;迟速本末以相及,中声以降。五降之后,不容弹矣。于是有烦手淫声,慆堙心耳,乃忘平和,君子弗听也。物亦如之。至于烦,乃舍也已,无以生疾。君子之近琴瑟,以仪节也,非以慆心也。天有六气,降生五味,发为五色,征为五声。淫生六疾。六气曰阴、阳、风、雨、晦、明也,分为四时,序为五节,过则为菑:阴淫寒疾,阳淫热疾,风淫末疾,雨淫腹疾,晦淫惑疾,明淫心疾。女,阳物而晦时,淫则生内热惑蛊之疾。今君不节、不时,能无及此乎?"①

　　《国语·晋语八》亦载此事,略异。医和将阴阳、六气与疾病相联系,开了《内经》中病因、病理学的萌芽,"他是见载于书的把阴阳和医学联系的第一位医家"②。战国末年吕不韦召集门客编《吕氏春秋》,其中《尽数》一篇,则是对医和理论的继续发展,中医学的奠基之作《内经》中的许多基本概念和论点,就是由医和与《尽数》中的观点发展而来的。可以说,医和的理论是中医学理论探讨的开始,虽然还显得有些简单,但毕竟是从单纯的就医论医向更加系统化、理论化、实质化的研究迈出了可贵的一步,为后来的探索指出了方向。阴阳、五行、六气之说是中国传统文化的核心,许多学科中的观点如天文历法、音乐、地理等都由此生发,医和将自己的理论纳入到中国传统文化的大系统中,可见秦国医学之成就。

　　名医扁鹊也曾入秦,"扁鹊名闻天下。过邯郸,闻贵妇人,即为带下医;过雒阳,闻周人爱老人,即为耳目痹医;来入咸阳,闻秦人

---

　　① 《春秋左传注》,第 1221—1222 页。
　　② 赵石麟《春秋战国时期秦医学的历史地位》,《陕西中医》,1989 年第 2 期。

爱小儿，即为小儿医：随俗为变。秦太医令李醯自知伎不如扁鹊也，使人刺杀之"(《史记·扁鹊仓公列传》)。扁鹊为齐国人，他经邯郸，过洛阳，最后入咸阳，说明他这次旅程的目的地就是咸阳。扁鹊不远万里来到秦地，与其久闻秦地发达的医学不无关系。

秦国医学的发达，与重生观念有直接关系，重生的观念，推动了秦国医学的发展。医学、重生养生思想又吸引道家人物来到秦国，推动秦道家思想的发展。

（三）秦之天文历法与五行思想

20世纪以来有大量的秦简出土，这些秦简中除了法律文书外，数量最多的就是有关选择时日吉凶的数术书《日书》了。目前出土的秦简《日书》主要有两种，一种是1975年出土于湖北云梦县睡虎地十一号秦墓的睡虎地秦简《日书》甲、乙种，另一种是1986年出土于甘肃天水市北道区党川乡放马滩一号秦墓的放马滩秦简《日书》甲、乙种。睡虎地秦简抄写于秦昭王时期（前237至前251年），放马滩秦简主要抄写于秦代。

从事推择时日吉凶的人被称为日者，日书就是日者用来决凶择吉的工具书。《史记》中褚先生补记《日者列传》，但所记录者均为汉代人。《汉书·艺文志》数术类中也记载了大量日书，可惜大都已经亡佚。对于汉代之前的日书情况史籍记载很少，秦简《日书》为我们了解这些书籍提供了珍贵的资料。

睡虎地十一号秦墓墓主喜曾做过令史等小官，他将日书作为随葬品，足见当时人对日书之重视。《史记·秦始皇本纪》载，秦始皇时曾云："吾前收天下书不中用者尽去之，悉召文学方术士甚众，欲以兴太平，方士欲练以求奇药。"秦始皇曾广召方术士，说明秦代方术士颇受礼遇。秦始皇焚书，"所不去者，医药卜筮种树"，由此也看出方士在当时影响之巨大、数术之盛行。

秦简《日书》中有相当的内容是有关历法及家事的，反映了当时秦国下层社会的文化水平。从《日书》记载看，当时秦国民间文化水平远远超出人们之前的认识。放马滩秦简中记载的内容除了门忌、日忌、占卦、巫医等内容外，还出现了月忌，即说明一年十二月中每月应该做什么，不可做什么①。如"正月东方，四月南，七月西方，十月，凡是是咸池会月矣。不可垣其乡（向）；垣高厚，死。取谷、兵，男子死；谷坏，女子死"②。《吕氏春秋》中《十二纪》每篇之前都有一段有关时令的文字，文字内容与《礼记·月令》很相似，这些与《日书》中载月忌作用、性质一致，前后渊源关系十分明显。

择日总是与天文历法相配合禁忌，日书通常会吸收天文、历谱、杂占等思想。《日书》中已经出现二十八宿星座的名称以及运行情况的记载，睡虎地秦简《日书》"玄戈"篇详细排列了一年十二个月中二十八宿与地支十二辰的对应变化顺序，以星宿表示吉凶，如"十月，心、危、营室大凶，心、尾致死，毕、此（觜）觿大吉，张、翼少吉，招（招）摇（摇）（系）未，玄戈（系）尾"③。秦人还将一天分为十六个时辰："平旦生女，日出生男，夙食女，莫（暮）食男，日中女，日西中男，昏则女，日下则男，日未入女，日入男，昏女，夜莫（暮）男，夜未中女，夜中男，夜过中女，鸡鸣男。"④十六时辰分别为平旦、日出、夙食、暮食、日中、日西中、昏、日下、日未入、日入、昏、夜暮、夜未中、夜中、夜过中、鸡鸣，其中"昏"出现两次疑为抄写之误。

当时人还观测到一年中白天黑夜的长短比例，如放马滩秦简《日书·甲种》载：

> 正月，日七夕九，二月，日八夕八，三月，日九夕七，四月，

---

① 李零称之为"月讳"，见《中国方术考》（修订本），东方出版社，2001年，第43页。
② 吴小强《秦简日书集释》，岳麓书社，2000年，第283页。
③ 《秦简日书集释》，第45页。
④ 《秦简日书集释》，第262—263页。

日十夕六,五月,日十一夕五,六月,日十夕六,七月,日九夕七,八月,日八夕八,九月,日七夕九,十月,日六夕十,十一,日五夕十一,十二月,日六夕十。①

睡虎地《日书·乙种》中也有类似记载。这段文字意思是说,正月,一天白昼是七分,夜晚是九分;二月,一天白昼是八分,夜晚也是八分等。一年中,以五月日最长夜最短,以十一月日最短夜最长。

放马滩秦简《日书·乙种》中出现了用十二地支与动物相配的文字,分别为子鼠、丑牛、寅虎、卯兔、辰虫、巳鸡、午马、未羊、申猴、酉鸡、戌犬、亥豕②,十二种动物与现在十二生肖大体相似。甲种中也有类似记载。这些记载对我们了解十二生肖之源流演变有重要意义。

秦简《日书》中还记载了五行思想。秦始皇时期用五德始终说,德水,尚黑,改十月为岁首,秦始皇的这一改制,学者多认为是接受齐人邹衍的五德相胜学说。事实上,在邹衍五德始终说传入秦国前,秦国民间就已经出现了五行思想。睡虎地秦简中两处提到五行概念,《日书·甲种》:"金胜木,火胜金,水胜火,土胜水,木胜土。东方木,南方火,西方金,北方水,中央土。"③《日书·乙种》"十二月"中有"丙丁火,火胜金;戊己土,土胜水;庚辛金,金胜木;壬癸水,水胜火;丑巳金,金胜木;未亥胜土;辰申子水,水胜火"④。放马滩秦简《日书·乙种》:"土生木,木生火,火生土,土生金。"⑤这些记载说明战国后期秦人已经掌握了五行之间相生相胜的关系。五行思想贯穿于《日书》中许多章节,日者往往按照五行

① 《秦简日书集释》,第 182 页。
② 《秦简日书集释》,第 267—268 页。
③ 《秦简日书集释》,第 156 页。
④ 《秦简日书集释》,第 210 页。
⑤ 《秦简日书集释》,第 284 页。

的观点和逻辑来解说吉凶。饶宗颐就曾指出"秦人已用十二律吕
配五音、五行以占出、行之休咎"①。

秦简《日书》的出土为我们呈现了战国后期秦国下层社会文
化发展之水平。如果说睡虎地秦简《日书》呈现的还是秦楚文化
杂糅融合的特质与现象,还有楚文化因素的话,放马滩秦简《日
书》呈现的则是纯秦文化的特征。从简文看,战国晚期的秦文化
并不落后于其他国家文化,尤其在天文历法等方面已经达到较
高水平。

(四)秦之儒家、兵家

《史记·仲尼弟子列传》有"秦祖字子南"、"壤驷赤字子徒"之
记载,《集解》俱曰:"郑玄曰秦人。"这是秦国有儒家人物的明证,在
尚功利的秦国出现儒家人物,颇为难得。

秦国还出现了战国后期最著名的军事家白起、王翦,二人俱为
秦人。司马迁高度赞扬二人,称赞白起"善用兵",称赞王翦"少而
好兵"。在秦国统一六国的战争中,白起、王翦起了重要作用。古
今学者认为战国时期秦精神文化落后的原因是秦国没有产生思想
家,没有产生影响深远的著作。就兵学思想而言,秦国没有产生重
要的军事著作,但是这并不意味着秦人没有掌握军事理论、秦人不
善于带兵作战,秦先后灭亡六国雄辩地说明秦人是精于兵学的。
秦人之所以很少将他们的作战经验与军事理论书之竹帛,与秦人
尚实用的风习有关。注重实践能力,忽视理论的提升、总结与整
理,是导致秦人理论著作缺乏的主要原因。严耕望就指出:"秦之
白起、王翦皆名将,善用兵,而不传书说,盖秦人尚质,见之行事,不
托之于文辞与?"②

---

① 饶宗颐《秦简中的五行说与纳音说》,收入《古文字研究》(第十四辑),中华书
局,1986 年,第 261 页—280 页。

② 严耕望《战国学术地理与人才分布》,收入《中国史学论文选集》(第三辑),台北
幼狮文化事业公司,1979 年,第 225—270 页。

除法家外的其他思想也存在于秦国,还可以有其他佐证,《史记·秦本纪》载:

> (秦昭襄王)二十一年……赦罪人迁之……二十六年,赦罪人迁之穰……二十七年,错攻楚。赦罪人迁之南阳……二十八年,大良造白起攻楚,取鄢、邓,赦罪人迁之……孝文王元年,赦罪人,修先王功臣,褒厚亲戚,弛苑囿……庄襄王元年,大赦罪人,修先王功臣,施德厚骨肉而布惠于民。[①]

昭王到庄襄王时期的几次大赦罪人,庄襄王时期的"施德厚骨肉而布惠于民",这些与法家思想都格格不入,反而更接近于儒家、道家思想。这些政令的颁布也说明儒家、道家思想在战国时期的秦国是存在的,有时甚至影响到国家政令。

秦国出土文献也反映了这一现象。睡虎地秦简中有《为吏之道》一篇,关于其成文时代,学者们考证,《为吏之道》中有"则""正",不避秦昭王、秦王政讳,其抄写应在孝文王、庄襄王时[②]。从内容看,《为吏之道》是对当时基层官吏进行教育的教科书,反映的思想较为复杂,有儒家、道家、法家等成分,具有融合诸家的鲜明倾向,说明当时秦国官吏精神世界之丰富。如对官吏有关规定的一段:

> 以此为人君则鬼,为人臣则忠;为人父则慈,为人子则孝;能审行此,无官不治,无志不彻,为人上则明,为人下则圣。君鬼臣忠,父慈子孝,政之本也;志彻官治,上明下圣,治之纪也。[③]

---

① 《史记》,第213—219页。
② 参赵逵夫师主编《先秦文学编年史》(下),商务印书馆,2010年,第1289页。
③ 睡虎地秦墓竹简整理小组《睡虎地秦墓竹简》,文物出版社,1978年,第285页。

　　此段明显反映的是儒家思想。秦国以儒家的行为准则来教导官吏,这与人们通常了解的与夷狄同俗、"虎狼之国"、落后野蛮、好战剽悍的秦人形象截然不同。文中其他文字如"怒能喜,乐能哀,智能愚,壮能衰,勇能屈,刚能柔,仁能忍,强良不得"又近于道家思想,"审当赏罚""敬上勿犯"等句又有法家的影子。总体来说,《为吏之道》中反映儒家、道家思想较为突出,法家却居次要位置。

　　李斯在《谏逐客书》中列举了秦王享用的许多"娱心意,悦耳目"的宝物都来自山东六国,可以设想秦国在吸收这些宝物时,六国思想文化也会随着这些宝物与士人传入秦国。

　　由上可知,除法家外,儒家、道家、墨家、兵家等思想在秦国都曾存在,有的还对后代产生了重要影响,秦国医学也居各国之首。战国晚期秦国精神文化与科学技术已经达到一定水平。《吕氏春秋》中汇集诸家学说为一炉,为《汉书·艺文志》所载而已散佚的战国诸家学说,大多数都能在《吕氏春秋》中找到一些片段,《吕氏春秋》是秦国学术大繁荣的标志。

　　战国时期秦国士人数量与结构表明战国中晚期秦都咸阳已经成为当时的学术中心。战国后期,秦在思想文化方面也达到全国的先进水平。秦国已经具备编撰一部汇聚各家思想、具有百科全书性质的著作的条件,《吕氏春秋》就是在这样的背景下编撰而成。

## 三、秦国的艺术成就

　　秦国艺术达到一定的成就,在音乐、书法、雕塑等领域,都留下令后人称赞不已的杰作。

　　秦国音乐历史悠久。秦穆公为了离间由余与戎王的关系,"以女乐二八遗戎王"(《史记·秦本纪》)。考古实物也证实秦国音乐的发达。出土的秦国青铜器中乐器占很大比例。如据传甘肃礼县出土了两套编钟(现藏日本),礼县圆顶山出土九枚编钟,陕西太公

庙发现钟、镈组合,雍城遗址景公一号大墓出土石磬等。最令学者
们惊叹的是,2006 年在甘肃礼县大堡子山祭祀遗迹中发现的乐器
坑,出土 3 件镈钟,8 件甬钟,以及两套石质不同的编磬,每套 5
枚,共 10 枚①,这些实物无疑是秦国音乐发达的最好见证,同时也
折射出音乐、乐器在秦文化中的地位。其时秦国乐器种类齐全,演
奏程式也相当复杂。战国晚期吕不韦主持编撰的《吕氏春秋》以长
达八篇的文字专论音乐,②反映的音乐理论已经成熟。秦国还有
许多乐人出现,萧史就是其中之一。传说他善于吹箫,美妙的音乐
能致孔雀白鹤于庭,穆公的女儿因此喜欢上他,最终穆公把女儿嫁
给他(见《列仙传》)。

秦国书法为各国之冠。石鼓文采用大篆体,古朴雄浑,为历代
书法家所钟爱,许多书法家甚至终生临写。

春秋早中期的秦国雕塑品,多数是一些动物附饰,但是完全脱
离了商周青铜器上动物附饰神秘恐怖的特点,洋溢着一股灵动活泼
的清新气息。大多形象生动,做到写实性和图案化的统一。春秋晚
期至战国早期,开始出现一些独立的雕塑作品,它表明雕塑艺术已
逐渐从器物的附属品脱离出来,向独立的艺术门类发展。

1972 年,在甘肃礼县圆顶山墓地出土一件人形陶瓶,现藏礼
县博物馆(见图一)。瓶身为一人形设计,上半身裸露,双乳微凸,
两手自然垂交于腹前,浑然无痕。下身着桶状长裙,裙无褶饰,却
隐现略屈的双膝,似臀部微翘,形象逼真。颈以下的造型简率无
华。最具匠心的是头部的造型,高耸的瓶口恰似头顶发髻,与雕塑
连为一体。枕骨较高,头微微扬起。眉脊突出,双目略深,似闭似
睁。鼻梁高而直锐,鼻翼未突。上唇平而下唇大弧度下弯,口形大

————————
① 早期秦文化联合考古队《2006 年甘肃礼县大堡子山祭祀遗迹发掘简报》,《文物》,2008 年第 11 期。
② 《吕氏春秋》中专论音乐的篇章是《大乐》《侈乐》《适音》《古乐》《音律》《音初》《制乐》《明理》。

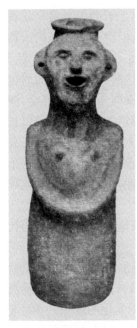

图一　出土于甘肃礼县
的人形陶瓶

张,似在歌唱。两耳被夸张地塑成半月形,圆穿几近于耳廓正中,耳轮较厚,悬耳饰双穿过于夸张显然有意做了处理,此亦为该瓶系提绳之器耳穿。整件作品五官配置匀称,表情恬静,身姿端宁,表现了歌者陶醉的神情。无论是造型设计还是制作技术,这件人形瓶都堪称我国春秋时期陶塑艺术品中的稀世杰作①。秦雕塑艺术中最具代表性的是秦始皇陵墓秦俑,整个雕塑群场面宏大,气势磅礴,武士俑或站,或蹲,有的威武坚毅,有的面带微笑,有的平静冷漠。秦始皇兵马俑被誉为世界八大奇迹之一。

出土的有关秦国以及秦代的绘画作品较少。景公一号大墓一殉人棺椁外侧发现一幅彩色漆画。画面是一只竖耳扬尾的豹子正虎视眈眈地欲扑向一群向前奔跨的花角短尾鹿。从画技、用笔、造型来看,均是中国传统画法,说明当时秦国绘画技艺逐步走向成熟②。

除以上思想、艺术方面的成就外,秦国还有史书传世。今本《史记·秦始皇本纪》后附有《秦纪》,司马迁称他作《六国年表》的主要依据就是《秦纪》,《秦纪》对于我们了解当时秦国世系具有重要的参考价值。

总之,秦文学的发展有深厚的文化基础,秦文学正是在秦文化这块肥沃的土壤上开出的绚丽花朵。

①　参见祝中熹《早期秦史》,第 220 页。
②　参见顾德融、朱顺龙《春秋史》,上海人民出版社,1998 年,第 407—408 页。

# 第二章　西周、春秋时期的秦国诗歌

　　有关秦人的诗歌,目前见到的最早的是《尚书·皋陶谟》中所载《皋陶赓歌》两首,第一首为:"元首明哉,股肱良哉,庶事康哉。"第二首为:"元首丛脞哉,股肱惰哉,万事堕哉。"皋陶是秦人祖先,为舜时重要大臣。两首诗歌中皋陶从正反两个方面告诫、勉励舜要贤明,善用人才,否则,什么事都会荒废,体现了一位股肱大臣的拳拳之心。

　　除以上两首外,有关秦人的春秋以前的诗歌很少,有的真伪难辨,故本章主要讨论春秋时期的秦国诗歌。

## 第一节　《秦风》相关问题考释

### 一、有关诗歌主旨

　　(一) 相关问题说明

　　最早对《诗经》每首诗歌主旨作出阐述的是《毛诗序》,讨论《秦风》主旨,首先面对的就是《毛诗序》。古今就《毛诗序》存废问题一直争论不休,因此有必要对有关《毛诗序》的几个问题作一解释,以便说明我们对这一问题的看法,为下面的进一步论证提供依据。

　　先说明作诗之义和用诗之义的问题。

　　魏源《诗古微·齐鲁韩毛异同论中》说:

> 夫诗有作诗者之心,而又有采诗、编诗者之心焉;有说诗者之义,而又有赋诗、引诗者之义焉。作诗者自道其情,情达而止,不计闻者之如何也;即事而咏,不求致此者之何自也;讽上而作,但蕲上寤,不为他人之劝惩也。至太师采之以贡于天子,则以作者之词而论乎闻者之志,以即事之咏而推其致此之由,则一时赏罚黜陟兴焉。国史编之以备蒙诵、教国子,则以讽此人之诗,存为讽人人之诗,又存为处此境而咏己、咏人之法,而百世劝惩观感兴焉。①

魏源的说法指出一个事实,诗歌的作者和读者对诗歌的理解不一定完全一致,这很容易让我们联想到接受美学理论。魏源说的作诗之心可以称作作诗之义,采诗、编诗、赋诗、引诗者的用意统称为用诗之义②。

作诗之义就是诗歌作者在创作时的初衷、用意,这是从文学作品创作者的角度而论。用诗之义就是诗歌产生之后,阅读者对诗歌的理解,以及基于这种理解而对诗歌的运用。就《诗经》而言,这种运用包括赋诗、引诗、歌诗、儒家的诗教,这是从文学作品接受者的角度而言。

《诗经》中除少数几首诗歌作者可考外,大多数作者都不可知,因此大多数作诗之义现在也无法考知。后人讨论诗歌内容,多是联系当时社会,通过诗歌文本从自身理解作出解释。这就会出现一个矛盾:不同时代的诗歌读者都力图尽可能准确地揭示诗歌主旨,但是他们的理解在多大程度上能与创作者的初衷相合? 对于同一首诗歌,各家说法不一,到底哪一家的理解更加切合诗人的

---

① 魏源《诗古微·齐鲁韩毛异同论中》,岳麓书社,1989年,第166页。

② 有的学者将作诗之义称作诗歌本义,将用诗之义称作乐章义或象征义。如陈子展《诗经直解》,复旦大学出版社,1983年;董治安《从〈左传〉〈国语〉看"诗三百"在春秋时期的流传》,收入《先秦文献与先秦文学》,齐鲁书社,1994年。

本义？

对《诗经》的运用，春秋时期最盛行的活动是赋诗和引诗。这些活动，后人常常以断章取义说明。《左传·襄公二十七年》就云："赋诗断章，余取所求焉。"断章取义本身说明在运用时对诗歌本义有某种程度的曲解。值得深思的是，多数赋诗都是断章取义，却丝毫没有引起当事双方的误解，反而借助诗歌巧妙表达了不便于直接言说的意思，有些人用诗的巧妙还得到别人的称许。试举一例，《左传·成公十二年》：

> 晋郤至如楚聘……宾曰："若让之以一矢，祸之大者，其何福之为？世之治也，诸侯间于天子之事，则相朝也，于是乎有享、宴之礼。享以训共俭，宴以示慈惠。共俭以行礼，而慈惠以布政。政以礼成，民是以息，百官承事，朝而不夕，此公侯之所以捍城其民也。故《诗》曰：'赳赳武夫，公侯干城。'及其乱也，诸侯贪冒，侵欲不忌，争寻常以尽其民，略其武夫，以为己腹心、股肱、爪牙。故《诗》曰：'赳赳武夫，公侯腹心。'天下有道，则公侯能为民干城，而制其腹心，乱则反之。今吾子之言，乱之道也，不可以为法。"①

郤至聘楚，楚国以天子享诸侯之乐曲招待他，郤至于是有上面一段言论。他的引诗见于《周南·兔罝》，这是一首赞美猎人的诗，全诗如下：

> 肃肃兔罝，椓之丁丁。赳赳武夫，公侯干城。
> 肃肃兔罝，施于中逵。赳赳武夫，公侯好仇。
> 肃肃兔罝，施于中林。赳赳武夫，公侯腹心。②

① 杨伯峻《春秋左传注》，中华书局，1990年，第857—858页。
② 程俊英、蒋见元《诗经注析》，中华书局，1991年，第18—20页。

诗中"公侯干城""公侯好仇""公侯腹心"本没有什么差别,都是用来赞美这位武夫。郤至的引诗中"干城""腹心"意义却完全相反,"干城"用于治世,"腹心"用于乱世。他对"腹心"的运用,显然严重背离了诗歌本义。奇怪的是,他这种不顾诗歌本义的用诗,并没有引起对方的不解,楚国子反对他的话却表示默认。郤至这次成功的出使,还促成了是年冬天晋楚的结盟。

很显然,双方当事人对断章所取之"义"都熟悉,所以才能互相领会。也就是说,当事人对诗歌的理解是建立在一种共识基础之上,这种共识就是当时社会对诗歌普遍的认识和理解。试想,如果一味地凭主观认识随意用诗,就会流于信口开河,整个用诗活动就失去了意义。赋诗、引诗活动发生在距离诗歌创作时间不久的春秋时期,当时人对诗歌的这种普遍认识不能不引起我们的重视。

《毛诗序》是从用诗的角度对诗歌作出的解释,是《诗经》政治化和伦理化的产物。前人以美刺来总结《毛诗序》的特点,美刺本身就意味着明显的政治功利之义、诗教功能。从《诗经》的编辑看,也是出于用诗的目的,有些是为"观风俗、知得失",有些则完全是为了仪式的需要而创作收集。

将《毛诗序》与诗文本相对照,二者关系有三种情况。第一种是《毛诗序》的解释完全符合诗文本。如《鹿鸣》:"燕群臣嘉宾也。"《甘棠》:"美召伯也。"《株林》:"刺灵公也。"第二种是《毛诗序》与诗文本完全不合。如《野有死麕》:"恶无礼也。"《将仲子》:"刺庄公也。"《国风》中这一类曲解最多。第三种是《毛诗序》与诗文本在某种程度上或在某种意义上有一定的相合之处。对于前两种情况学界基本没有异议,看法大体一致。下面重点探讨第三种。

《郑风·风雨》,《毛诗序》:"思君子也。乱世则思君子,不改其度焉。"这里所谓"乱世"是由诗中"风雨凄凄""风雨潇潇""风雨如晦"引申而来,时至今日,我们依然用风雨如晦喻乱世。"不改其度"的意思来自"鸡鸣不已"等句。多数学者认为,"这是一首写妻子和丈夫久别重逢的诗歌"①。也有学者解作"怀友"或"怀人之诗"②。诗歌内容对这位"君子"的身份没有任何暗示,后代对君子身份的不同认识导致对诗旨的分歧。事实上,当时"丈夫""友人""品德高尚者"都有可能被称作君子,上述几家对诗歌的理解都有一定的依据,既然我们今天无法对以上几家说法作出是与非的绝对判断,焉知"思君子"不是作者的本义?再如《周南·葛覃》,《毛诗序》:"后妃之本也。后妃在父母家,则志在于女功之事,躬俭节用,服浣濯之衣,尊敬师傅,则可以归安父母,化天下以妇道也。"《周南·螽斯》,《毛诗序》:"后妃子孙众多也。"这两首诗歌《毛诗序》均谓赞美后妃,"化天下之妇道",固然有迂腐之嫌,但是前一首中言"女功之事""归安父母",后一首中言"子孙众多"却并非没有道理。可以说,《毛诗序》在某种程度上指出了诗歌的意义。

　　《毛诗序》尽管有诸多附会之处,汉儒毕竟去古未远,他们的说法虽不可完全采用,即使他们的说解有误,至少也能够反映当时社会对《诗经》的认识倾向,体现当时的诗歌理论。因此,《毛诗序》应是理解诗旨的重要依据。

　　(二)十首诗之主旨

　　汉代以后,唐宋两代解诗又出现一次高潮。唐代对《诗经》的阐释基本承汉而来,宋代诗学发生了大的转机。欧阳修、郑樵逐渐冲破旧有解诗模式,朱熹《诗集传》的出现,解诗发生了实质性的突破。朱熹弃《序》言《诗》,颇多新见,对后代解诗产生了深远的影响,他的许多看法仍为今天解诗者采用。为理清眉目,我们将从古及今解诗的重要几家就《秦风》的解说列表说明(见表一)。本表主要依据朱熹的《诗集传》、方玉润的《诗经原始》、姚际恒的《诗经通

---

　　① 《诗经注析》,第250页。
　　② 见方玉润《诗经原始》,中华书局,1986年,第220页。陈子展《诗经直解》,复旦大学出版社,1983年,第272页。

论》、王先谦的《诗三家义集疏》、高亨的《诗经今注》、袁梅的《诗经译注》、陈子展的《诗经直解》、程俊英的《诗经注析》。

从表中看,《黄鸟》《渭阳》二首因史籍有相关记载,各家意见一致。《驷驖》从诗歌内容看,显系田猎之诗,各家也没有异议。《车邻》除高亨主咏唱夫妻生活外,其他几家都认为美秦君,不同的是,有的明言美秦仲,有的则笼统言秦君。《无衣》毛诗主刺用兵,齐诗已经作了修正,后人皆从齐说,认为是反映秦俗好战的军歌。《权舆》毛诗主刺康公,后人又加以申发,有没落贵族自伤自叹宣泄不满的意思。以上六首各家理解分歧不大,不再细说。分歧最大的是《小戎》《蒹葭》《终南》与《晨风》四首。

《小戎》,《毛诗序》云首二句言美襄公,其余部分则又申说曰国人矜其车甲,妇人闵其君子。三家无异议。对此,方玉润批评道:"一诗两义,中间并无递换,上下语气全不相贯,天下岂有此文意?"①方氏的确看出了《诗序》的漏洞所在。之后各家为弥合这一矛盾做了多种努力。诗歌每章前六句铺叙车马、兵器之盛,颇有阳刚之气,后四句突然转入写思念君子,缠绵悱恻,流露出丝丝柔情。诗歌如下:

> 小戎俴收,五楘梁辀。游环胁驱,阴靷鋈续。文茵畅毂,驾我骐馵。言念君子,温其如玉。在其板屋,乱我心曲。
> 四牡孔阜,六辔在手。骐馵是中,騧骊是骖。龙盾之合,鋈以觼軜。言念君子,温其在邑。方何为期,胡然我念之。
> 俴驷孔群,厹矛鋈錞。蒙伐有苑,虎韔镂膺。交韔二弓,竹闭绲縢。言念君子,载寝载兴。厌厌良人,秩秩德音。②

---

① 《诗经原始》,第 270 页。
② 《诗经注析》,第 340—344 页。

表一 有关《秦风》诗旨说

| | 毛诗序 | 三家说 | 朱熹 | 方玉润 | 姚际恒 | 高亨 | 袁梅 | 陈子展 | 程俊英 |
|---|---|---|---|---|---|---|---|---|---|
| 车邻 | 美秦仲也。秦仲始大,有车马礼乐侍御之好焉 | 三家说大体一致 | 夸美秦君 | 美秦君简易易事也 | 美秦君 | 贵族夫人作,咏唱夫妻享乐生活 | 赞颂秦仲 | 美秦仲 | 反映秦君生活 |
| 驷驖 | 美襄公也。始命有田狩之事,园囿之乐焉 | 三家无异议 | 美秦君田猎 | 美田猎之盛也 | | 秦君带着儿子去打猎 | 赞美秦襄公打猎 | 述襄公田猎之纪事诗 | 抒写秦君打猎 |
| 小戎 | 美襄公也。备其兵甲以讨西戎,西戎方强,而征伐不休。国人则矜其车甲,妇人能闵其君子焉 | 三家无异议 | 从役者之家人,夸其车甲之盛,而及其后私情 | 怀西征将士也 | 襄公遣大夫征戎而劳之 | 秦君或他人坐车带兵到外地,其夫人念之 | 女子思念征人并赞美襄公武力大盛 | 美襄公讨伐西戎 | 妇女思念丈夫远征西戎 |
| 蒹葭 | 刺襄公也。未能用周礼,将无以固其国焉 | 三家义或然 | 不知何所指 | 惜招隐难致也 | 贤人隐居水滨,人慕而思见之诗 | 爱情诗 | 爱情诗 | 自道思秋水伊人,终不得见 | 思念追求意中人不得 |
| 终南 | 戒襄公也。能取周地,始为诸侯,受显服,大夫美之,故作是诗以戒劝之 | 三家无异议 | 秦人美其君之辞 | 祝襄公以收民望也 | 美襄公 | 秦国贵族歌颂秦君 | 赞美并规劝秦襄公 | 美襄公 | 劝诫秦君的诗 |

（续表）

| | 毛诗序 | 三家说 | 朱熹 | 方玉润 | 姚际恒 | 高亨 | 袁梅 | 陈子展 | 程俊英 |
|---|---|---|---|---|---|---|---|---|---|
| 黄鸟 | 哀三良也。国人刺穆公以人从死，而作是诗也 | 三家皆谓秦穆要人从死，穆公既死，三臣自杀以从也 | 哀三良 | 哀三良 | 哀三良 | 哀三良也 | 哀三良 | 刺穆公殉葬哀三良 | 秦国人民挽三良 |
| 晨风 | 刺康公也。忘穆公之业，始弃其贤臣焉 | 三家无异议 | 此与《匏之歌》同意，妇人思念丈夫以致怨恨 | | 秦君遇贤始勤终怠 | 女子被男子抛弃而作 | 弃妇诗 | 刺康公忘父弃贤臣 | 妇女疑心丈夫遗弃 |
| 无衣 | 刺用兵也。秦人刺其君，好攻战，亟用兵，而不与民同欲焉 | 《汉书·赵充国辛庆忌传总赞》引该诗，不以之为刺，此齐说 | 战斗之歌 | 秦人乐为王复仇也 | | 劳动人民的参战歌 | 参加正义的卫国战争的战歌 | 秦人善战之军歌，作于秦哀公应楚申包胥之请时 | 秦国军中战歌 |

（续表）

| | 毛诗序 | 三家说 | 朱熹 | 方玉润 | 姚际恒 | 高亨 | 袁梅 | 陈子展 | 程俊英 |
|---|---|---|---|---|---|---|---|---|---|
| 渭阳 | 康公念母也。康公之母,晋献公之女。文公遭丽姬之难,未反而秦姬卒。穆公纳文公。时为大子,赠送文公于渭之阳,念母之不见也。我见舅氏,如母存焉。及其即位,思而作是诗也 | 《鲁传》并与毛合,《韩序》亦必同也 | 康公送舅父而作 | 康公送别舅氏重耳归晋也 | 康公送母舅 | 康公送重耳作 | 康公送舅念母 | 康公见舅思母送别舅氏 | 外甥送舅父的送别诗 |
| 权舆 | 刺康公也。忘先君之旧臣与贤者,有始而无终也 | 三家无异议 | 贤者叹秦君不能继其始也 | 刺康公待贤礼杀也 | 贤者叹君礼意浸衰之意 | 没落阶级自悲自叹 | 换了主子的旧僚宣泄不满 | 康公忘旧弃贤,旧臣贤士一流作 | 没落贵族自伤的诗 |

到底当初作诗者创作时为什么前后会有如此大的反差,今天已不得而知,目前诸家之说都没有令人信服的解释。古人因思念至极,有时常常从对方着笔。《魏风·陟岵》是一首征人思家的诗,征人在"陟彼岵兮,瞻望父兮"后,思乡心切,但他并不是直接说出自己的望乡之情,而是想象父母、兄长在家里思念自己的情形,于是便有"父曰嗟予子行役"一句出现。《陟岵》中采用己思人乃想人亦思己的手法,钱锺书早已指出,"而似远役者思亲,因想亲亦方思己之口吻耳"①。后代文人也多采用这种手法,如曹丕《燕歌行》全诗为思妇口吻,中间横插一句"慊慊思归恋故乡"。杜甫"今夜鄜州月,闺中只独看",也是诗人设想之词,因对对方的思念,便想象对方与自己有同样的心境。《小戎》"驾我骐馵"等句明显为征人口吻,后半则是思妇对征人的思念。从前半来看,描写车马、兵器,细致准确,非亲者不能有此文字,诗歌作者应是征人,后半部分是他借思妇之口所作的设想之词。何楷云:"不审深居闺阁者,安能知军容之盛若此?"②姚际恒亦云:"若为室家代述,则种种军容无烦如此觇缕耳。"③两家所说甚精当。《小戎》在《诗经》中甚为独特,有学者称:"每章前六句矜其君子服用之物,古奥直质。后四句自闵妇人思念之情,平易蕴藉。浓淡疏密,点缀见巧。"④

《蒹葭》,《毛诗序》:"刺襄公也。刺襄公未能用周礼,无以固其国。"《诗三家义集疏》引郑《笺》:"秦处周之旧土,其人被周之德教日久矣,今襄公新为诸侯,未习周之礼法,故国人未服焉。"⑤三家诗对《毛诗序》作了进一步的解说。事实上,这首诗歌的创作与中国民间传说故事《牛郎织女》有关。牛郎由周人之祖叔均而来,织

---

①  钱锺书《管锥编》(第一册),中华书局,1979 年,第 113 页。

②  何楷《诗经世本古义》,文渊阁四库全书本。

③  姚际恒《诗经通论》,中华书局,1958 年,第 141 页。

④  陈子展《诗经直解》,第 382 页。

⑤  王先谦《诗三家义集疏》,中华书局,1987 年,第 447—448 页。

女由秦人始祖女修而来。《蒹葭》就是诗人以牵牛的口吻表现对织女乞慕和追求的情节的①。

《终南》,《毛诗》:"戒襄公。"三家无异议。此后大抵形成两种意见:劝诫秦君和赞美秦君。诗歌如下:

> 终南何有? 有条有梅。君子至止,锦衣狐裘。颜如渥丹,其君也哉!
> 终南何有? 有纪有堂。君子至止,黻衣绣裳。佩玉将将,寿考不忘。②

从诗歌本身看,以赞美为主,但是"其君也哉"欲言又止,闪烁其辞的话语里确乎有一些难言意味,劝诫之说不无道理。

《晨风》,《毛诗序》主刺康公忘穆公之业,弃其贤臣。三家无异议。但是朱熹提出本诗与《黍离之歌》主旨相近,后人多承袭其说,如陈子展说:"盖朱子以为'秦人劲悍而染戎俗,故轻室家而寡情义。'"③逐臣与弃妇命运本来就有许多相似之处,以弃妇喻逐臣也是古代文人惯用的手法。另外何楷《诗经世本古义》谓"秦穆公悔过也。此诗与《秦誓》相表里"④,认为是秦穆公悔过并且"思见君子之意"。他们的说法可参。

《秦风》十首,除《蒹葭》《无衣》外,其余八首《毛诗序》还是符合或某种意义上符合诗歌本义的。

(三)《秦风》与秦国社会及秦文化

魏源称《秦风》皆国君之事,指出《秦风》取材注重现实生活,秦

---

① 参赵逵夫大师《再论〈牛郎织女〉传说的孕育、形成与早期分化》,《中华文史论丛》,2009 年第 4 期。

② 《诗经注析》,第 349—350 页。

③ 陈子展《诗经直解》,复旦大学出版社,1983 年,第 398 页。

④ 何楷《诗经世本古义》卷十六,文渊阁四库全书本。

人对政治生活的重视。国君关系着国家的命运,国君的贤明与否,其一举一动,吸引着全国人的眼光。《车邻》反映的就是秦仲日常生活的一个小片断。这位秦君卸下国君的至高无上与威严,既会弹琴鼓瑟,还劝人要及时行乐。这是还原了人的本真的秦君,体现他作为人的真实的一面,这样的诗歌在《诗经》中实为罕见。秦自立国,与戎狄的战争从未间断,战争成为秦人生活的首要问题,《小戎》《驷骥》《无衣》便是这种生活的写照。一国之成败,与用人制度有着直接的关系,反映有关用人制度、旧臣不满等的诗歌《晨风》和《权舆》由此产生。秦晋皆为大国,与晋国的关系关乎秦国的命运甚至整个中原的局势,康公送别重耳,对秦国来说,乃是进一步加强两国关系的润滑剂,《渭阳》作矣。春秋时期,其他国家人殉制度已经衰落,秦国因为发展较晚,这时人殉依然大盛。《左传》载穆公死时从死者达一百七十七人。良将的从死对于国家来说又是不可挽回的损失,国人哀之,是对国家失去良将的惋惜。

　　由以上梳理可以看出,《秦风》十首诗歌反映了秦国国内君臣之间由和谐到不和的变化过程,这与秦国历史发展的轨迹相一致。秦始立国,国内君臣上下,齐心协力,为夺回土地、谋求进一步发展艰苦奋斗,这时的君臣之间,融洽无间,和乐融融。方玉润有言:"君臣相与,欢若平生。鼓瑟者可以并坐而调音,鼓簧者亦可相依而度曲。不宁惟是,君劝臣曰:失今不乐,逝者将耄,而耄者将亡,如此岁月何哉? 则是其心之推诚相与,毫无钳制也可知。"①臣不当与君并坐,这是等级社会最基本的礼制,在秦国君臣之间却没有如此严格。秦国浸染不拘礼制的戎狄之俗很深,建国初期还没有像诸夏一样完全实行周礼,君臣之间像秦国这样的和谐,在别国是见不到的。其他像打猎时的意气风发,征人思妇间的绵绵思情,周之旧臣对襄公的劝诫,都是当时国内和谐生活的真实体现。到了

_____

① 方玉润《诗经原始》,中华书局,1986 年,第 267 页。

康公时期的诗歌,不和谐之音就成为主流。这集中表现为襄公旧臣的不满、怨恨,对康公的讥刺。《晨风》和《权舆》是这方面的代表。

秦国诗歌何其多矣,为什么独独这十首诗歌能够被编之《诗经》并传于后世? 观《诗经》三百,题材多样,几乎囊括后世所有诗歌类别,生活中的方方面面无不反映在诗歌中。就某一个国家而言,题材的侧重点与该国的风俗、政治有很大关系,如郑卫多言情之诗,唐魏多讥刺之作。秦国多反映现实诗歌,一方面由于这类诗歌在秦国诗歌中占很大比例,因此易于被收集。另一方面说明这类诗歌受到时人喜爱,广为传唱,保留较多,没有失传,因而得以编辑入诗文体。总之,秦人对政治的关注,是《秦风》题材偏于政事的重要原因。

《秦风》十首就内容言,大体可以分为两类。一类以表现秦人尚武、好战的风习为重点,如《车邻》《驷驖》《小戎》《无衣》,风格多粗犷质朴;另一类则是吸收周文化、受周文化影响而创作的诗歌,如《蒹葭》《终南》《黄鸟》《晨风》《渭阳》《权舆》属于这一类,风格则是秀婉隽永,尤以《蒹葭》最为突出。前人谈论《秦风》特点时,多侧重于前一类。而对于后一类,除《蒹葭》一首外,其他几首表现的总体风格却很少谈及。《蒹葭》流露的凄婉缠绵的情致,高度成熟的艺术手法,在整部《诗经》中堪称成功之作。在一个"修习战备,高尚气力"的国家,却出现如此缥缈灵动的诗歌,令古今许多学者甚为困惑。事实上,联系春秋时期秦文化的发展情况,这一现象的出现便不难解释。

春秋时期是秦文化的发展期。秦文化的发展主要吸收了两方面的因素。一、秦人在封国前就与戎狄长期杂处,自然受到戎狄文化潜移默化的影响。而戎狄文化虽说整体落后于诸夏,但是剽悍好战却是其突出特点,就这一特点而言,诸夏远远不及戎狄。无论是立国前还是立国后,秦人为了生存与戎狄进行了长期的艰苦的斗争。恶劣的生存环境,培养了秦人刚健雄迈的性格特征,形成了他们崇尚战争与扩张的风习。可以说秦文化的这一特点贯穿于整个秦人的历史。秦国由偏居西北,不被中原国家重视,到最终能相继灭了山东六国,与秦人的这一性格特点有一定关系。《秦风》中前一类诗歌的出现盖源于此。二、秦文化还吸收了大量的周文化的成分。西乞术聘鲁,甚至连保存西周文化最好、得周礼精髓的鲁国也不得不对西乞术的行为大加赞赏,说明秦在礼仪方面堪与被称为礼仪之邦的鲁国并称。秦穆公时期已经以诗书礼乐法度为政。考古实物也充分说明这一点。边家庄发掘了几座春秋早期卿大夫级的秦墓葬,随葬鼎的数量均为一套五个,严格遵守周人用鼎制度,这些都是秦文化中蕴含周文化因子的明证。《秦风》中后一类诗歌的出现就是周文化影响的结果。不但内容方面,《秦风》十首在形式上也与当时中原国家诗歌无太大差异,以四言为主,多重章叠唱,用韵为北方语音。《蒹葭》的总体情调虽然与秦人尚武的风俗不相吻合,但是秦文化的另一来源——周文化却为它的产生提供了滋养。何况,在平王东迁以后,秦国还收归了数量不少的周移民。

## 二、诗歌作时与作者身份问题

题为郑樵撰的《六经奥论》云:"出于朝廷者为《雅》,出于民俗者为《风》。文、武之时,周、召之民作者,谓之《周》《召》之风;东迁之后,王畿之民作者,谓之《王风》。"[①]朱熹在《诗经传序》中也说:"凡《诗》之所谓风者,多出于里巷歌谣之作,所谓男女相与咏歌,各言其情者也。"[②]朱熹之后,《国风》出于民间说得到绝大多数学者

---

①　见《朱子语类》,中华书局,1986 年,第 2076 页。

②　朱熹《诗集传》,凤凰出版社,2007 年。

的认同。现当代学者也大都承郑、朱之说，如胡适云："《国风》是各地散传的歌谣，由古人收集起来的。这些歌谣产生的时候大概很古，但收集的时候却很晚了。"[1]

也有学者对《国风》为民歌说提出质疑，朱东润曾作《国风出于民间论质疑》，说道："此《国风》百六十篇之诗，其中一半以上为统治阶级之诗，则可断言。"[2]朱东润之后，袁宝泉、陈智贤又有发展，以为"先秦以至两汉古籍中的有关材料却恰恰证明《诗》三百篇并不来自民间，而是大都出自贵族之手"[3]。如他们认为《七月》是一首"奴隶主贵族向其子弟传授农事和习俗的诗"[4]。其实，上述观点古人也有提及，如司马迁在《史记·太史公自序》中就说过，"《诗》三百篇，大抵贤圣发愤之所为作也"，这里"三百篇"自然包括《国风》在内。

《国风》中确实存在数量不少的民歌，然而我们也不能否认，其中也有一些诗歌乃由贵族所作。如《齐风·鸡鸣》中"朝既盈矣""朝既昌矣""会且归矣"等句，可证作者应为大夫一类在朝任职者。

考察诗歌作者身份，应该从诗歌本身着手，以诗证诗。既不能囿于民间说，把一些贵族诗歌划入劳动人民创作之列，也不可因为《国风》成就高于当代某些民歌，就断然否认二千多年前的下层人民就不可能创作出艺术水准高的民歌，而将一些民间诗当作贵族诗。

魏源《诗古微》说："《秦风》皆国君之事，无闾巷之风，故世次易明。"[5]他虽是就诗歌取材而言，同时也为我们推测诗歌的作者身份提供了思路。

---

[1]　胡适《谈谈诗经》，收入《古史辨》第三册。上海古籍出版社，1982 年，第 578 页。
[2]　朱东润《诗三百篇探故》，上海古籍出版社，1981 年，第 33 页。
[3]　袁宝泉、陈智贤《诗经探微·自序》，花城出版社，1987 年。
[4]　《诗经探微》，第 226 页。
[5]　魏源《诗古微·秦风答问》，岳麓书社，1989 年，第 533 页。

　　《毛诗序》中美刺某公的提法其实已经指出诗歌的创作时代。郑玄《诗谱》据此给《诗经》确定世次,他对《秦风》的排列是,宣王时代一篇,《车邻》;平王时代四篇,《驷骥》至《终南》;襄王时代五篇,《黄鸟》至《权舆》。

　　与史事有关的诗歌,其时代也容易确定。比较难以断代的是反映人类共同情感如友情、亲情、爱情、思乡等的诗,对这类诗歌的作时往往因为没有任何时代线索而无从下手。《毛诗序》的作法是"以一国之事系一人之本",主要以"刺某某也""哀某某也"的形式出现,多见于《小雅》和《国风》。这种解诗模式的出现应当与周代采诗制度有一定关系。《诗序》将诗歌系于某公之下,说明该诗应该是流传于这位国君在位时,乐官采集后被编入《诗经》时才会系于他的名下。

　　下面对《秦风》的作时与作者身份进行详细辨析。

　　(一)《车邻》

　　依《毛诗序》,《车邻》是《秦风》中最早的一首,当作于秦仲时期。

　　秦仲生活于周厉王到周宣王时期,死于周宣王六年(前822)。秦国文化发展较其他诸侯国落后一些,《史记·秦本纪》载文公十三年始有史纪事,这时距离秦仲已经过去了近一百年。因此有学者认为这首诗是后人追录,如孔颖达《毛诗正义》引服虔云:"秦仲始有车马礼乐之好,侍御之臣,戎车四牡,田狩之事。其孙襄公列为秦伯,故'蒹葭苍苍'之歌,《终南》之诗,追录先人;《车辚》《驷骥》《小戎》之歌,与诸夏同风,故曰夏声。"[①]《诗经原始》亦云"刘公谨疑为'美襄公',以秦仲初为大夫,寺人等官非所宜有也"[②]。

---

　　①　《毛诗正义》,《十三经注疏》标点本,北京大学出版社,1999 年,第 408 页。

　　②　《诗经原始》,第 267 页。

秦仲时没有史官能否有诗歌的创作与收集？文字产生于语言之后,这是人所共知的事实。在文字产生之前,口耳相传是先民记录生活的重要手段。诗歌简短押韵,便于记诵,在这种传播方式中的优势十分明显,许多上古诗歌能够流传至今,早期正是依赖于这种传播形式。秦仲时文化落后没有史官,与诗歌的不能出现没有必然关系,没有史官不能作为《车邻》不能产生的证据。诗中出现了"寺人",《周礼·寺人》曰:"掌王之内人及女官之戒令。"寺人是周王才有资格任用的后宫女官。依此来推测,当时秦仲仅为大夫,自然不该有寺人之官。但是事情并非如此简单。秦国在春秋时期虽然已经成为正式被封的诸侯国,主要活动区域依然在西北一隅,具有一定的独立性。春秋之前尚未封国,独立性会更甚。秦仲被封为大夫,与宣王欲借之抵御西戎有关,"乃以秦仲为大夫,诛西戎"(《史记·秦本纪》)。在制度、文化上宣王并没有给秦仲什么具体规定。秦仲时期周礼对秦人影响还不十分明显,秦人即使有寺人这样的小官,恐也与《周礼》所载有别。试想,如果此寺人即为《周礼》所载之寺人,整理编辑《诗经》的周代乐官怎能允许如此僭越文字存在？因此,《诗序》的记载不该轻易否定。

从诗歌文字看,《车邻》作者应该是一位贵族或宫中小官,对此前人也有提及,何楷云:"玩此诗,乃秦臣所作。"[①]方玉润亦云:"秦君开创之始,法制虽备,礼数尚宽。且其人必恢廓大度,不饰边幅……故臣下乐其简易而叹美之,以为真吾主也。"[②]

(二)《驷驖》《小戎》

对这两首诗歌,前人有主襄公时追录先人而作,如前引《左传》服虔注。魏源亦有类似说法,认为《小戎》是襄公追录庄公尝以七千兵破西戎之役而作。这两首诗歌的共同特点是描写游猎、车马、

---

①　《诗经世本古义》卷十六。

②　《诗经原始》,第267页。

兵器等,表现出非常突出的好战与尚武风俗。细审《史记》载襄公时的史实,这一时期伐戎依然是秦人面临的主要任务,有产生这两首诗歌的社会背景。

《驷驖》的作者极可能是秦君打猎时的随从,下层平民恐没有见到秦君的机会。《小戎》一首有"小戎俴收"句,《毛传》:"小戎,兵车也。"郑笺:"此群臣之兵车,故曰小戎。"①《国语·齐语》:"故五十人为小戎。"韦昭注:"小戎,兵车也,此有司之所乘,故曰小戎。"②从"小戎俴收""驾我骐馵"等句看,明显是军中将帅口吻,该诗的作者为军中将帅一类人的可能性比较大。总之,这两首的作者都应该是贵族阶层。

（三）《蒹葭》

这是《秦风》中最有特点的一首。方玉润云:"此诗在《秦风》中,气味绝不相类。以好战乐斗之邦,忽遇高超远举之作,可谓鹤立鸡群,翛然自异者矣。"③这不相类的作品到底出自何人之手,今天已不可知。西周的遗民因为受秦文化影响小,创作的可能性比较大。创作时间暂依《毛诗序》,列于襄公时。

（四）《终南》

创作时间当在襄公时期。诗中提到的终南山需作说明。

终南山主峰在陕西西安南,襄公时期秦人势力尚未到达这里,这首诗歌能否产生在这一时期?陈奂对此有阐述:"然则诗何以咏终南也?终南为周西都地,其时故宗庙宫室尽为禾黍。而襄公来朝,受命东都,终南道所由径,故秦大夫偶以终南起兴。秦无终南而《终南》名篇,魏无汾而《汾沮洳》名篇,正是一例。"④他结合地、史、人来证诗,既合乎情理,又有益于理解诗意。

---

① 《毛诗正义》,第 414 页。
② 《国语》,上海古籍出版社,2008 年,第 107 页。
③ 《诗经原始》,第 273 页。
④ 陈奂《诗毛氏传疏》,中国书店影印本,1984 年,第 583 页。

诗之作者,陈奂已指出"秦大夫",方玉润也说:

> 此必周之耆旧,初见秦君抚有西土,皆膺天子命以治其民,而无如何,于是作此以颂祷之。……君其修德以副民望,百世毋忘周天子之赐也可。盖美中寓诫,非专颂祷。不然,秦臣颂君,何至作疑而未定之辞,曰"其君也哉",此必不然之事也。[①]

程俊英也认为可能是周遗民所写[②]。几家说可信。

（五）《黄鸟》

《左传·文公六年》:"秦伯任好卒,以子车氏之三子奄息、仲行、针虎为殉,皆秦之良也。国人哀之,为之赋《黄鸟》。"鲁文公六年为前 621 年,本诗作于这一年。

《左传》提到的"国人"一词,史籍中多次出现。如《闵公二年》:"国人受甲者""夜与国人出",《宣公十二年》"国人大临",可知,国人指士、农、工、商阶层。《黄鸟》之作者绝非贵族,其身份大体可知。

（六）《晨风》

《毛诗序》谓本诗刺康公忘穆公之业,弃其贤臣,则作者有可能是没落贵族。依朱熹所说,妇人思念丈夫,则作者身份不可考。作诗当在康公时。

（七）《无衣》

关于本诗之作时,争议较大。焦点之一是对《左传》相关材料的理解不同所致。《左传·定公四年》载吴伐楚,楚申包胥如秦乞师:

---

① 《诗经原始》,第 274 页。
② 《诗经注析》,第 348 页。

　　（申包胥）立，依于庭墙而哭，日夜不绝声，勺饮不入口七日。秦哀公为之赋《无衣》。九顿首而坐。秦师乃出。①

王夫之《诗经稗疏》：

　　《春秋》申包胥乞师，秦哀公为之赋《无衣》。刘向《新序》亦云然。《吴越春秋》亦曰桓（注云，桓当作哀）公为赋《无衣》之诗。曰"岂曰无衣"云云。为之赋云者，与卫人为之赋《硕人》、郑人为之赋《清人》，义例正同。则此诗哀公为申包胥作也。若所赋为古诗，如子展赋《草虫》之类，但言赋，不言为之赋也。②

王夫之的意思很明确，《左传》中"为之赋"是作诗的意思，直接言"赋"某诗则是赋已有之诗。这样秦哀公"为之赋"就应该是"作"诗，即本诗应作于秦哀公出师救楚之时，即鲁定公四年，前506年。今人陈子展也从此说。然而王氏所说之《左传》赋诗体例，颇值得深究。

　　《左传·僖公五年》："士蒍稽首而对曰：……《诗》云：'怀德惟宁，宗子惟城。'"士蒍赋之诗为《板》第七章。《左传·文公七年》："荀林父止之曰……为赋《板》之三章。"若依王夫之所说体例，这里荀林父为赋《板》即是作诗之意，但是之前士蒍已经引用过这首诗，显然与事实不合。

　　又《左传·襄公二十六年》："国景子相齐侯，赋《蓼萧》。"《左传·昭公十二年》："宋华定来聘，通嗣君也。享之，为赋《蓼萧》，弗知，又不答赋。"赋《蓼萧》在前，为赋《蓼萧》在后，也与王夫之所说

--------

①　《春秋左传注》，第1548页。
②　王夫之《诗经稗疏》卷一，文渊阁四库全书本。

体例相悖,说明他所说体例在《左传》中不存在。秦哀公赋《无衣》并非自作,而是采用已有古诗,《无衣》作时并不在这一年。

　　焦点之二是诗中"王于兴师"一句。春秋时期秦公不见有称"王"的记载,"王"指周王无疑。本诗与《渭阳》次第排列,又隐含着该诗当作于康公前后。这就出现了矛盾:秦国以周王的名义讨伐戎狄俱在西周末年到春秋初期,康公前后王命早已不行于诸侯,这时秦国并没有为王兴师的记载,这首诗为什么与康公时的诗歌排在一起? 对此,古今学者尝试作出解释,如朱熹引苏辙语曰:"秦本周地,故其民犹思周之盛时而称先王焉。"[1]苏辙的说法隐约指出诗之作者和创作动机:周之遗民思周之盛时而作。魏源也有说明:

　　　　(秦)康公时当周顷王、匡王时,王命不行于诸侯,秦又未尝从王征伐……则《无衣》殆劝于平王赐岐之命,踊跃用兵,同仇赴敌,而康公时追录先世之诗,故编于康公诗内,如《驷骥》《小戎》追录于襄公之世,而《毛序》并以为美襄公。[2]

魏源联系襄公曾受平王之命伐戎的事件证明本诗是后人追录,故与康王时期的诗同列。

　　马银琴与上述说法皆有别。她说:

　　　　至秦穆公二十五年(前 635),周襄王遭王子带之乱,出居于郑,襄王使左鄢父告难于秦,"求诸侯莫如勤王",这虽是晋狐偃劝晋文公勤王的话,亦未尝不是秦穆公的心愿。因此,当周王告难之后,秦穆公迅速做出了反应,"秦伯师于河上,将纳王"。尽管这次"勤王"行动,由于晋人的介入,秦人最终无所

_____

① 《诗集传》,第 90 页。
② 魏源《诗古微·秦风答问》,岳麓书社,1989 年,第 540 页。

作为，但其最初的反应，与《无衣》诗所云"王于兴师，修我戈矛，与子同仇"所表现的乐战之心相吻合。从诗的句式来看，与"岂曰无衣"相近之"岂曰无衣七兮"见于《唐风·无衣》，"与子偕"式，见于《邶风·击鼓》《郑风·女曰鸡鸣》《野有蔓草》等诗。诸诗之创作略早于秦穆公之世。另外，此诗与秦康公为太子时送别重耳的《渭阳》次第排列。因此，我们认为，《秦风·无衣》是在周襄王告难于秦时，秦人表达愿为周王出兵之心的诗歌作品。①

她的说法不但合于"王于兴师"一句，而且符合当时秦国实际，还以同时期其他国家的诗歌作为旁证，说法似乎较前人稳妥一些。但是，随之而来的是，这首诗既然作于穆公在世时，为什么会置于穆公死后作的《黄鸟》之后呢？问题并没有得到解决。

从诗歌内容看，该诗为军中战歌无疑，作者是军中士兵。这首诗歌应是在民间经过了长时期的传唱，康公时加以收集整理。朱熹曰："秦俗强悍，乐于战斗，故其人平居而相谓曰：岂以子之无衣，而与子同袍乎？盖以王于兴师，则将修我戈矛，而与子同仇也。其欢爱之心，足以相死如此。"②

（八）《渭阳》

据《诗序》，本诗是康公为太子时，送别其舅父重耳回国，后康公即位后，"思而作是诗也"。《毛诗序》指出诗之本事，可信。但是说作于康公即位之后，却不可从。《左传》载秦人兵送重耳回国在秦穆公二十四年（前636），本诗当作于这一年，作者是秦康公。

（九）权舆

诗句中有没落贵族浓浓的失落伤感、自悲自叹之情。细细考

---

① 马银琴《两周诗史》，社会科学文献出版社，2006年，第404页。
② 《诗集传》，第90页。

察康公时对人才的政策，实难与其父相比。穆公时曾网罗了其他各国的许多人才，为穆公的霸业奠定了坚实的基础。到康公时，秦国霸业急速衰落，康公又是一个好大喜功昏庸无能的国君，《韩非子·说林》：

> 秦康公筑台三年。荆人起兵，将欲以兵攻齐。任妄曰："饥召兵，疾召兵，劳召兵，乱召兵。君筑台三年，今荆人起兵将攻齐，臣恐其攻齐为声，而以袭秦为实也，不如备之。"戍东边，荆人辍行。①

如果说这则记载中康公筑台三年不免有小说家虚构成分的话，《左传》《国语》中的相关记载却不能不引起我们的重视。康公在位的十二年中，与晋多次交兵，大的战役就达五次，如令狐之役、河曲战役等，表面看这时的秦晋旗鼓相当，实际上秦国已经在走下坡路。河曲之战中秦国采纳士会建议，向狂妄骄横的赵穿挑战，秦兵才得以安全顺利撤兵。但是，像士会这样的谋臣，康公却不能留在身边。《左传·文公十三年》载，士会因魏寿余的诈降，最终得以归晋。关于这件事的前后始末，林剑鸣曰：

> 其实早在魏寿余来降时，秦国大臣中就有人看出其中有诈。绕朝曾向康公指出，魏寿余是为士会而来的："魏州（即寿）余来也，台（殆）□□随会也。"（马王堆帛书《春秋事语·晋献公欲得随会章》)并建议："君弗□也。"（同上）但是，这种正确的意见不仅没有得到秦康公的重视，他反而轻信士会散布的谣言，怀疑绕朝有私，并把绕朝杀掉。士会归晋后，果然再不回秦，秦康公又只得按照前约将士会妻子送去晋国。就这

---

① 陈奇猷《韩非子新校注》，上海古籍出版社，2000年，第467页。

样,绕朝、士会等有才干的谋臣被杀的被杀,放走的放走,充分
说明了秦康公的愚蠢。仅此一件事,就可看出康公及其以后
的国君,与秦穆公比较相差何止十万八千里![1]

林剑鸣借助出土材料进一步补充史籍之不足,颇有说服力。仅从
绕朝、士会两人的经历就可看出康公之昏庸。因此,康公在位时
期,穆公招揽的旧臣被疏离应不是个别现象,《权舆》的出现有社会
原因。《诗序》刺康公说大体可信。

　　从诗中昔日"每食四簋"看,本诗作者当为贵族。魏源《诗古
微》:"长铗归来乎? 食无鱼! 出无车!《权舆》诗人,其冯谖之流
乎?"[2]陈子展进一步阐述:"其(指魏源)视《权舆》为《弹铗之歌》,
游士食客之所为。时世相近,风习相绪,诗体亦同,此一比拟可谓
至为确切者也。自秦仲始大,即已好客,并坐鼓瑟,竭诚尽欢。迨
秦穆公图霸求士,取由余于戎,获百里奚于宛,迎蹇叔于宋,求丕
豹、公孙枝于晋。且屡败犹用孟明,善马以养勇士。四方游士,望
风奔秦。可见嬴秦迭有好养游士食客之君主。穆死康立,忘旧弃
贤,诗人兴嗟,足补史阙。"[3]两家说可信。

　　《秦风》十首,创作时间与作者大体可以推测。《车邻》作于秦
仲时期,亦即周宣王时期,作者可能是贵族或宫中小官。《驷骥》
《小戎》《蒹葭》《终南》作于襄公时期,亦即周平王时期。《驷骥》作
者可能是襄公打猎时的官员或随从,《小戎》作者是军中将帅,《蒹
葭》作者不可考,《终南》作者为周之旧臣或秦大夫,当属贵族阶层。
《渭阳》作于重耳自秦回国之年,即秦穆公二十四年(前 536),作者
是太子罃,即后来继位的秦康公。《黄鸟》作于穆公去世的前 621

---

　　① 林剑鸣《秦史稿》,上海人民出版社,1987 年,第 144—145 页。
　　② 《诗古微》,第 539 页。
　　③ 《诗经直解》,第 406—407 页。

年,作者为"国人"。《晨风》《无衣》《权舆》作于康公时期,即周顷王、周匡王时期。《晨风》与《权舆》作者可能是没落贵族,《无衣》作者当为军中士兵。共计秦仲时一首,襄公时四首,穆公时二首,康公时三首,除《渭阳》一首外,其余九首《毛诗序》排序皆可信。上层贵族作七首,下层平民作二首,作者不可考者一首。

### 三、《秦风》与《诗经》的关系

（一）《秦风》的收集与编辑入诗文本

《诗经》的编辑,历来有采诗、献诗之说。《国风》绝大多数通过采集编入诗文本,在采集时诗歌既作为音乐又作为文学进入官府。今存《诗经》中各国风诗差异不大,一些固定套语常常出现在不同国家的诗歌中。全书用韵非常统一,这在今天的民歌中也是不可能的,可见这些歌曲在进入官府后经过一次甚至数次的加工,诗三百篇是经过多次的收集、整理、改编而成。《左传》和《国语》记载了众多的赋诗、引诗活动,见于这两部史籍中的诗歌,绝大多数也见于今本《诗经》,逸诗仅仅占很小的比例,表明伴随着采诗活动,选诗与编诗活动也在同步进行。而且在定本形成之前已经有相对稳定的传本供上层社会使用,这个传本的诗歌数量略少于今本数量。

有关《诗经》历来争议之一是孔子删诗之说。为了便于弟子学习,孔子对诗歌进行加工整理,如调整次序、去其重复等工作,是可信的。然而如《史记·孔子世家》所说"古者《诗》三千余篇",及至孔子,取三百零五篇弦歌之的说法不能成立。

就《诗经》编成时间,目前学界大体的看法是,《诗经》中创作最晚的一首诗歌是《陈风·株林》,讽刺陈灵公与夏姬淫乱之事。陈灵公继位在前 613 年,被杀于前 599 年,《株林》应作于这一时期。这是《诗经》最后编辑的上限,下限当在季札观乐(前 544 年)之前。

　　《秦风》十首大体创作于两个阶段。作于秦仲到襄公时的前五首为第一阶段,集中在公元前九世纪到八世纪;后五首为第二阶段,主要集中在公元前七世纪,这时距离《诗经》中创作最晚的诗歌约六十年左右。襄公以后历经文公、宪公、出子、武公、德公、宣公、成公、穆公,到《渭阳》创作的前 636 年前,共八公近一百三十年时间内,秦国诗歌一片荒芜。秦国诗歌为什么集中出现在两个时期呢?

　　赵逵夫师考证《诗经》经过了两次编集。第一次大约在公元前七世纪中叶,编集者是召穆公的子孙,这时收录的诗歌只有《周南》《召南》《邶风》《鄘风》《卫风》和《小雅》。第二次大约在公元前六世纪前期,是由郑国的贵族完成的,这个人很可能是公孙舍之(子展),青年时代的公孙侨(子产)也可能参与了这项工作,《诗经》中的其他诗歌这时编入诗文本。后来孔子对《诗经》的编次又作了订正,如调整了《国风》中《豳风》与《秦风》的顺序,调整了个别篇目的归属等①。

　　依据赵逵夫师的考证,则《秦风》编入《诗经》是在公元前六世纪前期,这时秦国正处于秦桓公、秦景公时期。列国之诗被采入朝廷,不仅是一种文化活动,同时也鲜明地体现了周王朝和列国在政治上的隶属关系。对此郑玄有言:“时徐及吴、楚僭号称王,不承天子之风,今弃其诗,夷狄之也。”②《秦风》被编入诗文本需要具备两个条件:一是在《秦风》被编入诗文本时确实有过一次编辑《诗经》的文化活动;二是当时周王室与秦国关系密切,也就是说当时秦国对周王室是完全的臣服和拱卫。

　　众所周知,秦襄公时周王朝与秦国关系密切,秦护送平王东迁以及之后几十年的伐戎战争,虽说有出于本国利益的目的,但是客

　　① 　赵逵夫师《诗的采集与〈诗经〉的成书》,《文史》,中华书局,2009 年第 2 辑。

　　② 　《诗谱·周南召南谱》,见《毛诗正义》,第 15 页。

观上为周王室平定西北戎患作出了巨大贡献。康公前的穆公时期，秦国在诸国中的地位大大提升，不但有资格参加诸侯盟会，有时甚至起决定性作用。如晋楚城濮之战（秦穆公二十八年），晋国为了使齐国、秦国加盟，战前君臣之间经过反复的商讨与缜密的安排，才达到目的。另外，秦国这时也逐渐抛弃了戎狄的许多风习，完全成为诸夏一员，尤其是霸西戎的伟大胜利，极大地提高了秦国在诸国中的声威。因此，到秦桓公、秦景公时郑穆公的后代增编《诗经》，将秦国历史上影响较大的两个时期的诗歌编入诗文本，也可见其他国家对秦国这两个时期文献的重视。秦国在文公十三年开始设置史官，这些诗歌很可能是《诗经》的增编者从秦国的档案资料中得到的。

（二）《秦风》在《诗经》中的次序问题

1. 问题的提出

讨论《秦风》在《诗经》中的位次，必然要涉及其他国家，因此，这一部分以总体论述各国风诗顺序为主，不再单独说明《秦风》。

《诗经》的编排次序也是古今《诗经》公案之一。目前见到的《诗经》中《国风》的编排顺序，有《左传》所载季札论乐顺序、《毛诗》和郑玄《诗谱》排列顺序三种，为便于比较，列表如下：

| 《左传》 | 周南 | 召南 | 邶 | 鄘 | 卫 | 王 | — | 郑 | 齐 | 豳 | 秦 | 魏 | 唐 | — | 陈 | 郐 | （曹） | — | — |
|---|---|---|---|---|---|---|---|---|---|---|---|---|---|---|---|---|---|---|---|
| 《毛诗》 | 周南 | 召南 | 邶 | 鄘 | 卫 | 王 | — | 郑 | 齐 | — | — | 魏 | 唐 | 秦 | 陈 | 郐 | 曹 | 豳 | — |
| 《诗谱》 | 周南 | 召南 | 邶 | 鄘 | 卫 | — | 桧 | 郑 | 齐 | — | — | 魏 | 唐 | 秦 | 陈 | — | 曹 | 豳 | 王 |

以上是先秦到汉人的编排次序，汉代以后皆从《毛诗》次第，再无分歧。郑玄《诗谱》单行本早已失传，唐代孔颖达《毛诗正义》将

《诗谱》文字分列有关部分之首。欧阳修等人曾作过考订和辑补工作，《诗谱》对诗歌的编排次序见于欧阳修的《诗谱补亡后序》①。三家分歧的焦点是《卫风》以下部分，而以《王风》《豳风》《秦风》《桧风》为最。看来，对《诗经》第一次编集各部分的次序，后代多沿袭之，基本无异议，分歧主要在第二次编集的部分。

　　到底三家依据什么标准来编排，后人有各种猜测，但是大都没有足够的说服力。

　　孔颖达云：

　　　　自卫以下十有余国，编次先后，旧无明说，去圣久远，难得而知。欲以先后为次，则齐哀先于卫顷，郑武后于桧国，而卫在齐先，桧处郑后，是不由作之先后也；欲以国地为序，则郑小于齐，魏狭于晋，而齐后于郑，魏先于唐，是不由国之大小也。欲为采得为次，则《鸡鸣》之作，远在《缁衣》之前，郑国之风必处桧诗之后，何当后作先采，先采后作乎？是不由采得先后也。②

他确实指出了古今学者的共同疑惑，这也是这一问题至今悬而未决的重要原因。

　　也有学者尝试作出解释。方玉润曰：

　　　　秦诗始于秦仲世，其时仅为大夫，比于附庸之国。吴、楚大国尚无诗，秦小国何以有《风》？盖秦实继齐、晋而霸焉者也。故齐、晋后即继以秦。或谓夫子定《书》，以《秦誓》缀周会之后，知周之必为秦也。即其删《诗》也亦然。此皆事后拟议

①　见欧阳修《诗本义》。收入《欧阳修全集》，李逸安点校，中华书局，2001年。
②　见严虞惇《读诗质疑》所引，文渊阁四库全书本。

之论,并非确解。①

这是就《毛诗》顺序而言,主要从当时诸侯国强弱角度阐述。

马瑞辰主郑玄说,他在《毛诗传笺通释》卷一中说:"《毛诗》次序,当以《郑谱》为正。"但他又不完全遵照郑玄说,认为郑玄将"桧"移"郑"前为是,而"王"移"豳"后则非。理由是:

> 今世所传《诗谱》,与《注疏》本先后次序异者二:一以《桧》《郑》为一谱,一以《王风》居《豳》后。今按:桧灭于郑而居《郑》前以合为一谱,与《邶》《鄘》之先《卫》无异,此可据《郑谱》以正《注疏》本之误者也。至以《王》居《豳》后,《孔疏》谓其"退就《雅》《颂》,并言王世相故耳"。但考《郑志》答张逸云:"以周公专为一国,上冠先公之业,亦为优矣,所以在《风》下,次于《雅》前。"是郑君亦以《豳》居《风》末,未尝以《王》退《雅》前,此可据《郑志》以证《诗谱》之紊者也。②

依马瑞辰,《郑谱》的本来次序中《王风》并不居最后,他考订的结果是:

> 窃谓《国风》次序,当以所订《郑谱》为正,周、召、邶、鄘、卫、王、桧、郑、齐、魏、唐、秦、陈、曹、豳也。其先后次第,非无意义,但不得以一例求之。盖于二南、邶、鄘、卫、王,可以见殷、周之盛衰焉。二南,周王业所起也。邶、鄘、卫,纣旧都也。王,东迁以后地也。首二南,见周之所以盛;次邶、鄘、卫,见殷之所以亡;次王,见周之所以始盛而终衰也。于桧、郑、齐、魏、

---

① 《诗经原始》,第 266 页。
② 马瑞辰《毛诗传笺通释》,中华书局,1989 年,第 5—6 页。

唐、秦,可以睹春秋之国势焉。春秋之初,郑最称强,桧则灭于郑者也,故桧、郑为先。郑衰而齐桓创霸,故齐次之。齐衰而晋文继霸,魏则灭于晋者也,故魏、唐次之。晋霸之后,秦穆继霸,故秦又次之。若夫陈、曹、豳,则又《诗》之废兴所关焉。陈灭于淫,曹灭于奢,而豳则起于勤俭者也。以陈、曹居"变风"之末,见《诗》之所以息;以《豳风》居周《雅》之先,见《诗》之所以兴。至豳之后于陈、曹,则又有反本复古之思焉。大抵十五国之《风》,其先后皆以国论,不得以一诗之先后为定也。邶、鄘灭于卫,桧灭于郑,魏灭于唐,皆附乎卫、郑、唐以见,又以见一国之废兴焉,不得以国之小大为定也。而采得之先后,载籍无征,其不足以定次序,更无论矣。①

皮锡瑞又不同于马瑞辰,他说:

毛义孤行,而诗之世次国次篇次皆从毛为定本,其实有不然者。……诸国之次,当是太师所第,孔子删定,或亦改张。……魏源曰:大师旧第,不过以邶鄘卫王东都之地为一类,豳秦西都之地为一类,郑齐一类,唐魏一类,陈桧曹小国一类,取其民风相近,初非有大义其间。②

《国风》乃至《诗经》各部分,无论哪一家的排序,都应该有一定的依据。标准不同,导致结果各异。现在不必去纠缠三家中孰是孰非,而是通过他们排列的不同结果进而去探求导致这种结果的内在原因,这里应该有不同诗学思想、文学政教观念的渗透与

---

①　《毛诗传笺通释》,第9页。
②　皮锡瑞《经学通论·诗经·论十五国风之次当从郑谱世次篇次三家亦不尽同于毛》,中华书局,1954年,第35页。

影响。

2. 从《左传》载季札评语看《国风》的编排

在交通不便利、信息不发达的先秦时期,要收集整理一部囊括东西南北各地域的诗歌选集,不可能一次性完成,《诗经》应是经过几次增编、修订而逐步形成。那么,《诗经》各部分的顺序是否与每部分编入诗文本的时间先后有关呢?

如前文所引,赵逵夫师认为,除西周乐师整理历代所传诗歌,进行了基本的分类之外,召穆公的子孙第一次有意识地进行《诗》的编集工作,时间在公元前七世纪中叶。召穆公的后代为了赞美周宣王时周、召二公的不朽功业,在编集时首列《周南》《召南》。因为卫康叔为武王少弟,与周公旦、召公奭同时所封,在西周末年当厉王败国之后,卫武公和也同样为周王朝的中兴作出了贡献,所以二《南》之后还收录了《卫风》(包括《邶风》《鄘风》)。这时收录的诗歌只有《周南》《召南》《邶风》《鄘风》《卫风》和《小雅》。第二次编集大约在公元前六世纪前期,这次增编而成书的工作是由郑国的王族成员完成的,其主要人物很可能是公孙舍之(子展),公孙侨(子产)也可能参与了这个工作。《诗经》中的其他诗歌这时编入诗文本。这次增编时,以《王风》为首,旨在突出周王室的特殊地位。《王风》之后即为《郑风》,这是编集者强调郑国在诸侯国中的地位。《左传》所载季札评论时的顺序应该就是这时编集的顺序。后来孔子在编排上和文字上做了最后的订正与加工,如调整了《国风》中《豳风》与《秦风》的顺序,调整了个别篇目的归属,个别地方也有所增删[①]。赵先生的考证为解决这一问题提供了新的思路。但是,赵先生没有对《郑风》之后各国风诗的排序情况做出说明,这里再作补充。

《诗经》中大多数诗歌在创作时是乐与义合二为一的,有的甚

---

① 赵逵夫师《诗的采集与〈诗经〉的成书》,《文史》,2009 年第 2 期。

至音乐意义大于文字意义，从《左传》中"为之歌"的表述以及季札评论时使用了"五声和、八风平"一类音乐化语言也可以看出，当时人们关注的重点是诗歌的音乐旋律而不是歌词本身。《左传》中《齐风》以下部分的排序首先依据音乐的不同，音乐风格接近的次第排列。季札在评论时有时也将风格差异不大的地区合并说明。他的评论分类是：周召、邶鄘卫、王、郑、齐、豳、秦、魏、唐、陈、郐。《周南》《召南》在《诗经》中分为两部分，音乐风格相近，故合而论之，邶鄘卫亦然。魏灭于唐，豳地后为秦所有，两组虽地域相同，但是音乐同中有异，故分而论之。

　　当时各国音乐到底有什么特点，我们今天已经听不到了，现在只能就季札的论述作大体推断。下面以《魏风》与《唐风》《豳风》与《秦风》为例说明。

　　《魏风》和《唐风》。《魏风》，"美哉！沨沨乎！大而婉，险而易行，以德辅此，则明主也"。"美哉，沨沨乎"是就乐而言，杜注："沨沨，中庸之声。"①《汉书·地理志》论及魏国时曾引用季札这句评语，颜师古曰："沨沨，浮貌也。言其中庸，可与为善，可与为恶也。"②可见魏国音乐较为抑扬浮动。"大而婉，险而易行"论歌词，《魏风》多刺诗，大者，粗也。虽多讽刺，但是其词粗犷而又婉转。其政令习俗，虽艰难而行之甚易。《唐风》，"思深哉！其有陶唐氏之遗民乎！不然，何忧之远也？非令德之后，谁能若是？""思深"论乐之效果，这种音乐能使人产生很深的思虑，具有思忧虑远的特点。一般而言，能够使人产生忧患意识的音乐多节奏舒缓，旋律低沉。从季札的简短评论可以推测，魏、唐音乐有同有异：同者，二者都婉转低沉；异者，《魏风》婉转中不失粗犷，《唐风》则多忧远之情。

---

① 《春秋左传正义》，北京大学出版社，1999年，第1100页。
② 《汉书》，中华书局，1962年，第1650页。

《豳风》和《秦风》。《豳风》,"美哉,荡乎！乐而不淫,其周公之东乎！"其特点是美、荡。荡有广大渺茫之意。《荀子·儒效》:"道过三代谓之荡。"杨倞注:"道过三代已前,事已久远,则为浩荡难信也。"[①]可证"荡"确实有"大"之意。然而《豳风》的美、荡还是有一定限度的,那就是"乐而不淫",欢乐却并没有走向淫靡,季札推测是周公东征时的音乐。《秦风》,"此之谓夏声。夫能夏则大,大之至也,其周之旧乎！""夏"也有"大"意,《诗经·权舆》"夏屋渠渠",《传》:"夏,大也。"[②]季札认为这种夏声应当是保留了一些周朝旧乐的风格。从季札的评论看,二者的相同点很明显,但也有差异。从诗歌作者和创作时间来说,《豳风》产生于西周,作者是周人。《秦风》则创作于春秋时期,作者是秦人。这两组诗歌因受周朝旧乐影响,有一些相同之处,然而因为周人、秦人生活文化背景不同,两国音乐存在差异也符合实际。

由此可见,季札评论时正是基于《魏风》与《唐风》《豳风》与《秦风》有相同点这一事实,才将魏唐、豳秦次第相接,而这也正是《诗经》的编集者在编排这几组诗歌时排序的重要依据。

3. 从《左传》所载诸侯会盟时各国的排序看《国风》的排序

我们还可以将上述各国诗歌位次与《春秋》《左传》所载诸侯会盟时位次作一比较,来说明《国风》的排序问题。这里重点以秦国参加的几次会盟为例。

春秋时期秦国虽为五霸之一,然而由于地处西垂,加之立国较晚,很长一段时间不被东方国家重视。与春秋时期频繁的会盟相比,秦国参加的诸侯间会盟似乎与其大国地位不相吻合,史载秦参加的大型会盟只有四次。

第一次见《左传·僖公二十八年》(前632年,秦穆公二十八

---

① 《荀子》,上海古籍出版社,2014年,第85页。
② 《毛诗正义》,第434页。

年),"冬,公会晋侯、齐侯、宋公、蔡侯、郑伯、陈子、莒子、邾子、秦人于温"①。关于这次会盟缘由,《史记·晋世家》载:

> 冬,晋侯会诸侯于温,欲率之朝周。力未能,恐其有畔者,乃使人言周襄王狩于河阳。壬申,遂率诸侯朝王于践土。孔子读史记至文公,曰"诸侯无召王"。"王狩河阳"者,《春秋》讳之也。②

鲁僖公二十八年是晋文公五年,春秋时期晋楚争霸决定性的一次战役——城濮之战就发生在这一年的四月份,结果楚大败。晋文公在战争胜利之后,威震中原。是年冬天,晋文公便召集诸侯会盟,连周天子也未能逃脱,不得不接受召见。可诸侯召见天子有违礼制,因此《春秋》讳之曰"天王狩于河阳",晋国当时的霸气显而易见。《春秋》因是鲁国史书,首书鲁公。除鲁以外的其他诸侯国中,晋列首位,次齐国,这与两国在当时诸侯国中的政治地位相一致,值得深思的是秦人在这次会盟中扮演的角色。城濮之战,齐国、秦国是晋国极力争取的两个国家,为了争取两国加盟,晋国颇费了些心思,以至让宋国去贿赂齐国和秦国,这样两国才勉强成为晋国的盟国。战争中秦国也确实出兵助晋,"夏四月,戊辰,晋侯、宋公、齐国归父、崔夭、秦小子慭次于城濮"(《左传·僖公二十八年》)。小子慭是穆公子,次年的翟泉之盟秦国也派小子慭参加。从秦国来说,对于这次战役还是比较重视,晋国能够胜利,秦国也有一定功劳。但是会盟记载中秦国却屈居最后,且被称作"秦人",其中缘由颇值得探究。对此,杨伯峻注曰:"秦与诸侯会盟始于此,故班序最

---

① 按《穀梁传》未载"齐侯"。
② 《史记》,第 1668 页。

后,而称人。"①难道真是因为首次参加会盟便班序最后吗？恐怕并非如此简单。

第二次在秦穆公二十九年(前 631)夏天,《左传·僖公二十九年》:"公会王子虎、晋狐偃、宋公孙固、齐国归父、陈辕涛涂、秦小子慭盟于翟泉,寻践土之盟,且谋伐郑也。"首列鲁公,次列代表周王室的王子虎。在其他诸侯国中,晋依然居首位,秦依然位列最后。

第三次见于《左传·成公二年》(前 589 年,秦桓公十六年):

> 　　十一月,公及楚公子婴齐、蔡侯、许男、秦右大夫说、宋华元、陈公孙宁、卫孙良夫、郑公子去疾及齐国之大夫盟于蜀。卿不书,匮盟也。于是乎畏晋而窃与楚盟,故曰"匮盟"。蔡侯、许男不书,乘楚车也,谓之失位。②

同一事件《春秋》这样记载:"丙午,公及楚人、秦人、宋人、陈人、卫人、郑人、齐人、曹人、邾人、薛人、鄫人盟于蜀。"除鲁外,楚列诸侯国之首位。《左传》较《春秋》多蔡侯、许男,少曹、邾、薛、鄫四国。《春秋》不书蔡、许的理由是,蔡侯、许男乘楚车,为楚车左、车右,这是"失位"。其他四国《左传》不书,杨伯峻认为是省略之,说明这四国在当时地位已经无法与其他国家相比。秦国在《春秋》居第三,《左传》居第五,位次较前两次会盟有了大幅度的前移,有趣的是,齐国却大大后移了。

这次会盟,同姓诸侯五:鲁、蔡、卫、郑、曹;异姓诸侯九:楚、许、秦、宋、陈、齐、邾、薛、鄫。齐国位次的后移与当年在鞌之战中大败有关。除楚国外,秦国就是会盟中的大国了。秦楚素来友好,楚国的咄咄逼人之势自然也令诸国怯秦国几分,秦国的位次因之

---

① 《春秋左传注》,第 450 页。
② 《春秋左传注》,第 808 页。

得以前移。这次会盟的盟主是楚国,蔡、许对楚唯命是听,甚至不惜降低身份来取悦楚,导致失位。《左传》将蔡、许列于秦国之前,与此有关。

秦国参加的最后一次会盟是秦景公三十一年(前546)的宋向戌弭兵之会。《春秋》载:"夏,叔孙豹会晋赵武、楚屈建、蔡公孙归生、卫石恶、陈孔奂、郑良宵、许人、曹人于宋。"除鲁外,晋、楚两国列最前。这次会盟的一个特点是要求"晋楚之从交相见也",即晋之盟国朝楚,楚之盟国朝晋。赵孟当时就犯难,曰:"晋、楚、齐、秦,匹也,晋之不能于齐,犹楚之不能于秦也。楚君若能使秦君辱于敝邑,寡君敢不固请于齐?"结果是"释齐、秦",即齐、秦免于朝见楚、晋,故《春秋》未书齐、秦。杜预注:"案《传》,会者十四国,齐、秦不交相见,邾、滕为私属,皆不与盟。宋为主人,地于宋,则与盟可知,故《经》唯序九国大夫。"[1]

诸侯会盟中各国班次有着强烈的政治色彩,各国对于自己的次序也甚为看重。当时各国会盟排序的重要依据是国家的强弱。杨伯峻曰:"《经》所书乃会之班次,以国强弱大小为序。"[2]除此之外,与周王室血缘的亲疏远近、参加者的身份地位等,也会影响每个国家的次序,隐公十一年就有"周之宗盟,异姓为后"的说法。如践土之盟,《春秋》载"公会晋侯、齐侯、宋公、蔡侯、郑伯、卫子、莒子,盟于践土"。《春秋》是鲁国史书,首列鲁公,其他诸国的次序则"以姬之同姓为先,齐、宋最大,异姓在后"的原则排列。

总观《春秋》《左传》所载各国会盟排序,除鲁外,晋、楚两大国常常位列最前,邾、莒、许、滕等小国为后,齐、郑、宋、卫、陈、蔡等国一般居中。就秦国而言,秦穆公二十八年首次参加盟会,到穆公二十九年的第二次会盟,都位列最后,秦国在当时诸侯国中的地位远

---

[1]　《春秋左传正义》,第1051页。

[2]　《春秋左传注》,第449页。

远无法与穆公霸主的身份相匹配。《左传》季札观乐在鲁襄公二十九年(前544),即秦景公三十三年,距尊晋楚为霸主的弭兵之会仅仅两年,季札观乐时各国风诗顺序与会盟记载顺序却大相径庭,秦国竟然排到晋国前面,这与晋国在当时常常扮演盟主的角色截然不同。这些都从另一角度证明季札观乐时《郑风》以下部分排列的主要依据应是音乐本身。

　　总之,《左传》所载《国风·齐风》以下部分的排列顺序极为简单,主要以音乐风格为依据。音乐风格相近者,次第排列,《豳风》与《秦风》相接、《魏风》与《唐风》相接就属于这种情况。这一排序基本没有受到政治因素的影响。

　　到孔子时,则从政治的角度进行了调整。他将《秦风》置于《魏风》《唐风》之后,又将《豳风》置于风诗最后,以与雅诗相接,"欲近《雅》《颂》,与王世相次故也"①。这就是我们现在见到的通行的《毛诗》次序。《秦风》移《魏风》《唐风》之后,郑、齐、晋(魏、唐)、秦相次,这一排序不但与四国在春秋政治舞台上称霸的顺序相合,同时也兼顾到各国与周王室的亲疏远近。郑、晋为同姓诸侯,齐、秦为异姓诸侯。齐虽异姓,受封之君姜太公为周王朝的建立立了功勋,姬姜二姓不但世为婚姻,在周王室政权中,姜姓力量不可小视。秦国地位远无法与齐国等同,屈居晋国之后。这正体现了孔子重周礼、讲宗法的思想。到郑玄,又置桧于郑前,以合桧灭于郑之史实。至于《王风》移到《豳风》之后,依马瑞辰的考证,为孔疏之误,并不合郑玄本意。

　　《诗经》自收集到编辑成书,再到后代的流传,《国风》中各部分次序也经过几次调整。这种调整是由于《国风》最初是诗乐舞三位一体,到后来诗与乐舞(即诗歌的音乐和歌词)逐渐分离引起的。伴随着诗歌歌词与音乐的疏离,诗歌本身的文字意义在

---

①　《毛诗正义》,第252页。

逐步加强，与政治关系日益密切，诗歌的教化功能越加受到重视。《国风》中各国风诗位置的变化与诗歌的逐步政治化、伦理化是同步的。

## 四、"夏声"考

季札观乐时，对《诗经》各部分一一作了评论，开启了后人对《诗经》中体现的地域风格的论述，对《秦风》的评论重点提到"夏声"。对"夏声"的理解前人说法不一，主要有三说。

1. 夏声即诸夏之声。杜预云："秦本在西戎汧、陇之西。秦仲始有车马、礼乐。去戎狄之音而有诸夏之声，故谓之夏声。"[1]前文引孔颖达《毛诗正义》引服虔也有"与诸夏同风，故曰夏声"的说法。以上两家均以"夏声"作诸夏之声，即秦国音乐同于诸夏音乐。

2. 夏声即宏大壮美之声。《尔雅·释诂上》："夏，大也。"刑昺疏引《方言》曰："自关而西，秦晋之间，凡物之壮大者而爱伟之，谓之夏。"[2]夏声就是壮大之声。其实"夏"本身就有专指乐歌大的意思，如《诗经·时迈》："我求懿德，肆于时夏，允王保之。"《传》曰："夏，大也。"郑玄《笺》："乐歌大者称夏。"[3]

3. 夏声为西方之声。杨伯峻云："古者西方为夏，《吕氏春秋·古乐篇》'伶伦自大夏之西'，高诱注：大夏，西方之山。"[4]

第一种说法看到秦国音乐的总体性质，属于华夏音乐范畴，表明这时秦国音乐已经摆脱了戎狄的影响，近于诸夏音乐了。但是将秦国音乐完全等同于诸夏之声，有失武断。关于秦国音乐的特点，史载较少，我们无从得知。李斯曾说秦国音乐是"夫

---

① 《春秋左传正义》，第 1099 页。
② 《尔雅注疏》，《十三经注疏》标点本，北京大学出版社，1999 年，第 9 页。
③ 《毛诗正义》，第 1306 页。
④ 《春秋左传注》，第 1163 页。

击瓮叩缶、弹筝、搏髀，而歌呼呜呜快耳目者，真秦之声也"(《史记·秦本纪》)，瓮、缶这些打击乐器应该是秦国的传统乐器，秦国出土乐器中有许多钟、镈、石磬等，也证实秦国音乐以打击乐器为主。打击乐器的特点是节奏鲜明，铿锵有力，听来浑厚雄健。这种风格与《秦风》尚武、好战，多描写车马、兵器、游猎场面的内容相吻合。

诸夏乐器与秦国乐器差异较大。《史记》中载渑池之会，秦王令赵王鼓瑟，蔺相如则为秦王准备的是盆瓴，两国乐器截然不同。瑟为弦乐器，宜于演奏悠扬婉转的歌曲，盆瓴为打击乐器，代表了秦国音乐风格。秦赵同祖且地域接壤，音乐尚且如此不同，由此可见用诸夏之声统言秦声，并不完全正确。退一步讲，产生于西周故地的《豳风》、东周王室的《王风》、晋国的《唐风》等应该比《秦风》更具有诸夏特点，为什么独独论《秦风》为"夏声"呢？这也说明将"夏声"解作"诸夏之声"有失片面。

第三种说法，西方之声。若从西北地理环境对文学艺术风格的影响看，似有些微合理之处，但是总的说来甚为牵强。

最契合《秦风》特点的是第二种。西北位于中国地形的第二级台阶上，这里多高山戈壁，地理环境恶劣，生活在这里的人们，便形成乐观豪爽的性格，艺术也多苍茫雄浑之气。秦人自东迁以来，世世繁衍在这里，加之受戎狄剽悍、勇猛之俗的浸染，秦国诗歌音乐偏于宏大壮美便不难理解。《秦风》多描写战争、车马、田猎等，试想，这些内容尤其是像表现秦人同仇敌忾的《无衣》一诗，假如用南方柔婉低回的音乐来演奏该是让人觉得多么得不伦不类。

## 五、先秦两汉《秦风》的引用情况

先秦两汉对《诗经》的运用以二雅为主。以春秋时期为例，《左传》《国语》引诗、赋诗、歌诗总计 240 条，其中二雅 148 条，《国风》

59 条,三颂 33 条①。二雅的比例大大高于风诗和三颂。春秋以后,赋诗、歌诗不行于列国,引诗的传统却一直保留下来。《孟子·离娄下》言:"王者之迹熄而诗亡,诗亡然后春秋作。"《诗经》定本之后到楚辞繁荣之前的这段时间里,诗歌的创作暂时处于低谷,却迎来了引诗的高潮期。产生于战国时的著作,不管哪一家,都有引诗的现象,甚至于对诗三百采取漠视或摒斥态度的管子、韩非子,其著作中也有数次引诗的记录。当然,引诗最多的还是儒家典籍,所引用的篇目中二雅依然占多数②。

与二雅和《国风》中《周南》《召南》以及《邶风》等频频被引用不同,《秦风》一组诗歌显得非常冷落,很少被人关注。

鲁定公四年楚申包胥如秦乞师,秦哀公赋《无衣》,这是《秦风》首次被应用。

《荀子·法行》载孔子与子贡的一段对话中,孔子在解释君子之所以贵玉时说:

> 孔子曰:"……夫玉者,君子比德焉。……《诗》曰:'言念君子,温其如玉。'此之谓也。"③

《礼记·聘义》也有类似记载,略详于《荀子》。

《韩诗外传》载魏文侯与其子击的老师赵苍唐的谈话:

> 文侯曰:"中山之君亦何好乎?"对曰:"好《诗》。"文侯曰:"于《诗》何好?"曰:"好《黍离》与《晨风》。"……文侯曰:"《晨

---

① 以上数据来自董治安《从〈左传〉〈国语〉看诗三百在春秋时期的流传》,收入《先秦文献与先秦文学》,齐鲁书社,1994 年,第 30 页。

② 参见董治安《关于战国时期"诗三百"的流传》文后之附录,收入《先秦文献与先秦文学》。

③ 王先谦《荀子集解》,中华书局,1988 年,第 535—536 页。

风》谓何?"对曰:"䳗彼晨风,郁彼北林。未见君子,忧心钦钦。如何如何! 忘我实多。此自以忘我者也。"①

《说苑·奉使篇》亦载此事,文字略有不同。

《易林·大畜之离》云:

> 延陵适鲁,观乐太史。《车邻》白颠,知秦兴起,卒兼其国,一统为主。②

《汉书·地理志》:

> 天水、陇西,山多林木,民以板为室屋。及安定、北地、上郡、西河,皆迫近戎狄,修习战备,高上气力,以射猎为先。故《秦诗》曰"在其板屋";又曰"王于兴师,修我甲兵,与子偕行"。及《车辚》《四载》《小戎》之篇,皆言车马田狩之事。③

总的来说,先秦两汉对《秦风》的应用数量很少,这与《秦风》在当时的地位有直接关系。

## 第二节　石　鼓　文

有关石鼓的记载,最早见于唐贞观年间苏勖《徐记》载打本石鼓,后《元和郡县志》"关内道凤翔府天兴县"载:"石鼓文,在县南二十里许,石形如鼓,其数有十。盖纪周宣王田猎之事,其文即史籀

---

① 许维遹《韩诗外传集释》,中华书局,1981 年,第 281 页。
② 焦延寿《易林》,中州古籍出版社,1989 年。
③ 《汉书》,第 1644 页。

之迹也。"①杜甫诗歌中也曾提及,韦应物和韩愈两人专门作《石鼓歌》记之,其中韩诗长达五百余字,可见石鼓的发现在唐代是件值得称颂的大事。宋代欧阳修《集古录跋尾》又记,"岐阳石鼓初不见称于前世,至唐人始盛称之。而韦应物以为周文王之鼓,至宣王刻诗。韩退之直以为宣王之鼓。在今凤翔孔子庙中,鼓有十,先时散弃于野,郑余庆置于庙而亡其一。皇祐四年向传师求于民间得之十乃足。其文可见者四百六十五,不可识者过半……然退之好古不妄者,余姑取以为信耳。至于字画,亦非史籀不能作也"②。欧阳修时石鼓残泐已经非常严重,所存字数与现在看到的宋拓本相近。

北宋以后,石鼓几经迁徙,又有少许残泐。到清代,重新仿制十面石鼓,并在上面摹刻原诗,新旧两种石鼓均置于国子监。石鼓现藏故宫博物院。

石鼓自唐代发现后,就有拓本传世,且流传很广,影响很大。遗憾的是,唐代拓本今天已经看不到了。北宋拓本有马荐本、天一阁本以及明代锡山安国所藏石鼓斋本,这几种拓本都应拓于皇佑四年(1052)《作原》一鼓重新发现之后,凿成臼的位置字数全无。马荐本已佚,天一阁本据载比马荐本仅少三字,被认为是当时的善本,可惜也亡。明代安国所藏本无人得知,清道光年间,安国后人折售天香阁时偶尔发现当年安氏所藏石鼓拓本十册,其中三册即为郭沫若在日本见到的"先锋""中权""后劲"三篇拓本。十册中除一册为宋元间所拓外,其余全系北宋拓本,实为难得。郭沫若见到的三种拓本,从时间来看,"先锋"最早,"后劲"次之,"中权"最晚。从存字来看,"中权"残字多被保留(501字),"后劲"次之(496字),"先锋"剜夺最多(480字)。三本互有优劣,可以互参。

---

① 李吉甫《元和郡县图志》,中华书局,1983年,第41页。
② 《欧阳修全集》,中华书局,2001年,第2079页。

　　最早著录石鼓文的是南宋薛尚功(生卒年不详)的《历代钟鼎彝器款识》。最早辑录石鼓全文并作注的是《古文苑》,由南宋章樵(?—1235)作注,后附王厚之(1131—1204)跋辞,所录《石鼓文》存字471(包括重文497字)。

## 一、石鼓文的年代

　　(一)前人考证

　　石鼓文的年代问题是自石鼓发现后学界争论的焦点与核心。迄今为止,研究石鼓文的论著多达近百部,单篇论文则远远多于此数,这些成果多集中于时代的考订与字词的释读。就时代而言,据杨宗兵统计,古今不同观点达十八种之多[①]。自郑樵提出石鼓文当为秦刻石后,经过今人进一步考证,秦刻石之说已成不刊之论。但是具体刻于(已有人提出作诗与刻诗年代不同,目前多数学者倾向于作诗与刻诗同时)秦某公某年,分歧颇大,说法从襄公一直到昭襄王,还有春秋中晚期、春秋战国之际等大致时间段的框定,不同说法时间跨整个春秋战国。

　　学者们对石鼓文时代的考订,大致从以下三个方面寻找线索。一、字形的演变,这是断代的最重要依据。春秋战国秦系文字呈现出迥异于东方国家的特征。这一时期,东方国家的文字向着简单化和美术化的倾向发展,尤其是南方出现的鸟虫书,更是当时追求字形美观的代表。春秋早期秦文字大体还是沿着西周文字的路子发展,繁复而古朴;到春秋中晚期,大篆普遍使用;到战国,则变为小篆。学者们将石鼓文字与秦系其他文字进行对比,把这些文字放在整个秦系文字演变的链条当中,探讨其时代。二、石鼓诗歌内容本身提供的线索,如"天子""嗣王"等词语,以及诗歌总体反

_____

　　① 杨宗兵《石鼓文及其时代研究评述》,《考古与文物》,2006年第3期。

映的情调所折射出的当时秦国的政治经济情况。将这些线索与秦国历史相比照,提出与诗歌内容可以对应的时间段。三、从诗歌中一些关键语汇的运用,如"吾""余""殹"等,参照其他先秦古籍中这些语汇普遍使用的时代,来推知石鼓文的时代。

石鼓文本身提供的具体史料很少,只有反映身份的"天子""嗣王",反映时间的"癸",反映地点的"汧"等少数几个词语能够提供些微线索。对于创作时间的考订,这些线索显得远远不够,导致一千多年纠缠于某公某年的争论,至今尚无定论。因此,当今学术界对石鼓文的断代不再是具体的"某年"式非常绝对的年代,而是大致将其框定在某公时期,或是春秋中晚期之际、春秋战国之际这样一些大致范围内。下面试举几种说法。

1958年,唐兰提出,"石鼓应在秦公簋之后,诅楚文之前"[1]。为后人的研究划出正确的区间,成为学人共识。

李学勤在《东周与秦代文明》指出:"石鼓的诗,风格类似于《诗经》,如顾炎武《日知录》所论,战国已没有赋诗的风尚。如把石鼓下推到晚周,恐不可能……看来,石鼓大约为春秋中晚期的作品。"[2]裘锡圭云:"从字体上看,石鼓文似乎不会早于春秋晚期,也不会晚于战国早期,大体上可以看作春秋战国间的秦国文字。"[3]

1993年,台湾学者陈昭容将石鼓文与太公庙秦公钟、镈以及传世秦公钟、传世秦公簋和诅楚文字体细致比较后,刊文称:"石鼓文的制作应稍晚于秦公簋,早于诅楚文,更具体年代宜在春秋晚期到战国早期之间,距秦公簋近些,离诅楚文远些。"[4]

王辉等人指出:"凤翔秦公一号大墓即秦景公石磬'天子匽喜'

---

　①　唐兰《石鼓年代考》,《故宫博物院院刊》,1958年第1期。
　②　李学勤《东周与秦代文明》,文物出版社,1984年,第186页。
　③　裘锡圭《文字学概要》,商务印书馆,1988年,第59页。
　④　陈昭容《秦公簋的时代问题:兼论石鼓文的相对年代》,台湾《"中央研究院"历史语言研究所集刊》,第六十四本第四分册,1993年。

'惟四年八月初吉甲申''宜政'等铭文表明,该磬铭乃是秦景公四年为庆贺景公行亲政冠礼周天子来秦国观礼而作,它与石鼓文《而师》石中'天子□来,嗣王始□'所描述的气氛酷似;石磬铭与石鼓文有不少字是相同的,这些字文字结构、安排布局,甚至运笔方法几乎全同,如出一人……石鼓文大体上可看作与石磬铭同一时代。"①此说得到许多人的赞同。

徐宝贵通过将石鼓文与其他秦系文字从形体结构、笔势比较后得出,石鼓文跟战国时期和春秋早期的秦系文字,在结构和笔势上都有很多明显的出入;跟春秋中晚期的秦公簋、秦公磬铭文(按,指秦景公一号大墓出土的石磬铭文)则出入甚少,彼此非常相似。其风格的相似程度,使人不能不产生怀疑:它们是否出自同一个人的手笔? 由此断定石鼓文和秦公簋、秦公磬应是同时期所作②。

(二) 石鼓文时代补证

1. 问题的提出

郭沫若曾云:"全诗(按,指石鼓文)格调与《诗经》中《秦风》及西周末年之二《雅》甚为接近。如《大雅》(按,应为《小雅》)《车攻》《吉日》诸诗自来以为宣王时诗,无异说,举以石鼓文相比较,不仅情调风格甚相类似,即遣词造句亦有雷同。"③《诗经》中大多数诗歌具体写作年代不可确定,但是大致的时间段可以考订。石鼓文与《诗经》有相似的句式和语汇,能否从石鼓文与《诗经》的关系入手寻找石鼓文创作时代的一些线索呢?

石鼓文与《诗经》有相似的句式,从理论上讲,有三种可能。第一,石鼓文早于《诗经》,《诗经》的创作者学习了石鼓文。但是从当

---

① 转引自陈平《关陇文化与嬴秦文明》,江苏教育出版社,2005 年,第 439—440 页。

② 徐宝贵《石鼓文整理研究》,中华书局,2008 年,第 623 页。

③ 郭沫若《石鼓文研究》,科学出版社,1982 年,第 12—13 页。

时实际情况讲,秦国地处西北,石鼓文在创作后要流传到各个国家,为各个国家所熟悉并且喜欢、学习,是不可能的,各国也没有大范围学习石鼓文的动机。这种可能性可以排除。第二,石鼓文与《诗经》同时代出现,都用了当时的一些习惯用语,因此导致二者有相似之处。第三,石鼓文有意学习和模仿《诗经》。下面重点分析第二、第三种可能性。

裘锡圭支持第二种可能。他认为诗歌本身与刻石文字是两个时代的产物①。徐宝贵又作了进一步论证,认为石鼓诗歌应作于襄公时期,理由是石鼓文与《诗经》无论是用词、句式还是语法等方面,都表现出很大的相似性,因此,"石鼓诗就是《诗经》时代的作品"。然而从石鼓文字体看,明显是春秋中晚期的秦系文字特点,诗歌创作早和字体时代晚之间存在矛盾,就此徐宝贵作出解释,石鼓文的作诗时代与刻诗时代不同,作诗年代在春秋早期的秦襄公时期,刻石年代应在春秋中晚期,即秦景公时代②。

以上说法看起来似乎有道理,实则经不起推敲。

首先讨论"《诗经》时代"的提法。《诗经》中的作品最早的和最晚的时间跨度颇大,一般认为,最早的应是《周颂》③,约作于西周初年,最晚的是《国风》中的《陈风·株林》,约作于前 613—599 年之间。在这四百年的漫长时期,究竟哪一段该称作"《诗经》时代"呢? 因此,至少应该首先对"《诗经》时代"这一概念作时间界定,才可以此为基点进一步确定石鼓文的时代。

其次,《诗经》中大量的诗歌产生于西周末年到春秋早期,徐宝贵所说的"《诗经》时代"应当指这一时期,因为他提出的石鼓文的创

---

① 裘锡圭《关于石鼓文的时代问题》,国家古籍整理出版规划小组《传统文化与现代化》,1995 年第 1 期,第 47 页。

② 《石鼓文整理研究》,第 652—654 页。

③ 也有学者认为《商颂》是商代的诗歌,并非宋国诗歌,若这一观点可以成立,则《诗经》中最早的诗歌就会上推到商代。

作时间——秦襄公时期——正好处于这一时间段内。因为石鼓文与这一时期的诗歌相似,就断言石鼓文也作于这一时期,有失片面。语言既是稳定的又是变化的。从历史的长河来看,语言是不断变化的。就某一时期来说,语言又是约定俗成的,具有很大的稳定性,这样人们在交流时才能够相互理解,不至于产生歧义。某种意义上,语言的稳定性甚于变化,尤其是语序、语法方面。《诗经》中"一日不见""未见君子""既见君子"这样的句式,我们现在不是也使用吗?

徐宝贵《石鼓文整理研究》一书从词汇、章法、句式、相同或极为相近的诗句、韵律、修辞六个方面将《诗经》与石鼓文一一作了比较,每一方面又分若干小类,如在句式一类有动词谓语式、形容词谓语式、名词谓语式、述宾谓语式等。他从汉语的许多方面对比二者,找到二者之间的许多相似性。事实上,这些相似性大多数是汉语的共性,至少应该是古代汉语的共性。

再次,诗歌创作于襄公时代,却刻于景公时代,事隔二百年,将这些诗歌刻于石鼓上的动机是什么呢? 从景公时的相关历史记载中找不到合理的解释。

石鼓文与《诗经》出现于同一时代导致二者有许多相似性的可能性不存在。只有第三种可能,即石鼓文学习《诗经》。

2. 石鼓文与《诗经》中的套语

前文就徐宝贵将石鼓文与《诗经》比较的范围作了简单分析,认为他所比较的范围大多数是汉语的普遍现象,不能作为石鼓文作于襄公时期的证据。这样说,并非否定汉语在某一时期的阶段性特征,也并非否定《诗经》与石鼓文在语言方面呈现的独特性。那么到底《诗经》与石鼓文的独有特征是什么呢?

《诗经》中有大量用于特定仪式的诗歌。颂诗就是用于祭祀时演奏的乐曲,贵族燕享、重要节庆、后宫娱乐等重要场合也需要有一些诗歌来配乐演奏或演唱,《国风》中还有一些反映当时习俗、在特殊场景使用的诗作,如贺新婚的,祝多子的等。这些诗歌因为具有特殊的作用,因此在广为传唱和模仿时,逐渐形成当时语言中一些固定的模式和套语,代表了那个时代的一些语言特点。如"山有×,隰有×"这一句式在《诗经》中就出现数次,应该是当时习语。这种现象,不独《诗经》存在,铜器铭文中也有,如"眉寿无疆""子子孙孙永宝用享""匍有四方""昭答皇天"等句式在铭文中俯拾即是。这些套语,应该是可以代表时代语言特征的。

　　20 世纪 30 年代,美国哈佛大学古典文学教授帕里提出了套语理论。最早从理论上对《诗经》套语进行探讨的是美籍华人王靖献,他在 1974 年出版了博士论文《钟与鼓——诗经的套语及其创作方式》。书中引用了帕里的一段有关套语的理论,"一组具有相同韵律作用的短语,其意义与文字非常相似,诗人不仅知道它们是单一的套语,而且把它们当作某一类型的套语运用"[①]。《诗经》和石鼓文中都存在这样的套语,下面列表说明。

石鼓文、《诗经》相近套语对照表

| 石　鼓　文 | | 《诗　经》 | |
|---|---|---|---|
| 诗　　句 | 出处 | 诗　　句 | 出　处 |
| 吾车既工,吾马既同。吾车既好,吾马既馲 | 车工 | 我车既攻,我马既同。……田车既好,四牡孔阜 | 小雅·车攻 |
| 君子员邋,员邋员游 | 同上 | 其德克明,克明克类,克长克类 | 大雅·皇矣 |
| 牸牸角弓 | 同上 | 骍骍角弓 | 小雅·角弓 |
| 麀鹿速速 | 同上 | 麀鹿麌麌 | 小雅·吉日 |
| | | 麀鹿噳噳 | 大雅·韩奕 |
| | | 麀鹿濯濯 | 大雅·灵台 |

--------

　　① 王靖献《钟与鼓——诗经的套语及其创作方式》,谢濂译,四川人民出版社,1990 年,第 18 页。

（续表）

| 石　鼓　文 | | 《诗　　经》 | |
|---|---|---|---|
| 诗　　　句 | 出处 | 诗　　　句 | 出　　处 |
| 吾畋其特 | 同上 | 我取其陈 | 小雅·甫田 |
| 君子渔之 | 汧殹 | 君子宜之 | 小雅·裳裳者华 |
| | | 君子作之 | 小雅·巧言 |
| 其游趣趣 | 同上 | 其泣喤喤 | 小雅·斯干 |
| | | 其流汤汤 | 小雅·沔水 |
| | | 其鸣喈喈 | 周南·葛覃 |
| 其鱼佳何? 佳鲂佳鲤 | 同上 | 其蔌维何? 维笋及蒲 | 大雅·韩奕 |
| | | 吉梦维何? 维熊维罴,维虺维蛇 | 小雅·斯干 |
| | | 其钓维何? 维鲂及鱮 | 小雅·采绿 |
| 可以橐之? 佳杨及柳 | 同上 | 何以舟之? 维玉及瑶 | 大雅·公刘 |
| | | 于以盛之? 维筐及筥,于以湘之? 维锜及釜 | 召南·采苹 |
| 又鲌又鲌 | 同上 | 有驈有皇,有骊有黄 | 鲁颂·駉 |
| | | 有鳢有鲔 | 周颂·潜 |
| 鰋鲤处之 | 同上 | 维鸠居之 | 召南·鹊巢 |
| 黄帛其鳊 | 同上 | 皇驳其马 | 豳风·东山 |
| 田车孔安 | 田车 | 戎车既安 | 小雅·六月 |
| 鋚勒馭馭 | 同上 | 鞗革忡忡 | 小雅·蓼萧 |
| 四介既简 | 同上 | 四牡既佶 | 小雅·六月 |
| | | 四马既闲 | 秦风·驷驖 |

（续表）

| 石　鼓　文 | | 《诗　　经》 | |
|---|---|---|---|
| 诗　　　句 | 出处 | 诗　　　句 | 出　处 |
| 其趩又旆 | 同上 | 其大有颙 | 小雅·六月 |
| 君子逌乐 | 同上 | 君子攸宁 | 小雅·斯干 |
| 趍趍奔马 | 銮车 | 啴啴骆马 | 小雅·四牡 |
| 射之狩狩 | 同上 | 椓之橐橐 | 小雅·斯干 |
| | | 椓之丁丁 | 周南·兔罝 |
| 于水一方 | 同上 | 在水一方 | 秦风·蒹葭 |
| 或阴或阳 | 同上 | 或献或酢 | 大雅·行苇 |
| 其奔其敕 | 同上 | 其追其貊 | 大雅·韩奕 |
| 帅皮阪□ | 作原 | 瞻彼阪田 | 小雅·正月 |
| 为三十里 | 同上 | 于三十里 | 小雅·六月 |
| | | 终三十里 | 周颂·噫嘻 |
| 庸庸鸣□ | 同上 | 雝雝鸣雁 | 邶风·匏有苦叶 |
| 柞棫其□ | 同上 | 柞棫斯拔 | 大雅·皇矣 |
| 亚箬其华 | 同上 | 猗傩其华 | 桧风·隰有苌楚 |
| 吾水既清,吾道既平。嘉树则里,天子永宁 | 吾水 | 原隰既平,泉流既清。召伯有成,王心则宁 | 小雅·黍苗 |
| | | 原隰既平,泉流既清 | 小雅·黍苗 |
| 害不余□ | 同上 | 曷不肃雝 | 召南·何彼襛矣 |
| 虪西虪北 | 吴人 | 载驰载驱 | 鄘风·载驰 |
| 勿竃勿代 | 同上 | 勿翦勿伐 | 召南·甘棠 |

除表中所列外，没有上句"何以……"，只有下句"维……维……""维……与……""维……及……"的句式也在石鼓文中出现。这些句式与"其……其……""载……载……""有……有……""或……或……"句式数次出现在《诗经》中，应该是石鼓文采用当时固定套语，其他应是石鼓文有意模仿《诗经》。从篇章看，与二雅相近者最多，《周颂》《鲁颂》《豳风》《秦风》《桧风》也有模仿，《王风》《郑风》《齐风》《魏风》《唐风》《曹风》等很少有相似句式。石鼓文为游猎诗，亦为贵族诗，作者是能够随从秦公的贵族、史官等，石鼓文作者与二雅作者身份相近，这是二者相近的原因之一。

3. 从《诗经》看石鼓文的创作时代

表二中反映的石鼓文模仿《诗经》的情况，自然会引起我们对以下两个问题的思索。

第一，石鼓文对《诗经》中创作时间偏早的诗歌模仿较多，如《周颂》、二雅、二南、《邶风》《桧风》，对于春秋时期出现的诗歌，极少模仿。这会不会是因为这些创作早的诗歌流传也早，因此被模仿，创作较晚的诗歌流传也晚，对晚出的诗歌秦人不熟悉而没有学习呢？

第二，豳为西周故地，后归秦，按照秦人对西周文化的接受程度，秦人理应熟悉《豳风》，但是对《豳风》的模仿却很少。

秦国偏居西北，很长时间是独立发展。穆公霸西戎，大大提高了秦国在诸国中的声威，然而时至穆公二十八年才首次参加诸侯会盟。整个春秋三百多年，除晋国外，秦国与其他国家的交往很有限。在《诗经》编集成书之前，秦人了解二《南》以及鄘、邶、邠等地诗歌的机会很少。从石鼓文模仿《诗经》的数量（近三十首）和篇目看，石鼓文的作者应该对《诗经》所有诗歌都非常熟悉，石鼓文的创作应是在《诗经》编集成书之后。

石鼓文对《豳风》模仿少而对二雅模仿多，充分说明石鼓文是有意学习《诗经》，并且这种学习有明确的选择性。《左传》《国语》

载时人用诗也以二雅为主,这是由风、雅、颂在当时的地位决定的。石鼓文作者与当时文人对《诗经》各部分地位的认识一致。

《诗经》的最后编集成书应在公元前六世纪前期,这时秦国正是桓景时期。《诗经》因大多数可以配乐歌唱或朗朗上口宜于吟诵,在定本后迅速广为流传,远离中原的吴国公子对《诗经》如此熟悉,处于周人故土的秦人对《诗经》也应耳熟能详。对于当时流传甚广影响很大的诗集,石鼓文的创作者对其进行模仿也在情理之中。由此可以证明石鼓文的创作不会早于公元前六世纪,这应该是创作的上限。

将石鼓文与《诗经》相近套语进行比较发现,石鼓文模仿《诗经》痕迹比较明显,显得有些稚嫩,形成自己风格的成分不多,还处在直接模仿《诗经》的初级阶段,表明石鼓文创作时《诗经》传入秦国时间不会太久。也就是说,石鼓文创作时间的下限距离《诗经》编辑成书不会太远。

秦公一号大墓出土的石磬文作于景公四年(前 575),依王辉、陈平等人考证,石鼓文也当作于此时或稍后[1]。景公在位四十年(前 578—前 537),从以上对石鼓文创作时间上限、下限的推理看,景公时期正好处在这一范围之内。景公时期,秦国国力虽较穆公时期有所衰落,但依然是当时不可小视的大国。这时秦两次伐晋,助楚伐宋,与晋会盟不久即背盟。景公大墓的规模空前宏伟,不仅是雍城秦公陵园中,也是目前全国已发掘的先秦墓葬中规模最大的一座。"该墓虽然只占整个秦公墓总数的十九分之一,但却独霸我国考古史上的五个之最:总面积 5 334 平方米,是我国迄今发掘出的最大古墓;大墓中发现一百八十六个殉人,是我国目前已经发掘古墓中殉人数量最多的一座;大墓中的大型椁具'黄肠题凑',是我国目前发现最早、最为完整的高级葬具,堪称'黄肠题凑'的鼻

---

[1]　见陈平《关陇文化与嬴秦文明》,江苏教育出版社,2005 年,第 439—440 页。

祖；墓室'木碑'是目前我国发现的最早的'木碑'实物例证；大墓中出土石磬是我国最早刻有铭文的石磬，其形制巨大，堪称'磬中之王'"①。从传世文献和考古成就两方面观之，景公时期的国力不难猜测。这也为石鼓文中对秦公的赞美找到了合理的现实依据，也正是诗歌清新真实，没有一般歌功颂德文字的做作、虚假的真正原因。

陈昭容曾说："《左传》赋诗、引诗风气于鲁襄、昭之世最盛，此最能突显《诗经》影响之深远。"②秦景公与鲁襄、昭二公同时，石鼓文对《诗经》的模仿也与当时《诗经》盛行的风气相吻合。

基于以上理由，我们认为石鼓文作诗时代与刻石时代应是同一时期，为春秋中期偏晚或晚期偏早，学者们主张作于秦景公时期的说法可信，具体作于哪一年，无从考证。

以上是从石鼓文与《诗经》成书时间的关系入手对石鼓文创作时间作的补充论证。

## 二、石鼓文与《诗经》

石鼓文虽大量模仿《诗经》，但是并非《诗经》的复制，在模仿中又呈现出独有特征，这一部分主要将石鼓文与《秦风》以及《诗经》中的其他田猎诗进行对比，以期能更加深入地把握石鼓文的特点。

（一）十首石鼓诗的主旨

关于石鼓诗之主旨，各家因对作诗时代、作诗缘由看法的不同，对每首诗歌的理解也各异。加之石鼓残缺甚重，除《车工》完整外，其余几首皆有不同程度的残泐，《马荐》《作原》二首残缺最为严

---

① 王美凤、周苏平、田旭东《春秋史与春秋文明》，上海科学技术文献出版社，2007年，第 12 页。

② 陈昭容《秦公簋的时代问题：兼论石鼓文的相对年代》。

重,大大影响了对诗歌的进一步理解与研究。对于有的诗歌之主旨只能略之一二。这里抛开任何作诗背景的干扰,仅从现存文字探讨所反映的诗歌内容。各首主旨大致如下。

《车工》第一,叙述出猎情景。

《汧殹》第二,描写汧源之美与游鱼之乐。这首诗中汧源之地望与秦公迁都汧源的时间是学者探讨作诗时间的证据之一。

《田车》第三,叙述打猎情景。郭沫若曰:"此石叙猎之方盛。"①

《銮车》第四,叙打猎。郭沫若曰:"此石叙猎之将罢。"

《霝雨》第五,郭沫若曰:"此石追叙初由汧源出发攻戎救周之事。"郭沫若对诗旨的理解是基于诗为秦襄公八年护送平王凯旋记功之作。细审诗歌,只叙路上遭遇大雨时的艰难行进,并无攻戎救周的言辞。

《作原》第六,此石一度散落民间,凿凹成臼,每行上三字均缺,仅剩四字。从现存文字观之,叙述开辟原场,种植树木,全诗呈现出一派欣欣向荣的气象。

《而师》第七,本诗主旨甚难判断,其中"天子□来。嗣王始□,古我来□"数句成为古今学者推测作诗时代的主要依据。郭沫若主张嗣王指周平王,也有学者认为指秦国历史上始称王的秦惠文王。从诗中"弓矢""左骖"等词推测,疑亦与游猎有关。

《马荐》第八,本诗残缺最严重,今仅存完字十五。郭沫若曰:"此石盖叙罢猎而归时途中所遇之情景,由'微微雉血'一语可以占之也。""微微雉血"具体指什么,郭沫若未加说明,杨宗兵认为当指秦文公十九年获陨石一事②。从"天""虹"二字与前《霝雨》一首推测,诗歌主要叙述雨后情景。

---

①　以下郭沫若引文俱见《石鼓文研究》,《郭沫若全集·考古编》卷九,科学出版社,1982 年。

②　见杨宗兵《石鼓制作缘由及其年代新探》,《中国历史文物》,2004 年第 4 期。秦获陨石一事见《史记·秦本纪》,《史记·封禅书》《汉书·郊祀志》记载更详。

《吾水》第九，本诗似与第六首《作原》相接，诗中有"驾弅""左骖""右骖""四翰"等词，主要叙述修整道路种植嘉树后，天子游猎行乐情形，从中可见当时国内安定和平景象。

《吴人》第十，本诗在十首诗中最有特色，遗憾的是，残缺亦较多，无法见到诗歌全貌。诗歌开首便是一个兢兢业业、奔波忙碌的虞人形象，既可敬又可爱。诗中"献""大祝"等词显然与祭祀有关。许多学者将作诗缘由与《史记·秦本纪》《史记·封禅书》所载秦国特有的祭祀——畤相联系，这也是他们判断作诗时代的主要依据。然而诗中有麀鹿、囿等字眼，也应该有游猎场面的描写。古代的田猎，兼军事大演习的性质，狩猎时须有一系列仪式，这些仪式往往与实际战争很相似。《周礼·夏官·大司马》就载有田猎时的礼仪："中春教振旅，司马以旗致民，平列陈，如战之陈。辨鼓铎镯铙之用，王执路鼓，诸侯执贲鼓，军将执晋鼓，师帅执提，旅帅执鼙，卒长执铙，两司马执铎，公司马执镯，以教坐作进退疾徐疏数之节。遂以搜田，有司表貉，誓民。鼓，遂围禁。火弊，献禽以祭社。"[1]从这段记载看，田猎结束后用所获猎物祭祀是田猎礼仪的一项必备程序，也说明这组诗歌的性质是游猎诗而非祭祀诗。

综上，《田车》《车工》《銮车》三首叙游猎无疑。《汧殹》叙汧源、游鱼当为游猎目的地景象。《霝雨》《马荐》一叙路上遇雨，一写雨后情景，亦与游猎有关。《而师》《吾人》《吴人》虽然涉及其他内容，也有关于游猎的字句。只有《作原》一首写开辟原场，字面与游猎无涉。将这首与其他九首列为一组，可能的原因是，开辟原场种植嘉树，乃是为天子游猎所做的准备工作。前五首叙述内容比较集中，很少叙及其他。后五首内容颇为丰富。十首诗歌叙述了秦君出猎的全过程：猎前准备、出行情况、田猎情景、猎后祭祀，每一环节都作了细致的描写。可以说，这是当时秦君一次大型正式的田

_____

① 《周礼注疏》，《十三经注疏》点校本，北京大学出版社，1999 年，第759—779 页。

猎活动的真实记录。总之，前人将这十首诗作为游猎诗，将石刻命名为石碣是有道理的。

由此引发另一疑惑，为什么十首诗歌没有按照游猎先后来排序？关于诗歌次序问题，各家依据作诗缘由、诗歌内容也做了不同的排列，达十几种之多，聚讼纷纭，莫衷一是，时至今日，未有定论。影响较大的是施宿、王厚之等人的排序①，后代从之者甚多。

十枚鼓被弃之荒野，后人发现时原来次序早已无从得知。施宿等人的排序只是依据他们各自对诗歌的理解，并没有什么版本依据，大可不必因他们是最早排序者，便一味信从。

可以确定的是，《吴人》记打猎之后的祭祀，必然在最后。《霝雨》《马荐》一叙遇雨，一写彩虹，两首必然相接。《作原》叙在游猎场地整修道路、种植树木，为游猎做准备，当为第一首。《而师》叙本次出猎缘由，因天子来庆贺，为了庆祝这一重大活动，故而与天子一同游玩打猎。《吾水》写丙申之日出猎，《汧殹》捕鱼，《车工》狩猎情景，《田车》猎之方盛，《銮车》猎之将罢。这样十首诗歌的排序就是：《作原》《而师》《吾水》《汧殹》《车工》《田车》《銮车》《霝雨》《马荐》《吴人》。

（二）石鼓文与《诗经·秦风》的异同

石鼓文与《秦风》，有同有异。

《秦风》题材丰富，主旨多样，弥补了石鼓文组诗主旨单一的不足，为我们从不同角度了解秦国历史、风俗提供了宝贵的资料。从诗歌风格讲，《秦风》中的诗歌多悲凉、凝重。石鼓文一扫《秦风》慷慨、凝重的色调，给我们以明朗欢快、积极向上的昂扬精神，这里没有送别时的惆怅，没有思念的煎熬，没有没落后的消沉，没有良人殉葬后的痛心。君臣在军事演习后，浩浩荡荡，出游打猎，一路旌

---

① 　王厚之的顺序为：《车工》《汧殹》《田车》《銮车》《霝雨》《作原》《而师》《马荐》《吾水》《吴人》，见《古文苑》，四部丛刊初编集部。

旗飘扬,欢歌笑语,一幅太平盛世的祥和气象。即使是天公不作美,路遇暴雨,也能齐心协力,达到目的(《霝雨》)。当雨过天晴,彩虹出现在天空的时候,马儿悠然地吃着嫩嫩的青草,人们享受着美味的猎物,其乐何如(《马荐》)!

　　进一步探讨,石鼓文这种风格的形成与其遣词造句有直接关系。用词方面,石鼓文多用明快活泼的词语。最突出的一点是叠字的大量运用,如状汧水的"沔沔"、状游鱼的趣趣和鱍鱍、状骏马的"驈驈"和"旛旛"、状麀鹿的"速速"、状大兽的"趍趍"、状奔马的"趓趓"、状日光的"昱昱"、状鸟鸣的"庸庸"等。现存四百六十余字,仅叠字就有三十五个,可以设想,完整的诗歌中叠字还应该高于这一数字。叠字使用频率如此之高,这在喜用叠字的《诗经》中也很罕见。这些词语的运用不但增加了描写的形象生动性,同时还给整组诗歌染上了欢快明朗的色调。试看《秦风》中的叠字,苍苍、凄凄、采采、惴惴、钦钦等,与石鼓文中叠字传递给我们的情感信息迥然不同。

　　《秦风》除《驷驖》与《无衣》外,其余八首都表现出担忧、悲伤、恐惧、消极等情感。如《小戎》,每章前六句都用赋体,分别描写战车、战马和兵器,描绘细致,笔意铺张,辞藻华丽,不但衬托了主人公地位的非同一般,同时也见出军容之盛,洋溢着激昂向上的阳刚之气。但是,到每章后四句,情绪急转而下,温其如玉的君子远征西戎,令人心乱烦忧,给全诗抹上浓浓的忧伤的一笔,前六句的华贵、瑰丽在主人公眼前顿时黯然失色。这与石鼓文十首从始至终情感统一判然有别。

　　石鼓文与《秦风》总体基调的差异源于诗歌作者身份、创作动机、创作背景的不同。可以说,从秦襄公被分封到秦始皇统一六国,战争始终伴随着秦国。石鼓文的作者是统治者的代表,在军事演习时看到国家军事力量无比强大,那种自豪是由衷的,对国君的赞颂也真实可信。《秦风》表达的是不同身份、不同人物的心声,虽然作者中也有贵族，可离开了游猎这种特殊的场景，他们对社会的认识就更加理性而全面，诗歌中反映的情感、心理也是多方面的。这是导致二者风格基调不同的主要原因。

（三）石鼓文与《诗经》中有关打猎的诗

《诗经》中有关田猎的诗歌数量很少，只有《周南·兔罝》《召南·驺虞》《郑风·叔于田》《郑风·大叔于田》《齐风·还》《齐风·卢令》《秦风·驷䮷》《小雅·车攻》《小雅·吉日》等几首。《驷䮷》一首前一章已作讨论，下面就其他几首简要说明。

《周南·兔罝》是一首赞美猎人的诗。崔述曰："余玩其词，似有惋惜之意，殊不类盛事之音。"①崔氏认为赞美中有武士不被重用的惋惜之意，体会诗意很细腻。《召南·驺虞》《郑风·叔于田》《郑风·大叔于田》也都是赞美猎手的诗歌，各家无异议。《齐风·还》，《毛诗序》："刺荒也。哀公好田猎，从禽兽而无厌，国人化之，遂成风俗。习于田猎，谓之贤。闲于驰逐，谓之好焉。"然而细读诗歌，只有推许赞美之词，并无讥刺之意，本诗应该是猎人互相赞美的诗。《齐风·卢令》，《毛诗序》："刺荒也。襄公好田猎，毕弋，而不修民事，百姓苦之，故陈古以风焉。"认为是讥刺襄公好猎。但诗歌称誉之意非常明显，"纵使是描写齐襄公出猎，亦是赞美之而非讥刺之"②。齐襄公是齐僖公的长子，桓公小白的兄长。齐国在庄、僖小霸后，到齐襄公时，国势出现衰落。首先是借助庄、僖余威，穷兵黩武，发动了对纪国、卫国、郑国的战争；其次是齐襄公与同父异母妹妹文姜私通，史书多有记载，《齐风》中的《南山》和《敝笱》就是讥刺这件事。这首诗不可能赞美襄公，应是赞美猎人。

以上九首诗歌，除《车攻》《吉日》《驷䮷》外，其余六首都赞美猎

---

①　崔述《读风偶识》，见《崔东壁遗书》，上海古籍出版社，1983 年，第 535 页。

②　《诗经注析》，第 279 页。

人,算不上真正的游猎诗。即使是赞美宣王的两首,其叙事的完整性、描写的细致程度也无法与石鼓文相比。事实上,纵观整个西周到春秋时期,无论是周王朝还是诸侯国,史书中游猎的记载很多,尤其是在国势鼎盛时期,往往借游猎炫耀国威。这就出现了令人深思的问题:一、上列九首中,属于风诗中的七首除《驷骥》外,都是赞美猎人,为什么没有出现像《驷骥》一样赞美国君的诗歌? 二、为什么周王朝和其他诸侯国没有出现如石鼓文一样规模较大的游猎诗,而秦国不但作诗记之,还要刻到石鼓上以求不朽?

其他国家赞美猎人现象的出现与西周到东周这一时期意识形态的变化有很大关系。殷商文化中有很浓厚的巫术色彩,大量卜辞的出土即为明证。到了西周,一方面,统治者在灭商的过程中看到民众的力量,看到了人心向背的决定作用,民本思潮得到张扬。在这种社会思潮的影响下,个体的人越来越受到人们的关注,特别是在战争、外交、日常生活中能够发挥重要作用的勇士、据理力争维护本国利益的行人、敢于犯颜直谏的忠臣,自然会得到讴歌与赞扬。另一方面,民众力量的崛起,民众被重视,也使得社会上尤其是下层社会对统治者自视为上天赋予的天子的职责产生怀疑,对统治者的荒淫无度的深刻揭露、讥讽也超越前代,二雅中就有大量反映社会弊端的诗歌。这是《诗经》田猎诗中多赞颂猎人少称扬统治者的原因。

再说秦刻石鼓文而其他国家没有类似行为的问题。

春秋时期虽然礼崩乐坏,礼乐征伐自天子出一变而成自诸侯出。可毕竟这种僭越还不像战国那样公然被社会认可和接受,周天子常常被各国作为政治资本,诸国在称霸战争中也往往打着尊王攘夷的旗帜,说明西周礼乐对“国际”行为尚存约束力。社会上普遍崇尚的理想人物依然是西周以来的谦谦君子,外交场合能够遵礼、依礼行事便受到礼遇。秦国则不然,长期与戎狄杂处,摆在秦人面前的第一要务是生存立足问题,秦国历来盛行好战尚武习俗。石鼓文几乎每章都言及马,狩猎场面更是其他国家所不及。在《诗经》中出现了《生民》等周族史诗式的组诗,也产生了表现贵族舞蹈的《万》舞系列组诗,在秦国却创作出表现国威赞扬君王的游猎组诗。从诗歌数量来说,《诗经》305 篇中,除了《秦风》10 首,有关游猎、打猎的诗歌只有 8 首,比例不足 3%。秦国现存诗歌中,游猎诗超过半数(《小戎》虽然不是游猎诗,诗中描写武器之精美,种类之繁多,也受到秦国崇尚武力、游猎风俗的影响)。秦国习俗对文学创作题材的影响于此可见。

## 三、石鼓文与田猎文学的发展

### 1. 石鼓文对前代田猎诗歌的继承

记载田猎的文字,古已有之。甲骨文、《周易》《左传》《周礼》《礼记》等文献中有不少有关田猎的记载。但从目前见到的文献看,自觉以文学的语言、诗歌的形式来描写大规模田猎活动的作品却始于《诗经》和石鼓文。清程廷祚《骚赋论》云:"若夫体事与物,《风》之《驷驖》,《雅》之《车攻》《吉日》,田猎之祖也。"[①]《车攻》出自《诗经·小雅》。在石鼓文中也有《车工》一首,两诗内容、结构甚至某些句式都非常相似。对此,郭沫若曾云:"全诗(按,指石鼓文)格调与《诗经》中《秦风》及西周末年之二《雅》甚为接近。如《大雅》(按,应为《小雅》)《车攻》《吉日》诸诗自来以为宣王时诗,无异说,举以《石鼓文》相比较,不仅情调风格甚相类似,即遣词造句亦有雷同。"[②]两诗内容如下:

---

① 程廷祚《骚赋论》,收入《赋话广聚》,王冠辑,北京图书馆出版社,2006 年。
② 《石鼓文研究》,第 12—13 页。

## 石鼓文·车工

吾车既工，吾马既同。吾车既好，吾马既𩦐。

君子员邋，员邋员斿。麀鹿速速，君子之求。

𣓀𣓀角弓，弓兹已寺。吾欧其特，其来趩趩，

趩趩𢎥𢎥，即𨂐即时。麀鹿速速，其来大次。

吾欧其朴，其来遺遺，射其猏蜀。

## 小雅·车攻

我车既攻，我马既同。四牡庞庞，驾言徂东。

田车既好，四牡孔阜。东有甫草，驾言行狩。

之子于苗，选徒嚣嚣。建旐设旄，薄狩于敖。

驾彼四牡，四牡奕奕。赤芾金舄，会同有绎。

决拾既佽，弓矢既调。射夫既同，助我举柴。

四黄既驾，两骖不猗。不失其驰，舍矢如破。

萧萧马鸣，悠悠旆旌。徒御不惊，大庖不盈。

之子于征，有闻无声。允矣君子，展也大成。

"攻"，《毛传》："攻，坚。"①"车工"之"工"与"车攻"之"攻"通假，俱为坚固之意。关于《小雅·车攻》，《毛诗序》曰："宣王复古也。宣王能内修政事，外攘夷狄，复文武之境土。修车马，备器械，复会诸侯于东都，因田猎而选车徒马。"毛说可从。方玉润亦曰："盖此举重在会诸侯，而不重在事田猎。不过藉田猎以会诸侯，修复先王旧典耳。昔周公相成王，营洛邑为东都以朝诸侯。周室既衰，久废其礼。迨宣王始举行古制，非假狩猎不足慑服列邦。故诗前后虽言猎事，其实归重'会同有绎'及'展也大成'二句。"②西周王朝到厉王时，已经历了约二百余年的历史，这时各种社会矛盾愈加激烈。

---

① 《毛诗正义》，第 648 页。

② 《诗经原始》，第 367 页。

加之周厉王是一个荒淫残暴的天子,厉王时期社会已经动荡不安,各种礼仪制度遭到严重破坏,各个诸侯国开始心离王室,王室已经失去了向心力。周宣王继位后,志在复兴王室,一方面治乱修政,另一方面加强军事统治,出现了史称"宣王中兴"的局面。《车攻》即叙述宣王在东都会同诸侯举行田猎之事。这次大规模的行动,一则为了联络与各诸侯国的感情,加强联系。更重要的是向诸侯炫耀武力,以望恢复昔日天子的威严与辉煌。

与《车攻》相接的诗歌是《吉日》。《毛诗序》:"美宣王田也。能慎微接下,无不自尽以奉其上焉。"《左传·昭公三年》:"郑伯如楚,子产相。楚子享之,赋《吉日》。既享,子产乃具田备,王以田江南之梦。"可知春秋时期人也认为这是一首田猎诗,只是描写的场面、气象不及《车攻》宏大。陈奂说:"《车攻》会诸侯而遂田猎,《吉日》则专美宣王田也。一在东都,一在西周。"①依陈奂说法,两首当为姊妹篇。

将《车攻》与《吉日》合观之,可以发现,石鼓文有因袭《诗经》之处,模仿继承《诗经》痕迹非常明显。更重要的是,对《诗经》又有很多发展,无论内容还是形式,都作了很大的扩充。《车攻》《吉日》所叙内容除诸侯会同一点外其余方面在石鼓文中都出现,在叙事的完整性、描写的细致方面石鼓文则更胜一筹。以田猎诗最重要的射猎场面来看,《车攻》中以两章八句来描绘,《吉日》仅"既张我弓,既挟我矢。发彼小豝,殪此大兕"四句。在石鼓文中,《车工》《田车》《銮车》三首集中写田猎,其他诗歌中也有零星记载,直接描写田猎的句子达五十多句。有猎前准备、驾车骖马、野兽种类、群臣追赶野兽、野兽急速逃窜、猎物累累,甚至连田车的装饰、弓矢的颜色都一一道来,赋之运用在石鼓文中得到淋漓尽致的发挥。句式语汇方面,《车攻》与《车工》二诗的开首部分,句式如出一辙。无论

---

① 陈奂《诗毛氏传疏》,中国书店,1984年,第206页。

是内容还是形式二诗前后渊源关系非常明显。

　2. 石鼓文产生原因探析

　　程廷祚指出《驷骥》《车攻》《吉日》为田猎之祖。《驷骥》出自《诗经·秦风》，而石鼓文又与《车攻》《吉日》有诸多的相似之处。除石鼓文与《驷骥》外，《诗经·秦风》中还有许多与田猎有关的描写。对此，班固早有阐述，《汉书·地理志》曰：

> 　　天水、陇西，山多林木，民以板为室屋。及安定、北地、上郡、西河，皆迫近戎狄，修习战备，高上气力，以射猎为先。故《秦诗》曰"在其板屋"；又曰"王于兴师，修我甲兵，与子偕行"。及《车辚》《四载》《小戎》之篇，皆言车马田狩之事。①

马瑞辰亦云：

> 　　秦以力战开国，其以力服人者猛，故其成功也速，其延祚也短；而其弊也，失于黩武而不能自安。是故秦诗《车辚》《驷骥》《小戎》诸篇，君臣相耀以武事。其所美者，不过车马音乐之好，兵戎田狩之事耳。②

秦国有关田猎的诗歌如此多，这不能不让人产生这样的疑问：在田猎文学的发展中，秦国诗歌有怎样的地位？秦国这些有关田猎的诗歌是如何产生的？

　　从现有文献看，商代田猎活动已经十分普遍③，这些活动除了物质供给、开辟农场、为田除害、军事训练等作用外，最重要的一个

---

　①　《汉书》，第 1644 页。

　②　马瑞辰《毛诗传笺通释》，中华书局，1989 年，第 361 页。

　③　详见陈梦家《甲骨卜辞综述》，科学出版社，1995 年；陈炜湛《甲骨文田猎刻辞研究》，广西教育出版社，1995 年。

作用就是满足统治者淫游娱乐的需要。因此，西周初年周公在批判了殷末各王盘游无度后，告诫成王"继自今嗣王，则其无淫于观、于逸、于游、于田"（《尚书·多士》）。鉴于此，周代的田猎活动与商代相比，性质发生了很大变化。周代将田猎纳入了周礼范畴，每一季节的田猎有不同的称谓，《左传·隐公五年》："春蒐，夏苗，秋狝，冬狩，皆于农隙以讲事也。"田猎也由重在娱乐转而成为军事训练、考核士卒的主要手段。周代还设有专门负责田猎以及苑囿的职官，《周礼·地官·司徒》载："囿人，掌囿游之兽禁，牧百兽。祭祀、丧纪、宾客，共其生兽死兽之物。"并且对田猎程序有一系列规定，详见前文引述。

从以上记载可见，在周代，田猎是天子、国君举行的大规模狩猎活动，非一般人的猎杀行为，田猎属于一种大型的文化活动[①]。

秦国也有田猎之制，《睡虎地秦简》中多处出现有关田猎的记载，可知秦国田猎之风盛行。如《日书·甲种》："外阳日，利以达野外，可以田猎。"[②]《日书·乙种》："平达之日，利以行师徒、见人、入邦。网猎，获。"[③]《秦律杂抄》中《公车司马猎律》记载了当时有关射猎的规定。秦国的田猎制度，应是继承西周田猎制度的结果。

秦国是平王东迁时因秦襄公护送平王有功才被封为诸侯国。封国时平王赐给襄公的土地是"岐以西之地"（《史记·秦本纪》），这里原是西周故地，当时尚被犬戎占领，到秦文公时才从犬戎手中夺回。文公收回这片土地时，将尚留在西周故地的周余民也一并接收，"于是文公遂收周余民有之"（《史记·秦本纪》）。这些周余

---

① 除了这种正规的田猎活动外，周代还有专供天子、国君、贵族娱乐进行的"制度之外"的田猎活动。为了区别这两种性质不同的田猎活动，有的学者把礼仪制度下的田猎活动称为"校猎"。见曹胜高《汉赋与汉代制度——以都城、校猎、礼仪为例》，北京大学出版社，2006年。

② 吴小强《秦简日书集释》，岳麓书社，2000年，第23页。

③ 《秦简日书集释》，第81页。

民成为了秦人吸收周文化的重要媒介,极大地促进了周秦文化的
交融。这一点在秦文学中有突出反映。除石鼓文外,现存秦人最
重要的诗歌就是《诗经·秦风》。《秦风》十首就内容言,可以分为
两类。一类以表现秦人尚武、好战的风习为重点,风格多粗犷质
朴;另一类则风格秀婉隽永。后一类诗歌正是秦人在吸收周文化、
受周文化影响下创作的。石鼓文所载秦君的大型田猎活动,应是
秦人在继承西周礼乐文化后依据周礼进行的一次文化活动。秦人
吸收周文化,吸纳周礼,是《秦风》中有关田猎的诗歌以及石鼓文十
首诗产生的深层原因之一。

　　秦国社会风俗也对秦国诗歌产生了重要影响,前引班、马二氏
两段文字已经指出这一点。

　　秦国在初立国时摆在秦人面前的第一要务是从犬戎手中夺回
"岐以西之地"。此外,秦人在封国前就与戎狄长期杂处,自然受到
了崇尚剽悍好战的戎狄文化的影响。无论是立国前还是立国后,
秦人为了生存与戎狄进行了长期而艰苦的斗争。恶劣的生存环
境,培养了秦人刚健雄迈的性格特征,形成了他们尚武好战的风
习。石鼓文几乎每首都言及马,田猎场面更是其他国家诗歌中
所见不到的。秦国现存诗歌中,有关田猎的诗歌居绝对多数。
秦国习俗对文学创作题材的影响于此可见。如果说西周田猎制
度使得秦人将田猎作为一项庄严的文化活动,从制度方面影响
了秦人,而秦国的社会习俗则是秦人热衷于田猎的重要原因,西
周田猎制度与秦国社会风俗的相互交融,共同促成秦国田猎诗
歌的大量产生。

　　石鼓文的创作还源于秦人对秦君由衷的赞赏,这与《小雅·车
攻》以及汉代的《子虚赋》《上林赋》等的创作动机有一定的相似
之处。

　　《车攻》作者能够看到宣王会同诸侯的盛况,显然是贵族或
史官一类的人。同样的道理,秦公田猎时自然也有贵族或史官

随同。就诗歌题材讲,前人某一题材的诗歌为后人的进一步创作提供了某些范本,《诗经》中有关天子田猎的诗歌仅《车攻》和《吉日》两首,这是石鼓文作者在创作这组诗歌时最重要的参考范本。更为重要的是,两组诗歌的创作缘由也有很多相似点。宣王中兴是西周灭亡前的回光返照,在厉王被流放后,天下大乱,共伯和摄政,宣王继起,不但挽狂澜于既倒,还主动出击周边夷狄,取得了一系列的成果。可以设想《车攻》《吉日》的作者在创作这两首诗歌时的自豪心情,创作诗歌的目的旨在宣扬天子声威,颂扬天子的武功。

石鼓文的创作动机与上述如出一辙,不管其具体创作缘由是什么,最终目的是赞颂秦公无疑。诗中对汧源丰茂的草木以及射猎的宏大场面作了细致的描绘,甚至直接称赞"天子永宁",连那位对工作兢兢业业关心一切的虞人也让人觉得可爱而可敬。再进一步考察,与其他西周初年就被分封的齐、鲁、晋等国相比,秦国的封国以及被周王朝和其他诸侯国的认同与接纳异常艰辛,是经过了秦几代人艰苦的创业换来的。秦国早期那些立下丰功伟绩的开创者们足以名垂史册,令后人引以自豪。秦祖先以及当时国君的伟绩与宣王在位时的一系列政绩有许多相似性,其作者有意模仿《车攻》,是其内在心理的曲折反映。

### 3. 石鼓文对后代文学的影响

降及汉代,田猎题材的作品得到空前发展,《文选》在赋类专列畋猎类三卷五篇。司马相如的《子虚赋》《上林赋》,扬雄的《羽猎赋》《长杨赋》,不但是汉大赋的代表,也是田猎题材的代表作。事实上,当时田猎类赋远不只这几篇。即使是其他类别的赋作,如枚乘的《七发》、班固的《两都赋》等都有篇幅不小的田猎场面的描写。

汉代田猎类赋对石鼓文既有继承,又有发展。就表现手法而言,秦国诗歌更长于用敷陈其事的"赋"的手法,《小戎》《车工》等,几乎可以看作是微型赋。方玉润曾曰:"(《小戎》)三章写戎器,刻

画典奥瑰丽已极,西京诸赋迥不能及,况下此者乎!"①方氏所说
《小戎》三章内容为:"小戎俴收,五楘梁辀。游环胁驱,阴引鋈续。
文茵畅毂,驾我骐馵。""四牡孔阜,六辔在手。骐駵骐是中,騧骊是
骖。龙盾之合,鋈以觼軜。""俴驷孔群,厹矛鋈镦。蒙伐有苑,虎韔
镂膺。交韔二弓,竹闭绲縢。"方玉润的话虽然有夸大之嫌,但是确
实道出了本诗"赋"的特点以及对汉赋的影响。秦国其他诗歌如石
鼓文中《作原》《汧殹》叙整治原场,种植佳木,汧水两岸丰饶之物
产,水中游鱼之乐,《田车》《銮车》写打猎盛况,无不通过真实细致
的叙述再现当时情景,给人如临其境的感觉。秦国诗歌大量使用
"赋"这种表现手法的进一步发展,就是汉代"铺采摛文"的大赋的
出现。在汉大赋中,铺陈成为了主要的表现手法,如状苑囿,则东
西南北,前后左右,上下里外,花草树木,游鱼碎石,飞禽走兽,一应
俱全,极尽夸张铺陈之能事。来看《上林赋》中一段:

　　于是乎背秋涉冬,天子校猎。乘镂象,六玉虬,拖蜺旌,靡
云旗,前皮轩,后道游;孙叔奉辔,卫公参乘,扈从横行,出乎四
校之中。鼓严簿,纵獠者。河江为阹,泰山为橹,车骑雷起,隐
天动地。先后陆离,离散别追,淫淫裔裔,缘陵流泽,云布雨
施。生貔豹,搏豺狼,手熊罴,足野羊;蒙鹖苏,绔白虎,被豳
文,跨野马,陵三嵕之危,下碛历之坻;径陵赴险,越壑厉水。
推蜚廉,弄獬豸,格虾蛤,鋋猛氏,羂騕褭,射封豕。箭不苟害,
解脰陷脑;弓不虚发,应声而倒。②

这可以说是石鼓文打猎场面的放大。
　　从《诗经》中的《车攻》《吉日》《驷驖》到石鼓文,再到《子虚》《羽

---

①　《诗经原始》,第 271 页。
②　《史记·司马相如列传》,第 3033—3034 页。

猎》等赋作,田猎题材作品演变的轨迹可以梳理为:《车攻》《吉日》
只是车马装备、田猎场面的简单描写,气势宏大,但仍然有概括笼
统之嫌。到石鼓文,将这两首诗歌发展为十首组诗,主题依然继承
《车攻》——田猎兼对天子的赞颂,但无论是叙事的完整性还是描
写的生动性,都有了长足的发展。到了汉代,田猎类赋中关于田猎
场面的描写更为详尽,辞藻更为华美,读来琳琅满目,应接不暇,在
文学上是一个大的发展。

石鼓文为田猎赋的出现提供了许多借鉴。饶宗颐在为王辉
《秦出土文献编年》作的序中说:"十鼓信为自来'畋猎文学'之极
品,后来衍生出汉人《羽猎》《长杨》之巨制。"①饶宗颐将石鼓文看
作田猎文学,甚有见地。

从《诗经》中的《车攻》《吉日》《驷䮛》到石鼓文,再到汉代田猎
赋,田猎题材作品的发展承传清晰可见,石鼓文是田猎文学发展链
条当中不可缺少的一环,石鼓文在田猎文学发展中的地位应该得
到重视。

## 四、石鼓文与秦刻石文化

王辉云:"秦人素重刻石,春秋至战国间有石鼓文、诅楚文,灭
六国后有峄山、泰山、琅玡台、之罘、东观、会稽诸刻石……秦人颇
以长于石刻自诩,秦公一号大墓石磬残铭,不过是其中比较典型的
例子之一。"②秦国的刻石成就非常突出。现存先秦刻石数量寥
寥,除秦国几篇外,还有守丘刻石,"出土于河北省平山县三汲镇中
山国王墓区,出土时间很早,大约在 30 年代中期。原石为一块大
河光石,未作任何外形加工。石长 90、宽 50、厚 40 厘米,上刻文字

---

① 饶宗颐《秦出土文献编年·序言》,台北新文丰出版公司,2000 年。
② 转引自陈平《关陇文化与嬴秦文明》,江苏教育出版社,2005 年,第 443 页。

2行,共19字"①。石鼓文、石磬文、诅楚文可以说是先秦时期的典型刻石。这也说明,至迟到秦景公时期,秦国的刻石水平已经相当成熟。

秦人素重刻石,表现了秦文化的独有特征。在秦刻石中,石鼓文又表现出不同于其他刻石的特点。一、刻石有意凿成鼓形,这在中国文化中是唯一的。二、诅楚文、秦刻石文均为散文,石鼓文却是组诗,这也是唯一的②。

秦人为什么要将石头做成鼓形呢? 这一现象到底渗透出秦人什么样的文化心理? 郭沫若说:"石鼓呈馒头形,这是古代石刻中仅见的一例。在这以前无此形状,在这以后也无此形状。秦始皇帝的各种有名的刻石都是没有遵守秦人的这个传统的。我的推测是这样:这应该就是游牧生活的一种反映。它所象征的是天幕,就如北方游牧民族的穹庐,今人所谓蒙古包子。秦襄公时的生活概况离游牧阶段不远,故在刻石上采取了这种形象。"③也有学者提出异议,陈平曰:"石鼓那近似于馒头状圆首,正是早期中亚圆首碑在中原的晚期变形。中国华夏系统石刻文化起源于秦国,秦国石刻文化则创始于秦穆公末年霸西戎之后,成熟于秦景公初年镌刻出石鼓文与石磬铭之时。"④两家之说虽然有别,都一致认为鼓形非中原原有文化是肯定的,都从秦人早期文化探求石鼓形状的历史渊源,给我们很大启发。秦统一以后,接受了全国各地文化,

---

① 赵超《中国古代石刻概论》,文物出版社,1997年,第78页。

② 景公一号大墓出土的石磬文,全篇押韵,有学者认为也是诗歌。事实上,铭文押韵是常见现象,不能仅以押韵与否作为判定诗与文的依据。诗歌与散文在其他方面还有一些本质区别,如在内容上,诗歌多具有跳跃性,句子之间多依赖于情感、想象进行连接,散文则前后句子之间的逻辑关系非常明显。石磬铭文残缺严重,现存文字反映诗歌特点并不突出。

③ 《石鼓文研究》,第14页。

④ 《嬴秦文化与关陇文明》,第447页。

始皇时期的刻石便不再采用鼓形,使得石鼓文成为中国历史上唯一的鼓形刻石,弥足珍贵。

赵超在谈到中国石刻的起源时说道:"运用石刻,树立碑石,是古埃及、古苏美尔、古巴比伦等西方古代文明中常见的现象。公元前 2600—前 2200 年的埃及古王国时代(第 3 至第 6 王朝),已经有逼真的石雕像作品。公元前 1500 年以后的新王国时代(第 18 至第 20 王朝),制作了大量的墓碑、方尖碑等,大者重千吨。公元前 18 世纪至前 12 世纪的古巴比伦遗址中,出土有带浮雕的界碑等,其中犹为著名的汉穆拉比法典碑,高 2.25 米,近似圆锥形,顶部为人物浮雕,圆首。"①他还认为,北非、西亚乃至中亚古文化中的石刻远远早于中国石刻产生的年代,中国石刻文化很可能是受到上述西方文化的影响而形成的。赵超联系世界古代文明来探求中国石刻的起源,有很大的说服力。目前为止,早期石刻还没有在中原大范围被发现,说明这种文化很可能是外来的。

考察整个秦国历史,可以发现,秦国能够大规模接受西方文化是在穆公三十七年(前 623 年)"益国十二,开地千里,遂霸西戎"之后。这次对西戎的收复,使得秦国的版图大大增加。林剑鸣曾言:"由于秦穆公灭西戎,秦国直接统治的地域,其西方至少达到今甘肃中部以至更远的地方。……而穆公在这里'称霸'以后,'秦'的声名就随着戎、狄的流动,向西方传播。于是,'秦'就成为域外民族对中国的称呼。成书于公元前四、五世纪的古波斯弗尔瓦丁神赞美诗称中国为'赛尼'。古代希伯来人的圣经《旧约·以赛亚书》中有这样词句:'看哪,这些从远方来,这些从北方来、从西方来,这些从希尼国来。'上述古文献提到的'赛尼''希尼'就是'秦'的音译(有些中文译本《旧约》就径将'希尼'译为'秦')。"②穆公霸西戎为

---

① 赵超《中国古代石刻概论》,文物出版社,1997 年,第 11—13 页。
② 林剑鸣《秦史稿》,上海人民出版社,1987 年,第 50 页。

秦国接受外来文化提供了契机。

春秋时期除了西周文化之外,对秦国文化影响比较大的就是西戎文化。秦国吸收西戎文化比较早,秦人之先祖就长期与戎人杂居。但是穆公霸西戎之后,秦国的直接统治地域达到原来戎狄的生活区域,一些戎人也成为秦国的子民。如果说穆公以前秦国接受西戎文化有些无意识,是出于生存的考虑,这时则是西戎文化直接进入秦国文化,西戎文化成为秦文化的一部分。1992 年,宝鸡市考古队在该市渭滨区益门乡南的益门村发掘了春秋墓两座,其中二号墓发现大量黄金器物,重量达三公斤。最珍贵的器物是三件金柄铁剑,其精美令人叹为观止,还出土了大量玉器、铁器、铜器。墓室上口长 3.2 米,宽 1.5 米,底长 2.8 米,宽 1.5 米。与关中其他秦墓相比,这座墓只能算是极普通的小型墓。这座墓规模之小,出土器物却如此贵重,引起了考古界许多学者的关注。目前学界的共识是,这座墓的墓主"很可能便是秦穆公'霸西戎'时为秦所'益国十二'的某国的戎王"[①]。这座墓是戎人进入秦国、西戎文化进入秦文化的最好说明。

以往学者谈及其他文化对秦文化的影响,多关注于西周文化、中原文化、戎狄文化等几方面。秦人的重刻石却无法从这几种文化中找到源头。在没有更有力的材料证明中国刻石起源于其他文化的前提下,上述赵超的观点值得重视,即秦国的刻石很有可能是受到西域以及西亚文化的影响而产生的。

秦国自身物质文化的发展也具备了产生刻石的条件。刻石产生的先决条件是,有在石头上镌刻文字的以钢铁为基本材质的锋利坚硬的刻刀,出土器物和文献材料都有力地证明了秦国是较早使用铁器的国家。可以说,秦国已经具备了刻石的客观条件,只要秦人看到其它地域的刻石,受到启发,秦国之刻石就会产生。

---

① 《关陇文化与嬴秦文明》,第 463 页。

先秦时期的书写载体,除早期用于占卜的龟甲兽骨外,后来比较通行的就是竹简、木牍、绢帛。相形之下,石头较其他几种易于寻找,成本低廉。但是天然的石头中规则的能够直接用于书写的毕竟很少,就当时生产力水平来说,对石头的加工、打磨是很大的技术难题。当时也出现了玉器。玉器与刻石不同的是,玉器一般体积小,打磨时间不会很长。石头要用于书写,体积不可太小,加工打磨更加不易。先秦已经使用木制碑,在文献中就有记载。《礼记·檀弓下》载:"季康子之母死,公输若方小。般请以机封,将从之。公肩假曰:不可。夫鲁有初,公室视丰碑,三家视桓楹。"郑注云:"丰碑,斫大木为之,形如石碑。"①1986 年在凤翔秦公大墓也发现四座木制的巨碑,充分说明在秦国刻石虽然已经出现,且高度成熟,尚没有成为普遍的书写载体,只在某些特殊场合使用。

穆公统一西北,一些西戎部族从此成为秦国的臣民。这些西戎部族的特点是生活迁徙不定,他们很有可能出没于西亚乃至中亚等地区。这样,就会吸收一些他国文化进来,同时也会将秦国文化传播出去,前引林剑鸣言"赛尼""希尼"等名称的出现,可能就是通过这些戎人外传的,西戎实际上成为秦国与中亚国家之间连接的纽带。

前人讨论中原与西域国家的正式来往,大多数认为始于汉武帝时期的张骞出使西域。如赵超就主张中国受西方石刻文化的影响,从而产生自己的石刻文化的时间上限在张骞出使西域以后②。事实上,汉武帝以前中西国家并非没有任何交流,《山海经》中就提到了西极昆仑等地,《穆天子传》《古本竹书纪年》有周穆王西游的相关记载,可见先民很早就对现在的西北地区以及更远的域外就有所了解。秦国刻石的产生应当是中西文化交流的产物。前引

---

① 《礼记正义》,《十三经注疏》点校本,北京大学出版社,1999 年,第 297 页。

② 《中国石刻文化概论》,第 12 页。

陈平就提及,中国华夏系统石刻文化起源于秦国,秦国石刻文化则创始于秦穆公末年霸西戎之后,成熟于石鼓文与石磬铭之时。穆公霸西戎是在前 623 年,景公四年在前 573 年,经过五十年的发展,秦国石刻文化达到成熟。目前景公之前的秦国刻石还没有见到,我们期待着将来会有新的出土材料证明这一点。

秦与西域的文化交流在出土文物中也有反映。大堡子山秦陵出土物中,有一件两面线雕的骨片。骨片呈鞋舌状,所雕图像为骑猎场景,人物高鼻巨目,多有圈腮胡,浓密的长发披至颈部后外翻上卷。其构图技法与人物形象,均与华夏风格截然不同。甘肃省博物馆征集到一件传出天水地区的骨筒,筒面刻武士射猎图。人物形象与上述骨片所雕者不同,但线雕技艺手法却极其相似,如出一手。这些骨雕不仅同大堡子山秦陵及圆顶山秦墓的文化内涵风貌全然不同,也与后来的秦文化不存在源流关系,它们应是秦人和域外文化交流之所得,且极有可能来自塞族[1]。

石鼓文是中国最有价值的文物之一,唐兰曾经盛赞石鼓文的意义和价值,我们就以他的论述作为本节内容的总结,"在材料方面……只有石刻,是这一系所独出的(坛山刻石和孔子题季札墓都是后世伪托),径方二寸以上的文字,每篇都有七十来字的长诗,一共有十石的石鼓(这是俗名,应该称为雍邑刻石)。这真是前古未有的伟迹"[2]。

---

① 祝中熹《早期秦史》,敦煌文艺出版社,2004 年,第 272 页。
② 唐兰《中国文字学》,上海古籍出版社,2005 年,第 122 页。

# 第三章　春秋时期的秦国散文

## 第一节　辞令以及政论文

### 一、秦国辞令的特点与成就

　　《论语·季氏》云："不学诗，无以言。"孔子本人对言语的训练格外重视，弟子中宰我、子贡就以言语著称。是否能言是春秋时期衡量贵族修养的一项重要标准。《左传》《国语》中记载大量的当时人在各种场合的精彩辞令，成为后人研习的典范，后代许多散文选本多有选录。

　　春秋时期的行人史臣，少数为专职，如郑国著名的行人子羽（公孙挥），大多数是临时充任。不管是专职还是兼职，他们都是贵族中的知识分子，知识渊博，通晓并能够熟练运用《诗经》《尚书》等典籍，具有很高的文化修养。同时，他们还需要了解各国情况，尤其是在各国纷繁复杂的内政外交斗争中，对自己说话对象的身份、地位、心理要有充分的把握，要顺应时势，机智应对，这样在面对宾客、处理外交事务中辞令才能有针对性，达到预期的效果。可以说，一个成功的外交官是各种综合素质的反映，行人的精彩辞令则是这种综合素质的外在体现。

　　除了行人辞令以外，辞令还包括各国卿大夫在国内应对国君以及其他人的精彩言论，这类辞令因为面对的是本国人员，因说话对象不同,在措辞、语气等方面与外交辞令有很大差别。面对国君,大都言词恳切,娓娓道来,充溢着一片爱国之情。面对政治中的对手,则咄咄逼人,剑拔弩张。对于下人,有的人不免盛气凌人,颐指气使。《左传》《国语》中所载的以上两方面言论,都是我们讨论的辞令的范畴。

需要说明本书选择辞令的文体依据。董芬芬作《春秋辞令文体研究》,就春秋辞令的文体依据从三方面作了论述:第一,有些辞令是春秋相关礼仪程式中所用文书的内容,根据礼仪背景,必须要形之于简策。第二,同一条辞令分见于不同的典籍,经过对勘发现,此书中的辞令在彼书中明文记载为文书,或彼书中的对话在此书中又是整饬的文辞,这些都是史书把书面辞令以对话形式载入的明证。第三,有些辞令确实是当场的陈辞,由现场的史官记录下来。中国古代史官严守实录原则,即使文字有所变化,但内容和大体结构不会有大的差异,有的虽经史书作者的润饰,但还应反映了春秋时人的思想风貌①。本书选择辞令也依照这一标准。

秦国自封国后,开始了与其他国家的“聘享之礼”,但是春秋时期秦国与其他国家的外交还很有限。史载秦国辞令主要是君臣之间的一些谈话记录。

春秋时期还盛行赋诗、引诗的活动,这同样是反映文人素养的重要方面。一个人如果善于辞令,他对诗歌的应用也会准确得当。有时辞令与用诗往往同时出现,在同一个文人身上,二者表现出很大的相似性。因此这一部分在讨论秦国辞令时,也参考用诗活动。为便于观览,将秦国辞令以及用诗活动列表如下。

---

① 董芬芬《春秋辞令文体研究》,上海古籍出版社,2012 年。

表一　《左传》《国语》载秦国辞令以及用诗活动一览表

| | 内　　容 | 出　　处 | 时　　间 |
|---|---|---|---|
| 辞 令 | 孟明视谏穆公使公子絷吊重耳夷吾 | 《国语·晋语二》 | 秦穆公九年（前651） |
| | 公子絷谏穆公先纳夷吾 | 《国语晋·语二》 | |
| | 公孙枝、百里奚就晋乞籴一事对秦伯 | 《左传·僖公十三年》《国语·晋语三》《史记·秦本纪》《史记·晋世家》 | 秦穆公十三年（前647） |
| | 卜徒父就韩原之战一事对秦伯 | 《左传·僖公十五年》 | 秦穆公十五年（前645） |
| | 韩原之战前，秦伯对晋使者与公孙枝 | 《左传·僖公十五年》《国语·晋语三》 | |
| | 韩原之战后，秦国君臣就如何处理晋惠公一事商讨 | 《左传·僖公十五年》《国语·晋语三》 | |
| | 秦穆公召公子重耳于楚，并且与重耳言 | 《左传·僖公二十三年》《国语·晋语四》 | 秦穆公二十三年（前637） |
| | 崤之战前蹇叔劝谏穆公并哭师 | 《左传·僖公三十二篇》《史记·秦本纪》《吕氏春秋·悔过篇》 | 秦穆公三十二年（前628） |
| | 西乞术聘鲁 | 《左传·文公十二年》 | 秦康公六年（前615） |
| | 秦晋河曲之战，士会对秦康公 | 《左传·文公十二年》 | |
| | 医和对晋景公与赵孟 | 《左传·昭公元年》《国语·晋语八》 | 秦景公三十六年（前541） |
| 用诗活动 | 公孙枝就夷吾能否定国引诗对秦穆公 | 《左传·僖公九年》 | 秦穆公九年（前651） |

（续表）

| 内　　容 | 出　　处 | 时　　间 |
|---|---|---|
| 秦穆公与重耳宴间赋诗 | 《左传·僖公二十三年》《国语·晋语四》《史记·晋世家》 | 秦穆公二十三年（前 637） |
| 晋国崤之战中俘虏的秦三员大将，秦穆公引诗自责 | 《左传·文公元年》 | 秦穆公三十四年（前 626） |
| 楚申包胥如秦乞师，秦哀公赋《无衣》 | 《左传·定公四年》 | 秦哀公三十一年（前 506） |

（表中第一列竖排：用诗活动）

　　表中的辞令，主要录自《左传》与《国语》。除此之外，其他古籍也载不少秦国辞令，如《韩非子·十过》《秦本纪》《新书·礼篇》等记由余与穆公论治国问题；《韩非子·十过》中秦穆公欲护送重耳回国，与群臣商讨；《列女传》中伯嬴持刀对吴王；《列子·说符》中伯乐、九方皋与秦公论相马等，虽然有一定的参考价值，但有不少附会成分，可靠性差些。不再一一列举。

　　从上表可以看出，出现于秦穆公时期的辞令占绝对多数。尤其值得重视的是，秦国两次赋诗活动，分别是《左传》中赋诗活动最早和最晚的记载。杨伯峻曰："《左传》记赋《诗》者始于此（按，指穆公与重耳的赋诗），而终于定四年秦哀公之赋《无衣》。始于此，非前此无赋《诗》者，盖不足记也。终于定四年者，盖其时赋《诗》之风渐衰，后竟成绝响矣。"①《左传》记赋诗始于秦国，又终于秦国，充分证明秦人赋诗活动绝不仅仅两次，只是因为史籍失载罢了。

　　秦国辞令特点与成就主要表现在以下几方面。

　　总体说，秦国辞令略逊色于晋、鲁、楚等国家，但也出现个别精

---

　　①　杨伯峻《春秋左传注》，中华书局，1990 年，第 410 页。

彩、成熟的辞令。最突出的是西乞术聘鲁一事。《左传·文公十二年》：

> 秦伯使西乞术来聘，且言将伐晋。襄仲辞玉，曰："君不忘先君之好，照临鲁国，镇抚其社稷，重之以大器，寡君敢辞玉。"对曰："不腆敝器，不足辞也。"主人三辞。宾答曰："寡君愿徼福于周公、鲁公以事君，不腆先君之敝器，使下臣致诸执事，以为瑞节，要结好命，所以藉寡君之命，结二国之好，是以敢致之。"襄仲曰："不有君子，其能国乎？国无陋矣。"厚贿之。[①]

《左传》中西乞术事迹只记载两次，两次都责任重大，给人留下深刻印象。崤之战，他是领军大将。这次又作为行人出使鲁国，受到鲁国襄仲的赞颂。鲁国素以保存周礼完好著称，能得到鲁国的称许，可见秦国行人对出使礼节、辞令掌握的娴熟程度。

又如秦景公时的医和，在为晋平公诊断时的一番话（详见本书第一章第五节），很容易让我们联想到枚乘的《七发》，《七发》的构思应是受到医和言论一定的影响。医和理论更为可贵的一点是，春秋依然是一个巫风盛行的时期，《左传》中记载的卜筮活动数不胜数，医和能够突破唯心思想的羁绊，将他的理论建立在唯物的基础之上，实事求是地认识疾病，这在当时非常难得。医和虽是讲阴阳、六气这些看不见、摸不着的抽象事理，但是层次条理清晰，整饬的四言句式和散句交错出现，"之""也""矣"等词的使用，使得整段文辞通达流畅，丝毫不给人玄空、虚无的感觉，反而合情合理，使人心悦诚服。

卜徒父在韩原之战前巧对秦伯一段，也是史载秦国重要辞令。晋向秦国乞籴的次年，秦国也遭到饥荒，向晋国求援，哪知晋国不

---

① 《春秋左传注》，第588—589页。

但未能援助，晋惠公反而接受虢射的主意，乘机伐秦。秦穆公在盛
怒之下伐晋，秦晋战于韩原，秦国一举获得彻底胜利，连晋惠公也
被俘，这次战役为提高秦国在当时诸侯国中的地位奠定了基础。
这次大战前穆公曾命令卜人名曰徒父者就战争的吉凶筮之。卜徒
父的巧妙回答，大大增加了穆公伐晋的决心，鼓舞了秦军的士气。
《左传·僖公十五年》这样记载：

> 晋饥，秦输之粟；秦饥，晋闭之籴，故秦伯伐晋。
> 卜徒父筮之，吉："涉河，侯车败。"诘之。对曰："乃大吉
> 也。三败，必获晋君。其卦遇《蛊》，曰：'千乘三去，三去之余，
> 获其雄狐。'夫狐《蛊》，必其君也。《蛊》之贞，风也；其悔，山
> 也。岁云秋矣，我落其实，而取其材，所以克也。实落、材亡，
> 不败，何待？"①

古人事无大小，都占卜问筮，关系国家存亡的战争，卜筮之意义更
加重大。对于将帅的决策，士兵的斗志，卜筮尤其起到其他任何言
语都无法替代的作用。晋楚城濮战役，晋文公因为梦见与楚王搏
斗，楚王趴在文公身上，吸食他的脑浆，非常恐惧。子犯的一番绝
妙解梦，"吉！我得天，楚伏其罪"，打消了文公心头的恐惧和疑虑
（《左传·僖公二十八年》）。

卜徒父所言"千乘三去"三句不见于今本《周易》，顾炎武《补
正》从上文用"筮之"而不言"以《周易》筮之"，认为卜徒父所本很可
能是夏、商《连山》《归藏》一类②。其说有一定道理。徒父利用
"狐"在当时社会之象征寓意，舍《周易》筮辞而有意选取"获其雄
狐"等句，加之下文"落其实""取其材""实落""材亡"的引申发挥之

---

① 《春秋左传注》，第352—354页。
② 见《春秋左传注》，第353页。

辞,对尚有犹疑的穆公作最后决策无疑是最大的鼓励。卜徒父根据当时人的普遍心理,有针对性地解释筮辞,为保持秦君以及将帅必胜的信念、士卒高昂的士气,起了不可小视的作用。惠公在战争中被俘,岂偶然哉?

秦国辞令以论谏、议论文辞为主,其他像誓辞、祝祷辞、国书、书牍等文体都不见史籍。这些辞令大都篇幅短小,简单质朴,与《左传》《国语》中有些辞令洋洋洒洒迥然有别。

春秋时人对谏诤之术深有研究,已经积累了丰富的劝谏经验,或单刀直入,或声东击西,或委婉含蓄。秦国的论谏辞令以短小直接为主,没有悬念,没有言外之意,劝谏者往往直接陈述自己的意见,干脆直白,易于理解。韩原之战后,秦国君臣就如何处理晋惠公一事商讨。《国语·晋语三》记载:

> 穆公归,至于王城,合大夫而谋曰:"杀晋君,与逐出之,与以归之,与复之,孰利?"公子絷曰:"杀之利,逐之恐构诸侯,以归则国家多慝,复之则君臣合作,恐为君忧,不若杀之。"公孙枝曰:"不可。耻大国之士于中原,又杀其君以重之,子思报父之仇,臣思报君之雠。虽微秦国,天下孰弗患?"公子絷曰:"吾岂将徒杀之? 吾将以公子重耳代之。晋君之无道莫不闻,公子重耳之仁莫不知。战胜大国,武也。杀无道而立有道,仁也。胜无后害,智也。"公孙枝曰:"耻一国之士,又曰余纳有道以临女,无乃不可乎? 若不可,必为诸侯笑。战而取笑诸侯,不可谓武。杀其弟而立其兄,兄德我而忘其亲,不可谓仁。若弗忘,是再施而不遂也,不可谓智。"君曰:"然则若何?"公孙枝曰:"不若以归,以要晋国之成,复其君而质其嫡子,使子父代处秦,国可以无害。"是故归惠公而质子圉,秦始知河东之政。①

---

① 徐元诰《国语集解》,中华书局,2002 年,第 311—312 页。

《左传·僖公十五年》亦载此事,较《晋语》简略。在如何处理晋惠公一事上,秦国明显有两种不同意见。公子絷主张杀了惠公,秦国重新扶植重耳为君。公孙枝则认为杀惠公只能是加剧晋国人民对秦国的仇恨,于秦不利,不若以公子圉为质而归晋君。穆公最终采纳公孙枝建议。双方两个回合的辩论,针锋相对,各执己见,思维敏捷,都善于抓住对方说理的漏洞,在批驳对方的同时申述己方观点,语气急切,气势充沛,当时辩论的激烈场面如在眼前。在辩论中都是就事论事,直接陈述不同解决方法的利害得失,没有作过多的引申发挥。

　　秦人对当时风行于东方国家外交场合的赋诗、引诗活动同样精通。春秋时赋诗的普遍方法是,按照自己的处境、情况,根据自己的需要,只截取诗的某一句或者某一章,用其字面意义。有的人运用诗歌的比附和象征义,诗歌仅仅是一个引子,只取诗中一点随意发挥,展开想象,让诗歌为其所用。秦人赋诗则多取诗歌本意,所赋之诗与当时的场合、背景、身份都比较切合,基本上是直取其意,显得质朴直接。如秦穆公与重耳宴间赋诗,《晋语四》载:

　　　　他日,秦伯将享公子,公子使子犯从。……明日宴,秦伯赋《采菽》,子余使公子降拜。秦伯降辞。子余曰:"君以天子之命服命重耳,重耳敢有安志,敢不降拜?"成拜卒登,子余使公子赋《黍苗》。子余曰:"重耳之仰君也,若黍苗之仰阴雨也。若君实庇荫膏泽之,使能成嘉谷,荐在宗庙,君之力也。君若昭先君之荣,东行济河,整师以复强周室,重耳之望也。重耳若获集德而归载,使主晋民,成封国,其何实不从。君若恣志以用重耳,四方诸侯其谁不惕惕以从命!"秦伯叹曰:"是子将有焉,岂专在寡人乎?"秦伯赋《鸠飞》,公子赋《河水》。秦伯赋《六月》,子余使公子降拜。秦伯降辞。子余曰:"君称所以佐天子匡王国者以命重耳,重耳敢有惰心,敢不从德?"①

这是重耳出亡期间,在秦国与穆公的一次赋诗活动。穆公共赋诗三首:《采菽》《鸠飞》《六月》。《采菽》,《小雅》篇名,《国语》韦注:"王赐诸侯命服之乐也。"秦伯以天子之命服命重耳,重耳赶忙降拜,并赋《黍苗》表示希望得到秦伯的庇荫。《鸠飞》,为《小雅·小宛》之首章,《国语》韦注曰:"言己念晋先君泪穆姬不寐,以思安集晋之君臣也。《诗序》云:'文公遭骊姬之难,未反而秦姬卒,所以念伤亡人,思成公子。'"《六月》,韦注:"道尹吉甫佐宣王征伐,复文、武之业。……此言重耳为君,必霸诸侯,以匡佐天子。"②

　　《国语》韦昭注释符合穆公本意。通过交替赋诗,双方都巧妙表达了各自的愿望。其时重耳已经流亡在外十四年,期间晋国发生了一系列的事变,惠公、怀公走马灯一样继位。重耳在颠沛流离的流亡生涯中,也渐渐由一个蛮横、任性的贵公子成长为成熟的政治家,加之身边又有狐偃、赵衰等谋臣辅佐,这时,他羽翼已经丰满,对回国称君胸有成竹。但是毕竟当时重耳依然是亡公子的身份,他回国还离不开秦穆公的帮助,因此赋诗中不免流露出对秦国的讨好与归顺。穆公则不然,当年穆公在护送夷吾回国时,明确表示先纳夷吾的目的是"置不仁",以利于秦国掌控晋国内政。如今晋国内乱不断,重耳回国势在必行,穆公的赋诗固然有对重耳的溢美之意,却也并非空穴来风。次年,穆公送重耳归晋,晋文公霸业从此拉开了序幕。

　　秦国贵族对《诗》的熟悉程度、准确应用,说明秦国在用诗上并不差于他国。当时对诗运用不当的事时有发生,连鲁国也不

---

①　《国语集解》,第338—340页。

②　此事《左传·僖公二十三年》也载,但穆公只赋《六月》,重耳只赋《河水》,与《晋语》所载不同。

例外①。秦国没有出现用诗不当的例子，这也反映了秦国贵族的文化修养。

秦人好战、尚武。武士的特点是做事干脆利落、开门见山，很少拐弯抹角。秦人在性格上的特征也影响了其散文风格。秦人无论是辞令还是用诗活动，都显得直率浅显，易于明白，但同时也缺少几分含蓄。

## 二、秦国政论文——《秦誓》

这是《尚书》中创作最晚的一篇，由秦穆公作。原文如下：

公曰："嗟！我士，听无哗！予誓告汝群言之首。古人有言曰：'民讫自若，是多盘。责人斯无难，惟受责俾如流，是惟艰哉。'我心之忧，日月逾迈，若弗云来。惟古之谋人，则曰未就予忌。惟今之谋人，姑将以为亲。虽则云然，尚猷询兹黄发，则罔所愆。番番良士，旅力既愆，我尚有之。仡仡勇夫，射御不违，我尚不欲。惟截截善谝言，俾君子易辞，我皇多有之。

昧昧我思之，如有一介臣，断断猗，无他技，其心休休焉，其如有容。人之有技，若己有之。人之彦圣，其心好之。不啻如自其口出，是能容之，以保我子孙，黎民亦职有利哉！人之有技，冒疾以恶之。人之彦圣，而违之俾不达。是不能容，以不能保我子孙，黎民亦曰殆哉！

邦之杌隉，曰由一人。邦之荣怀，亦尚一人之庆。"②

关于《秦誓》之作时，说法不一。《尚书序》云："秦穆公伐郑，晋

---

①　事见《左传·文公四年》卫国宁武子聘鲁，鲁国赋天子燕赐诸侯的《湛露》及《彤弓》。
②　孙星衍《尚书今古文注疏》，中华书局，1986 年，第 550—555 页。

襄公帅师败诸崤，还归，作《秦誓》。"①崤之战《左传》载于僖公三十三年(前627)。然而，《史记·秦本纪》载："三十六年，缪公复益厚孟明等，使将兵伐晋，渡河焚船，大败晋人，取王官及鄗，以报崤之役。晋人皆城守不敢出。于是缪公乃自茅津渡河，封鄗中尸，为发丧，哭之三日。乃誓于军曰：'嗟士卒！听无哗，余誓告汝。古之人谋黄发番番，则无所过。'以申思不用蹇叔、百里傒之谋，故作此誓，令后世以记余过。"秦穆公三十六年为鲁襄公三十六年(前624)。《尚书序》与《史记》记载《秦誓》创作时间和缘由明显有出入。此外，还有其他说法，如清人牟庭主张作于鲁僖公二年(前658)②，但响应者很少。今人钱穆主秦代博士作，马非百也赞同此说③。目前《尚书序》说占绝对优势。

据《尚书序》，本篇作于前627年秦晋崤之战秦惨败之后，穆公因悔过而作。然而据王晖考证，穆公作此文的目的是为平息崤之战后众将士的喧哗和滋众闹事④。《秦誓》开首便曰："嗟！我士，听无哗！予誓告汝群言之首。"将士喧哗的原因是这次战争的主帅孟明视、西乞术、白乙丙对战争的失利应该负主要责任，本该斩首。《左传·文公元年》："殽之役，晋人既归秦帅，秦大夫及左右皆言于秦伯曰：'是败也，孟明之罪也，必杀之。'"《左传·僖公三十三年》载秦穆公之女、晋文公夫人为三帅求情时也说道："彼实构吾二君，寡君若得而食之，不厌，君何辱讨焉？使归就戮于秦，以逞寡君之志。"三帅在晋国也曾自称："使归就戮于秦，寡君之以为戮，死且不朽。"可见，依照当时秦国军法，三帅必死无疑，然而穆公并未依法处置他们，这才导致军中闹事。平息事端是穆公作《秦誓》的直接

① 《尚书正义》，《十三经注疏》标点本，北京大学出版社，1999年，第567—568页。

② 牟庭《同文尚书》，齐鲁书社，1981年，第1575—1578页。

③ 两人说法详见马非百《秦集史》，中华书局，1982年，第531页。

④ 王晖《从〈秦誓〉所见秦穆公人才思想看秦国兴盛之因——兼论〈书·秦誓〉的成文年代及主旨》，《陕西师范大学学报》，2007年第1期。

原因。

《尚书》中篇章系当时官方文书或谈话记录,大多显得质直,往往直接表达命令或意见,很少藻饰。语言保留许多上古词汇,文字艰深,古奥拙朴,晦涩难懂,韩愈谓之"佶屈聱牙"①。除《无逸》《多士》几篇外,文学性整体上远不及后来的《左传》。

《秦誓》一篇可以说是《尚书》中最富于个人感情的作品,主要特点是文章充满了穆公懊悔沉痛的心情,感情真挚。先引用古训,指出难以接受别人的批评指责乃是一种普遍现象,而自己正是犯了这样的错误。当初未能听取蹇叔等老臣的意见,反而听信浅薄巧言之人,贸然出兵,导致惨败。将这次战争失利的责任完全归罪于自己。接着表达自己渴望得到贤能之臣的辅佐,从正反两方面指出能否重用有才之士对天下百姓的安危所起的决定作用。最后,再次申述自己的悔恨之情,结束全文。誓辞虽短,但是随着穆公情感的起伏,极尽屈曲。主动承担错误,躬身自省,自责自悔,文字低回沉痛;申述自己爱惜人才、求贤若渴的急迫心情,语气一变而为坚决肯定。全文层次清晰,说理与抒情巧妙结合。作为一国之君,对国家、百姓的强烈责任感和真挚的感情是本篇说理的基础,说理中渗透着浓浓的情感。语言简洁流畅,尤其是"我心之忧,日月逾迈,若弗云来"数句,完全是当时的口语,不但易于明了,而且准确表达了穆公的心境,丝毫看不到《尚书》语言的艰深晦涩。整饬的文句与自然的散句交错运用,使得感情的倾泻更加酣畅淋漓。

### 三、秦穆公对秦国文化的贡献

秦国辞令,穆公朝占绝对多数,达三分之二。西乞术聘鲁一事

---

① 韩愈在其《进学解》中曰:"周诰殷盘,佶屈聱牙。"

虽然发生在穆公卒后，然而西乞术为穆公时重臣，其主要活动事迹在穆公时期，他成功的外交辞令与穆公时期的文学繁荣不无关系。秦穆公于鲁僖公元年（前 659）继位，鲁文公六年（前 621）卒，共在位三十九年。穆公时期的文学史料居多，一方面与穆公时期国力的强大，史实被史官重视，记载详尽有关；另一方面，也与穆公的有意倡导有很大关系。

前人对穆公其人，褒贬不一。大体而言，赞誉多于批评。赞誉源于穆公的霸业和用人制度。如清代史学家马骕称许道："中国不可一日无霸也，齐桓既没，晋文未兴，旷八年而无霸矣。无霸而有霸，则秦穆公为之也。""秦穆公奋然有为，再置晋君，城濮一战，文公遂霸。君子曰晋之霸也，秦穆其有焉。定晋之乱，成文之功，左右霸主，中国再振，齐桓所不能为者，穆能为之，虽谓之霸，亦未尝不可也。"①明代竟陵派文学家钟惺在其史评著作《史怀》中言："败于滑，而用孟明，人所能也；败于彭衙，又用之，人所不能也。不以成败论英雄，古今惟秦穆一人！"②

对穆公的批评主要源于殉葬一事，如《史记·蒙恬列传》载蒙恬语："昔者秦穆公杀三良而死，罪百里奚而非其罪也，故立号曰缪。"其实，穆公死后殉葬是当时社会风气与习俗使然，与穆公个人的贤能与否没有直接关系，以此来说明穆公之谥"缪"也欠妥。

穆公是春秋时期秦国最为贤明的国君，为秦国以后的发展作出了巨大贡献。这一时期穆公除了在军事方面取得一系列的胜利，成为春秋五霸之一外，在文化方面的建设也为日后秦国文化的进一步发展奠定了基础。历来学者只重视穆公在政治军事方面的成就，对于他在文化文学方面的影响很少述及。

---

① 马骕《左传事纬》，齐鲁书社，1992 年，第 115 页。
② 钟惺《史怀》，中华书局，1988 年，第 12 页。

（一）《秦誓》的创作意义

现存今文《尚书》中以誓命名的作品共六篇。《甘誓》相传是夏启讨伐有扈氏，在甘地大战前告诫六军将士的誓师辞。《汤誓》是商汤讨伐夏桀的誓师之辞。《泰誓》是武王讨伐商纣大会诸侯，向广大诸侯的誓师之辞①。《牧誓》是武王在牧野大战时的誓师之辞。《费誓》是鲁侯伯禽率领诸侯讨伐徐州之戎和淮浦之夷，到达费地告诫将士之辞。以上五篇都是战前动员令，一方面宣布征讨对象的罪行，申明自己讨伐的正义性和意义；另一方面激励广大将士奋勇战斗，宣布军事纪律。六篇中惟独《秦誓》是当众悔过之辞。

今文《尚书》二十八篇创作时间跨度很大。《虞书》《夏书》是春秋战国时人根据传闻而作。《商书》中《盘庚》最早，大约是盘庚之弟小辛在位时的作品。从小辛到秦穆公，长达近千年的历史，然而，这些作品却风格相近，如同作于一时。《尚书》中的篇章具有绝对的权威性，创作缘由都与国家命运息息相关。这些公文形式一旦产生，就具有某种范本的作用。后世无论是书面语还是口头语言虽然都有发展，在创作这类公文时还要模仿前世范本，这是历经近千年六篇誓词风格相近的主要原因。需要进一步讨论的是，秦穆公为什么不但模仿《尚书》，同时还沿用与他表达内容不同的"誓"这种文体呢？

《尔雅·释言》："诰、誓，谨也。"郑注："皆所以约勤谨戒众。"②《说文》亦曰："誓，约束也。"张衡《东京赋》"三令五申，示戮斩牲"，《文选》李善注引《尹文子》曰："将战，有司读诰誓，三令五申

---

① 孙星衍《尚书今古文注疏》有《泰誓》一篇。孙星衍《泰誓》经文乃用《史记》所载，并参以后人所引之词可连属者连缀成文。《泰誓》篇名与伪孔传古文尚书同，经文实异。因此孙著中的《泰誓》可信。见陈抗、盛冬铃，《尚书今古文注疏·点校说明》，中华书局，2004 年。

② 邢昺《尔雅注疏》，北京大学出版社，1999 年，第 64 页。

之,既毕,然后即敌。"①与敌人交战之前,由有司选读有关诰誓,是
战前一项程序。一般来说,誓有两种,一种是誓师之词,另一种则
是约信之誓。《尚书》六篇誓都属于前一种。既然选用"誓"这种文
体,就需要遵循已经约定俗成的文体特点,这是文体本身对创作者
提出的要求。从《秦誓》内容来看,还是符合勤谨戒众的文体要求
的,表明穆公对于"誓"这种文体自产生起所形成的约定俗成的特
点很清楚。

前已说明,穆公作《秦誓》的直接原因是平息崤之战后众将的
喧哗。穆公不但将这次战争失利的责任都归罪于自己,更可贵的
是,他并不因此次失利就不打算再重用三人。《左传·文公二年》:
"秦孟明视帅师伐晋,以报崤之役。"仍然以大败而归,被晋人讥为
"拜赐之师"。文公三年,穆公再次起用孟明视,"秦伯伐晋,济河焚
舟,取王官及郊,晋人不出。遂自茅津济,封崤尸而还。遂霸西戎,
用孟明也"。这次战役后《左传》作者借君子之口赞美了穆公能够
发现人才、用而不疑的美德:

> 君子是以知"秦穆之为君也,举人之周也,举人之壹也;孟
> 明之臣也,其不解也,能惧思也;子桑之忠也,其知人也,能举
> 善也。《诗》曰:'于以采蘩?于沼于沚。于以用之?公侯之
> 事。'秦穆有焉。'夙夜匪解,以事一人',孟明有焉。'诒厥孙
> 谋,以燕翼子',子桑有焉。"②

联系以上史料,可以知道,与其说穆公作《秦誓》是在悔过,不如
说是在向众人表达自己的用人态度。文中再三表达他求贤若
渴的急迫心情,甚至以"邦之杌陧,曰由一人。邦之荣怀,亦尚

---

① 《文选》,李善注,商务印书馆,1959 年,第 64 页。

② 《春秋左传注》,第 530 页。

一人之庆"结束誓词,强调人才的重要性,实际是表明自己以后将继续任用孟明视的决心。这篇誓词可以说是为以后的战争做的战前动员、战前宣传,这是穆公选用"誓"这种文体的主要原因。

穆公创作《秦誓》还与他主动学习周文化,欲在文化上为称霸中原做准备的主观努力有关。穆公时虽然统一了西北,但这并非穆公的最终目的。秦晋战争贯穿整个穆公时期,足见穆公欲称霸全国的雄心。晋国是秦国东向发展的门户,穆公对晋国国君废立的干预,无不是为他向东发展寻求支持者,只是在东进受挫时才转而将主要力量用于对西北的经营。尽管这样,穆公时时不忘自己称霸中原的目标。

欲称霸中原,不仅需要经济、军事方面的强大后盾,文化上的准备也至为重要。努力接受中原礼乐文化的精华,能够被中原国家认可乃至接纳,也是穆公称霸的战略之一。他有意模仿前世正式公文,充分说明欲向中原文化靠拢的强烈愿望。穆公对诗书的运用游刃有余,时隔近千年,《秦誓》与《尚书》其他文章如出一时,他能够重新运用那些早已淘汰的语词而不露痕迹。穆公作为国君的特殊身份,对中原文化的有意吸收模仿,对秦国文化的发展起了积极的推动作用。

（二）秦穆公大量吸纳外来人才,客观上促进了秦国文化、文学的发展

前人对穆公重视引进外来人才以及影响多有阐述,洪亮吉说:

> 春秋时,列国皆用同姓,惟秦不然。见于经传者,亦不过数人……至好用异国人,则自穆公启之。《秦本纪》所云,求百里于楚,迎蹇叔于宋,取由余于戎,求丕豹、公孙枝于晋外,又有内史廖、随会等数人,若孟明视、西乞术、百乙丙,则又百里奚及蹇叔之子也……春秋时惟秦不用同姓,而喜用异国人,其

法自穆公始。①

《吕氏春秋·爱士》中一则故事颇能看出穆公性情：

> 昔者秦缪公乘马而车为败，右服失而野人取之。缪公自往求之，见野人方将食之于岐山之阳。缪公叹曰："食骏马之肉而不还饮酒，余恐其伤女也！"于是遍饮而去。②

穆公的驾车之马被野人杀了，穆公不但不治野人之罪，反而担心食马肉不饮酒伤身，于是与野人痛饮而去。后来韩原之战时，在秦军被晋军团团围住，连穆公也眼看就要被擒的紧要关头，忽然从秦军中出现了一股生力军，奋勇向晋军冲杀，不但救出穆公，而且还反败为胜，大败晋军，生俘晋惠公。这股生力军正是当年食穆公骏马之肉的野人。

秦穆公对人才的重视，是秦国能够称霸西戎统一西北的重要原因。这些外来人才除为秦国政治军事的强大作出巨大贡献外，也促进了秦国文化的发展。《汉书·艺文志》杂家有《由余》三篇，班固注："戎人，秦穆公聘以为大夫。"兵纵横家也有《繇叙》二篇③。丕豹、士会是晋国世族，尤其是士会家族，曾经在晋国政治中起过举足轻重的作用。士会逃亡到秦国后，晋国担心士会在秦国对晋不利，于是设计将士会骗回，由此也可见士会的才能。前引公孙枝、卜徒父等人的辞令，并不逊色于东方其他国家。这些文人对秦国文化的推动作用不可忽视。

---

① 《更生斋文甲集》卷二《春秋十论·春秋惟秦不用同姓而喜用别国人论》，《洪亮吉集》，中华书局，2001年，第989—990页。

② 陈奇猷《吕氏春秋新校释》，上海古籍出版社，2002年，第464页。

③ 由余与繇叙之关系，有二说：一说认为是同一人，见《汉书》颜注；另一说认为繇叙是由余的后代，见王蘧常《秦史》，上海古籍出版社，2000年，第154页。

　　秦穆公不但是一位雄才大略的政治家,也是一位有着较高文化修养的文人。他的作品除《秦誓》外,还有与重耳的赋诗、引诗自责两段以及与卿大夫之间的数段论对,可见穆公对诗书礼乐的娴熟。文学史、文化史的发展证明,统治者自身的修养、好恶必然会促进或者阻碍文学的发展,许多文学集团的形成大都与统治者的提倡支持分不开。汉代梁孝王刘武身边聚集了一批文人,史称梁园文人集团。之后的三曹父子身边几乎网罗了当时所有文人,虽然直接动机是政治目的,但三曹本身深厚的文学积淀使得这批文人在辅佐曹氏父子完成统一北方大业的同时,也造就了魏国文学的繁荣,令吴蜀两国望尘莫及。秦穆公对人才的重视与此相仿,秦穆公对秦国文化发展的贡献理应得到认可。

### 四、百里奚、孟明视事迹考

　　百里奚生平事迹见于《左传》《国语》《孟子》《庄子》《管子》《韩非子》《吕氏春秋》《淮南子》《史记》《韩诗外传》和《说苑》等。各本所载不一,甚至互相抵牾,造成对百里奚生平事迹有许多含混不清的说法。史籍中又有百里孟明视者,他与百里奚到底有没有关系,诸家说法颇不一致。大略有三说:一、百里奚与孟明视为两人,且为父子关系。这是古今大多数学者的看法,这一看法源于《史记》《公羊传》与《穀梁传》的记载。二、百里奚与孟明视为两人,具体关系不明。《左传》中的记载即反映这一观点。三、百里奚与孟明视为一人。马非百力主此说,但他又将孟明视与百里孟明视看作两人。认为僖公三十二年偷袭郑国被王孙满讥之"轻而无礼"的将帅是百里孟明视,非孟明视,"盖僖公十三年之百里即百里奚,而僖公三十二年之百里孟明视,虽亦姓百里,然两人相去前后几及二十年,固无怪其性格之不能一致也"①。

百里奚是穆公时重要谋臣。孟明视则是重要将帅,几次大的
战役如崤之战、彭衙之役、王官之役都由他带兵作战,尽管打了几
次败仗,穆公却一如既往地重用,还帮助穆公增修国政,使晋国甚
惧秦国。因此,有必要仔细辨别两人之生平事迹,以有助于对穆公
霸业的深入探究。

综观史籍中关于两人生平之记载,相抵牾之处有如下几点。

1.《史记·秦本纪》:"晋献公灭虞、虢,虏虞君与其大夫百里
傒,以璧马赂于虞故也。既虏百里傒,以为秦缪公夫人媵于秦。百
里傒亡秦走宛,楚鄙人执之。"后穆公以五羊皮赎之。而《史记·商
君列传》赵良语:"夫五羖大夫,荆之鄙人也。闻秦缪公之贤而愿望
见,行而无资,自粥于秦客,被褐食牛。期年,缪公知之,举之牛口
之下。"既然闻穆公贤而"愿望见",为何要"亡秦走宛"?

2.《史记·商君列传》赵良语又曰:"(百里奚)相秦六七年,而
东伐郑,三置晋国之君,一救荆国之祸。"而《左传》《秦本纪》明确记
载东伐郑者为孟明视,非百里奚。依《史记》《公羊传》和《穀梁传》,
百里奚为反战派,曾和蹇叔一起劝谏穆公勿伐郑,非主战派。

3.《史记·秦本纪》载百里奚曾为秦穆公夫人媵于秦。秦穆公
夫人为秦穆姬,即晋献公之女、晋公子申生之姊。《晋世家》亦曰:
"其冬,晋灭虢,虢公丑奔周。还,袭灭虞,虏虞公及其大夫井伯百
里奚,以媵秦穆姬,而修虞祀。"而《左传·僖公五年》却曰:"晋灭
虢。虢公丑奔京师。师还,馆于虞,遂袭虞,灭之。执虞公及其大
夫井伯,以媵秦穆姬。"《左传》媵者只有井伯,无百里奚,《秦本纪》
只有百里奚,没有井伯,《晋世家》两人兼有。

4.百里奚流亡路线,依《史记·秦本纪》路线当是,虞、晋(晋灭
虞后被虏)、秦(媵于秦)、宛(亡秦走宛)、秦(被赎之秦)。《吕氏春

---

①  马非百《秦集史》,第135页。

秋·慎人》曰:"百里奚之未遇时也,亡虢而虏晋,饭牛于秦,传鬻以五羊之皮。公孙枝得而说之,献诸缪公。"路线却是由虢被虏于晋。

5. 秦伐郑之前,《史记·秦本纪》载"缪公问蹇叔、百里傒","行日,百里傒、蹇叔二人哭之"。《公羊传》与《穀梁传》同。而《左传·僖公三十二年》《史记·十二诸侯年表》《吕氏春秋·悔过》记哭师者仅蹇叔一人。《左传》崤之战后穆公悔过时也说"孤违蹇叔以辱二三子",僖公三十三年亦载,"晋原轸曰:'秦违蹇叔而以贪勤民'",穆公和原轸都未提及百里奚。

6.《史记·秦本纪》有"使百里傒子孟明视、蹇叔子西乞术及白乙丙将兵"。《公羊传》与《穀梁传》同。《国语·晋语二》载,晋献公卒后,晋求救于秦,秦穆公就派谁吊夷吾与重耳一事"乃召大夫子明及公孙枝"问之,韦昭注:"子明,秦大夫百里孟明视也。"此事发生在秦穆公九年。据《史记》载,百里奚是穆公五年入秦,前后只隔四年,其时百里奚尚健在[1],穆公对百里奚并没有不信任的表现,为何国家大事不与为政之父商讨,反而问其子?又崤之战后,秦大夫请杀孟明,穆公曰:"孤实贪以祸夫子,夫子何罪?"称孟明视为夫子,也不似称年轻人的口吻。这些记载都与孟明视为百里奚之子、年纪尚轻不符。

上述分歧主要集中于《史记》和《左传》《国语》之间,《公羊传》与《穀梁传》基本从《史记》。

为了更清晰地说明两人关系,我们先将两人生平事迹作一番梳理。

《左传》载百里奚事迹只有秦穆公十三年(前647)一次。《国语》未记百里奚事。《史记》四次:穆公五年,赎之并授之国政;穆

---

[1]　穆公九年百里奚必定还在世的理由是:穆公十三年《左传》载晋饥,穆公询问"百里",《秦本纪》《晋世家》同载此事,俱以百里为百里奚。《左传》中提及孟明视,有称孟明视、百里孟明视、孟子,但从不直接称百里,因此《秦本纪》《晋世家》所载可信。

公九年,将兵送夷吾回国;穆公十二年,晋饥,穆公与之谈论援晋之事;穆公三十二年,偷袭郑国前,穆公问诸百里奚。《史记》中最早与最晚之事前后相隔二十七年之久。

《左传》记孟明视事三次:第一次是崤之战前被召出征以及战败被俘、返国,见秦穆公三十二年(前 628)、三十三年、三十四年;第二次是三十五年彭衙之役;第三次是穆公三十五年"增修国政,重施于民"。《国语》孟明视记二次,秦穆公九年的崤之战和穆公三十三年询问派谁吊晋国二公子。《史记》载三次,穆公三十二年崤之役,三十四年彭衙之役①,三十六年(前 624)王官之役。

《史记·秦本纪》载,秦穆公五年授百里奚国政,"当是时,百里傒年已七十余"。《孟子·万章上》也载:"宫之奇谏,百里奚不谏。知虞公之不可谏而去之秦,年已七十矣。"《秦本纪》中百里奚还自述其经历,"臣常游困于齐而乞食铚人,蹇叔收臣。臣因而欲事齐君无知,蹇叔止臣,臣得脱齐难,遂之周。周王子颓好牛,臣以养牛干之。及颓欲用臣,蹇叔止臣,臣去,得不诛。事虞君,蹇叔止臣。臣知虞君不用臣,臣诚私利禄爵,且留。再用其言,得脱;一不用,及虞君难:是以知其贤"。他坎坷艰难的经历,尤其是长期辗转奔波于东方诸国之间,积累了丰富的经验,对东方国家政事颇为了解,这对极欲向东扩张的穆公来说,无疑是难得的人才,因此其时百里奚七十余岁可信。到穆公三十二年,百里奚已达百岁,这时他已经不在人世了。试想,假若这时百里奚还活着,为什么穆公十三年以后的十八年中未见有记载,而到三十二年《史记》中才重新出现? 因此,当从《左传》说法,即偷袭郑国时穆公咨询与哭师的只有蹇叔,并没有百里奚。同样的理由,马非百将百里奚与孟明视视为同一人也不确切,百岁老人即使活着,也决不可能领兵作战。百里

——————————

① 《左传》《史记》记载彭衙之役相差一年,是国君纪年起始时间不同所致,实为一事。

奚、孟明视应为两人。

百里奚、孟明视是否父子关系，史料缺乏，无从考知，但是也不能排除这种可能。《史记》"父子说"在没有其他新的材料予以推翻时，目前轻易否定也不合适。

下面就上述史籍相抵牾之处作一解释。

《史记·商君列传》一段，是商君在询问赵良他与百里奚孰贤时赵良的回答。战国士人为打动人主，言论本有夸饰甚至虚构的特点，赵良的话与《秦本纪》矛盾，我们自然是首先应该相信《秦本纪》。

李斯《谏逐客书》云："昔缪公求士，西取由余于戎，东得百里奚于宛，迎蹇叔于宋，求丕豹、公孙支于晋。"百里奚辗转数国，李斯单单提到宛（宛属楚国），百里奚有可能去过宛。又媵于秦者当从《左传》，只有井伯，无百里奚。《吕氏春秋·慎人》《战国策·秦策五》《庄子·庚桑楚》《说苑·臣术》《说苑·善说》俱言鬻百里奚以五羊皮一事，《孟子·告子下》也云："百里奚举于市。"百里奚也被时人称作五羖大夫。五羊皮一事可信。这样，百里奚的活动路线就应该是：虞（百里奚为虞人）①、晋（虞灭于晋后入晋）、宛（亡走宛）、秦（五羊皮赎之秦）。至于《吕氏春秋·慎人》载百里奚"亡虢而虏晋"，当是虞、虢同时为晋所灭，造成了误载。

百里奚和孟明视是穆公时期两个重要人才。百里奚代表元老派，参与决策穆公大事。孟明视属于少壮派，作为将帅数次带兵作战，增修国政。从两人流传至今的辞令看，都体现了卓越的政治才能，不凡的政治见识。

百里奚事迹在后代广为流传。《乐府诗集·琴歌》中的《百里奚妻》，据传为百里奚富贵后他的妻子所作，明薛虞畿《春秋别典》卷三、清陈厚耀《春秋战国异辞》卷二十二也有载录，逯钦立《先秦

---

① 　百里奚为虞人，见《孟子·万章上》："百里奚，虞人也。"

汉魏晋南北朝诗》中《先秦诗卷二》收录。诗歌如下：

> 百里奚，五羊皮。忆别时，烹伏雌。炊扊扅，今日富贵忘
> 我为？
> 百里奚，初娶我时五羊皮，临当别时烹乳鸡，今适富贵忘
> 我为？
> 百里奚，百里奚，母已死，葬南溪。坟以瓦，覆以柴。舂黄
> 藜，搤伏鸡。西入秦，五羊皮。今日富贵捐我为。①

《乐府诗集》引应劭《风俗通义》曰："百里奚为秦相，堂上乐作，所赁
浣妇自言知音，因援琴抚弦而歌。问之，乃其故妻，还为夫妇也，亦
谓之扊扅。"

《风俗通义》谓本诗作者为百里奚妻，对此前人早已提出疑义。
元刘玉汝《诗赞绪》曰："秦人劲悍而染戎俗，故轻室家而寡情
义……《扊扅》之歌见《风俗通》。百里奚为相，所赁瀚妇能歌而不
识其为妻，事奇而理不通，恐歌则有之，事未必然也。"②刘氏所言
有理，但此歌传自东汉，则大致不误。

诗歌中所述事件确实与百里奚生平有一些相合之处，如西入
秦、五羊皮等，本诗取材于百里奚当无疑义，应是民间艺人据百里
奚生平而作，可见百里奚故事到汉代还为人熟知。

## 第二节　秦铭文的文献学价值

20 世纪以来有关秦国和秦王朝的考古发现取得了举世瞩目
的成就，在这些文物中，有些器物上还有铭文，为我们进一步研究

---

① 郭茂倩《乐府诗集》，中华书局，1979 年，第 880—881 页。
② 刘玉汝《诗赞绪》，文渊阁四库全书本。

秦国历史文化提供了弥足珍贵的史料。下面所录的仅仅是其中成章成段的铭文,字数太少、无法反映秦国铭文文学性的不录。对学界有争议的问题也作相应的辨析和考证。

## 一、秦国铭文相关问题辨析

（一）不其簋盖铭文

周宣王时的不其簋盖,是目前所见秦国有铭青铜器中最早的一件,出土地不可知,现藏中国历史博物馆。盖内有铭文 152 字。铭文如下[①]:

> 惟九月初吉戊申,伯氏曰:"不其,朔方猃狁广伐西俞,王命我羞追于西,余来归献擒,余命女（汝）御追于略,汝以我车宕伐猃狁于高陶。汝多折首执讯。戎大同,永追汝,汝及戎大敦搏。汝休,弗与我车陷于艰,汝多禽,折首执讯。"伯氏曰:"不其,汝小子,汝肇诲于戎工。赐汝弓一矢束,臣五家,田十田,用永乃事。"不其拜稽手休,用作朕皇祖公伯、孟姬尊簋。用匄多福,眉寿无疆,永纯灵终,子子孙孙其永宝用享。[②]

此器器形、纹饰、铭文字体、内容都是西周晚期特点,尚不具备后来秦器的独特风格,铭文作者应是西周旧臣。铭文记载了朔方猃狁伐西俞,伯氏奉命追击于西,后伯氏回朝献擒,命不其继续讨伐猃狁,不其与猃狁展开激战,多有斩获。伯氏因之赏赐不其,不

---

　① 为使行文简洁,便于理解文意,文中通假字、异体字均依原文标注改为通行字。下同。

　② 录自王辉《秦出土文献编年》,台湾新文丰出版公司,2000 年,第 21 页。

其作器以铭之。记载的"是周宣王时秦庄公破西戎的战役","年代当为公元前820年左右"①。

此器过去被认为是周厉王时器,王国维以为是周室东迁以前器,出土地必在陇右②。陈梦家指出应是秦人之器③。后李学勤据器中"不其"字样,联系《史记·十二诸侯年表》中秦庄公名其,认定"不其"就是秦庄公,得到学界认同。

1980年,在山东省滕县城郊后荆沟村西周至汉代文化遗址中发现大小相同的两件簋,其一簋器内底铸铭文151字,内容与《不其簋铭文》全同,只少一"搏"字。此簋"器身与盖的纹饰风格,制作精粗迥然不同,盖似是后配的"④。而新出簋盖却与不其簋盖大小完全相同,疑新出簋身与不其簋盖本为一器,器盖与器身对铭,簋盖佚失后,器主另配了一个无铭之盖。

（二）秦子镈铭文

甘肃礼县大堡子山祭祀遗迹乐器坑中发现了三件铜镈,八件铜甬钟,其中一件镈的鼓部有铭文26字(不包括重文),曰:

> 秦子作宝龢钟,以其三镈,乃音鍴鍴灉灉,秦子畯令在位,眉寿万年无疆。⑤

铭文是赞美秦子的,文中提到钟和镈,并且说明是"三镈",与发现的实物完全一致。这位秦子就是秦国早期的秦君出子。礼县

---

① 李学勤《秦国文物的新认识》,《文物》,1980年第9期。
② 王国维《不其敦盖铭考释》,《王国维遗书》(第四册),上海书店出版社,1983年。
③ 陈梦家《方国地理》,《殷墟卜辞综述》,中华书局,1988年,第283页。
④ 万树瀛《滕县后荆沟出土不其簋等青铜器群》,《文物》,1981年第9期。
⑤ 早期秦文化联合考古队《2006年甘肃礼县大堡子山祭祀遗迹发掘简报》,《文物》,2008年第11期。

大堡子山墓是秦国早期陵墓,秦人故地西垂就在礼县附近。据《史记·秦始皇本纪》后附《秦纪》载,襄公、文公都葬在这里,乐器坑中出现的秦子镈,是出子在祭祀先祖时使用的。

（三）秦子簋盖铭文

澳门萧春源收藏一件秦子簋盖,有残缺,只存捉手及其周围的一部分,锈蚀较为严重,上有铭文 8 行 41 字,现藏萧春源珍秦斋。李学勤、董珊、王辉、梁云、王伟都曾撰文讨论①。李学勤考订该盖上文字为铭文的后半部分,另一半可能在器身或另一器物上。铭文如下:

> ……時。有柔孔嘉,保其宫外。温恭□(穆?),秉德受命纯鲁,宜其士女。秦子之光,昭于□四方。子子孙孙,秦子姬用享。②

从现存文字看,铭文押韵。嘉属歌部,外属月部,歌、月平入对转,月、穆入声通叶,鲁、女属鱼部,光、方、享属阳部。

铭文内容也是赞美秦子。"有柔孔嘉","柔嘉"一词多次出现于先秦典籍,如《大雅·抑》"敬尔威仪,无不柔嘉",《国语·周语》"无亦择其柔嘉"。"柔嘉"与"温恭□(穆?)"都是赞美秦子威仪德行之美善,秉性之温柔恭顺。"秉德受命纯鲁"、"昭于□四方"是铭文常见句式,为颂辞套语。

---

① 李学勤文为《论秦子簋盖及其意义》,董珊文为《秦子姬簋盖初探》,俱见《故宫博物院院刊》,2005 年第 6 期。王辉文为《秦子簋盖补释》,收入《华学》第九、第十合辑,上海古籍出版社,2008 年。梁云文为《"秦子"诸器的年代及有关问题》,收入北京大学中国考古学研究中心编《古代文明》(第五卷),文物出版社,2006 年。王伟文为《从秦子簋盖词语说到秦子诸器》《宁夏大学学报》,2008 年第 3 期。

② 引自王辉、王伟《〈秦出土文献编年〉续补二》,《秦文化论丛》第十三辑,三秦出版社,2006 年。

本簋器主也是秦出子,下文将重点讨论。

（四）秦武公钟铭文

1978 年,陕西宝鸡太公庙出土一批编钟和镈钟,共五枚编钟和三枚镈钟,现藏宝鸡市博物馆。甲、乙两钟连读成一组,共 135 字。丙、丁、戊三钟为另一组,铭文起丙钟"秦公曰",终戊钟"大寿万年秦",缺最后 19 字,疑缺了一钟。三件镈铭文与甲、乙两钟完全相同。秦公钟及镈铭文与南宋秦公钟铭文大体相同,为与南宋秦公钟相区别,学界习惯将此钟称作秦武公钟。铭文如下:

> 秦公曰:"我先祖受天命赏宅受国,烈烈绍文公、静公、宪公不坠于上,昭答皇天,以䖒事蛮方。"公及王姬曰:"余小子,余凤夕虔敬朕祀,以受多福,克明又厥心。鳌鰄胤士,咸畜左右,蔼蔼允义,冀受明德。以康奠协朕国,盗百蛮,具即其服。作厥鰄钟,灵音鎇鎇雍雍,以宴皇公,以受大福,纯鲁多釐,大寿万年。"秦公其畯令在位,膺受大命,眉寿无疆,匍有四方,其康宝。①

秦武公执政时的秦国,正处于发展的勃兴期,他又是在政治斗争的漩涡中继位,生活的坎坷磨练了这位年轻的国君。武公在位二十年,武功显赫,勋业卓著,铭文中也呈现出一派康泰气象。铭文主要反映以下内容。

首先从赞美秦人先祖受天之命得以立国说起,接着依次说到文公、不享国的静公、宪公,可见铭文中提到的先祖当指襄公。秦国是受天命立国,并非周天子之封赏,秦人对周王当年的封国并没有念念不忘,多少反映了他们的独立意识,同时也可见出秦人与周人有着相同的天命观。秦的立国以及立身之地都是靠他们与戎人

---

① 引自王辉《商周金文》,文物出版社,2006 年,第 272—273 页。

的不懈斗争取得的,因此,秦人自然认为是受天命立国而非受周王之命,他们对周王的尊崇更多是名义上的,出于政治目的,这是秦人没有全盘接受西周文化的心理原因。铭文中还指出与周边戎狄的关系:虩事蛮方。虩(音隙),《说文》:"《易》'履虎尾虩虩',恐惧。"《易·震》:"震来虩虩。"王弼注:"虩虩,恐惧之貌也。"[1]"虩事蛮方"指小心谨慎地处理与西戎关系。这一语道出当时秦人处境的艰难,他们要小心谨慎地与西戎周旋,方可化险为夷。正因为正确处理了与西戎的关系,到武公时伐戎取得突出胜利,"十年,伐邽冀戎,初县之"。

其次,武公表示要虔诚恭敬地祭祀先祖,秉承先祖的福祉,广纳贤才,表明秦国重视人才的思想是一贯的。还要施行德治,与群臣和睦相处,以使国家安定,群蛮归顺。

最后,指出作铭文缘由,以赞美秦公作结。

铭文中出现的"王姬"的身份是学界争论的焦点之一。王姬应是王室之女下嫁秦国,她与秦武公并列出现说明,这位王姬与武公关系密切,在当时地位非同寻常。遗憾的是,史籍中没有王姬的记载,只能从有关武公的记载中进行推断。

《史记·秦本纪》载宁公(当为宪公之误)"生子三人,长男武公为太子,武公弟德公,同母鲁姬子,生出子",张守节《正义》曰:"德公母号鲁姬子。"《史记》这几句话语焉不详,疑有脱文。就现存文字看,隐含的意思是,宪公的三个儿子,乃由两位夫人所生。为什么这么说呢?假如武公兄弟三人都由鲁姬生,则鲁姬的身份就应该在介绍三人之前统一作交代,或在末尾统一作补充,而不会在说明德公后突然插入一句"同母鲁姬子"。那么,除鲁姬外,宪公的另一位夫人是谁呢?与德公同为鲁姬所生的是武公还是出子?

林剑鸣指出,秦武公钟铭文中提到的王姬正是宪公的另一位

---

① 孔颖达《周易正义》,北京大学出版社,1999 年,第 209 页。

夫人,他的论述如下:

> 但王姬是谁的妻?有人认为是本铭文(按,指秦武公钟铭文)中"秦公"之妻,这种解释是很难成立的。照春秋时的礼制,国君与王后不可能相提并论。在西周,春秋的金文中也找不到这样的先例。而这里"公"和"王姬"并列,显然因"王姬"的地位是很高的,她只能是"秦公"的母亲。据《史记·秦本纪》载:出子被立时只有五岁,被杀时只十岁,这样年幼的国君,由母后临朝也是十分自然的。因此,这个"王姬"肯定是宪公的夫人,出子之母。[①]

林剑鸣认为秦武公钟铭文中的"公"和"王姬"是母子关系,"王姬"应是宪公夫人,出子之母。依照他的说法,《史记》中那段话中"生出子"前脱"王姬"二字。也就是说,宪公长子武公、次子德公为鲁姬所生,幼子出子为王姬所生。他的说法同时也解决了上面提到的第二个问题:与德公同为鲁姬所生的是太子武公而不是出子。

也有学者与林剑鸣的观点略有不同,如陈平在同样主张王姬为宪公夫人的前提下,却认为王姬应是武公的生母,武公因王姬所生才被立为太子[②]。

我们赞同林剑鸣的观点。但是他只以"这样年幼的国君,由母后临朝也是十分自然的"一句话来说明,以下再作补充。

从当时秦国形势看,王姬应为出子之母。王姬作为王室之女嫁给秦国国君,对于秦国来说是莫大的荣耀,地位自然在鲁姬之上,她应是宪公的正夫人。但是,宪公立长子武公为太子,这就造

---

① 林剑鸣《秦史稿》,上海人民出版社,1987年,第52—53页。
② 陈平观点见他所著《关陇文化与嬴秦文明》,江苏教育出版社,2005年,第295页。王辉也有类似说法,见他所著《商周金文》,文物出版社,2006年,第274页。

成了正夫人（王姬）之子（出子）非太子，太子（武公）之母（鲁姬）非
正夫人的局面，导致宪公死后发生内乱，大庶长弗忌、威垒、三父废
太子武公，立出子。六年后出子又被三父所杀，武公才得以继位。
假如像陈平所说，王姬生的是武公，鲁姬生的是出子。那么武公本
身就是长子，在宪公生前已经立为太子，其母王姬地位又贵于出子
之母鲁姬，这样三庶长立出子便事出无由。正因为王姬地位在鲁
姬之上，出子虽然幼于武公、德公，大庶长三人也得以废了武公而
另立出子。武公继位后，王姬虽为出子之母，但是宪公正夫人的身
份未变，在政治中依然享有很高的地位，在铭文中秦公与王姬并称
也就不奇怪了。

（五）秦景公大墓石磬铭文

1985 年，陕西省考古研究所在凤翔县南指挥村发现一座春秋
时期秦公大墓，出土一批石磬，现藏陕西省考古研究所。有的磬上
刻有文字，经缀合后共有铭文 26 条，累计字数达 206 字。根据铭
文内容推断，墓主是秦景公。"石磬上的文字都刻成大篆体，行文
谐韵，辞意严谨，字形圆润古拙，刚中见柔；刀笔流畅，遒劲有力，与
唐代出土的石鼓文极其相似"[①]。其中第 300 号残铭与 1982 年出
土的另一残铭缀合后，为最长的一段铭文，文字如下：

> 汤汤厥商。百乐咸奏，允乐孔煌。钼铻载入，有虪载漾。
> 天子燕喜，共桓是嗣。高阳有灵，四方以宓平。[②]

同墓出土的 299 号、253 号石磬铭文从残存文字看，与上录文字完
全相同，惟字体大小不一，可知编磬原先至少应有三套。铭文"天
子燕喜，共桓是嗣，高阳有灵，四方以宓平"几句为研究这座墓葬的

①　王学理《秦物质文化史》，三秦出版社，1994 年，第 271 页。
②　王辉《秦出土文献编年》，台北新文丰出版公司，2000 年，第 33 页。

主人提供了重要的依据,同时也为确定秦国其他出土铭文提供了可靠的参照系。这是一句赞颂天下太平的颂辞,"天子"指周王,"共桓是嗣"指秦共公、秦桓公的嗣君,即这座大墓的主人——秦景公。另据其它铭文中"惟四年八月初吉甲申"等字样,学者考订石磬当是景公四年(前 573)八月景公行冠礼亲政而作,其时周天子亲临秦地观礼致贺。①

本段铭文给我们提供了以下信息:

第一,对当时典礼的盛况尤其是百乐咸奏的欢乐祥和场面作了描述。鉏铻,栉齿状物。《吕氏春秋·仲夏》有"饬钟磬柷敔",高诱注:"敔,木虎,脊上有鉏铻,以杖擽之以止乐。"②"百乐"盖言乐器种类之多,说明当时秦国音乐之发达程度。同墓出土其他铭文也有演奏场面的描写,如"煌穌淑,厥音镪镪鎗鎗",形容磬声带给人们的是庄严、肃穆、雍和的气氛。这种盛大的场面、祥和的气氛,昭示了当时政治的安定和国力的强盛,与景公时秦国现实情况相吻合。

第二,说明了作铭文的缘由和作该器的国君。这是一次在秦国历史上意义重大的典礼,连周天子也被邀请参加庆贺,可见当时周秦关系之亲密。王辉联系景公初继位时国内形势说明:景公在位四十年,他显然是少年即位,君位并不巩固,他的同母弟后子针无时不在窥伺君位,成为他的政敌③。《左传·昭公元年》载"秦后子有宠于桓,如二君于景"。直到景公三十六年,其母还要后子针奔晋,云"弗去,惧选"。《说文》:"选,遣也。"后子之母为什么担心惧遣要他奔晋? 叔向一语道出其中原委:"且夫以千乘去其国,强御已甚。"后子针自己也说明被迫奔晋的原因是自己车太多,"若能

---

① 见王辉、焦南峰、马振智《秦公大墓石磬残铭考释》,见《中央研究院历史语言研究所集刊》,1996 年。

② 陈奇猷《吕氏春秋新校释》,第 249 页。

③ 王辉《秦出土文献编年》,台北新文丰出版公司,2000 年,第 42 页。

少此,吾何以得见?"看来当时后子的富比国君,已经对景公构成很大威胁,导致景公不得不采取措施以稳固自己的地位。由此推想,景公初即位的几年里,面临的困难会很多,这时邀请周天子参加重大典礼,是对自己合法继承人的认可和见证。这也是作这批石磬文的真正原因。

第三,反映了秦人对自己族源的认识,他们自视为高阳帝之后。若高阳氏在天之神有灵,可以保佑秦公吉康寿考,国祚绵延,保佑秦四境之内安宁。高阳是传说中古帝颛顼的号,《史记·五帝本纪》:"帝颛顼高阳者,黄帝之孙而昌意之子也。"秦人始终将自己置于华夏族之列,与戎狄严格区分。

石磬铭文的出土,为千年来的公案石鼓文的断代提供了帮助。这一点在讨论石鼓文的时代时已经说明。石磬有些铭文与《诗经》非常相似,如"申用无疆",《商颂·烈祖》有"申锡无疆";"作毐配天",《周颂·思文》有"克配彼天"。从石磬铭文与石鼓文都对《诗经》的模仿痕迹看,石鼓文作时距石磬作时不会太远。石鼓文和石磬文体现了相同的时代风格,也说明二者作时接近。

其他石磬铭文残阙更甚,多则十几字,少的几字,有的甚至只存一字,不再列举。

(六)秦公簋铭文

1919年(另有1917年、1921年说),甘肃礼县出土秦公簋,现藏中国历史博物馆。铭文内容如下:

秦公曰:丕显朕皇祖,受天命,鼏宅禹迹,十又二公,在帝之坏。严龚夤天命,保乂厥秦,虩事蛮夏。余虽小子,穆穆帅秉明德,烈烈桓桓,万民是敕。(以上是盖铭)

咸畜胤士,蔼蔼文武,镇静不廷,虔敬朕祀。作严宗彝,以绍皇祖,其严御各,以受纯鲁多釐,眉寿无疆,畯疐在天,高引

有庆，肇域四方。宜。（以上器铭）①

盖外刻"西一斗七升大半升盖"九字，器外也刻"西元器一斗七升奉
篡"九字。王国维曰："西者，汉陇西县名，即《史记·秦本纪》之西
垂及西犬丘。秦自非子至文公，陵庙皆在西垂。此敦之作，虽在徙
雍以后，然实以奉西垂陵庙。直至秦汉犹为西县官物，乃凿款于其
上。"②秦汉时常常在古器上刻记其重量或容量，此簋盖和器身十
八字为汉代刻之，王国维之说甚为允当。

（七）传世秦公钟铭文

南宋薛尚功《历代钟鼎彝器款识》卷九载秦公钟铭文，吕大临
《考古图》、郭沫若《两周金文辞大系图录考释》也有著录。郭沫若、
唐兰认为是春秋晚期的器物③。秦公钟铭文与上述秦公簋铭文大
半相同，铭文如下：

> 秦公曰："丕显朕皇祖，受天命，肇有下国。十又二公，不
> 坠在上。严龚夤天命，保乂厥秦，虩事蛮夏。"曰："余虽小子，
> 穆穆帅秉明德，叡敷明型，虔敬朕祀，以受多福，谐和万民。唬
> 夙夕，烈烈桓桓，万姓是敕。咸畜百辟胤士，蔼蔼文武，镇静不
> 廷，柔燮百邦，于秦执事。作淑和□，厥名曰叶邦。其音镾镾，
> 雍雍孔煌。以昭霁孝享，以受纯鲁多釐，眉寿无疆，畯疐在位，
> 高弘有庆，匍有四方。永宝。宜。④

有学者认为，此传世秦公钟铭文应是宋人对礼县出土秦公簋

---

① 《秦出土文献编年》，第44—45页。

② 王国维《观堂集林·秦公敦跋》，中华书局，1959年，第902页。

③ 参见张天恩《对"秦公钟考释"中有关问题的一些看法》，《四川大学学报》，1980
年第4期。

④ 《秦出土文献编年》，第45—46页。

铭文的摹本,二器"显系同时代器"①。秦公钟铭文与秦公簋铭文大同小异,主旨完全相同,句式多有重复,只是钟铭阐发更加充分,尤其是形容钟声的"其音镈镈,雝雝孔煌"二句,在板滞凝重的铭文中实属罕见。行文也都大量使用西周铭文用于歌功颂德的套语,如"肇有下国""眉寿无疆""匍有四方"等。这里将这两段铭文一并讨论。

两段都以秦公的口吻,歌颂了先祖不凡的功业,并且向天帝与祖神祈福,希望能够继承祖业奋发治国的传统。

"虩事蛮夏"折射出当时秦国在诸侯国中的地位。秦武公钟铭文中有"虩事蛮方"一语,表明当时戎狄依然是秦国的主要对手。此时,经过了穆公霸西戎的开疆拓土后,戎狄问题基本解决,秦国与戎狄的斗争不再是主要矛盾,向东扩张成为穆公以后秦国各代国君的首要目标。这时与诸夏的关系就至关重要。这也说明该器必不会早于穆公之前,"虩事蛮夏"是当时秦人政治野心的真实反映。

两段文字之末都有一"宜"字,只有秦器铭有此格式,可能是文末吉庆祝福之套语一类,也有可能是族名。

争议最大的是"十又二公"四字。十二公始于谁,不享国之静公与童年时就被杀的出子是否应该记入,学界争论近千年。对于这一问题的不同理解直接关系到铭文的作时。就作时前人计有桓公、共公、德公、景公、哀公、成公时等说法,犹以景公时说赞成者最多,多数人主张是景公初年的告庙受命之器,时代在景公二年前后②。

秦武公钟的出土为解决这一问题提供了依据。该铭文中首先

①　祝中熹《早期秦史》,敦煌文艺出版社,2004 年,第 216 页。
②　见聂新民《秦公镈钟铭文的考释与研究》,《秦文化论丛》第七辑,西北大学出版社,1999 年。

说到"先祖",后依次说到文公、静公、宪公,先祖显然指首封之君襄公,亦即这两篇中的"皇祖",十二公自然应从文公算起。静公虽不享国,但是已经有谥号,《史记·秦本纪》《秦始皇本纪》附《秦纪》、秦武公钟铭文都提到静公,秦之后人将他与其他先公同等对待,静公应列入。出子在秦武公钟铭文中未出现。出子为武公之异母弟弟,他继位在武公之前,武公作器,当然不会尊先己而立的弟弟为先公。到秦公簋时则不然,秦公钟的作器者是出子的后辈,他追述先公,不包括出子于礼不通。① 因此,从文公起,计文公、静公、宪公、出子、武公、德公、宣公、成公、穆公、康公、共公、桓公十二公,作器者应是景公。郭沫若谓:"余今得一坚确之证据,知作器者实是秦景公,盖器与齐之《叔夷镈钟》,除大小相异而外,其花纹形制全如出自一范也。《叔夷镈钟》作于齐灵公中年,秦景公以灵公六年即位,年代正相同,用知所谓'十又二公'实自襄公始列为诸侯始也。此事足证图象研究之不可忽。"②郭沫若从同时代的他国器物推论秦公簋的时间,很有说服力。

(八)秦怀后磬铭文

该磬图见吕大临《考古图》卷七,薛尚功《历代钟鼎彝器款识法帖》卷八也著录,吴闿生《吉金文录》、于省吾《双剑誃吉金文选》都有释文。石磬据传曾藏在宋代扶风王氏家中,现已佚,磬铭为宋人摹本,文字多有错讹。

磬呈长五边形,文字刻在磬的边上,即五条边上,每边两行。李学勤认为磬铭文的读法,应从股上边起始,沿着鼓上边、鼓博(左)、底边、鼓博(右)依次顺读,内圈为第一行,外圈为第二行。共64字,缺4字。现抄录如下:

---

① 参见王辉《秦出土文献编年》,第47页。张天恩《对"秦公钟考释"中有关问题的一些看法》,《四川大学学报》,1980年第4期。

② 郭沫若《两周金文辞大系图录考释》,科学出版社,1957年,第248页。

　　　　□之配,厥益曰鄹。孔圣尽巧,唯敏□造,以虔夙夜在位,
天君赐之厘,择其吉石。(以上第一行)

　　　　自作造磬,厥名曰怀后。其音锵锵铊铊,□允异,以□辟
公。王姒之厘,乐有闻于百□。(以上第二行)①

　　这件石磬受到音乐史专家的重视,常任侠、李纯一等都曾专门
论述。但铭文一直没有得到充分认识,甚至引起怀疑,王辉《造磬
辨伪》就以为是伪器②,主要原因是认为铭文中存在许多未能通解
之处。从古代乐器发展史看,此器应该可信。李纯一在《中国上古
出土乐器综论》中,将古磬分为四种,共 10 式,怀后磬归入他所列
的Ⅳ3b 式。他指出,Ⅳ3b 式磬始见于西周晚期,到东周盛行,这一
类石磬中,有纪事铭文的,只有 80 年代凤翔南指挥一号秦墓出土
的编磬和宋代扶风王氏所藏的这件磬③。他从乐器发展的角度说
明该磬之特点意义,证明此磬在春秋时存在的可能性,对伪器说是
最好的辩驳。同时也指出该磬与景公大墓石磬之关系,为我们进
一步判定该磬之时间提供了依据。

　　这件石磬铭文与景公大墓石磬铭文也有不同,开首没有像后
者一样交代历日,也没有像一般秦国钟簋铭文一样有"秦公曰"字
样以说明器主。首句"□之配"从行文看,疑似一句的后半句。结
尾也没有通常铭文"眉寿无疆""永宝"等字样,显然没有终结。因
此,有学者提出应是联铭磬中的一件④。

　　李学勤认为此磬字体与景公一号大墓磬铭相近,年代相距不
会很远,器主是春秋时期一位秦公的夫人,"天君""王姒"指周王

　　①　录自李学勤《秦怀后磬研究》,《文物》,2001 年第 1 期。
　　②　收入《古文字研究》,第十九辑,中华书局,1992 年。
　　③　见李学勤《秦怀后磬研究》,《文物》,2001 年第 1 期。
　　④　刘昭瑞《宋代著录商周青铜器铭文笺证》,中山大学出版社,2000 年,第 261—
262 页。

后,"怀后"指怀念赐器主以福的周王后。整段文字记周王后赐祭胙给秦公夫人之事。具体是哪位秦公夫人,不可考。

春秋时秦国铭文除上述八篇外,礼县大堡子山出土的鼎、簋、钟、壶、秦子戈矛,《通鉴前编》载宋太宗时发现的铜鼎等,都有铭文。这些器物上的铭文多的不过十几字,少则几个字,因篇幅太短,又多为套语,如"秦公作铸用簋"等,文学性不明显,不再列举。

## 二、"秦子"铭文所反映的秦文化特点

目前发现的数件秦国秦子青铜器,除前文提到的秦子镈、秦子簋外,还有几件秦子戈、矛。这些铭文中的"秦子"指谁? 这些铭文的出现又说明了什么? 下面重点以秦子簋盖铭文说明。

秦子簋盖铭文从字体与纹饰看,属于秦国早期器物。从铭文内容"秉德受命""昭于□四方"字样以及有秦国特有的祭祀"畤"来看,这位秦子不会是一般秦国公子,应是一位秦公。那么这位秦公为什么不称"公"而要称"子"呢? 他又是谁?

秦公被称作"子",在金文中不见相关例证,传世文献中诸侯国君称作子有两种情况:

一种是五爵中的子爵可称子。《礼记·王制》:"王者之制禄爵,公、侯、伯、子、男,凡五等。……子男五十里。……天子之大夫视子男。"第二种是新即位的国君,旧君死的当年要称子。《春秋·僖公九年》葵丘之会中称宋君为宋子,《左传》曰:"九年春,宋桓公卒。未葬而襄公会诸侯,故曰'子'。凡在丧,王曰'小童',公侯曰'子'。"杨伯峻进一步加以总结:"《春秋》之例,旧君死,新君立,不论已葬未葬,当年称子,逾年称爵。"[1]

---

[1] 《春秋左传注》,第325页。

秦之先祖到秦仲时始被封为大夫，秦仲伐戎战死后，其子五人又被封为西垂大夫。这样，从理论上讲，秦仲以及他的五个儿子都有资格称子。但是秦仲以及他的儿子们都生活于周宣王时期，这与器物纹饰所反映的时代不合。

就"秦子"的身份目前影响比较大的有三种说法：王辉的宪公说，李学勤、王伟的静公说，董珊、梁云的出子说。我们赞同出子说，下面详细辨析。

董珊认为这位秦子应该是出子，铭文中的秦子姬指出子之母鲁姬子，"保其宫外"一句说明出子之母不在正夫人所居的小寝中宫，应是国君媵妾，符合出子庶子的身份①。这与前文讨论的出子之母为王姬的结论相左，故本文不取。梁云也主出子说，他的理由是：出子被称"秦子"与他即位的特殊性有关，他的继位属于废长立幼，继位后称子不称公是一种政治权术；《秦纪》中称子的国君仅出子一位，秦子非他莫属；秦子钟中有"肇右（有）嘉陵"字样，《秦纪》："出子享国六年，居西陵。""嘉陵"是秦子对自己居邑西陵的赞美之词②。

梁云的观点可信。此外，秦子为出子符合秦国当时的实际情况，与姬姓女子的身份、地位也相吻合。

铭文中有"秦子姬"字样，秦武公钟铭文中出现了"王姬"字样。从纹饰看，秦子簋与秦武公钟都属于春秋早期器物。同一时期的两篇铭文中出现姬姓女子，这两篇中的姬姓女子会不会是同一人？

目前见到的文献所载与秦联姻的姬姓国家有周王室、晋国和鲁国。周王室女子在秦国的地位自然比别的国家的女子高，晋、鲁

---

① 董珊《秦子姬簋盖初探》，《故宫博物院院刊》，2005年第6期。
② 梁云《"秦子"诸器的年代及有关问题》，收入北京大学中国考古学研究中心编《古代文明》（第五卷），文物出版社，2006年。

两国女子在铭文中都没有出现，王姬却能够与武公并列也说明了这一点。

王室之女下嫁诸侯，不独秦国存在，但将王姬记入铭文，在别的国家却不见此类记载，这一现象颇令人疑惑。除了身为王室之女的特殊身份外，还与当时秦人的心态有关。春秋时期礼崩乐坏，但是在某种意义上周王朝依然享有一定的特权和地位。在这种背景下，周王之女嫁给诸侯国君，地位自然非同一般，这是各国的共同特点。早期秦国因为落后于诸国，秦人欲尽力攀附、靠拢周王室以提高自身地位的心理，无形中提升了王姬在秦国的影响。就现存文献看，终春秋三百多年，王室女子下嫁秦国的仅此一人。秦人对周王室、周文化的特殊心理，王姬独一无二的地位、特殊的身份，都使得她在秦国受到超乎寻常的尊重。这是王姬在铭文中能与武公并列的深层社会原因，也是大庶长等人当初得以立出子的原因之一。

王姬是出子生母，在秦国地位尊贵，所以武公作器时要提到她。到武公时尚且如此，在武公之前的宪公、出子时期王姬地位就会更加尊崇，她更有理由被记入铭文中。将秦子簋盖铭文中的秦子作为出子，"姬"姓女子作为王姬，正好符合当时秦国的这种情况。

总之，秦子簋盖铭文中的秦子应是出子，"秦子姬"指出子和他姬姓的母亲，这位姬姓母亲就是秦武公钟铭文中的王姬。

秦国出现众多的秦子铭文，反映了秦文化不同于其他地域文化的独特性。

国君称子，在春秋时期其他诸国铭文中很少见。秦国铜器铭文中的秦子，与春秋时期通行的称子有别，既不属于子爵称子，也不属于诸侯居丧称子。反映春秋时期历史的重要文献《左传》和《国语》中诸侯国君被称子的不少，大国如楚子、吴子、越子；小国如莒子、邾子、胡子、杞子、滕子等。这些国君的称子有一个共同点，均为他国称其为子。楚子出现于《国语》的《周语》《晋语》和《郑语》中①，在《楚语》中却不见这样的称呼，《左传》中叙述性语言有时也称作楚子，人物语言却不这样称呼；吴子出现在《左传》《国语·鲁语》中，《国语·吴语》中俱称吴王；越子仅出现在《左传》中，《国语·越语》中一律称越王。《国语》中各部分风格不太一致，是在各国已有史料的基础上汇集而成。《楚语》《吴语》《越语》中对本国国君从不称子，可见这些国君被别国称作子，除了属于子爵的原因外，也隐含轻视的意思。《礼记·曲礼下》："其在东夷、北狄、西戎、南蛮，虽大曰'子'。"楚、吴、越国君被称作子，与此有一定关系。杨伯峻曾言："《春秋》于文化较落后之国，其君例称子。"②这一说法不仅适用于《春秋》，《左传》和《国语》同样适用。

秦国铭文中的称秦子与此截然相反。这些器物为秦国自作，铭文中的秦子是秦人自称，秦子的称呼自然不会有轻视的意味，而是秦国特定政治环境下的产物。

除称子外，秦国铭文中另一个突出现象就是结尾有一个"宜"字，如几件秦子戈矛铭文、前引秦公簋铭文、南宋薛尚功著录的秦公钟铭文，都以"宜"字作结。"宜"字到底代表什么，学者们说法不一，可以肯定的是，这是秦国铭文中特有的现象。

### 三、秦国铭文的特点与成就

秦国铭文总体风格直接承西周而来，多为称颂之词，形式板滞，多用套语，这也是春秋时期各国铭文的共同特点。

就器主论，目前所见秦国有铭铜器器主均是国君或君后，卿大夫尚未见到相关铭文。在春秋时期其他诸侯国，卿大夫作器的现

①　《郑语》中称作荆子。
②　《春秋左传注》，第935—936页。

象却非常普遍，这是秦国无世族、权力集中于国君一身的政治制度在铭文中的反映。秦国铭文结构也相似，多以秦公曰起笔，接着回顾先祖们不凡的业绩，告诫万民、胤士，希望能够继承先祖们治国的优良传统，最后以赞美秦公眉寿无疆、泽及万代作结。铭文有很重的训导意味，语气恳切，谆谆教诲，显得厚重、中和、平实。

以四言为主，多押韵，是秦国铭文在形式上的最大特点。虽夹杂散句，但是四言无疑占多数，体制上继承了《诗经》中颂诗以及西周铭文形式。有些铭文描写乐音颇为形象，如"乃音镪镪灉灉"，"百乐咸奏，允乐孔煌。鉏铻载入，有龖载漾"，"其音镪镪雍雍孔煌"，"其音鎗鎗铊铊"，呈现给我们的是庄严肃穆、雍容华贵、宏大祥和的气氛。

秦国铭文对后代文学产生了影响，秦代刻石文无论是内容还是形式都对春秋铭文有一定的继承，刻石文"颂秦德"，四言形式，都可以从这些铭文中找到痕迹。但是刻石文较铭文多了一些法家的凌厉和霸气，风格也由中和平实转为雄伟浑朴，体现大一统时代的精神与气魄。

秦铭文具有重要的史料价值，反映了秦国由小到大、由若到强的发展历程。铭文还真实记录了秦文字的演变过程，春秋到战国，各国文字都有简化的倾向，秦国亦然。除了简化之外，其他国家还有向美术化发展的趋势，春秋晚期到战国早期，流行于楚、吴、越等南方的鸟虫书就是典型事例。秦文字则表现出自己独特的演变轨迹，始终向着重实用的方向发展。春秋中期，秦字体体势更为方正，笔画方折，更加趋于规范化。到春秋晚期，秦国字体又有变化，既保有篆体的典雅圆转，又渗透着秦体辉煌大度的方正，这时秦文字风格基本形成。考察秦系文字发展演变的轨迹，铭文是直接的材料。这是秦国铭文对秦系文字研究的重要意义。

秦铭文是研究秦文化最可靠的资料之一。由于铭文较多套语，有些字数也少，因此其文学性并不十分突出，文学价值远不及文献价值,这也是我们重在讨论其文献价值的原因。战国时期,秦国铭文呈萎缩趋势,多刻在戈、矛等兵器上,字数更少,有的只有一二字,代之而起的书写载体是竹简。故在战国文学一部分,不再讨论铭文。

# 第四章　战国时期的秦文学
## 上编　出土文献

　　有关战国时期秦国的出土文献有《诅楚文》《秦曾孙骃告华大山明神文》《封宗邑瓦书》《杜虎符铭文》《新郪虎符铭文》;《战国纵横家书》中有《秦客卿造谓穰侯章》;云梦睡虎地秦简,包括《编年记》《语书》《秦律十八种》《效律》《秦律杂抄》《法律答问》《封诊式》《为吏之道》《日书》(甲乙种);天水放马滩秦简,包括木板地图、《墓主记》《日书》(甲乙种);湖北江陵王家台秦简,包括《归藏》《效律》《政事之常》《日书》《灾异占》,其中《效律》和《日书》大部分与睡虎地秦简相同;四川青川木牍文,即《更修田律木牍文》;睡虎地木牍所记家书;岳麓书院藏秦简;北大藏秦简;湖北杨家山秦简;湖北岳山木牍文等。传世文献主要有《战国策·秦策》《商君书》《吕氏春秋》。本章主要借助这些史料讨论战国时期秦文学。需要说明的是,以上所提出土文献中有些篇目作于秦统一以后,有些作时难以准确考订,约作于战国末期到秦代。为论述方便,本章在讨论秦简时将战国到秦代秦简一并讨论,在秦代文学一章不再重复。

## 第一节　祝　祷　辞

　　祝祷辞是古人祭祀时在献祭、膜拜活动中向神灵祈求福祉的文辞。明代徐师曾曰："祝文者，飨神之词也。"①根据祭祀目的、典礼仪式、传播形式等的不同，祝祷辞可分为祈祷辞、詛辞、贺辞、策祝等。目前出土了两件秦国的祝祷辞，《詛楚文》与《秦曾孙骃告华大山明神文》。下面分别说明。

## 一、《詛楚文》

《詛楚文》是在一次秦楚大战前夕，秦国意欲发动鬼神的力量，以战胜楚国，作此文詛咒楚王，文体属于祝祷辞中的策祝一类。策祝主要是针对一些重大的突发事件进行祭祀活动时使用的文辞，因这些突发事件或重大灾难事出有因，情况特殊，常规祭祀不足以表达诚意，因此需要举行特别的祭祀祈祷活动。为了能够充分引起神灵的重视，达到降临福祉的目的，祭祀者必须郑重地将祝辞书写在祝策上，在祭祀仪式上由祝官对神祷告，《詛楚文》就是秦国在与楚国战争前夕进行祭祀时使用的祷文。该文发现于宋代，欧阳修、苏轼等人都有记载，《古文苑》也有著录。共有三石，分别布告于三个水神：巫咸、大沈厥湫、亚驼。三石均佚，目前见到的是宋人的摹本。三篇内容基本相同，只是神名不同。《秦本纪》："(惠文王后元)十三年，庶长章击楚于丹阳，虏其将屈匄，斩首八万。"《楚世家》："(楚怀王)十七年春，与秦战丹阳，秦大败我军，斩甲士八万，虏我大将军屈匄，裨将军逢侯丑等七十余人，遂取汉中之郡。楚怀王大怒，乃悉国兵复袭秦，战于蓝田。"《詛楚文》就作于秦楚蓝田之战前夕，即秦惠文王后元十三年(楚怀王十七年，前312年)②。下面是《大沈厥湫文》全文：

---

① 徐师曾《文体明辨序说》，人民文学出版社，1962年，第155页。
② 郭沫若《石鼓文研究詛楚文考释》，科学出版社，1982年，第291页。

　　有秦嗣王，敢用吉玉宣璧，使其宗祝邵鼛，布憝告于丕显大神厥湫，以诋楚王熊相之多罪。昔我先君穆公及楚成王，实戮力同心，两邦若一。绊以婚姻，衿以斋盟。曰世万子孙，毋相为不利。亲仰大沈厥湫而质焉。今楚王熊相，康回无道，淫洗龢乱，宣侈竞纵，变渝盟约。内之则暴虐不辜，刑戮孕妇，幽约亲戚，拘圉其叔父，置诸冥室栌棺之中。外之则冒改厥心，不畏皇天上帝及大沉厥湫之光烈威神，而兼背十八世之诅盟，率诸侯之兵以临加我。欲刬伐我社稷，伐灭我百姓，求蔑废皇天上帝及大沉厥湫之恤祠、圭玉、牺牲，遂取吾边城新皇及於、长、莘，吾不敢曰可。今又悉兴其众，张矜布弩，饬甲砥兵，奋士盛师，以逼我边境，将欲复其凶迹。唯是秦邦之赢众敝赋，给输栈舆，礼使介老，将之以自救也。亦应受皇天上帝及大沉厥湫之幾灵德赐，克剸楚师，且复略我边城。敢数楚王熊相之背盟犯诅，著诸石章以明大神之威神。①

　　文章开首说明祭祷神灵的目的：诋楚王之罪。接着回顾了楚秦两国先君的友好邦交，两国不但曾经戮力同心，互为联姻，同时还有斋盟，盟誓子子孙孙绝不做不利于对方的事。秦国搬出先君之事，无非是欲进一步增加楚王的罪行，这位楚王竟然连前人的盟誓都敢违背，可谓罪过深重。文中历数楚王之罪状一段最为精彩，楚王荒淫昏庸，甚于殷纣，背弃亲人，拘圉叔父，狠毒残暴，刑戮孕妇，背祖盟约，攻伐同盟。这段文字犹如老吏断狱，气势充沛，酣畅沉雄。最后说到秦国将上下一心，奋力自救，决心歼灭楚军，现在请求神灵帮助秦国打败楚国，获得成功。文中有许多耸人听闻、夸

---

　　①　本文引自郭沫若《石鼓文研究　诅楚文考释》，科学出版社，1982 年，第 295—298 页，且参照王辉《〈秦出土文献编年〉续补（一）》，收入《秦文化论丛》第九辑，西北大学出版社，2002 年。

饰不实之处,但读来颇有气势,具有纵横家游说辞的鼓动性,是一篇难得的佳作。本篇文风明显受到《左传》所载晋国《吕相绝秦书》的影响,有些句式与《吕相绝秦书》非常相似,如《诅楚文》中有"昔我先君穆公及楚成王,实戮力同心,两邦若一。绊以婚姻,袗以斋盟",《绝秦书》中有"昔逮我献公及穆公相好,戮力同心,申之以盟誓,重之以昏姻";《诅楚文》中有"而兼背十八世之诅盟,率诸侯之兵以临加我。欲划伐我社稷,伐灭我百姓",《绝秦书》中有"文公即世,穆为不吊,蔑死我君,寡我襄公,迭我殽地,奸绝我好,伐我保城,殄灭我费滑,散离我兄弟,扰乱我同盟,倾覆我国家"。两文所述内容、语气都非常相似。《诅楚文》的作者很可能见过《吕相绝秦书》,《诅楚文》是战国时秦晋文化交流的见证。

有祭祀,就应该有相应的祝祷辞,祝祷辞应当产生于更为久远的年代。目前见到的最早的祝祷辞是为人熟知的现载于《礼记·郊特牲》的《蜡辞》,相传是伊耆氏的蜡祭之辞。辞曰:"土反其宅,水归其壑,昆虫毋作,草木归其泽。"就祷战的祝祷辞而言,战国以前也已经产生。《尚书·武成》中就保留一篇武王伐纣之前的祷战辞。《武成》见于《古文尚书》,《今文尚书》中无。记载如下:

> 惟九年,大统未集。予小子其承厥志,厎商之罪,告于皇天后土、所过名山大川,曰:"惟有道曾孙周王发,将有大正于商。今商王受无道,暴殄天物,害虐烝民,为天下逋逃主,萃渊薮。予小子既获仁人,敢祗承上帝,以遏乱略。华夏蛮貊,罔不率俾。恭天成命,肆予东征,绥厥士女。惟其士女,篚厥玄黄,昭我周王。天休震动,用附我大邑周。惟尔有神,尚克相予,以济兆民,无作神羞。"①

---

① 《尚书正义》,《十三经注疏》标点本,北京大学出版社,1999年,第291—292页。

上引一段中"惟有道"以下为祷辞部分。历数商王罪行,祈求皇天后土、名山大川之神助周成功,以济兆民,结构、语气与《诅楚文》非常相似。《左传·襄公十八年》也载有一段祷战辞,是年齐伐晋,晋荀偃在战前向河神祈祷:

> 晋侯伐齐,将济河。献子以朱丝系玉二瑴,而祷曰:"齐环怙恃其险,负其众庶,弃好背盟,陵虐神主。曾臣彪将率诸侯以讨焉,其官臣偃实先后之。苟捷有功,无作神羞,官臣偃无敢复济。唯尔有神裁之。"沉玉而济。[①]

从上引两段祷辞可以看到,数说敌方罪状,有时甚至有些夸大失实,说明己方战争乃出于迫不得已,是祷战辞的核心内容,这也为神灵保佑自己战争胜利找到了冠冕堂皇的理由。《诅楚文》中用大半篇幅列举楚王的昏庸荒淫,正符合祷战辞的文体要求。

《诅楚文》不但对前代祷战辞有继承,同时又有发展。如在情绪的渲染方面,揭露楚王无道,从对内说到对外,尤其是给秦国带来的一系列灾难,充分宣示了这场战争中秦国的正义性。

## 二、《秦曾孙骃告华大山明神文》

这是一篇玉简铭文,据传出土于陕西华阴县,原简由北京某收藏家收藏。前人多视为伪作,李零、李学勤都曾撰文证明此简不伪[②],此后这篇简文也渐渐被学界认同。简文内容主要是说秦骃身遭重病,祈祷华山神,保佑他能够康复。所反映的祭神仪式与

---

① 杨伯峻《春秋左传注》,中华书局,1990 年,第 1036—1037 页。
② 李零《秦骃祷病玉版研究》,见《国学研究》第六卷,北京大学编,1999 年。李学勤《秦玉牍索隐》,《故宫博物院院刊》,2000 年第 2 期。

《诅楚文》有相似之处，对研究秦礼俗与秦文字有着极为重要的意义。文体属于祝祷辞中的策祝一类。李学勤、王辉考证，时代约在秦昭王晚年到秦王政初年。现存简文有甲、乙两种，两简正面背面皆有字，都有残文，甲简残文为多。甲简正面刻铭，背面朱书，乙简两面皆朱书。二简文字风格也不同，系出于不同人之手，但都是战国晚期秦文字特点。铭文如下：

> 有秦曾孙小子骃曰："孟冬十月，厥气戕凋。余身遭病，为我戚忧。申申反瘟，无间无瘳。众人弗知，余亦弗知，而靡有息休。吾穷而无奈之，何永鬻忧鬶。周世既没，典法鲜亡。惴惴小子，欲事天地、四极、三光，山川、神祇、五礼、先祖，而不得厥方。牺牷既美，玉帛既精，余毓子厥惑，西东若懇。东方有士，生为刑法，是其名曰经。洁可以为法，□可以为正。吾敢告之，余无罪也，使明神知吾情，若明神不□其行，而无罪□友□。擘擘烝民之事明神，孰敢不精？小子骃敢以介圭、吉璧、吉璱，以告于华大山。大山有赐，八月己酉，虔心以□，至于足□之病，能自复如故。请□祠用牛牺二，其齿七，洁之。□及羊、豢。路车四马，三人一家，一璧先之，□□用二牺、羊、豢。一璧先之，而导华大山之阴阳，而□□龡□龡□□，其□□里。世万子孙，以此为常。以余小子骃之病日复，故告大一、大将军，人一家里，王室相如。"①

关于此简，分歧颇多。除个别字词的释读各家不同外，对于简文的作时、病主、性质，各家认识也不同。如作时有秦惠文王末年②、庄襄

---

① 引自王辉《秦曾孙骃告华大山明神文考释》，见《考古学报》，2001 年第 2 期。他以乙简为主，残文根据甲简作了补充。

② 见李学勤文。

王时期[①]、昭襄王五十二年到秦始皇二十六年间[②]等几种。病主有秦骃一人生病、秦骃和众人都生病两种说法。对于秦骃的身份看法也不同,多数学者认为秦骃是某位秦王,王辉却主秦骃"可能是秦公子,也可能是某王之子"。就简文性质有三说:1. 李学勤认为是秦骃病重,祈求华大山保佑自己能够康复而作;2. 曾宪通主张,秦骃曾祈求疾病能够"自复如故",在"自复"之后向华大山还愿时作此文;3. 刘金华认为是秦骃康复后,专门为举行祭祀大一、大将军二神仪式所作的文书[③]。下面就以上分歧提出本书看法。

李零、王辉认为生病之人为秦骃和众人的根据是"众人弗知,余亦弗知"一句,《方言》卷三:"差、间、知,愈也。南楚病愈者谓之差,或谓之间,或谓之知。知,通语也。"既然"知"解作"愈也",那么简文中"众人弗知"当然就是指众人也生病了。李、王二人推测当时可能有瘟疫或流行病。此说颇值得进一步讨论,对此刘金华已经作了辩驳,理由如下。首先,《方言》明确言"南楚"人谓病愈者为知,本文为秦人作,又提到华山,距离南楚远矣,《方言》所说不能作为解释"知"为"愈也"的证据。事实上,此"知"无需作如此复杂的释义,"知"就是"明白"的意思。"众人弗知,余亦弗知"意为我生病了,"众人不知道什么原因,我也不知道什么原因"。其次,文中提到"余身遭病""余无罪也""余小子骃之病日复",并没有将"众人"与"余"并列,可知生病者只有"余"一人。

曾宪通主简文为秦骃向华大山还愿的理由是"大山有赐,八月己酉,虔心以□,至于足□之病,能自复如故"一句,因为先前祷病后华大山有灵,赐福于"余",故"能自复如故"。刘金华主张简文为

---

① 见曾宪通、杨泽生、肖毅《秦骃玉版文字初探》,《考古与文物》,2001 年第 1 期。

② 见王辉文。

③ 见刘金华《论秦骃玉版研究四种及其相关问题》,《汉中师范学院学报》,2002 年第 1 期。

举行祭祀大一、大将军二神仪式所作的依据是最后"以余小子骃之病日复,故告大一、大将军"一句。其实,这几句都是秦骃向华大山做的承诺,表示自己假如病愈,就会用牛、羊等牺牲再来祭祀华大山以及大一、大将军诸神,并非当时实有其事。因此,本文的性质应该是一篇有关祷病的祭祷文。

文中提供的作时线索有以下几点。

1. 文末提到"王室相如",不作"公室",说明本文必作于秦国国君称王之后。秦称王是在秦惠文王十三年(前 325),次年,惠文王更元元年。本文应作于前 325 年以后。

2. 文中有"□可以为正""余无罪也""擘擘烝民之事明神"三句。秦王政即位后就讳"正"字,①《史记·秦始皇本纪》载秦始皇二十六年"更名民曰'黔首'",简文与睡虎地秦简中"罪"字同作"辠",而秦统一后的龙岗秦简中的"罪"作"罪",这些都说明本文不会作于秦始皇继位之前(即前 246),这是简文的下限。

3. 文中"周世既没,典法鲜亡"说到周王室的灭亡。《史记·周本纪》:"(周赧王五十九年)周君、王赧卒,周民遂东亡。秦取九鼎宝器,而迁西周公于惮狐。后七岁,秦庄襄王灭东周。东西周皆入于秦,周既不祀。"《秦本纪》:"(昭襄王)五十一年……于是秦使将军摎攻西周。西周君走来自归,顿首受罪,尽献其邑三十六城,口三万。秦王受献,归其君于周。五十二年,周民东亡,其器九鼎入秦。周初亡。……庄襄王元年……东周君与诸侯谋秦,秦使相国吕不韦诛之,尽入其国。"以上记载说明周王室的初步灭亡是在昭襄王五十二年(前 255),彻底灭亡是在庄襄王元年(前 249),说明简文不会作于前 249 年之前,至少不会作于前 255 年之前。

---

① 秦统一之前讳"政"字并不严格,民间、个人多有不避讳的,但是本篇由王室所作,不避"政"之讳不合情理。

综合以上三点,可知简文的作时应该在前 255 年到前 246 年之间,这一时段也与简文字体所反映的时代相合。

本篇因系祈求神灵保佑自己能够康复,因此语气虔诚恭敬,娓娓道来,情真意切。首先说自己为疾病困扰,久不痊愈,不堪其忧,众人及自己都无可奈何。既而就两件自认为可能获罪于神灵的事件作了解释。第一件是自己以前的祭祀或有不妥之处。自己本欲敬事四极、山川、先祖等神祇,牺牲、玉帛既美且精,但虽有诚心,苦于周世既没,典法已亡,无所遵循。因此责任并不在自己。第二件事似指秦国运用法家思想一事,但语言有些隐晦。总之,这两件事责任都不在自己,"余无罪也",因此,请求神灵能够理解自己的苦衷。现在用介圭、吉璧等祭物来祭祀华大山,假若华山有灵,赐福于"余","余"之足病能"自复如故",将在八月己酉这一天,会用更加丰厚的祭品来还愿,并且愿意将这一祭祀活动一直延续到万代子孙,甚至连大一、大将军二神灵也可以享受到秦国馨香的祭物。

祷病辞在战国以前也已经出现。《史记·周本纪》载,武王有病,周王乃祓斋,自以贽币告三王,请代武王,武王病乃瘳。《尚书·金縢》这样记载:

> 为坛于南方,北面,周公立焉。植璧秉圭,乃告大王、王季、文王。史乃册,祝曰:"惟尔元孙某,遘厉虐疾。若尔三王,是有丕子之责于天,以旦代某之身,予仁若考能,多材多艺,能事鬼神。乃元孙不若旦多材多艺,不能事鬼神。乃命于帝庭,敷佑四方,用能定尔子孙于下地,四方之民罔不祗畏。呜呼!无坠天之降宝命,我先王亦永有依归。今我即命于元龟,尔之许我,我其以璧与圭归,俟尔命;尔不许我,我乃屏璧与圭。"

与祷战文重在揭露敌方罪行不同,祷病文则主要表达祭祷者对神灵的诚意,言词多恳切真实。读上引文字,周公愿替武王一死的忠贞感情无不使人感动，语词饱含对成王生病的急切担忧。难怪成王后来看到这篇祷辞后会感动得落泪，并且亲自到郊外迎接周公归朝，消除了叔侄之间的误会。从叙事的细致程度、表达主人公久病不愈的心理、语言的形象性通俗性等方面，《告华大山文》都较《金縢》有明显的进步。

《告华大山文》以四言韵语为主，间有散句，语言通俗，行文流畅。有学者认为："(《告华大山文》)明显受到民间讲诵季节物候民歌的影响，把它当作一篇不歌而诵的杂赋，应当是没有疑问的。"[1]本文的写作应是受到当时民间文学的影响。

以上两篇都属于祝祷辞，《诅楚文》祷战，《告华大山文》祷病。《周礼·春官·宗伯》："大祝掌六祝之辞，以事鬼神示，祈福祥，求永贞。……作六辞，以通上下亲疏远近……五曰祷。"祝祷的祭祀活动要有专门掌管祭祀的职官如大祝来主持，需有一定数量的祭物，整个祭祀过程还有一定的程式。祝祷辞要书之于策，在祭祀完毕后还要沉于水中或者埋于地下。祷辞一般包括以下部分：主祷者的身份（或者主祭者）、祭祀时间、祭品、祈祷的缘由、祈祷的内容、报祭的祭品等。《诅楚文》的主祭者是宗祝名曰邵鄨者。文中虽没有说明祭祀的确切时间，但是"今又悉兴其众"间接指出祭祀时间——楚攻秦大战前夕。祭物为吉玉宣璧。祈祷缘由是楚国"悉兴其众"，"以逼我边境"。祈祷内容是希望神灵能够降赐福祉，帮助秦国"克剹楚师"。《诅楚文》虽为祭祷文，但是全文重点在于向神灵历数楚王的种种罪行，更像后世檄文。相比之下，《告华大山文》更加符合祝祷文的文体要求，主祷者（秦骃）、时间（孟冬十月）、祭品（介圭、吉璧等）、祈祷缘由（余身遭病）、祈祷内容（能自复如故）、报祭祭品（牛、羊等），都交代得清清楚楚。文章的立意、语气无不流露出秦骃在华山神面前诵读此文时的恭敬、虔诚、忐忑以

---

① 伏俊琏《俗赋研究》，中华书局，2008年，第122页。

及希望自己能够早日康复的急切心情。

目前见到的秦国祝祷辞虽只有两篇，但是这两篇与前代同类文章相比，无疑都有了很大发展：完全克服了早期祝祷辞篇幅短小、叙述简单的不足；叙事多从不同角度、不同层次入手；表达感情更为充分、细腻，语言流畅自然，堪称成熟的祝祷辞。

## 第二节 《为吏之道》

### 一、《为吏之道》的思想倾向

《为吏之道》是睡虎地秦简中的一篇。睡虎地秦简 1975 年发现于湖北云梦睡虎地十一号墓。1993 年湖北江陵王家台出土的秦简中有《政事之常》一篇，内容是《为吏之道》中"处如资、言如盟"至"不时怒民将姚去"一段以及对这段文字的解释说明，原文与《为吏之道》略有差异，说明《为吏之道》在战国末到秦代被广泛传抄，还曾有人为之作注释。

考订本篇的大致创作时间，需要联系同墓出土的其他文字以及同地发现的其他墓葬作为参照。十一号墓秦简中还有一篇《编年记》，记载了从秦昭王元年（前 306）到秦始皇三十年（前 217）九十年间的大事。墓主是一位名曰喜的下级官吏，生年在秦昭王四十五年（前 262），卒年很可能就在秦始皇三十年。喜曾任安陆御史、安陆令史、鄢令史等与法律有关的职务，还曾从军。可见，《为吏之道》的创作不会晚于秦始皇三十年。在睡虎地发现的十二座墓葬中，除十一号出土竹简、四号出土木牍外，有文字出现的还有七号墓，在七号墓的椁室门楣上阴刻有"五十一年曲阳士五邦"字样。战国秦王中在位时间超过五十一年的，只有秦昭王（共五十六年），因此七号墓的入葬时间应该就是秦昭王五十一年（前 256）。据发掘墓葬的考古专家的分析，睡虎地十二座墓葬的随葬器物大致可以分为两组(即两种风格,代表两个时期的器物特点):以七号为代表包括四号在内的为第一组,以十一号为代表的是第二组①。也就是说,十一号墓器物与七号墓器物是两个时期的器物,十一号墓随葬品的制作时间不会早于七号墓入葬时间(前 256)。据此,《为吏之道》的创作时间应不会早于秦昭王五十一年(前256)。

《为吏之道》中有"则""正",不避秦昭王、秦王政讳,其抄写应在秦昭王之前。《史记·秦本纪》载:"庄襄王元年,大赦罪人,修先王功臣,施德厚骨肉而布惠于民。"《为吏之道》中与民宽惠的思想倾向,与庄襄王时的政策相吻合,故《为吏之道》极有可能作于秦庄襄王元年之后不久②。

从内容看,《为吏之道》是对当时基层官吏进行教育的教科书③。反映的思想较为复杂,有儒家、道家、法家等成分,具有融合诸家的鲜明倾向,说明当时官吏精神世界之丰富。如对官吏有关规定的一段:

> 以此为人君则鬼,为人臣则忠;为人父则慈,为人子则孝;能审行此,无官不治,无志不彻,为人上则明,为人下则圣。君鬼臣忠,父慈子孝,政之本也;志彻官治,上明下圣,治之纪也。④

此段明显反映的是儒家思想。秦国对官吏的道德修养做出规范,以儒家思想教导官吏,这与人们通常了解的与夷狄同俗、"虎狼之

① 《云梦睡虎地秦墓》编写组《云梦睡虎地秦墓》,文物出版社,1981 年,第 69 页。
② 参赵逵夫师主编《中国文学编年史》(周秦卷),湖南人民出版社,2006 年,第402 页。
③ 俞志慧认为《为吏之道》属于古代言类之"语"。"语"的体用特征是明德。见俞志慧《语:一种古老的文类——以言类之语为例》,《文史哲》,2007 年第 1 期。
④ 睡虎地秦墓竹简整理小组《睡虎地秦墓竹简》,文物出版社,1978 年,第 285 页。

国"、落后野蛮、好战剽悍的秦人形象截然不同。"怒能喜,乐能哀,智能愚,壮能衰,勇能屈,刚能柔,仁能忍,强良不得"又近于道家思想,"审当赏罚""敬上勿犯"等句又有法家的影子。总体来说,反映儒家、道家思想较为突出,法家却居次要位置。

前人论及战国时秦国以及秦代思想,总觉得是法家一统,其实不然。《为吏之道》的面世,促使我们有机会重新认识这一时期的秦国思想。对于秦国、秦代法家思想不能做绝对的理解,这一时期并非法家独尊。

《为吏之道》中反映的儒家、道家思想是怎么产生的? 一方面得益于当时一些学者的宣传,如儒家学者荀子就曾去过秦国,道家也有学者活动于秦国,老子晚年西游于秦,道家人物杨朱、秦失都是秦人。此外,秦文化中一个很重要的来源是周文化,周文化中就有很浓厚的儒家色彩。秦人在变法中并没有将前人接受的周文化完全抛弃,而是有选择地继承了一部分。除儒、道外,秦国还吸收其他几家思想,主要体现在《吕氏春秋》一书中。这部著作历来被归到杂家,其思想倾向的"杂"本身也说明是吸收各家思想的结果。尤其要说明的是,《为吏之道》中提到的许多问题如公正无私、为国择贤、体恤下民、上慈下孝、恭敬清廉、慎言笃行等,在《吕氏春秋》中都有论述,二者的相似性也表明当时秦国社会并非法家独尊。

在法家大行其道的秦国,对官吏进行训导的《为吏之道》中法家却退居次要地位,颇令人不解。喜乃小吏,《为吏之道》反映的是当时下级官吏的思想。法家仅仅是秦国官方的意识形态,但是以法、术、势为主的法家能否成为基层官吏的治身总则,则很难说。本篇真实地说明社会对官吏的道德要求,正直、忠信、孝慈、爱民等无论在哪一个朝代,都是官员们应该培养、具备的优秀品德。道家对社会人生的辩证而朴素的认识,不也正是广大民众在长期的生活实践中观察所得吗? 这些都是本篇中反映儒家、道家思想的言辞频频出现的原因。《为吏之道》同时也说明阴谋、权术仅仅是一时的权宜之计,并非长治久安之道,以行政命令的手段来推行法术、权势等思想,不一定会成功。儒家、道家在中国古代旺盛的生命力,从《为吏之道》能看出些许端倪。

## 二、《为吏之道》的文学特点

《为吏之道》是睡虎地秦简中文学色彩最为突出的一篇。原简分上下五栏书写,若依照原简分段标志墨点(·)划分,全篇由八段组成。

第一段集中体现《为吏之道》的政治哲学和修身理论[①],全段以四言韵语为主,夹杂少数三、五言句。试抄录一节:

> 凡为吏之道,必精洁正直,慎谨坚固,审悉无私,微密纤察,安静毋苛,审当赏罚。严刚毋暴,廉而毋刖,毋复期胜,毋以忿怒决。宽容忠信,和平毋怨,悔过勿重。[②]

第一段体现的是儒家、道家、法家思想,有些句式在其他文献中也出现,如"中不方,名不章;外不圆",《说苑·谈丛》有"中不方,名不章;外不鬈,祸之门"。"安乐必戒,毋行可悔",《说苑·敬慎》有"安乐必戒,无行所悔"。"君子不病也,以其病病也",《老子》七十一章有"圣人不病,以其病病"。

本段末列举了官吏应该具备的五种善行:"吏有五善:一曰忠信敬上,二曰清廉毋谤,三曰举事审当,四曰喜为善行,五曰恭敬多

---

① 见魏启鹏《文子学派与秦简〈为吏之道〉》,收入《道家文化研究》第十八辑,三联书店,2000 年。
② 《睡虎地秦墓竹简》,第 281 页。

让。五者毕至，必有大赏。"除总领起的第一句外，其余都押韵，中间五句皆为整齐的六字句，读来有很强的音乐美感。这几句与下段中"吏有五失"从正反两方面讲为吏的原则，可能原本是一段，在抄写时将分段的墨点误点了。

第二段讲官吏的五失，与上段中"五善"不同的是，这段以杂言散语为主，句式长短不一，由三节"一曰……二曰……三曰……四曰……五曰"的句式组成，实际是指出了为吏的十五种过失。对官吏过失的描述远远多于良好德行的说明，这是否意味着当时官吏的某种不良倾向呢？

第三段也以四言为主，夹杂个别三句。如"戒之戒之，财不可归；谨之谨之，谋不可遗；慎之慎之，言不可追；綦之綦之，食不可偿"几句，带有很浓的口头语言风格，质朴流畅，所讲道理却深刻而耐人寻味。这几句在《为吏之道》中出现两次，说明抄写者很重视这几句，估计是作为座右铭或者箴言之类抄写的。

第四段为整饬的四言句，文意不太连贯，但所用词汇多为官吏常用词汇。整理者推测可能"是供学习作吏的人使用的识字课本"①，类似于秦代《仓颉篇》一类字书。其中也有一些哲理性较强的句子，如"除害兴利，慈爱万姓。毋罪无罪，无罪可赦"，"临事不敬，倨骄无人，苛难留民，变民习俗，须身遂过，兴事不时，缓令急徵，决狱不正，不精于财，废置以私"，这些句子有可能是抄自当时流传的格言警句。

第五段也基本是四言韵文，主要讲为吏者对待民众应有的态度和处理政事的原则，如何争取民心，体现了非常明显的重民思想，类似一篇简短的政论文。如"与民有期，安骀而步，毋使民惧"，"安而行之，使民望之"，"地修城固，民心乃宁。百事既成，民心既宁，既毋后忧，从政之经"等，告诫官吏在巡视时车骑要慢慢地走，

---

① 《睡虎地秦墓竹简》，第280页。

勿惊吓了百姓,要使民心安定。土地、城郭等与民众忧戚相关的事都安排好了,他们才能安宁,没有后顾之忧。这些正是从政者需要遵守的纲领,近于黄老思想。整段文字有如长者谆谆教诲,反复叮咛,读来平和徐顺。尤其是有些句末"之"字的运用,更使得句式舒展流畅。

第六段是八节成相杂辞,后文详论。

第七段、第八段是附录的两条魏律。在第八段的末尾还有一小段文字,类似格言警句,如"口,关也;舌,机也。一曙失言,四马弗能追也。口者,关;舌者,符玺也。玺而不发,身亦毋薛"。强调说话要慎之又慎,一旦说错,则无法挽回。类似的句式还见于《说苑·谈丛》。"一曙失言,四马弗能追也"一句后代演变成了成语"君子一言,驷马难追"。

以上各段内容都与官吏有关,可以看出当时对文吏的培训包括德与能两个方面。各段联系非常松散,几乎看不出有机联系,有些段落内容还有重复,很可能是墓主喜的学习笔记或教导官吏的资料汇编。

《为吏之道》呈现出与睡虎地其他秦简迥然不同的风格,主要表现在以下几个方面。

从整体格调看,阅读《为吏之道》,全然感觉不到法家的酷烈无情,反而有一种温情、真诚、关怀流露在字里行间。睡虎地秦简《秦律十八种》中也有一篇有关官吏的文字,即《置吏律》,是关于任用官吏的法律。来看其中的几句:"除吏、尉,已除之,乃令视事及遣之;所不当除而敢先见事,及相听以遣之,以律论。啬夫之送见它官者,不得除其故官佐、吏以之新官。"语气斩钉截铁,不容质疑,似有一种强权在其中。再来看《为吏之道》中的文字:"治则敬自赖之,施而息之,密而牧之;听其有矢,从而则之;因而徵之,将而兴之,虽有高山,鼓而乘之。民之既教,上亦毋骄,孰道毋治,发正乱昭。"与《置吏律》给我们的感觉截然不同。这种差别除了各自文体、功用的不同所致外,内容、思想倾向的不同更是造成二者差异的原因。《为吏之道》更多采用说教式的语言,循循善诱,与其他秦简中命令式语言有别。

以四言为主,是《为吏之道》在形式上的最突出特点。第一段到第五段绝大多数都是四字句,第六段成相体也间有四言句。整齐的句式读来朗朗上口,便于记诵,本篇作为官吏教科书的特殊功用是多用四言句的主要原因。

《为吏之道》虽然多数是四言段落,但是读之并不板滞、沉闷,反而有些舒缓、活泼,这也增强了本篇的感情色彩。这一特点与本篇中虚词的运用有关,如"殹(也)""之"就数次出现,前文所引"戒之戒之"和"治则敬自赖之"两节最为典型。

《为吏之道》的语言质直朴素,有些接近于当时口语,与《荀子·成相》的典雅流利有别。

本篇也有明显的不足,如艺术上缺乏更为细致的加工与修饰,内容重复较多,显得粗糙一些,尤其是第四段。这与《为吏之道》创作流传于中下层社会有直接关系。

### 三、成相杂辞

《为吏之道》中第六段的成相杂辞,是古代文学研究者最为关注的一段。抄录如下:

> 凡治事,敢为固,谒私图,画局陈棋以为藉。肖人聂心,不敢徒语恐见恶。
> 凡戾人,表以身,民将望表以戾真。表若不正,民心将移乃难亲。
> 操邦柄,慎度量,来者有稽莫敢忘。贤鄙溉辬,禄位有续孰敢敢上?

　　　　邦之急,在体级,辍民之欲政乃立。上毋间隙,下虽善欲
　　独何急?
　　　　审民能,以任吏,非以官禄使助治。不任其人,及官之毁
　　岂可悔?
　　　　申之义,以击畸,欲令之具下勿议。彼邦之倾,下恒行巧
　　而威故移。
　　　　将发令,索其政,毋发可异使烦请。令数究环,百姓摇贰
　　乃难请。
　　　　听有方,辩短长,困造之士久不阳。①

　　这一段所表达的思想在《为吏之道》其他段落几乎都有反映,唯不
同的是形式。第一节首句"凡治事"显然是总的领起全段文字。除
最后一节以及第六节"下恒行巧而威故移"一句外,其他六节都是
为人熟知的三、三、七、四、七的句式。整理者认为这首杂辞有脱
节,第八节最后一句下还应该有文字。第六节"下恒行巧而威故
移"中"而"字明显多余,可能是抄写时误衍。

　　《汉书·艺文志》杂赋类有《成相杂辞》十一篇,看来汉代以前
这种体裁的创作不算少。关于成相体的来源,学界有两种截然相
反的观点。一种主张来源于民间,认为成相体本身就是一种民间
曲调。此说影响较大的是俞樾,他在《诸子平议》曰:"盖古人于劳
役之事,必为歌讴以相劝勉,亦举大木者呼'邪许'之比,其乐曲即
谓之'相'。'请成相'者,请成此曲也。"②从事劳役之事的人,当然
是下层平民,成相体自然应来自民间。游国恩《中国文学史》、褚斌
杰《先秦文学史》、睡虎地秦墓竹简整理小组都采用这一说。另一
种认为成相体的产生与宫廷中瞽史吟唱的曲辞和所使用的道具有

────────────

　　①　《睡虎地秦墓竹简》,第190—191页。
　　②　俞樾《诸子平议》,续修四库全书影印本。

关。王先谦《荀子集解》引卢文弨曰：“《礼记》‘治乱为相’，相乃乐器，所谓舂牍。又古者瞽必有相。审此篇音节，即后世弹词之祖。篇首即称‘如瞽无相何伥伥’，义以明矣。首句‘请成相’，言请奏此曲也。《汉艺文志》‘《成相杂辞》十一篇’，惜不传，大约托于瞽矇讽诵之词，亦古诗之流也。《逸周书·周祝解》亦此体。”①卢氏所言《逸周书·周祝解》，应是《周祝》中的两段：“故天为盖，地为轸，善用道者终无尽；地为轸，天为盖，善用道者终无害。天地之间有沧热，善用道者终不竭。”“故天为高，地为下，察汝躬奚为喜怒？天为古，地为久，察彼万物名于始。左名左，右名右，视彼万物数为纪。”《周祝》中这两段文字虽然不能视作严格的成相体，但是与成相体的确很相似。另外《老子》中也有类似形式的段落。

　　大多数学者倾向于前一说。但细细分析，有一些现象单纯用民间说很难得到圆满的解释。首先，假若这一体裁产生于民间，那么从民间流传到上层社会，受到贵族喜欢乃至学习、采用，需经过不短的一段时间。从《逸周书》《老子》中有相似段落，《荀子》、秦简都采用这一形式看，这种形式流传时间应该很长。但是《逸周书》《老子》《荀子》都属于典型的文人作品，为什么在先秦的民间作品中不见相似的段落？是未被收集还是根本不存在这样的作品？其次，目前见到的两篇典型的成相辞题材非常相似，《荀子·成相篇》通篇讲治国之政，尤其是列举了许多正反历史经验教训进行说理。《为吏之道》中《成相》论官吏的道德修养、行为准则问题，也与政治有直接关系。这两篇题材、主旨相似到底是偶然还是必然？

　　卢文弨提到“托于瞽矇讽诵之词”，瞽矇的职责是什么？他们所讽诵的内容通常又是什么？还是以经常为人引用的《国语·周语上》中的一段话来说明：

---

① 王先谦《荀子集解》卷十八，中华书局，1988年，第455页。

故天子听政,使公卿至于列士献诗,瞽献曲,史献书,师箴,瞍赋,矇诵,百工谏,庶人传语,近臣尽规,亲戚补察,瞽史教诲,耆艾修之,而后王斟酌焉,是以事行而不悖。①

这里将瞽、瞍、矇并列,其实当时这三种人的分工可能并不十分严格,但是他们都属于向天子进谏尽规者毫无疑问。由此可以推测瞽矇讽诵之词的主要内容大都与政治有关,具有直接或间接劝导、教育人君的作用,以达到使统治者"事行而不悖"的目的。瞽矇进行讽诵时常常用"相"这种乐器,用"成相"这种形式,于是便形成了一种创作传统,使用成相体时就会有意或无意识地选择与政治有关的题材。荀子曾在楚国生活过,《为吏之道》也发现于楚地,《荀子》、秦简中两段成相体的选材是否与楚国瞽矇进行讽诵时说唱的传统形式有关?

如果我们沿着这一思路再进一步探讨,瞽矇讽诵时说唱的形式又来源于什么? 很可能就来源于民间。这样,我们就可以将《为吏之道》的来源分为近源和远源,近源是楚地瞽矇说唱形式,要论远源,则是民间曲调。民间曲调是《为吏之道》与楚地瞽矇说唱形式共同的"源",瞽矇说唱可以看作这种曲调在后代的"流"。楚地瞽矇说唱形式对《为吏之道》的影响更大一些。

## 第三节　其他秦简的文学价值

### 一、睡虎地木牍所记两封家书

在睡虎地四号秦墓中出土了两件木牍,内容系两封家信,这是首次发现秦人的家信,作者是秦进攻楚时的士兵。第一封见于十

---

一号木牍,是由署名为"黑夫"和"惊"的二人,写给兄弟名"中"的,
第二封见于六号木牍,是"惊"写给"中"的。下面是十一号木牍正
面的文字。

> 二月辛巳,黑夫、惊敢再拜问中,母毋恙也?黑夫、惊毋恙
> 也。前日黑夫与惊别,今复会矣。黑夫寄益就书曰:遗黑夫
> 钱,母操夏衣来。今书即到。母视安陆丝布贱,可以为禅裙襦
> 者,母必为之,令与钱偕来。其丝布贵。徒以钱来,黑夫自以
> 布此。黑夫等直佐淮阳,攻反城久,伤未可知也,愿母遗黑夫
> 用勿少。书到皆为报,报必言相家爵来未来,告黑夫其未来
> 状。闻王得苟得①。

前文已经说明,睡虎地七号墓、四号墓从出土器物看风格相近,两
座墓入葬时间相差不会太远,应是同一时期的墓葬。七号墓入葬
时间是秦昭王五十一年(前 256),四号墓也应是前 256 年前后入
葬。又书信中提到,"黑夫等直佐淮阳,攻反城久",六号木牍中又
有"以惊居反城中故"字句,说明十一号木牍书信写于攻反城之时,
六号木牍书信写于反城攻克之后。整理者认为"这两件木牍所记
的战争情况,可能就是《史记》所记载的秦灭楚的战争"②。秦灭楚
在秦王政二十四年(前 223),这两封书信的写作一定不会晚于楚
灭亡的时间,这是写作的下限。关于墓主,整理者推测就是写信人
黑夫和惊的兄弟、收信人"中"。

两封信起笔都首先询问"母毋恙也",接着都问到"姑姊",除此
外还问到亲戚、邻里。下层民众间这种浓浓的亲情、邻里情与秦律
中连坐制度的寡恩形成了明显的反差。书信句式长短不拘,自然

---

① 《云梦睡虎地秦墓》,第 25 页。
② 《云梦睡虎地秦墓》,第 26 页。

舒缓,语言朴实无华,通俗易懂,是我们了解当时下层社会口头语言的很好素材,也为我们研究探讨后代通俗家书的源流提供了重要资料。

## 二、睡虎地秦简《语书》的文体学意义

《语书》出自睡虎地秦简十一号墓,是南郡的郡守腾颁发给本郡各县、道的一篇文告。关于南郡守腾,《史记》中有两则与他有关的史料。《秦始皇本纪》:"十六年九月,发卒受地韩南阳假守腾。""十七年,内史腾攻韩,得韩王安,尽纳其地,以其地为郡,命曰颍川。"这两条中,都没有记腾的姓。第一条说,腾在秦始皇十六年时做代理南阳太守。第二条说腾任内史时,被派去攻韩,俘虏了韩王安,占领了韩地,置颍川郡。后来,腾又被外放做南郡太守,在他任南郡太守时发了这篇文告。可见,腾对秦的统一事业有很大贡献,正因为他曾经在南阳任过太守,所以,后来秦始皇又派他做了南郡太守。

简文首句"二十年四月丙戌朔丁亥,南郡守腾谓县、道啬夫"为考订本篇写作年代提供了重要依据。

睡虎地十一号墓随葬品反映的时间在七号墓入葬时间(秦昭王五十一年,前256年)之后,秦昭王五十一年以后在位二十年以上的只有秦始皇,本篇中"二十年"应指秦始皇二十年。又,南郡守原属楚,《史记·白起王翦列传》载:"其明年(指秦昭襄王二十九年,前278年),攻楚,拔郢,烧夷陵,遂东至竟陵。楚王亡去郢,东走徙陈。秦以郢为南郡。"秦设南郡在秦昭襄王二十九年,也可证文中"二十年"必不会指秦昭王二十年,应是秦始皇二十年。

《语书》是地方政府发布的文告,类似地方性法规,这是对秦律的补充和发挥,同样具有法律效力。睡虎地秦简各篇各章标题有的是简文原来就有,标题一般标在最后一简的简背。《秦律十八》

的篇目大部分属于这种情况,如《田律》《厩苑律》《仓律》等标题均为原简所标,《语书》也属于这一类。简文没有标题的,整理者根据内容加了标题。

　　"语"这种文类其实早已存在,《国语·楚语上》申叔时说明对贵族子弟的教育时就提到"语":"教之《语》,使明其德,而知先王之务,用明德于民也。"韦昭注:"《语》,治国之善语。"[①]"语"在当时本身就有教导的含义,《国语·鲁语下》载:"季康子问于公父文伯之母曰:'主亦有以语肥也。'对曰:'吾能老而已,何以语子。'"韦昭注:"语,教戒也。"[②]这些记载表明"语"对受教育者具有训诫、教导使明其德的作用,这是春秋时期"语"体文类的特点与功用[③]。《国语》一书的素材大部分就来自各国之"语"。睡虎地秦简《语书》命之曰"语",与春秋时期的"语"有没有关系? 换言之,秦人将一篇地方文告命名曰"语"的原因是什么呢? 还是从《语书》本身内容来看:

　　　　二十年四月丙戌朔丁亥,南郡守腾谓县、道啬夫:古者,民各有乡俗,其所利及好恶不同,或不便于民,害于邦。是以圣王作为法度,以矫端民心,去其邪僻,除其恶俗。法律未足,民多诈巧,故后有间令下者。凡法律令者,以教导民,去其淫僻,除其恶俗,而使之之于为善也。今法律令已具矣,而吏民莫用,乡俗淫泆之民不止,是即废主之明法也,而长邪僻淫泆之民,甚害于邦,不便于民。故腾为是而修法律令、田令及为间私方而下

---

　　① 《国语集解》,第 486 页。

　　② 《国语集解》,第 192 页。

　　③ 事实上,古人命之曰"语"的著作很多,除《国语》外,还有《论语》《汲冢琐语》《家语》《新语》等。俞志慧认为"语"是一种古老的文类,其体用特征是"明德",大致分为重在记言和重在叙事两类。古籍所引谚语,"闻之""有言"所引话语,宪言、建言、法言之类,《逸周书》中《周祝》《武称》《王佩》,《文子》的《符言》《上德》,秦简《为吏之道》等都属于"语"。参俞志慧《语:一种古老的文类——以言类之语为例》。

之,令吏明布,令吏民皆明知之,毋距于罪。……凡凡良吏明法律令,事无不能也;又廉洁敦愨而好佐上;以一曹事不足独治也,故有公心;又能自端也,而恶与人辨治,是以不争书。恶吏不明法律令,不知事,不廉洁,无以佐上,偷惰疾事,易口舌,不羞辱,轻恶言而易病人,无公端之心,而有冒抵之治。①

该文用大半的篇幅说明发布文告的缘由:古代由于乡俗不同,人们好恶各异,为了利于百姓和国家,圣王制定了法律。但是犯法乱令的事依然发生,民俗淫泆,民心邪僻。吏不用法,既不便于民,又甚害于邦。为使各县、道长官能够清楚了解国之大法,不再包庇邪恶,违法犯罪,故公布此文书。文书最后还为广大地方长官指出两种不同的官吏:良吏和恶吏。实际是为他们指出了为吏的具体标准。整篇文书都是对下级官员的训诫和教导,循循善诱,娓娓道来,一个秉公执法、一心为公的官员形象如在眼前。秦简中绝大多数律文直接说明允许干什么或者禁止干什么,三言两语,言简意赅,虽准确精练,却缺少几分感情和人情味,显得生硬,冷酷,这是由法律的性质决定的,法律是不可讲人情的。本篇则不然,虽然也指出官吏若有失职行为,要依法惩处等内容,但更多的是晓之以理,动之以情,读了这样的文字,那些妄图徇私枉法的官员能不汗颜?

了解了《语书》的内容,对于它的命名就不难理解了,与其说是一篇法律文告,不如说是一篇对官吏的训导之词更加符合其内容。南郡郡守腾无疑是熟悉前代"语"这种文类的,因此才将本篇命之曰《语书》。

《语书》虽有与前代"语"体相一致之处,但是将《语书》与《国语》等比较,二者的区别还是比较明显。当时教育贵族的"语"一类教材主要有两方面内容:记载前人嘉言善语和前代诸国大事。

---

① 《睡虎地秦墓竹简》,第 15—19 页。

《国语》对时人的教育多蕴含在言语、事件背后，主要通过具体的人和事达到教育目的，以纯说理的形式出现的较少。《语书》则不然，主要是直接说理，通篇重点讲有法不依的危害，良吏、恶吏的不同表现。最根本的是，所讲道理最终要完全落到实处，各级官吏要严格依照法律公正执行，不得有渎职行为，否则，"志千里使有籍书之，以为恶吏"，由郡官记录在簿籍上向全郡通报，作为恶吏。

《国语》与《语书》的不同，向我们透露出"语"体文类变化的轨迹：由重在记前人前事到重在直接说理，教育途径由提高道德、增强内省到依靠法律手段强制实施。西周到春秋，规范人们尤其是统治者行为的主要手段是礼，这时对他们主要是道德、思想的教育，这样前人的功过得失自然会有直接的借鉴意义，对于人们的教育起到无可比拟的作用。战国礼崩乐坏，礼乐对人们的约束力逐渐消失，法成为规范人们行为的新的总则。既然要用法，礼乐时代的那些人事便失去了借鉴意义，因此腾在训导官吏时只能以新时代的新标准来阐明道理，不需再引用前人前事，教育途径更需要与秦国变法的举措保持一致，强制实行。

一种文体的发展既与前代一脉相承，同时也需在新的历史条件下为适应新的需要作相应调整。春秋、战国虽然前后相随，但是两个时期的社会制度、价值观念却发生了质的变化。"语"体文类的发展正反映了这两个时期对文体提出的不同要求，可以说，《语书》正是适应时代要求而产生的。秦国重实用，任何思想、形式只要对自己有利，就可以拿来为我所用。《语书》是"语"体文类在新的时代，经秦人从实用的角度出发改造后的产物。"语"体文类的这种变化反映了社会、政治对文体的细微影响。

### 三、秦简中的应用文体

目前见到的秦简，以秦律和《日书》最多。众所周知，法家思想在秦国得到最彻底、最成功的运用,但是法家并不产生于秦国。事实上,中国法律产生比较早,《尚书》中就有《吕刑》一篇,"苗民弗用灵,制以刑,惟作五虐之刑曰法,杀戮无辜。爰始淫为劓、刵、椓、黥"。《左传·昭公六年》载:"夏有乱政而作禹刑,商有乱政而作汤刑,周有乱政而作九刑。"可见在夏代就有了法律的雏形。西周在制礼作乐、用礼乐规范人们行为的同时,也制定了相应的法律,西周的九刑无论是罪名还是刑名,都较前代严密而广泛,《周礼》中有专门职掌行刑的刑官大司寇、小司寇等。春秋时期产生了正式公布的成文法。《左传》记载鲁昭公六年(前536)郑国子产首铸刑书于鼎,以为国之常法。之后郑国邓析因不满子产的刑书内容,也私作《竹刑》,二十几年后(前513)晋国范宣子也铸刑书。战国以前的法令在一些古籍中也有零星记载,如《左传·文公十八年》载周公作《誓命》:"毁则为贼,掩贼为藏,窃贿为盗,盗器为奸。主藏之名,赖奸之用,为大凶德,有常,无赦,在九刑不忘。"对贼、藏、盗、奸等罪名做了明确规定。遗憾的是,像这样的记载非常少见,我们无法得到当时刑法的全貌。战国时各国相继颁布了一系列封建成文法,以魏国的《法经》和秦国商鞅变法后制定的秦律影响最有深远。

商鞅变法所制定的法律,据载是以魏国李悝的《法经》为基础,改法为律。《法经》早已亡佚,《晋书·刑法志》《唐律疏义》等文献中保留其篇目和少数佚文。据这些文献记载,《法经》包括六部分,即盗法、贼法、囚法、捕法、杂法、具法,后代统称"六律"。从秦简看,秦律远不止这六种,而是在《法经》的基础上作了很大扩充。

秦律中出现了多种应用文体,下面分别说明。

1. 律、令

律是由国家发布的法律条文,具有最高的法律效力。秦律是秦法律的主干,内容包括农业、畜牧业、关市、货币、粮仓、手工业、军队、官吏等,几乎涉及了社会生活的方方面面,名目繁杂多样。数量上,这类秦简也最多。秦律多缺乏文采,语气肯定,不容辩驳,渗透着一种权威，具备法律条文的特点。多见"勿……""不得……"这样的句式。中国古代法律是以规定民众对统治者应尽的义务、规范他们的行为为核心，而不是重在保障民众的权利。秦律中这类句式已经初步显现出这一特点，如"百姓居田舍者毋敢酤酒，田啬夫部佐谨禁御之，有不从令者有罪"。汉代、唐代法律虽有不同的形式，但是律始终是最主要、最基本的形式，形式、语言风格也与秦律无多大区别。秦律虽较后世法律有些零散，不够系统，但是为后世律的法典化奠定了基础。

法律形式还有令。《说文解字》解释令为"发号也"。睡虎地秦简中多次提到令，如《语书》："故腾为是而修法律令、田令及为间私方而下之。"《内史杂》："非史子也，毋敢学学室，犯令者有罪。"秦令既包括国君的指令，也包括上级的命令。令具有更高的法律效力，律需保证令的执行。当令与律相抵触时，一般从令。如《法律答问》："何如为'犯令'、'废令'？律所谓者，令曰勿为，而为之，是谓'犯令'；令曰为之，弗为，是谓'废令'也。廷行事皆以'犯令'论。"秦令总是伴随着国家的重大举措而出现，如《史记·商君列传》载秦孝公时"卒定变法之令"，后又有《垦草令》《逐客令》等出台。

秦始皇二十六年曾宣布"命为制，令为诏"，即将令中由皇帝发布的最高指示称作诏。汉代法律中也有令，汉代诏令数量多，涉及内容广泛，是秦令的进一步发展。唐代法律中令也是重要形式，可见秦令之影响深远。

法律的功能是维护社会秩序的稳定，法律条文要明确说明可以干什么，或者不许干什么，以及犯法后要采取的相应处罚措施，因此语言表述要清楚明白，不能含混其词，更不能使用比喻、夸张等容易引起歧义的手法。秦国律、令都基本符合法律条文的要求，文字大多简洁明白，干净利落，语气坚决肯定，字里行间渗透着一种凛然不可侵犯的威严。

## 2. 法律解释

这是对律中一些条文、术语所作的解释,多用"……何谓(论、也、以)……"这样的句式。睡虎地秦简《法律答问》一篇,就是对秦律中的主体部分——刑法所作的解释。《法律答问》这一标题由整理者所加,严格地说,本篇并不属于问答体。问答体在诸子散文著作中广泛使用,多次的一问一答形式同时也构成了简单的情节,推动故事一步步发展,使说理更加深入透彻。而本篇只是先提出问题,再作解释,类似于回答问题,解说部分很像后代的注与疏。但本篇也不同于后代的"解""说"一类成熟的论说文,篇中仅仅是对律中某一句的具体化和细化,并没有说理论证。

解释法律条文不同于注释其他书籍,注释法律条文的准确与否并不是由社会来评价,而是取决于官方的实际执行与注释是否吻合,因此这些解释也应当由官方颁布,与法律正文具有同样的法律效力。如:

> "害盗别缴而盗,加罪之。"何谓"加罪"? 五人盗,赃一钱以上,斩左止,又黥以为城旦;不盈五人,盗过六百六十钱,黥劓以为城旦;不盈六百六十到二百二十钱,黥为城旦;不盈二百二十以下到一钱,迁之。求盗比此。①

这段话解释"害盗别缴而盗,加罪之"一句。这句话乍看确实不知所云,甚费解,这样的律文无疑会影响到该条文的实施,作进一步的解释实属必要。解说中主要是对"加罪"的具体标准以及相应的处刑办法所做的规定:五人共同行盗,赃物在一钱以上,断去左足,并黥为城旦;不满五人,所盗超过六百六十钱,黥劓为城旦;不满六百六十钱而在二百二十钱以上,黥为城旦;不满二百二十钱而

---

① 《睡虎地秦墓竹简》,第150页。

在一钱以上，加以流放；求盗与此同样论处。经过这一番解释，刑官便有了具体的量刑定罪标准，更易于操作。到了汉代，对律文的解释成了法律中重要的组成部分——"疏议"，相当于现在的司法解释。

在秦简中对正文作出解释的不只《法律答问》，王家台秦简的《政事之常》也属于这一类。《政事之常》竹简在墓葬中分三圈排列，内圈为正文，中间以及外圈是对正文的解释。说明这种类似于后代注、疏体的文体，在秦国应用非常普遍。

3. 判例

睡虎地秦简中记录了许多供当时司法者参考的判例，被称作"廷行事"。《广雅·释诂》："廷，平也。"王念孙《读书杂志》六之《汉书》第十二《行事》："行事者，言已行之事，旧例成法也。汉世人作文言'行事'、'成事'者，意皆同。"[1]《法律答问》里多次提到"廷行事"，当时遇到有些案例，当律文无相应的规定或需要做一些变通时，则以"廷行事"作为参考，比附类推。如《法律答问》：

> 告人盗百一十，问盗百，告者何论？当赀二甲。盗百，即端盗加十钱，问告者何论？当赀一盾。赀一盾应律，虽然，廷行事以不审论，赀二甲。[2]

有人控告他人盗窃一百一十钱，审问的结果是盗窃一百钱，按照秦律，控告者故意私加十钱，应罚一盾。但是依据成例，应罚二甲，结果是以二甲为准。可见廷行事在当时有很大权威，有时甚至可以超越秦律。

在这些判例中涉及的人物一般都以甲、乙等指代。试举一例：

---

[1]　王念孙《读书杂志》（上册），北京市中国书店，1985年，第30页。

[2]　《睡虎地秦墓竹简》，第167页。

> 甲乙雅不相知，甲往盗丙，才到，乙亦往盗丙，与甲言，即各盗，其赃值各四百，已去而偕得。其前谋，当并赃以论；不谋，各坐赃。[①]

甲、乙两人素不相识，甲去丙处行窃，正好碰到乙也去丙处行窃，两人合计，各偷盗价值四百钱的赃物，离开丙处时两人同时被抓获。如果两人事先有预谋，则将两人赃物合并进行论处；若没有预谋，则分别论罪。

龙岗六号墓中还出土了一份判决书，内容如下：

> 鞠之，辟死论不当为城旦，吏论失者已坐以论。九月丙申，沙羡丞甲、史丙免辟死为庶人。令自尚也。[②]

整理者认为："牍文应是乞鞠免罪的判决书。墓主生前曾被误判有罪而为城旦，乞鞠复审，冤案得以昭雪，由沙羡丞甲、史丙'免辟死为庶人'，且被安排在禁苑这种不易为常人所见的地方为隐官。"[③]这份判决书与睡虎地秦简中的判例非常相似。

战国时各国争相进行变法改革，理应也有判例产生。遗憾的是，除秦国外，其他国家的法律条文多无法见到，这就使得秦简判例的出土显得尤为珍贵。可以说，秦简中的判例是目前见到的最早的判例。虽然还没有足够的证据证明这些判例已经是判文，视为判文的雏形可以确定。

4. 式、程、爰书

式即程式、格式，是关于审理案件的程序规定、司法规则及文

---

① 《睡虎地秦墓竹简》，第 156 页。
② 刘信芳、梁柱《云梦龙岗秦简》，科学出版社，1997 年，第 45 页。
③ 《云梦龙岗秦简》，第 48 页。

书程式。睡虎地秦简中有《封诊式》一篇,其中所记一条案例载:"甲、丙战刑丘城,此甲、丙得首也。"秦昭王四十一年(前266),秦攻魏取刑丘,故《封诊式》中有些文字作时不会早于本年①。《封诊式》内容主要是规定诉讼程序、审判的程序原则、如何写法律文书和勘验调查笔录等,具有行政法规的作用。如《治狱》:

> 治狱,能以书从迹其言,毋笞掠而得人情为上;笞掠为下;有恐为败。②

意思是说,在审理案件时,能根据记录的口供,进行追查,不用拷打就可以得到案情的真相,是最好的办案方法;通过对犯人施行严刑拷打而得到真相,虽达到目的,但只能是下一等的方法;若恐吓犯人,则是最失败的方法。这是对审判原则做的规定。

"程"是规章、章程的简称。睡虎地秦简中有《工人程》,主要规定官营手工业生产定额制度。

> 隶臣、下吏、城旦与工从事者冬作,为矢程,赋之三日而当夏二日。③

这段话是说,隶臣、下吏、城旦和工匠在一起生产的,在冬季劳动时,可以放宽标准,三天收取相当于夏季两天的产品。

《封诊式》中许多地方提到"爰书"。爰书是根据式中的规定,就办案过程所作的记录,包括犯人供词、审讯过程、案件调查、处置情况等。如《盗自告》:

---

① 《中国文学编年史》(周秦卷),第395页。
② 《睡虎地秦墓竹简》,第245—246页。
③ 《睡虎地秦墓竹简》,第73页。

　　　　□□□爰书：某里公士甲自告曰："以五月晦与同里士伍
丙盗某里士伍丁千钱，无它坐，来自告，告丙。"即令令史某往
执丙。①

爰书中记录的内容是：甲来自首说，五月底与同住一里的丙盗窃
了丁的一千钱，除此之外，再没有其他违法行为，现在前来自首，并
且来告发丙。于是立即派令史前往逮捕丙。

　　式与爰书的出现，表明秦国对法律的实施、执行过程有了具
体、明确、细致的规定，秦法律正在逐步走向规范。到了唐代，式成
为法律中的重要组成部分。

　　5. 文牍

　　文牍主要见于里耶秦简。1996 年在湖南龙山县里耶镇发现
一座古城遗址，2002 年在古城遗址的一号古井内发现一批秦简。
主要是县一级政府的部分档案，内容包括政令、各级政府之间往来
的公文、司法文书、吏员谱、物资登记和转运、里程书等。简文纪年
始于二十五年，止于二年，应是秦王政二十五年到秦二世二年的遗
物。试抄录一段：

　　　　卅三年四月辛丑朔丙午，司空腾敢言之：阳陵宜居士伍
毋死有赀余钱八千六十四。毋死戍洞庭郡，不知何县署。今
为钱校券一，上谒言洞庭郡，令毋死署所县责，以授阳陵司空。
司空不名计，问何县官计，年为报。以嚳其家，家贫弗能入，乃
移戍所。报署主责发，敢言之。四月己酉，阳陵守丞厨敢言
之：写上，谒报，报署金布发，敢言之。儋手。②

――――――――――

① 《睡虎地秦墓竹简》，第 251 页。
② 王辉、王伟《〈秦出土文献编年〉续补（二）》，收入《秦文化论丛》第十三辑，三秦
出版社，2006 年。

这些文牍因是政府之间的往来公文,文学性不突出,但是为我们了解当时的公文样式提供了最直接的范例。

秦简中的各种应用文体,有的基本成熟,有的还处于早期阶段,但是,较之春秋时期的秦散文文体,形式更多样、内容更丰富,说明战国时期秦文学在前代基础上有了进一步的发展。

### 四、王家台秦简《归藏》的文学文献学价值

1993年,在湖北江陵王家台清理出秦汉时期墓葬十六座,秦简出土于十五号墓,有《日书》《效律》《归藏》《政事之常》《灾异占》。《日书》《效律》与睡虎地秦简中《日书》《效律》内容大部分都相同,二者可以互相校正补充。《灾异占》不见于其他秦简,多谈天变灾异与人间祸福,与《汉书·五行志》相似。《政事之常》是睡虎地秦简《为吏之道》中"处如资、言如盟"至"不时怒民将姚去"一段的正文与解释。从字体看,《归藏》形体最古,接近楚简文字,应为战国末期抄本;《日书》《效律》《政事之常》为秦隶,与睡虎地秦简文字风格一致;《灾异占》是比较规范的小篆体。

《归藏》主要是筮占书籍,残缺较严重,总字数约4 000余字,除去重复,共有卦画54种,卦名53个。有的卦名与《周易》同,有的却不相同①。关于秦简《归藏》的成书时间以及以《周礼·太卜》所载《归藏》之关系,学界有两种观点。一种观点认为秦简《归藏》非殷商时《归藏》,秦简《归藏》应成书于《周易》之后。主要证据是:秦简《归藏》中记载了《周易》成书之后的人物,如周穆王、晋平公、宋公。《归藏》中一些词汇商代并没有出现,这些词汇的普遍使用

---

① 参见王明钦《王家台秦墓竹简概述》,收入《新出简帛研究》,文物出版社,2004年。

是在战国时期①。另一种观点认为秦简《归藏》虽非殷商《归藏》的原貌和全貌,但是大部分材料抄写自殷商《归藏》,可以看作商时的占卜之书。基本观点是:秦简《归藏》与传世文献所载商时《归藏》佚文基本相同。秦简《归藏》与《周易》大部分卦画、卦名相同或者相近,二者有明显的渊源关系,同时也说明六十四卦非周文王演绎,而是古已有之②。两种观点都持之有故,难有胜负。

不论秦简《归藏》与《周易》孰先孰后,它们都属于占卜书籍。《周易》的编撰时间约在西周中后期③,秦简《归藏》既然抄写于战国晚期,那么它的成书时间还应该前推,两部书的成书时间距离不会太远,二者具有很大的可比性。下面通过秦简《归藏》与《周易》的对比,说明秦简《归藏》的特点以及文学文献学价值。

秦简《归藏》和《周易》有些卦名完全相同,但是内容却迥然不同,下面列表说明(见下表。《周易》以北京大学出版社点校本为准,只列卦辞,爻辞略)④。

### 秦简《归藏》与通行本《周易》相同卦名对照表

| 卦名 | 秦简《归藏》筮辞 | 通行本《周易》筮辞 |
| --- | --- | --- |
| 屯 | 昔者效龙卜为上天,而枚□ | 元亨,利贞。勿用有攸往。利建侯。 |
| 讼 | 昔者□□卜讼启□□□□ | 有孚,窒,惕,中吉,终凶。利见大人。不利涉大川。 |

---

① 如王辉《王家台秦简〈归藏〉索隐——兼论其成书年代》,收入《古文字研究》第二十四辑,中华书局,2002 年;任俊华、梁敢雄《〈归藏〉、〈坤乾〉源流考》,《周易研究》,2002 年第 6 期;朱渊清《王家台秦简〈归藏〉与〈穆天子传〉》,《周易研究》,2002 年第 6 期等。

② 见林忠军《王家台秦简〈归藏〉出土的易学价值》,《周易研究》,2001 年第 2 期;廖名春《王家台秦简〈归藏〉管窥》,《周易研究》,2001 年第 2 期;梁韦弦《王家台秦简"易占"与殷易〈归藏〉》,《周易研究》,2002 年第 3 期;倪晋波《王家台秦简〈归藏〉与先秦文学——兼证其年代早于〈易经〉》,《晋阳学刊》,2007 年第 2 期等。

③ 周振甫《周易译注·前言》,中华书局,1991 年。

④ 表中有关秦简《归藏》文字俱引自王明钦《王家台秦墓竹简概述》。

（续表）

| 卦名 | 秦简《归藏》筮辞 | 通行本《周易》筮辞 |
|---|---|---|
| 师 | 昔者穆天子卜出师而枚占□□□□□龙降于天，而□□□远，飞而中天，苍□ | 贞丈人吉，无咎。 |
| 比 | 比之苓苓，比之苍苍，生子二人，或司阴司阳，不□姓□□ | 吉。原筮元，永贞无咎。不宁方来，后夫凶。 |
| 履 | 昔者羿射陼比庄石上，羿果射之。曰：履□□ | 履虎尾，不咥人。亨。 |
| 否 | 昔者□□□□ | 否之匪人。不利君子贞。大往小来。 |
| 同人 | 昔者黄帝与炎帝战□□咸。□咸占之曰：果哉而有各□□。 | 同人于野，亨。利涉大川。利君子贞。 |
| 复 | 昔者陼王卜复白雉□□ | 亨。出入无疾。朋来无咎。反复其道，七日来复。利有攸往。 |
| 大过 | 昔者日月卜望□□ | 栋桡，利有攸往，亨。 |
| 大过 | 昔者□小臣卜逃唐而枚占中㐭。中㐭占之曰：不吉。过其门，言者□□ | 栋桡，利有攸往，亨。 |
| 离 | 昔者上□ | 利贞。亨。畜牝牛吉。 |
| 晋 | 昔者□卜享帝晋之墟，作为□□① | 康侯用锡马蕃庶，昼日三接。 |
| 明夷 | 昔者夏后启卜乘飞龙以登于天，而枚占□□□ | 利艰贞。 |

---

　　① 本卦中"夏后启"三字简断裂不可识，简文中另有一《晋》卦曰"昔者夏后启卜享帝晋"，两者互参，可知断裂之处必为"夏后启"三字。

（续表）

| 卦名 | 秦简《归藏》筮辞 | 通行本《周易》筮辞 |
|---|---|---|
| 井 | 昔者夏后启贞卜□ | 改邑不改井，无丧无得。往来井井。汔至，亦未繘井，羸其瓶，凶。 |
| 渐 | 昔者殷王贞卜其邦尚毋有咎而枚占巫咸。咸占之曰：不吉。不渐于□ | 女归吉。利贞。 |
| 归妹 | 昔者恒我窃毋死之□□□□□奔月，而枚占□□□□ | 征凶，无攸利。 |
| 丰 | 昔者上帝卜处□□而枚占大明。大明占之曰：不吉。□臣塍塍，牝□雉雉□ | 亨，王假之。勿忧，宜日中。 |
| 兑 | 兑兑黄衣以生金，日月并出，兽□□ | 亨。利贞。 |
| 节 | 昔者武王卜伐殷而枚占老耆。老耆占之曰：吉□ | 亨。苦节，不可贞。 |

除表中所列相同的卦名外，还有相近的卦名，如《归藏》作“有”“噬”“毋亡”“壮”，《周易》中有“大有”“噬嗑”“无妄”“大壮”。从表中明显看出以下特点。

第一，以上十八条卦名，《周易》中只有“晋”卦中提到康侯，其余或直接说明吉凶，或举生活中事例说明，如改井、女归、涉大川、畜牝牛、栋桡等。而《归藏》所载多是地位尊贵者之事，如黄帝、炎帝、夏启、武王、穆天子等。这是否意味着《归藏》成书时期人们关注的目光依然是古帝古王，因而在占卜时就不自觉地从有关这些人的大事中去发现某些规律，进而对所占之事进行推理预测？而到《周易》成书时人们的眼光已经从仰视帝王转而去关注日常生活中的一些现象，因此《周易》中便多生活经验的描述？如果这种推测可以成立的话，那么两书所反映的人们思维特点的不同，或许又隐含着二者成书时间的先后问题。从占卜结果来说，相同的卦名，《归藏》多"不吉""有咎"，《周易》多"吉""亨"，如《同人》《大过》《渐》《丰》就属于这种情况。卦名相同，而占卜结果却截然相反，这是否又意味着两部筮占书籍在各自成书时人们的占卜动机、占卜目的存在着差异呢？

第二，秦简《归藏》内容上多记故事，表现方法上多叙事，少直接讲述纯哲理性道理。叙事已经形成一定的程式，王明钦指出："秦简《归藏》的体例非常格式化，首先是卦画，接着是卦名，卦名之后以'曰'连接卦辞，卦辞皆为'昔者某人（请求贞卜人名）贞卜某事而枚占某人（筮人名），某人（筮人名）占之，曰：吉（或不吉）'，其后便是爻辞，爻辞多用韵语，最后是占卜的具体结果（利做某事，不利做某事，何时何方吉，何时何方不吉等）。"[①]如《有》卦："右曰：昔者晋平公卜其邦尚有咎，而枚占神老。神老占曰：吉。有子，其□间塈，四旁敬□风雷不□。"卦辞说的是晋平公要求占卜他的国家是否有咎，神老占卜的结果是吉。"有子"以下几句是繇辞。遗憾的是，简文多数残缺，像《有》卦这样完整保留这一程式的并不多。

柯鹤立曾指出："《归藏》的秦简本和传世本如同《易经》一样，保留有有韵的诗歌类与神话类的残文。"[②]但是毫无疑问，秦简《归藏》中神话类残文要远远多于诗歌类残文，表现在形式上就是"赋"的手法多而"比""兴"较少。

秦简《归藏》中有少数诗歌类句式，如表四中所引《比》卦中"比之茶茶"一段就属于这种情况，疑这几句应该是繇辞，"比之茶茶"之前的卦辞残缺。这些句式一般较为整齐，且押韵。这些句式出现的一个很重要的原因是，作为专门从事卜筮活动的筮者，在卜筮

① 《王家台秦墓竹简概述》。
② 柯鹤立《兆与传说：关于新出〈归藏〉简书的几点思考》，收入《新出简帛研究》，文物出版社，2004年。

时必然要熟记各个卦名、卦辞，而整齐押韵、朗朗上口的诗歌类句式正可以满足这一需要。

除了整齐押韵外，秦简《归藏》个别卦辞还运用了诗歌惯用的另一手法：比兴与象征。如《介》卦："北北黄鸟，杂彼秀虚，有丛者□□有□□人民□"，"北北黄鸟，杂彼秀虚"应是比兴。上述《比》卦中"比之茉茉，比之苍苍"与第三句"生子二人"字面意思连接并不紧密，"比之茉茉，比之苍苍"就带有象征的意味。但是在《归藏》中这样的例子很少。

第三，《周易》多抽象性、概括性词汇，如亨、贞、利等词出现频率很高，句式多短句，所举事例有许多贴近生活，显然是对平时生活现象的长期观察所得，带有更大的普遍性。《归藏》则用词没有明显的规律，主要是根据已经发生的具体事件对未来事情进行预测，句式、篇幅明显长于《周易》。

卦、爻辞用词更加抽象与概括的好处是筮者在解释卦辞时伸缩性很强，自由发挥的空间较大，筮者可以根据具体占卜的事件就卦辞作灵活解说，便于占卜。从秦简《归藏》现存文字看，《周易》是较《归藏》更加高级、更为实用的一部占卜书。后来两部书的命运截然不同，《周易》不但被保留传抄，甚至上升为儒家经典；《归藏》却默默无闻，未能广泛流传，《汉书·艺文志》都不见著录，其他古籍也很少记载。不同结果的出现背后有着一定的必然性。

秦简《归藏》的出土，意义重大，是不争的事实。除了为我们进一步研究先秦筮占书籍的源流、易学思想的发展提供最直接最可靠的资料外，一个重要价值，就是记载了许多神话故事、传说时期以及三代的传闻、历史故事。如以下几则："昔者羿射赌比庄石上，羿果射之。"（《履》）"昔者黄帝与炎帝战……"（《同人》）"昔者穆天子出师而枚占□□□□□龙降于天，而□□远，飞而冲天，苍□。"（《师》）尤其是有关夏代以及更早事件的记载，尤为珍贵。现存文字中有关夏后启的就有五则，如"昔者夏后启是以登天，帝弗良而投之渊"，"昔者夏后启卜乘飞龙以登于天"（《明夷》），《周易》中首卦"乾"卦就有"飞龙在天"，与《归藏》中"夏后启卜乘飞龙以登于天"之间的渊源关系非常明显。

　　秦简《归藏》中有《归妹》："昔者恒我窃毋死之□□□奔月而枚占□□□。""恒我"即嫦娥。很显然，这则记载的是嫦娥奔月的故事，并且提到嫦娥枚占之事。关于嫦娥奔月这则美丽而启人遐想的神话传说，传世文献中最早见于《淮南子·览冥训》："譬若羿请不死之药于西王母，姮娥窃以奔月，怅然有丧，无以续之。"高诱注："姮娥，羿妻。"①秦简《归藏》的面世，将这一故事的记载时间提前到战国时期。《淮南子》中同时提到羿与嫦娥。有趣的是，秦简《归藏》中除了有关嫦娥的这一则外，另有一则有关羿的记载，《履》卦："昔者羿射陼比庄石上，羿果射之。"将这两则合而观之，我们很自然会联想到传世文献中另一则有关羿与嫦娥的记载。南朝梁刘昭《后汉书·天文志上》补注引东汉张衡《灵宪》曰："羿请无死之药于西王母，姮娥窃之以奔月。将往，枚筮之于有黄。有黄占之曰：'吉。翩翩归妹，独将西行，逢天晦芒，毋惊毋恐，后且大昌。'姮娥遂托身于月，是为蟾蜍。"这里也同时提到羿与嫦娥以及嫦娥占卜之事。联系这几则，可以发现，虽然秦简《归藏》中没有明确说明羿与嫦娥之夫妻关系，但是筮辞中二人同时出现，为后人将二人演绎为夫妻关系提供了可能。到了汉代典籍中，二人就已经成了夫妻。

　　《归藏》所载这些故事为我们订正其他传世典籍、梳理某些故事的发展脉络提供了重要资料。

## 五、放马滩秦简中的《墓主记》

　　放马滩秦简的出土是继睡虎地秦简后令秦文化专家们震惊的

---

　　①　高诱《淮南子注》，上海书店，1986 年，第 98 页。

又一重大发现,这批竹简发现于 1986 年。《墓主记》书写在八枚竹简上,与《日书》同为一卷,发现于放马滩一号墓。原简没有题目,《墓主记》是整理者后加的。简文如下:

> 卅八年八月己巳,邸丞赤敢谒御史:大梁人王里、樊野曰:"丹葬。今七年,丹矢伤人垣雍里中,因自刺矣。弃之于市三日,葬之垣雍南门外,三年,丹而复生。"丹所以得复生者,吾犀武舍人犀武论其舍人,尚命者,以丹未当死,因告司命史公孙强。因令白狗穴屈出丹,立墓上三日。因以司命史公孙强北出赵氏之北地柏丘之上。盈四年,乃闻犬吠鸡鸣而人食,其状:类益、少麋、墨,四支不用。丹言曰:死者不欲多衣。死人以白茅为富,其鬼胜于它而富。丹言:祠墓者毋敢殽。殽,鬼去敬走。已收腏而殽之,如此鬼终身不食。丹言:祠者必谨骚除,毋以淘海祠所,毋以羹沃腏上,鬼弗食矣。丹曰者□矣。辰者,地矣。星者,游变矣。□□者□受。武者富,得游变者其为事成。三游变会□。①

简文讲述了邸丞赤向御史上报的一件事。丹伤人后被弃市三日,葬南门外,三年后复活。丹复活的原因是,他曾是魏将犀武的舍人,犀武认为丹不该死,便向司命神公孙强祈求,公孙强令白狗把丹从地下刨出,在墓上立了三天。公孙强还带丹向北到达赵国北地的柏丘。满四年后,丹能听见鸡鸣狗叫声,能吃饭食。但是,状貌却变得丑陋无比,喉部有疤,眉毛稀少,皮肤发黑,四肢不能动。丹还讲述了他在阴间的所见所闻,告诫世人在祭祀鬼时应该注意的问题,如死人不愿多穿衣服,祭祀时不要呕

---

① 　何双全《简牍》,敦煌文艺出版社,2004 年,第 41 页。李学勤、王辉对个别字的释读与何双全略有不同。

吐,墓地要仔细清扫等。故事情节虽简单,但是与后代志怪小说很相似。

关于此篇之创作时间,简文首句有"卅八年八月己巳"字样,战国到秦代有三十八年的秦王只有秦昭王和秦始皇两人。李学勤考证这篇故事的年代在秦昭王三十八年,"秦昭王三十八年相当于公元前 269 年,颛顼历八月丁巳朔,己巳为十三日"①。秦昭王三十八年是故事的讲述时间,故事的写作时间不得早于这一年,这是写作的上限。简文中提到丹死的时间是"今七年",说明故事的写作依然在秦昭王时期,这样,写作的下限就不得晚于秦昭王最后一年——秦昭王五十六年(前 251)。

李学勤曾指出本篇比《搜神记》早了五百多年②,可以看作志怪小说的滥觞。死而重生的故事,更早的还有《左传·宣公八年》中记载的"会晋伐秦,晋人获秦谍,杀诸绛市,六日而苏",死而复生的也是秦人。这个故事,就像微型小说,有时间、地点、情节,只不过文字过于简约而已。这则重生故事较之丹的故事,又早了三百五十年左右。再往前追溯,严可均《全上古三代文》据《文选·思玄赋》李善注辑录一则故事,明代梅鼎祚《文纪》引作汲冢《师春》。内容如下:

> 周穆王姜后,昼寝而孕,越姬嬖,窃而育之,毙以玄鸟二七,涂以彘血,置诸姜后,遽以告王。王恐,发书而占之,曰……居三月,越姬死,七日而复,言其情曰:"先君怒予甚,曰:'尔夷隶也,胡窃君之子,不归母氏? 将置而大戮,及王子于治。'"③

---

① 李学勤《放马滩秦简中的志怪小说》,《文物》,1990 年第 4 期。
② 《放马滩秦简中的志怪小说》。
③ 严可均《全上古三代秦汉三国六朝文》,中华书局,1968 年,第 109 页。

故事讲述的是周穆王姜后生了儿子,结果被越姬用涂以鹥血的玄鸟更换了王子。三个月后,越姬突然死去,七天后却又复活了,并且讲述了她在阴间被先王怒斥的情况。从情节讲,比《墓主记》简略,叙事也远不及后者生动细致。关于这则故事的写作时间,伏俊琏指出:"汲冢《师春》的志怪故事写定的时间难以考定,但根据它讲周穆王故事的情况看,其产生当与《穆天子传》同时,在经过很长时间的乐师口头讲诵后,到战国初年被魏国史官写定。那么,《师春》的这则志怪故事比放马滩秦简的志怪故事产生更早,当无疑问。"①从《师春》,到《墓主记》,再到以《搜神记》为代表的魏晋志怪小说,志怪题材的作品发展脉络十分清晰。可以说,《墓主记》为我们探讨志怪小说的发展提供了重要依据,这是这则故事的最大价值。

《墓主记》中丹由鬼又变成人的故事,很容易使人联想到与《墓主记》葬于同一墓的《日书》。目前已经发现了多种版本的秦《日书》②,这除了秦始皇焚书时卜筮之书得以保留,以及文物出土的偶然性之外,是否也有某种必然的因素呢?

吕思勉曾指出:"秦代仍是一鬼神术数的世界。"③这句话用在战国时期的秦国依然适用。鬼神术数的盛行表现在文化中就是巫文化和神秘主义色彩,《日书》内容涉及了秦人生活的方方面面,堪称秦国社会的一面镜子。我们今天看来许多迷信的记载,当时的秦人却是当作实实在在的事情看待。秦人生活在鬼神术数的世界里,这是秦国四种版本的《日书》能相继出现的深层社会基础,也为《墓主记》的出现提供了深厚的土壤。

《墓主记》的出现与秦人的鬼神观有直接关系。孔子言不语

---

① 伏俊琏《俗赋研究》,中华书局,2008 年,第 59 页。

② 目前除秦简中有《日书》外,子弹库《帛书》、江陵九店楚简中也有《日书》发现,但是以秦简《日书》数量最多。

③ 吕思勉《秦汉史》,上海人民出版社,1983 年,第 810 页。

怪、力、乱、神，他西行不到秦，除了距离的遥远之外，恐怕也与思想的遥远有关。东方国家并不是完全否定鬼神，墨家思想中就有很浓的鬼神观。但是，东方国家的鬼神或给人带来灾祸，或赐福于人，鬼神与人是分处不同的世界，人与鬼神之间界限分明，人对于鬼神或畏惧或虔诚。秦国是一个多神崇拜的国家，祭祀对象的多杂，意味着在秦人心目中没有一个能够占据绝对主导地位的神灵。他们认为鬼神虽能或赐福于人，或作祟害人，但它们的能力有限，鬼神并不可怕，人与鬼神之间的距离不像东方国家观念中那么遥远。秦人对鬼除了祭祀外，还可以制服它，使之不再作祟，如《日书》中就出现多处打鬼、驱鬼的记录。另外，仔细分析秦简中《日书》可以发现，与周人鬼神的政治化、伦理化倾向不同，秦人观念中的鬼神，只有世俗功能，只是自然界各种神秘力量的人格化和神格化。与周人相比，秦人鬼神观显得直观、质朴，秦人心目中的鬼神"会说话、会敲门、会击鼓、会变化"，"特别有意思的是，鬼也要吃饭，也有七情六欲，而且喜和人处"，"鬼与人在许多方面都有相通之处"①。这些都反映出秦人鬼神观还比较原始，秦人对鬼神的认识，缺乏丰富的想象，缺乏较高的抽象性，缺乏道德色彩和理性内容②。但是，原始的鬼神观，人与鬼相通的观念，正是《墓主记》这样的志怪故事得以产生的重要原因。

---

① 《日书》研读班《日书：秦国社会的一面镜子》，《文博》，1986 年第 5 期。
② 参见李晓东、黄晓芬《秦人鬼神观与殷周鬼神观的比较》，《人文杂志》，1989 年第 5 期。

# 第五章　战国时期的秦文学
## 下编　传世文献

### 第一节　《商君书》

商鞅本是卫国庶公子，曾事魏相公叔痤。闻秦孝公下令国中求贤者，遂于秦孝公元年（前361）由魏入秦，游说秦孝公。孝公以卫鞅为左庶长，定变法之令，后又为大良造。孝公卒后（前338），公子虔之徒告商君欲反，秦惠王遂车裂商君。商鞅虽被杀，其学说却得以发扬光大。韩非子曾说："今境内之民皆言治，藏商、管之法者家有之。"①其学说不但为秦国所用，而且还传播到韩国。商鞅及其后学主要活动在秦国，他们的学说也主要实践于秦国，《商君书》的写作正是以秦国为背景。这是本书将《商君书》作为秦文学的依据。

关于《商君书》与商鞅的关系、成书时间，古今学者都进行了有益的探索，目前，多数学者认为《商君书》中个别篇章可能确实出自商鞅之手，但是多数篇章是其后学所作②，有的则可能是商鞅以及后学的上书或当时颁布的法令。总体而言，《商君书》反映了商学

---

① 　陈奇猷《韩非子新校注》，上海古籍出版社，2000年，第1111页。
② 　今存《商君书》二十四篇中哪些篇目为商鞅自著，哪些为商学派所作，学界分歧较大。《垦令》《境内》多数学者倾向于商鞅亲著，其他篇目尚未形成统一的看法。

派的思想这一点学者已经取得了共识。成书时间约在战国末期到秦统一前后,编者应是商鞅学派中人①。

《汉书·艺文志》法家类著录《商君》二十九篇,兵权谋家类又著录《公孙鞅》二十七篇,学者考证《汉志》所录应是同一部书。现存《商君书》共二十六篇,其中一篇有目无文,一篇无目无文,实际只有二十四篇。从文体看,《更法》《定分》采用对话体;《错法》《禁使》《君臣》《慎法》《算地》《徕民》《赏刑》有"臣闻"、"臣窃以为"等字样,像是商鞅或后学向秦公(王)上书言事的口吻,这几篇应是上书;其他都属于专题议论文。

## 一、《商君书》的文学特点

### (一) 思路清晰,有很强的逻辑性

作为一部政论著作,《商君书》最大的特点是逻辑性很强,主要体现在以下几方面。

1. 作者谋篇布局,层次条理,结构井然。《商君书》大部分篇章主题集中,每一篇中各部分基本能围绕论题展开,各部分之间逻辑关系明确,读之一目了然。如《赏刑》首段总的说明中心思想:治国须实行三教,壹赏、壹刑、壹教,以下三段具体分析三教,最后一段作总结。《垦令》一口气列举二十条促进农业生产的措施,每段都以"则草必垦矣"作结,没有开头引言,也没有结尾惯用的总结,起笔便开始列举,二十条列举完了,行文也随之结束。虽然结构有些简单,但是井井有条,本篇估计是商鞅变法的法令草案。《农战》开头一段总的说明农战的重要,接着以三段说明使民专一于农战,则国家就会富强,如果不实行农战,靠巧言辩说得到官爵,国家就

---

① 参见郑良树《商鞅以及学派》,上海古籍出版社,1989 年。张林祥《〈商君书〉的成书与思想研究》,人民出版社,2008 年。

会出现营私舞弊、欺上瞒下的歪风邪气,就会兵弱国衰。三段都以"善为国者"领起,从正反两方面反复申述农战的重要。这些篇章思路清晰,表现出明显的理性色彩。

2. 在论述时一般先总的说明,再分别就各要点详加论证。前在说明《商君书》的篇章结构时所举《赏刑》《农战》已经有所体现,在论述具体问题时同样体现了这一特点。如《垦令》:

> 訾粟而税,则上壹而民平。上壹则信,信则臣不敢为邪。民平则慎,慎则难变。上信而官不敢为邪,民慎而难变,则下不非上,中不苦官。①

先说明按照粮食的产量进行收税,国家关于地税的法令就会统一,民众的负担就会公平。再分别论证法令统一和民众负担公平的结果,由此引出上信和民慎。进而说上信和民慎的好处。这样,层层推理,步步深入,将税收这一经济政策与国家的稳定、发展联系起来,具有很强的说服力。类似的事例还有许多,如《战法》:"王者之兵,胜而不骄,败而不怨。胜而不骄者,术明也;败而不怨者,知所失也。"《立本》:"凡用兵,胜有三等。若兵未起则错法,错法而俗成,而用具,此三者行于境内,而后兵可出也。行三者有二势:一曰辅法而法;二曰举必得而法立。"先举出对等的几个要点,再一一说明,有时每一要点又可以引出下一层次的并列要点,使得论述逐层深入,说理透彻。

3. 顶真句式的运用。顶真句式有利于揭示事物之间的内在联系,反映事物之间相辅相成的关系。一般往往从一个前提出发,经过若干次推理,最后得出一个新的结论。这种环环相扣的论证方

---

① 蒋礼鸿《商君书锥指》,中华书局,1986 年,第 6—7 页。本文《商君书》引文俱据该书。

式,使得说理更加深刻而严密。从修辞效果来说,又易形成文意贯通、前后相接、滔滔而下的气势,简洁的句式,整齐的节奏,读来朗朗上口,富有音乐美感,增强了感染力。

《商君书》中的顶真,以词与词、词组与词组的蝉联为多,句子与句子的蝉联较少。如《去强》:"刑生力,力生强,强生威,威生惠,惠生于力。举力以成勇战,战以成知谋。"由重刑一直演绎推理到战争中的用谋,步步紧跟,层层深入,经过这一番推理,不难看出立法、重刑的巨大作用。《垦令》:"民不贵学则愚,愚则无外交。无外交,则国勉农而不偷。"商鞅主张农战,反对学习教育,推行的是愚民政策。这里说到民众不学习的重要性,民众不学习就老实淳朴,老实淳朴就不会和别的诸侯国有交往,不和别的诸侯国有交往,就会积极从事农业生产而不偷懒。将完全错误的观点却说得头头是道,铮铮有辞。如《开塞》:"夫利天下之民者莫大于治;而治莫康于立君。立君之道,莫广于胜法。胜法之务,莫急于去奸。去奸之本,莫深于严刑。"对天下的人有利的事情,没有比社会安定更大的了;而要社会安定,没有比设立国君更好的了;设立国君的原则,没有比推行法治更重要的了;推行法治的任务,没有比杜绝奸邪更急迫的了;杜绝奸邪的根本,没有比严刑更彻底的了。《农战》:"民见上利之从壹孔出也,则作壹;作壹,则民不偷营。民不偷营则多力,多力则国强。"民众看到国君的奖励只出自农战这一途径,就会专心从事农战。民众专心从事农战,就不会从事不正当的职业。民众不从事不正当的职业,国家就实力雄厚。实力雄厚,国家就强盛。农战与国家强盛的关心被一层一层地揭示出来,而国家强盛正是秦孝公欲达到的目的。

法家人物在战国被重用,与他们的辩说能力有一定关系。他们能够发现事物之间的联系,进而推理论证,为其主张服务,甚至有些错误的观点,也能够自圆其说。顶真句式在推理论证中起了一定的作用。

4. 回环句式的使用。顶真句式一般揭示多个事物之间的关系，回环句式则是说明两个事物之间的关系。这两个事物联系紧密，二者不可分割，一方的变化就会引起另一方的改变。如《定分》："故势治者不可乱，势乱者不可治。"《开塞》："以其所恶，必终其所好；以其所好，必败其所恶。"《立本》："是以强者必治，治者必强；富者必治，治者必富；强者必富，富者必强。"《去强》："金生而粟死，粟生而金死。""金一两生于竟内，粟十二石死于竟外。粟十二石生于竟内，金一两死于竟外。"《弱民》："民弱，国强；国强，民弱。"这些句式整齐匀称，多对仗，形式本身就给人带来美感。

5. 正反对比

顶真句式、回环句式重在揭示事物之间的有机联系，正反对比则重在说明事物的重要性。作者在强调事物的一个方面时，就会提到与之相反的另一方面，从而将两者对举，形成比较，分析利害，辨明是非。通常的模式是先强调正确的做法会有什么结果，反之，不正确的做法又会有什么危害。通过对比，能进一步凸显事物的性质与作用。如《弱民》："利出一孔则国多物；出十孔则国少物。守一则治，守十则乱。治则强，乱则弱。强则物来，弱则物去。故国致物则强，去物则弱。"国家的利禄如果只出自农战这一途径，物质财富就增多；如果出自很多途径，物质财富就会减少。国家专一于农战，就治理得好；国家如果用《诗》《书》、礼乐等邪说，就会混乱。国家治理得好就强；治理混乱就弱。国家强，物质财富就会愈来愈多；国家弱，物质财富就会愈来愈少。所以，积累物质财富的国家就强，丧失物质财富的国家就弱。这是强调农战对于发展国家经济的作用，虽有些危言耸听，但是通过对比更加突出了农战的作用。再如《定分》："夫名分定，势治之道也；名分不定，势乱之道也。故势治者不可乱，势乱者不可治。夫势乱而治之愈乱，势治而治之则治。故圣王治治不治乱。"这是讲确定名分的问题，即所有权的问题。确定名分，形势就会趋向安定；名分不确定，形势就混乱。形势趋向安定,就不会混乱;形势趋向混乱,就不会安定。形势趋向混乱而去治理,就会更乱;形势趋向安定而去治理,才能治理得好。所以,圣明的国君在形势趋向安定的情况下治国;不在形势趋向混乱的情况下治国。其他像《去强》:"以强去强者弱;以弱去强者强。"《画策》:"国或重治,或重乱。明主在上,所举必贤,则法可在贤;法可在贤,则法在下,不肖不敢为非,是谓重治。不明主在上,所举必不肖;国无明法,不肖者敢为非,是谓重乱。兵或重强,或重弱。民固欲战,又不得不战,是谓重强。民固不欲战,又得无战,是谓重弱。"这些段落无不对比鲜明,引起听者的注意和高度重视。

以上几点,或是文章的结构安排,或是修辞的运用,或是论证方法,角度各异,作用相同,都使得论证更加条理清晰,更易于让人信服。

(二)说理形象生动

《商君书》虽有很重的理性色彩,但是也不乏运用形象来说理的片断。作者有时就生活中习以为常的事例进行论证,或者用简单的比喻,以达到通俗易懂、形象生动、说理深刻的效果。如《定分》:

> 法令者,民之命也,为治之本也,所以备民也。为治而去法令,犹欲无饥而去食也,欲无寒而去衣也,欲东西行也,其不几亦明矣。一兔走,百人逐之,非以兔也。夫卖者满市而盗不敢取,由名分已定也。故名分未定,尧、舜、禹、汤且皆如鹜焉而逐之;名分已定,贪盗不取。[1]

有了法令,民众就有了做事的总则,是非曲直就有了评判的标准,因此法令是治理国家的根本。治理国家不用法令,就好像想不挨

---

[1] 《商君书锥指》,第144—145页。

饿却不吃饭,想不受冻却不穿衣,想去东面却往西走一样。一只兔
子在野地跑,许多人都去追它,并不是因为这只兔子可以分成一百
份,而是因为它到底归谁所有还没有确定。卖兔子的人满集市,可
是连盗贼也不敢强取,这是因为兔子归谁所有已经确定了。所以
当事物到底归谁所有还没有确定时,连尧、舜、禹、汤那样的人,也
会像奔马一样去追逐,名分确定以后,就是贪心的盗贼也不敢强
取。吃饭、穿衣、走路,是人人都明白的道理,作者通过这些日常生
活中的事例证明法令的必要性,通俗易懂。尤为可贵的是,作者能
从极其平常的现象中发现极为普遍的规律,从人们对兔子的不同
态度,看到这一现象背后的实质,表现出不凡的洞察力和敏锐的眼
光,同时,也使抽象的道理具体形象。

　　比喻在《商君书》中运用也较广泛,如为了论述国君要充分利
用自己在上位者这一权势,并且要掌握一定的用人之术,就以飞蓬
和探渊者为例,《禁使》:"今夫飞蓬遇飘风而行千里,乘风之势也。
探渊者知千仞之深,县绳之数也。故托其势者虽远必至;守其数者
虽深必得。"有时甚至数个比喻并列使用,如《弱民》篇中形容楚国
军队之强盛,武器装备之精良,则是"楚国之民,齐疾而均,速若飘
风;宛钜铁釶,利若蜂虿;胁蛟犀兕,坚若金石"。楚国的军队,动作
快得像一阵风,宛地出产的上等钢制成的短矛,锋利得像蜜蜂、蝎
子的毒针,他们身上披的用沙鱼皮、犀兕皮做的护甲,像金属、石头
一样坚硬。其他像说明实行"轻法"不可使民好战,用"设鼠而饵以
狸也"作比,若实行"重法"则是"以百石之弩射飘叶也"。强调以法
治军,在全国形成好战的风气,使民众愿意为国君效力,用"饿狼之
见肉"形容民众参战的积极性。与此相似的比喻还见于《战国策·
秦策一·司马错和张仪争论于秦惠王前章》中"以秦攻之,譬如使
豺狼逐群羊也",这与六国对秦的评价——虎狼之国相一致。看
来,不但六国将秦视作虎狼,人人如虎狼一样勇猛也是秦人所追求
的社会风尚。

《商君书》中给人印象最深刻的是"虱"这一比喻。"虱"在多篇文章中出现,如《说民》"淫则有虱,有虱则弱。……三官无虱。国久强而无虱者,必王",《去强》"三官生虱官者六:曰岁、曰食、曰美、曰好、曰志、曰行,六者有朴,必削",《靳令》"六虱:曰礼乐,曰《诗》《书》,曰修善,曰孝弟,曰诚信,曰贞廉,曰仁义,曰非兵,曰羞战"。这又极易让人联想到《韩非子》中的《五蠹》。后人多言法家刻薄寡恩,仅看这些尖刻、辛辣的比喻,就不难推知一二。

(三)形式上多用短句,整齐紧凑,语言质直浅白

《商君书》句式以短句为多,短促有力,斩钉截铁。商鞅是法家重要人物,法家思想"法、术、势"中的"法"主要是从商鞅思想发展而来。法家"轻罪重罚"、严刑酷法的主张不但影响了当时社会,同时也影响了法家文风。《商君书》中各篇都气势充沛,不容辩驳,一般都开门见山,直言不讳,既不雕琢文饰,也不委婉陈词,是典型的法家峭拔峻洁的文风,但是又不同于《韩非子》的孤郁怨愤。如《去强》:

> 以强去强者弱,以弱去强者强。国为善,奸必多。国富而贫治,曰重富;重富者强。国贫而富治,曰重贫;重贫者弱。兵行敌所不敢行,强;事兴敌所羞为,利。主贵多变,国贵少变。国多物,削;主少物,强。千乘之国守千物者削。战事兵用曰强,战乱兵息而国削。……
>
> 重罚轻赏,则上爱民,民死上;重赏轻罚,则上不爱民,民不死上。兴国行罚,民利且畏;行赏,民利且爱。国无力而行知巧者必亡。怯民使以刑,必勇;勇民使以赏,则死。怯民勇,勇以死,国无敌者强,强必王。①

---

① 《商君书锥指》,第27—31页。

再如《说民》："罚重，爵尊；赏轻，刑威。爵尊，上爱民；刑威，民死上。"

《商君书》还运用了许多排比句式，这也增强了说理的气势。如《画策》："黄鹄之飞，一举千里，有必飞之备也。丽丽巨巨，日行千里，有必走之势也。虎豹熊罴鸷而无敌，有必胜之理也。"《说民》："辩慧，乱之赞也；礼乐，淫佚之徵也；慈仁，过之母也；任誉，奸之鼠也。乱有赞则行，淫佚有徵则用，过有母则生，奸有鼠则不止。"《农战》："王者得治民之要，故不待赏赐而民亲上，不待爵禄而民从事，不待刑罚而民致死。"

《商君书》语言不太讲究藻饰，很少使用修饰语，明快简洁，质直浅白，有的酷似法律条文，如《境内》一段：

> 陷队之士面十八人，陷队之士，知疾斗不得，斩首队五人，则陷队之士人赐爵一级。死则一人后；不能死之，千人环。规谏，黥劓于城下。[①]

再来看睡虎地秦简中一段：

> 欲归爵二级以免亲父母为隶臣妾者一人，及隶臣斩首为公士，谒归公士而免故妻隶妾一人者，许之，免以为庶人。工隶臣斩首及人为斩首以免者，皆令为工。其不完者，以为隐官工。[②]

两段文字风格何其相似！甚至前者较后者显得更为冷酷、武断，不容质疑，更加符合法律条文的写作要求。《文心雕龙·诏策》云："明罚敕法，则辞有秋霜之烈。"认为法令应该有秋霜般的酷烈。

---

① 《商君书锥指》，第 120—121 页。
② 睡虎地秦墓竹简整理小组《睡虎地秦墓竹简》，文物出版社，1978 年，第 93 页。

《四库全书简明目录·商子提要》言:"然其词峻厉而刻深,虽非鞅作,亦必其徒述说之,非秦以后人所为也。"可谓抓住了《商君书》语言方面的特点。《史记·商君列传》载司马迁评价云:"商君,其天资刻薄人也。……余尝读商君开塞耕战书,与其人行事相类。卒受恶名于秦,有以也夫!"的确,《商君书》的酷烈更甚于秦律,读《商君书》就像见到商鞅本人一样,使人不寒而栗。

《商君书》中有些篇章还使用了较多的虚词或语助词,像"也""夫""之所以""之谓也""何也"等。如《算地》"夫刑者所以夺禁邪也,而赏者所以助禁也。羞辱劳苦者,民之所恶也。显荣佚乐者,民之所务也。故其国刑不可恶,而爵禄不足务也,此亡国之兆也"。需要说明的是,这些语助词的使用,并没有改变《商君书》的文风,并没有使语言变得纡曲舒缓。这些词多用于判断句式,只是增强了说理的力度和气势,似乎法家的理论就是真理,不容更改,这些词的运用可以说更强化了其法家文风。另外,全书各篇运用语助词多寡并不一致,据郑良树的统计,"也"字在《去强》篇只出现一次,在《农战》篇出现达五十六次,"夫"(今夫、故夫)在《农战》篇出现九次,《画策》《徕民》等篇仅各出现一次,"之所以"(其所以、之所谓、之所、其所)在《错法》《禁使》中各出现一次,《算地》出现二十次①,这是《商君书》出自不同人之手所致。

《商君书》非成书于一时一人,因此各篇之间风格不尽一致。《去强》篇类似杂录,多数段落独立成章,通篇没有一线贯穿的主旨,从行文看,全篇多为简短的断语,语助词也用得极少。《说民》《弱民》为《去强》的注文,行文风格与《去强》十分相近。《弱民》的最后一段抄自《荀子·议兵》。《战法》《立兵》《兵守》专讲战争,属兵学著作。《垦令》《境内》可能是当时的法令或法令草案,但是二篇体例同中有异。《境内》全部是法律规范,没有论证,《垦令》则有

① 郑良树《商鞅评传》,南京大学出版社,1998年,第197—200页。

论证的意味。《开塞》《画策》《修权》《外内》《徕民》《禁使》《算地》等篇，有推理，有对比，有例证，句式多变，比喻、对仗、设问、反诘、排比等修辞手法时有出现，行文简洁，气势饱满，是成熟的政论文。

总的说来，《商君书》成就逊色于《荀子》《韩非子》。有些篇章有割裂、拼凑、重复、抵牾之处，不够严密完整。有的文章可能就是商鞅当时变法的政令或者纲领，只有要点，或未作论证，或论证较为简单。有的则与其他先秦古籍有相似的段落。《商君书》语言简练准确，朴实无华，但刻削无文，质直浅白，这主要受秦国功利主义、实用主义思想的影响，导致秦文体上也呈现出实用的倾向，在创作散文时自然就是这种文告式的文体，这种文风与法家思想特点相一致。作为法家一部重要著作，《商君书》不但为后人探讨法家思想的源流提供了宝贵的资料，同时对于我们了解先秦诸子各派散文的特点，对于丰富诸子散文的风格，也起了一定作用。

## 二、《商君书》体现的文艺思想

《商君书》的文艺思想是为其法治思想服务的，是典型的法家文艺观。重质轻文，重实用轻艺术，反对创作艺术作品，反对文艺的传播与接受活动，将文艺与政治相分离，与重视政治与文化的相辅相成、强调文化对社会道德与人文精神塑造作用的儒家截然不同。

商鞅变法的基本内容是实行农战，奖励军功，强调发展经济与提高军事实力对国家富强的重要性。商鞅认为，文化活动不仅于国无补，反而会使人们心志浮躁，不能专一于耕作与战争，最后将导致国家的贫穷与危亡。为此，《商君书》排斥、诋毁除法家以外的一切思想文化与学说，将其比作六虱，主张必须彻底铲除。如《靳令》："六虱：曰礼乐，曰《诗》《书》，曰修善，曰孝弟，曰诚信，曰贞廉，曰仁义，曰非兵，曰羞战。国有十二者，上无使农战，必贫至削。十二者成群，此谓君之治不胜其臣，官之治不胜其民，此谓六虱胜其政也。十二者成朴,必削。"《外内》:"奚谓淫道?为辩知者贵,游宦者任,文学私名显之谓也。"《说民》:"辩慧,乱之赞也;礼乐,淫佚之徵也;慈仁,过之母也;任誉,奸之鼠也。"人们如果有了辩才和智慧,就会用其辩才与智慧犯上作乱。礼乐又使人们荒淫逸惰,无心耕战。因此,辩智、游宦、文学都是淫佚之道,必须加以堵塞。总之,商鞅看到文化活动对人们的影响,然而认为这种影响是负面的,对国家、社会不利。

法家在全国自上而下推行法令,不但要求全国在行动上步调一致,在思想风俗方面也必须严格统一。任何学术研究、文艺创作、对时政的评论都被禁止,即使是对政治的赞美之声也不允许存在。《史记·商鞅列传》载,商鞅变法十年后,家给人足,于是"秦民初言令不便者有来言令便者,卫鞅曰'此皆乱化之民也',尽迁之于边城。其后民莫敢议令"。文化活动、对时政的评论将会启迪民智,可能引起人们对统治者的离心与非议,甚至反抗。因此,最简单有效的方法就是禁止人们学习,实行愚民政策。《垦令》:"民不贵学则愚,愚则无外交,无外交,则国勉农而不偷。民不贱农,则国安不殆。"将文化与政治完全对立,造成对文化活动、文艺创作的压制,极不利于文艺的健康发展。

当然,《商君书》也不是绝对禁止文艺。禁止文艺的最终目的是欲有利于统治者的统治和权威。对于统治者而言,娱乐、享受是他们生活的主要内容,他们不可能作茧自缚。如《画策》:"是以人主处匡床之上,听丝竹之声,而天下治。"人主听丝竹之声不属于禁止范围。另外,对于能够鼓舞士气、有益于战争的诗歌,不但允许存在,而且大力提倡。如《赏刑》:"是故民闻战而相贺也;起居饮食所歌谣者,战也。"

禁止文艺是商鞅在特定的社会背景下为富国强兵所采取的措施。从长远看,他也期望在统一大功完成以后,就可以偃武修文,治礼作乐,发展国家的教育文化事业。如《赏刑》载:"汤、武既破桀、纣,海内无害,天下大定,筑五库,藏五兵,偃武事,行文教,倒载干戈,揯笥作为乐,以申其德。"虽是就商汤、周武时期而言,但未尝不是商鞅理想中的社会。

用行政命令的手段禁止文艺活动,违背了事物发展的规律,注定要失败。商鞅变法严厉打击文士,但是秦国的文学作品依然在不断出现。就统治者而言,一方面禁止文艺活动;另一方面又不得不利用文学来鼓吹、宣传他们的政策。《商君书》总体缺乏文采,然而其中也不乏形象生动的段落。睡虎地秦简《为吏之道》采用成相体,语言通俗活泼,这是统治者为了使其法令深入人心而有意选择的形式。从这些事例可以看出,商鞅为了维护专制君权,煞费苦心,然而制定的这些文化政策却苍白无力。有时连他们自己也不免有违背法令的举动。

《商君书》并不否定文艺的作用。相反,正是看到了文艺的作用,从实用主义出发,认为文艺是有害于政治、经济的蠹虫,不利于法治的推行与君主专制制度的巩固。将文艺与政治完全对立,导致对文艺的创作、传播与接受活动采取禁止与压制的方法。《商君书》没有看到文艺的积极作用,也没有看到文艺对社会风尚、人文精神的塑造作用,这是片面的。之后韩非对《诗》《书》、礼乐等的批判,正是源自商鞅。

### 三、从《商君书》看商鞅变法对秦文化的影响

《史记·商鞅列传》载商鞅与赵良的一段对话,商君言于赵良:"始秦戎翟之教,父子无别,同室而居。今我更制其教,而为其男女之别,大筑冀阙,营如鲁卫矣。"商鞅认为他实行变法后改变了原来秦国父子无别、同室而居的落后习俗,不免有自我粉饰之嫌,但是商鞅变法使得秦国从官方意识形态到社会习俗都发生了巨大的变化却是事实。

　　商鞅虽然车裂而死,不得而终,商鞅改革的政令却结出了丰硕的果实,成为秦国的政治传统,秦国在商鞅死后并没有停止对变法措施的执行。商鞅的党属依然主持秦国政事,成为秦国推行变法的重要力量,形成了一个以商鞅思想为中心的商学派。这些商学派成员不必全经商鞅亲授,也不需完全是商鞅的直系弟子,只要与商鞅的核心思想大体相近,就可以视为商学派。商学派成员不但进一步实践了商鞅思想,并且还作了一定的发展。虽然他们的具体生平等难以考知,但法家在秦国影响如此深远,秦国必然有不少法家思想的实践者,商鞅的追随者。学者考证,《商君书》中除少数篇目为商鞅亲著外,多数为商学派所作。这些作品出自不同人之手,创作时代也不尽相同。商鞅及其学派的专门著作《商君书》的出现,是商鞅变法在秦国产生深远影响的明证。

　　商鞅变法改变了秦国的意识形态。从秦立国到商鞅变法之前,秦文化的主要来源是戎狄文化和周文化,尤以周文化最为突出。有学者指出春秋时期是秦文化的周化时期,有一定道理。变法后,法家思想成为秦国的主要意识形态,这种状况一直延续到秦王朝,法家思想在秦国得到最彻底最成功的实践。商鞅重耕战的措施,适应了战国中晚期的社会需求,同时也满足了统治者富国强兵、意欲兼并统一的主观要求,促进了秦国经济、军事的快速发展。因此,尽管商鞅被杀,变法措施却得到贯彻执行,自孝公以后法家成为秦国占统治地位的官方意识形态。到秦王朝时期,依然如此,秦帝国的主流文化仍然是战国秦文化的延续。后来李斯的许多建议,都可以在《商君书》中找到源头。如"语皆道古以害今,饰虚言以乱实,人善其所私学,以非上之所建立"(《史记·秦始皇本纪》),《商君书·农战》有"说者成伍,烦言饰辞而无实用。主好其辩,不求其实。说者得意,道路曲辩,辈辈成群。民见其可以取王公大人也,而皆学之。夫人聚党与说议于国纷纷焉,小民乐之,大人说之。故其民农者寡而游食者众,众则农者怠,农者怠则土地荒。学者成俗，则民舍农从事于谈说，高言伪议，舍农游食而以言相高也。故民离上而不臣者成群。此贫国弱兵之教也"。秦代后期实行愚民的文化政策也正是商鞅文化政策的翻版。

法家旨在维护君权，亦即维护国君（皇帝）的"势"。在"法""术""势"三者中，"势"是基础，"法"和"术"是工具。无论是"法"的制定推行，还是"术"的使用，无不是为了保证国君至高无上君权的稳定。国家权力集中于国君一人之手，这在春秋时期的秦国已经表现得十分明显，集权性也是秦国政治制度的重要特点。但是，商鞅变法进一步强化了这一特点，演变成了国君一人的专制，法家学说正是为了维护这种君主专制的政治理论。秦国从政治权力到文化制度，都实行专制制度。加之法家本身猜忌、怀疑的特征，导致对任何人都采取不信任的态度。《商君书》中称作国害的"五民"、"六虱"，都在否定、打击之列，走到极端就是焚书坑儒事件的发生，不能有任何有悖于皇帝意旨的言论产生。然而，始皇在坑杀儒生的同时，也坑葬了整个秦王朝。可以说，商鞅变法促进了秦国的强盛，也正是商鞅变法导致了秦王朝的短命。

商鞅变法后，秦国重实用的思想逐渐演变成尚功利的风气。

战国时的秦人重实用较春秋时期有过之而无不及，以至发展到了尚功利的地步。如果说，春秋时期礼乐文明的余绪尚在，各国之间的外交、战争虽说是在捍卫本国利益，但是在表面上还能够遵循既定的礼仪。到了战国，连春秋时期那些表面的礼仪也不需要了，演变成为赤裸裸的功利主义，诸国间政治、军事上的斗争处处充斥着阴谋，离间计、反间计在不断上演。兼并、扩张成了明目张胆的军事行动，无需再打着尊王攘夷的幌子。春秋时期尚存的一丝束缚诸侯国君的精神力量彻底被抛弃。这一现象在礼乐文化并没有深入骨髓的秦人中表现最为明显。秦人在战国时被视为虎狼之国，与秦人的极端功利倾向有直接关系。刘向《战国策书录》中说：

仲尼既没之后，田氏取齐，六卿分晋，道德大废，上下失序。至秦孝公，捐礼让而贵战争，弃仁义而用诈谲，苟以取强而已矣。夫篡盗之人，列为侯王；诈谲之国，兴立为强。是以转相仿效，后生师之，遂相吞灭，并大兼小，暴师经岁，流血满野，父子不相亲，兄弟不相安，夫妇离散，莫保其命，湣然道德绝矣，晚世益甚。[①]

刘向重点提及"至秦孝公"时社会风气开始转变，绝非偶然。这一转变，应是商鞅变法的结果。《史记·商君列传》："令民为什伍，而相牧司连坐。不告奸者腰斩，告奸者与斩敌首同赏，匿奸者与降敌同罚。"编组全民监督网，一人有罪，数家有义务检举揭发，否则实行连坐。对于告者的奖赏标准，不告者、匿奸者的处罚，都有明确而详细的规定。甚至在军队中也实行这一制度，《境内》："其战也，五人束簿为伍；一人死，而到其四人。"此外大力奖励农耕与军功也是商鞅变法的重要内容，《境内》："能得甲首一者，赏爵一级，益田一顷，益宅九亩。"战争中有功，不但可以赏得田宅，还能够封爵。这对于急欲改变命运的普通士人、下层民众，无疑是进入上层社会的最便捷最有效的途径。在这样的国家政策的引导下，以及实际利益的驱使下，亲情、友情荡然无存，人人都在争取得到奖赏，避免处罚，功利成为社会行为的总则。为了得到利益，有时甚至可以不择手段。秦国在政治外交中数次使用欺诈手段，如为人熟知的张仪以六百里之地诱骗楚怀王与齐绝交，导致楚王恼羞成怒，倾全国之师发动了两次战役——丹阳之役和蓝田之役。然而令人不解的是，本是秦国欺骗楚国，秦国却做出一副无辜的样子，来了恶人先告状："今又悉兴其众，张矜布弩，饬甲砥兵，奋士盛师，以逼我边境。"（见《诅楚文》）似乎是秦国无缘无故就遭到楚国的进攻，全无

---

① 引自缪文远《战国策新校注》中所附，巴蜀书社，1998年。

道德、信义可言。又《史记·匈奴列传》载:"秦昭王时,义渠戎王与
宣太后乱,有二子。宣太后诈而杀义渠戎王于甘泉,遂起兵伐残义
渠。"阴谋诈术在战国并不少见,但是由太后亲自施美人计,却不见
于别国史籍。宣太后还与魏丑夫私通,临死还要求魏丑夫为她殉
葬(见《战国策·秦策二》)。而下面宣太后对韩国使者尚靳的一段
话更令人瞠目:"妾事先王也,先王以其髀加妾之身,妾困不疲也;
尽置其身妾之上,而妾弗重也,何也? 以其少有利焉。今佐韩,兵
不众,粮不多,则不足以救韩。夫救韩之危,日费千金,独不可使妾
少有利焉。"[1]这件事情的起因是楚攻韩,韩求救于秦,秦不愿出
兵,于是宣太后向尚靳说明秦不愿出兵的缘由。就宣太后这段话
元吴师道曰:"宣太后之言污鄙甚矣! 以爱魏丑夫欲使为殉观之,
则此言不以为耻,可知秦母后之恶,有自来矣!"[2]身为一国太后,
却在外国使者面前以露骨的私生活为喻,以说明秦国的外交原
则——有利,没有任何遮掩,的确污鄙之极!

　　战国时期秦国的尚功利与春秋时期的重实用一脉相承,只是
走得更远,与商鞅变法有直接关系。

　　《商君书》中保留了许多有关商鞅变法以及商学派思想的史
料,为我们进一步了解变法及其以后的秦国社会、秦文化提供了可
靠依据,这正是《商君书》的重要价值。

## 第二节 《吕氏春秋》

　　《吕氏春秋》是战国晚期由吕不韦主持编写的一部综合各家学
说、具有百科全书性质的政论书籍。《史记·吕不韦列传》载:

---

① 《战国策新校注》,第 841 页。
② 诸祖耿《战国策集注汇考》,江苏古籍出版社,1985 年,第 1414 页。

　　当是时，魏有信陵君，楚有春申君，赵有平原君，齐有孟尝君，皆下士喜宾客以相倾。吕不韦以秦之强，羞不如，亦招致士，厚遇之，至食客三千人。是时诸侯多辩士，如荀卿之徒，著书布天下。吕不韦乃使其客人人著所闻，集论以为八览、六论、十二纪，二十余万言。以为备天地万物古今之事，号曰《吕氏春秋》。布咸阳市门，悬千金其上，延诸侯游士宾客有能增损一字者予千金。①

司马迁说吕不韦召集宾客编撰《吕氏春秋》的动机是为了给秦国争面子，以与战国著名的四公子一争高下。当然，这只是表面的原因，其中还有更加深层的缘由，如为即将一统天下的秦帝国的建立和长治久安提供思想理论，吕不韦势力与秦始皇势力的斗争等。无论如何，这部著作是吕不韦在秦国时招致他门下的宾客编辑而成，写作的背景以及出发点也是以秦国为主，旨在为秦国的统治者提供治国方略。这是我们把《吕氏春秋》作为秦国文学的依据。

## 一、《吕氏春秋》的成书时间

　　自汉代起，《吕氏春秋》就受到关注。古今关于这部书的注释、考辨、综述性质的专著、论文，不计其数。但是，时至今日，许多关键性问题依然没有定论，如《吕氏春秋》的成书时间问题。

　　与其他先秦诸子书籍的确切编订成书时间难以考证不同，《吕氏春秋》中对成书时间作了明确的记载。《序意》云："维秦八年，岁在涒滩，秋，甲子朔，朔之日，良人请问《十二纪》。"这里的"秦八年"，据清代孙星衍考证，是从秦庄襄王灭周的第二年算起，八年后应该是秦始皇六年（前 241）。因为"涒滩"是申年，秦始皇六年正

---

① 《史记》，中华书局，1982 年，第 2510 页。

好是申年，秦始皇八年是壬戌年，与"湄滩"不合①。但是该书三部分是一次成书，还是分几次成书？对此，学者们分歧颇大。如牟钟鉴云："《吕氏春秋》于吕不韦执政后期一次编纂而成，流传至今的《吕氏春秋》，虽经过历代辗转抄传而出现若干讹误漏衍，但就其内容而言，即是当初布于咸阳市门而悬千金其上的那部书。"②而陈奇猷又曰："《十二纪》确系成于秦八年即始皇六年，而《八览》《六论》则成于迁蜀之后。"③分歧产生的缘由有二：一、上引《序意》中载有良人问该书的主编吕不韦，只说到"良人请问《十二纪》"，并没有提到《八览》《六论》。许多学者认为《序意》仅仅是《十二纪》的序，并不是全书的序。假如这一说法可以成立，则《十二纪》与《八览》《六论》显然非成书于一时。二、司马迁在《报任安书》中说道："不韦迁蜀，世传《吕览》。"隐含的意思是《吕览》作于迁蜀之后。关于《吕氏春秋》的成书时间，本书赞同黄伟龙的观点，即《吕氏春秋》中《十二纪》成书最早，在秦始皇六年完成，而《八览》《六论》次之，其成书时间在始皇六年之后的一年期间④。

## 二、《吕氏春秋》的文学价值

《吕氏春秋》不但是先秦诸子各派思想的总结，在哲学史、思想史上具有重要价值，该书的文学成就同样不可忽视。其文学性主要表现在以下几方面：

（一）感情真实，褒贬分明

先秦诸子著作多是非清楚，褒贬分明。春秋战国战乱的社会，

① 孙星衍《问字堂集·太阴考》，中华书局，2006年。
② 牟钟鉴《〈吕氏春秋〉与〈淮南子〉研究》，齐鲁书社，1987年，第6—7页。
③ 陈奇猷《吕氏春秋成书的年代与书名的确立》，见《吕氏春秋新校释》附录，上海古籍出版社，2002年。
④ 黄伟龙《〈吕氏春秋〉研究》，西北师范大学博士学位论文，2003年。

给士人提供了较为宽松的言论空间。然而诸子们各自聚徒讲学，著书立说，他们的言论、著作仅仅是代表个人或者本学派的思想，与政治没有直接的关系，并不是在官方的统一安排下进行。《吕氏春秋》则不同，这是经主编吕不韦以及门客对著作的体例、结构、篇章等进行了精心规划，在一定的思想指导下编撰的一部著作，可以说是一种官方行为。尽管写作的动机、过程与其他诸子迥然不同，但是《吕氏春秋》的作者们在写作时能够自由表达其思想与情感，并没有对当权者表现出谄媚和顺从。

书中对理想社会、理想人物寄寓了很大的希望，作了高度赞扬和热情歌颂。《下贤》："以天为法，以德为行，以道为宗，与物变化而无所终穷，精充天地而不竭，神覆宇宙而无望，莫知其始，莫知其终，莫知其门，莫知其端，莫知其源，其大无外，其小无内，此之谓至贵。"这是作者心中的理想社会，有明显的道家思想的影子。《上德》："为天下及国，莫如以德，莫如行义。以德以义，不赏而民劝，不罚而邪止，此神农、黄帝之政也。以德以义，则四海之大，江河之水，不能亢矣。"这一理想社会又近于儒家。《士容》："士不偏不党，柔而坚，虚而实。其状颙然不傫，若失其一。傲小物而志属于大，似无勇而未可恐狼，执固横敢而不可辱害，临患涉难而处义不越，南面称寡而不以侈大，今日君民而欲服海外，节物甚高而细利弗赖，耳目遗俗而可与定世，富贵弗就而贫贱弗竭，德行尊理而羞用巧卫，宽裕不訾而中心甚厉，难动以物而必不妄折。此国士之容也。"《士节》："士之为人，当理不避其难，临患忘利，遗生行义，视死如归。"《不苟》："贤者之事也，虽贵不苟为，虽听不自阿，必中理然后动，必当义然后举，此忠臣之行也。"这又是作者心中的贤者形象，受人爱戴的君子应该是志向远大，坚忍不拔，勇敢坚毅，重义轻利，舍生忘死，不苟且偷生，不阿谀逢迎。表达了作者对君子由衷的呼唤和期盼。

与赞美称颂相比，《吕氏春秋》中对统治者荒淫昏暗的嘲讽、批判,对时世的揭露篇幅更多,更为尖锐。有时是对人主苦口婆心的劝谏,《尊师》:"今尊不至于帝,智不至于圣,而欲无尊师,奚由至哉?"语气委婉,言词恳切。有时是对国君不指名的批评,如针对统治者荒淫糜烂生活进行的忠告,《本生》载:"出则以车,入则以辇,务以自佚,命之曰招蹷之机。肥肉厚酒,务以自强,命之曰烂肠之食。靡曼皓齿,郑、卫之音,务以自乐,命之曰伐性之斧。"有的讽刺人主刚愎自用,如《似顺》:"世主之患,耻不知而矜自用,好愎过而恶听谏,以至于危。耻无大乎危者。"有时又将统治阶级的骄奢淫逸和百姓的饥寒交迫进行对比,揭露社会的黑暗。《听言》:

> 今天下弥衰,圣王之道废绝。世主多盛其欢乐,大其钟鼓,侈其台榭苑囿,以夺人财;轻用民死,以行其忿;老弱冻馁,夭腑壮狡,汔尽穷屈,加以死虏;攻无罪之国以索地,诛不辜之民以求利,而欲宗庙之安也,社稷之不危也,不亦难乎?①

这样鲜明的对比,批判的锋芒、揭露的深度不难见出,千载之后读之,依然能体会到作者内心无法压抑的激愤。有时批判的矛头直指今世,《先己》:"当今之世,巧谋并行,诈术递用,攻战不休,亡国辱主愈众,所事者末也。"《功名》:"今之世,至寒矣,至热矣,而民无走者,取则行钧也。"《振乱》:"当今之世,浊甚矣,黔首之苦,不可以加矣。天子既绝,贤者废伏,世主恣行,与民相离,黔首无所告愬。"有时直接口诛笔伐,语气急切,愤慨激越,类似后代檄文。如《怀宠》:

> 先发声出号曰:兵之来也,以救民之死。子之在上无道,据傲荒怠,贪戾虐众,恣睢自用也,辟远圣制,昝丑先王,排訾

---

① 《吕氏春秋新校释》,第703页。

旧典，上不顺天，下不惠民，徵敛无期，求索无厌，罪杀不辜，庆赏不当。若此者，天之所诛也，人之所仇也，不当为君。今兵之来也，将以诛不当为君者也，以除民之仇而顺天之道也。①

历数统治者的一系列罪行，九句四言句式一气而下，如排山倒海，滚滚滔滔。最后直接点明这样的国君"不当为君"，应当诛之以除民仇，以顺天道。作者言人之欲言而不敢言之语，确实解人心头之恨。

《吕氏春秋》中最可贵的一点是，并没有对秦之先祖的缺点进行隐讳，而是直接指出他们的错误。如秦晋殽之战中秦国的惨败穆公应该负主要责任，书中并没有因为穆公曾有开疆拓土的伟绩就隐讳其缺点和错误，而是客观地指出："此缪公非欲败于殽也，智不至也。智不至则不信。言之不信，师之不反也从此生，故不至之为害大矣。"（《悔过》）说明穆公在这件事上罪责难逃，对穆公的批评丝毫不加掩饰。

秦惠王是战国时继孝公之后又一位有作为的国君，他在位期间，各国文人云集秦国，军事上取得一系列战绩。然而书中所载一件事，使我们得以了解惠王的另一面。《去宥》：

东方之墨者谢子将西见秦惠王。惠王问秦之墨者唐姑果。唐姑果恐王之亲谢子贤于己也，对曰："谢子，东方之辩士也，其为人甚险，将奋于说以取少主也。"王因藏怒以待之。谢子至，说王，王弗听。谢子不说，遂辞而行。……不以善为之悫，而徒以取少主为之悖，惠王失所以为听矣。……人之老也，形益衰，而智益盛。今惠王之老也，形与智皆衰邪！②

① 《吕氏春秋新校释》，第 417 页。
② 《吕氏春秋新校释》，第 1023 页。

唐姑果出于一己私利,在惠王面前诋毁谢子,惠王竟然轻信唐姑果的谗言,果然甚为怠慢谢子,导致谢子"遂辞而行"。交代事情的原委后,作者对惠王的老朽昏聩、不辨是非直接加以指责,直呼其名,毫不避讳。

方孝孺曾云:"世之谓严酷者,必曰秦法,而为相者乃广致宾客以著书,书皆诋訾时君为俗主,至数秦先王之过无所惮。若是者皆后世之所深讳,而秦不以为罪。呜呼!然则秦法犹宽也。"①他通过《吕氏春秋》中有诋訾时君俗主的言论,得出"秦法犹宽"的结论,并不确切。观数量众多的秦律,秦法之严苛骇人心目,书中出现这些言论恐怕与当时吕不韦的权位有关,有谁敢问罪于身为相位职掌国柄的吕不韦呢?但是方孝孺的话却指出了吕不韦以及门客们对待政治、当权者的态度,不畏权势,实事求是,不粉饰,不隐讳。

《吕氏春秋》鲜明地表达了作者们的褒贬感情,体现了明确的情感倾向性,那种对理想社会、理想人格的由衷的歌颂、赞扬、期盼,对丑恶社会的不满、憎恶、愤恨,是当时人在天下尚未一统的乱世的真实心理表露,既有对前代、当世社会的理性认识,又有对未来社会的向往。当时山东六国谈到秦国,多以"虎狼之国"言之,认为秦国所用文人,似乎多是像张仪一样靠游说、阴谋达到目的的纵横策士,这些策士虽然在政治上很活跃,但是德行、操守大都无足取。从《吕氏春秋》可以发现,到战国晚期,秦国所网罗的文人中不乏有识之士,他们敢于揭露社会的弊端,甚至对最高统治者也进行讥讽、抨击,表现出正直文人对社会的高度责任感。

(二)多种修辞手法的运用

《吕氏春秋》行文整饬流畅,这与书中修辞格的运用分不开,主要有比喻、排比、对偶、顶真等修辞手法。

比喻是先秦诸子使用频率非常高的修辞手法,孟子、庄子、荀

① 方孝孺《逊志斋集·读〈吕氏春秋〉》,中华书局,1936年。

子无不"长于讽喻",《吕氏春秋》亦然,书中比喻俯拾即是。如
《明理》:

> 其云状:有若犬、若马、若白鹄、若众车;有其状若人,苍
> 衣赤首,不动,其名曰天衡;有其状若悬釜而赤,其名曰云旝;
> 有其状若众马以斗,其名曰滑马;有其状若众植华以长,黄上
> 白下,其名蚩尤之旗。[①]

连用八个比喻描绘了云的特点,具体形象,使得异彩纷呈、形态各
异的云气如在眼前,形式上属于博喻。再如《悔过》:"穴深寻则人
之臂必不能极矣,是何也? 不至故也。智亦有所不至。所不至,说
者虽辩,为道虽精,不能见矣。"由穴深人之臂不及,进而说到人的
智慧有时也会像臂一样有所不及,将抽象、无形的事理变得形象具
体。比喻的运用,大大增强了说理、叙事的形象性和趣味性。

书中的排比形式多样,有四句排、五句排、六句排、九句排、十
句排、十二句排、二十句排,有单句与单句排、复(多)句与复(多)句
排、大排比中套小排比。此外,还有结构相近的段落并列,组成段
落排比。如八言四句排,《功名》:"水泉深则鱼鳖归之,树木盛则飞
鸟归之,庶草茂则禽兽归之,人主贤则豪桀归之。"二十句排,《勿
躬》:"大桡作甲子,黔如作虏首,容成作历,羲和作占日,尚仪作占
月,后益作占岁,胡曹作衣,夷羿作弓,祝融作市,仪狄作酒,高元作
室,虞姁作舟,伯益作井,赤冀作臼,乘雅作驾,寒哀作御,王冰作服
牛,史皇作图,巫彭作医,巫咸作筮,此二十官者,圣人之所以治天
下也。"一口气列举二十个人,这样的排比与汉大赋中的铺排句式
非常相似。学者们多称《吕氏春秋》是先秦文化的总结,又是秦汉
文化的开启,仅从排比句式就可以看到《吕氏春秋》与后代文学的

---

① 《吕氏春秋新校释》,第 362 页。

某些关联。另外像复句与复句之间的排比,《别类》:"小方,大方之类也;小马,大马之类也;小智,非大智之类也。"大排比中套小排比,《孝行》:"养有五道:修宫室,安床第,节饮食,养体之道也。树五色,施五采,列文章,养目之道也。正六律,龢五声,杂八音,养耳之道也。熟五谷,烹六畜,龢煎调,养口之道也。龢颜色,说言语,敬进退,养志之道也。"

排比句式之间,有的是并列关系,有的是程度的递增,有的是递减。这些排比句的运用,大大增加了文章的容量,显得宏阔磅礴,使得行文更加气势冲畅,有如排山倒海,江海决堤。形式上,句式整饬,节奏和谐,富于音乐美。

对偶也是《吕氏春秋》中惯用的修辞。与排比相似,书中的对偶也样式繁多,有单句对、双句对、正对、反对等。如十四言双句对,《先识》:"国之兴也,天遗之贤人与极言之士;国之亡也,天遗之乱人与善谀之士。"十七言双句对,《观表》:"天为高矣,而日月星辰云气雨露未尝休矣;地为大矣,而水泉草木毛羽裸鳞未尝息也。"再如反对,《不侵》:"汤、武,千乘也,而士皆归之。桀、纣,天子也,而士皆去之。"从相反的角度说明事理,对比鲜明。这些对偶句式整齐匀称,音韵和谐,读起来朗朗上口,听起来节奏鲜明。

《吕氏春秋》还运用了顶真的手法。如《圜道》:"物动则萌,萌而生,生而长,长而大,大而成,成乃衰,衰乃杀,杀乃藏,圜道也。"通过句与句之间的蝉联,把万物由萌动、生长、壮大、成熟、衰败、死亡的一系列过程之间的顺序、关系揭示出来,整个句式也犹如颗颗珠玉一线串之,具有和谐流动之美。再如《节葬》:"且死者弥久,生者弥疏;生者弥疏,则守者弥怠;守者弥怠,而葬器如故。"由此我们看到了死者、生者、守者、葬器之间的前后递进关系。

顶真的巧用不但给人回环复沓、生动活泼、流转自如的美感,同时还显得层次清楚,结构紧密,而且对于揭示事物之间的内在逻辑关系,起到其他句式不可替代的作用。这种句式步步紧跟,环环相扣,层层深入,从一个前提出发,推出一个结论,再以新的结论为前提,推出下一个结论,这样一步步推理,使得论证更加严密,极具说服力。

　　以上是《吕氏春秋》运用较为广泛的几种修辞格。可以看出,《吕氏春秋》对这些修辞格的运用已经达到完全成熟的程度,修辞手法灵活多样,富于变化,许多其他书中罕见的样式都可以在《吕氏春秋》中找到范例,这些修辞格的运用共同形成了该书的句式、音节之美。

　　(三) 语言平实质朴,精练准确

　　《吕氏春秋》虽有少数篇章语气急切,慷慨陈词,总体语言风格是平实畅达,率直质朴。各家思想汇聚一书,但是没有战国诸子论辩时的剑拔弩张,针锋相对,也不像《韩非子》或峭拔峻削,或悲愤不平。多数篇章都是心平气和地谈论问题。如《情欲》:

> 天生人而使有贪有欲。欲有情,情有节。圣人修节以止欲,故不过行其情也。故耳之欲五声,目之欲五色,口之欲五味,情也。此三者,贵贱愚智贤不肖欲之若一,虽神农、黄帝其与桀、纣同。圣人之所以异者,得其情也。由贵生动则得其情矣,不由贵生动则失其情矣。此二者,死生存亡之本也。[①]

首先肯定情欲是人之常情,接着说明圣人与常人的不同在于能够节制情欲,说理平心静气,娓娓道来。

　　由于该书出自众人之手,因此全书语言风格在大体一致的前提下,代表不同学派的各部分又略有差异,这是不可避免的现象。但是多人编辑,语言却能够保持大体相近,说明本书在编成后经过了进一步的统稿和修改。

---

　　① 《吕氏春秋新校释》,第86页。

《吕氏春秋》用词力求准确、形象、生动。据有的学者统计,全书使用动词近一千三百个,其中只表示徒手动作的动词就有三十多个,如持、操、捉、把、扶、携、抱、抚、拊、扣、控、指、援、摇、曳、推、据、拔、掣、扬、抑、采、搏、拱、揖、牵、投等,充分表明作者平时观察细致,因此能够描写得精细准确。该书不但用词准确,且形象生动,如《诬徒》:"达师之教也,使弟子安焉、乐焉、休焉、游焉、肃焉、严焉。"用六个词将弟子们在达师教育下的反应、心情、表现等活脱脱地刻画出来。《节葬》:"世俗之行丧,载之以大輴,羽旄旌旗,如云偻翣以督之,珠玉以佩之,黼黻文章以饬之,引绋者左右万人以行之,以军制立之然后可。"描写了人们在举行葬礼时的铺张、奢华场面,万人送葬的浩浩荡荡的队伍,飘扬的旌旗,耀眼的珠玉,光彩夺目的黼黻文章,如云的偻翣,极尽铺陈渲染之能事。

有些句子、词汇在追求准确、形象的同时,还具有概括性,是对生活现象的高度总结,闪烁着智慧的思想火花。如"石可破也,而不可夺坚;丹可磨也,而不可夺赤","欲知平直,则必准绳,欲知方圆,则必规矩","以贵富有人易,以贫贱有人难","至忠逆于耳、倒于心","全则必缺,极则必反,盈则必亏","故知美之恶,知恶之美,然后能知美丑矣"等。有的则成为我们今天依然使用的成语典故,如流水不腐、户枢不蠹、不知轻重、伐性之斧、抽薪止沸、因噎废食、高山流水、劳而无功、掩耳盗钟、竭泽而渔、尝鼎一脔、刻舟求剑、纲举目张、立锥之地、三豕渡河、舍本逐末、贪小失大、网开一面、五脏六腑、燕雀处堂、折冲千里、逐臭之夫等。这些词汇能有经久不衰的生命力,正是源于《吕氏春秋》的语言简练概括、形象生动这一特点。

### 三、《吕氏春秋》中的寓言

首先需要对我们讨论的寓言作一界定。寓言的基本要素有二：一、必须有寓意，二、必须有故事情节。依据这两个要素，本书将一些反映历史真实的故事也作为寓言。[①]

　　《吕氏春秋》中的寓言，据陈蒲清的统计，有 283 则[②]。与该书本身所反映的思想一样，这些寓言也是为阐发各家思想服务，体现了不同派别的特点。

　　（一）寓言故事使说理更有说服力

　　《吕氏春秋》是为即将统一的秦王朝制订施政纲领的，这部书籍的编辑目的重在说理，尤其是侧重讲与政治有关的道理。但是，作者们在讲道理时并不是进行干瘪的说教，而是采用寓言使所讲道理更易于为人接受，说理更为形象、生动，使得本书既具有现实指导性，同时又具有很大的可读性。多数篇章中寓言是主体，占很大篇幅。抛开其中的直接说理部分，单是这二百多则故事，其中性格各异的人物，幽默诙谐的情节，含蓄深刻的寓意，就足以吸引读者了。可以说，《吕氏春秋》在后代得以广泛流传，与寓言的使用有着重要关系。

　　寓言中的人物，有古帝圣王，如尧、舜、文王、武王等；有前世贤君，如秦穆公、齐桓公、晋文公等；有昏君乱主，如夏桀、商纣王、周幽王、晋厉公等；有重臣贤士，如管仲、百里奚、祁奚、子罕等；有诸子学人，如墨子、孔子、颜回等；还有一些有着高尚品德的社会下层人物。他们有的令人肃然起敬，有的却让人鄙视痛恨。整部书犹如一幅画廊，为我们呈现了社会上不同身份、不同性格的各种人物。当然，在历史上有重要影响的人物占多数。

　　寓言虽然篇幅短小，但是作者抓住了人物性格中最核心的部分，寥寥几笔，形象尽现。如《自知》：

---

　　① 本书对寓言的界定参照赵逵夫师《论先秦寓言的成就》，《陕西师范大学学报》，2006 年第 4 期。

　　② 陈蒲清《中国古代寓言史》，湖南教育出版社，1986 年，第 70 页。

范氏之亡也,百姓有得钟者,欲负而走,则钟大不可负,以椎毁之,钟况然有音,恐人闻之而夺己也,遽揜其耳。①

得钟人本来想背着钟走,可钟太大背不动,于是就用椎敲碎钟,又担心别人听见,急忙捂紧了自己的耳朵。得钟人做贼心虚、自欺欺人、愚蠢可笑的形象如在眼前。"况然"二字不但渲染了钟声的响亮宏厚,更写出了钟声在得钟人心里造成的震撼力量,"遽"则准确地刻画了他在听到钟声的一瞬间紧张害怕的心理。虽只有四十余字,得钟者的形象却活灵活现。

又如《必己》:

孟贲过于河,先其五,船人怒,而以楫虓其头,顾不知其孟贲也。中河,孟贲瞋目而视船人,发植,目裂,鬓指,舟中之人尽扬播入于河。②

孟贲为古代大勇士,据说能生拔牛角。船人因为不认识孟贲,用楫敲他的头,孟贲大怒,"发植,目裂,鬓指",身体随之摇动,船上的人瞬间纷纷落入水中。这是勇士发怒时的情形,确实令人不寒而栗。

再如《异用》:

孔子之弟子从远方来者,孔子荷杖而问之曰:"子之公不有恙乎?"博杖而揖之,问曰:"子之父母不有恙乎?"置杖而问曰:"子之兄弟不有恙乎?"杙步而倍之,问曰:"子之妻子不有恙乎?"③

---

① 《吕氏春秋新校释》,第 1610 页。
② 《吕氏春秋新校释》,第 836 页。
③ 《吕氏春秋新校释》,第 568 页。

儒家讲人与人之间要有严格的等级,但是像孔子这样通过"杖"的不同使用来体现贵贱之等,亲疏之别,未免使人觉得可笑。这则故事应是根据儒家思想虚构出来的。

寓言大都有完整生动的故事情节,有波折,有冲突,有理趣,有的令人捧腹大笑,有的让人掩卷沉思。《士节》:

> 齐有北郭骚者,结罘罔,捆蒲苇,织萉屦,以养其母,犹不足,踵门见晏子曰:"愿乞所以养母。"晏子之仆谓晏子曰:"此齐国之贤者也,其义不臣乎天子,不友乎诸侯,于利不苟取,于害不苟免。今乞所以养母,是说夫子之义也,必与之。"晏子使人分仓粟分府金而遗之,辞金而受粟。有间,晏子见疑于齐君,出奔,过北郭骚之门而辞。北郭骚沐浴而出见晏子曰:"夫子将焉适?"晏子曰:"见疑于齐君,将出奔。"北郭子曰:"夫子勉之矣。"晏子上车,太息而叹曰:"婴之亡岂不宜哉? 亦不知士甚矣。"晏子行。北郭子召其友而告之曰:"说晏子之义,而当乞所以养母焉。吾闻之曰:'养及亲者,身伉其难。'今晏子见疑,吾将以身死白之。"著衣冠,令其友操剑奉笥而从,造于君庭,求复者曰:"晏子,天下之贤者也,去则齐国必侵矣。必见国之侵也,不若先死。请以头托白晏子也。"因谓其友曰:"盛吾头于笥中,奉以托。"退而自刎也。其友因奉以托。其友谓观者曰:"北郭子为国故死,吾将为北郭子死也。"又退而自刎。齐君闻之,大骇,乘驲而自追晏子,及之国郊,请而反之。晏子不得已而反,闻北郭骚之以死白己也,曰:"婴之亡岂不宜哉? 亦愈不知士甚矣。"①

北郭骚及其友为国为友而死的精神确实可歌可泣。晏子在出奔时

---

① 《吕氏春秋新校释》,第 630 页。

向北郭骚辞别，北郭骚仅以轻描淡写的"夫子勉之"一句应对，没有安慰，没有劝谏，这对于因见疑而正欲出奔的晏子无疑是精神上的又一次打击，似乎北郭骚是一个不懂知恩图报的无情无义之徒，难怪晏子会深深叹息："婴之亡岂不宜哉？亦不知士甚矣。"然而出人意料的是，北郭骚竟愿"以身死白之"，情节发生了根本性的转变。北郭骚的死果然使齐君"大骇，乘驲而自追晏子"，直接促成晏子的重新被重用。篇末晏子又一次感慨："婴之亡岂不宜哉？亦愈不知士甚矣。"两次感慨，意义迥异，第二次感情更浓，程度更深。

　　最有趣的是那些具有讽刺意味的寓言，往往通过夸张、变形等手法，将主人公的愚蠢、可笑暴露无遗。虽然生活中不可能发生，但是并不给人虚假、编造的感觉，反而真实可信，有浓厚的民间文学气息。这种真实性正是由于故事中蕴含的哲理来源于生活，具有很强的普遍性。如《去尤》：

> 人有亡鈇者，意其邻之子，视其行步窃鈇也，颜色窃鈇也，言语窃鈇也，动作态度无为而不窃鈇也。相其谷而得其鈇，他日复见其邻之子，动作态度无似窃鈇者。①

情节虽然简单，但亡鈇者的前后心理形成了明显的反差，这则故事是对主观臆断者绝好的讽刺。

　　用寓言故事进行说理，不但使得文章本身具有一定的文学性，同时更具有启发性、趣味性，更易于说服人。如《顺民》讲要顺应民心，以民为本，便举了汤的事例：

> 昔者汤克夏而正天下，天大旱，五年不收，汤乃以身祷于桑林，曰："余一人有罪，无及万夫。万夫有罪，在余一人。无

---

① 《吕氏春秋新校释》，第693—694页。

以一人之不敏,使上帝鬼神伤民之命。"于是翦其发,枥其手,以身为牺牲,用祈福于上帝,民乃甚说,雨乃大至。则汤达乎鬼神之化,人事之传也。①

汤祷于桑林祈雨的故事在先秦两汉流传很广,《荀子》《淮南子》《说苑》等书都有记载。言及上古贤君,后人常常将商汤与尧、舜、禹等并列。故事中的汤勇于担当责任,他"余一人有罪,无及万夫,万夫有罪,在余一人"的自省之言、"翦其发,枥其手,以身为牺牲"的虔诚形象连鬼神都被感动了,用这样的事例说明顺应民心的道理,自然会有不小的说服力。

书中的寓言故事有的是历史传说,有的采自诸子文章,有的来源于民间生活,有的则完全是虚构,但都有一定的故事情节,亲切自然,语言浅近平实,是篇章中不可或缺的重要组成部分,无论是说理的深度,还是文学的形象性方面,这些故事都起了重要作用。

(二)独特的寓言编排方式

《吕氏春秋》是在一定的编撰宗旨、编撰方法指导下进行的,书中寓言的编排也体现出作者的匠心,一般先指出论点,再用一个或数个故事证明论点,有时在故事末作几句总结,或进一步揭示寓意。一篇中的数个故事之间形成寓言群,共同为一个论点服务。形成一个寓言群的数个故事有时从不同的角度进行论证,如《察今》用了三个故事,《循表夜涉》《刻舟求剑》《引婴儿投江》,分别从"时""地""人"三方面论证了泥古不化的危险,证明变法的重要性和迫切性。总的来说,各个寓言之间呈并列关系,都为证明论点服务。

数个寓言集中论述一个问题,在《吕氏春秋》之前,以《庄子》最为突出。但是毫无疑问,《吕氏春秋》在《庄子》的基础上又作了进

---

① 《吕氏春秋新校释》,第485页。

一步的发展。首先,《庄子》的寓言只是用于论证道家思想,无论在寓言的数量还是广度上都不及《吕氏春秋》。《吕氏春秋》被列入杂家,书中各家并存,互不统摄,因此寓言群所蕴含的寓意也不尽相同,有各派思想的明显印记,显得更为丰富多彩。百家争鸣不但反映在各个学派的散文创作上,从《吕氏春秋》中寓言的使用也可以看到先秦寓言的繁荣和当时的学术概貌。其次,在具体编排上,《吕氏春秋》较《庄子》体现出更为明确的编撰目的与标准。《庄子》使用寓言,某种意义上是他创作时灵感、才情的流露,感性成分较多,这也是《庄子》被誉为诸子散文中最具文学性的原因之一。《吕氏春秋》不同,虽然对所涉及人物有明显的褒贬之情,但是这种感情是间接的,渗透在字里行间,书中整体表现出较为理性的色彩。在寓言的编排上没有《庄子》天马行空、异想天开式的幻想(《吕氏春秋》中也有浪漫色彩的寓言,但是与庄子的幻想不同),即使是情感的表达,也比较有节制,每个寓言篇幅短小,针对性强,只要能证明论点即可,不作过多的引申发挥。当然,这也导致《吕氏春秋》中寓言的文学性不及《庄子》。

　　学者们论及战国寓言的完全成熟和集大成著作,都会提到《韩非子》。诚然,韩非对一些历史故事、格言谚语进行了改造,使之成为更易吸引人的寓言,在寓言的创造方面胜于《吕氏春秋》。他还编辑了寓言专集,大大便利了时人对寓言的使用,这些都功不可没。但是,与《庄子》相同,《韩非子》中其他论说文中的寓言都是为韩非子的法家理论服务的,反映思想的广度远不及《吕氏春秋》。专门的寓言集如内外《储说》,又是寓言资料汇编,一个个故事自成一体,没有可以统摄这些故事的核心思想,更没有按照思想的不同进行条分缕析的编排。而《吕氏春秋》中寓言的寓意与作者要表达的思想、观点相吻合,二者合之双美,离之两伤,相得益彰。故事为观点服务,同时,作者在故事前(后)所阐述的论点,又使读者进一步明确了寓言所蕴含的寓意。

　　总之,《吕氏春秋》中的寓言有不同于其他子书寓言的特点和价值。公木曾说:"一部《吕览》,真堪为一座春光满目的寓言大花园,不仅令读者流连忘返,更使人有幸窥见先秦寓言的'概貌'。这种现象,在先秦史籍中是独一无二的。即或在集大成的韩非子寓言里也很难见到。因为韩非子虽采撷众芳,却自成一体;而吕书则汇集百花,任其开放,即有所削,也不伤筋骨,较为真实地保存了诸花之本色。因此,《吕氏春秋》又似一座诸子百家寓言的陈列室和展览馆。"①这是很有见地的。《吕氏春秋》兼收并蓄,集百家思想之大成,同时也是先秦寓言的大总结。

## 四、《吕氏春秋》的文艺思想

　　《吕氏春秋》是先秦诸子著作中讨论文艺思想篇幅最多的典籍,除《仲夏纪》与《季夏纪》中的八篇集中论述文艺思想外,在其他篇章中也有零星记载。就该书文艺思想的认识与评价,有两种截然相反的观点。敏泽认为,"总体上说在融合中属于重要的创见并不多,并未形成自己完整的体系,加上吕不韦在从政期间虽多有建树,却一直因为他曾从事政治投机活动而被视为'小人',所以对后世的影响,除《淮南子》外,是很小的"②。而曹利华等认为《吕氏春秋》的美学思想自成体系,有所创新,是向汉代美学过渡的桥梁③。

　　《吕氏春秋》中有非常丰富的文艺思想,如关于艺术的起源、审美、功用等,犹以音乐理论最为突出,在中国音乐理论史上具有重要意义。先秦时期,文学、音乐、舞蹈还没有完全独立,书中关于音乐的讨论也适用于文学。鉴于前贤对书中文艺思想已经有较为深

---

①　公木《先秦寓言概论》,齐鲁书社,1984 年,第 158 页。
②　敏泽《中国美学思想史》,中国社会科学出版社,2007 年,第 219 页。
③　曹利华《中华传统美学体系探源》,北京图书馆出版社,1999 年,第 92—95 页。

入的讨论,尤其是音乐学界的学者,取得了丰硕的成果,因此,本书在讨论《吕氏春秋》中的文艺思想时,重点就有关文学这一门类的言、意关系作一论述,其他与音乐、舞蹈共通的理论只作简单介绍。

(一)《吕氏春秋》的言意观

《吕氏春秋》中有关言意关系的文字,主要见于《离谓》《淫辞》《精谕》《贵直》《重言》《直谏》《去宥》等篇章,以《离谓》《淫辞》《精谕》最为集中。总的来说,大致包含三方面的内容。

1. 言以尽意

《精谕》云:"言者谓之属也。"陈奇猷曰:"谓(即意旨)为主体,言所以释明谓,故言为谓之属。"[①]这是说语言从属于思想,受思想支配,语言是表达思想的工具。《离谓》:"言者以谕意也。"语言的作用是使思想更加易于为人理解,与"言者谓之属也"隐含的意思相同。《淫辞》也有类似说法:"凡言者以谕心也。""心"指说话者所要表达的意思、思想。《离谓》又曰:"夫辞者,意之表也。"这句话说得很明确,言辞是思想的外在表现形式。

《吕氏春秋》作者认为,言与意是相对应的一组范畴,言是用来表达意的,意为主,言仅仅是工具,二者地位有主次之别。那么,言能否充分表达内心的思想?《离谓》:"听言者以言观意也。"语言的接受者通过说话者的所言进而了解他的内心世界,说明语言是可以充分表达思想的,言可以尽意。这一点与儒家的言意观有许多相似之处。《论语·卫灵公》:"子曰:辞达而已矣。"《左传·襄公二十五年》:"仲尼曰:《志》有之:言以足志,文以足言。不言,谁知其志?"孔子认为,人的内心志向、品德修养甚至事理、想象都可以通过语言传达。这是《吕氏春秋》与儒家言意观的相同点。

但是,这种表面的相似背后是二者在本质上的不同。儒家所说的言意是指语言与思想即内容与形式的关系,重点说明语言的

---

① 《吕氏春秋新校释》,第1184页。

表达问题,表达的准确与否(即言是否达意)只与说话者驾驭、使用语言的能力有关。《吕氏春秋》却不然,虽然也承认言可以谕意,但是,言准确表达意的前提是说话者应该真诚,要真实地表达他的思想,不欺诈,不隐瞒。这实际已经把所讨论的话题由言与意本身的矛盾转化成说话的主体与言的矛盾,或曰他的言与他内心的真实的意之间的矛盾,这一矛盾的产生并不是说话者本身语言表达能力的欠缺造成的,而是他有意为之,说话者有意隐瞒自己的真实想法,是一种政治权术。来看书中所举的事例。《精谕》篇载晋襄公欲往三涂山求福而假道于周,结果趁机灭了聊阮、梁、蛮氏三个小国。在襄公向周王请求假道时,周之大夫苌弘就识破晋襄公的计谋,"夫祈福于三涂,而受礼于天子,此柔嘉之事也,而客武色,殆有他事,愿公备之也"。很显然,晋襄公所言求福与他的真实意图灭三国之间是矛盾的,或曰襄公的言与行之间存在矛盾。这一矛盾的产生乃晋襄公有意为之,是他为实现自己的目的而玩弄的权谋,并非他表达不善造成的。从这个事例可以看出《吕氏春秋》所说的言意是指向外部的,即指向说话者,是指说话人是否真诚地表达了他的思想。可以说,《吕氏春秋》的言意观与儒家的言意观形同而实异。

2. 得意舍言

《离谓》云:"夫辞者,意之表也。鉴其表而弃其意,悖。故古之人,得其意则舍其言矣。"《精谕》又曰:"圣人相谕不待言,有先言言者也。""求鱼者濡,争兽者趋,非乐之也。故至言去言,至为无为。"这很容易让我们联想到道家的"得意忘言"理论,二者甚至有一些句式都相仿。

前已说明,《吕氏春秋》认为意是表达的核心,言仅仅是用以表达意的工具,二者有明显的主次之分。这一理论再进一步向前发展,就是如果能直接得意,言可以舍去,表达意的最好的方式——"至言",就是"不言"。《精谕》:

　　齐桓公合诸侯，卫人后至。公朝而与管仲谋伐卫，退朝而入，卫姬望见君，下堂再拜，请卫君之罪。公曰："吾于卫无故，子曷为请?"对曰："妾望君之入也，足高气强，有伐国之志也；见妾而有动色，伐卫也。"明日君朝，揖管仲而进之。管仲曰："君舍卫乎?"公曰："仲父安识之?"管仲曰："君之揖朝也恭，而言也徐，见臣而有惭色，臣是以知之。"君曰："善。仲父治外，夫人治内，寡人知终不为诸侯笑矣。"桓公之所以匿者不言也，今管子乃以容貌音声，夫人乃以行步气志，桓公虽不言，若暗夜而烛燎也。[①]

卫姬通过齐桓公的行步气志知道桓公将要伐卫，管仲通过桓公的容貌音声知道他已经放弃伐卫的计划。这里桓公虽无言，但是他的内心世界显露无遗。卫姬和管仲通过桓公的容貌、表情、动作觉察到他的心理活动。可见，除了语言之外，其他肢体行为也可以起到表意的作用，有时这些肢体行为甚至比直接的话语更为有效，听话者通过察言观色便可以与说话者思想相通。这在处处是权谋的战国社会，当事双方通过肢体行为心领神会，又不易被其他人察觉，实在是一种最高明的"言"——"至言"。如果当事双方可以不借助语言就可以交流、沟通，那么言完全可以舍弃。这就是《吕氏春秋》所说"得意舍言"、"至言无言"的含义。

　　至此，《吕氏春秋》与道家言意观的区别十分清楚了。《老子》五十六章："知者不言，言者不知。"《庄子·外物》："筌者所以在鱼，得鱼而忘筌；蹄者所以在兔，得兔而忘蹄；言者所以在意，得意而忘言。"道家的言意观建立在"言不尽意"的前提下，在老庄看来，再精确美妙的语言也无法表达玄妙深奥的"道"的真正含义。与儒家相同，道家的言意观也是指向言意自身内部，即形式与内容是否相吻

---

　　① 《吕氏春秋新校释》，第 1178 页。

合的问题,道家认为,言不能够充分、准确表达意。这与语言的传达主体是否真诚表达、接受主体是否能够与传达主体心领神会无关。庄子所说的"忘言"是他欲达到的一种理想境界和状态,《吕氏春秋》的"舍言"仅仅是舍弃语言,而改用其他交流方式。因此,《吕氏春秋》与道家的言意观看似相似,实则不同。

### 3. 言意相离

儒、道两家仅仅提出言是否能尽意的问题,却没有提到言意相离。《吕氏春秋》正式提出言意相离的问题,难能可贵。

《淫辞》云:"非辞无以相期,从辞则乱。乱辞之中又有辞焉,心之谓也。言不欺心,则近之矣。凡言者,以谕心也。言心相离,而上无以参之,则下多所言非所行也,所行非所言也。言行相诡,不祥莫大焉。"强调说话要真诚,主张言不欺心,坚决反对言意相离。《离谓》曰:"言意相离,凶也。乱国之俗,甚多流言,而不顾其实,务以相毁,务以相誉,毁誉成党,众口熏天,贤不肖不分,以此治国,贤主犹惑之也,又况乎不肖者乎?"指出言意相离,会造成国家大乱。传达主体有意掩盖自己的真实想法,淫辞邪说,流言蜚语,都造成言意相离,前引晋襄公所言去三涂山祈福就是言意相离的典型事例。言意相离推衍到文艺创作中,就是文艺的创作者和批评者都要真诚表达自己的思想、感情,勿无病呻吟,勿作谲辩诡辞。

以上分析了《吕氏春秋》中言意观的三方面内容。书中体现的言意观与儒、道两家的言意观均不同,作者并不关心言能否尽意以及语言的表达功能这些理论问题,而是直接讨论言是否合意、言如何合意的问题。既没有儒家言以尽意的理论思索,更没有道家"得意忘言"的哲学高度,理论性和思辨性远远不及儒、道。《吕氏春秋》从实用的角度尤其是从政治生活出发,提出言要合意,言合意的前提是说话要真诚,言的最高境界是"不言",即通过其他肢体行为进行沟通,这些都有一定的实用性,带有很大的政治功利性。

（二）《吕氏春秋》中的其他文艺思想

1. 文艺的起源

《吕氏春秋》对艺术的起源问题作了探讨，主要表现在对音乐、舞蹈的论述中。书中将音乐置于阴阳五行的宇宙图式当中，《音律》载：

> 大圣至理之世，天地之气，合而生风，日至则月钟其风，以生十二律。仲冬日短至，则生黄钟。季冬生大吕。孟春生太簇。仲春生夹钟。季春生姑洗。孟夏生仲吕。仲夏日长至，则生蕤宾。季夏生林钟。孟秋生夷则。仲秋生南吕。季秋生无射。孟冬生应钟。天地之风气正，则十二律定矣。①

将十二律与十二月相配，将音乐与自然相联系，包含着艺术来自自然、艺术与自然相统一的直观朴素思想。这是《吕氏春秋》对艺术的总体认识。

《大乐》又载：

> 音乐之所由来者远矣，生于度量，本于太一。太一出两仪，两仪出阴阳。阴阳变化，一上一下，合而成章。浑浑沌沌，离则复合，合则复离，是谓天常。天地车轮，终则复始，极则复反，莫不咸当。日月星辰，或疾或徐，日月不同，以尽其行。四时代兴，或暑或寒，或短或长，或柔或刚。万物所出，造于太一，化于阴阳。萌芽始震，凝寒以形。形体有处，莫不有声。声出于和，和出于适。和适先王定乐，由此而生。②

---

① 《吕氏春秋新校释》，第 328 页。
② 《吕氏春秋新校释》，第 258—259 页。

这段话的中心意思是,音乐之声来自自然之声,音乐之和来自自然之和。很显然,这是一种自然天道观,与书中对音乐的总体认识相一致。音乐来自自然这一思想在春秋晚期已经出现。秦景公时的医和为晋平公就诊时的一段话中就有"天有六气,降生五味,发为五色,征为五声"(《左传·昭公元年》)数句。但是医和所说过于简略,没有具体说明"六气"是如何产生"五声"的。而《大乐》在医和理论的基础上作了很大发展,明确提出太一生阴阳,阴阳生万物,万物有形有声,先王据此声以作乐,这就把音乐的产生说得更加具体明确,同时还将音乐纳入整个宇宙中。

《音初》又载:"凡音者,产乎人心者也。感于心则荡乎音,音成于外而化乎内。"这是首次提出音乐与人心、与人心所感的关系问题,指出音乐产生的直接动因是人类抒发情感的需要。文中追溯了东、南、西、北四方音调的源起,认为这些音乐的产生都关乎情性,都与个人的不幸遭际有关。由于情绪激动而发乎声音,声音又可以反过来陶冶人们的感情。遗憾的是,音乐"本于太一"与"产乎人心"之间的关系问题,文中没有具体说明。

2. 艺术的审美、鉴赏

对于艺术的审美鉴赏问题,书中也有较深入的论述。从审美客体即作品本身而言,要符合具体的度量标准,这一标准就是"适中""平和"。《适音》:

> 夫音亦有适。太钜则志荡,以荡听钜则耳不容,不容则横塞,横塞则振。太小则志嫌,以嫌听小则耳不充,不充则不詹,不詹则窕。太清则志危,以危听清则耳溪极,溪极则不鉴,不鉴则竭。太浊则志下,以下听浊则耳不收,不收则不特,不特则怒。故太钜、太小、太清、太浊皆非适也。
>
> 何谓适?衷音之适也。何谓衷?大不出钧,重不过石,小大轻重之衷也。黄钟之宫,音之本也,清浊之衷也。衷也者适

也，以适听适则和矣。乐无太，平和者是也。①

声音太大会使人心志动荡，太小会心志疑惑，太高会心志不安，太低会心志卑下。音乐要合于度量，即"衷"。音乐的声调与节奏要合于适中的准则，本于公平的大道。针对这一标准，又提出与"适音"对立的范畴"侈乐"。何谓"侈乐"？《侈乐》载："为木革之声则若雷，为金石之声则若霆，为丝竹歌舞之声则若噪。以此骇心气、动耳目、摇荡生则可矣，以此为乐则不乐。""夏桀、殷纣作为侈乐，大鼓钟磬管箫之音，以钜为美，以众为观，俶诡殊瑰，耳所未尝闻，目所未尝见，务以相过，不用度量。"若雷、若霆、若噪，以钜为美，以众为观，俶诡殊瑰，这样的音乐都不符合"衷"的标准。

就审美主体而言，《吕氏春秋》既反对墨家的"非乐"主张，又反对不加限制地放纵欲望。一方面肯定人对音乐的审美欲望，另一方面又主张节欲。《重己》：

> 昔先圣王之为苑囿园池也，足以观望劳形而已矣；其为宫室台榭也，足以辟燥湿而已矣；其为舆马衣裘也，足以逸身暖骸而已矣；其为饮食酏醴也，足以适味充虚而已矣；其为声色音乐也，足以安性自娱而已矣。五者，圣王之所以养性也，非好俭而恶费也，节乎性也。②

肯定追求声色音乐是人的天性，而这种追求是为了"安性""养性"，是出于维护个体生命的需要，近于道家。

听乐者能否感受到愉悦，不但取决于音乐是否"适"，与听者的心境也有直接关系。听者能够感受到音乐之美的前提是要做到

---

① 《吕氏春秋新校释》，第 276 页。
② 《吕氏春秋新校释》，第 35—36 页。

"心适"。《适音》：

> 耳之情欲声,心不乐,五音在前弗听。目之情欲色,心弗乐,五色在前弗视。鼻之情欲芬香,心弗乐,芬香在前弗嗅。口之情欲滋味,心弗乐,五味在前弗食。欲之者,耳目鼻口也;乐之弗乐者,心也。心必和平然后乐,心必乐然后耳目鼻口有以欲之,故乐之务在于和心,和心在于行适。①

只有平和的主观心境与适中的客观之乐相结合,即"以适听适",才能真正获得审美愉悦。如何才能使心和适?《适音》的回答是"胜理"。"胜理以治身则生全以,生全则寿长矣。胜理以治国则法立,法立则天下服矣。故适心之务在于胜理。""胜理"包括治身和治国两个方面:治身之理就是六欲皆得其宜,既不纵欲,也不禁欲,一切服从于全性、全生;治国之理就是《大乐》所说"天下太平,万民安宁,皆化其上"。一方面要从有利于养生出发,满足人们正常的审美需求,要有平和的心境;另一方面,还要有适合于享受音乐艺术的安宁太平的社会环境。

不但作品的鉴赏者能够以平和之心领会作品的意趣,鉴赏者还可以与演奏者产生共鸣,达到二者思想、精神的交流与感应。《本味》所载为人熟知的伯牙鼓琴的故事中,钟子期听了伯牙的琴音就能领会其志在太山流水,两人产生共鸣的基础是都具有高远宽广的心胸和深厚的音乐修养。

总之,《吕氏春秋》的审美鉴赏论始终贯穿着道家养生、贵生、法天贵真的思想。

3. 艺术与政治的关系、艺术的社会功能

《吕氏春秋》作者看到了艺术与政治的关系,音乐的社会功能。

---

① 《吕氏春秋新校释》,第 276 页。

《适音》：

> 故治世之音安以乐，其政平也；乱世之音怨以怒，其政乖也；亡国之音悲以哀，其政险也。凡音乐通乎政而移风平俗者也，俗定而音乐化之矣。故有道之世，观其音而知其俗矣，观其政而知其主矣。故先王必托于音乐以论其教。①

一方面，政治的兴亡治乱会影响到音乐的整体格调，人们可以通过音乐来观政，音乐成为政治状况的"晴雨表"。汉代《毛诗序》②中"治世之音安以乐，其政和；乱世之音怨以怒，其政乖；亡国之音哀以思，其民困"几句直接承《吕氏春秋》而来。另一方面，音乐也会对政治产生一定的影响，音乐对人们的思想起着潜移默化的教育作用，同样有助于改变世风。因此，首先要辨别音乐是否和适，再用和适之乐去治理国家，教导万民。强调了音乐的教化作用。

　　4. "用众"与"不二"

　　"用众"与"不二"是探讨如何发挥集体的智慧和力量，以及如何统一众人思想的问题，反映了《吕氏春秋》编者的基本政治思想以及对学说和言论的看法。主要见于《贵公》《用众》《不二》几篇。《贵公》："天下非一人之天下也，天下之天下也。阴阳之和，不长一类；甘露时雨，不私一物；万民之主，不阿一人。……天地大矣，生而弗子，成而弗有，万物皆被其泽、得其利，而莫知其所由始，此三皇、五帝之德也。"《用众》又曰："物固莫不有长，莫不有短。人亦然。故善学者，假人之长以补其短。故假人者遂有天下。"由大自然中阴阳、甘露的泽被万物，进而说到天下亦非一人之天下，而是

---

　　①　《吕氏春秋新校释》，第 277 页。

　　②　关于《毛诗序》的作者，撰作时间，古今学者分歧很大。一般认为，《诗序》原是汉代毛诗学者相传之讲授提纲，非成于一时一人之手，最后由卫宏集录、写定。见洪湛侯《诗经学史》，中华书局，2002 年，第 163 页。

天下人之天下。在推行集权、专制，即将统一天下的秦国，这样的声音，无疑具有明显的针对性，起到振聋发聩的作用，非有胆有识者不能为此言。《吕氏春秋》最可贵的是，看到了任何事物都有所短，也有所长，不能因为有缺点就将其一棍子打死，而要扬长避短，取人之长，补己之短。这一思想用于政治，就是要虚心听取众人的意见，充分发挥每个人的长处，集中众人的力量和智慧，这样才能天下无敌。《任数》：

> 耳目心智，其所以知识甚阙，其所以闻见甚浅。以浅阙博居天下、安殊俗、治万民，其说固不行。十里之间而耳不能闻，帷墙之外而目不能见，三亩之宫而心不能知。[1]

个人的认识和视听范围总是有限的，要治理幅员辽阔的国家，绝不能专恃一己的认识能力。作为国君，要善于积极听取、采纳臣下意见，广开言路；作为大臣，要向君主尽谏铮的责任。书中不但明确提出"用众"的理论，吕不韦还积极实践这一理论，《吕氏春秋》的编撰就是在这一思想指导下进行的，这部著作就是集体智慧的凝结。在成书后，吕不韦依然精益求精，欲广泛听取社会意见，公开以高价征求批评意见。这一创举，在整个封建社会都属罕见。

有了民主，还需要有集中，《吕氏春秋》对此也有论述。《不二》："有金鼓所以一耳也；同法令所以一心也；智者不得巧，愚者不得拙，所以一众也；勇者不得先，惧者不得后，所以一力也。故一则治，异则乱；一则安，异则危。夫能齐万不同，愚智工拙，皆尽力竭能，如出乎一穴者，其唯圣人矣乎！"人心不同，观点各异，如果对什么都予以听从、采纳，就会造成混乱。因此，国家的法令必须统一，以保证全国有一致的行动准则，使不同的人都能在统一的法令下

---

① 《吕氏春秋新校释》，第 1076 页。

发挥其聪明才智。

《吕氏春秋》提出的这一治国方略有很大的合理性。遗憾的是,虽然在战国晚期秦国也吸纳了一批学术人才,但是除法家外,这些人对秦国政治的影响并不大,秦始皇不但未能很好地实行这一原则,连吕不韦本人也不得不离开国都。《吕氏春秋》中的这一声音在当时显得多么微弱。

"用众"与"不二"的思想主要针对政治提出,对于文艺同样适用。文艺批评中畅所欲言,各抒己见,听取各方面的意见,对于我们从不同角度全面认识文学现象无疑有很大益处,《吕氏春秋》的编撰就是"用众"思想指导下的成功范例。

《吕氏春秋》的文艺思想是在吸收各家思想的基础上,进而提出自己全面系统的理论,因此,说《吕氏春秋》的文艺理论只有综合没有创新是不确切的。

## 五、从《吕氏春秋》看战国晚期的秦文学与文化

东汉高诱评《吕氏春秋》"大出诸子之右"①,章学诚曾经说:"吕氏将为一代之典要。"②两家对《吕氏春秋》评价甚高。的确,将《吕氏春秋》放到整个诸子散文中看,其文学成就虽不及《庄子》《韩非子》《荀子》,但是远比《论语》《墨子》《尉缭子》等富有文采,文风平实畅达,朴实明快,为战国秦文学画上了圆满的句号。

战国时期秦文学较之春秋时期,数量有了增加,但是依然缺少成系统的著作,除两篇祝祷辞外,秦简中文学性较明显的篇章寥寥,《商君书》因质木无文历来不被文学家重视。可以说,这一时期秦文学以《吕氏春秋》在后代影响最大。尤其是书中记载的近三百

---

① 见陈奇猷《吕氏春秋新校释》收录高诱《吕氏春秋序》。
② 《文史通义校注》,中华书局,1985年,第171页。

则寓言,在后代广为流传,有的甚至还活跃在今天的语言中。《吕氏春秋》成为继《秦风》《石鼓文》之后秦文学的又一高峰,也是秦文学的最高峰。刘勰称"吕氏鉴远而体周"(《文心雕龙·诸子》),信矣。

《吕氏春秋》还是战国晚期秦文化的大总结。说到秦国,人们首先会想到法家思想。然而,除法家外,其他诸子思想也在秦国得到一定程度的发展。在《吕氏春秋》中,不但儒、道、墨、法、阴阳、兵等各家思想共存,甚至各派的一些分支也有反映,为我们全面了解先秦诸子思想提供了重要依据。除此之外,宇宙、自然、社会、历史、人生、逻辑、教育、农业、艺术、医药、天文等无所不包,有的理论达到先秦最高成就,是先秦学术的一大集成。秦国文化从建国伊始就体现出多元性和开放性的特点,《吕氏春秋》是这一特点的最好说明。

《吕氏春秋》历来被归入杂家。"杂"并非杂编、杂凑、汇编,而是有一以贯之的指导思想,那就是实用,是否能够服务于政治是该书取舍材料的基本标准。正如有的学者指出:"它继承了儒家的'德政''重民'思想,却摒弃了其繁琐的礼节,不切实际的说教;它吸收了法家'变法''耕战'的主张,却反对一味强调'严刑峻法';它选取墨家'节葬''用贤''尚俭'之说,却摒弃'明鬼''非攻''非乐'的主张;它选取道家法自然的思想,却抛弃其以自然排斥社会的主张。"[①]吕本中也从寓言的角度说明:"如果跨越学派界限,把《吕氏春秋》寓言作为一个整体来审视,我们就会发现,《吕氏春秋》寓言重点阐明三个方面的道理:一是治国,二是处世,三是养生。而且这三个方面都围绕着一个中心展开,这个中心就是政治。也就是说,在一部《吕氏春秋》中,所有寓言故事,无论作者属于何家何派,但在对人物和事件进行评价时,都是从政治角度来阐明道理,或者

---

① 王启才《吕氏春秋研究》,学苑出版社,2007年,第29页。

点明寓意的；文章的思想理论指向，不仅是哲学的，道德的，而更重要的是政治的。"①综合百家，取各家所长，共同为即将建立的大一统政治服务，《吕氏春秋》的编撰活动不但回应了秦国统一的时代主题，更是直接服务于秦国实现统一的政治意图。因此，与其说《吕氏春秋》是一部杂家类子书，不如说是一部政治理论著作更为确切。编撰目的决定了该书具有强烈的事功精神和实用主义，与秦文化的核心价值观——实用性、功利性相统一。《吕氏春秋》正是在继承保留秦文化核心价值取向的基础上吸收、改造东方文化，为其所用。

　　《吕氏春秋》虽对各家内容进行了一定的取舍，但是并没有彻底打乱各家的思想体系。章学诚曾言："《吕氏春秋》，先儒与《淮南鸿烈》之解同称，盖谓集众宾客而为之，不能自命专家，斯固然矣。然吕氏、淮南未尝以集众为讳，如后世之掩人所长以为已有也。"（《文史通义·后序》）书中对各家之间相抵牾甚至相攻击之说均予以保留，各家体系都相对完整，这一特点的形成得益于该书巧妙的编撰方法。《吕氏春秋》有明确的编撰体例和写作要求，书中大到《十二纪》《八览》《六论》，小到每一部分内部的体例，都有周密的安排，统一的规划，构思精巧，体制宏大。如《十二纪》按照"春生、夏长、秋收、冬藏"的理念进行编排，为了体现这一理念，作者采用每一主题集中编排的方式。如有关养生的篇章就集中出现在《孟春纪》和《仲春纪》，既符合春生的总的要求，又使得有关养生的篇章集中出现，没有割裂、杂乱之感。同样，有关音乐的在《仲夏纪》和《季夏纪》，有关战争杀伐的在《孟秋纪》和《仲秋纪》，有关节葬内容在《孟冬纪》等。这样，全书虽然思想体系不一，却并不杂乱，而是井然有序，弘然一体。有学者指出《吕氏春秋》具有类书的一些特点，对后代类书的编撰产生了影响，有一定道理。需要说明，《吕氏

---

　　① 吕本中《先秦寓言史》，河南大学出版社，2001年，第290—291页。

春秋》虽已经具备了类书的编排思想,但是本书并不是类书,而是一部政书,其体例远比类书系统,而体现的思想更非类书可比。学者称"它上承先秦诸子学说之余绪,并远溯上古三代官学之旧,而开秦汉学术新思潮之先河"①,并不为过。

《吕氏春秋》是我国古代第一部有组织、有计划、由多人合作编撰的大型学术著作,在古代书籍的编辑史上,其地位不可忽视。

由上述《吕氏春秋》的成就不难看出战国晚期秦文化所达到的高度。古人言及秦文化,总以野蛮、落后,杂戎狄之俗论之。如果说在春秋时期以及战国早期,秦文化确实在某些方面落后于东方国家,到了战国中晚期,秦国经过长时期的大量招揽其他国家人才,不但促成了经济、军事上的迅速强大,同时也使秦文化得以全面发展。随着秦在政治上的即将统一,在文化上秦人也大量吸取了有利于自身发展的其他六国文化,咸阳成为继稷下学宫之后又一学术中心。在政治这一中心的统摄下,各家思想在这里有了一次综合,为建立秦帝国提供了思想准备和理论纲领。如果说稷下学宫的学术文化主要是百花齐放,以完善自家学说为目的,这时秦国的学术文化活动则是百家文化在碰撞后的融合,当然这种融合还无法与汉代儒、道、阴阳的融合相比,还较为粗浅。

诸子学说的融合并不始于《吕氏春秋》。如《管子》以法家为主融合了道家、名家、兵家、阴阳家等,荀子以儒家为主糅合了法家思想。先秦诸子面对的是相同的社会现实,讨论的是相近的问题,因此各家在对立的同时,也可以相互吸收。到战国晚期,各家各派之间已经不像以前一样泾渭分明,而是或明或暗地接受别家学说。战国中晚期以后,不但诸子学说出现取长补短,吸取其他学说以完善自我的趋势,还出现了一些对各家学说进行总结、梳理、批判的

---

① 周桂钿、李祥俊《中国学术通史》(秦汉卷),人民出版社,2004年,第13—14页。

专门性篇章,如《庄子·天下》《荀子·非十二子》、司马迁父子的《论六家要旨》、刘向父子的《七略》等。但是《管子》《荀子》是以一家为主,吸收其他思想,有较为明确的学术渊源、立言宗旨与派别归属。而《天下》《非十二子》等又是从学术上作的总结批判,并没有在剖析各家优劣基础上综合各家所长而提出新的理论体系。《吕氏春秋》则不然,一方面保留了各家的思想宗旨与体系,另一方面又从政治的角度出发,对各家做了一定的取舍,同时还在此基础上有所创新,如教育、音乐、农业、养生等方面的思想都较先秦其他古籍系统,对一些具体问题也有不少独到的见解。该书的编撰实际是欲尝试解决两个问题:一、解决先秦诸子学派之间的相互冲突;二、利用学术为政治服务,解决学术如何为政治服务的问题。尽管这种尝试因为种种原因(主要是吕不韦与秦始皇之间的权力之争)在吕不韦被迫自杀后,宣告流产,未能在政治生活中得以实践,但是这种不主一家、广泛综合各家学说从而为政治服务的尝试,却真正开启了后代学术与政治紧密结合的先河(《吕氏春秋》之前法家学说也与政治相结合,但法家是主动迎合政治,《吕氏春秋》则是从政治的角度出发综合学说,相比而言,后者更具有政治自觉性,与政治结合更为紧密)。汉初黄老思想、汉武帝时独尊儒术,就是这一尝试的继续发展。从此,学术成为统治者进行统治的思想工具,政治主宰了学术的命运,学术的发展并不主要取决于社会的实际需要,而是取决于统治者的需要。在政治权威的干预下,学术不再是百花齐放,中国学术文化大发展的"轴心时期"、先秦百家争鸣的繁荣时代宣告结束。《吕氏春秋》的编撰预示着先秦多元的地域文化向秦代一元的帝国文化的转变,成为封建社会学术发展的里程碑。在中国漫长的封建社会,再没有出现像战国这样言论自由、学派林立、群星闪耀的时代。

　　《吕氏春秋》体现了秦文化的多元性、开放性、实用性和功利性特点。该书的出现,既是战国晚期学术文化趋于综合的时代要求的反映,也是秦文化影响下的产物,不但标志着秦文学的最高峰,也是秦文化发展的高峰。

### 第三节　《战国策》《史记》所载秦国论
### 　　　　说辞、书信与诏令

#### 一、《战国策》中的论文辞、书信

这里所说论说辞范围较广,纵横家的游说辞、策士之间的辩难等都属于论说辞。本书所列《战国策》中的论说辞与书信的创作时间,主要参考缪文远《战国策系年辑证》(巴蜀书社,1997年),《战国策新校注》(巴蜀书社,1998年),杨宽《战国史料编年辑证》(上海人民出版社,2001年)。需要说明,由于战国士人常常辗转各国,居所并不固定,因此,这里所列属于秦国的策士之作,主要是指这些士人在秦国任职时、从秦国的立场出发进行的创作,他们的其他作品不论。缪、杨二先生考证为拟托之作也不论。

《战国策》中许多书稿是以对话的形式出现的,这就给我们判断这些材料当时是否书之于策带来困难。本书判断是否书信主要依据以下标准:1.文中明确标明"上书"等字样。如《秦策三·范子因王稽入秦章》中有"献书昭王曰"云云,此篇为上书无疑。2.书面语特征较为突出,篇幅较长,层次清楚,结构完整。3.谈话双方并不在同一地方,不可能进行面对面的交流,只能通过书信,这些书信被《战国策》编辑者作为谈话录入。4.文中明确说明由其他人转告、传达的内容,这些内容也需有书面形式,也视作书稿。如《赵策三·秦攻赵于长平章》中虞卿与楼缓就赵国是否割地于秦进行驳难,两人并没有见面,三次辩驳都由赵王转述,赵王在转述时必有书面材料。

《战国策》中记载秦国论说辞二十二篇,多集中于《秦策》,另外

《赵策》《中山策》中也有两篇。这些论说辞与《战国策》中其他国家论说辞风格大体相近,多具有很强的针对性和功利性,笔力健举,长于气势,感情激越。手法上多运用铺陈、夸饰、排比、骈偶等修辞,善于借用寓言故事和博引史实说理,大都铺张扬厉,鞭辟入里,痛快淋漓。如《秦策三·范雎至秦章》(又见《史记·范雎列传》),在范雎说秦昭王之前,两人的互相试探就颇具戏剧性。秦昭王其时正受制于太后和穰侯,急于想寻找一位能人帮助自己夺回权力。范雎则刚刚入秦,虽想一展才能,又不知昭王是否信任自己,于是双方为消除各自的心理疑惑开始了翻来覆去、欲言又止的互相摸底的游戏。经过一番试探后,范雎得知秦王是真心诚意想听取自己的意见,这才逐渐进入话题。范雎首先说明自己"王三问而不对"的原因,因为自己不清楚昭王之心,担心所言不当而被杀。又进一步解释,自己并不是害怕死亡,能为秦国而死是一件十分荣耀的事,可因自己被杀而使天下再不会有贤人来辅佐昭王,导致昭王身死国灭,这就是自己最大的罪过了,并且举了春秋时期伍子胥忠诚被杀的史实,言辞恳切,颇能打动听者。在秦昭王再一次表示自己"事无大小,上及太后,下至大臣,愿先生悉以教寡人,无疑寡人也"之后,范雎才真正说出自己的意见。首先分析昭王欲越过韩、魏而攻打齐国的错误想法,以十几年前齐缗王攻楚,大胜却未得肤寸之地,反而为天下笑的事例,证明齐国伐楚而肥韩、魏的实质,这是从反面论证。通过反面的失败教训,提出正面的进攻策略:远交而近攻,再分析这一策略的可行性和预期效果:"今韩、魏,中国之处,而天下之枢也。王若欲霸,必亲中国而以为天下枢,以威楚、赵。赵强则楚附,楚强则赵附。楚、赵附则齐必惧,惧必卑辞重币以事秦,齐附而韩、魏可虚也。"指出韩、魏占据有利地势,若能使韩、魏亲附,则赵、楚、齐也会事秦,这三大国归附秦国,灭韩、魏就易如反掌了。分析形势合情合理,见解深刻,有很强的针对性,远交近攻的战略方针成为秦国灭六国的重要指导思想,从范雎这段论说不难见出其过人的政治见识和善于揣摩人主之心的游说能力。范雎后来代穰侯为秦相,被封应侯,成为秦国历史上举足轻重的人物,从他初入秦就已经显露出不凡的才能。

《秦策三·蔡泽见逐于赵章》中蔡泽的一段言论也是很好的论说辞,又见于《史记·蔡泽列传》。

蔡泽本燕人,见逐于赵,因而入秦。经过对秦相范雎的一番游说,范雎不但主动归相印,并且还推荐蔡泽成为秦相。提及战国策士,人们总会想到追逐功名,崇尚利禄等。当时的多数策士朝秦暮楚,无不是以是否有高官厚禄为选择标准。《苏秦始将连横章》虽然是后人拟托之作,但苏秦数次说秦王而不被采纳,穷困落魄,回家后连亲人都看不起他,反映当时世态炎凉、人情世故却是真实的,追名逐利可以说是战国普遍的社会现象。蔡泽则仅仅依靠三寸之舌,却能够使范雎主动放弃相位,他继而能够如愿以偿地接替相位一职,其游说之功不能不让人佩服。

与范雎见面之前,蔡泽就已经开始实施他精心设计好的方案了。首先他故意公开扬言,只要自己到了秦国,秦王就一定会用他为相而夺取范雎的相位,以此来激怒范雎。与范雎见面后又是一副傲慢的样子,更加令范雎不悦。一开口就巧妙设计三个反问句,范雎均以肯定作答。这三个反问句其实就是蔡泽游说范雎的前提条件,他的这一劝谏方式类似于孟子引君入彀的论辩技巧。看到范雎态度有所转变,蔡泽抓住这一机会,以商君、吴起、大夫种的事例证明,虽尽忠致功,却往往不得善终。又以范蠡之事说明,功成名就后能够超然隐退,才是最明智的选择。说辞中选取的事例真实、典型,说服力强,同时借助物极必反的谚语等来论证,思想敏锐,说理透彻。范雎听了这番言论后,果然称病归相印。蔡泽游说范雎虽说是出于自己能够成为秦相的私利,但是在论说中却处处从范雎的角度出发,处处为范雎着想,既达到了自己的目的,还博得他人的好意。

　　战国时期秦是头号大国,随着军事上步步向东推进,秦国策士
在游说六国时,有时为了达到目的,不免流露出虎狼之国的特点,
说辞也强词夺理。如《秦策五·文信侯出走》中司空马说赵王一
事。当时赵刚刚败于秦,割河间十二县赂秦。而司空马又劝说赵
王"裂赵之半以赂秦",理由是"秦受地而却兵",其他诸国看到赵
危,就会来相救,赵国虽然失去一半土地,但是得到了他国的相助。
这与其说是在"约纵",不如说是在为秦国充当说客。美妙的谎言
说得再动听,终究无法掩盖其实质,司空马虽说得天花乱坠,头头
是道,但是遭到赵王的当场拒绝。《赵策三·秦攻赵于长平章》中
楼缓说赵王与此相似。楼缓本赵人,但是长期居秦,曾任秦相。秦
赵长平之战,秦大破赵后,引兵而归,并且派人向赵国索取六座城
邑作为讲和的条件,赵王拿不定主意,就与楼缓商量此事。楼缓建
议割地给秦,当赵王问"诚听子割矣,子能必来年秦之不复攻我乎"
时,楼缓的回答是:"昔者三晋之交于秦,相善也,今秦释韩、魏而独
攻王,王之所以事秦必不如韩、魏也。今臣为足下解负亲之攻,启
关通币,齐交韩、魏,至来年而王独不取于秦,王之所以事秦者,必
在韩、魏之后也,此非臣之所敢任也。"依楼缓的说法,赵被秦攻打,
而韩、魏却没有遭到同样的厄运,是因为赵侍奉秦国不如韩、魏。
从司空马、楼缓的论说辞不难看出战国时期弱肉强食的现实,唯有
强者得以生存,在那个充斥诈术、权谋的社会,道义没有存在的空
间,上述强盗理论的出现也就不难理解了。

　　秦国论说辞中也有表达真实感情的篇章,《中山策·昭王既
息民缮兵章》中白起对秦王就属于这一类。秦王欲攻赵,白起认
为此时不能去攻打赵国,并且详细论述了自己当初在秦赵长平
之战、秦攻楚鄢陵时能够胜利的原因,同时分析了此时攻赵的不
利因素。但是秦王不听劝告,果然围困邯郸八九个月不下,死伤
无数,连连失利。秦王无奈,亲自去见白起,软硬兼施。白起作
了如下回答:

　　　　臣知行虽无功,得免于罪。虽不行无罪,不免于诛。然惟
　　愿大王览臣愚计,释赵养民,以诸侯之变。抚其恐惧,伐其憍
　　慢,诛灭无道,以令诸侯,天下可定,何必以赵为先乎? 此所谓
　　为一臣屈而胜天下也。大王若不察臣愚计,必欲快心于赵,以
　　致臣罪,此亦所谓胜一臣而为天下屈者也。夫胜一臣之严焉,
　　孰若胜天下之威大耶? 臣闻明主爱其国,忠臣爱其名。破国
　　不可复完,死卒不可复生。臣宁伏受重诛而死,不忍为辱军之
　　将。愿大王察之。①

　　白起宁可受重诛而死,也不愿做败军的将领。这是一个对当时形
势有深刻洞察力,又不惜以死来维护自己一生美名的将帅的选择。
这段论说辞感情真挚,言辞恳切,但是又绝不屈服于强权,柔中带
刚。在秦国说辞中,这种以情动人的佳作实属难得。

　　总体而言,秦国论说辞在语言风格、表现手法等方面与《战国
策》全书基本相同,这些前人论述颇多,不再赘述。

　　需要补充的是,秦国说辞还引用《诗》《书》中的嘉言善语来说
理。纵横家是一批急功近利的政治家,他们面对的是政治、军事、
外交等很切实的问题,他们思考问题,也是从现实利害着眼,不从
抽象定义出发。而格言警句、圣贤名言这些纯理论的说教,远不及
真实的史实更具说服力,更使人惊警,《战国策》中很少引用前代格
言警句或者圣贤名人言论,广泛征引史实,以史为鉴,成为策士们
常常使用的游说手法。但是,在秦国说辞中还是出现了几处征引
《诗》《书》的事例,如《秦策三·秦客卿造谓穰侯曰章》:"《书》云:
'树德莫如滋,除害莫如尽。'"②《秦策三·范雎曰臣居山东章》:

----

　　① 《战国策新校注》,第1066页。
　　② 《马王堆汉墓帛书》作"《诗》云"。《尚书·泰誓》中有"树德务滋,除恶务本"句,
与此相近。

"《诗》曰：'木实繁者披其枝，披其枝者伤其心。'"①《秦策三·蔡泽见逐于赵章》："语曰：'日中则移，月满则亏。'"《秦策五·谓秦王曰臣窃惑章》："《诗》云：'靡不有初，鲜克有终。'"《诗》云：'行百里者，半于九十。'"这说明秦国策士对前代典籍的娴熟，他们精神、思想的丰富与复杂。

## 二、《史记》中所载秦人论说辞、书信与诏令

《史记》中记载了不少秦人的论说辞和书信，这些论说辞大部分又见于《战国策》，有的文字略有出入。秦人书信有《商鞅遗魏公子卬书》《张仪告楚檄文》《秦昭王遗赵王书》《秦昭王遗赵平原君书》《范雎上书秦昭王》《秦昭王遗楚怀王书》《秦昭王遗楚顷襄王书》等，此外，还有秦孝公时期向全国发布的诏令《下令国中》。其中秦孝公元年(前361)的《下令国中》和秦昭王八年(前299)的《遗楚怀王书》两篇文学成就最高。

孝公是献公子，他继位之前，秦国奴隶制度走向终结，封建制度还未确立，而其他国家早已开始封建制改革。加之从秦厉公到秦(后)出子几代，国内统治者之间权力的争夺一直未能平息，动荡不安，这一时期秦国明显落后于其他大国。秦孝公继位，急需改变这一状况，发布求贤令，广招贤才。内容如下：

> 昔我缪公自岐雍之间，修德行武，东平晋乱，以河为界，西霸戎翟，广地千里，天子致伯，诸侯毕贺，为后世开业，甚光美。会往者厉、躁、简公、出子之不宁，国家内忧，未遑外事，三晋攻夺我先君河西地，诸侯卑秦，丑莫大焉。献公即位，镇抚边境，徙治栎阳，且欲东伐，复缪公之故地，修缪公之政令。寡人思

---

① 《战国策》鲍注：逸诗。

念先君之意，常痛于心。宾客群臣有能出奇计强秦者，吾且尊官，与之分土。[①]

文告首先回顾秦穆公的伟业，接着说明厉公以来秦在诸侯争霸战争中的被动挨打局面，导致"诸侯卑秦，丑莫大焉"，这对年轻的孝公来说是莫大的刺激。又言及自己的父亲生前想要恢复穆公霸业的雄心，而如今自己想到父亲的遗愿还没有实现，常常感到痛心难过。因此，现在急欲招揽天下能强秦者，秦国将授予官爵，分给土地。文字虽然简短，但是孝公欲重整秦国昔日辉煌的决心，真实而急切，语气坚决肯定，毫不含糊。文告发布后，商鞅遂入秦，开启了在秦国历史上具有深远影响的变法，秦孝公也成为后人称颂的秦国国君之一。

秦昭王八年，秦国欲诱骗楚怀王赴武关结盟，遗楚怀王书：

> 始寡人与王约为弟兄，盟于黄棘，太子为质，至欢也。太子陵杀寡人之重臣，不谢而亡去，寡人诚不胜怒，使兵侵君王之边。今闻君王乃令太子质于齐以求平。寡人与楚接境壤界，故为婚姻，所从相亲久矣。而今秦楚不欢，则无以令诸侯。寡人愿与君王会武关，面相约，结盟而去，寡人之愿也。敢以闻下执事。[②]

楚国在楚怀王后期，国势急剧衰落，在与秦国的对抗中，明显处于劣势。秦国这封书信，显然是一个骗局，当时就有人指出这一点，昭雎就曰："秦虎狼，不可信，有并诸侯之心。"（《史记·楚世家》）《史记》载楚怀王接到秦王的书信后，"患之：欲往，恐见欺；无往，

---

① 《史记·秦本纪》，中华书局，1982 年，第 202 页。
② 《史记·楚世家》，第 1728 页。

恐秦怒"(《史记·楚世家》)。这封书信也充分表现了当时处于强势的秦王咄咄逼人的气焰,语言虽然委婉,但是柔中有刚,软中带硬,邀请中隐含着逼迫。尤其是说到秦国曾对楚国发动战争,其原因是楚太子不但"陵杀寡人之重臣",而且"不谢而亡去",才导致自己"诚不胜怒",去攻打楚国。这里的逻辑与《诅楚文》如出一辙。事情的发展果然如昭雎所言,楚怀王被扣留到秦国,死于秦。本篇与《诅楚文》内容相近,风格却不同:《诅楚文》类似战斗檄文,属于挑战书,因此气势充沛,酣畅沉雄。本篇带有诱骗性质,语气较为客气委婉,平和中肯。

有学者将《韩非子》也纳入秦国文学的范畴①。韩非曾出使秦国,《韩非子》中的《存韩》就是韩非使秦时的上书②。但是史籍中并没有韩非在秦国任职的记载,这篇上书也处处从韩国的立场出发,并非为秦国利益着想,这点李斯在《议存韩》一文中已经明确指出。因此,我们认为,将《韩非子》作为秦国文学欠妥。

战国中晚期秦文学有了十分突出的发展,无论是数量,还是成就,都远胜于春秋时期。随着政治上的节节胜利,在精神文化方面,秦国也有了不小的收获。

---

① 见马非百《秦集史》,中华书局,1982 年。张宁《秦文学探述》,收入《秦文化论丛》第九辑,西北大学出版社,2002 年。
② 有学者认为《韩非子》中的首篇《初见秦》,也是韩非使秦时的上秦王书。但已经有学者提出辩驳,主张"绝不是韩非所作"。参马世年《〈韩非子〉的成书及其文学研究》,上海古籍出版社,2011 年。

# 第六章　秦代文学

## 第一节　秦代文学成就

有关秦统一以后的传世文献有李斯等人的十五篇上书,七篇刻石文,九首歌谣。出土文献有云梦龙岗简,包括《禁苑》《驰道》《马牛羊》《田赢》以及其他文字;湖南龙山里耶秦简,主要是地方公文文书和官署档案;湖北沙市周家台秦简,包括《卅六年日》《二十八宿占》《五时段》《五行占》以及历谱、病方、《日书》、农事等。秦简上一章已经作了讨论,本章主要论述秦代其他文学样式。另外,李斯的有些散文作于秦统一以前,为集中展现李斯的文学成就,他的所有作品都在本章予以讨论。

### 一、诏令、上书、论说文

严可均《全秦文》收秦代十一人四十四篇,另有阙名五篇。其中片言只语或者篇幅甚为短小者,不予讨论。据《史记》记载,秦代散文有十五篇,其中始皇帝作二篇,《令丞相御史议帝号》和《除谥法制》,见《秦始皇本纪》;公子高作一篇,《上书请从死》,见《李斯列传》;李斯作八篇,《谏逐客书》《上书对二世》《上书言赵高》和《狱中上书》见《李斯传》,《议废封建》和《议烧诗书百家语》见《秦始皇本纪》,《议存韩》和《上书韩王》见《韩非子·存韩》;周青臣作一篇,

《进颂》，见《秦始皇本纪》；淳于越作一篇，《议封建》，见《秦始皇本纪》；赵高作一篇，《诈为始皇书赐公子扶苏》，见《李斯列传》。此外，还有二世时一篇铭文《诏李斯冯去疾》。从文体看，诏令四篇，上书七篇，颂词一篇，论说文三篇。

　　见载于《秦始皇本纪》的篇目，《秦始皇本纪》都对其具体创作时间作了说明，这里只将其他篇目的作时作简单分析。

　　《秦本纪》载："十年……大索，逐客。李斯上书说，乃止逐客令。"《谏逐客书》作于秦始皇十年（前 237）。《韩非子·存韩》中收李斯两篇上书，主要是针对韩非给秦王的上书而作，韩非上书中提到"韩事秦三十余年"，《史记·韩世家》载，韩釐王二十三年（前273），赵、魏攻韩华阳，韩请秦救，秦派白起、胡阳，败赵、魏于华阳下。韩非使秦在韩王安五年（秦始皇十三年，前 234 年），上距秦救韩三十八年，与韩非上书中"三十余年"合。因此，李斯给秦王、韩王的两封上书都应作于前 234 年。赵高的《诈为始皇书赐公子扶苏》作于秦始皇死的当年，即秦始皇三十七年（前 210）。《秦始皇本纪》载秦二世元年（前 209），二世听从赵高意见，"乃行诛大臣及诸公子"，公子高的《上书请从死》应作于这一年。二世居禁中，群臣不得见，又有人诬告李斯与其子李由谋反，李斯议督责之书只能采用上书的方式，这些都是二世二年（前 208）之事，李斯的《上书对二世》《上书言赵高》和《狱中上书》作于本年。

　　十五篇的创作时间依次是：秦王政十年（前 237），《谏逐客书》；秦王政十三年（前 234），《议存韩》《上书韩王》；秦始皇二十六年（前 221），《令丞相御史议帝号》《除谥法制》《议废封建》；秦始皇三十四年（前 213），《进颂》《议封建》《议烧诗书百家语》；秦始皇三十七年（前 210），《诈为始皇书赐公子扶苏》；秦二世元年（前 209），《诏李斯冯去疾》《上书请从死》；秦二世二年（前 208），《上书对二世》《上书言赵高》《狱中上书》。

　　四篇诏令因是下行文，语言直截了当，斩钉截铁，很少使用虚

词。尤其是赵高以秦始皇的口吻赐公子扶苏一篇,横加罪名,危言
耸听。难怪扶苏收到诏书后,会不听蒙恬的劝说,遵照"父命"自
杀。古人谓"以笔杀人",信矣。文字如下:

> 朕巡天下,祷祠名山诸神以延寿命。今扶苏与将军蒙恬
> 将师数十万以屯边,十有余年矣,不能进而前,士卒多耗,无尺
> 寸之功,乃反数上书直言诽谤我所为,以不得罢归为太子,日
> 夜怨望。扶苏为人子不孝,其赐剑以自裁! 将军恬与扶苏居
> 外,不匡正,宜知其谋。为人臣不忠,其赐死,以兵属裨将
> 王离。[①]

扶苏的罪名有,率领数十万士兵屯边,十有余年却无尺寸之功;数
次上书诽谤父皇,为人子却不孝。这两个罪名,在崇尚法家、讲求
军功、加强皇权的秦代,无论哪一种都足以构成死罪,看到"父亲"
赐给这样的诏书,扶苏焉能不死?

扶苏以自杀的行动表达了对父皇的忠诚,公子高的《上书请从
死》同样体现了这一思想:

> 先帝无恙时,臣入则赐食,出则乘舆。御府之衣,臣得赐
> 之;中厩之宝马,臣得赐之。臣当从死而不能,为人子不孝,为
> 人臣不忠。不忠者无名以立于世,臣请从死,愿葬郦山之足。
> 唯上幸哀怜之。[②]

与扶苏的罪名不同,公子高的罪名是自加的。先帝在世时,自己作
为公子,朝中的美食、车舆、华衣、宝马尽为己有,而先帝死时自己

---

① 《史记·李斯列传》,中华书局,1982 年,第 2551 页。
② 《史记·李斯列传》,第 2553 页。

却未能从死，可谓"不孝""不忠"。现在请求从死，希望圣上能够体察、哀怜自己的一片苦心。公子高真的是要为先帝从死吗？

《史记·李斯列传》载，秦二世通过阴谋手段如愿以偿当上皇帝后，唯恐诸公子及大臣生疑，于是采纳赵高意见："令有罪者相坐诛，至收族，灭大臣而远骨肉……尽除去先帝之故臣，更置陛下之所亲信者近之。""二世然高之言，乃更为法律。于是群臣诸公子有罪，辄下高，令鞠治之。杀大臣蒙毅等，公子十二人僇死咸阳市，十公主矺死于杜。"在这样的高压恐怖的政治环境下，公子高自知无法逃避这场厄运，但是又"恐收族，乃上书曰"云云。公子高上书的目的是不愿因自己而株连到家族成员，于是自轻自贱，给自己编造了所谓的"罪名"。从这番良苦用心不难看出当时人人自危的处境，二世时刑罚严苛不难想象。

李斯的《上书对二世》主要讲督责之术的重要性。其时陈胜、吴广起义如火如荼，李斯的儿子李由时为山川守，无法禁止"群盗"，使者调查李由与群盗的关系，李斯甚为恐惧，不知如何，便作了这篇意在逢迎二世以便能够得到宽恕的文章。

文章写作的动机虽有乞怜之意，但是从文本本身看，却丝毫没有表露出这一点。通篇以维护二世的皇权为出发点，说明贤主要明察大臣的行为，只有严格实行赏罚之制，臣主之分定，上下之义明，才能独制于天下。文中突出反映了法家思想，文风亦带有法家峭拔峻削、森严冷酷、惨刻无情的特点，颇似韩非子的一些政论文。文中还列举前人史事与生活中的事例进行说理，如为了说明轻罪重罚的必要性，举了"布帛寻常，庸人不释；铄金百溢，盗跖不搏"，以及"城高五丈，而楼季不轻犯也；泰山之高百仞，而跛牂牧其上"等例证。修辞手法的运用也增加了文章的文采，"若此则谓督责之诚，则臣无邪，臣无邪则天下安，天下安则主严尊，主严尊则督责必，督责必则所求得，所求得则国家富，国家富则君乐丰"，使用一连串的顶真句式，指出"督责之诚"对于"国家富"与

"君乐丰"的重要。其他像"且夫俭节仁义之人立于朝,则荒肆之乐辍矣;谏说论理之臣间于侧,则流漫之志诎矣;烈士死节之行显于世,则淫康之虞废矣"等句式读后无不给人留下深刻印象。总之,本篇在思想内容方面可取之处并不多,但是在艺术上是一篇较为成功的论说文。

《上书言赵高》写于朝中"事皆决于赵高"之时。起笔就开门见山指出"臣闻之,臣疑其君,无不危国;妾疑其夫,无不危家",说明大臣不信任国君,大权独揽的危害。接着以距离秦代不远的春秋战国史事为例,"昔者司城子罕相宋,身行刑罚,以威行之,期年遂劫其君。田常为简公臣,爵列无敌于国,私家之富与公家均,布惠施德,下得百姓,上得群臣,阴取齐国,杀宰予于庭,即弑简公于朝,遂有齐国",这两件事都足以使在上位者惊警。最后指出现在赵高正如当年的子罕、田常,若陛下不早图,恐其有变。文章虽短,但是论点明确,论据充分有力,分析透彻,发人深思。秦二世后来被赵高逼迫自杀,李斯的预言得到了验证。

《狱中上书》是李斯因被诬陷与其子有谋反状入狱后所作。文中主要罗列了自己身为丞相,治民三十余年以来的七大"罪状",如罪一:

> 先王之时秦地不过千里,兵数十万。臣尽薄材,谨奉法令,阴行谋臣,资之金玉,使游说诸侯,阴修甲兵,饰政教,官斗士,尊功臣,盛其爵禄,故终以胁韩弱魏,破燕、赵,夷齐、楚,卒兼六国,虏其王,立秦为天子。①

其他罪状内容与此相仿。文中使用了抽丝剥茧式的言"罪"辩"罪"

---

① 《史记·李斯列传》,第 2561 页。

的手法,与其说是在请罪,不如说是在摆功。这与《晏子春秋》中载《景公所爱马死》、《韩非子》所载《炮人三罪》写法如出一辙。客观地说,李斯自庄襄王三年(前247)入秦,到秦二世二年(前208)被杀,仕秦近四十年。在他仕秦期间,国内的一系列政策的制定,李斯起了不可忽视的作用,文中所说自己为秦王室立下的汗马功劳并非全为夸饰。他写这封信的目的无非是想要二世明察自己的一片忠心,给予宽赦。形式上,这篇书信没有多余的客套之词,开篇便说明自己的罪行,七大罪行列举完毕,文章也随之结束。并列的七段话,都以"罪一矣""罪二矣"形式出现。加之全篇以短句为主,造成一种急促激切的气势,这种气势既来源于李斯对自己功绩的自信,又来源于无辜入狱后的愤激不平。文章最后希望"陛下察之",对于昏庸的二世依然抱有幻想。李斯一生对自己追求的目标非常明确,对自己的能力也颇为自信,他似乎对困难、挫折、不幸之类的体验甚为淡漠,因此李斯文章总有一股不可抑制的阳刚之气。本篇也不例外,即使身陷狱中,也没有祈求,没有自责。遗憾的是,直到临死的最后一刻,他方才有所悔悟,"斯出狱,与其中子俱执,顾谓其中子曰:'吾欲与若复牵黄犬俱出上蔡东门逐狡兔,岂可得乎?'遂父子相哭,而夷三族"(《史记·李斯列传》)。死前父子相哭的凄惨场面的确令人嘘唏,在李斯与赵高合谋陷害太子扶苏欲立胡亥时,他也许不会想到等待他的是这样的结局吧?

　　《韩非子·存韩》中收录李斯的两篇上书,前一篇直接针对韩非给秦王的书信而作。《议存韩》中首先说明韩非书中所言"韩之未可举",自己"甚以为不然"。"秦之有韩,若人之有腹心之病",虽然韩国现在臣于秦国,但是随时都会背叛秦。假如韩与楚国合谋攻秦,其他国家也一同响应,秦必然会重蹈崤之败的覆辙。接着,他一针见血指出,韩非来使并非为了秦国,而是为了存韩,希望陛下不要被他的淫非之辩所蒙蔽。最后,李斯为秦王提供了一条计谋：秦发兵却不说要攻取的对象，这样韩、齐等国必然会畏惧秦，"臣斯请往见韩王，使来入见"，把韩王作为人质，逼韩割地给秦，齐国因畏惧秦也会接受秦使者的建议，与赵绝交。这样，诸侯可蚕食而尽。

《上书韩王》是《议存韩》中计谋实施后李斯使韩时作。颇具戏剧性的是，李斯指出韩非上书中处处为秦的背后实质是为了存韩，他却在使韩时也用了同样的办法。李斯使韩，不料韩王却不愿见他，李斯的全盘计划将无法进行，这时李斯处境非常被动，因此上了这封书信。信中起笔回顾秦、韩前世曾经结为友好邻邦的历史，正因为两国戮力一心，才使得天下数世都不敢侵犯。韩国遭到五国诸侯的共同讨伐时，是秦的及时援助，才免于灭国。没想到最近韩国却背信弃义，参与诸侯伐秦的行动，这样做的结果是，诸侯将割韩地以谢秦，韩国咎由自取。绵里藏针，谴责了韩国对秦的不义。进而又说到以赵为首的诸国联军，欲向韩借道去攻秦，实质是想先灭韩后灭秦，韩将再次面临亡国之患。秦、韩现在处于同样的危险境地，自己这次出使韩国就是带着秦王的意愿，与韩王商讨共同对付赵国之事。韩国现在杀了自己，不但于韩无益，反而会给韩国带来祸患，使秦国释赵之患而移兵于韩，到了那时，想用自己的计谋，为时晚矣。恩威并施，危言耸听，与他给秦王上书的风格略有不同。

李斯作品最著名的是《谏逐客书》，文章辞采华美，排比铺陈，音节流畅，理气充足，对此前贤多有论述，不再重复。

秦朝短命，秦代作家寥寥，李斯诸多散文的创作（包括刻石文），对秦文学能立于中国古代文学的大家庭起了决定性作用。鲁迅言："秦之文章，李斯一人而已。"[①]实不为过。

---

①　鲁迅《汉文学史纲要》，人民文学出版社，1973年，第31页。

## 二、刻石文

　　秦刻石文共七篇,除《峄山刻石》(《金石萃编》卷四著录)外,其他六篇《秦始皇本纪》中都收录。刻石文创作时间依次为:秦始皇二十八年,《峄山刻石》《泰山刻石》《琅邪台刻石》;秦始皇二十九年,《之罘刻石》《东观刻石》;秦始皇三十二年,《碣石刻石》;秦始皇三十七年,《会稽刻石》。

　　刻石文是秦始皇在多次巡游时为表功而作,都出自李斯之手,内容是对始皇帝的颂扬,类似后代颂赞体。七篇结构相近,一般首述巡游时间地点,接着称颂秦始皇的伟大功绩,最后以群臣对始皇帝的敬仰、刻石以著经纪作结。从反映的思想看,大一统是主流,但其他思想也零星出现,如"孝道显明""圣智仁义,显白道理""尊卑贵贱,不逾次行""大义箸明""专隆教诲""贵贱分明,男女体顺",接近儒家;"靡不清净""体道行德"有道家痕迹;"作制明法,臣下修饬""端平法度""初平法式,审别职任",又类于法家。

　　从总体风格看,各篇同中又略有差异。清李兆洛《骈体文钞》称《峄山刻石》"骏厉",《泰山刻石》"精硕",《之罘刻石》"颖锐"等①。他指出刻石文的风格特征,对刻石文体现的丰富性和多样性给予了肯定。

　　《之罘刻石》开首叙述皇帝出游时间,"维廿九年,时在中春,阳和方起。皇帝东游,巡登之罘,临照于海"。在阳光明媚、万物复苏的日子,秦始皇带领群臣登上了之罘。起笔语调舒展、轻松,一行人意气风发,浩浩荡荡,一路欢声笑语,表现了作为胜利者一统天下后的豪情和气势,是一幅太平盛世的康泰气象。面对着广阔无垠的大海,自然引发群臣们的思绪,联想到了始皇帝的丰功伟绩,

---

　　① 李兆洛《骈体文钞》卷一,上海书店据世界书局旧版本影印本,1988 年。

"大圣作治,建定法度,显著纲纪。外教诸侯,光施文惠,明以义理"。古代被称为圣人的有尧、舜、禹、孔子等,这里始皇帝被尊为"大圣",远在圣人之上。司马迁称"刻石颂秦德",但这样的称颂近乎极致。比较有讽刺意味的是,这位"大圣"皇帝,在后代却遭到了许多批判。始皇帝的最大功绩是消灭六国,统一了天下,因此在称颂的同时,自然要对六国声讨一番。"六国回辟,贪戾无厌,虐杀不已"。六国奸回邪辟,贪戾残虐,乱杀无辜。至此,语调也由平和、自豪转为愤慨、激越。始皇帝爱怜百姓,出师讨伐,奋武扬威,所向披靡。诛灭了强暴,拯救了百姓,天下从此秩序井然。"皇帝哀众,遂发讨师,奋扬武德。义诛信行,威燀旁达,莫不宾服。烹灭强暴,振救黔首,周定四极。普施明法,经纬天下,永为仪则"。这时的语气又转为欢欣、轻松了,这里的轻松是战乱结束后的释然。最后说明刻石缘由,又以对皇帝的称颂作结。全篇只有三十六句,却有张有弛,随着作者感情的变化,遣词造句也各不相同,有时舒缓,有时激越。

《会稽刻石》是最长的一篇,也是创作最晚的一篇,作于始皇帝死的当年,始皇帝就是在这次巡游中死于沙丘。其时始皇帝因儒生"为妖言以乱黔首",下令坑儒。又有坠星至地为石,黔首在石上刻"始皇帝死而地分"。始皇帝在世时,虽然大规模的反秦起义还没有爆发,但是社会矛盾已经非常尖锐。《会稽刻石》结构与其他篇目大体相同,首颂功绩,既讨六国,最后点明刻石缘由。但是在声讨六国的时候,使用笔墨明显多于其他篇章,"六王专倍,贪戾慢猛,率从自强。暴虐恣行,负力而骄,数动甲兵。阴通间使,以事合从,行为辟方。内饰诈谋,外来侵边,遂起祸殃。义威诛之,殄熄暴悖,乱贼灭亡"。历数六国罪行,十五句一气而下,愤怒之情无法遏制,连"乱贼"这样的词也出现了,明显有些失态。这段文字与其他篇章追求典雅、浑朴的风格显得有些不太一致。联系当时的一系列社会问题,可知这些文字的出现正是作者内心思想不自觉的表露。

总的看来,《峄山刻石》《之罘刻石》《东观刻石》和《碣石刻石》,都短小精悍,用词庄严,结构紧凑;《琅邪台刻石》和《会稽刻石》,则铺张扬厉,似有囊括吞吐天下之气。形式上,都采用四言,除《琅邪台刻石》以两句一节押韵外,其余都是三句一节一押韵,七篇的句数都是六的倍数,这是秦代为加强思想统治,迷信“五德始终说”,欲将统治者的一切行动神秘化的具体表现。“更命河曰‘德水’,以冬十月为年首,色上黑,度以六为名”(《史记·封禅书》),在秦代制度中,黑色和“六”无孔不入,“衣服旄旌节旗皆上黑。数以六为纪,符、法冠皆六寸,而舆六尺,六尺为步,乘六马”(《史记·秦始皇本纪》)。几篇刻石都写得气魄雄伟,浑朴清峻,语言典雅,结构整伤,声调铿锵。刘勰评曰:“秦皇铭岱,文自李斯,法家辞气,体乏弘润。然疏而能壮,亦彼时之绝采也。”(《文心雕龙·封禅》)说刻石文疏朗而又雄壮,具有法家辞气,评价较为客观。

七篇刻石文句数或三十六句,或七十二句[①],可见是李斯精心构思之作。法家崇尚法度,要求一切以法为总则,全国步调一致。刻石文有固定的句数,有相同的叙述模式和章法形式,李斯对刻石文颇具匠心的结构设计,与他法家角色相统一,是法家思维在文学中的体现。

刻石文也有一些明显的缺点。第一,七篇文章内容、结构完全相同,甚至有些用词都非常接近。这些篇章假如各自成篇,不失上乘的颂赞体,但是合而观之,则不免使人有雷同、重复之感。第二,文中多用概括性、抽象性的颂扬之词,有些未免言过其实,读之给人谄谀、空洞之嫌,缺乏真实感人的形象。虽然气魄雄伟,但是难以感动读者。第三,受整齐的四言句式、三句一韵的形式以及全篇句数

--------

① 《峄山刻石》《泰山刻石》《之罘刻石》《东观刻石》《碣石刻石》为三十六句,其余两篇为七十二句。《碣石刻石》现存九章二十七句,前脱三章九句。

是六的倍数这些外在因素的制约,有些句式略显生硬,尤其是三句一韵在韵脚处过渡时有时不太自然,有的则有拼凑的感觉。

刻石文上承《诗经》中的颂诗和石鼓文,但是又有变化。《诗经》中的颂诗赞扬先祖功业,结构板滞,语言艰涩,风格雍容华贵,在记载西周史料方面有重要价值,但是就文学性而言,远不及风诗受人喜欢。刻石文克服了颂诗的缺点,采用当时通行语,同时融入大一统时代的精神和气势,具有新时代的气息,行文也较颂诗更为多样、流畅,在颂诗的基础上作了有益的创造。

郑樵言:"秦人始大其制而用石鼓,始皇欲详其文而用丰碑。"[①]刻石文之前,现存秦国已有的刻石文字是石鼓文、石磬铭文与《诅楚文》。石鼓文和石磬铭文作时接近,风格也相似。石鼓文重在游猎场面、打猎过程的描写,清新自然。急速逃奔的野兽,勇武敏捷的猎手,游猎地点花红柳绿的美景,读之会有身临其境的感觉。诗歌并没有直接对国君加以赞颂,但是诗人生当此时的那种自豪却无法掩饰,可以说对国君的赞颂就渗透在这些描写当中,这种赞颂是由衷的,真实的。石磬铭文因残缺严重,其总体成就无法得知。从铭文中"百乐咸奏,允乐孔煌"几句看,描写百乐齐奏的场面颇为壮观。刻石文与石鼓文、石磬文相比,多了一些宏阔之气和霸气,少了一份悠然自得的恬淡和清丽。在用词、句式上,多判断式、命令式语句,以表功为主,少描写性词语,带给我们更多的是一统天子的皇权和声威,在形象性和感染力方面反而不及石鼓文和石磬文。

后代碑铭常有序文,序文一般介绍碑铭的写作缘由、经过等。《琅邪台刻石》也已有序文。清姚鼐在《古文辞类纂序目》中曾曰:"碑志类者,其体本于《诗》,歌颂功德,其用施于金石。周之时有石鼓刻文,秦刻石于巡狩所经过,汉人作碑文,又加以序。序之体,盖

---

① 郑樵《通志·金石略》,上海古籍出版社,1990年,第734页。

秦刻琅邪具之矣。"①《史记·秦始皇本纪》全文著录《琅邪台刻石》后,有一段补充说明文字:

> 维秦王兼有天下,立名为皇帝,乃抚东土,至于琅邪。列侯武城侯王离、列侯通武侯王贲、伦侯建成侯赵亥、伦侯昌武侯成、伦侯武信侯冯毋择、丞相隗林、丞相王绾、卿李斯、卿王戊、五大夫赵婴、五大夫杨摎从,与议于海上。曰:古之帝者,地不过千里,诸侯各守其封域,或朝或否,相侵暴乱,残伐不止,犹刻金石,以自为纪。古之五帝三王,知教不同,法度不明,假威鬼神,以欺远方,实不称名,故不久长。其身未殁,诸侯倍叛,法令不行。今皇帝并一海内,以为郡县,天下和平。昭明宗庙,体道行德,尊号大成。群臣相与诵皇帝功德,刻于金石,以为表经。②

这段文字就是刻石的序文。序文介绍了本次巡游的随从官员,批评了前代帝王所刻金石刻辞名实不符,并且假借鬼神欺世惑众,大力肯定了始皇帝并一海内的功德,故刻辞于金石,作为表率与典范永垂于世,指出刻石的缘由。序文主体部分以四言为主,押韵,与后代序文一脉相承。

刻石文尽管还有一些不足,但是毕竟开启了一种新的文学样式,后代纪功类碑铭文皆祖述之。如张载的《剑阁铭》中就可以找到刻石文的痕迹,唐代元结的《大唐中兴颂》采用的是三句一章的体制,显然继承刻石文而来,四言也成为后代碑铭文最常见的句式。对于秦的暴政后代一致加以批判,而对于刻石文却有不少正面的评论,刘勰云:"始皇勒岳,政暴而文泽。"(《文心雕龙·铭箴》)

---

① 姚鼐《古文辞类纂序目》,北京市中国书店 1986 年据世界书局影印本。
② 《史记·秦始皇本纪》,第 246—247 页。

鲁迅更是从文体源流的角度给予评价:"质而能壮,实汉晋碑铭所从出也。"①

### 三、歌谣

目前所见秦代歌谣,有以下几首:

1.《秦始皇时民歌》

生男慎勿举,生女哺用脯。不见长城下,尸骸相支柱。②

本诗见《水经注·河水三》《意林五》《诗纪前集二》等,《水经注》引晋代杨泉《物理论》"秦始皇使蒙恬筑长城,死者相属,民歌云云"③,分析完全符合诗歌本意。诗中一反古人重男轻女的传统思维,认为生了男孩不要抚养,生了女孩却要精心喂养,乍一看,颇令人疑惑。后两句道出这种反常思维产生的原因:生女孩可以免于被抓去服劳役,逃脱厄运,这是广大民众对当时深重徭役的痛诉。整首诗意境悲凉、沉重,仿佛两个失去儿子、无依无靠的孤寡老人在诉说着心酸的往事,谆谆告诫新婚的青年男女。形式上,隔句用韵,已经是整齐成熟的五言诗。本诗可能经过后人的润色,但在五言诗的发展史上依然有一定地位。

2.《甘泉歌》

运石甘泉口,渭水不敢流。千人唱,万人讴,金陵余石大如堰。

---

① 《汉文学史纲要》,第 30 页。
② 以下六首民谣均录自逯钦立辑校《先秦汉魏晋南北朝诗》,中华书局,1983 年。
③ 陈桥驿注释《水经注》,浙江古籍出版社,2001 年,第 39 页。

本诗见于《博物志四》《关中记》《御览》五百五十九引流钩二韵、《诗纪前集二》。《三秦记》曰:"始皇作郦山陵,周迴跨阴盘县界,水背陵障,使东西流。运大石于渭北渚,民怨之,作《甘泉》之歌曰。"①

帝王的贪欲,造成了千万百姓家破人亡。本诗反映的思想与前一首相仿,在表现手法上二者却迥然不同。前一首重在叙述事情原委,语言直率质朴。本诗却运用了拟人、夸张手法,水上运输,连渭水都吓得不敢流了。那千人唱、万人讴的宏大场面,震耳欲聋的吼声背后是民众内心难以压抑的愤怒的迸发。两首诗歌手法各异,却收到同样的效果。

3.《泗上谣》

　　　　称乐太早绝鼎系。

本诗见于《水经注·泗水》《诗纪前集三》。《水经注》曰:"周显王四十二年,九鼎沦没泗渊。秦始皇时而鼎见于泗水,始皇自以德合三代,大喜,使数千人没水求之,不得,所谓鼎伏也。亦云系而行之,未出,龙齿啮断其系。故《语》曰。"②诗歌虽只有一句,但是讥讽之意非常明显。读后不难设想民众在看到鼎系断绝后欢欣鼓舞的情形。

4.《秦世谣》

　　　　秦始皇,何强梁。开吾户,据吾床。饮吾酒,唾吾浆。飧吾饭,以为粮。张吾弓,射东墙。前至沙丘当灭亡。

本诗见于《异苑四》。逯钦立云:"《异苑》曰:'秦世有谣曰云

① 逯钦立《先秦汉魏晋南北朝诗》,中华书局,1983年,第32页。
② 《水经注》,第403—404页。

云。始皇既坑儒焚典，乃发孔子墓，欲取诸经传。圹既启，于是悉如谣者之言。'又言谣言刊在石壁，政甚恶之，乃远沙丘而循别路，见一群小儿辇沙为阜，问，云沙丘，从此得病。"①前人说法虽然不一，但本诗乃诅咒始皇早死无疑。首句总述始皇的残暴统治，中间八句一一指出各种罪行，最后指出其必然下场。本诗最大的特点是连用十句三言句，最后以七言作结。短促的三言连用，由开始的揭露、控诉，直至最后直接诅咒早死，久已积压在内心的愤怒再也无法压制，终于迸发而出。三言句式在先秦已经出现，《周易》卦爻辞、《诗经》都有零星三言，但是全诗以三言为主，如此多而整齐的三言句式排列，在先秦诗中很罕见，秦代以后完整成熟的三言诗也很少。这首诗在三言句式的运用方面已经非常成熟而自然，中间八句除"以为粮"外，其余都是动词加宾语的结构，隔句为韵，完全使用口头语，显得平实质朴，堪为民谣中的佳作。

5.《童谣》

阿房阿房亡始皇。

本诗见于《述异记下》。《史记·秦始皇本纪》载："三十五年……于是始皇以为咸阳人多，先王之宫廷小，吾闻周文王都丰，武王都镐，丰镐之间，帝王之都也。乃营作朝宫渭南上林苑中。先作前殿阿房，东西五百步，南北五十丈，上可以坐万人，下可以建五丈旗。"本诗当作于此时。

诗歌短小，音节短促，直抒胸臆，就像是迫使修建阿房宫的劳动者在极度劳累时禁不住的仰天长叹。虽然没有过多的修饰，但是脱口而出，更加真实感人。

---

① 《先秦汉魏晋南北朝诗》，第 45 页。

6.《琴女歌》

　　罗縠单衣,可裂而绝,八尺屏风,可超而越,鹿卢之剑,可负而拔。

关于本诗之背景,《燕丹子》云：

　　轲左手把秦王袖,右手揕其胸,数之曰："足下负燕日久,贪暴海内,不知厌足。於期无罪而夷其族。轲将海内报雠。今燕王母病,与轲促期,从吾计则生,不从则死。"秦王曰："今日之事,从子计耳! 乞听琴声而死。"召姬人鼓琴,琴声曰……轲不解音。秦王从琴声负剑拔之,于是奋袖超屏风而走。①

《史记·刺客列传》的《正义》也引《燕丹子》这一段,文字与此略异。
　　《燕丹子》约成书于东汉,这首诗歌很可能在民间流传很久,因与燕太子丹有关,所以被编入《燕丹子》中。《燕丹子》一书,《四库全书》入子部小说家类,可见此书多虚构成分。司马迁在《史记·刺客列传》中并未提到姬女鼓琴一事,从当时实际情形看,在千钧一发的危急关头,这位琴女是否可以镇定自如地用荆轲听不懂的秦方言演奏一首歌曲? 秦王在慌乱中是否听懂了琴女的暗示? 这些都很值得怀疑。荆轲刺秦王在秦统一前六年,即秦王政二十年（前227）,这首诗歌当创作流传于这一事件之后不久,将之列入秦代诗歌应该没有太大问题。
　　诗歌虽只有六句二十四字,但是却给秦王指出了脱离险境的三个步骤。其时荆轲已经左手抓着秦王的袖子,右手拿着匕首直指秦王的胸部,形势万分危急。于是这位琴女前两句告诉秦王可

———————

　　① 《燕丹子》,程毅中点校,中华书局,1985年,第15—16页。

以使一把劲,扯断袖子,挣脱对方的直接控制。中间两句又说大殿上的屏风并不高,挣脱后可以越过屏风迅速逃离。最后两句说在逃离的过程中,要同时拔出佩剑用于自卫。这三个步骤,一定程度上符合实际情况。

本诗中的这位琴女,称得上是大智大勇的奇女子了。《列女传》中也载有一位秦国女子伯嬴,她是某位秦公之女,嫁到楚国。吴楚柏举之战,楚大败,吴王阖闾尽妻楚后宫,轮到伯嬴,伯嬴持刀以对吴王,终至吴王羞愧作罢。秦文化中杂有戎狄文化的成分,因此重男轻女的思想并不像中原国家那么严重,秦国女子的地位、人们对女子的态度相对较为平等,这是这些惊世绝俗的女子形象得以产生的社会背景。

7.《邑人谣》

神仙得者茅初成,驾龙上升入泰清,时下玄洲戏赤城,继世而往在我盈,帝若学之腊嘉平。

《史记·秦始皇本纪》:"三十一年十二月,更名腊曰'嘉平'。"《集解》引《太原真人茅盈内纪》曰:"始皇三十一年九月庚子,盈曾祖父蒙,乃于华山之中,乘云驾龙,白日升天。先是其邑谣歌曰……始皇闻谣歌而问其故,父老具对此仙人之谣歌,劝帝求长生之术。于是始皇欣然,乃有寻仙之志,因改腊曰'嘉平'。"诗中提到"嘉平"正与史载相合。

秦始皇生前为了满足自己的贪欲,大兴土木。此外,还有一件时时困扰始皇,即使是贵为帝王的他有时也无可奈何的事,那就是死亡的一天天接近。为此,他四处求长生之药,东巡时还找徐福等人,徐福东渡就是在这一思潮下发生的。神仙家、方士在秦代受到前所未有的尊重。据《史记·秦始皇本纪》载,始皇在死的前一年(秦始皇三十六年,前211年),看到黔首在陨石上刻"始皇帝死而地分"字样,甚不悦,不但尽诛石旁居人,燔其石,还让博士作《仙真人诗》,可见神仙思想对始皇帝的影响。

《邑人谣》反映的是神仙家思想。句式为整齐的五句七言句,七言句式在秦文学中数次出现,秦简《为吏之道》、前引民谣中都有七言句式出现,因此,这首诗歌全都用七言也不是没有可能。本诗可能经过后人的加工。

8.《秦始皇歌》

> 洛阳之水,其色苍苍。祠祭大泽,倏忽南临,洛滨醊祷,色连三光。①

关于本诗之创作缘由,《古今乐录》曰:"秦始皇祠洛水,有黑头公从河中出,呼始皇曰:'来受天宝。'乃与群臣作歌。"

秦始皇统一中国以后,采用"五德始终说",认为秦代周乃是水德代替火德,因此极力宣扬代表水德的黑色。《古今乐录》所载黑头公呼始皇一事,是当时统治者为了使其统治神秘化所作的附会,实不足信。诗歌表现了始皇帝与群臣一行,祭祀洛水之神,面对着洛水,志满意得的豪情。总体情调与秦代其他诗歌截然不同。

9.《琴引》

> 酒坐俱毋,往听吾琴之所言。舒长袖似舞兮,乃褕袂何曼。奏章而却逢兮,愿瞻心之所欢。借连娟之寒态兮,假卮酒酌五般。泣喻而妖兮,纳其声声。丽颜歌长樯兮。叹曰:骑美人旖旎纷嫱枇霜罗衣兮,羽旄夜褒圭玉珠参差妙丽兮,被云

---

① 诗歌以及下文《古今乐录》引文均引自郭茂倩《乐府诗集》,中华书局,1979年,第1173页。

臂登高台兮望青挨，常羊啖还何厌兮归来。①

《琴苑要录》曰："《琴引》者，秦时倡屠门高之所作也。秦为无道，奢淫不制，征天下美女，以充后宫。乃纵酒离宫，作戏倡优，宫女侍者千余人。屠门高见宫女幼妙宠丽，于是援琴而歌之，作为离鹄之操。曲未及终，琴折柱摧，弦音不鸣，舍琴而更援他琴以续之。"《琴苑要录》云本诗之作者为秦代倡优屠门高，可信。诗歌从句式到用词，都有明显的楚辞体的痕迹。个别句子难以卒读，疑有误。

10.《孔子遗书》

《汉魏六朝笔记小说大观》中记载了一则有关秦始皇死亡的材料：

或曰："孔子将死，遗书曰：'不知何男子，自谓秦始皇，上我之堂，据我之床，颠倒我衣裳，至沙丘而亡。'"②

这则故事富于传奇色彩，两百多年前的孔子，就已经预测到秦始皇将会死于沙丘，民众赋予孔子超强的预测能力，体现了他们的智慧。

秦人还有《仙真人诗》，惜已不传。从题目看，应是为秦始皇追求长生求仙而作，这是古代最早的有关游仙的作品，鲁迅《汉文学史纲要》中称为后世游仙诗之祖。

以上所列秦代诗歌，大都篇幅短小，有的还有残缺，因此我们无法了解秦代诗歌的全貌。就现有文字看，这些诗歌都与秦始皇

---

① 诗歌以及《琴苑要录》引文俱引自冯惟讷《古诗纪》，文渊阁四库全书本。

② 见《殷芸小说》，收入《汉魏六朝笔记小说大观》，上海古籍出版社，1999 年，第1024 页。

有关。一个最突出的特点是都反映了当时的重大事件，如修筑长城，广建宫室，大修陵园，求仙问药等，这充分表明这些事件在当时社会上产生的巨大影响，百姓对秦始皇的厌恶以及对这些事的反感。总体看，诗歌带给我们的是悲愤、无奈、凄怨，与《秦风》的上下一心、同仇敌忾，石鼓文的清新明快不同。秦代诗歌继承了先秦民谣质朴、真实的特点，感情真切，爱憎分明，浅白直露，没有文人作品中太多的心理顾虑，也没有过多的修饰语，直抒胸臆，代表了广大百姓的心声。形式上，《诗经》、楚辞对这些诗歌的影响并不大，诗歌句式或三言，或五言，或七言，这些句式的运用也较为成熟自然。到了汉乐府，三言、五言使用已经非常普遍，成为主要的句式，七言也间有使用。秦代诗歌总体上表现出向汉乐府过渡的迹象，风格更近于汉乐府而远于《诗经》、楚辞。

## 第二节　秦代的文化政策对秦文学的影响

### 一、秦代前期

孝公时商鞅变法压制文学辩士、禁止文艺创作和文学活动的政策到了秦惠文王时有所松动，到战国晚期，秦国对曾被商鞅视为蠹蠹的辩慧、文学、游宦之士，以及《诗》《书》、礼乐等开始认同和吸收。惠王时就有墨家学者田鸠、谢子等西入秦，秦国的墨者唐姑果还与谢子相与争宠于惠王之前。李斯作于秦始皇十年的《谏逐客书》中提到秦国从其他国家吸取了许多乐歌，《吕氏春秋》的编撰也得益于秦国广泛引进各家人才的举措。这时秦始皇还有意收罗人才，礼贤下士。如韩非子的文章传到秦国后，"秦王见《孤愤》《五蠹》之书，曰：'嗟乎！寡人得见此人与之游，死不恨矣！'"（《史记·老子韩非列传》）《史记·叔孙通列传》曰："叔孙通者，薛人也。秦时以文学征，待诏博士。"对于李斯那篇辞采华美的《谏逐客书》，始皇帝不但没有治李斯之罪,反而因之取消了逐客令。由此可见秦始皇对文学、文化的态度。

随着秦王朝政治上的一统,在文化上,秦始皇也颁布了旨在振兴文化事业的政策。在全国统一了文字,大量召集文士。如《史记·秦始皇本纪》载"悉召文学方术士甚众,欲以兴太平","诸生皆诵法孔子"。又仿效前代其他国家,设置了博士制度。《史记·封禅书》载当时博士制度的名额为七十人。这些博士的职掌有三:一,通古今;二,辨然否;三,典教职①。其中,典教职就是有关文化教育之事。博士们还可以参与讨论国家大事,皇帝个人有所疑难,常常征询博士意见。如始皇帝二十八年,"与鲁诸儒生议,刻石颂秦德,议封禅望祭山川之事",渡江至湘山祠,"逢大风,几不得渡。上问博士曰……"(《史记·秦始皇本纪》)

秦王朝还有意利用文学形式宣扬功德与皇威,以求长垂于世,刻石文就是当时具有代表性的官方文艺作品。这些刻石文中常有"祗诵功德""永为仪则""垂著仪矩"等字样,当时制作刻石文的宗旨,就是借刻石文求不朽。

## 二、秦代后期

焚书坑儒事件是秦代文化政策的转折点,李斯则是这一事件的直接导演。秦始皇三十四年,焚烧书籍;次年,坑杀儒生,这是秦王朝用野蛮暴力手段大规模镇压文士、摧毁文化的一场历史悲剧。随着秦始皇皇权的一步步加强,在一片歌功颂德声中,他逐渐失去了礼贤下士、招致文士的优良作风,变得越来越骄纵专横,甚至发展到对自己的权威绝对迷信的地步,容不得任何不同声音的存在,即使是太子也没有发言的机会。《秦始皇本纪》载坑儒之前太子扶

---

① 马非百《秦集史》,中华书局,1982年,第892页。

苏曾劝谏始皇勿杀儒生,始皇不但没有采纳太子意见,反而大怒,将太子赶出都城,"使扶苏北监蒙恬于上郡"。焚书的直接导火索是朝廷议事一事。由于淳于越的一番善意的进言,始皇顿然翻脸,并且由此扩大到在全国范围内焚烧各种著作,实行全面的禁锢思想与言论的政策。至此,事态的发展远远超出了判断一场廷议是非的范围。

哪些著作在焚烧之列?李斯的上书说得很清楚:"臣请史官非秦记皆烧之。非博士官所职,天下敢有藏《诗》《书》、百家语者,悉诣守、尉杂烧之。有敢偶语《诗》《书》者弃市,以古非今者族。"(《史记·秦始皇本纪》)坑杀的儒生也是那些"或为妖言以乱黔首","皆诵法孔子"的人。秦王朝在后期沿用了商鞅的愚民政策,认为民众没有学习、参考、比较的书籍,就会绝对服从,不再进行非议,于是赤裸裸地宣称要用屠刀来对付文学讨论与政治批评。然而,他们愚民的结果是自我蒙昧,最终导致了政权的土崩瓦解。

与商鞅变法时相同,这一时期也并非所有文学创作都是禁止的,允许存在的是歌功颂德之辞,御用遵令之作。如始皇帝在三十六年命博士作《仙真人诗》,三十七年巡游,又作《会稽刻石》。这些自我欺骗的应制之作,是对秦帝国大厦加速倾覆的极大嘲讽。

秦代在前期,基本延续战国晚期的文化政策,广招文士,广开言路。然而这样的局面并没有维持多久,随着始皇的高压政策,战国晚期至秦代前期人才汇聚关中的繁盛景象从此不再,代之而起的是更加严厉的禁锢思想与文化的政策。终秦王朝十五年,文学作品数量较少,除了时间短暂外,与秦代的文化政策也有直接关系。

# 第七章　秦文学、文化与
## 周边文学、文化

　　春秋时期，与秦国交往较多的是周、晋、楚、戎狄。战国时期，随着秦势力的逐步东扩，秦与燕、齐等国家也逐渐有了交往，然而，燕、齐等国家在秦统一以前对秦文化的影响并不大。因此，本章只讨论对秦文化影响较大的秦周边大国。在秦周边大国中，周王室、戎狄对秦文化的形成影响深远。晋、楚两国中，秦与晋的交往远多于楚。本章首列周王朝，次戎狄，次晋国，次楚国。有关秦国史料前几章已经作了详细论述，本章在将秦文化与其他文化对比时，凡涉及前文已经讨论过的有关秦国内容，从简处理，不再重复。

## 第一节　秦文化与周文化

### 一、与周王朝的政治交流

　　秦人与周王朝的交流由来已久。据赵逵夫师考证，我国古代四大民间传说故事之一——牛郎织女故事中的牛郎就是由周人之祖叔均而来，织女则是由秦人始祖女修而来，牛郎织女故事应产生在西北①。这是周文化与秦文化融合的有力证据，也反映了周、秦

---

① 　赵逵夫师《先周历史与〈牛郎织女〉传说的起源》，《陇东学院学报》，2008 年第 1 期。

的交流是比较早的。自非子为孝王养马,被邑之秦始,秦人已经完全臣服于周。到秦仲、庄公时,秦人俨然成为抵御西戎、保卫周王室的重要力量。秦国建立后,周秦关系更为密切。

春秋时期,周王室更加衰弱,诸侯国不再定期朝贡,加之数次发生内乱,常常难以自保。这时秦与周王室的交往具有特殊的意义。从周王来说,处于危难时急欲得到诸侯国尤其是秦晋这样的大国的庇护。从秦国而言,保王、勤王则是自己在"国际"斗争中争取主动的政治资本,自然也乐于给予帮助。史载秦立国后对周王室最重要的一次援助发生在秦穆公十一年(前649),"夏,扬、拒、泉、皋、伊、雒之戎同伐京师,入王城,焚东门,王子带召之也"(见《左传·僖公十一年》)。周王室几乎处于灭亡的边缘,"秦、晋伐戎以救周"。这是继秦襄公护送平王东迁后,秦国给周王朝的又一次重要的军事援助。秦国与周王室还有军事联合,如《左传·桓公四年》载:"冬,王师、秦师围魏,执芮伯以归。"

秦国对周王室给予帮助的同时,周王室也给了秦国一些无形的援助。秦公一号大墓出土石磬铭文,该石磬为秦景公继位时的祭天之物。从铭文看,周天子亲自参加了景公的亲政庆典仪式,说明当时周秦关系非常亲密。周天子虽然地位较西周时一落千丈,但是在一些特殊场合依然享有比较高的威望,秦景公继位还要邀请周天子参加,以表明自己亲政的合法性。秦国还得到过周王的赏赐,秦穆公三十七年(前623),秦用由余谋伐戎王,益国十二,开地千里,遂霸西戎,天子使召公过贺穆公以金鼓(见《史记·秦本纪》)。

秦国还曾经娶周王室之女,秦武公钟铭文有"公及王姬"字样,王姬是宪公之妻。宪公时期周王室就下嫁女子于秦国,可见秦国在当时已经令天子刮目。

总之,春秋时期,秦对周的外交政策始终是"尊王攘夷",就连秦国的被封也得益于这一政策。有学者指出,"两周之际,周秦间存在着相互利用的合作关系。春秋霸主齐桓公曾以尊王攘夷著称于世,其实早在此之前,秦襄公已开尊王攘夷之先河"[1]。很有见地。

战国时期,周王朝几乎沦为诸侯国的附庸,影响力更小。在惠文王四年,周天子曾经派卿大夫辰来致文武之胙,惠王因之作《封宗邑瓦书》。但是总的来说,这一时期各诸侯国对周天子更为不敬。就秦国而言,兼并成为主要事务,周文化早已无法适应当时弱肉强食的社会,自然也不再像春秋时期那样对周王室表示特别的尊敬。

## 二、秦文学与周王室文学的异同

秦立国之前,西周文学已经取得不小的成就。散文方面,《尚书》中的《周书》部分多产生于这一时期,铜器铭文也始终是各诸侯国学习的典范,文人辞令无论是数量还是成就,都代表了当时的最高水平。诗歌方面有《周颂》,二雅中的大部分也产生在西周,这些都为秦国文学的发展提供了很好的借鉴。秦文学许多方面直接模仿周文学而来。如秦国的铜器铭文无论是春秋早期还是中晚期,与周王室铭文风格颇为接近,一些常用句式、套语直接沿袭西周。政论文《秦誓》也与《尚书》中其它誓体无大差异,石鼓文模仿《诗经》痕迹非常明显,《秦风》虽受秦国地域风俗的影响,但是整饬的四言体形式也与中原诗歌无异。

秦国诗歌大量学习的是二雅。现存秦国诗歌,有游猎诗、赞美诗、战争诗、没落贵族自伤的诗歌、送别诗、规劝君王的诗等,这些类别的诗歌几乎在二雅中都出现,唯一没有出现的是像《黄鸟》反映殉葬制度的诗歌。

---

[1]　晁福林《论平王东迁》,《历史研究》,1991 年第 6 期。

雅诗中战争诗有《出车》《六月》《江汉》《常武》《采芑》《常武》等，这几首诗歌都产生于宣王时期。就总体格调而言，从大局着眼，重在渲染周王军队的声威，风格"壮丽豪迈，雄峻奇伟。在庄严稳重之中，表现出自信与乐观。其情调总的来说是高亢的"①。如《采芑》"伐鼓渊渊，振旅阗阗""如霆如雷"，《常武》"如雷如霆，徐方震惊""如震如怒""如飞如翰，如江如汉，如山之苞。如川之流"，二诗都正面写战争，气势之大，军威之盛，在《诗经》中实属罕见。《秦风》中那首为人熟知的军中战歌——《无衣》，写出士兵慷慨从军、同仇敌忾、奋勇杀敌的精神，然而着眼于个体，不免从气势上逊色于《采芑》和《常武》。秦国诗歌注重对车马、装备等的详尽铺叙，表现出秦人对这些战争狩猎装备的情有独钟。

《秦风》中有太子罃送别重耳回国时作的一首诗，雅诗中也有类似作品。《小雅·白驹》《大雅》中的《崧高》和《烝民》是这类诗歌的代表。《崧高》是宣王时的大臣尹吉甫送行申伯时作。全诗既不诉离别之情，也没有勉励之语，都是称扬赞颂的溢美之词，结构章法也平铺直叙，没有曲折波澜。只有起句"崧高维岳，骏极于天"，雄伟峥嵘，气势壮阔，给人一种顶天立地、岿然不动的威慑力，与申伯作为辅国大臣镇抚南藩的身份相吻合。《烝民》是尹吉甫送别仲山甫时作的诗。这首诗的总体特点是以理趣胜，出现了许多哲理性和概括性很强的词，这些词在今天还广泛运用，如"喉舌""衿寡""强御""柔茹刚吐""小心翼翼""明哲保身""爱莫能助"等，足见诗人遣词造句的功力。"四牡业业，征夫捷捷""四牡彭彭，八鸾锵锵"四句描写仲山甫出行时的情景，看到这样的场景，确实令人振奋。但是两首诗均缺乏传统送别诗的那种依依不舍的绵绵情思，读来总使人觉得缺少送别诗的几分韵味。《秦风》中的《渭阳》与此风格

---

① 赵逵夫师《周宣王中兴功臣诗考论》，收入《中华文史论丛》第五十五辑，上海古籍出版社，1996年。

迥异,方玉润评:"诗格老当,情致缠绵,为后世送别之祖,令人想见携手河梁时也"。[①] 尤其是"悠悠我思"一句,显得情真意切,缠绵悱恻,体现出作者的无限情怀。可以说,《渭阳》更符合典型的送别诗。

二雅中也有反映没落贵族的诗歌,如《小宛》。《秦风》中被《诗序》称作刺某公的诗,与大小雅中变雅凄苦忧愁的格调相比,要明朗得多。像《民劳》《荡》创作于厉王时期,当时天灾人祸接踵而来,给人们造成巨大的心理伤痛。诗中渲染的那种"国将乱矣"的悲怆气氛,在《秦风》中见不到。

其他像《车攻》《吉日》等诗歌对石鼓文的影响,详见本书第二章第二节的分析。

秦国诗歌形式基本承袭西周,李炳海通过对《诗经·国风》的篇章结构的细致分析后,得出:

> 《诗经·国风》的篇章结构主要有两种模式:或是采用三章成篇模式,或是采用两章成篇模式。三章成篇模式是受周公制礼影响的产物,渗透的是以三为节的理念,是周代礼乐文明的结晶。在周代礼乐文明浸濡较深的地域,三章成篇作品所占比例较高。两章成篇的作品带有鲜明的民间歌谣属性,其作者多为普通士人和百姓,在题材内容和音调上都疏离于周代礼乐文明。《诗经·国风》将这两种结构模式的作品都加以收录,体现了主流文化与非主流文化、礼乐文明与民间文化的整合。[②]

从篇章结构来看,《秦风》中三章成篇的有七首,两章成篇的有

---

① 方玉润《诗经原始》,中华书局,1986年,第279页。
② 李炳海《诗经国风的篇章结构及其文化属性和文本形态》,《中州学刊》2006年第4期。

三首。三章成篇比例略低于《周南》《召南》《王风》《齐风》《桧风》，但高于其他地区，这与秦国位于西周故地吸收周文化有很大关系，是西周王畿流风遗韵在秦国社会的反映。

　　总之，秦国诗歌对西周诗歌有继承，但是发展的痕迹非常明显。

　　秦国铭文与周王室铭文相比，有同有异。周王室铭文多记周王对诸侯、大臣的册命、赏赐，以及与其他部族的战事等，体现周天子至高无上的绝对权威与优越性，行文的对象是诸侯国君、大臣等，类似于公文中的下行文。这一内容直接影响了行文的语气、用词，语气多是长者、在上者谆谆告诫的口吻。试抄录一段：

　　　　唯九月，王在宗周，命盂。王若曰："盂！丕显文王受天佑大命。在武王嗣文作邦，辟厥慝。敷有四方，畯正厥民，在于御事。䣅酒无敢酖；有柴烝祀，无敢扰。故天翼临子，法保先王，匍有四方。我闻殷坠命，唯殷边侯、甸，与殷正百辟，率肆于酒，故丧师已！汝昧辰有大服，余唯即朕，小教汝。勿辙余乃辟一人。今我唯即型禀于文王正德，若文王命二三正。今余唯命汝盂绍荣，敬雍德经，敏朝夕入谏，享奔走，畏天威。"①

以上是《大盂鼎铭文》中的一段，该鼎为周康王二十三年器，是康王告诫、命令、赏赐盂，盂作鼎记之。"丕显□□""受天佑大命""匍有四方"为铭文习见格式。先叙周之先祖文王、武王功绩，又言周代殷是上天旨意，殷之灭源于酗酒等因素，最后告诫盂要秉承先王之美德，辅佐周王室。虽有歌颂，但更多的是勉励与忠告，表现出对国事的担忧。

　　秦国铭文有的称扬祖先功业，表达对先祖的怀念、敬仰、感激

---

　　①　王辉《商周金文》，文物出版社，2006年，第65—66页。

之情,语气虔诚而恭敬,有的颂扬当朝国君的文治武功以及安定和平的社会,自豪之情充溢其中。铭文内容与叙述语气都不同于周王室铭文。

《左传》所载行人辞令,作为特定时代的产物,是政治生活中一种礼节性交往的工具,用以协调各种关系,维护自己或国家利益,捍卫国家尊严,完善国家形象。因此,这些辞令常常具有冠冕堂皇的特质和鲜明的时代特点,尤其是与各国的兴衰密切相关。在称谓上,谦词、敬词或相关术语大量使用,如"寡人""不谷""下臣""陪臣""辱在""敢辱""以君之灵""君之惠""敢告""君实图之""唯命是听"等。内容上,常常旁征博引,尤其喜引前人前事,以增强说服力。德与礼是辞令的思想基点,行人大都用德礼这样冠冕堂皇的理由,作为立论的基础,一方面增加自己的主动性,使得语气较为和缓;另一方面,也易将对方置于非礼、背德的尴尬局面,不得不承认错误。语气上,商量和听从的语气普遍出现。

周王室辞令与各诸侯国相比风格也有差异。尽管当时天子地位日渐下降,西周时周王的威严已成明日黄花,一些诸侯国敢于公然与王室对抗,郑国的"射王中肩"已肇其端。但是,在面对诸国时,周王依然能够努力保持天子尊严。对大国,周王室利用赏赐等方式极力拉拢,请求他们的援助,有时对冒犯自己的非礼之事,仍能据理力争。如楚庄王问鼎,王孙满就给予"鼎之轻重,未可问也"的严正斥责。称谓、用词上,王室有一些专利,如称呼同姓为伯父、叔父,称异姓为舅父、伯舅。谦词较诸侯国少,最低姿态也是"敢告""敢尽布其腹心"①,而像诸国常用的"辱在""辱贶"等辞绝不见于王室辞令。究其原因,一方面是为了保持王室至高无上的地位与神圣不可侵犯的威严;另一方面,也意在提醒对方要牢记自己的说话对象,时时保持恭敬和臣服的态度。语言风格更追求典雅,与

---

① 周王室这类辞令仅见于僖公二十四年襄王告难与昭公二十六年王子朝辞令。

《尚书》中典奥凝重的誓诰之辞一脉相承，遣词造句也与西周铭文有许多相似之处。如周惠王曾对管仲的一段话："舅氏！余嘉乃勋！应乃懿德，谓督不忘。往践乃职，无逆朕命！"（见《左传·僖公十二年》）很显然，这是模仿古文语言，与当时口语完全不同，这种语言在诸侯国辞令中很少见到。

秦国辞令与周王室辞令最大的不同是使用了当时的口头语言，较王室辞令更加通俗明了，易于理解。总体来说，两国辞令区别不大。

秦国辞令、铭文主要继承周王室而来，在行文、语气、用词等方面又有一些细微差别。诗歌则有继承，更有发展，表现秦文化的特征已经非常突出。

## 三、秦文化对周文化的扬弃

秦文化中有不少周文化成分，是学界公认的事实。刘军社对秦人吸收周文化的情况从四个时期作了考察，如认为商周时期，秦人主要吸收了周人的物质文化；春秋时期，秦人则对包括物质文化、礼乐制度在内的周文化进行了全面的吸收，某些方面甚至可以说是承袭了周文化，是周文化的继承与发展①。秦文化对周文化的继承主要基于以下几个有利条件。第一，秦人与周人长期的友好交流，尤其是秦人在政治上对周王室的臣服，为周王室奔命时，渐渐了解接受了周文化，对周文化心向往之，这是秦人继承周文化的主观动机。第二，秦人建国前的活动区域犬丘一带距离周文化的发祥地豳一带很近，到秦文公时，秦人势力逐渐东移，豳一带直接成为秦人的疆域。周人在关中西部创造的灿烂文化自然会影响秦文化，这是地理位置的影响。第三，在文公越过陇山东移到关中

---

① 刘军社《秦人吸收周文化问题的探讨》，《文博》，1999 年第 1 期。

西部后,平王东迁后尚留在这里的周余民尽归秦,这些余民中必有不少通晓周文化之人。

秦人大量吸收周文化,主要表现在以下几个方面:1. 农业和手工业方面,学习了周人的先进技术和经验。2. 在礼乐制度上,秦人基本承袭西周以来礼制。3. 艺术方面,秦人对周人也有继承。4. 秦文字直接承西周文字而来。以上几点前贤多有论述,不再具体说明。

尽管秦文化中有较多的周文化因子,秦人对周文化并非完全接受,有益于秦国发展的因素被保留下来,不利因素则被抛弃。如西周文化中的重要内容——宗法制,并没有被秦国采用。用人制度方面,秦国突破西周以亲者、尊者、贵者为主的原则,优先选用有才能者。周秦祭祀制度方面也有差别。国之大事,在祀与戎,祭祀是周文化的重要内容,周礼中的许多仪式都与祭祀活动有关,周人祭祀的对象有祖先、天帝等,祭祀的规模大大超出秦国。秦祭祀四方之神,称作"畤",祭祀对象除少皞、白帝、青帝、黄帝、炎帝外,星辰、雷、云、火、气、土等都在祭祀之列,属于多神崇拜。与周文化中神灵政治化、伦理化的倾向相比,秦人祭祀的神灵更加世俗化,秦人观念中的神只是自然界各种神秘力量的人格化和神格化。相比而言,周人鬼神观比秦人更加抽象,更成系统。

总体来看,秦人对周文化的吸收,在物质、制度方面居多,在价值观方面则继承较少。秦文化在吸收周文化部分成分后,逐渐形成自己独有的特性:周文化保守,秦文化开放;周文化可以看作是治世文化,秦文化则更加适应春秋诸侯争霸的乱世社会,体现出进取性、开拓性和灵活性;价值观方面,周文化强调"德"的作用,注重道德人伦,秦文化却重实用,轻伦理。可以说,虽然秦文化吸收了许多周文化因素,二者已经有了质的区别。

前人论及秦文化,一致认为功利性是秦文化的突出特点之一。上述秦人对周文化有选择地吸收,正是源于秦人崇尚功利的心理。

不管是物质方面,还是制度方面,秦人对实用知识的学习颇为积极,采取的是为我所用的原则,利我者用之,不利者弃之,这也是秦国立国虽晚但是能够迅速崛起的重要原因之一。

## 第二节　秦文化与西戎文化

秦人长期与戎狄杂处,秦文化中有很浓的西戎文化成分。西戎因为文化落后一些,先秦时没有文字,西戎文学可能是以口头文学为主,秦文学哪些方面受到西戎文学的影响,现在无法考知。因此,本节秦文学与西戎文学的关系不再讨论。

秦文化中哪些因子来源于西戎文化? 在讨论这个问题之前,有必要首先就有关西戎文化的一些问题作仔细辨析。

### 一、有关西戎的族属、习俗

先秦时期西北之部落,商周间有鬼方、昆夷、熏鬻,西周时有猃狁,春秋时有戎、狄,战国时有胡、匈奴。据王国维考证,诸多称呼是对同一部族或者相近部族在不同时期的不同称谓,并非一个部族消失后又出现新的部族①。这些部族在春秋时期都可以归入西戎。

"西戎"是个非常宽泛的概念,可以看作一个总称,下面又分成苦干种戎。著名的如犬戎、骊戎、陆浑戎、绵诸戎、翟獂戎、邦冀之戎、义渠戎、大荔戎等。他们的活动地区,主要在今陕西、甘肃、宁夏,特别是在甘肃一带②。狄人有时也指西戎之一支,文献中戎、

---

① 王国维《观堂集林·鬼方昆夷猃狁考》,中华书局,1959 年,第 583—606 页。

② 俞伟超《古代"西戎"和"羌"、"胡"考古学文化归属问题的探讨》,《先秦两汉考古学论集》,文物出版社,1985 年。

狄常常并称,二者之不同很难区分。西羌、氐人也属于西戎,《后汉书·西羌传》从西羌说起,下文又讲到西戎,可见《西羌传》认为羌人即西戎。近年来,一些学者研究的结果也表明,西羌当属于西戎部落。"西戎内部至少还可分成氐羌两大系统,其中羌人为西北甘青土著,氐人则主要是上古由东方徙来之玁狁、昆夷、畎夷"①。总之,可以把"西戎"理解为对西北许多非华夏部族的统称。

西戎部族没有文字,有关他们的文化情况文献记载很少,现在只能通过一些零星材料,以窥一二。

《左传·襄公十四年》戎子驹支与范宣子的对话:

> 昔秦人迫逐乃祖吾离于瓜州,乃祖吾离被苫盖、蒙荆棘,以来归我先君……我诸戎饮食衣服,不与华同,贽币不通,言语不达……赋《青蝇》而退。②

《史记·匈奴列传》:

> 匈奴……随畜牧而转移。其畜之所多则马、牛、羊,其奇畜则橐驼、驴、骡、𫘨騠、𫘛𫘥、騨騱。逐水草迁徙,毋城郭常处耕田之业,然亦各有分地。毋文书,以言语为约束。儿能骑羊,引弓射鸟鼠;少长则射狐兔,用为食。士力能弯弓,尽为甲骑。其俗,宽则随畜,因射猎禽兽为生业,急则人习战攻以侵伐,其天性也。其长兵则弓矢,短兵则刀铤。利则进,不利则退,不羞遁走。苟利所在,不知礼义。自君王以下,咸食畜肉,衣其皮革,披旃裘。壮者食肥美,老者食其余。贵壮健,贱老弱。父死,妻其后母;兄弟死,皆取其妻妻之。其俗有名不讳,

---

① 陈平《关陇文化与赢秦文明》,江苏教育出版社,2005年,第145页。
② 杨伯峻《春秋左传注》,中华书局,1990年,第1005—1007页。

而无姓字。①

《后汉书·西羌传》也有类似记载。

通过以上材料，可以大致勾勒出戎狄文化的特点：生活迁徙不定，以畜牧、狩猎为主，兼有粗耕农业，可能是一种复合经济。春秋以后，与诸夏杂居，农业成分增加。没有文字，食畜肉，衣皮革，擅长骑射和攻占侵伐，尚功利，以战死为荣。不知礼义，婚姻较为自由随意。

戎狄的这些习俗，形成诸夏对其颇为复杂的感情。从文化观之，戎狄确实落后于诸夏。当诸夏已经讲求"食不厌精，脍不厌细"（《论语·乡党》），衣服要"短毋见肤，长毋被土""以应规、矩、绳、权、衡"（《礼记·深衣》），戎狄尚在食畜肉，衣皮革。如果说生活习俗的不同还可以求同存异的话，戎狄的抢夺侵伐就为诸夏所不能接受了。戎狄游牧漂泊的生活，决定了他们没有固定的居住地点，不可能有太多的积蓄，生活受自然环境影响很大，一旦环境恶劣，便面临着生存危机。相比之下，诸夏是农业经济，生活稳定，在风调雨顺丰年足食时，还会有一定的积蓄，以供荒年补给。戎狄为生活所迫向诸夏侵夺便很自然，但是，在尚礼义的诸夏眼里，戎狄的这种抢夺近同于强盗。更为可怕以至令诸夏不能认同的是戎狄在婚姻制度上的随意性，父死，儿子可以娶后母，这在诸夏看来，就近乎禽兽了。诸夏在文化上的优越感，形成对戎狄的极度鄙视。

戎狄也有诸夏远远不及的长处。善用硬弓长矛，出没神速，以骑兵步兵为主，军队机动灵活。战争时戎狄这些显而易见的优势使得诸夏在文化上的优越感在他们面前根本不堪一击，迅速变成劣势，以至于有时诸夏不得不互相联合方能抵御他们的进攻。戎狄的侵扰成为诸夏共同面临的棘手问题，齐桓公"尊王攘夷"旗号

---

① 《史记》，中华书局，1982 年，第 2879 页。

的提出,正是抓住各国的这种心理,是诸夏这一尴尬处境的最好注脚。鉴于此,诸夏对戎狄又从心底升起本能的畏惧。

一方面在文化上鄙视,另一方面在军事上畏惧,这是诸夏对戎狄的复杂感情,由此也出现了复杂的政治关系。

与其他国家一样,秦国与西戎总体上处于对抗状态。秦国自封国后,与戎狄的斗争就从未间断。如《史记·秦本纪》所载秦宪公二年,"遣兵伐荡社。三年,与亳战,亳王奔戎,遂灭荡社";"武公元年,伐彭戏氏";武公"十年,伐邽、冀戎,初县之";穆公元年,"自将伐茅津,胜之"。到穆公三十七年,取得霸西戎的决定性胜利。

对立中不乏戎狄有时也听命于秦,如穆公时与晋国一起迁陆浑之戎于伊川(《左传·僖公二十二年》)。秦桓公二十三年(前582),"秦人、白狄伐晋,诸侯贰故也"(《左传·成公九年》)。秦桓公二十四年(前581)秦与晋"夹河而盟,归而秦背盟,与翟谋攻晋"(《史记·秦本纪》)。史载最重要的一次秦与西戎的外交是穆公时以女乐送戎王,诱由余。

秦人与西戎之间也有联姻。秦襄公即位后,曾嫁穆嬴于西戎的一个首领丰王为妻,"襄公元年,以女弟缪嬴为丰王妻"(《史记·秦本纪》)[①],秦与西戎联姻可能更多出于防御目的。

## 二、秦文化与西戎文化的相互影响

### (一)"西来说"辨析

关于秦之族源,一直存在两种截然相反的观点:"东来说"和"西来说"。对这个问题的不同认识,直接关系到秦文化中许多要

---

① 王蘧常谓:"丰王盖戎王,荐居岐、丰之为号者。"见《秦史》,上海古籍出版社,2000年,第3页。

素的来源问题。

"东来说"发端于司马迁。"西来说"由王国维首倡,蒙文通等学者极力支持。目前"东来说"人数较多,说服力也较强,尤其是考古学的成果,为"东来说"提供了有力的证据,略占上风。下面重点讨论"西来说"。

王国维在《观堂集林·秦都邑考》中提到:"秦之祖先,起于戎狄。"在他的提示下,不少学者作了进一步的探索,如蒙文通就有详尽论证①,在学界反响很大,俞伟超、熊铁基等学者也撰文作了论述②。

总观"西来说"学者之说法,最值得重视的是以下几点。

1. 春秋战国秦人墓葬以及随葬品最突出的特点是屈肢葬、洞室墓、铲形袋足鬲、西首葬。这些特点尤其是屈肢葬、洞室墓、铲形袋足鬲与甘青地区诸戎羌文化风习相近,可证秦人源于西戎。这是"西来说"学者最有力的证据。

2. 秦人世居之地名曰犬丘、西犬丘,地名中带犬字说明秦人可能出自西戎中的犬戎一族。

3. 秦人的一些风习与西戎近同,因此春秋战国中原诸夏常常将秦与戎狄并称或视秦为戎狄。

4.《史记·秦本纪》载申侯与周孝王一段话中有"昔我先郦山之女,为戎胥轩妻,生中潏"一句,明确称秦之先祖胥轩为戎。

第一、第二点前贤已经作了详细论述,这里只作简单介绍,重点分析第三、第四点。

第一点,"东来说"学者已经作了批驳,如春秋时期秦人屈肢葬

---

① 蒙文通《周秦少数民族研究》中有《秦为戎族》和《秦为犬戎之一支》两篇,上海龙门联合书局,1958年,第22—26页。

② 俞文为《古代"西戎"和"羌"、"胡"考古学文化归属问题的探讨》,见《先秦两汉考古学论集》,文物出版社,1985年。熊文为《秦人早期历史的两个问题》,《社会科学战线》,1980年,第2期。

多出现在下层社会墓葬,秦人贵族多采用直肢葬。这一问题属考古学范畴,正确与否只能由考古学专家作出判断。第二点,地名中带犬字并不能作为秦人出自犬戎的直接证据。古代部族迁徙要经过数代人的艰辛努力,秦人从东方逐渐迁到关陇一带,至少经过几百年的时间,焉知此犬丘不是秦人在后来与戎狄杂居的漫长岁月中受其影响的结果?

　　第三点,将秦人与戎狄并称或视秦作戎狄的记载主要见于以下文献:

　　1.《战国策·魏策三》:

　　　　魏将与秦攻韩,无忌谓魏王曰:"秦与戎翟同俗,有虎狼之心,贪戾好利而无信,不识礼义德行,苟有利焉,不顾亲戚兄弟,若禽兽耳。"①

　　2.《管子·小匡》:

　　　　(桓公)与卑耳之貉,拘秦夏。西服流沙西虞,而秦戎始从。②

　　3.《史记·秦本纪》:

　　　　孝公元年……秦僻在雍州,不与中国诸侯之会盟,夷翟遇之。③

————————

①　缪文远《战国策新校注》,巴蜀书社,1998 年,第 757 页。
②　黎翔凤《管子校注》,中华书局,2004 年,第 425 页。
③　《史记》,第 202 页。

4.《史记·六国年表》：

　　今秦杂戎翟之俗，先暴戾，后仁义，位在藩臣而胪于郊祀，君子惧焉。……秦始小国僻远，诸夏宾之，比于戎翟。①

5.《史记·商君列传》：

　　商君曰："始秦戎翟之教，父子无别，同室而居。今我更制其教，而为其男女之别，大筑冀阙，营如鲁卫矣。"②

6.《公羊传·昭公五年》：

　　秦伯卒。何以不名？秦者，夷也。匿嫡之名也。③

7.《穀梁传·僖公三十三年》：

　　夏，四月，辛巳，晋人及姜戎败秦师于殽。不言战而言败，何也？狄秦也。其狄之何也？秦越千里之险入虚国，进不能守，退败其师，徒乱人子女之教，无男女之别。秦之为狄，自殽之战始也。④

《公羊传·僖公三十三年》也有类似记载：

　　晋人及姜戎败秦于殽。其谓之秦何？夷狄之也。曷为夷

① 　《史记》，第 685 页。
② 　《史记》，第 2234 页。
③ 　《春秋公羊传注疏》，《十三经注疏》标点本，北京大学出版社，1999 年，第 483 页。
④ 　《春秋穀梁传注疏》，《十三经注疏》标点本，北京大学出版社，1999 年，第 154 页。

狄之？秦伯将袭郑，百里子与蹇叔子谏曰："千里而袭人，未有
不亡者也。"①

8.《救秦戎钟铭文》：

秦王卑命竟平王之定救秦戎。②

上引内容除《救秦戎钟铭文》作时有争议外，其余都属春秋以
后著作。《救秦戎钟铭文》虽然国别和作器时间学界分歧很大，但
是有两点可以确定。一是该铭文反映了当时秦楚两国的友好关
系；二是这里的"秦戎"是指秦兵、秦国军队，并不是对秦的蔑称。

上引《战国策》《史记》《穀梁传》中的记载也并没有把秦人当作
戎翟。细玩其辞可以发现，"秦与戎翟同俗""夷翟遇之""杂戎翟之
俗""比于戎翟""秦戎翟之教"几句中本身就隐含有秦本非戎翟之意，
只是因为染有戎翟风习，才被诸夏将其与戎翟同列。将这些记载作为
秦人祖先是西戎的论据显然不能成立。假若秦人源于西戎，春秋以及
更早的文献岂有只字未提之理？何况，《穀梁传》明确指出："秦之为
狄，自殽之战始也。"言外之意，殽之战以前不当视秦为狄。此外，从秦
人自身来说，也从未将自己与戎狄等同，反而是为了抵御西戎，数代人
经过艰苦卓绝的斗争，并为此付出很大代价。假若秦人出自西戎，怎
么会为拱卫异族（华夏）而与自己的同族（西戎）战争不断呢？

上引几条记载从文字本身把秦作为戎翟的只有《公羊传》两
条。仅仅依据个别记载就将大量的视秦为华夏的记载统统否定，
有失武断。

---

① 《春秋公羊传注疏》，第 270 页。

② 此钟于 1973 年出土于湖北当阳季家湖楚城遗址，钲部刻"秦王卑命"4 字，鼓左
刻"竟平王之定救秦戎"8 字。"平"字各家释读略有分歧。这里据李零《楚国铜器铭文
编年汇释》，收入《古文字研究》第十三辑，中华书局，1986 年，第 380 页。

第四点,"戎胥轩"的问题。

司马迁著《史记》,用语极为严谨,在探讨秦人祖先的一段文字中,在"戎胥轩"前后的秦人祖先名称前都没有冠以"戎"字,单单在胥轩前增一"戎"字,颇令人不解。而且,从整段文字看,他也没有把秦人作为戎翟一支。《秦本纪》开宗明义,"秦之先,帝颛顼之苗裔",怎么忽然就变成西戎的后裔?这一矛盾司马迁应该知道,那么他为什么还保留这句话呢?

周孝王因为非子养马有功,想把非子立为大骆之嫡子。其时,大骆有嫡子名成,乃申侯之女所生,申侯便亲自向孝王为其外孙成争嫡子之位,于是就有了"为戎胥轩妻"云云一段话。对此,"东来说"学者这样解释:

> 上古戎夷蛮狄多混称,故而《秦本纪》加在秦之先祖"胥轩"之前的那个"戎"字与胥轩之妻源出郦山女申戎及其他先秦古籍、金文称秦为戎,不一定就意味着秦人即为西戎;戎也不一定表示族属,有时也用来表示鄙薄、敌视之义;古籍、金文称秦为戎,或指其风俗杂同于戎,是所谓"中国而夷狄者而夷狄之",非谓其种族即为戎。①

"东来说"学者认为战国以来称秦为戎含有鄙视、敌视的说法可信。面对秦国不断向东扩张的强劲势头,东方六国对秦的仇恨自不待言,对秦国有些侮辱性的蔑称也在情理之中,这一看法一直延续到汉代,以至于《公羊传》中仍把秦视作夷。除了直接把秦与戎翟等同外,战国以后对秦还有其他不敬之词,最典型的是视秦为虎狼之国,认为秦贪婪,缺乏礼义。

然而,对秦鄙视这一说法用于解释"戎胥轩"却不确切。申侯

① 陈平《关陇文化与嬴秦文明》,江苏教育出版社,2005年,第139页。

族乃西戎一支,其文化在当时落后于诸夏,甚至连文字也没有。在他们心理,夷夏之辨并不像中原一样严格,他们对秦人先祖的不太恰当的称谓在所难免。何况,当时申侯之先嫁给戎胥轩,秦与戎联姻,秦人与戎人也算近亲,在戎人看来,把秦人当作戎人也未尝不可。总之,无论如何,在申侯的一番话语里读不出所谓鄙视的意思。

通过对以上文献的辨析,可以作出如下结论:将秦视作戎狄都是战国以后的事,春秋时期并没有这样的记载。这些提法的出现当另有原因,以此作为秦出于西戎,秦为西戎一支的说法有失片面。

(二)秦文化与戎狄文化的相互影响

尽管"西来说"的观点难以成立,"西来说"学者发现并提出的某些问题却很值得我们思考。更为重要的是,"西来说"影响如此之大,足以形成与"东来说"抗衡的局面,一个最基本的前提是,秦文化中确实有许多戎狄文化的成分,这是两派学者都认同的事实。分歧的主要焦点是,这些戎狄文化成分是秦人族源固有的还是后来受戎狄文化影响产生的?"东来说"学者的解释是:"'西来说'从秦杂戎狄之俗、行戎狄之教上来论证秦与西戎同族,是误将秦文化的族源与秦文化受戎狄文化的影响这两个根本不同的概念弄混淆了。"①

既然秦文化中的戎狄成分不是秦人族源固有的,而是后来吸收外族文化的结果,这种吸收表现在哪些方面?先看出土器物。

秦文化遗存中常常出现大量金器。大堡子山秦陵中发现两对金虎和组成四对大型鸷鸟图案的七八十件金饰片。圆顶山秦墓中出土金首、金格的剑柄。凤翔景公大墓出土不少金泡、金纽扣等,宝鸡益门村春秋秦墓共出金器百余件,有金柄铁剑、金首铁刀、金泡、金带钩、金环、金络饰等②。而在同时代的中原墓葬中很少发

①　陈平《关陇文化与嬴秦文明》,江苏教育出版社,2005年,第140页。
②　参见祝中熹《早期秦史》,敦煌文艺出版社,2004年,第272页。

现金器,关中一带的周人墓葬和窖藏青铜器无数,却不见金器出土。将金器作为随葬品的习俗决不会来自华夏,是秦人受西戎文化影响的结果。

传世文献也可以帮助我们了解戎狄文化对秦人的影响,梳理古人说法,大抵有三方面内容:

1. 不识礼义德行。具体表现是父子无别,同室而居,这是令诸夏最为鄙视的习俗。

2. 贪戾好利而无信。为了最大限度地获得利益,秦人甚至可以不择手段,父子夫妻等亲情在利益面前显得微不足道,这与诸夏重义轻利的道德不相容。

3. 崇尚战争军功。秦人好战,这是古今学者的共识。好战风习的形成除了秦国早期艰难的生存环境所迫之外,长期与戎狄杂处,尤其是邽冀戎、茅津戎等相继被秦灭亡,秦人中自然有戎狄人存在,这些都潜移默化地影响了秦人的价值观念和社会风尚。

前人提及秦文化中的戎狄成分,大都从商鞅变法说起,认为自商鞅变法以后,秦人才形成了严刑酷法、重耕战、尚首功的风气,隐含的意思是秦文化中戎狄成分的汲取主要表现在战国时期。如贾谊有言:“商君遗礼义,弃仁恩,并心于进取,行之二岁,秦俗日败。”[1]其实这种说法并不准确,《秦风》就反映了秦人对车马兵甲的崇尚,魏源曾云“盖襄公初有岐西之地,以戎俗变周民也”[2]。春秋时期秦文化中已经有了明显的戎狄文化成分。

相邻部族间文化的相互交流、影响是一个漫长的过程,绝非统治者一声令下,整个社会风气就可骤然改变。每一部族对本族文化都有割舍不断的情结,最突出的表现是在葬俗方面,虽然时隔数百年,生活地域几经迁徙,但是本族葬俗却可以顽强地保留下来,

① 班固《汉书》卷四十八《贾谊传》,中华书局,1960 年,第 2244 页。
② 魏源《诗古微·秦风答问》,岳麓书社,1989 年,第 534 页。

成为我们今天借以判定不同族源的重要依据之一。本族人员对外来文化从接触、排斥到了解、认同乃至接受学习,本身就是一个心理逐步转变的过程,是一个逐步淡化、丢弃本族旧文化,接受外来新文化的艰难历程。因此,社会风俗的转变不可用一个确切的时间坐标来判定,认为商鞅变法改变了秦国风俗的说法有失片面。商鞅变法在某种程度上推动了秦国社会各方面的转变,包括社会风尚,但是社会风尚的转变不会始于此时,春秋时期的秦文化已经与晋楚等国存在着很大的不同。当然,《公羊传》和《穀梁传》的作者虽说看到了春秋时期秦文化中已经吸收了戎狄文化,将之划定为一个确切时间点也欠妥。

文化交流的特点是,一般由发达地区流向落后地区。诸夏文质彬彬的礼乐文明、谦谦儒雅的君子风范、浩繁多样的文化典籍,都对戎狄有着无形的吸引力。戎狄学习华夏文化应该是主动的,积极的。政治上的联姻、人才的流动、生活地域的杂处,都是学习交流的很好途径。春秋时期戎狄虽然未见有典籍出现,但种种记载表明戎人中个别贵族的文化修养并不差于中原。戎狄有由余这样的有才之臣连穆公都感到畏惧,最终由余在穆公灭西戎的霸业中果然立了大功,穆公可谓慧眼识英才。

《左传·襄公十四年》所载戎子驹支智对范宣子一段辞令,甚为精彩,为我们展示了戎人贵族的文化修养。这段辞令也常被散文选本收录:

> 将执戎子驹支,范宣子亲数诸朝,曰:“来!姜戎氏!昔秦人迫逐乃祖吾离于瓜州,乃祖吾离被苫盖、蒙荆棘以来归我先君,我先君惠公有不腆之田,与女剖分而食之。今诸侯之事我寡君不如昔者,盖言语漏泄,则职女之由。诘朝之事,尔无与焉。与,将执女。”对曰:“昔秦人负恃其众,贪于土地,逐我诸戎。惠公蠲其大德,谓我诸戎,是四狱之裔胄也,毋是翦弃。

赐我南鄙之田，狐狸所居，豺狼所嗥。我诸戎除翦其荆棘，驱其狐狸豺狼，以为先君不侵不叛之臣，至于今不贰。昔文公与秦伐郑，秦人窃与郑盟，而舍戍焉，于是乎有殽之师。晋御其上，戎亢其下，秦师不复，我诸戎实然。譬如捕鹿，晋人角之，诸戎掎之，与晋踣之。戎何以不免？自是以来，晋之百役，与我诸戎相继于时，以从执政，犹殽志也，岂敢离遢？今官之师旅无乃实有所阙，以携诸侯，而罪我诸戎！我诸戎饮食衣服不与华同，贽币不通，言语不达，何恶之能为？不与于会，亦无瞢焉。"赋《青蝇》而退。宣子辞焉，使即事于会，成恺悌也。①

面对范宣子的强词夺理、无中生事、咄咄逼人的气势，戎子不卑不亢，镇定自如，娓娓道来，对祖先历史、诸夏情况的精熟了解，对《诗经》的准确运用，尤其是柔中带刚、有理有据的反诘，都与诸夏行人无二。结尾的赋诗既含蓄地提出"无信谗言"的忠告，又指出问题的实质：该事件的起因是晋国听信谗言，横加罪名。驹支的一番话不但折服了以强势自居的范宣子，同时还达到目的，与晋成恺悌。从戎子的辞令足见戎狄接受华夏文化的深度和广度。

秦人与戎狄在进行军事战争或政治交流的同时，文化方面也受到潜移默化的影响。大体说来，秦人接受戎狄文化是无意识的，被动的，多出于生存的需要；戎狄学习包括秦文化在内的华夏文化则是主动的积极的。

## 第三节 秦文化与晋文化

秦国与晋国，以及战国时的韩、赵、魏，因地域接壤，交流最多，相互影响最大。战国时三晋之间文化同中有异，较为复杂。为眉

---

① 《春秋左传注》，第 1005—1007 页。

目清晰,本节所论秦文学与晋文学、秦文化与晋文化的异同,主要以春秋时期的晋国为主。

## 一、秦晋的政治交往

　　春秋时期,秦国交流的主要对象是晋国。秦晋关系,大抵以穆公后期的崤之战为界,分为两个阶段。前一阶段,晋国正经历着曲沃代翼、骊姬之乱等变故,国内权力之争激烈,政局很不稳定。秦国自襄公立国后,经几代国君的努力,国力得到迅速发展。这一时期秦晋虽然间有战争,但以和为主。在两国外交中,秦国掌握着主动权,甚至可以插手晋国国君废立之事。后一阶段,秦晋崤之战,秦遭惨败,全军覆没,穆公以后秦国国力有所衰落。晋国在经过近百年的内乱后,迎来了晋文公继位后最辉煌的时期,从此,晋国霸主地位持续了一百多年。两国国力不同的发展走向,对两国关系产生了微妙的影响。这一时期秦晋关系中,晋国时时以北方霸主的身份占据主动位置,秦国却有时不得不为晋国称霸摇旗呐喊。秦晋战役中,秦国也是败多胜少。

　　史载整个春秋时期,秦晋之间直接的大小战役达二十多次,影响较大的战役就有秦宣公四年(前 672)的河阳之战、秦穆公五年(前 655)的河曲之战、秦穆公十五年(前 645)的韩原之战、秦穆公三十三年(前 627)的殽之战、秦穆公三十六年(前 624)的王官之役[①]、秦康公元年(前 620)的令狐之役等,尤其是发生于秦桓公二十六年(前 579)的麻隧之役,晋国联合了包括周王室在内的九国部队向秦大兴问罪,导致秦军大败,可谓春秋第一大战役。

---

　　① 关于王官之役,《左传·文公三年》载"秦伯伐晋,济河焚舟,取王官及郊,晋人不出。"而《史记·秦本纪》载"渡河焚船,大败晋人,取王官及鄗。""晋人不出",秦何以能"大败"? 两说明显矛盾。本书从《左传》。

尽管秦晋始终没有放弃明争暗斗,但出于各自利益的考虑,也不乏特别时期的合作。晋楚城濮之战,秦国作为晋国盟国参战。除了军事合作之外,秦国还曾两次输粟于晋国,三次送晋公子回国。

古代婚姻多为政治的附属,秦晋之间的联姻被称为佳话,晋献公之女、晋公子申生之姊嫁给秦穆公,是为秦穆姬。逼赵盾立公子夷皋的晋襄公夫人穆嬴,也是秦女。晋国太子圉在秦穆公十五年为质于秦,二十二年亡归晋,在秦国生活七年之久,秦宗女怀嬴妻之。后来重耳逃亡至秦,秦穆公又将秦宗女五人妻重耳,怀嬴与之。晋文公继位后,"逆夫人嬴氏以归",杜注:"秦穆公女文嬴也。"①文嬴为秦穆公之女,晋文公的正夫人。可以设想,当时还有许多未载于史籍的女性成为政治和平的使者。

秦晋间还有数次会盟。鲁僖公二十四年,在秦国护送公子重耳回国之前,狐偃及秦之大夫盟于郇,后晋文公又潜会秦穆公于王城。秦晋之间的其他邦交活动也很频繁。如《左传·襄公二十六年》载,"春,秦伯之弟针如晋修成"。

对秦晋文化交流起重要作用的是秦晋之间的人才流动。晋国有数人到了秦国,如公孙枝、丕豹、士会等,为秦国的强大做出了贡献。晋襄公之弟公子雍也曾出奔秦,且"仕诸秦",做到"亚卿"的地位(见《左传·文公六年》)。秦国也有人才流向晋国,秦景公之弟后子针曾奔晋。总体来说,在人才战略上,秦国吸引的晋国人才远多于秦国输入晋国的人才,这一特点,一直延续到战国。

战国时期秦国实行远交近攻的战略方针,与三晋的战争多于合作,但也时有会盟、出使、为质、联姻等。如秦昭王太子悼死于魏,秦孝文王子异人曾经质于赵,韩宣王太子仓质于秦,魏公子无忌质于秦。由三晋入秦的客卿更多,如张仪、司马错、范雎、韩侈等

---

① 《春秋左传正义》,第416页。

都是三晋人。战国时秦与三晋的使者更是频繁往来。联姻方面，孝公娶韩女，惠文王、武王都曾娶魏女，庄襄王娶赵女，秦女嫁赵惠文王等。

## 二、秦文学与晋文学比较

晋国文人数量居各国首位，这些文人促成了晋国文学的繁荣。无论是辞令还是文学活动，晋国都是北方文化的代表，显示了大国气魄。就文学总体成就而言，秦逊色于晋。春秋时期晋国文学，主要是《唐风》，《左传》与《国语》中记载的大量辞令，以及一些出土铭文等。

唐本是古国，是商末周初的一个小国，大概亡于周初，后成王弟叔虞封于唐，叔虞子燮又改唐为晋。《诗经》中的《唐风》，都是晋国诗歌，沿用唐之旧名。《唐风》十二首，除《椒聊》贺多子、《绸缪》贺新婚外，多表现出忧深思远的特点，部分诗歌甚至带有消极颓废、失望惆怅的色彩。如《蟋蟀》中"今我不乐，日月其除"，《山有枢》"子有衣裳，弗曳弗娄。子有车马，弗驰弗驱。宛其死矣，他人是愉"，劝人要及时行乐。朱熹曾说："其地土瘠民贫，勤俭质朴，忧深思远，有尧之遗风。"[①]他指出《唐风》在内容上的特点，较为精当。

《唐风》这种风格的形成与晋国所处地理、政治环境有直接关系。晋国的北部和西部是戎狄和华夏混居地带，边患不断，南部、东部又和诸大国接壤，连年战事。除了外患，晋国还接连发生了几次政变。直到前 636 年，重耳回国，立为晋文公，晋国内乱方告一段落。晋国在春秋时期虽然号为大国、北方霸主，总体上走向衰落。国君在国内的地位已经与西周时有很大不同，随着卿大夫权

---

① 朱熹《诗集传》，凤凰出版社，2007 年，第 78 页。

力的日益增强,国君地位逐渐下降,这时晋国内部的一系列社会矛盾已经彻底暴露。在这样的内忧外患的环境中,晋人逐渐形成了居安思危的意识,这是《唐风》多"乱世之音"、忧深思远的社会原因。

《秦风》则不同,尤其是作于康公以前的诗歌,多慷慨激昂,表现出全国上下团结一心的社会风貌。秦国的社会与晋国完全不同,春秋时期是秦国急剧发展的时期,立国时间不长,政治相对清明,秦人没有思想包袱。晋国在走向衰落的时候,秦国却正是上升发展时期,《秦风》自然多"治世之音",格调明快。

晋国外交活动频繁,《左传》《国语》载晋事最详,因此,晋国辞令最为丰富。不但国君、卿大夫有辞令,甚至大夫家臣言论也见于史籍。晋国在春秋时始终处于大国地位,辞令常常有恃无恐,颐指气使,最有代表性的是为后人熟知的《吕相绝秦书》。晋国为攻秦国寻找借口,便罗列秦国"罪名",历数秦国背信弃义的行为,其中多有夸饰和编造的成分,却说得冠冕堂皇,不容置辩。语气咄咄逼人,强横专断,颇类战国策士行文,可以说是后代檄文的开端。战国时秦国的《诅楚文》就脱胎于本篇。又如叔向对鲁国子服惠伯的一段说辞:

　　　　寡君有甲车四千乘在,虽以无道,行之必可畏也。况其率道,其何敌之有? 牛虽瘠,偾于豚上,其畏不死? 南蒯、子仲之忧,其庸可弃乎? 若奉晋之众,用诸侯之师,因郏、莒、杞、鄫之怒,以讨鲁罪,间其二忧,何求而弗克?[①]

叔向与晏婴、子产同被誉为春秋时贤臣,他也仗恃武力威胁弱小的同姓国家鲁国,恃强凌弱、蛮不讲理的态度跃然纸上,晋国辞令的

---

① 《春秋左传注》,第1357页。

特点于此可见。

晋国辞令多集中于几个大的家族,这些家族成员由于各自政治地位的不同,其辞令也有着微妙的差异,表现出一定的家族特点。以羊舌氏家族为例。作为晋国公族,羊舌氏家族成员与晋公室在感情上有着天然的联系,但是这一家族生活于晋国霸业衰落的时期,"晋政多门,贰偷之不暇"(见《左传·昭公十三年》子产语)。面对公室地位的一落千丈,甚至国君受制于卿大夫,羊舌氏家族的每一成员都在尽自己所能欲挽狂澜于既倒,试图恢复当年文公时期的辉煌。基于此,他们欲以礼乐来扭转这种政权下移的局面,辞令多表现出对西周礼乐的向往,遵礼成为他们言论的主要内容,甚至在太子申生被迫害时,羊舌大夫还以"不忠""不孝"劝谏申生自杀。当时梁余子养、先丹木等人力劝申生趁机逃亡,羊舌大夫却曰:"不可!违命不孝,弃事不忠。虽知其寒,恶不可取。子其死之!"(见《左传·闵公二年》)当晋国政权最终被六卿把持,公室土地日渐减少,国君形同虚设时,羊舌氏家族辞令透露出一种无尽的历史沧桑感,这是面对末世的惋惜与无奈。鲁昭公三年,晋国与齐姜成婚,晏子、叔向宴间相与语,叔向言于晏子:"晋之公族尽矣。肸闻之,公室将卑,其宗族枝叶先落,则公室从之。肸之宗十一族,唯羊舌氏在而已。肸又无子,公室无度,幸而得死,岂其获祀?"①完全是消极度日的心态。

与晋国辞令突出的家族特点相比,秦国辞令显得非常零散,远远不及晋国辞令丰富。

晋国辞令虽不乏短制,其中雄辩滔滔、一泻千里的长篇辞令更令人难忘。篇幅的拉长无疑意味着论述更加充分深入、周全系统,

---

①　见《左传·昭公三年》。叔向这里曰自己"无子",可史籍载叔向有子名伯石(羊食我)。《左传·昭公二十八年》记伯石被杀,并且追记了叔向娶申公巫臣氏,生伯石一事,此时上距叔向晏子相与语一事二十五年,疑昭三年伯石尚未出生,因此叔向有"肸又无子"之语。

更富于思想性。师服论"名义""本末"(《左传·桓公二年》),庆郑为晋惠公论乘马之道(《左传·僖公十五年》),郑国铸刑书,叔向致子产书信,阴饴甥对秦伯,都层次清晰,涉及到许多理论性问题,上升到一定的理论高度。相形之下,秦国辞令体制短小,显得简单质朴。这一方面是秦人重现实的反映,对远于现实利益的思想的探讨较为忽视。更重要的是,秦国在吸收周文化的程度上浅于晋国,国家整体文化底蕴逊色于晋国,其辞令也不及晋国发达。

秦晋铭文结构、用语大多承袭西周风格,各自特点不太明显。唯不同的是作器之主。晋自骊姬之乱以后,国内卿大夫日渐位高权重,甚至可以与周王室通婚,如伯鄐父娶了周王室之女,有铭文为证:"晋司徒伯鄐父作周姬宝隣鼎,其万年永宝用。"[1]晋国作器之主除了晋公、晋姜外,卿大夫作器成为一时风尚,子犯、吕相自不必说,在晋吴黄池之会中为赵简子任副使的司马寅也有资格作器[2]。秦国因为权力高度集中,作器者都是国君,目前还没有见到大臣所作之器。

### 三、秦晋文化的异同

秦国、晋国都是春秋时期的大国,文化来源、周边环境等因素的影响,导致两国文化呈现出许多不同的特点。

(一)文化来源差异

1. 与周文化的关系

秦晋都程度不等地吸收了周文化,周文化成为两国共同的文

---

① 郭沫若《两周金文辞大系图录考释》,科学出版社,1957年,第230页。

② 司马寅,晋国大夫,《左传》在哀公十三年出现一次,对身份无任何说明。《左传》另有一名"寅"者,即荀寅,在范氏、中行氏之乱中于哀公五年被迫奔齐,荀寅非司马寅可以确定。陈厚耀《春秋世族谱》中即列为二人。司马寅在当时的晋国并非一显要人物,他所作器物为赵孟巠壶。

化来源之一。晋国作为姬姓诸侯，无论是情感上还是行动上，都是周文化的自觉维护者。晋国虽然有曲沃代翼这样的有悖于宗法制的事件发生，然而从对西周礼乐的实行来看，大体合礼。秦国由于特殊的经历，在建国后为了摆脱不利的处境，表现出对周文化的艳羡和自觉学习，穆公时，秦国在礼乐方面已经与诸夏无异。从吸收程度看，晋国受周文化的影响要比秦国深得多。

对周文化接受程度的差异，源于两国封国缘由以及在诸侯国中地位的不同。西周初年的分封是国家大事，武王虽然取得了伐纣的决定性胜利，当时形势并不稳定，周王室对全国的统治并不巩固，不久发生的武庚叛乱反映了当时周王朝统治者面临的危机。西周分封的重要目的之一，就是通过分封，可以建立起从中央到地方全面统治的政权，地方政权成为拱卫王室的有力屏障。齐国、晋国这些诸侯国的分封意义尤其重大。齐国始封之君姜太公在伐商战役中是重要统帅，战后又是安抚东夷、在东方保卫王朝的力量。而在今晋南一带，西周时还散居着许多戎狄部落，如条戎、奔戎等，对周王朝构成一定的威胁。另外，一些被周人灭亡的小的方国，如唐、虞、芮、黎等对周王朝并不完全臣服，时时有叛乱的可能。据孙诒让考证，古唐国就参加了武庚叛乱。《尚书》中有《西伯戡黎》一篇，记载周文王伐黎的史事①。可见，在周初，这里的局势还动荡不安，叔虞封唐是周王经过慎重考虑的结果。

叔虞被封时举行了隆重的仪式。《左传·定公四年》载卫国大祝子鱼在皋鼬盟会前就蔡先于卫歃血一事与苌弘的谈话："昔武王克商，成王定之，选建明德，以藩屏周。……分唐叔以大路、密须之鼓、阙巩、沽洗，怀姓九宗，职官五正。命以《唐诰》而封于夏虚，启以夏政，疆以戎索。"子鱼把唐叔与周公、康叔并提，称作"三者皆叔

---

① 《尚书·西伯戡黎》："西伯既戡黎，祖伊恐。"见孙星衍《尚书今古文注疏》，中华书局，1986年，第284页。

也",表明叔虞的被分封在当时非同一般。能够享受天子赐予的大路等战利品,这在西周初年只有极个别地位尊贵者才可以受此殊荣。

与晋国的分封相比,秦国的分封则显得不足称道。在护送平王有功的情况下,才被分封,史书中对这次分封的具体过程、参加人员等没有任何记载,这多少也说明当时的分封是十分简单而仓促。尤其是所"封"的岐山以西土地当时还在戎狄手中,经过襄公、文公两代君主的艰辛努力,秦国才取得当初分封的土地。秦晋两国立国基础完全不同。

立国以后,两国地位也明显有别。晋国频繁干预周王室以及其他小国事务,在诸侯国中以大国自居,尤其到晋文公时,俨然是北方唯一的霸主,在诸侯会盟中常常以盟主的身份出现,许多周边小国都纷纷朝贡于晋。秦国在穆公时虽然也号称一霸,但势力始终局促在崤函以西的西北一带,地域的局限,大大影响了秦国在诸侯国中的地位。同时,秦国为异姓诸侯,又与西戎杂处,这种处境也造成东方国家对秦国一定程度的轻视。秦国不但与盟主无缘,甚至连参加会盟的资格也没有。《左传》载秦国参加大型会盟只有四次,第一次参加是在穆公二十八年,《春秋》中被列于最后。

不同的经历,使得秦、晋两国对待周文化、周礼的动机截然不同。晋人多是自觉维护与遵守,秦人则更多地从实用的角度出发,有很大的功利性。

2. 与戎狄文化的关系

秦晋都与戎狄杂处,受戎狄文化影响,都具有民族融合性和兼容并蓄的开放性。

前引《左传·定公四年》晋国始封时除"启以夏政"外,另一重要国策就是"疆以戎索",即疆理土地均依戎法。能够将接受其他部落文化作为一项重要国策,在西周初年所封诸侯国中实属罕见。周文化的突出特点之一是严格的夷夏之辨,中原国家以文化上的强势自诩,对周边少数民族部落往往存在一定程度的轻视。《诗经·閟宫》:"戎狄是膺,荆舒是惩,则莫我敢承。"战国时期,北方鲜虞部落建立的中山国成为当时重要的诸侯国之一,孟子依然有"吾闻用夏变夷者,未闻变于夷者也"的言论①。成王为叔虞制定"疆以戎索"的国策,一方面着眼于政局的稳定,体现他不凡的战略眼光,另一方面也可见当时这一地区戎狄势力之大,人数之多。对此,史籍多有记载:"晋居深山,戎狄与之邻。"(《左传·昭公十五年》)清人高士奇也认为"晋四面皆狄"②。处理不好与诸多部落的关系,足以对刚建立的诸侯国产生颠覆性的破坏。

不但晋国周边聚居着大大小小的戎狄,在晋国内部就有数量不少的戎狄人,这要从成王分给唐叔的怀姓九宗说起,九宗到底包括哪些? 王国维云:

> 其可特举者,则宗周之末,尚有隗国,春秋诸狄皆为隗姓是也。《郑语》史伯告郑桓公云:"当成周者,西有虞、虢、晋、隗、霍、扬、魏、芮。"案他书不见有隗国。此隗国者,殆指晋之西北诸族,即唐叔所受之"怀姓九宗"。春秋隗姓,诸狄之祖也。③

《左传·僖公二十三年》载,重耳逃亡到狄,狄人伐廧咎如,获其二女,重耳娶了季隗,赵衰娶了叔隗。廧咎如是狄族的别种,其女为季隗、叔隗,隗则是廧咎如的姓,这是隗为狄人的有力证明。从当时实际情况推测,既然晋国将安抚戎狄作为一项重要内容,一定会有数量不少的戎狄人被晋国收归,王国维的考证很有见地。

---

① 杨伯峻《孟子译注》,中华书局,1960 年,第 125 页。
② 高士奇《左传纪事本末·晋并戎狄》,中华书局,1979 年,第 501 页。
③ 王国维《观堂集林·鬼方昆夷玁狁考》中华书局,1961 年,第 590 页。

　　除了立国时便有戎狄人加入外,建国后晋国与戎狄的交往也非常密切,展开全方位的交流。重耳逃亡狄达十二年之久,后狐射姑受到赵氏排挤,也出奔赤狄潞氏。晋数次与戎狄结盟,鲁宣公十一年(前 508):"晋侯会狄于欑函。"杜注:"晋侯往会之,故以狄为会主。"①晋悼公时魏绛力陈和戎五利,悼公大悦,派魏绛盟诸戎,之后维持和戎政策数十年。晋国与戎狄的联姻在别国也很罕见。晋献公六位夫人中四位就是戎女。《左传·庄公二十八年》载晋献公"娶二女于戎,大戎狐姬生重耳,小戎子生夷吾"。另外两个是导致晋国内乱的骊姬以及其娣。重耳不但自己为戎女所生,他也娶戎女为妻。古代贵族妇女出嫁往往要带上丰厚的嫁妆,先秦妇女嫁妆虽不可考,从当时陪媵制度看,一定的生活用品、货物珍宝甚至能工巧匠作为嫁妆都有可能。晋国与戎狄的多次联姻无疑会加速二者之间的文化交流。许多戎人的后代、亲戚成为晋国政治中的重要力量,如狐姬的父亲狐突曾辅佐太子申生,兄弟狐偃跟随重耳流亡在外,后成为晋卿,为晋文公继位及建立霸业做出巨大贡献,狐氏也成为晋国大族之一。叔隗嫁给赵衰后生子赵盾,赵盾专晋政达二十年之久。戎狄文化深深渗透到晋国的上流社会,晋国君臣对戎狄文化的接受带有自觉的主观意识。从情感来说,他们不但没有因为当时夷夏之辨观念而轻视戎狄,反而由于与戎狄的特殊关系(如文公由戎人所生),对戎狄文化有些亲切和认同。

　　晋国与戎狄文化的互相影响也比较明显,晋惠公时曾将陆浑之戎和姜戎迁到晋国南部,悼公时魏绛和戎,使得这些戎人逐步脱离了漂泊无定的游牧生活而开始从事农耕生产。军事上,戎狄多居山间,晋国原有的车兵难以施展其优势。晋平公时,晋卿中行穆子率师同山戎无终部等戎狄联军战于大卤,因笨重的战车行动受阻,于是将领魏献子下令"毁车以为行",以步战取代车战,结果大

---

① 《春秋左传正义》,第 627 页。

胜(见《左传·昭公元年》)。晋国无论是政治、军事还是文化方面,
与戎狄的交流在诸侯国中都很突出。

相形之下,秦国对戎狄文化的吸收就显得有些不自觉。秦人
与戎人长期的战争,迫使他们时时高度警惕,尽可能提高自己的战
斗力,形成尚武好战的风气。秦人与戎人之间虽说也有外交、联姻
活动,但在秦国历史中,戎狄文化没有像晋国一样渗透到上层
社会。

总之,秦晋两国虽然都接受戎狄文化,但是程度不同,晋主动
接受,上层社会与戎狄交往很多,秦的接受则有些被动。

3. 与其他区域文化的关系

今晋南一带是夏文化的发祥地,晋文化还接受了夏文化的因
子。从晋国初封实施"启以夏政"的政策看,这一地区受夏文化影
响很深。否则,不会有此国策。

夏政究竟如何,因史料缺乏,无从考之。但是夏虚文化渊源已
久却是事实。《左传·昭公元年》载子产与叔向的一段话:

> 昔高辛氏有二子,伯曰阏伯,季曰实沈,居于旷林,不相能
> 也,日寻干戈,以相征讨。后帝不臧,迁阏伯于商丘,主辰。商
> 人是因,故辰为商星。迁实沈于大夏,主参,唐人是因,以服事
> 夏、商。其季世曰唐叔虞(案,此叔虞非成王之弟叔虞)。当武
> 王邑姜方震大叔,梦帝谓已:"余命而子曰虞,将与之唐,属诸
> 参,而蕃育其子孙。"及生,有文在其手曰虞,遂以命之。及成
> 王灭唐,而封大叔焉,故参为晋星。[1]

高辛氏即传说中的帝喾,帝喾之子实沈就居住在夏虚,后来这里又
建立唐国,唐叔虞就是唐国末期的国君,曾服事殷商。考古成果也

----

① 《春秋左传注》,第 1217—1218 页。

证明这里历史的悠久,夏王朝建立之前,考古学意义上的陶寺文化就是由居住在今晋西南的陶唐氏中的羕龙氏创造[①]。叔虞始封时"启以夏政"是充分考虑到当地相沿已久的习俗,为保证政权的稳定做出的正确选择。

《大戴礼记》中保留有《夏小正》一篇,学界认为以建寅之月为岁首者为夏正。《商周彝器通考》中有晋军缶,铭文为"正月季春,元日乙丑"[②]。周历季春三月,正是夏历之正月。《左传》中晋国用的就是夏正,僖公十五年的秦晋韩原之战,《春秋》记载为十一月,《左传》根据晋国史料则记为九月。直到现在,农历依然沿用夏历,可见夏历源远流长。从夏代历法的影响不难推知夏文化的成就,可以说,晋地是中国远古人类最早开发的区域之一,也是华夏文明起源的中心地区。

嬴秦氏族是秦人的祖先,这是东夷民族的一支,最早活动于黄河下游,后逐渐西迁,直到定居于今甘肃天水一带。秦人作为东夷族的一支,其文化中保留一些东夷文化以及殷商文化的成分,这主要表现在图腾崇拜和宗教信仰方面,如以鸟为图腾,喜好擅长游牧狩猎,对少昊神的崇拜等。

文化来源不同,是秦晋文化呈现不同特点的重要原因,前人谈及两国文化,常常会提到兼容并包、开放、多民族文化融合等,由于所融合的各种文化成分不同,导致两国文化总体特点异大于同。

(二)秦晋用人制度不同

晋国的用人政策,大体沿袭尊尊亲亲为主的尚贤尚功原则,职掌晋国军政大权的三军将帅,不出赵、韩、先、狐、胥、郤诸家。《国语·晋语四》载文公时对官员的任命:"举善援能,官方定物,正名育类。昭旧族,爱亲戚,明贤良,尊贵宠,赏功劳,事耆老,礼

---

① 邱文山等《齐文化与先秦地域文化》,齐鲁书社,2003 年,第 481 页。
② 见杨伯峻《春秋左传注》,中华书局,1990 年,第 1540 页。

宾旅，友故旧。胥、籍、狐、箕、栾、郤、柏、先、羊舌、董、韩，寔掌近官。诸姬之良，掌其中官。异姓之能，掌其远官。"近官指朝廷之官，中官指宫廷内官，远官指地方官吏。虽然提出举善援能、明贤良，但始终没有超越昭旧族、爱亲戚、尊贵宠、友故旧之传统用人模式。

　　以血缘关系为纽带的宗法观念在晋国较为淡薄。曲沃代翼，以小宗取代大宗，打破了嫡长子继承的宗法制，对晋国统治者是沉痛的教训，这是晋国发展史上的重大转折，从此通过打击公室宗族势力来稳固国君地位成为晋国历代统治者的用人原则。之后献公灭桓庄之族，骊姬逐杀群公子引发内乱，对国内宗族势力造成毁灭性的打击。与此同时，大力扶植异姓势力，晋国重用异姓卿族成为传统，"唯晋，公子不为卿，故卿皆异姓"[1]。

　　既然可以挣脱血缘关系的纽带，任用异姓，选用人才就需要另一套新的标准，尚贤是理所当然的选择。晋国的军政大权主要掌握在少数卿大夫手中，在这些人中到底由谁掌权，则是优先选择有才能者，如里克、荀息因为灭虢、虞有功官居卿位，赵衰、赵盾、狐偃、先轸等人也因才能得以重用，可以说晋国实行的是卿中选贤的用人原则。在卿大夫家族中，也是能者居之，韩厥之长子韩无忌有废疾，让其弟韩起为卿；赵盾并非赵衰长子，却位高权重，集家庭、国家权力于一身；赵无恤为赵鞅次子，被立为卿。

　　秦国与晋国最大的不同是没有世族，秦国人才的任用不受家族影响，在秦国始终没有出现握有重权的卿大夫家族。这是两国用人制度的不同所导致的结果。

　　（三）秦晋政治注重实用的程度不同

　　晋国在文公时的强盛与当时的改革分不开。政治上，晋文公能做到弃怨任贤，赏罚分明。寺人披曾在重耳逃亡时试图追杀他，

_____

① 　高士奇《左传纪事本末·晋卿族废兴》，第431页。

重耳继位后依然重用。对于违背命令的有功之臣,如魏犨、舟之侨等,也坚决予以处罚。经济上,实行"作爰田""作州兵"的政策;军事上,将原来的二军扩充为三军。晋国重用异姓贵族,后来又产生法家思想,无不是重实用、重变革思想的体现。

秦人注重实用,国家政策能够依据现实需要及时做出调整,具有很强的现实性。

晋国的重变革、尚功利受到周礼的约束,多数晋人对周礼的遵守均出自内心的自我需要。秦人的遵礼则完全是现实利益的驱使,很难说秦人对周礼、周文化有很深的感情,在实用和礼义之间,秦人在实用的道路上走得更远。

文化本没有优劣之别,所谓优劣均是针对特定的时代而言。作为意识形态的文化,如果与当时社会尤其是生产力发展水平相适应,能够促进社会的发展,则谓之优秀文化。对于适应性要动态地看待,此时与社会适应的文化,到彼时就成为社会发展的阻碍。当然,任何文化内部都有其精髓部分供后人学习借鉴,一种文化不能适应当时社会发展的需要,并非说这种文化就变成劣质文化,就应该将之彻底抛弃。

周礼、分封制、嫡长子继承制在西周初年对于巩固周王室政权曾经起了不可估量的作用,西周时的各诸侯国都程度不等地接受了这些文化。随着生产力的进一步发展,这些文化中渐渐生出不合时代要求的劣质因子。春秋时期正处于社会大变革的时期,社会的发展要求文化领域也做出相应的变革,鉴于此,秦国、晋国都做出了反应,都进行了变革。但是,晋国的变革只是在旧有基础上的适应性调整,或者说是修补,并没有彻底动摇西周以来的制度和文化。这种修补产生了一定成效,从长远观之,仍不免被历史淘汰,晋国的最后解体就是明证。与晋国相比,秦国的改革要彻底得多。秦国从建国初始,就没有对周文化全盘接受。在当时的诸侯国中,秦人的这种变革尤显魄力,秦文化较晋文化更加适应当时社会发展的需要。在春秋战国这一特定时期,秦文化无疑比晋文化更为优秀。

## 四、秦晋文化的交流

晋国是春秋时期与秦国交流最多的国家,但是两国文化互相影响、融合却并不突出。这一时期的融合主要表现在出土文物方面。出土于天水市北道区的一件青铜瓦垅纹四足匜,形制纹饰与山西天马——曲村遗址北晋侯墓地所出匜非常相似[①]。圆顶山秦墓所出青铜器物,也具有明显的晋器风格。如器物造型追求华丽的装饰性倾向,大量使用动物形象做附饰。尤其所出车形器,与山西曲沃北赵村晋侯墓中出土的一只鼎形青铜方盒相类似,而与山西闻喜晋墓所出挽车模型更为相似,尤其是形制和动物附饰,如出一辙,其渊源关系一望可知。这种现象在其他秦墓出土物中也有发现[②]。郭沫若也注意到秦公簋、镈钟"铭文格调词句多与晋邦盉相同","此簋与镈和钟必约略同时,可以远后于晋邦盉而不能远先于晋邦盉。盖嬴秦后起,其文化稍落后于中原。铭文之与晋邦盉相类似者乃采仿中原风气"[③]。郭沫若考订晋邦盉是晋襄公时器。以上器物说明秦器与晋器之间存在着某种渊源关系。

晋国是春秋时期青铜器较为发达的国家,上述秦器与晋器的诸多相似性,不禁使我们联想到与秦人同祖的晋国赵氏家族。与晋器相似的这些秦器技术,会不会是通过赵氏家族传到秦国的?

赵文化(包括战国时的赵国)与秦文化有许多相似性。李学勤曾说:"赵文化有两重特性,既是一种华夏文化,又是一种戎狄文

---

① 祝中熹、李永平《青铜器》,敦煌文艺出版社,2004年,第134—135页。
② 祝中熹《早期秦史》,敦煌文艺出版社,2004年,第271页。
③ 转引自王辉《秦出土文献编年》,台北新文丰出版公司,2000年,第47页。

化,是华夏文化和戎狄文化相交融的一个结果。赵文化的特点和精神,是一种开放的、进取的、包容的、融合的文化。"①这与秦文化特点非常相似! 战国时赵地畜牧业非常发达,《汉书·地理志下》称代地的定襄、云中、雁门一带,其民鄙朴,少礼文,好射猎。这是继承祖先善于养马传统的结果。赵人也雄健尚武,在赵地很难找到鼓吹温柔敦厚、忠信礼让的纯粹儒家理论,相反,却有许多慷慨悲歌之士。

秦人与赵人同祖的血缘关系②,相近的文化风习,加之秦国与晋国地域接壤,这些都是秦晋两国文化交流的很好契机。秦国与晋国出土器物风格接近,这些技术在早期很有可能是通过赵国工匠传入秦国。

与人才交流中晋属输出、秦属输入的现象相同,在文化交流中,晋也处于优势,秦国则是主动学习。春秋时期秦晋文化交流还不明显,到了战国时期秦国才大规模融合晋文化。

战国时期秦与三晋的文化交流首先是通过大量客卿的流动进行的。这些来自三晋的客卿,到了秦国后,也将三晋的一些思想、文化带到秦国,最突出的是法家思想。秦孝公时商鞅变法的许多内容源于三晋,变法所制定的法律,据载是以魏国李悝的《法经》为基础,睡虎地秦简《为吏之道》最后附了两条魏律,可见魏国李悝变法在秦国社会的影响。商鞅之学本身来自三晋,在商鞅变法取得成功后,变法的经验又反过来影响三晋国家,纷纷为他们学习与效仿。韩非子思想中"法"的成分主要来自商鞅。《韩非子·五蠹》也曰:"今境内之民皆言治,藏商、管之法者家有之。"商鞅变法在韩国的影响如此巨大,其他国家的情况大体可知。《汉书·艺文志》杂

---

① 李学勤《赵文化的兴起及其历史意义》,《邯郸学院学报》2005 年第 4 期。

② 《史记·秦本纪》:"皋狼生衡父,衡父生造父。造父以善御幸于周穆王……穆王以赵城封造父,造父族由此为赵氏。自蜚廉生季胜,已下五世至造父,别居赵。赵衰其后也。"造父既是嬴氏祖先又是赵氏祖先。见《史记》,第 175 页。

家《尉缭》二十九篇下，颜师古注引刘向《别录》云："缭为商君学。"
今本《尉缭子》为魏国著作[1]，但是书中有许多有关秦国制度方面
的内容，与《商君书》的用词、内容有多处相似，这是《商君书》影响
《尉缭子》的结果。除魏国的李悝变法外，战国晚期的韩非子也在
秦国产生了一定影响。韩非虽入秦不久后就被杀，但是《韩非子》
一书却在秦国受到重视，秦王政见了韩非的《说难》《孤愤》后大加
赞赏，提出要见韩非。《史记·李斯列传》也载："而二世责问李斯
曰：'吾有私议而有所闻于韩子也。'"有学者指出，秦始皇时期的
"以吏为师"思想，在《韩非子·五蠹》中已经出现，《五蠹》中有"故
明主之国，无书简之文，以法为教；无先王之语，以吏为师；无私剑
之捍，以斩首为勇"几句，可见这一主张确实来自韩非[2]。

　　秦晋文化交流的另一有力见证是《诅楚文》。《诅楚文》无论是
内容还是形式，与《左传》所载晋国《吕相绝秦书》都非常相似，显然
受到《绝秦书》的启发。

## 第四节　秦文化与楚文化

### 一、秦国与楚国的政治交往

　　春秋前期，秦国关注的主要对象是西戎和晋国，与楚国交往很
少。到穆公后期，秦国实行的是联楚抗晋的外交策略。战国时期，
秦楚又由联合逐渐转为对抗。

---

　　① 《尉缭子》究竟属于哪个国家的著作，学界分歧很大。有的学者认为《尉缭子》
应该是魏国著作，尉缭应是梁惠王时人，而有的学者认为《尉缭子》应是秦国著作，尉缭
由魏入秦，在秦曾任国尉。本书取前一说。参解文超《先秦兵书研究》，上海古籍出版
社，2007年。
　　② 史党社、田静《秦与三晋学术的关系——以〈尉缭子〉〈韩非子〉为例》，收入《秦
文化论丛》第十一辑，三秦出版社，2004年。

春秋时期秦国与楚国有数次联盟，这与当时两国的政治基础有直接关系。晋国是秦楚发展道路上共同的障碍，在仇晋这一点上秦楚不谋而合。秦国无力与晋国抗衡，楚国也难以在争霸中单独战胜晋国，秦楚联盟成为必然，这是两国能够联盟的重要基础。秦康公十年，秦出师会巴师助楚伐庸。"楚大饥，戎伐其西南，至于阜山，师于大林。又伐其东南，至于阳丘，以侵訾枝。庸人帅群蛮以叛楚，麇人率百濮聚于选，将伐楚。于是申息之北门不启。楚人谋徙于阪高。……秦人、巴人从楚师。群蛮从楚子盟，遂灭庸。"（《左传·文公十六年》）这次秦人、巴人的加盟直接导致群蛮由助庸转而助楚，楚由劣势转为优势，取得伐庸的最后胜利。对于当时诸国之间的微妙关系，王夫之有精辟论述：

> 庸者，秦楚之争地也。秦得庸，则蹑楚之背；楚得庸，则窥秦之腹。秦得庸，则卷商析以临周；楚得庸，则通武关以间晋。楚方病，秦人扶之。西为之通巴，南为之距戎，俾楚获安足矣。得庸不有，而授之楚，秦之亲楚，何其至也。秦、楚之相亲，晋故焉耳。秦戒晋而楚扰其南，则晋掣；楚争晋而秦扰其西，则晋疾。视楚而不敢争。故秦之谋此甚深也。举庸以通秦、楚之径，相为肘臂而屈伸喻，可无问其在楚之异于在秦也。抑秦惟委庸于楚，而后楚无忌于秦，则益东争陈、郑而弃西略。则西鄙之戍守已堕，庸且为瓯脱之壤，若有若无，觳系于楚，而唯秦之取舍矣。于是楚之于秦，无离心而有合势。无离心，晋之所有重累也。有合势，则秦楚相并以合，自此始也。①

秦楚最重要的一次军事联合发生在秦哀公三十一年的吴楚柏举之战时，其时吴国已经攻入郢都，楚昭王被迫出奔随国。《左

---

① 王夫之《春秋世论》，见《船山遗书》，上海太平洋书店，1933 年。

传·定公四年》：

> 申包胥如秦乞师，曰："吴为封豕、长蛇，以荐食上国，虐始于楚。寡君失守社稷，越在草莽，使下臣告急，曰：'夷德无厌，若邻于君，疆场之患也。逮吴之未定，君其取分焉。若楚之遂亡，君之土也。若以君灵抚之，世以事君。'"秦伯使辞焉，曰："寡人闻命矣。子姑就馆，将图而告。"对曰："寡君越在草莽，未获所伏，下臣何敢即安？"立，依于庭墙而哭，日夜不绝声，勺饮不入口七日。秦哀公为之赋《无衣》。九顿首而坐。秦师乃出。①

次年，"申包胥以秦师至。秦子蒲、子虎帅车五百乘以救楚。……子西败吴师于军祥"。这次军事援助使楚国从濒临灭国的边缘得以起死回生，楚国君臣上下对秦国的感激不言而喻。

除了政治军事方面的联合外，秦楚之间也通过联姻来加强两国关系。《左传·襄公十二年》："秦嬴归于楚。楚司马子庚聘于秦，为夫人宁，礼也。"杜注："秦景公妹，为楚共王夫人。"②楚平王夫人、楚昭王之母亦为秦女，《史记·楚世家》载："（楚）平王二年，使费无忌如秦为太子建取妇。妇好，来，未至，无忌先归，说平王曰：'秦女好，可自娶，为太子更求。'平王听之，卒自娶秦女，生熊珍。"③

战国时期，秦楚交流逐渐频繁。秦惠文王曾娶楚女，这位楚女就是后来的宣太后。秦昭襄王、秦孝文王也娶楚女。秦也嫁女于楚，如楚宣王就娶了秦女。此外，秦昭王与楚怀王、楚顷襄王有数

---

① 《春秋左传注》，第 1548 页。
② 《春秋左传正义》，北京大学出版社，1999 年，第 906 页。
③ 此事《左传》载在楚平王六年，与《楚世家》异。

次会盟。楚国有数人进入秦国,李斯就是楚上蔡人。在战争中,这一时期楚国明显处于劣势,有时不得不联合其他国家来对付秦国。纵观战国时期的秦楚关系,对抗多于合作。

## 二、秦楚文学比较

秦国和楚国,一北一南,地理环境、历史传统、政治制度等都对两国文学产生了一定的影响,使得两国文学在艺术风格、表现内容、表现手法几方面迥然不同。

从民风民俗、艺术风格看,楚文化重想象、信巫鬼,楚文学多奇谲瑰丽;秦文化尚实际,秦文学多质朴无华。这一差别的形成与两国所处地理环境有关。

地理环境对社会习俗、文化特性、人们性格的影响,从古及今,学者多有论述。首次系统说明的是《汉书·地理志》。

> 楚有江汉川泽山林之饶;江南地广,或火耕水耨。民食鱼稻,以渔猎山伐为业,果蓏蠃蛤,食物常足。故呰窳偷生,而亡积聚,饮食还给,不忧冻饿,亦亡千金之家。信巫鬼,重淫祀。[①]

东汉王逸《楚辞章句·九歌序》亦云:"昔楚国南郢之邑,沅湘之间,其俗信鬼而好祀。"今人也有类似论述,如刘师培着重从自然环境、民情入手探讨南北文学的不同,曰:"大抵北方之地,土厚水深,民生其间,多尚实际。南方之地,水势浩洋,民生其际,多尚虚无。民崇实际,故所著之文,不外记事、析理二端。民尚虚无,故所作之文,或为言志、抒情之体。""荆楚之地,僻处南方。故老子之书,其

---

① 《汉书》卷二十八,中华书局,1960年,第1666页。

说杳冥而深远。及庄、列之徒承之,其旨远,其义隐,其为文也,纵而后反,寓实于虚,肆以荒唐谲怪之词,渊乎其有思,茫乎其不可测矣。"①

需要指出,班固、王逸两家所说主要指楚国民间习俗,并不代表上层社会文化。《国语·楚语下》载观射父与楚昭王有关绝地天通的一段话:

> 及少皞之衰也,九黎乱德,民神杂糅,不可方物。夫人作享,家为巫史,无有要质。民匮于祀,而不知其福。烝享无度,民神同位。民渎齐盟,无有严威。神狎民则,不蠲其为。嘉生不降,无物以享。祸灾荐臻,莫尽其气。颛顼受之,乃命南正重司天以属神,命火正黎司地以属民,使复旧常,无相侵渎,是谓绝地天通。②

观射父是楚国重要巫官,楚昭王的问话很耐人寻味,"《周书》所谓重、黎寔使天地不通者,何也? 若无然,民将能登天乎?"(《国语·楚语下》)若重、黎不绝天地,老百姓会登上天吗? 看似戏谑的问话包含深刻的道理,这样的提问在一个信巫鬼好淫祀的国家出现颇值得深思。合理的解释是,楚国民间巫风盛行,而在上流社会,主流文化却是周文化。楚国贵族的教育内容以中原文化为主,较之下层平民,更加近于诸夏,因此楚昭王才会对绝地天通这样的传说提出疑问。试看楚贵族学习内容,《国语·楚语上》载:

> 问于申叔时,叔时曰:"教之《春秋》,而为之耸善而抑恶焉,以戒劝其心;教之《世》,而为之昭明德而废幽昏焉,以休惧

①　《刘师培史学论著选集》,上海古籍出版社,2006年,第203—204页。
②　《国语集解》,第514—515页。

其动；教之《诗》，而为之导广显德，以耀明其志；教之礼，使知
上下之则；教之乐，以疏其秽而镇其浮，教之《令》，使访物官；
教之《语》，使明其德，而知先王之务，用明德于民也；教之《故
志》，使知废兴者而戒惧焉；教之《训典》，使知族类，行比
义焉。"①

这是楚庄王使士亹傅太子箴，士亹就教育太子一事询问申叔时，申
叔时的回答。这里提及的都是代表诸夏文化的典籍。通过接受这
样的教育，楚国贵族在思想、学养方面与中原各国应该没有什么差
异。以辞令为例。楚国作为春秋时大国，几乎统一了整个中国的
南部，并有向北发展觊觎中原的迅猛势头。但是楚国辞令却不像
晋国辞令一样咄咄逼人，反而表现出对中原文化的向往与学习，与
楚国在政治上问鼎中原这样不合礼义的行为截然不同。《左传·
僖公四年》屈完对齐桓公问：

　　夏，楚子使屈完如师。师退，次于召陵。齐侯陈诸侯之
师，与屈完乘而观之。齐侯曰："岂不谷是为？ 先君之好是继，
与不谷同好如何？"对曰："君惠徼福于敝邑之社稷，辱收寡君，
寡君之愿也。"齐侯曰："以此众战，谁能御之？ 以此攻城，何城
不克？"对曰："君若以德绥诸侯，谁敢不服？ 君若以力，楚国方
城以为城，汉水以为池，虽众，无所用之。"屈完及诸侯盟。②

《楚世家》和《齐世家》也载此事。其时齐桓公正称霸于诸侯，
未有能匹敌者。这次齐侯又打着周王的旗号，率领着诸盟国向楚
国挑战，楚国面临的压力不难想象。齐侯恃强凌弱的霸气没有因

---

① 《国语集解》，第 485—486 页。
② 《春秋左传注》，第 291—293 页。

"尊王"的幌子有所收敛,反而倚仗军事优势赤裸裸地威胁楚国,哪知屈完的一番巧妙回答犹如一盆冷水泼到气焰正旺的齐侯头上。首先从正面指出绥诸侯应以德非以力,含蓄指出此时齐国的"力强"并不值得炫耀,更不可能使诸侯屈从。然后从反面说明齐国若一意孤行,还要以力侵犯楚国,楚国上下万众一心,已经做好了充分的应对准备,齐国的军队在同仇敌忾的楚人的反攻下,必然无所用之。屈完实际上巧妙指出齐侯侵楚的实质。不可一世的齐桓公听了这番话以后,无可奈何,只得与楚国结盟而还。屈完取胜的核心是抓住"德"字大作文章,这无疑是楚人学习华夏文化并且能够熟练运用的结果。

降及战国,楚国上层社会与下层民众之间的这种差别依然存在,反映屈原思想、爱国之情的《离骚》《九章》与他模仿民间巫歌的《九歌》就呈现出迥异的风格。

楚国文学艺术最突出的一点是受楚地巫风的影响。楚国文学、音乐、绘画等艺术门类,无不浸润着巫文化的熏陶。保存神话资料最为丰富的文献之一《山海经》就产生于楚地,著名的帛画《人物御龙图》《龙凤人物图》与屈原《九歌》的产生说明楚国巫风时至战国依然不减。可以说,巫文化的发达直接促成楚国文学艺术的繁荣,前贤称楚文学艺术具有瑰丽奇谲的浪漫性,主要源于此。

秦文化中也有巫文化色彩。但是秦的巫文化主要是对现实生活的实际指导作用,即如何趋利避害。楚地巫风渗透到社会的方方面面,尤其是影响了楚人的内在性格、精神气质,并进而影响到文学艺术的题材与风格。而秦国的巫文化还处在实用的阶段,对秦人性格以及秦文学艺术风格的影响甚小。

上引刘师培一段话中明确说到荆楚,指楚国无疑,提到的北方,虽然不专指秦国,秦国毫无疑问可以纳入北方文学的范畴。刘师培已经指出了秦文学与楚文学的不同,秦人更加重视现实社会,对于神鬼这些超现实世界的事情似乎很淡漠。秦人也有重要的祭

祀活动,如畤,春秋战国秦国见于史籍的大型祭祀只有四次,这在
"国之大事,在祀与戎"的时代,可谓微乎其微。秦文化比较质朴,
注重实效与功利,文学艺术不像楚文学那样富有想象的浪漫主义
情调和神话色彩。这除了北方土厚水深的地理环境影响外,秦国
有别于其他国家的特殊经历,也使得秦文学表现出鲜明的现实性
和质朴性。秦简中多见法律、日书之类的实用文书;楚国则出土大
量绘画、乐器等有关艺术的文物。楚人浪漫,向往自然,道家思想
产生于楚地,并非偶然。

　　从表现内容看,秦文学重说理叙事,楚文学重抒情。秦人看重
的是当前的实际利益,对于抽象的事理不太关心。秦人较为理性,
看待问题、处理问题多从实用性、功利性出发,思维严密,逻辑清
晰。秦国散文一般说理层次分明,叙事条理,事情的前因后果都交
代得清清楚楚,是非曲直一目了然。秦简中的篇章,《商君书》《吕氏
春秋》都属于这一类。楚人重感情,像申包胥、屈原这样对国家有深
厚感情的人,在秦国很难见到。楚文学重视情感的抒发,楚辞中的
篇章,大部分以抒情为主,纯说理性的很少。即使是以说理为主的
诸子散文,也有很浓的抒情色彩,《老子》被称作哲理诗[①],《庄子》中
对所赞颂与鞭挞的人也倾注了不同的感情[②]。

---

　　① 　关于老子姓名与籍贯,《史记·老子韩非列传》已经存在自相矛盾之处,说明司
马迁时代,关于老子的一些问题就模糊不清,仅其名就有老聃、老莱子、太史儋三说。一
般认为,老子即老聃。《史记》载老子为楚苦县历乡曲仁里人也。《老子铭》曰:"春秋之
后,相县虚荒,今属苦,故城犹在赖乡之东,涡水处其阳。"赖乡即历乡,在今河南省鹿邑
县与安徽省亳州市之间。就相县而言,春秋时属宋。就具体之赖乡曲仁里而言,春秋时
属陈。但是无论是属宋还是属陈,战国时都属楚,因此司马迁言老子楚人也不误。参见
赵逵夫师《文子成书及其思想·序》,巴蜀书社,2005 年。

　　② 　《史记·老子韩非列传》载庄子为"蒙人也"。关于"蒙"之具体地望,说法不一。
《集解》云"《地理志》蒙县属梁国",《索隐》曰:"刘向《别录》云宋之蒙人也。"当代学者考
证,"蒙"在战国时已经属于楚。见蔡靖泉《楚文学史》,湖北教育出版社,1996 年,第
311 页。

秦文学重集体,楚文学重个体。秦自封国后国内君臣之间、上层统治者和下层民众之间都能齐心协力,为国家的生存、发展乃至霸业进行斗争。《秦风·无衣》所反映的精神在《诗经》各国中都见不到。秦文学的创作动机多从全局、国家利益出发,如《秦誓》为战争、称霸而作,《石鼓文》叙国君游猎,《诅楚文》有关秦楚战争,《为吏之道》对官吏的训导等,都是有关国家的重大事件。秦简的法律条文本身就代表国家,《商君书》《吕氏春秋》无论是写作目的,还是所讨论的内容,都是关乎国家改革、发展的重大问题,秦代李斯等人的上书更是直接针对具体政治事件而作。总之,秦文学取材于国家、社会,又服务于全局,像《离骚》《九章》《九辩》等抒一己之情的作品在秦文学中几乎没有。楚人重个体,楚国敢于率先称王,并自称"蛮夷",全然不顾中原国家的态度。战国时屈原有"举世皆浊我独清,众人皆罪我独醒"的悲愤,虽说他的命运在当时的楚国具有一定的代表性,但是就作品内容而言,是以抒发诗人自己的情感为主。在诸子周游列国的社会大潮下,连孔子都辗转数国,屈原却仍然保持自己的一份爱国之情,最后以死殉国,特立独行的人格成就了屈原光照千古的伟岸形象,也奠定了楚辞这种特殊诗体在中国文学史上的地位。楚国散文也重个体,庄子向往自然、追求精神自由虽然与屈原选择的道路不同,但是在保持自己独立精神这一点上是相同的,他们的行为在当时都显得与众不同。

楚文学还受到苗蛮文化的影响。苗蛮文化对楚文化的影响,多体现在考古学领域,在文学方面只有零星表现供我们去追寻苗蛮文化曾经的辉煌。"兮"字的运用可谓楚地文学最主要的特征,"今日苗族的古老民歌,尤其是祭歌,句中或句末也用有类似'兮'的语气词"[①]。"兮"字的大量运用,使得楚文学具有悠长婉转、韵味无穷、缠绵不尽的特点。秦文学短句居多,语气词、不必要的修

---

①　蔡靖泉《楚文学史》,第 93 页。

饰词较少使用,总的特点是语言干脆利落,精练简洁,这与秦人同仇敌忾的好战风习、斩钉截铁的军队风格相统一。

两国文学对后代产生影响的角度不同。战国时期秦文学和楚文学的区别更加突出,以楚辞为代表的楚地文学是既《诗经》之后先秦诗歌的又一高峰,《离骚》成为中国古代浪漫主义文学的第一个高峰。总的来说,楚国文学对后代的影响主要在风格、形式方面。屈原的《离骚》《九章》《九歌》《天问》,宋玉的赋作以及《九辩》,在文体以及风格方面,都具有一定的开创作用,对后代文学产生了深远的影响。秦文学的影响则主要表现在内容和思想方面,从秦简可以了解秦国的法律制度和社会风俗,从《商君书》可以寻找商鞅变法的一些内容,从《吕氏春秋》可以看到战国晚期诸子思想的概貌。这是两国文学作用与影响的不同。

### 三、秦楚文化比较

（一）两国文化发展历程、发展特点不同

秦楚有共同的祖先,但是两国文化发展历程有别。关于秦之始祖,《史记·秦本纪》云:"秦之先,帝颛顼之苗裔。"景公大墓出土残磬铭文亦有"高阳有灵"字样,高阳是颛顼的号。楚之始祖,《楚世家》开端便曰"楚之先祖出自帝颛顼高阳"。《离骚》中也云"帝高阳之苗裔",这些记载都说明秦楚有着共同的祖先,秦楚同属于华夏集团,可谓宗同苗分。秦楚这种同宗关系在其他方面也有反映。楚人崇凤,出土于江陵望山 1 号墓的虎座凤架鼓和雨台山 166 号墓的虎座立凤[①],是楚文化的典型器物。秦人崇鸟,秦人的祖先大业就是"玄鸟陨卵",大业的后代大廉是鸟俗氏,大廉玄孙孟戏、中衍,皆鸟身人言。秦景公一号大墓中,也出土彩绘木雕金凤鸟。

---

① 　见张正明《楚文化史》所附彩图,台北南天书局,1980 年。

秦楚同宗,但发展历程却并不同步。

楚的真正被分封是在西周初的周成王时,在封国之前楚人已经过了很长时间的发展。司马迁在《楚世家》中追溯了楚之世系:"陆终生子六人,坼剖而产焉。其长一曰昆吾;二曰参胡;三曰彭祖;四曰会人;五曰曹姓;六曰季连,芈姓,楚其后也。"陆终之子季连是古籍记载楚之直接先祖,其生活时代约在夏末商初。到熊绎时,楚人的力量得到加强,周成王不得不承认既成事实,封其为楚蛮,封以子男之田。

楚之初封时势力范围到底有多大?楚昭王时令尹子西的话可以说明:"楚之初封于周,号为子男五十里。"(见《史记·孔子世家》)楚国就是在这一片狭小的天地里开创了他们的事业。《左传·昭公十二年》记楚灵王时右尹子革云:"昔我先王熊绎辟在荆山,筚路蓝缕以处草莽,跋涉山林以事天子,唯是桃弧、棘矢以共御王事。"楚国初封时的艰难不难推知。但是,楚人经过几代人的艰辛努力,到西周末年,俨然是南方的强国。

当楚国已经成为南方大国时,秦人还过着漂泊不定的生活,为了生存与西戎进行着艰苦卓绝的斗争。秦国的分封晚于楚国至少两百五十多年。

由两国历史可见,楚国的发展要远远早于秦国,楚文化积淀比秦文化深厚。在立国以后,两国文化的发展也呈现出不平衡的态势。

大约到春秋中晚期,楚文化和秦文化的特点都比较鲜明了。到战国时期,楚文化呈现出多姿多彩的态势,达到了鼎盛期。楚辞的成就自不必说,保存神话资料最为丰富的文献之一《山海经》产生于楚地。有关楚国的出土材料也充分说明这一点,著名的帛画《人物御龙图》《人物龙凤图》在中国绘画史上堪称杰作①。

①　参见杨宽《战国史》,上海人民出版社,2003年版,第624—628页。

大量楚简的面世昭示着楚国文化曾经的辉煌。

秦人在封国后，拥有了西周故地，未能东迁的周余民也尽归秦，这为秦文化的发展提供了很好的契机。到春秋中期，秦国已经出现了成熟的诗歌《诗经·秦风》以及成熟的散文《尚书·秦誓》。商鞅变法后，秦国招揽了大量人才，秦相吕不韦还组织门客编撰了杂家著作《吕氏春秋》。但是与秦国在政治、军事上的急速发展相比，秦思想文化成就并没有与战国末期各国人才汇聚关中的繁盛景象相辉映，秦国并没有形成如齐国稷下学宫一般百家争鸣的繁荣景象。从总体文化成就看，战国时期秦国不及楚国。

晚期的楚文化逐步走向浮华，楚人喜欢修饰，喜欢乐舞。从出土器物看，铜镜、玻璃珠、漆耳杯等生活奢侈品数量很多，说明这些物品已经成为楚国贵族生活的普遍器物。秦国则不然，除了象征身份的鼎、簋、编钟等器物外，秦墓中还出土陶牛、陶车、陶仓，这些陶器大都做工粗疏，表明秦国贵族关注的主要对象还是收成和温饱问题。

张正明曾经就秦墓和楚墓比较后说："楚文化远较秦文化多姿多彩，丰富灿烂，但晚期流于浮华柔弱；秦国的文明程度虽不及楚国，但一直保持着朴实、俭约、苦干的民风。"[1]事实上，秦楚文化的这种差异，不仅表现在墓葬方面，在其他方面也有反映。

（二）两国文化来源不同

就文化来源来说，秦楚都不是单一文化，都融合了其他文化，但是楚国吸收其他民族文化因素更多，民族文化因素更为丰富多样。

秦楚作为周王室分封的诸侯国，两国在继承周文化的同时，又吸收了其他文化。秦国由于长期与西戎杂处，受戎狄文化很大影响；楚国则融合了苗蛮文化的成分。秦国的霸西戎促进了西北各

---

[1]　张正明《秦墓与楚墓的文化比较》，《华中师范大学学报》，2003 年第 4 期。

民族文化的交流；楚国对南方小国的兼并，则推进了中原文化与蛮夷文化的交融。

秦穆公虽号称五霸之一，但是在春秋时期，秦国势力基本没有越过黄河，穆公也只能称作区域霸主。偏处西北的地理环境，严重阻碍了秦国与其他国家交往的进程，春秋时期，秦国交往的主要对象是晋、楚、周以及西戎，其他像齐国、郑国、宋国、吴国、越国等，除了会盟之外，外交往来很少。从文化来源来说，春秋时期周文化和西戎文化对秦文化影响较大。

战国时期，随着秦国势力的不断增强，秦国对文人们具有更大的吸引力，各国人才纷纷入秦，这时秦国有机会接触、学习他国文化。然而，这时的秦国受法家思想以及秦人功利性的影响，重用的多是实用型人才如法家、兵家、纵横家等，纯思想型、学术型人才在秦国不被重用。在六国版图逐渐并入秦国时，六国文化并没有随着兼并战争的进程而大量涌入秦国。

楚文化的主要成分是周文化和苗蛮文化。一些出土文物为我们了解苗蛮文化对楚文化的影响提供了最直接的证据。此外，楚文学中多用"兮"字，也与苗蛮文化有关。

楚文化还融合了其他文化。楚国是春秋战国灭亡其他小国最多的国家。《左传·僖公二十八年》载晋楚城濮之战前，晋国栾贞子曾说："汉阳诸姬，楚实尽之。"说明当时汉水之北诸小国已经大部分被楚所灭。楚国先后灭亡六十一个国家，这些被灭亡的国家有姬姓的应、随、息等，有姜姓的申、吕、许等，嬴姓的江、黄等，子姓的权、萧，妫姓的陈，姒姓的曾、杞，偃姓的舒、巢、皖等，芈姓的夔①。这些小国立国基础不同，文化传统各异，有的国家文化已经达到很高成就，如震惊中外的出土于楚国腹地随州擂鼓墩的特大

---

　　① 何浩《楚灭国研究·楚灭国表》，武汉出版社1989年版，第10—13页。

型乐器——曾侯乙编钟,堪称我国古代音乐史上的奇迹[①]。这些国家在灭于楚后,它们的文化也随之融汇到楚文化的大熔炉中。从楚国而言,也具有融各民族于一炉的开阔胸襟。面对各种不同的民族文化,楚国并没有加以排斥、扼杀,而是实行宽缓怀柔的民族政策,积极吸收它们的合理因子,使被征服的民族及国家的文化同化于楚文化中。楚文化较之秦文化,更具有多元性。战国时期楚国文学艺术高度繁荣,与楚国能够吸收各种文化有一定的关系。

(三)两国民族心理不同

就民族心理、民族认同言,秦楚都不同程度地被他国轻视,但是楚国有较强的独立性,秦国则始终在极力突显自己的华夏正统地位。

春秋时期史籍中虽然没有中原国家鄙视秦国的言论,但是,秦国作为周王正式分封的诸侯国,《左传》载秦国参加诸侯会盟始于封国后 130 多年的秦穆公时,整个春秋时期秦国参加的大型会盟仅有四次,其会盟次数远远不及陈、宋、蔡等国家,常常位列许多小国家之后。除了秦国地处西垂,穆公之前秦国力尚弱,秦人当时更多地关注自身的生存与发展而无暇顾及外交活动等原因外,秦不被东方国家重视不能不说是原因之一。战国时,中原人士竞相攻击秦国,如《战国策·魏策三》载公子无忌之言曰:

> 秦与戎翟同俗,有虎狼之心,贪戾好利而无信,不识礼义德行,苟有利焉,不顾亲戚兄弟,若禽兽耳。此天下之所同知也。[②]

此事又见《史记·魏世家》。虎狼之心,贪戾好利,不识礼义德行,

---

① 刘玉堂、张硕《文化史视野下的曾侯乙编钟》,《武汉大学学报》,2011 年第 3 期。
② 《战国策新校注》,第 757 页。

甚至近于禽兽,对秦国之愤恨历历在目。无忌的一番话固然有战国时人因秦国的不断扩张而导致的畏惧、厌恶,以至于不免有夸张之词。但是,战国时人对秦的这种态度不能说没有渊源。封国较晚,又长期与戎狄杂处,如戎狄一般尚武好战,造成中原国家对秦国的轻视。

楚文化中融合了苗蛮文化成分,因此楚人常被华夏视作蛮夷,对此史籍多有记载。《国语·晋语八》载宋之盟,楚与晋争先歃,叔向对赵文子的一段劝说:

> 昔成王盟诸侯于岐阳,楚为荆蛮,置茅蕝,设望表,与鲜牟守燎,故不与盟。①

楚人被视作荆蛮,不得不与鲜牟人一起从事守燎这样的差事。《公羊传·僖公二十一年》为《春秋》"楚人使宜申来献捷"作传:

> 此楚子也,其称人何? 贬。曷为贬? 为执宋公贬。曷为为执宋公贬? 宋公与楚子期以乘车之会,公子目夷谏曰:"楚,夷国也,强而无义,请君以兵车之会往。"②

宋公子目夷直接称楚为夷国,他的话代表了当时北方人对楚人的看法和评价。甚至在楚文化发展到鼎盛期,《孟子·滕文公上》中仍称楚人陈良为"南蛮鴃舌之人"。这在"戎狄豺狼,不可厌也;诸夏亲暱,不可弃也"(见《左传·闵公元年》)的时代背景下,这种族属的认同无疑带有很浓的蔑视成分。

不但其他国家视楚人为蛮夷,楚人有时也自称蛮夷。《史记·

---

① 徐元诰《国语集解》,中华书局,2002年,第430页。
② 《春秋公羊传注疏》,北京大学出版社,1999年,第243页。

楚世家》载熊渠曾曰"我蛮夷也,不与中国之号谥"(见《史记·楚世家》),并且率先将其三子立为王——句亶王、鄂王、越章王。之后的楚武王熊通,又一次自称蛮夷。楚武王三十五年,楚伐随,楚武王有一番言论:

> 楚曰:"我蛮夷也。今诸侯皆为叛相侵,或相杀。我有敝甲,欲以观中国之政,请王室尊吾号。"随人为之周,请尊楚,王室不听,还报楚。三十七年,楚熊通怒曰:"吾先鬻熊,文王之师也,蚤终。成王举我先公,乃以子男田令居楚,蛮夷皆率服,而王不加位,我自尊耳。"乃自立为武王。①

　　楚人这种自视为蛮夷的心理,加上远离中原,偏于江南,造成楚国与秦国相比,具有更强的独立性。这种独立性表现在许多方面。从政治制度看,楚是诸侯国中率先称"王"的国家。楚国的官制与诸夏相比异多同少,文献记载的令尹、左徒,都不见于他国,是楚国所独有。《左传·僖公四年》载齐伐楚,管仲代表齐桓公责问楚国:"尔贡包茅不入,王祭不共,无以缩酒,寡人是征。昭王南征而不复,寡人是问。"楚使的回答是:"贡之不入,寡君之罪也,敢不共给?昭王之不复,君其问诸水滨。""贡之不入"说明在周天子威严一落千丈的时候,楚国对周天子更加表现出不敬。到楚庄王时,楚国欲称霸中原取代周天子的野心再次暴露无遗,趁北伐陆浑之戎之机,观兵于周郊,向周天子的特使询问周鼎之大小轻重(见《左传·宣公三年》),说明楚国从未放弃欲独立的努力,楚人独立意识深入骨髓。语言文字方面,虽然很多楚人能操夏言,但是平时他们仍讲楚言,楚言得以较好保存。后人谈及战国时的楚辞,依然有"讲楚声""书楚物"的评论。楚文化保留相对完整,与楚国这种独

---

① 《史记》,第1695页。

立发展的意识不无关系。这种独立意识促使楚人在周王朝强盛之时，就暂时臣服；一旦周王朝衰弱，他们就会不失时机地争取与周王朝分庭抗礼。

　　秦国同样被轻视，秦人心态却与楚人截然不同。秦人不但没有设法游离于华夏之外，反而处处以华夏自居，以熟识诗书礼乐为荣，主要表现是大量学习周文化，这在秦人的文学创作中有充分的体现。如诗歌方面，《诗经·秦风》中所表现的感情、礼仪，君臣之间的燕享，都与东方国家无异。石鼓文也直接模仿《诗经·小雅》。《尚书·秦誓》被编入《尚书》，本身就说明这是一篇可以作为华夏文化的典范之作。而从秦人与其他国家在邦交中的精彩辞令，对《诗经》的熟悉程度与恰到好处的运用，外交中对礼节正确合理的遵守等方面看，秦国是不逊色于他国的。西乞术聘鲁，连以保存西周文化最好、得周礼精髓的鲁国也不得不对西乞术的行为大加赞赏。① 考古实物也充分说明这一点。边家庄发掘几座春秋早期卿大夫级的秦墓葬，随葬鼎的数量都是一套五个，严格遵守周人用鼎制度。凤翔秦公大墓出土的鼎、簋等象征墓主地位的礼器、明器，器物数量的组合都基本符合《周礼》规定②。秦人生活的各个方面，如墓制及棺椁的使用，青铜器的形制纹饰以及铭文格式，乐器的类型等，同中原国家都没有太大差别。秦文化中的主流文化是华夏文化，这与秦人自觉主动学习西周文化有很大关系。

　　秦人始终把自己看作华夏之一员，严格将自己与夷狄划清界限。从东方国家对秦国的态度看，也将秦国作为华夏之一员。《史

---

　　①　《左传·文公十二年》载：秦伯使西乞术来聘，且言将伐晋。襄仲辞玉，曰："君不忘先君之好，照临鲁国，镇抚其社稷，重之以大器，寡君敢辞玉。"对曰："不腆敝器，不足辞也。"主人三辞。宾客曰："寡君愿徼福于周公、鲁公以事君，不腆先君之敝器，使下臣致诸执事，以为瑞节，要结好命，所以藉寡君之命，结二国之好，是以敢致之。"襄仲曰："不有君子，其能国乎？国无陋矣。"厚贿之。

　　②　王学理《秦物质文化史》，三秦出版社，1994年，第298页。

记》载公元前 374 年,周太史儋受周烈王之命西行入秦,曾和秦献公说了一番有关周、秦关系演变的话:

　　周故与秦国合而别,别五百岁复合。合七十七岁而霸王出。①

这段话在《史记》中共出现四次,除《秦本纪》外,《周本纪》《封禅书》《老子韩非列传》也有记载,文字略有出入。另外《汉书·郊祀志》也作了转述,足见史家对它的重视。且不说太史儋所说的"合""别"以及具体时间是否准确,单单他将周、秦并列,说明这位代表周文化的太史也并没有将秦排斥于华夏之外。

　　从秦、楚对华夏的态度、感情来说,两国差异很大。与楚国较早称王形成明显对比的是,终春秋三百多年,秦人从未称王,更没有问鼎中原这样的僭越之举。

　　(四)两国民风民俗、艺术风格不同

　　从民风民俗、艺术风格看,秦文化尚实际,秦地文学艺术多质朴无华;楚文化重想象、信巫鬼,楚地文学艺术多奇谲瑰丽。

　　楚地巫风盛行,班固的《汉书·地理志》、王逸的《楚辞章句·九歌序》都明确提到这一点。楚国文学艺术最突出的一点就是受巫风的影响,巫文化的发达是楚国文学艺术繁荣的原因之一。关于楚地文学艺术奇谲瑰丽的特点,学者们已经作了充分的论述,不再赘述。

　　秦人与楚人截然不同。秦人更加重视现实社会,对于神鬼这些超现实世界的事情似乎很淡漠。这除了北方土厚水深的地理环境影响之外,秦国有别于其他国家的特殊经历,也促使秦人必须正视现实。时时面临着戎狄的侵扰,渴望与他国争得相同的待遇,这

---

　　① 《史记·秦本纪》,第 201 页。

些都是秦人亟待解决的重要问题。

秦文学具有鲜明的现实性与质朴性。马非百曾云："秦本起于西戎,为一支新兴民族,于诸国中最为后起。故《秦风》中便无厌世观念,随处皆有旷野意味。"①秦国诗歌多重现实场景的叙述,而少虚幻景象的描绘。手法上多用赋而少用比兴,《小戎》《车工》二首,几乎可以看作是微型赋。石鼓文中《作原》《汧殹》叙整治原场,种植佳木,汧水两岸物产丰饶,水中游鱼之乐,《田车》《銮车》写打猎盛况,无不通过真实、细致地叙述当时情景,给人如临其境的感觉,这与其他国家诗歌大量运用比兴不同。

秦人在文学活动中也表现出质朴性。秦人赋诗多取诗歌本意,所赋之诗与当时的场合、背景、身份都比较切合,基本上是直取其意,不作过多的引申和发挥,显得直接、浅显,但同时少了一些含蓄与婉曲。这与当时人普遍断章取义或运用诗歌的比附和象征义的方法不同。

秦国出土的美术作品,也体现这一特点。与楚器多灵巧秀美不同,秦器则多矮壮浑朴,彼此风格迥异。

秦国的音乐据李斯的《谏逐客书》言是"击瓮叩缶,弹筝搏髀,而歌呼呜呜快耳目者"。文学语言虽然不能完全坐实,但是李斯所言绝非向壁虚造。以击瓮、叩缶、搏髀为主要演奏手段的音乐,其特点是简单、粗犷、豪迈、朴拙。秦国音乐的这一特点与秦人崇尚刚烈勇武的性格相统一。

(五)两国用人制度不同

前人论及秦国能够相继消灭六国、统一中国的原因,无一例外会提到秦国的用人制度。在那个急需富国强兵、取得兼并战争胜利的时代,人才尤其是应用型人才就显得至关重要。秦楚两国在用人制度上存在很大差异。

———————————

①　马非百《秦集史》,中华书局,1982年,第520页。

　　楚国的用人制度基本实行任人唯亲的政策，许多职掌如令尹、左徒以世袭为主，政权始终掌握在贵族或公族手中。楚国政权集团无论怎么变换，总不出少数大族，这些大族为了维护本家族利益，努力任用亲贵，排斥异己，造成严重的后果。他国贤能之士到楚国后不被重用，相反，由于权力的争夺，迫使许多在楚国无法容身的人才大量外流。蔡声子论楚才晋用，历数王孙启、析公臣、雍子、申公巫臣、椒举，这些人皆一时之秀，都因不得志而逃往别国（见《国语·楚语上》）。如《左传·成公二年》载楚国申公巫臣娶陈国夏姬，奔晋，晋人使为邢大夫。后申公巫臣被派到吴国，帮助吴国发展壮大，大大牵制了楚国的霸权地位。另一人物伍子胥，其父伍奢因遭谗言而死，伍子胥在吴国为了复仇，辅佐吴王阖闾攻打楚国，吴入郢，使楚国蒙受巨大损失，元气大伤，濒临亡国，后在秦国的帮助下，楚国君臣才得以返回国都。

　　秦国的用人制度与楚国相反，秦国属于输入人才的国家，国内的许多有识之士大都来自他国。

　　秦楚用人制度的不同造成的结果非常明显。战国时人称"从合则楚王，横成则秦帝"（见《战国策·楚策》），指出虽然当时号称七国竞逐，真正有实力一统九州的只有秦国和楚国。历史的选择是秦国消灭了楚国，统一了全国。可以说，用人制度的不同是秦楚两国霸业成败的重要因素。

　　从文人分布看，楚国本土文人数量远远高于秦国本土文人数量。楚国文人促进了楚文化的快速发展，然而对楚国政治、军事的影响却不及秦国文人，他们仅仅是对国君提出细枝末节的点滴建议，其治国方略不可能完全在政治生活中付诸实施。这是秦楚两国用人制度的不同导致文人作用的差异。

　　总的说来，秦、楚文化差异非常大。秦文化偏于进取；楚文化则倾向于保守。秦人重现实，走到极端就是尚功利；楚人重感情，像屈原那样对国家有深厚感情的人,在秦国很难见到。秦人质朴、粗犷,有时甚至带有几分野蛮味道,现实生活之外的事很难进入秦人视野,对于人事之外的抽象事理很少关心与思考,因此秦人中没有产生影响深远的理论家;楚人浪漫,向往自然,道家思想产生于楚地,并非偶然。秦人重集体,楚人重个体。

秦统一中国后,虽然也进行了书同文、车同轨、统一度量衡等举措,但是这仅仅是制度方面的策略,从民族心理、价值取向上楚人并没有接受秦人的观念,楚文化并没有与秦文化完全融合,秦王朝的文化大抵还是战国秦文化的继续发展。换言之,在文化上秦王朝并没有做到统一。到了西汉,秦楚文化才真正融合,这时多元而又统一的中华文化正式形成。

通过对秦楚文化的比较,可以给我们如下启示:

1. 秦楚文化来源都不是单一的。从发展趋向看,秦人和楚人都在"用夏变夷"。从性质看,两国虽然都融合了其他文化,但是它们都属于华夏文化。春秋以后,楚国开始大规模接受西周诗书礼乐文化,至春秋末期,楚国已经以诗书礼乐之邦自居了。楚申包胥在吴王阖闾破楚后到秦国求援时就说:"吴为封豕、长蛇,以荐食上国,虐始于楚。"楚国不再自称"蛮夷",而是称为"上国",反而把后起的吴国称为夷邦。但是秦楚两国都不乏"用夷变夏"之处,对西周文化中的许多保守因素进行了扬弃,及时为自己输入新鲜血液,因而都成为春秋战国实力最为强盛的国家,最终形成各自独特的文化。这与保存周礼完好的鲁国的命运形成明显的对比。总的来说,秦、楚文化虽存在着同质性,但是同中有异,异大于同。

2. 任何文化都有其特定的规定性和适应性,都有其精髓供后人继承,而没有优劣之别。秦、楚文化亦然。秦文化中艰苦奋斗的精神、春秋时期秦国君臣之间齐心协力的合作态度、秦国制度中的许多成功经验都给后代的统治者提供了丰富的内容以资借鉴。楚文化中楚辞对后代文学的影响、屈原对后代文人的精神感召力量、道家在中国思想史上与儒家并肩的重要地位、楚国乐器绘画的重要价值，这些都是楚人留给我们的丰厚遗产。秦人是政治军事上的胜利者，楚人则是艺术上的丰收者，秦、楚文化的精髓在历史的岁月中都汇入中华文化的大家庭中。

3. 前人言及楚辞的产生，大都从两个方面说明：楚地民风、地理环境尤其是巫风的影响，是楚辞奇谲瑰丽风格形成的主要原因，而楚辞作家尤其是屈原的思想如爱国、美政、改革等却是继承中原文化的产物。事实上，楚国灭了众多小国后，楚文化对多种民族文化的吸收、楚文化的多样性同样是楚辞产生的肥沃土壤。

4. 从总体讲，秦文化表现更多的是政治制度方面的文化。秦人选择的是一种功利性的文化，更重视富国强兵，对精神文化的发展重视不够。商鞅变法后，秦文化的这种价值取向更加突出，由功利性甚至演变为排他性。可以说，秦王朝的迅速灭亡与秦人的这一文化取向有一定关系。不可否认，以严刑酷法对待黎民，是秦灭亡的最主要原因。除了这一原因外，文化方面的原因也不能不引起后人深思。以秦国对人才的选择为例，秦国选择的人才多为实用型人才，纯学术型、思想型人才偏少。这些人才为秦国的强盛乃至最后统一全国做出了巨大贡献，这一点李斯在《谏逐客书》中就已经指出。但是，我们同时也看到，秦国的一些人才将追求功名利禄作为唯一目的，有时为了达到目的甚至互相排斥陷害，焚书坑儒这种极端事件出现在秦朝是有其深刻的历史、文化背景的。战国时期，秦人选择了一种过于功利的文化，在追求经济、军事的发展时，没有给予精神文化建设足够重视，这是秦朝短命在文化方面给我们的启示。

# 第八章　秦文学的发展历程以及特点

　　除以上几章所论述秦文学外,《汉书·艺文志》中记载的秦文学还有以下内容:

　　《由余》三篇,入杂家。又有《繇叙》二篇,入兵形势家。此外还有《由余阵图》,李筌《太白阴经》曰:"秦由余、蜀将诸葛亮并有《阵图》。"①由余应是秦穆公时期一位非常重要的文人,不但为秦穆公的霸西戎做出了巨大贡献,同时还有著作以及阵图传到后世。

　　《张子》十篇,入纵横家。

　　《羊子》四篇,入儒家。班固自注:"故秦博士。"

　　《成公生》五篇,入名家。班固自注:"与黄公等同时。"师古曰:"姓成公,刘向云与李斯子由同时。由为三川守,成公生游谈不仕。"

　　《黄公》四篇,入名家。班固自注:"为秦博士,作歌诗,在秦时歌诗中。"

　　《零陵令信》一篇,入纵横家。班固自注:"难秦相李斯。"

　　《田俅子》三篇,入墨家。田俅子于秦惠王时居秦国。

　　《邹子》四十九篇,入阴阳家。阴阳家又有《邹子终始》五十三篇。《史记·秦始皇本纪》载:"始皇推终始五德之传。"可见《邹子》在秦国十分盛行。《邹子》今不传,但《吕氏春秋》中有关于阴阳五

---

①　(唐)李筌,《太白阴经·阵图总序》,中华书局,1985 年,第 127 页。

行思想的记载,《吕氏春秋》的编排思想也是以阴阳五行为指导,该书中的阴阳五行思想应当就是邹衍一派的思想。

《秦时杂赋》六篇。《汉书·艺文志》"诗赋略"共分为五类:屈原赋、陆贾赋、孙卿赋、杂赋以及歌诗。很值得人深思的是,《秦时杂赋》并未入杂赋一类,而是入孙卿赋,说明秦人的这些杂赋风格上应该更接近荀子五篇小赋。

《史籀篇》,入六艺略。班固自注:"周时史官教学童书也,与孔氏壁中古文异体。"但王国维云:"秦人作之以教学童者,而不行于东方诸国……惟秦人作字书,乃独取文字,用其体例,是史篇独行于秦一证。"[①]

《苍颉》七章,入六艺略。班固自注:"秦丞相李斯所作也。"清孙星衍、任大椿、梁章钜、马国翰、陶方琦诸氏有《苍颉》辑本。

《爰历》六章,入六艺略。班固自注:"车府令赵高所作也。"

《博学》七章,入六艺略。班固自注:"太史令胡毋敬所作也。"

《颛顼历》二十一卷。秦人曾使用颛顼历,以十月为岁首。

《汉书·地理志》中还载有《秦地图》:"《秦地图》曰剧清地,幽州薮。"上世纪湖北云梦睡虎地也出土了地图。

此外,其他文献中亦载有秦人著作。

《秦纪》。《史记·六国年表》载:"太史读《秦纪》,至犬戎败幽王,周东徙洛邑,秦襄公始封为诸侯,作西畤用事上帝,僭端见矣。……独有《秦纪》,又不载日月,其文略不具。"司马迁不但读过《秦纪》,在著《史记》时还参考过《秦纪》中的内容。

《秦仪》。《史记·叔孙通列传》载叔孙通定朝仪,"颇采古礼与《秦仪》杂就之"。

以上所载秦人著作,大都已经亡佚,但从中不难推知秦人著作之丰富。

--------

① 《史籀篇疏证序》,《观堂集林》卷五,中华书局,1959 年,第 255 页。

## 第一节  秦文学的发展历程

从秦建国到秦代灭亡,秦文学的发展可以分为四个时期:春秋早中期、春秋晚期到战国早期、战国中晚期、秦代,下面一一说明。

### 一、春秋早中期——秦文学的初步形成期

这一时期是从春秋初期秦建国到秦哀公(前536—前501年在位)时期,约两百五十年。这一时期的秦文学材料相对较少,主要有《秦风》《石鼓文》《秦誓》以及一些辞令和铭文。铭文基本沿袭西周风格,秦文学特点表现不太明显;石鼓文在学习、模仿《诗经》的基础上,逐渐具有自身的一些特点,清新自然,明朗欢快;《左传》载秦人辞令,多简单质朴,篇幅短小,就事论事,文体不够丰富,以论说体为主,《左传》中出现的其他文体像誓、盟、谍、命令、国书等在秦国都不见史籍,可见这一时期秦人辞令还处于早期阶段。最能反映这一时期秦文学成就的是《秦风》和《秦誓》。《秦风》就内容而言,多反映秦人尚武、好战的风习,就形式讲,与《诗经》中其他国家风诗差别不大,是典型的北方诗歌特点,艺术上已经成熟。《秦誓》被编入《尚书》,足以证明这篇文章不但可以代表中原文学水平,而且是其中的上乘之作,具有典范作用。

总之,春秋早中期秦文学取得一定的成就,这标志着秦文学已经形成,但是像《秦誓》这样的佳作还很少。将春秋早期与春秋中期的作品相比,发展变化的轨迹并不明显,这一时期秦文学发展比较缓慢。

## 二、春秋晚期到战国早期——秦文学的低潮期

从秦惠公(前 500—前 492 年在位)到秦献公(前 384—前 362 年在位)时期①,约一百四十年,秦文学经历了低潮期。秦国建国晚,奴隶制度起步也较其他国家晚一些。春秋早中期是秦国奴隶制急速发展的时期,而春秋晚期到战国早期,秦国内部统治阶级之间的矛盾日益凸显,新的生产关系还没有出现。因此,在这一阶段,秦国基本处于停滞状态。政治上太后专权以及庶长专政等一系列内乱,大大削弱了秦国实力。与政治上的停滞不前相伴随,秦国文学也出现低潮期。目前为止,还没有发现创作于这一阶段的著作。

## 三、战国中晚期——秦文学的蓬勃发展期

从秦孝公(前 361—前 338 年在位)时期到战国结束,是秦文学的蓬勃发展期。秦国封建制的改革,促进了秦国经济、政治、军事突飞猛进的发展,而秦国国力的强盛,又极大地吸引了许多外来人才,推动了秦文学的蓬勃发展。从数量来说,产生了专门著作《商君书》和《吕氏春秋》,《战国策》所载秦国论说辞也占很大篇幅。大量的出土文献,大大丰富了秦文学的内容,祈祷病愈,诅咒敌国,劝谏国君,法律条文,官吏教材,占卜数术,官方书信,办事章程等,均有记载。

从艺术观之,战国中晚期是秦文学的大踏步发展时期。文体

---

①　秦国历史上出现了两位惠公,春秋晚期不享国的夷公之子曰惠公,系哀公之孙。战国早期也有惠公(前 399—前 387 年在位),他是简公之子。这里所说是指春秋时期的惠公。

比前代更为丰富多样,民间歌谣体、祝祷辞、书信、雏形小说、法律应用文、游说辞、成熟的议论著作,都纷纷登台亮相。李斯的《谏逐客书》在中国古代散文史上,是难得的佳作,直接影响了汉代政论文的创作。他的《议存韩》《上书韩王》与《战国策》游说辞颇为相类。《诅楚文》《告华大山文》已经是成熟的祝祷辞。前者诅咒楚王,历数楚王罪状,气势充沛,如老吏断狱,无可辩驳,颇富于鼓动性;后者祈求神灵,虔诚恭敬,语气也是娓娓道来,与前者的酣畅沉雄有很大不同。这两篇成就丝毫不逊色于同时期其他国家的作品。《为吏之道》中的成相辞又是别一种风格,这组诗歌节奏鲜明,顿挫有力,声调铿锵,朗朗上口,语言质直朴素,有些词汇吸收了当时口语。《墓主记》、两封家书又不同于上述篇目,可以看作是秦国的民间文学。代表这一时期最高成就的是《吕氏春秋》,该书不但是诸子思想的总结,同时也是秦文学成就的大总结。总之,战国中晚期秦国无论是文人文学还是民间文学,无论是内容还是形式,都得到进一步的发展。某些文体,如政论文、法律文书等,直接影响了汉代同类文体的创作。

## 四、秦代——秦文学的终结期

秦朝短祚,导致秦文学数量并不多,影响了秦代文学的总体成就,但也不乏成功之作。李斯的《上书对二世》和《狱中上书》,公子高的《上书请从死》,感情真实,说理充分,体现了一定的创作个性。李斯的七篇刻石文,虽为应制之作,然而也写得气魄雄伟,浑朴清峻,开启了我国碑铭文体的先河,在文体发展史上地位不容忽视。秦代诗歌仅存几首。战国时期诗歌创作除楚地外,其他地域甚为荒凉,孟子就曾言:"王者之迹熄而诗亡。"(见《孟子·离娄下》)秦诗歌经过战国的断层后,到了秦代,出现了复苏,这是十分可喜的现象。这些诗歌逐步摆脱《诗经》的影响,开启了新的面貌,句式以五言为主,有的甚至是完整的五言诗。秦代诗歌已经孕育着汉乐府的萌芽,汉乐府正是朝着秦代歌谣的方向继续向前发展。

可以说,秦代的政论文、刻石文以及民谣,都对后代产生了一定的影响,秦文学的终结正是汉文学的开始,这是秦代文学的重要价值。

需要说明,以上四个时期的界限并不是绝对的。文学作为意识形态,它的萌芽、形成、发展、终结,很难用一个确切的时间点来划分,这里的划分,仅仅是相对而言。

以上从纵向梳理了秦文学发展的轨迹,可以看到,从春秋初期到秦灭亡五百五十年的历史中,秦文学取得了不小的成就,有的甚至直接影响了后代文学。

但是在肯定秦文学取得成就的同时,我们也需要看到另外一个事实:在大量的秦人传世文献和出土文献中,佳作偏少。出土文献除了《诅楚文》《为吏之道》等几篇外,更多的是应用型文字,像《日书》、法律文书等。《日书》记载日常生活中的一些禁忌,类似流水账。法律文书虽说在应用文的文体发展中地位不可忽视,但大部分法律条文文字质直,很难说有什么文学成就。就文人数量和文学成就的关系看,战国中晚期,秦国汇集了当时许多国家的一流人才,咸阳成为既稷下学宫之后又一学术中心,各家思想、各派人物共存。与当时人物会聚一堂的事实相比,秦国的文学成就、数量却并没有与其人才济济的现状相辉映,文学成就与文人数量不成正比。

从横向看,与鲁、齐、楚等国文学的繁荣发展不同,秦国著作多显得质胜于文。以诸子散文为例,春秋战国诸子不但思想上百家争鸣,在文风上也各具特点,如《老子》的平直简约、意旨幽深;《论语》的朴素无华、隽永有味;《墨子》的意显语质、情意兼到;《孟子》的酣畅横肆、意气风发;《庄子》的汪洋恣肆、恢恑憰怪;《荀子》的绵密严谨、详赡浑厚;《韩非子》的挺拔峻峭、恣纵直接。与这些著作相比，《商君书》就显得逊色多了。《商君书》多数是商鞅向秦孝公上书言事的口气，比较简短。虽不乏整齐紧凑、峭拔峻削的篇目，在文章结构、语言等方面，难以与上述子书相比。《吕氏春秋》汇集了众多人的智慧、思想编辑而成，然而，众多人的智慧并没有成就一部当时文学成就最高的著作，《吕氏春秋》的文学成就难以达到《荀子》与《韩非子》的高度。

以上现象的形成，除了受法家重质轻文，强调实用，反对文饰的文艺思想影响外，一个重要的原因，就是秦文化重现实、重功利思想的影响。一篇好的文章是作者才情的自然流露，韩非尽管反对形式之美，但是他的文章丝毫掩饰不住其飞扬的文才，这是韩非的文艺思想与其文学成就之间形成的悖论。法家文艺思想对秦国文学的影响并不是主要因素，导致秦国文学佳作不多的原因主要是历史传统。秦人的精力过多地专注于利害得失，对于与现实生活、政治军事关系不大的事物，他们总显得有些淡漠。文学是与政治关系较为疏远的意识形态，秦人没有过多地将眼光关注于文学，这是秦国大的文化背景造成的。

## 第二节  秦文学的特点

秦文学呈现出与其他地域文学不同的特征，本节在参照秦其他艺术门类的基础上，对秦文学的特点作一论述。

### 一、现实性

秦文化具有实用性是学界的共识。无论是秦人对外来文化的吸收，还是在政策的制定上，无不渗透着秦人尚实用的一贯思想。出土器物明显反映了这一点，"从总体而言，秦器物具有朴素、简洁、明快、敦实的风格。在这里实用与艺术是统一的，但实用是第一性的,艺术则以实用为自己的前提"①。这种思想反映在文学艺术上,就是突出的现实性。

以《秦风》为例。从总体而言,这一时期诸国作品都有现实性倾向,《诗经》中各国诗歌无不是"饥者歌其食,劳者歌其事"的产物,而《秦风》体现更加明显。《秦风》十首,《毛诗序》动辄以"美襄公""刺康公"论之,虽不免有附会的成分,但每首都由具体事件诱发而作,却是事实。《黄鸟》《渭阳》自不必多论;《驷驖》《无衣》反映打猎战争,与秦人生活密切相关;《车邻》《小戎》《晨风》《权舆》四首,或反映秦君生活片断,或招贤人,或没落贵族自伤,总之主人公都是有感而发。最能够反映这一特点的是《终南》一诗。襄公是秦国历史上具有开创之功的国君,理应受到颂扬。《终南》作者在客观承认襄公伟大成就的同时,又劝谏他不要满足于眼前的一切,要积极安抚百姓,争取进一步扩大领土,巩固地位。秦人关注的都是与自己切身利益相关的事件,关心的是实实在在的生活,至于文人们的附庸风雅、风花雪月,一般不会进入秦人的视野,造成了《秦风》题材、主题的现实性。

其他像《秦誓》《诅楚文》《为吏之道》和《商君书》无不是针对现实问题而作,具有鲜明的政治功利性。现实性最突出的是《吕氏春秋》。该书汇集各家,但并不是各家思想的杂编、杂凑,而是在汇集的基础上从一定的指导思想出发作了综合,综合的原则就是是否有利于政治。《吕氏春秋》的编撰是为即将统一的秦王朝制订治国方略,对各家思想的取舍也从这一宗旨出发。就连秦简中那篇颇具浪漫色彩的志怪小说《墓主记》,也可以看到现实性的影子。这是邡丞赤向御史上报的一件事,邡丞赤讲述了丹死而复生的故事,并且描述了丹在阴间的所见所闻。他讲这一切的目的是什么?简文最后言:"丹言:祠者必谨骚除,毋以淘海祠所,毋以羹沃腏上,

---

① 王学理《秦物质文化史》,三秦出版社,1994 年,第 360 页。

鬼弗食矣。"意在告诫世人在祭祀鬼时应该注意的问题,这正是邦丞赤上报此事的最终目的。

现实性是秦文学最重要的特点,这与秦人重实用、尚功利的心态有直接关系。

## 二、质朴性

现实性是就秦文学的题材、内容而言,质朴性则是就秦文学的风格、形式而论。

秦人的历史始终伴随着战争,为了节约有限的资源,应付百战,早期倡导朴素、反对奢华成为秦人一贯的主张,突出的一点是禁止酗酒,考古材料也证明了这一点。出土器物说明秦人使用酒器很少,即便使用,一般仅限于贵族,只在重大庆典、宴享宾客、犒劳从战将士时才饮酒。

朱熹《诗集传》有言:"其民(指秦民)厚重质直,无郑卫浮靡骄惰之习。"秦人长期与西戎杂处,西戎以游牧为主,文化发展不及华夏,秦人受此影响,文化中不免残留着一些朴拙甚至粗野的痕迹。对此,学者也有说明:"由余在否定西周宗法伦理的同时,提出'上含淳德以待下,下抱忠信以事上'的原则。秦人从戎夷那里接受的'淳德'与西周的'文德'不同。前者具有古朴、率直、以实际利益为重的特点,而不看重后者的一套繁文缛节和仪式规范。"①

秦国民风淳朴,形成了秦文学质朴的风格,生活的原生态成为文学作品的主要内容,体现了一种朴素美。

秦国诗歌呈现出古朴性,如《秦风》对武力的崇尚,石鼓文游猎场面的清新、热闹、欢快,甚至《车邻》中那位国君,也寻找不到国君

---

① 刘宝才、梁涛《论重功利轻伦理的秦国文化》,收入祝瑞开主编《秦汉文化和华夏传统》,学林出版社,1993年。

的威严和高高在上,反而有如生活中的挚友。秦国诗歌更长于用敷陈其事的"赋"的手法,这与其他国家诗歌大量运用比兴不同。比兴手法的运用,固然能够形成含蓄蕴藉、韵味无穷的美感,这也正是中国古典诗歌追求的美学特征。但是本体与喻体、"所咏之词"与用来起兴的"他物"之间若不能找到恰到好处的连接点,比兴就会导致晦涩难懂。"赋"的特点是直接叙述,易于理解,长于造篇,秦国诗歌的质朴性与"赋"的大量使用有关。

秦国诗歌多重现实场景的叙述,而少虚幻景象的描绘,多方物名称词语,少抒情词语。每一首诗歌都如现实生活的再现,没有夸饰,没有虚拟,没有气氛的酝酿,一切是那样自然。这种重现实场景的写法,也有弊端。想象力的缺乏,必然使得诗歌太多地拘泥于现实,缺乏抒情性作品的空灵和空白,限制了读者阅读作品时自由发挥的空间。这是秦国诗歌的不足。

战国时期的《商君书》、秦简也体现了这一特征,不再说明。

秦国出土的美术作品,也具有质朴性。秦公一号大墓出土金鸟、金兽、漆木猪,铜川枣庙村墓出土泥俑、泥马等。金鸟、金兽造型逼真生动,漆木猪形体介于猪与兽之间,通体用黑、红色漆彩绘,石俑、陶牛、泥俑、泥马的造型古拙、质朴。以上作品的共同特点是仅求形似,气韵却不够生动①。这些美术作品与秦文学作品呈现的总体特征完全一致。

### 三、唯大尚多

前人论及《吕氏春秋》的结构,常以"宏大"说明,这一特点的形成与该书的编辑宗旨、编辑方法有直接关系。《吕氏春秋·序意》中明确指出编辑此书的目的是"上揆之天,下验之地,中审之人"。

---

① 　袁仲一《从考古资料看秦文化的发展和主要成就》,《文博》,1990 年第 5 期。

书中以阴阳五行为框架,把天地人贯穿起来,为我们展现了广阔的地域空间。与其他诸子只重某一方面(如天道、人道)不同,书中内容包罗万象,似有吞吐宇宙的气魄。不但广泛采纳各家学说,而且与政治有关的其他内容如教育、逻辑、美学、艺术等无所不包。在论述具体问题时,往往从源头说起,贯通古今,显示了编辑者开阔的视野。这些都是秦文学"唯大尚多"特点的很好例证。

秦代刻石文也表现了这一特点。秦始皇统一中国,赴各地巡游,本身就有炫耀大一统皇威的目的。就刻石文文本而言,在赞颂秦始皇伟大功绩的同时,也融入大一统时代的精神和气势。若将七篇刻石文合为一组文章,雄伟的气魄更加突出。

秦国音乐也有唯大的特性。季札评论《秦风》为"夏声",在第二章第一节已经说明,"夏"有"大"之意。他的评论是就《秦风》乐曲而言。

在建筑、陵墓、雕塑等方面,表现更为明显。

陕西凤翔发现的秦公陵园共三十二座大墓,仅南指挥村的1号陵园(即秦景公大墓)占地就达2万多平方米。大墓全长300米,墓室东西长59.4米,南北宽38.45米,东墓道长156.1米,西墓道长84.5米,墓深24米,总面积达5 334平方米。不仅比同时的其他诸侯国的陵墓大得多,而且比殷代的帝王陵的规模还要大几倍,是目前所知的我国先秦时代最大的墓葬①。

出土器物方面。据传出土于礼县的两套编钟,最大者高达76厘米,整套编钟现在已经无法见到,但从这一件可以推测整套钟演奏时壮观的场面。大堡子山乐器坑中的8件甬钟,发现时一字排开,此外还有两套石质不同的编磬,每套5枚,共10枚。无论是器物的体积还是组合数量,都令人惊叹。1973年至1974年,在凤翔

----

① 参见《寻找一个消失的世界》,《光明日报》1986年6月20日。陕西省考古学会编《陕西考古重大发现》,陕西人民出版社,1986年,第59页。

县姚家岗先后发现的秦国春秋时期的建筑构件共 60 余件,其中大者高 1 米,实为世界罕见①。最能反映秦人唯大尚多特点的,莫过于震惊世界的秦始皇陵兵马俑坑。就目前所知,仅 1、2、3 号坑陶俑总数就超过 8 千件,已出土陶俑身高皆在一米七八以上。陶俑数量之多、型制之高空前绝后。

秦文学总有一种一往无前不可阻挡的气势和力量,表现出阳刚之美,这与秦人有意追求大、多不无关系。

秦文学唯大尚多,与秦人崇尚实用看似矛盾,实则不然。秦人崇尚实用是出于发展经济、提高军事实力这一目的,而无论是经济还是军事,都服务于统治者称霸、扩张、统一、专制这一宗旨。实用、功利是统治者政治野心在国家政策中的反映,国家政策进而又影响了社会风俗。唯大尚多是统治者的政治野心在文化中的表现,与他们好大喜功的心理、军事上的扩张行动相统一。

---

① 陕西省雍城考古队《凤翔先秦宫殿试掘及其铜质建筑构件》,《考古》,1976 年第 2 期。

# 第九章　秦文学对后世的影响
## 以及历史地位

## 第一节　秦诗歌的影响

### 一、《秦风》、石鼓文对后代诗歌的影响

春秋战国时期秦国诗歌主要是《秦风》和石鼓文,两组诗歌各十首,以表现战争、游猎、武器、车马等为主,这一现象在其他诸侯国诗歌中见不到。

秦国诗歌在题材方面的这一特点,到了汉代进一步发展,在汉赋中得到充分的体现。汉大赋中,田猎类赋是最重要的一类,萧统在《文选》中专列田猎类,分为上、中、下三类,包括司马相如的《子虚赋》《上林赋》,扬雄的《羽猎赋》《长杨赋》,潘岳的《射雉赋》。在这些赋体中,作者对游猎场面、过程的描写,更加铺排渲染,极尽夸张之能事。

以汉大赋的代表作品《子虚赋》《上林赋》为例,这两篇赋也可以看作一篇,在《汉书·艺文志》中即是一篇,题目为《天子游猎赋》,南朝萧统编《文选》时才将其析为两篇,分别命名为《子虚赋》和《上林赋》。这两篇内容相连续,分则为二,合则为一,学者们将这种结构称之为葫芦形结构。《天子游猎赋》这一篇名直接说明了其内容是描写最高统治者的游猎活动。《子虚赋》写诸侯游戏之

乐、苑囿之大，《上林赋》则写天子上林苑游猎之盛，张大天子之威势。大赋重在赞美天子，赞美中略含讽谏。司马相如的这两篇赋描写对象、描写内容、反映的主旨与秦人诗歌中的石鼓文完全一致，二者之渊源关系清晰可见。石鼓文描写对象为秦国最高统治者秦公，描写内容亦为游猎，主旨则是赞美秦公。可以说，《子虚赋》《上林赋》就是石鼓文的扩大版。唯不同的是，石鼓文中表达了对秦公由衷的赞美，并没有讽谏意味。

西汉末年的扬雄，也是一位描写游猎题材的重要赋家。他四十余岁始自蜀至京师，以文见召，侍从汉成帝游猎，奏《甘泉》《河东》《羽猎》《长杨》四赋。其中，《羽猎赋》通篇写田猎，从猎场之广，仪卫之盛，声威之壮，写到猎获禽兽之多，最后以讽谏作结。《长杨赋》则是写汉成帝与胡人共同田猎之事。尽管扬雄还有其他赋作，如《逐贫赋》《蜀都赋》等，但田猎内容无疑是扬雄赋作的重要题材。

除了田猎类赋之外，两汉其他大赋也有大段田猎场面、车马的描写。如枚乘的《七发》中，用七段描写了吴客用七件事启发太子的过程，第四段写车马之盛，第六段写田猎之兴。降及东汉，大赋创作逐渐走向衰微，另一方面，又出现了新的题材，如京都、纪行、情理等赋作。东汉的京都赋，像杜笃的《论都赋》、班固的《两都赋》、张衡的《二京赋》《南都赋》等，大都模拟西汉大赋，尤其是模拟司马相如的《子虚》《上林》，扬雄的《甘泉》《羽猎》。在这些赋作中，也出现了描写田猎的段落，如《两都赋》在反映京都的繁盛时，描写了京都之形胜、台馆、宫苑、物产，《二京赋》在极写西京壮丽的同时，也写到了帝王游观之乐。

刘勰曾云：

> 秦世不文，颇有杂赋。汉初词人，顺流而作，陆贾扣其端，贾谊振其绪，枚马同其风，王扬骋其势；皋朔已下，品物毕图。繁积于宣时，校阅于成世，进御之赋千有余首，讨其源流，信兴

楚而盛汉矣。①

刘勰为我们具体勾勒了汉赋发展的过程。汉初承秦之余风进行创作,以陆贾为开端,贾谊继承之,到枚乘、司马相如、王褒、扬雄已蔚为大观,枚皋、东方朔以下,则各种事物皆以赋描绘了。刘勰对赋之发展情况的评述甚有见地。他提到"秦世不文,颇有杂赋",秦世的赋作现在已经看不到,但是从秦人之诗歌多反映战争、武器、游猎等题材看,秦人杂赋之内容不难推测,也应以这些内容为主。这些杂赋又影响了汉赋的题材内容,因此刘勰才有"汉初词文"继承秦人"杂赋""顺流而作"的论述。

以描写车马、田猎为主要内容,目前见到的较早的典型作品是《诗经·小雅》中的《车攻》《吉日》二诗,之后便是《秦风》中的一些诗歌和石鼓文,到了汉代,这一题材成为汉大赋的重要内容。可以说,从《车攻》《吉日》到汉大赋,秦国诗歌是不可缺少的一环,在二者中间起了重要的桥梁作用。正因为有了秦国诗歌对田猎题材的着力描写,才有了汉代田猎类赋作的蔚为大观。由此可以看到秦国诗歌对后代的影响。

汉代以后,汉大赋创作渐渐衰落,以游猎为题材的赋作也走向衰微。

## 二、秦代歌谣对汉乐府的影响

除了《秦风》、石鼓文外,秦代还出现了一组民谣。这组诗歌大都篇幅短小,形式多样,诗歌句式有三言、四言、五言、七言等。风格质朴,感情真切,爱憎分明,语言浅白。尤其值得重视的是《秦始皇时民歌》,已经是整齐成熟的五言诗。到了汉代,五言诗大量出

---

① 范文澜《文心雕龙·诠赋》,人民文学出版社,1958年,第134—135页。

现,正式取代了四言诗成为古典诗歌的主要形式之一。

秦代民谣,成为汉代民歌的基础,甚至秦代的音乐机构也为汉代继承。《汉书·艺文志》曰:"自孝武立乐府而采歌谣,于是有代赵之讴,秦楚之风,皆感于哀乐,缘事而发,亦可以观风俗,知薄厚云。"班固指出乐府机构始自汉武帝时期,并不确切。20 世纪 70年代出土一件秦钟,上刻"乐府"二字①,已经无可辩驳地说明秦代已经出现专门掌管音乐的官署。秦乐府的主要职责是管理民间俗乐,这个专门的音乐机构一定收集了不少民间诗歌,汉武帝时期的乐府机构正是继承了秦代的乐府。秦代乐府机构收集的民歌,为汉乐府的繁荣奠定了坚实的基础。汉代以后,乐府诗成为中国诗歌史上一个重要的类别,并且由民间文学上升到文人创作,追溯其发展流变,秦代民谣起了重要作用。

## 第二节　秦散文的影响

### 一、秦政论文对后代的影响

秦政论文,最为人称道的是李斯的《谏逐客书》《狱中上书》等,以及战国末期吕不韦组织门客编撰的杂家著作《吕氏春秋》。另外,《战国策》《史记》所载秦人论说辞、游说辞、书信等也是很精彩的论说文。

明代前七子倡导复古,七子之一的李梦阳主张"文必秦汉,诗必盛唐"(见《明史·李梦阳传》)。李梦阳提倡此论,其矛头指向是以"台阁体"和八股文为代表的形式主义文风,主张通过学习古代

---

① 见寇效信《秦汉乐府考略——由秦始皇陵出土的秦"乐府"编钟谈起》,《陕西师范大学学报》,1978 年第 1 期。袁仲一《秦代金文、陶文杂考三则》,《考古与文物》,1982年第 4 期。

最优秀的作家作品达到振兴明代文坛的目的。在当时特定的背景下,这一文学主张具有积极意义。前七子的这一主张,从另一个角度说明秦汉散文的典范作用。

鲁迅先生曾言,秦代文章,只有李斯一人。秦代文学家虽然数量不多,但李斯一人足以奠定秦代文学在文学史上的地位,李斯的散文、刻石文不但是中国散文史上的名篇,在文体演变中也具有重要作用。

李斯的《谏逐客书》是古代散文选本中必选的篇目,这篇文章辞采华美,说理周密,理气充足,堪称散文中的精品。如文中写到秦王赏爱异国珍宝、美女等一段,多用排句、对偶,整段铺排夸张,音节流畅,花团锦簇,耀人眼目。清代李兆洛称许本篇为"骈体初祖"(《骈体文钞》卷十一)。《狱中上书》,正话反说,使用抽丝剥茧式的手法,逐一述说自己的七大"罪状",罗列自己身为丞相,治民三十余年的功绩,整篇文章渗透着一股不可抑制的阳刚之气和自己无辜入狱后的愤激不平之情。《上书对二世》,主要讲督责之术的重要性,文风颇有法家森严冷酷、惨刻无情的特点。总之,李斯散文既有战国策士铺排夸张、纵横捭阖之气势,又有法家峭拔峻削的风格。

汉初贾谊、贾山、晁错等的政论文,继承了李斯散文的风格。《贾谊》的《过秦论》总结秦代兴亡之历史经验,《陈政事疏》全面阐述其政治观点,《论积贮疏》论述重农抑商之重要性等。这些政论文情理相生,说理透彻,多用排比、对偶,具有雄辩的气势和纵横驰骋的文风。贾山的《至言》亦为总结秦亡教训之文,文章纯厚矫健,辉煌博大,雄肆之气,喷薄横出。晁错的《论贵粟疏》也是阐述重农抑商的重要性,说理剀切透辟,逻辑严密周详。西汉初期散文大都气势磅礴,情感激切,铺张扬厉,纵横捭阖,与李斯的《谏逐客书》具有相近的文风。自董仲舒文风始变,雍容典重,宏博深奥,语言峻洁,形成了真正的西汉散文风格。西汉初期的散文,正是战国纵横家文章与李斯散文的继续发展。

　　秦政论文除李斯散文外,《吕氏春秋》也对后代产生重要影响,汉代散文无论是思想内容、编撰体例还是文风语言,都对其有接受。

　　思想内容方面,西汉几部重要著作都受到《吕氏春秋》影响。《淮南子》是汉代学习借鉴《吕氏春秋》最突出的著作。有学者称这两部著作应该属于秦汉新道家①,这一观点尚可进一步讨论,但是却说明一个事实,《淮南子》对《吕氏春秋》有许多模仿与接受。这两部著作都是由核心人物组织多人完成,编撰目的相似,如《吕氏春秋·序意》中载该书编撰目的为"上揆之天,下验之地,中审之人",《淮南子·要略》则称"上考之天,下揆之地,中通诸理"。两段文字内容一致,句式相同,《淮南子》显然是直接模仿《吕氏春秋》。《淮南子》中的一些材料,也来自《吕氏春秋》。如《淮南子·主术训》:

　　　　故有道之主,灭想去意,清虚以待,不伐之言,不夺之事,循名责实,使有司,任而弗诏,责而弗教,以不知为道,以奈何为宝。②

而《吕氏春秋·知度》:

　　　　故有道之主,因而不为,责而不诏,去想去意,静虚以待,不伐之言,不夺之事,督名审实,官使自司,以不知为道,以奈

---

　　①　如熊铁基《从吕氏春秋到淮南子——论秦汉之际的新道家》,收入氏著《秦汉新道家》,上海人民出版社,2001 年。又牟钟鉴《〈吕氏春秋〉与〈淮南子〉思想研究》,齐鲁书社,1987 年。

　　②　刘文典《淮南鸿烈集解》,中华书局,1989 年,第 301 页。

何为实。①

《淮南子·泰族训》：

> 黄帝曰："芒芒昧昧，因天之威，与元同气。"故同气者帝，同义者王，同力者霸，无一焉者亡。②

《吕氏春秋·应同》：

> 黄帝曰："芒芒昧昧，因天之威，与元同气。"故曰同气贤于同义，同义贤于同力，同力贤于同居，同居贤于同名。③

上引段落中《淮南子》抄自《吕氏春秋》的痕迹非常明显。《淮南子》采用《吕氏春秋》文献，有的直接引用，有的间接引用，有的则是在《吕氏春秋》的基础上进行了加工。可以说，《吕氏春秋》为《淮南子》的编撰提供了最直接的范本，《淮南子》就是以《吕氏春秋》为蓝本写成的。《汉书·艺文志》将两书都列入杂家代表作，牟钟鉴称两书为"姊妹篇"④，符合事实。

《吕氏春秋》还对汉武帝时期的大儒董仲舒的思想产生了影响。董仲舒的重要思想是"天人感应论"。"天人感应"在《吕氏春秋》中已经出现。《吕氏春秋·应同》：

> 类固相召，气同则合，声比则应。鼓宫而宫动，鼓角而角

---

① 陈奇猷《吕氏春秋新校释》，上海古籍出版社，2002 年，第 1103 页。
② 《淮南鸿烈集解》，第 679 页。
③ 《吕氏春秋新校释》，第 683 页。
④ 《〈吕氏春秋〉与〈淮南子〉思想研究》，第 2 页。

动。平地注水,水流湿。均薪施火,火就燥。山云草莽,水云鱼鳞,旱云烟火,雨云水波,无不皆类其所生以示人。故以龙致雨,以形逐影。师之所处,必生棘楚。祸福之所自来,众人以为命,安知其所。[①]

《春秋繁露·同类相动》:

> 今平地注水,去燥就湿;均薪施火,去湿就燥;百物去其所与异,而从其所与同。故气同则会,声比则应,其验皦然也。试调琴瑟而错之,鼓其宫,则他宫应之,鼓其商,而他商应之,五音比而自鸣,非有神,其数然也。美事召美类,恶事召恶类,类之相应而起也,如马鸣则马应之,牛鸣则牛应之。帝王之将兴也,其美祥亦先见,其将亡也,妖孽亦先见。物故以类相召也,故以龙致雨,以扇逐暑,军之所处,以棘楚,美恶皆有从来以为命,莫知其处所。[②]

《春秋繁露》显然是《吕氏春秋·应同》篇的发展。有些句式直接抄自《应同》,如"平地注水,去燥就湿;均薪施火,去湿就燥""气同则会,声比则应""以龙致雨"、"军之所处,以棘楚"等,有些是对《应同》的具体解释。

《吕氏春秋》是我国第一部在一定思想指导下有目的、有计划地编撰的典籍,从中国散文史、文章学角度讲,这种组织严密、明确地自定书名、百科全书式的著作,在先秦首次出现。程千帆对《吕氏春秋》的结构甚为赞誉:

---

① 《吕氏春秋新校释》,第683页。
② 苏舆撰,钟哲点校《春秋繁露义证》,中华书局,1992年,第358—359页。

荀、韩之文……篇之观念成立,然尚未尝自集诸篇以为一
书。及吕不韦之门客,始合八览、六论、十二纪以为《吕氏春
秋》,系统分明,而书之观念乃定。章进为篇,篇更进为书,遂
为先秦诸子书最完密之形式,此则《吕氏春秋》对于文体衍进
之贡献,而为论者所不甚注意者也。①

《吕氏春秋》的编撰方式影响了后代。司马迁《史记》的编撰结
构直接取法于《吕氏春秋》。对此,古人已有论述。刘勰曾曰:

子长继志,甄序帝绩。比尧称典,则位杂中贤;法孔题经,
则文非元圣。故取式《吕览》,通号曰纪。纪纲之号,亦宏
称也。②

刘勰指出《史记》中的"纪"取式《吕氏春秋》。清代章学诚论述更为
具体:

吕氏之书,盖司马迁之所取法也。十二本纪仿其十二月
纪,八书仿其八览,七十列传仿其六论,则亦微有所以折中
之也。③

两家都指出《史记》体例受《吕氏春秋》影响的事实。
《吕氏春秋》的编撰方式还启发了后代的类书。类书的特点是
包含资料丰富,内容广泛,但丰富广泛的内容还需要科学的编排方
式,才能纲举目张,便于翻检。类书通常采用以类相从的编排方

---

① 程千帆《先唐文学源流论略》之二,《武汉师院学报》,1981 年第 2 期。
② 《文心雕龙注》,第 284 页。
③ 《校雠通义·汉志诸子第十四》,上海大中书局,1934 年,第 61 页。

式。这一特点与《吕氏春秋》每一类、每一学派资料集中出现有共同之处。梁启超曾说：

> 《吕氏春秋》实类书之祖，后世《艺文类聚》《太平御览》《永乐大典》等，其编纂之方法及体裁，皆本于此。[①]

又曰：

> (《吕氏春秋》)实千古类书之先河，亦一代思想之渊海也。[②]

《吕氏春秋》并非类书，但其对后代类书的影响不容忽视。

《吕氏春秋》被称作百科全书，该书中除了包含子部古籍通常讨论的哲学、政治、军事、伦理等思想外，其他像文艺、天文历法、养生、农业等思想也较为突出，这些对后代也产生了影响。

《吕氏春秋》中的《音初》是首次系统论述十二律相生、三分损益法的篇章，是我国古代最早的律学专篇，《淮南子·天文训》《史记·律书》《汉书·律历志》《后汉书·律历志》都直接继承其理论，有的作了发展。

《吕氏春秋·十二月纪》中就一年十二月中每月二十八宿的位置、节气的变化以及物候情况都作了详细记录，包含了丰富的天文历法思想，《淮南子·时则训》《逸周书·时训》《史记·天官书》《汉书·天文志》《汉书·地理志》等篇中的相关内容都源于《十二月纪》。《吕氏春秋》中的天文历法思想又常常与灾异说相结合，目的

---

① 梁启超、覆毕校本《吕氏春秋》。转引自王启才《〈吕氏春秋〉研究》，学苑出版社，2007 年，第 35—36 页。

② 梁启超、覆毕校本《吕氏春秋》。转引自《〈吕氏春秋〉研究》，第 36 页。

是利用天文现象为政治服务,《汉书·五行志》正是继承了《吕氏春秋》的这一思路。

《吕氏春秋》中多篇讨论养生思想,《黄帝内经》以阴阳五行思想为理论依据,顺应自然、节欲、动静结合的养生方法,强调环境、心理对健康的影响等思想,皆是在《吕氏春秋》养生思想基础上的发展。

《吕氏春秋》中除《十二月纪》中涉及农业生产外,《上农》等四篇是目前最早的系统的农学著作。汉代的农业思想继承了《吕氏春秋》强调天时、地利、人力的"三才"理论,代田法、区田法是《吕氏春秋》土地利用技术的发展,汉代的重要农学著作《氾胜之书》在土壤耕作、栽培技术、掌握农时等方面都继承了《吕氏春秋》中的相关农业技术理论。《四民月令》则完全模仿《十二月纪》。

班固《汉书·艺文志》"诸子略"中首列杂家,《吕氏春秋》成为杂家早期重要的著作。《汉书·艺文志》杂家共著录二十家四百零三篇,除《吕氏春秋》与《淮南子》外,惜大多已亡佚。汉代以后,杂家著作逐渐增多,到《隋书·经籍志》,杂家类已达九十七部二千七百二十卷,这除了魏晋以来一些释道书籍入杂家扩大了杂家之范围,引起杂家类著作大量增加外,杂家著作本身的增加也不容忽视,像《抱朴子外篇》《金楼子》《刘子》等,都是重要的杂家著作。

《吕氏春秋》的编撰旨在解决一个重要问题,即利用学术为政治服务,解决学术如何为政治服务的问题,这在中国学术史上开启了后代学术与政治紧密结合的先河。汉初黄老思想、汉武帝时独尊儒术,就是这一尝试的继续发展。从此,学术成为统治者进行统治的思想工具,学术的发展并不主要取决于社会的实际需要,而是取决于统治者的需要。《吕氏春秋》成为封建社会学术发展的重要转折。

《吕氏春秋》除了思想内容对后代产生影响外,在文学方面也对后代有启发。《吕氏春秋》中有不少篇目讨论文艺思想,汉代成书的《诗大序》《礼记·乐记》《汉书·礼乐志》《论衡》等典籍中的许多文艺思想继承了《吕氏春秋》，如对文艺的起源问题、文艺的社会功用问题、文艺的批评鉴赏问题、言意关系问题等都有接受。以文艺的社会功用问题为例，《吕氏春秋·适音》：

> 故治世之音安以乐，其政平也；乱世之音怨以怒，其政乖也；亡国之音悲以哀，其政险也。①

认为音乐具有观政、观人的功能，音乐好比一面镜子，可以照见政治的好坏。《礼记·乐记》中也有类似论述：

> 凡音者，生人心者也，情动于中，故形于声。声成文，谓之音。是故治世之音安以乐，其政和；乱世之音怨以怒其政乖；亡国之音哀以思，其民困。声音之道，与政通矣。②

《礼记》这段话明显来自于《吕氏春秋》。主张音乐、文艺具有独特的社会功能，也成为了中国古代文艺思想中重要的内容。有学者认为《吕氏春秋》的美学思想自成体系，有所创新，是向汉代美学过渡的桥梁③，甚为准确。

《吕氏春秋》中的许多精警之言至今仍在流传，如"竭泽而渔""户枢不蠹""贪小失大""高山流水""知音""集腋成裘""东面而望，不见西墙；南乡视者，不睹北方""智有所不知也，数固有所不及也""精而熟之，鬼将告之""以形逐影""平地注水，水流湿；均薪施火，会就燥""遇合无常""逐臭之夫""吞舟之鱼""天下，非一人之天下，

---

① 《吕氏春秋新校释》，第 276 页。
② 《礼记正义》，北京大学出版社，1999 年，第 1077 页。
③ 曹利华《中华传统美学体系探源》，北京图书馆出版社，1999 年，第 92—95 页。

天下之天下"等,这是《吕氏春秋》的语言对后代的影响。

《吕氏春秋》总体风格平朴、近易、自然、简明,运用了多种修辞手法,如排比、对偶、顶针等。就排比而言,就有四句排、五句排、六句排、九句排、十句排、十二句排、二十句排,有单句与单句排、复(多)句与复(多)句排、大排比中套小排比,此外,还有结构相近的段落并列,组成段落排比。对偶也样式繁多,有单句对、双句对、正对、反对等。这些对秦汉乃至六朝时韵文、骈文的产生提供了成功的范例。

总体说,《吕氏春秋》对先秦文化进行了规模空前巨大的综合整理工作,是先秦文化的最后一次总结。《吕氏春秋》的编撰,标志着战国百家争鸣的结束和统一的封建文化的开始,具有承前启后的划时代意义。

## 二、秦刻石文对后代的影响

《文心雕龙·封禅》曰:"秦皇铭岱,文自李斯,法家辞气,体乏弘润。然疏而能壮,亦彼时之绝采也。"指出李斯七篇刻石文的开创意义及文学成就。李斯刻石文气魄雄伟,文字典雅,音节中和,把秦帝国之文治武功,版图之扩大,天下一统之精神,充分表现出来,即"颂秦德,明得意"(见《史记·秦始皇本纪》)。

秦代以前,秦国已经出现了刻石文,如石鼓文就是刻在十面形似馒头的石鼓上。战国秦惠王时作的《诅楚文》,也是刻在三块石头上,内容是秦楚大战前夕,秦国历数楚王罪过,请求天神保佑秦国战争胜利。就文体言,石鼓文属于诗歌,《诅楚文》属于祝祷辞。这些资料虽然开了刻石的先河,但是在中国古代文体的发展史上,作用并不明显,真正具有文体意义的,是李斯的刻石文。

刘勰在《文心雕龙·铭箴》中说:"始皇勒岳,政暴而文泽,亦有疏通之美焉。"指出秦代刻石文对后代的深远影响。到了现代,鲁迅先生说得更加具体,"质而能壮,实汉晋碑铭所从出也。"①鲁迅认为秦刻石文开启了后代碑铭类文体,诚为的论。

就内容言,秦刻石文与后代纪功碑较为接近。纪功碑主要用以记载国家大事,歌颂历史伟人。记述功德的碑文,据说以周穆王时的"弇山刻石"最早,见于《穆天子传》中的记载,但碑文已不传。秦刻石文是目前见到的最早的纪功碑。"碑"作为一种正式的文体,应始于东汉,清王筠《说文解字句读》:"古碑有三用:宫中之碑,识日景也;庙中之碑,以丽牲也;墓所之碑,以下棺也。秦之纪功德也,曰立石,曰刻石;其言碑者,汉以后语也。"②秦刻石虽然不称作"碑",但是已经有了碑文的特点。刘勰言碑体特点:"其叙事也该而要,其缀采也雅而泽。"③徐师曾说:"碑之体主于叙事,其后渐以议论杂之,则非矣。"④秦刻石文正是叙事杂以议论。

汉代以后,出现了专门以"碑"命名的纪功碑。最著名的是唐代韩愈的《平淮西碑》,碑文记载的是唐宪宗平定藩镇吴元济叛乱一事。文章从唐朝上承天命取得中央统治地位以及开国以来历代皇帝的功绩写起,开首就为全篇定下高亢的基调,写得雅朴凝重,富有生气,酣畅淋漓。

秦刻石文还具有"铭"的特点。铭最早是刻于器物的铭辞,商周时期,常在钟鼎器物上铸刻文字,以记功颂德,一般称作铜器铭文。后来"以石代金",也有刻于某些名山大川的,称作山铭。古代铭文兼含批评与颂扬两方面内容,秦刻石文正是以颂扬为主。

上引刘勰《文心雕龙·铭箴》一段话,说明刘勰是认同秦刻石的铭文特点的,他还给予秦刻石文很高评价,认为秦始皇虽然政策

---

① 鲁迅《汉文学史纲要》,人民文学出版社,1973年,第30页。

② 王筠《说文解字句读》卷九下,上海古籍出版社1993年影印道光三十年王筠自刻本。

③ 《文心雕龙注》,第214页。

④ 徐师曾《文体明辨序说》,人民文学出版社,1962年,第144页。

残暴，但铭文写得很润泽，文气条畅，文辞通达可喜。秦刻石文在颂扬中还对刻石周围的自然景物进行了描写，虽然极为简省，往往点到为止，但无疑为以称颂为主的文字增加了清新的气息，减少了一些概括抽象的空洞之气。

东汉班固的《封燕然山铭》是一篇记述汉车骑将军窦宪讨伐匈奴功业的铭文，语言精练，气势雄伟，与秦刻石文风格颇为相近。班固铭文还继承了秦刻石文颂扬中加入自然景物描写的思路，描写更多，也更为集中。晋张载的《剑阁铭》也是为人称颂的名篇。这是张载至蜀省父，道经剑阁，因见蜀人恃险好乱，特撰此铭，以劝谏蜀人。铭文省净简约，富于文采，自然景物描写更多。后代还出现了纯粹以描写自然景物为主的山铭，如鲍照的《石帆铭》。这些铭文，都可以在秦刻石文中找到痕迹，可以说，秦刻石是后代颂扬铭文和山铭的源头。

秦刻石文"颂"体的特点也较为突出。颂，即歌功颂德。刻石文之创作目的，就是为颂扬秦始皇。对此，刘勰也有言："至于秦政刻文，爰颂其德。汉之惠景，亦有述容，沿世并作，相继于时矣。"[1]刘勰不但说明刻石文颂体的特点，同时还指出刻石文对后代的影响。

颂体在秦代之前已经出现，如《诗经》中的三颂即为代表。但秦代以前的颂体，并没有明确记载刻于石上，而秦始皇刻石，则将石质载体引入颂体，这是秦刻石文的独特之处。

总之，秦刻石文在碑、铭、颂三种文体的发展过程中都做出了贡献，"刻石里众体兼备的现象，对后世文体的发展，产生了直接的影响"[2]。后世这三种文体，无不被其遗泽，鲁迅"汉晋碑铭所从出"的论断非常正确。

---

① 《文心雕龙注》，第157页。

② 梁葆莉《从秦始皇巡行看秦代的精神探索和文学表现》，《文学遗产》，2008年第5期。

### 三、秦其他应用文体对后代的影响

　　古代有皇帝向下级颁布的下行文,也有大臣向皇帝上奏的上行文。先秦时期下行的文书叫作"命"和"令",但是没有君臣专用文书。秦始皇统一全国,为了便于全国各地的交流,实行"一法度衡石丈尺,车同轨,书同文字"(《史记·秦始皇本纪》),在制度方面也制定了一些统一措施。如改"命"为"制",改"令"为"诏",规定皇帝自称"朕",其他人不得擅用,皇帝之印称作"玺",在文书书写中要严格遵守避讳、抬头制度,即要回避皇帝的名字,遇到"始皇帝"以及与之相关的文字要抬头,以示尊重。"制"与"诏"成为皇帝用于颁布重大制度和非重大制度时两种专用的文书。"制"和"诏"的出现,是绝对皇权的象征。如秦始皇二十六年(前 221),下《令丞相御史议帝号》《除谥法制》,后又作《方升诏》。秦二世元年(前 209)作诏版,《诏丞相斯、去疾》。与"诏""制"相对应的是两种臣子上行皇帝的文书,称为"奏"和"议",专门用于向皇帝进言和商议重大国事。《文心雕龙·奏启》:"秦始立奏。"秦代的这些文书书写制度影响了中国整个封建社会,从秦代到清代,官方文书一直遵循着这一制度。如汉代法律中有数量众多的诏令,唐代法律中令也是重要形式。

　　20 世纪出土了大批秦简,秦简中以法律文书和日书居多,这是目前见到的最早的系统法律文书。秦简法律文书中有律、令、法律解释文字、判例、式、爰书等不同的文体。这些文体大多数都被后代法律文书继承,甚至秦律的一些法律内容也被后代吸收。

　　秦律中的"律"被后代广泛使用,如汉律中有成文法典《九章律》,1983 年湖北江陵张家山出土汉简中有《二年律令》。《二年律令》中有些律名与睡虎地秦简相同,如《置吏律》《传食律》《田律》《行书律》《效律》《徭律》《金布律》等。《汉书·百官公卿表》中载汉代许多官职,皆承秦制。《汉书·地理志》也载:"汉兴,因秦制度,崇恩德,行简易,以抚海内。"汉承秦制,汉代法律就突出反映了这一点。西晋时律与令的概念、界限有了明确的区分,"律以正罪名,令以存事制"(《晋书·刑法志》),即律是定罪量刑的刑事立法,令是典章制度方面的政令法规。

汉代没有像秦"法律答问"那样的官方法律解释,但是出现了个人注释法律条文的现象。汉武帝时,廷尉杜周与其子杜延年曾对法律进行注释,世称"大杜律""小杜律"。东汉以后,私人引经注律之风盛行。汉代对法律条文的解释称作"疏义",成为当时法律的重要组成部分。到了西晋,正式增加了律疏注释。由于晋律内容过于简略,对法律的理解和应用常常产生歧义,张斐、杜预对晋律进行了注释疏义,统一了法律概念、术语及律文含义,弥补了立法内容的疏漏,经由晋武帝下诏颁布,成为与晋律条文具有同等法律效力的官方法律解释。

隋代法律形式有律、令、格、式。到了唐代,律、律疏、令依然是国家法律的最重要内容。

秦简中的判例为后代判文的形成与成熟提供了借鉴。秦简所载判例大都篇幅短小,但是已经具备后代判文的基本要素:当事人、事情原委、处理意见。

后代实际的判例大都语言质实平易,简明扼要,大体能作到辞达。如董仲舒《春秋决狱》所载判例:

> 甲无子,拾道旁弃儿乙养之,以为子。及子长,有罪杀人,以状语甲,甲藏匿乙,甲当何论? 仲舒断曰:甲无子,振活养乙,虽非所生,谁与易之?《诗》云:"螟蛉有子,蜾蠃负之。"《春秋》之义,父为子隐,甲宜匿乙,诏不当坐。[1]

---

[1]　杜佑《通典》六十九东晋成帝咸和五年散骑寺郎贺峤妻于氏上表引。中华书局,1984年,第382页。

除了引《诗》《春秋》外，其余部分语言风格与秦简中的判例如出一辙。

判文盛行于唐代，这与唐代科举制度有直接关系。但是流传到现在的唐判中以拟判（即为备考而作的模拟判文）居多，实际的案判并不多，受当时文风影响，唐代案判有时也用骈文，工整而有文采，有的案判较为平易，如：

> 高燕公镇蜀日，大慈寺僧申报，堂佛光见。燕公判曰："付马步使捉佛光过。"所司密察之……擒而罪之。[1]

唐代拟判较之案判文学色彩更浓，能否作判文成为当时衡量士子能力的重要标准。与案判的实用平实不同，拟判辞藻华美，形式工整，有的喜用典故。除了案判、拟判，还有花判，这是文人们就某些事情所作的类似杂感一类的判文，形式不拘一格，带有很大的文字游戏性质。就流传的时间、范围看，拟判、花判无疑比案判更受人喜欢。

但是案判也有拟判、花判所不及的优点。汉以后案判除了常引经据典和喜用骈文外，语言风格、体制与秦简判例差异并不大。案判风格并没有随着时代的变迁而有太大变化，主要原因就是，案判是用于司法实践，以解决问题为目的，拟判、花判却是为科考或娱乐。前者追求准确客观，更重视实用性；后两者追求精致华美，更看重文学性。事实上，就判文而言，实用性和文学性本身就是一对矛盾。实用性越强，便意味着表述更加准确客观，可以为后人起到断案参考的作用，其法学价值就更高；而文学性越强的语言，越易引起读者丰富的联想，准确性反而越差。秦简中的判例虽形式简单，语言质实，但是从司法要求来说，已经完全符合实际需要。

---

[1]　《太平广记》卷二八九，中华书局，1961 年，第 2301 页。

案判并没有随着时间的推移而发生太大变化,正源于此。秦简中的判例,可以视作后代判文的雏形。

汉律中有"比"。"比"又称"决事比",是指经朝廷批准具有法律效力的断案成例或典型判例,"比"直接由秦律中的廷行事,即判例发展而来。

秦简中有关办案过程规定的式、程、爰书等,在后代法律中也出现,且更加完备。汉代有"品式章程",与秦简中的《封诊式》作用相似,是对办案程序的规定,具有行政法规的作用。到了西晋,"式"的性质有了发展,如西晋太康元年(280)颁布的《户调式》,内容包括户调制、占田制、课田制等法律规定,"式"成为独立的综合性法规。西魏大统十年(544)编订的《大统式》,"式"上升为国家基本法律形式。

后代法律应用文体在秦律中大都出现,秦律对后代的法律文体产生了重要影响,起到了示范作用,秦律在中国法制史上的地位不容忽视。

## 第三节　秦文学的历史地位

春秋战国时期的秦文学体现秦文化与西北地域特点较为突出。如春秋时期的《诗经·秦风》、石鼓文反映了秦人尚武好战的风习,战国时期的《商君书》、秦简反映了当时秦国占统治地位的法家思想。到了战国中晚期,随着秦国统一全国进程的加快,秦国版图的逐渐东扩,秦文学也吸收了部分东方文化,秦文学中蕴含的秦文化特点逐渐减少,转而呈现出融合的趋势,如《吕氏春秋》对诸子百家思想的吸收,《谏逐客书》对东方国家宝物、美女等的铺排描写,《诅楚文》对楚国罪行的声讨,秦国游说辞铺张扬厉、纵横捭阖的特点等,都已经超越了秦文化的特征,明显具有多国文化的因素。到了秦代,秦文学则更多地表现出大一统王朝的气魄与声威,秦文化特点更少,如秦刻石文、诏令等,这些文学作品的创作地点已经超越了原来秦国的版图,接受对象也不局限于原来秦国的民众。到了汉代,大一统精神成为当时文学的重要内容。可以说,秦文学既是先秦地域文学的最后总结,同时又是汉代以后统一文学的开始,在先秦地域文学向汉代统一文学的转变过程中,秦文学起了承前启后的重要作用。

春秋时期的秦文学还吸收了周文化、周文学的特点,如秦国铭文、《尚书·秦誓》《左传》载秦国辞令都是典型的中原文化的特点,《尚书·秦誓》与《尚书》中其他篇章在风格上并没有太大区别,秦国铭文、辞令风格与其他国家也无异。《诗经·秦风》、石鼓文虽然内容反映了秦文化的特点,但是整齐的四言形式,又与《诗经》中其他诗歌接近。这些都是秦文学受西周文学影响的结果。秦文学上承西周文学,下启汉文学,是中国文学史上的关键环节。

秦文学对西周文学并非全盘接受,而是从实用的角度进行了扬弃,有所取舍。同时,秦文学在发展的过程中还传承了嬴秦民族的本族文化和与之长期杂处的西戎文化,在这些文化的共同作用下,形成了独具特色的秦文学。到了春秋后期,西周文学的因素在逐渐减弱,而秦文学自身的特点变得鲜明起来。战国时期,西周文学的因素几乎消失,秦文学的特点更加突出,这时迥异于其他地域文学的秦文学为时人普遍认同。秦文学与其他地域文学如齐鲁文学、楚文学共同形成了春秋战国时期百花齐放的奇观。

秦文学的发展历程,折射出中国文学发展的一些规律与特点。西周时期,尽管已经进行了分封,但是各诸侯国分封时间尚短,还处于发展的早期阶段,其地域特点并不突出,周天子则具有绝对的权威,对诸侯国还有驾驭、统领的能力。这时从周王朝到诸侯国,西周文化占据核心地位。因此,尽管西周时期存在诸侯分封的局面,但就文学讲,则是西周文学一枝独秀,风格上表现出统一的态势。西周时期周天子辞令、钟鼎铭文与各诸侯国风格大体一致。

春期时期到战国时期,各地域文学凸显,到了秦代,文学又走向统一。从西周到秦汉时期,中国文学经历了由一枝独秀到百花齐放,再到大一统的发展历程,在这一过程中,秦文学的传承作用不容忽视。秦文学由吸收周文学的因素,到形成自身独特的风格,再到吸取各地域文学,最终形成统一的秦代文学,秦文学正是在这一次次吸取其他文学的基础上,丰富壮大了自己,也将全国各地域文学有机地融合到一起。我们将统一时期的秦代文学与同样具有统一特质的西周文学相比较,可以发现,秦代文学更为丰富,更为多样,这时的统一文学,是各地域文学交汇碰撞后有机的统一,较之西周文学,有了质的变化。秦代统一文学,为汉代大一统文学的发展奠定了基础。

战国时期到秦代,秦人的政治、文化中心在距离西汉都城长安不远的咸阳。降及汉代,受咸阳文化中心的影响,加之关中已有的深厚文化积淀,长安作为都城对文人的影响力等因素,共同促成了西汉长安文化中心的繁荣。战国晚期到秦代的咸阳文化中心,对西汉长安文化中心的形成,起了推动作用。

由此我们可以看到秦文学在西周到汉代一千年间发挥的作用。统一的西周文学发展到大一统的汉代文学,秦文学起了关键的传承作用,它已经超越了一般地域文学的范围,为中国文学的发展做出了不可忽视的贡献。

# 结　语

　　本书前几章在地域文化背景下,重点梳理了秦文学的内容、特点及其发展过程,同时将秦文学、文化与其他周边文学、文化作了比较,旨在进一步认识秦文学、文化的独特性。至此,可以将秦文学与秦文化以及先秦地域文化的关系作一简要总结。

　　秦文化的发展历程,前贤已经作了探索。如袁仲一指出:"秦文化的发展大约可分为四个阶段:一是建国前秦文化的兴起期;二是从始建国到徙都栎阳,秦文化的发展期;三是从献公徙都到秦统一前,秦文化的繁荣期;四是统一后秦文化传布到全国期。"①他对秦文化发展历程的划分,与本书第八章对秦文学发展历程的划分同中有异。第一阶段秦文化的兴起期是在秦建国之前,这一时期的秦人处于原始社会后期,开始向阶级社会过渡。秦文化主要表现在考古遗存方面,如西首葬、陶器类型等,精神文化方面的成就微乎其微。而秦建国之前的文学作品只有《车邻》和不其簋铭文,数量太少,无需作单独划分。第二阶段从春秋时期起始到战国时期的秦献公二年徙都栎阳之前,这是秦国奴隶制国家的建立、发展到逐渐衰亡的时期。本书将这一时期秦文学的发展划分为两个阶段(初步形成期、低潮期)。在秦国奴隶制的建立、全面发展时

_____

　　① 袁仲一《从考古资料看秦文化的发展和主要成就》,收入《秦文化论丛》第一辑,西北大学出版社,1993年。

期,秦文学也取得了一定的成就,标志着秦文学的初步形成;而在奴隶制的衰落期,目前见到的有关秦文学的文献很少,秦文学转入低潮期。第三阶段是秦国封建制的确立和发展时期,伴随着秦国在政治、经济、军事上的急剧发展,秦文化的内容也不断丰富,出现了繁荣昌盛的局面。秦文学在这一时期也取得了十分突出的成就。最后一个阶段是秦王朝时期。秦始皇在统一中国后,制定了统一文字等文化措施,秦文学在散文、歌谣等方面都有佳作出现,为秦文学的终结画上了圆满的句号。简言之,前两阶段秦文化与秦文学的发展历程不同,秦文化的发展要远远早于秦文学的发展,后两个阶段则大体一致。

秦文化在发展中所体现的特点,学者们也进行了有益的探索,如实用性、功利性、专制性、集权性、开拓性、神秘性、拿来主义、军事性、尚武传统、兼容性、开放性、进取性、质朴性、原创性等,提法之多,令人眼花缭乱。学者们讨论的视角从秦人的物质生活到精神生活,从统治者的意识形态到整个社会风尚,从经济基础到上层建筑,可以说,是从秦人的方方面面来探讨秦文化的特点。

秦文化直接影响了秦文学的题材与风格,换言之,秦文学作为秦文化的一部分,同样反映了秦文化的特点。针对不同时期秦文化表现的阶段性特点,秦文学也体现出一定的阶段性。

前文已述,《秦风》十首就内容言,大体可以分为两类。这两类诗歌的出现,分别受到了春秋时期秦文化的两大来源——戎狄文化与周文化的影响。

与《秦风》相近,石鼓文也是秦文化中两大因素影响的产物。大型的游猎活动、军事演习的描写,有戎狄文化的烙印;大量模仿《诗经》,整饬的四言体,又有周文化的痕迹。

春秋时期的秦国散文直接学习中原文化而来。无论是《尚书·秦誓》、辞令,还是铭文,都代表的是典型的中原文化特点。秦国有铭铜器器主多为国君或夫人,卿大夫不见有器物出土,又是秦国政治集权性在铭文中的反映。

　　春秋时期的秦文学突出反映了这一时期秦文化的两个主要来源,而反映周文化的作品更为突出,数量更多。

　　战国时期秦文化对秦文学的影响颇为复杂。

　　秦孝公时的商鞅变法对秦文化的特质产生了巨大影响。商鞅变法中重耕战措施的推行使得秦文化中好战、尚武的习俗得到进一步的强化,人人乐战成为当时最突出的社会风尚。春秋时期秦人吸收的西周礼乐文化的内容却因为无法适应战国社会而被抛弃,取而代之的是法家思想。法家成为商鞅变法后秦国占统治地位的意识形态。

　　法家对文学艺术基本采取否定、禁止的态度。商鞅变法的文化政策是全面压制文士,禁止文化活动。秦始皇后期的焚书坑儒,更是中国文化史上的一次灾难,对文化的毁灭在整个封建社会都是空前的。未能给文学的繁荣提供宽松的政治环境,反而加以禁锢,这是秦文学较齐、楚等国数量较少的原因之一。但是从另外的角度看,战国秦文学在文化的高压政策下,并没有出现萎缩趋势,反而较春秋时期有了明显的发展,呈现出繁荣的局面。这又表明用行政的手段干预文学的发展,其效能总是有限的。

　　秦国也间有法家影响较为松动的时期,如秦孝文王时,"赦罪人,修先王功臣,褒厚亲戚,弛苑囿"①;庄襄王时期,"大赦罪人,修先王功臣,施德厚骨肉,而布惠于民"②。这为其他思想在秦国的流传提供了比较宽松的环境。《为吏之道》《吕氏春秋》就是在这一背景下产生的。

　　战国时期秦文学的繁荣主要源于两方面的原因。一、文学自身的发展规律。春秋时期秦文学取得了不小的成就,积累了丰富

---

　　① 《史记·秦本纪》,中华书局,1982 年,第 219 页。
　　② 《史记·秦本纪》,第 219 页。

的经验,战国秦文学在此基础上继续发扬光大,乃自然规律。二、
秦国对人才的大量招揽。

　　秦国自穆公起,就开始大量吸收、招揽外来人才。战国时期,
孝公、惠王、昭王、秦王政都继承了这一优良传统。秦国能够一步
步崛起直到最终灭亡六国,这些客卿起了举足轻重的作用。在帮
助秦国扩张的同时,外来人才对秦文学的发展也作出了不可忽视
的贡献。可以说,秦文学中的大部分作品出自外来人才之手,这是
秦国成功的用人制度对秦文学的深远影响。这一制度对秦文学的
另一影响是使得秦文学具有"国际"色彩。不同国家、不同背景的
人物聚集秦国,为其他国家的文化输入秦国提供了契机。这时的
秦文化、秦文学已经不仅仅是代表偏居西北的秦国,而是代表了整
个华夏文化。到秦代,秦文化则传布到全国,成为全国的主流文
化。总之,在法家压制文学发展的同时,秦国大量吸收外来人才,
又为秦文学的发展注入了活力。这一特点一直持续到秦王朝
时期。

　　秦国用人制度对秦文学的影响是正面的、积极的,而秦文化的
实用性与功利性对秦文学的影响则更多是负面的、消极的。文学
艺术是相对独立于政治的意识形态,文学对政治的影响是渐进的、
缓慢的,无法收到立竿见影之效。而秦人处处以实用、功利为行动
的总则,这就使得文学始终未能真正进入秦人的视野。秦国的变
法最为成功,但是在变法中却看不到有利于文学艺术发展的举措。
前已说明,外来人才对秦文学的发展贡献巨大,但如果从另外的角
度看,与战国时期各国人才聚集关中的繁盛景象相比,秦国的文学
成就和数量并没有与其人才济济的现状相辉映。

　　从作品题材看,秦文学作品都是因具体问题尤其是一些政治
问题而作,文人用于纯抒情、状物,或游戏、娱乐的作品在秦国很难
见到。这些作品为我们研究秦国社会、制度提供了宝贵的资料,然
而对于我们更深入了解当时文人的生活、心理、思想,以及社会生

活的方方面面,就显得不够丰富。秦文学题材与风格总体较为单一,这是功利性思想在文学作品中的反映。

秦人的功利性还制约了秦文学的快速发展。秦人总是有意或无意识地排斥文学所追求的形式美,作品多表现为思想条理,层次清晰,但是灵动不足。这一点在散文中表现最为明显。《左传》所载秦人辞令多短小质朴,与晋、楚等国动辄长篇大论有别。战国是诸子散文发展的繁荣时期,而《商君书》却以一种文告式的文体出现,虽简洁明快,但是读后总给人形式美感不足、质木无文的感觉。出土文献也反映了秦文学的这一倾向。在目前出土的数量不少的秦简中,能够引起文学研究者兴趣的却只有《为吏之道》《墓主记》等少数几篇,大量的出土文献在文体的发展史上地位固然重要,然而就文本本身而言,文学性确实差一些。

战国到秦代,秦文学取得了不小的成就,但是与秦国在政治、经济、军事上的快速发展相比,秦文学的发展又相对滞后,这是由多种原因造成的。这一现象可以给我们今天的文化建设提供一定的借鉴。

总之,春秋时期秦文学与秦文化的关系较为简单,秦文学大体反映了秦文化的来源与特点。战国时期,随着秦文化成分的复杂化,秦文学与秦文化的关系也随之变得复杂起来。秦文化对秦文学表现出双重影响:一方面,秦国以法家为主的意识形态、秦文化的功利性特点制约了秦文学全面快速的发展;另一方面,秦国大量招揽外来人才,大量吸收其他国家文化,秦国版图的逐渐东扩,又使得秦文化逐渐走出西北,向东发展,这些又为秦文学的发展注入了活力,促使秦文学呈现出繁荣之势。战国时期秦文学就是在这一双重影响下发展的。秦统一以后的秦文学与文化,依然沿着战国时期的方向继续发展,其影响也传布到全国。

秦文学对后代产生了重要的影响,有其不可忽视的历史地位。秦国诗歌重在表现尚武好战的风习,以描写车马、田猎为主要内容,这一特点对汉大赋中田猎类赋有直接影响,秦国诗歌是从《诗经》中《车攻》《吉日》到汉大赋发展过程中不可缺少的一环。秦代已经设有乐府机构,秦代乐府机关收集的民间歌谣为汉乐府的繁荣奠定了坚实的基础。秦散文中李斯的政论文是中国古代散文中的名篇,汉代政论文如贾谊、贾山、晁错等人的散文与李斯散文一脉相承,共同成就了秦汉散文的辉煌。李斯的七篇刻石文兼有后代纪功碑、铭文、颂赞的文体特点,在碑、铭、颂三种文体的发展过程中都做出了贡献。

《吕氏春秋》是战国时期秦国编撰的最重要的哲学著作,同时也是先秦最后一部子书。《吕氏春秋》标志着先秦文化的终结,同时又开启了汉代文化,汉代著作如《淮南子》《史记》《春秋繁露》等在内容与编撰体例方面都直接受到《吕氏春秋》的影响。秦文学中的应用文体如诏、令、法律文书等,被后代继承,秦文学为后代同类文体的出现提供了重要的示范作用。

秦文学在先秦地域文学向汉代统一文学的转变过程中,其吸收、融合其他地域文学因素的作用至关重要。秦文学还吸收周文学的因素,统一的西周文学发展到大一统的汉代文学,秦文学起了关键的传承作用。

# 附录　秦文学文献编年

　　本篇所列秦文学文献,包括传世文献和出土文献。出土文献只列成章成段的文字,字数太少无法反映秦文学特点的不录。有些文献正文中对其创作年代已经作了考辨,凡正文中没有论述的,这里再作简要补充。对于不能准确考订作于哪一年的,则只记大致起止时间段,一般以上限为准编排,但是如果内容更接近下限,则以下限为准。"春秋中晚期""战国晚期"这些较为模糊的时间,只作相对的粗略编排。编年主要参考文献有:《史记》、杨伯峻《春秋左传注》、王辉《秦出土文献编年》《秦出土文献编年订补》、缪文远《战国策系年辑证》《战国策新校注》、杨宽《战国史料编年辑证》等。

**传说虞舜时期**

皋陶作《皋陶赓歌》两首。

**周宣王时期(秦仲时期,前844—前822年)**

秦人作《车邻》。

**周宣王八年(秦庄公时期,前820年)左右**

秦庄公作不其簋铭文。

**秦襄公时期(前777—前766年)**

秦人作《驷骥》《小戎》《蒹葭》《终南》。

**秦出子时期(前703—前698年)**

作秦子镈铭文。

作秦子簋盖铭文。

**秦武公即位（前 697）后不久**

秦武公作秦武公钟铭文。

**秦穆公九年（前 651）**

孟明视谏穆公使公子縶吊公子重耳、夷吾。

公子縶谏穆公先纳夷吾。

公孙枝就夷吾能否定国引诗对秦穆公。

**秦穆公十三年（前 647）**

公孙枝、百里奚就晋乞籴一事对秦伯。

**秦穆公十五年（前 645）**

卜徒父就韩原之战能否取胜一事回答秦伯。

韩原之战前，秦伯对晋使者与公孙枝。

韩原之战后，秦国君臣就如何处理晋惠公一事商讨。

**秦穆公二十三年（前 637）**

秦穆公召公子重耳于楚，与重耳言。

秦穆公与重耳宴间赋诗。

**秦穆公二十四年（前 636）**

秦太子罃作《渭阳》送别舅父重耳回国。

**秦穆公三十二年（前 628）**

崤之战前蹇叔劝谏穆公并哭师。

**秦穆公三十四年（前 626）**

晋国归崤之战中俘虏的秦三员大将，秦穆公引诗自责。

**秦穆公三十九年（前 621）**

穆公卒，从死百七十七人，国人作《黄鸟》以哀三良。

**秦康公时期（前 620—前 609 年）**

秦人作《晨风》《无衣》《权舆》。

**秦康公六年（前 615）**

西乞术聘鲁。

秦晋河曲之战，士会对康公。

**秦景公即位（前 576）后不久**

秦景公作秦公簋铭文。

宋人著录秦公钟铭文约作于此时。

**秦景公四年（前 573）**

周天子至秦参加典礼，秦公作石磬文纪之。

**约春秋中晚期**

秦国君夫人作秦怀后磬铭文。

**秦景公三十六年（前 541）**

医和对晋景公与赵孟。

**秦哀公三十一年（前 506）**

楚申包胥如秦乞师，秦哀公赋《无衣》。

**秦孝公元年（前 361）**

秦孝公发布《下令国中》，广招贤才。

**秦惠文君元年（前 337）至十三年（前 325）间**

作《杜虎符》，铭文如下：

兵甲之符，右在君，左在杜。凡兴士被甲，用兵五十人以上，必会君符，乃致行之。燔燧之事虽毋会符，行殴。

1975 年在西安市山门口乡发现此符。符中出现"杜"，《史记·秦本纪》："武公十一年，初县杜、郑。"此"杜"即为武公时所设之杜县。又两次称"君"，《秦本纪》中秦国国君或称"公"，或称"王"，只有惠文君在称王之前被称作"君"，惠文君十四年，更元，始称王，本篇应作于惠文君称王之前的十三年间。

**秦惠文君四年（前 334）**

作《封宗邑瓦书》，内容如下：

四年，周天子使卿大夫辰来致文武之胙，冬十一月辛酉，

大良造庶长游出命曰:"取杜在丰邱到于潏水,以为右庶长歜
宗邑。"乃为瓦书,卑司御不更颛封之,曰:"子子孙孙,以为宗
邑。"颛以四年冬十一月癸酉封之,自桑埅之封以东,北到于堰
之封,一里二十辑。大田佐敖童曰未,史曰初。卜蛰,史羈手,
司御心,志是埋封。

瓦书 1948 年出土于陕西户县,现藏陕西师范大学图书馆。
《史记・秦本纪》载:"(惠文君)四年,天子致文武胙。"与本篇所载
内容同,本篇应作于这一年。

**秦惠文君九年(前 329)**

《战国策・秦策一・陈轸去楚之秦章》中陈轸自解。

**秦惠文王更元九年(前 316)**

《战国策・秦策一・司马错与张仪争论于秦惠王章》中司马错
与张仪辩论。

**秦惠文王更元十三年(前 312)**

秦楚蓝田大战前夕,秦作《诅楚文》。

**秦武王二年(前 309)之后不久**

作《更修田律木牍文》。此木牍 1979 年发现于四川青川。文
中首句为"二年十一月己酉朔二日,王命丞相戊(茂)、内史匽",这
是断代的重要依据。《史记・秦本纪》:"(武王)二年,初置丞相,樗
里疾、甘茂为左右丞相。"武王之后有昭襄王、孝文王、庄襄王、秦王
政。孝文王在位仅一年,与文中"二年"相左。文中有"正疆畔"字
样,不避秦王政讳,故不当在秦王政之时作。庄襄王在位三年,吕
不韦为相,并没有丞相名"戊"者。《秦本纪》又载:"昭襄王元年,严
君疾为相,甘茂出之魏。"说明昭王二年甘茂已经离开秦国。这样,
本文的作时只能是武王二年之后不久。

**秦武王三年(前 308)**

《战国策・秦策二・秦武王谓甘茂曰章》中甘茂对秦武王。

**秦武王四年(前307)**

《战国策·秦策五·谓秦王曰臣窃惑章》有人说秦王。

**秦昭王八年(前299)**

秦昭襄王遗楚怀王书。

**约战国晚期(前278—前221年)**

王家台秦简《归藏》抄写。

**秦昭襄王三十六年(前271)**

《战国策·秦策三·秦客卿造谓穰侯曰章》中造谓穰侯。

**秦昭襄王三十七年(前270)**

《战国策·秦策三·范子因王稽入秦章》中范雎献书昭王。

《战国策·秦策三·范雎至秦章》中范雎说秦昭王。

**秦昭襄王三十八年(前269)至秦昭王五十六年(前251)间**

《墓主记》作。

**秦昭襄王四十一年(前266)**

《战国策·秦策三·范雎曰臣居山东章》范雎进说秦昭王。

《战国策·秦策三·应侯曰郑人章》范雎进说秦昭王。

《战国策·秦策四·秦昭王谓左右曰章》中期对秦昭王。

**秦昭襄王四十一年(前266)之后不久**

睡虎地秦简《封诊式》部分文字作。

**秦昭襄王四十二年(前265)后几年**

《战国策·秦策五·濮阳人吕不韦章》吕不韦说秦王后弟阳泉君。

**秦昭襄王四十三年(前264)**

《战国策·秦策三·秦攻韩围陉章》范雎谓秦昭王。

**秦昭襄王四十八年(前259)**

《战国策·赵策三·秦攻赵长平章》楼缓说赵王。

**秦昭襄王四十八年(前259)至秦昭襄王五十年(前257)**

《战国策·中山策·昭王既息民缮兵章》白起对秦王。

**秦昭襄王五十年(前 257)**

《战国策·秦策三·应侯失韩之汝南章》范雎对秦昭王。

**秦昭襄王五十一年(前 256)前后**

秦攻楚的士兵作两封家书。

**秦昭襄王五十一年(前 256)**

《战国策·秦策一·说秦王曰章》中吕不韦游说秦昭王。

**秦昭襄王五十二年(前 255)**

《战国策·秦策三·秦攻邯郸十七月章》中庄谓王稽。

《战国策·秦策三·蔡泽见逐于赵章》中蔡泽说范雎。

**秦昭王五十一年(前 256)至秦王政二十四年(前 223)**

睡虎地四号墓所出两封木牍书信作。

**秦昭襄王五十一年(前 256)至秦始皇三十年(前 217)间**

睡虎地秦简中《秦律十八种》《效律》《秦律杂抄》《法律答问》《封诊式》《日书》甲、《日书》乙约作于这四十年间。

**战国末期到秦代**

王家台秦简《日书》《效律》《政事之常》《灾异占》抄写。

**秦昭襄王五十二年(前 255)至秦始皇元年(前 246)间**

《秦曾孙骊告华大山明神文》作。

**秦庄襄王元年(前 249)之后不久**

睡虎地秦简《为吏之道》作。

**秦统一前二、三十年间**

《新郪虎符》作。铭文为:

> 甲兵之符,右在王,左在新郪。凡兴士被甲,用兵五十人以上,必会王符,乃敢行之。燔燧事,虽毋会符,行殹。

该符与惠文君时的《杜虎符》文字基本相同,不同之处是将二"君"字都改成"王",地名由"杜"变为"新郪"。文中没有进行精确断代的线索,王国维《观堂集林·秦新郪虎符跋》云"秦并天下前二、三十年间物"。

**秦王政六年(前 241)**

《吕氏春秋》编成。

**秦王政十年(前 237)**

李斯作《谏逐客书》。

**秦王政十三年(前 234)**

李斯作《议存韩》《上书韩王》。

**秦王政十四年(前 233)**

《战国策·秦策五·四国为一章》中姚贾对秦王。

**秦王政十八年(前 229)**

《战国策·秦策五·文信侯出走章》中司空马说赵王。

**秦王政二十年(前 227)**

睡虎地秦简《语书》作。

**秦王政二十四年(前 223)后不久**

龙岗简《田赢》作。云梦龙岗秦汉墓 1989 年发现于湖北云梦城关东南郊,与位于城关西北郊的睡虎地墓地遥相对应。龙岗简出土于六号墓,为小型墓,整理者认为墓主系庶人。该简文首句为"二十四年□月甲寅以来,吏行田赢。"从语气看,是称引前时颁发的法律条文,本篇可能作于秦王政二十四年后不久。

**秦王政二十五年(前 222)**

龙岗简《马牛羊》作。简文首句是"二十五年四月己亥□□□□马牛羊□□□□□",说明该简是秦王政二十五年颁发的有关马、牛、羊方面的法律条文。

**秦王政二十五年(前 222)至秦二世二年(前 208)**

里耶秦简作。

**战国末到秦统一前后**

《商君书》成书。

**秦始皇二十六年(前 221)**

秦始皇下《令丞相御史议帝号》《除谥法制》。

李斯作《议废封建》。

**秦始皇二十六年(前 221)至三十七年(前 210)间**

作《方升诏》,文字如下:

> 二十六年,皇帝并兼天下诸侯,黔首大安,立号为皇帝。
> 乃诏丞相状、绾:法度量则,不一歉疑者,皆明一之。

这是秦始皇为统一度量衡而发布的诏书,相同或相近的文字还见于其他器物上,多铸刻于量器或者衡器之上。

岳麓书院藏秦简大约抄写于此时前后。岳麓书院秦简是岳麓书院于 2007 年从香港抢救性收购的一批简,有木简,也有竹简,内容大致分为六大类:《日志》《官箴》《梦书》《数书》《奏谳书》《律历杂抄》。《日志》是叫作"腾""爽"以及不知名的三人日记,《官箴》中一段文字与睡虎地秦简《为吏之道》中内容接近,个别语词有差异。《梦书》有关占梦内容,《数书》记载的是乘法口诀等,可以想到秦代较为注重乘法口诀的推广和应用。《奏谳书》是不同地方守官对刑事审议、裁决的记录。《律令杂抄》为秦代律令,可与睡虎地秦简中的秦律条文互相校补①。因这批秦简内容尚未完全公布,本文暂不作讨论。

**秦始皇二十七年(前 220)至秦二世三年(前 207)间**

云梦龙岗简《禁苑》《驰道》《其他》以及木牍文作。据龙岗简整理者意见②,简文可提供断代的线索有以下三点:

(1)"黔首"一词统一前已经出现,但不太严格,"民""百姓"也

---

① 　陈松长《岳麓书院所藏秦简综述》,《文物》,2009 年第 3 期。

② 　刘信芳、梁柱《云梦龙岗秦简》,科学出版社,1997 年,第 48 页。

在运用。《秦始皇本纪》载:"二十六年,更名民曰黔首。"自此,不再使用"民""百姓"。简文屡见"黔首",不见"百姓",说明简文作于秦始皇二十六年之后。

　　(2)简文中有不少关于驰道管理的律文,《秦始皇本纪》载始皇二十七年"治驰道"。这类律文应该是秦始皇二十七年以后颁布。

　　(3)《禁苑》中有"从皇帝而行及舍禁苑中"一句。秦始皇统一天下后,数次出巡,这类律文应是为秦始皇出行而特别颁发。

**秦始皇二十八年(前219)**

《峄山刻石》《泰山刻石》《琅邪台刻石》作。

**秦始皇二十九年(前218)**

《之罘刻石》《东观刻石》作。

**战国晚期到秦始皇三十年(前217)间**

　　放马滩秦简甲种《日书》与乙种《日书》作。将放马滩墓葬结构、形式、出土器物与同时代陕西、湖北两省发现的秦墓相比,发现它们有明显的共性,尤其是放马滩一号墓出土的毛笔、笔套,四号墓出土的铜带钩,十一号墓出土的铜璜、镜等,与睡虎地三、四、五、九、十一号墓所出同类器物完全相同。睡虎地墓葬入葬时间在战国晚期到秦始皇三十年间,因此放马滩墓葬入葬时间也应在这一范围。放马滩甲、乙两种《日书》字体不同,出自不同人之手。甲种《日书》文字用笔自如,线条流畅,大方秀丽,富有韵味,字体以圆曲弧线的笔画为主体,更多地带有小篆之势,部分字体字形、结构还保存了战国古文的遗风,是介于篆隶之间的一种字体。乙种《日书》字体与睡虎地秦简相似,字体多有秦隶之笔迹,书法多劣。甲种《日书》是墓主人收藏或借于他人的书籍,乙种《日书》系墓主人抄于甲种。甲种的成书年代要早些,当为战国时秦国民间流行的一种卜筮典籍。从《日书》中有关用词不避始皇帝讳来看,也说明流行较早①。

**秦始皇三十年（前 217）后不久**

睡虎地秦简《编年记》作。简文记事始于秦昭王元年（前306），止于秦始皇三十年（前 217），则本篇必作于此后不久。简文除记载了该时间段内秦之大事外，还记载了一个名曰喜的人的生平，所记史事有的与《史记》所载相同，有的不一致，是订正、补充传世文献的重要资料。

**秦始皇三十二年（前 215）**

《碣石刻石》作。

**秦代末年（前 215—前 206 年）**

周家台秦简中甲组、丙组作。周家台秦简 1993 年发现于湖北沙市周家台三十号秦墓，除了 389 枚竹简外，还有一件木牍。竹简分甲、乙、丙三组。甲组内容为秦始皇三十六年（前 211）、三十七年（前 210）月朔干支及月大小等，原有小标题《卅六年日》，又有《二十八宿占》《五时段》《五行占》。乙组内容为秦始皇三十四年（前 213）历谱。丙组简内容为病方、日书、农事等。

**秦始皇三十三年（前 214）**

仆射周青臣作《进颂》。

博士淳于越作《议封建》。

李斯作《议烧诗书百家语》。

**秦始皇三十四年（前 213）**

周家台秦简中的乙组历谱简作。此历谱所载十三个月的朔日干支，应是秦始皇三十四年的历谱，这些简文应作于这一年。

**秦始皇三十七年（前 210）**

《会稽刻石》作。

---

① 参何双全《天水放马滩秦简甲种〈日书〉考述》，收入《秦汉简牍论文集》，甘肃人民出版社，1989 年。

赵高作《诈为始皇书赐公子扶苏》。

**秦始皇时期**

北京大学藏秦简抄写。2010 年,北京大学得到香港冯燊均国学研究会捐赠的一批秦简牍。简牍内容有:《从政之经》,内容体例与睡虎地秦简《为吏之道》相似。《善女子之方》,讲做一个善女子的规则,从中可以了解秦官吏与士人家庭中女子的地位,也可以了解当时的伦理关系、道德观念以及基层社会生活景象。数学文献,主要是一些数学计算方法与例题的汇编,与岳麓秦简《数书》、张家山汉简《算数书》以及传世的《九九算术》有很多相似之处。《道里书》,记录了江汉地区的水陆交通的路线和里程。《制衣》,详细记录了各种衣服的尺寸、形制以及剪裁、制作方法。《公子从军》,以一名叫"牵"的女子向"公子"陈述的口吻,讲她与"公子"之间的感情纠葛,文中多次引述诗句以述其情,颇具文学意味。《隐书》,应是《汉书·艺文志》"诗赋略"中著录的隐书一类。《饮酒歌诗》,这是饮酒时唱的一组民间歌诗。《泰原有死者》,是一枚木牍,讲的是一名死者复生后,从死者喜恶的角度论述丧祭宜忌,其内容与放马滩秦简《墓主记》相联系,反映出当时的生死观念。此外还有数术方技类文献、记账文书等①。北京大学秦简内容多样,尤其是反映社会生活、民间信仰的文献,展现出当时基层丰富多彩的生活。文学作品则为我们研究秦文学提供了重要史料,对于丰富秦文学的研究有重要作用。

**约战国晚期至秦始皇时**

马王堆帛书《五十二病方》《足臂十一脉灸经》《阴阳十一脉灸经》甲、《脉法》《阴阳脉死候》抄写于此时。1973 年在湖南长沙马王堆三号汉墓出土了大量帛书和一部分简书,包括古本《周易》、古本《老子》以及有关历史、军事、地理、医药等方面的书籍。其中《五

① 北京大学出土文献研究所《北京大学藏秦简牍概述》,《文物》,2012 年第 6 期。

十二病方》等五种医书应抄写于秦代,理由如下：1. 五种医书字体为秦代通行的小篆体。2. 有些字如"也"作"殹",与秦简用法相同。3. 有些条目避秦始皇讳,如"正阳"作"端阳"①。

**秦二世元年(前 209)**

作诏版,文字如下：

> 元年制诏丞相斯、去疾：法度量,尽始皇帝为之,皆有刻辞焉。今号而刻辞不称始皇帝,其于久远也,如后嗣为之者,不称成功盛德。刻此诏故刻左,使毋疑。

相同文字还见于其他器物之上。诏文肯定了始皇帝统一度量衡的功绩,并且表示要将这一举措继续推行下去。

秦二世下《诏李斯冯去疾》。

公子高作《上书请从死》。

周家台秦简中的木牍文作。木牍文正面为秦二世元年历谱,背面为该年十二月份的日干支等。

**秦二世二年(前 208)**

李斯上《上书对二世》《上书言赵高》《狱中上书》。

**约秦昭襄王晚年至秦末(前 206 年以前)**

岳山木牍文作。木牍现藏湖北荆州地区博物馆,木牍文内容近似《日书》,有些内容与睡虎地《日书》甲相同。

**秦昭襄王二十七年(前 278)至秦二世三年(前 207)**

江陵杨家山秦简大约作于这一时间段内。杨家山秦简 1990 年在湖北江陵杨家山 134 号秦墓出土,共 75 枚竹简,内容为遣策。由于该墓没有纪年材料出土,考古工作者根据葬制、随葬物器形推

---

① 参马继兴《马王堆古医书考释》中第二编《马王堆汉墓医书的时代考证》,湖南科学技术出版社,1992 年。

测应是公元前 278 年到西汉建立以前的秦墓。

**战国末到秦代**

《秦始皇时民歌》《甘泉歌》《泗上谣》《秦世谣》《童谣》《琴女歌》《邑人谣》《秦始皇歌》《琴引》《孔子遗书》约作于此时。

# 参 考 文 献

《尚书正义》,(唐）孔颖达等纂,《十三经注疏》北大标点本,1999 年

《尚书今古文注疏》,(清）孙星衍撰,中华书局,1986 年

《毛诗正义》,(唐）孔颖达等纂,《十三经注疏》北大标点本,1999 年

《诗集传》,(宋）朱熹撰,凤凰出版社,2007 年

《诗经通论》,(清）姚际恒撰,中华书局,1958 年

《诗经原始》,(清）方玉润撰,中华书局,1986 年

《诗三家义集疏》,(清）王先谦撰,中华书局,1987 年

《春秋左传正义》,(唐）孔颖达等纂,《十三经注疏》北大标点本,
　　1999 年

《春秋公羊传注疏》,(唐）徐彦撰,《十三经注疏》北大标点本,
　　1999 年

《春秋穀梁传注疏》,(唐）杨士勋撰,《十三经注疏》北大标点本,
　　1999 年

《左传纪事本末》,(清）高士奇撰,中华书局,1979 年

《史记》,(汉）司马迁撰,中华书局,1982 年

《汉书》,(汉）班固撰,中华书局,1960 年

《文史通义校注》,(清）章学诚著,叶瑛校注,中华书局,1985

《春秋大事表》,(清）顾栋高撰,中华书局,1993 年

《秦会要》,(清）孙楷撰,上海古籍出版社,2004 年

《荀子集解》,(清）王先谦撰,中华书局,1988 年

《春秋繁露义证》,(清）苏舆撰,钟哲点校,1992 年
《乐府诗集》,(宋）郭茂倩辑,中华书局,1979 年
《文章辨体序说 文体明辨序说》,(明）吴纳撰,徐师曾撰,人民文学
　　出版社,1962 年
《全上古三代秦汉三国六朝文》,(清）严可均辑,中华书局,1958 年
《古谣谚》(清）杜文澜辑,周绍良校点,中华书局,1958 年

《观堂集林》,王国维撰,中华书局,1959 年
《汉文学史纲要》,鲁迅撰,上海古籍出版社,2011 年
《中国古代社会研究》,郭沫若撰,人民出版社,1954 年
《两周金文辞大系图录考释》,郭沫若撰,科学出版社,1957 年
《文心雕龙注》,范文澜撰,人民文学出版社,1958 年
《周秦少数民族研究》,蒙文通撰,上海龙门联合书局,1958 年
《左传分国集注》,韩席筹撰,江苏人民出版社,1963 年
《睡虎地秦墓竹简》,睡虎地秦墓竹简整理小组整理,文物出版社,
　　1978 年
《云梦秦简初探》,高敏撰,河南人民出版社,1979 年
《春秋左传研究》,童书业撰,上海人民出版社,1980 年
《先秦诸子的文艺观》,张少康撰,上海文艺出版社,1981 年
《石鼓文研究 诅楚文考释》,郭沫若撰,科学出版社,1982 年
《秦集史》,马非百撰,中华书局,1982 年
《先秦汉魏晋南北朝诗》,逯钦立辑校,中华书局,1983 年
《睡虎地秦简论考》,吴福助撰,台湾文津出版社,1983 年
《东周与秦代文明》,李学勤撰,文物出版社,1984 年
《商君书锥指》,蒋礼鸿撰,中华书局,1986 年
《秦史编年》,王云度撰,陕西人民出版社,1986 年
《秦史稿》,林剑鸣撰,上海人民出版社,1987 年
《〈吕氏春秋〉与〈淮南子〉思想研究》,牟钟鉴撰,齐鲁书社,1987 年

《楚文化史》,张正明撰,上海人民出版社,1987年

《先秦民族史》,田继周撰,四川人民出版社,1988年

《春秋三传及国语之综合研究》,顾颉刚讲授,刘起釪笔记,巴蜀书社,1988年

《淮南鸿烈集解》,刘文典撰,中华书局,1989年

《商鞅及其学派》,郑良树撰,上海古籍出版社,1989年

《春秋左传注》,杨伯峻撰,中华书局,1990年

《钟与鼓——〈诗经〉中的套语及其创作方式》,王靖献撰,谢濂译,四川人民出版社,1990年

《中国古代文体概论》,褚斌杰撰,北京大学出版社,1990年

《先秦两汉文学批评史》,顾易生、蒋凡撰,上海古籍出版社,1990年

《李斯集辑注》,张中义、王宗堂、王宽行撰,中州古籍出版社,1991年

《诗经注析》,程俊英、蒋见元撰,中华书局,1991年

《秦汉法制史研究》,(日)大庭修撰,林剑鸣译,上海人民出版社,1991年

《秦汉法律史》,孔庆明撰,陕西人民出版社,1992年

《秦物质文化史》,王学理主编,三秦出版社,1994年

《秦陵铜车马与车马文化》,张仲立撰,陕西人民教育出版社,1994年

《秦政治思想述略》,徐卫民、贺润坤撰,陕西人民教育出版社,1995年

《部族文化与先秦文学》,李炳海撰,高等教育出版社,1995年

《吕不韦评传》,洪家义撰,南京大学出版社,1995年

《吕氏春秋通论》,李家骧撰,岳麓书社,1995年

《贾谊集校注》,王洲明、徐超撰,人民文学出版社,1996年

《楚文学史》,蔡靖泉撰,湖北教育出版社,1996年

《先秦诸子散文艺术论》,章沧授撰,安徽大学出版社,1996 年

《战国文学史》,方铭撰,武汉出版社,1996 年

《云梦龙岗秦简》,刘信芳、梁柱撰,科学出版社,1997 年

《战国策系年辑证》,缪文远辑证,巴蜀书社,1997 年

《战国策新校注》,缪文远校注,巴蜀书社,1998 年

《先秦文学史》,褚斌杰、谭家健撰,人民文学出版社,1998 年

《商鞅评传》,郑良树撰,南京大学出版社,1998 年

《先秦诸子学说在秦地之发展》,余宗发撰,台湾文津出版社,
　　1998 年

《秦宫廷文化》,田静撰,陕西人民教育出版社,1998 年

《晋国史纲要》,李孟存、李尚师撰,山西古籍出版社,1999 年

《西周史》,杨宽撰,上海人民出版社,1999 年

《韩非子新校注》,陈奇猷校注,上海古籍出版社,2000 年

《秦简日书集释》,吴小强集释,岳麓书社,2000 年

《秦出土文献编年》,王辉撰,台北新文丰出版公司,2000 年

《秦都城研究》,徐卫民撰,陕西人民教育出版社,2000 年

《赵国史稿》,沈长云等撰,中华书局,2000 年

《秦军事史》,郭淑珍、王关成撰,陕西人民教育出版社,2000 年

《礼记译解》,王文锦撰,中华书局,2001 年

《战国史料编年辑证》,杨宽撰,上海人民出版社,2001 年

《先秦民俗史》,晁福林撰,上海人民出版社,2001 年

《秦文化》,王学理、梁云撰,文物出版社,2001 年

《国语集解》,徐元诰集解,中华书局,2002 年

《吕氏春秋新校释》,陈奇猷校释,上海古籍出版社,2002 年

《屈原与他的时代》,赵逵夫撰,人民文学出版社,2002 年

《秦始皇评传》,于琨奇撰,南京大学出版社,2002 年

《秦文化:从封国到帝国的考古学观察》,滕铭予撰,学苑出版社,
　　2002 年

《秦律新探》，曹旅宁撰，中国社会科学出版社，2002 年

《春秋史》，童书业撰，上海古籍出版社，2003 年

《春秋史》，顾德融、朱顺龙撰，上海人民出版社，2003 年

《战国史》，杨宽撰，上海人民出版社，2003 年

《秦汉史》，林剑鸣撰，上海人民出版社，2003 年

《中国风俗通史》（两周卷），陈绍棣撰，上海文艺出版社，2003 年

《齐文化与先秦地域文化》，邱文山等撰，齐鲁书社，2003 年

《诗经研究》，孙作云撰，河南大学出版社，2003 年

《诗经风雅颂研究论稿》，张启成撰，学苑出版社，2003 年

《中国学术通史》（先秦卷），陆玉林撰，人民出版社，2004 年

《中国学术通史》（秦汉卷），周桂钿、李祥俊撰，人民出版社，
　　2004 年

《简牍》，何双全撰，敦煌文艺出版社，2004 年

《〈左传〉〈国策〉研究》，郭丹撰，人民文学出版社，2004 年

《早期秦史》，祝中熹撰，敦煌文艺出版社，2004 年

《青铜器》，祝中熹、李永平撰，敦煌文艺出版社，2004 年

《中国考古学》（两周卷），中国社会科学院考古研究所编，中国社会
　　科学出版社，2004 年

《秦学术史探赜》，张文立、宋尚文撰，陕西人民出版社，2004 年

《战国会要》，杨宽、吴浩坤撰，上海古籍出版社，2005 年

《先秦两汉文学史料学》，曹道衡、刘跃进撰，中华书局，2005 年

《关陇文化与嬴秦文明》，陈平撰，江苏教育出版社，2005 年

《秦简牍书研究》，孙鹤撰，北京大学出版社，2006

《两周诗史》，马银琴撰，社会科学文献出版社，2006 年

《商周金文》，王辉撰，文物出版社，2006 年

《秦汉文学编年史》，刘跃进撰，商务印书馆，2006 年

《春秋辞令研究》，陈彦辉撰，中华书局，2006 年

《〈吕氏春秋〉研究》，王启才撰，学苑出版社，2007 年

《先秦散文艺术新探》,谭家健撰,齐鲁书社,2007 年

《石鼓文整理研究》,徐宝贵撰,中华书局,2008 年

《〈商君书〉的成书与思想研究》,张林祥撰,人民出版社,2008 年

《天水放马滩秦简》,甘肃省文物考古研究所整理,中华书局,
　　2009 年

《先秦文学编年史》(上中下),赵逵夫主编,商务印书馆,2010 年

《〈韩非子〉的成书及其文学研究》,马世年撰,上海古籍出版社,
　　2011 年

《秦史求知录》,祝中熹撰,上海古籍出版社,2012 年

《春秋辞令文体研究》,董芬芬撰,上海古籍出版社,2012 年

《中国诗歌通史》(先秦卷),李炳海撰,人民文学出版社,2012 年

《秦汉文学地理与文人分布》,刘跃进撰,中国社会科学出版社,
　　2012 年

《里耶秦简牍校释(第一卷)》,陈伟主编,武汉大学出版社,2012 年

《李斯评传》,尚景熙撰,中州古籍出版社,2013 年

《古典文献论丛》(增订本),赵逵夫撰,中华书局,2014 年

《秦出土文献编年订补》,王辉、王伟撰,三秦出版社,2014 年

《秦简牍合集》(全六册),武汉大学简帛研究中心编,武汉大学出版
　　社,2014 年

《出土文献与秦国文学》,倪晋波撰,文物出版社,2015 年

《先秦戎族研究》,姚磊撰,武汉大学出版社,2016

《文学地理学概论》,曾大兴撰,商务印书馆,2017 年

《秦律研究》,徐世虹等撰,武汉大学出版社,2017 年

《秦简牍地理研究》,晏昌贵撰,武汉大学出版社,2017 年

《秦简牍整理与研究》,陈伟撰,经济科学出版社,2018 年

# 后　记

本书稿是我主持的国家社科基金项目《地域文化背景下的秦文学研究》的结项报告。

2006年,我考入西北师范大学,继续跟随赵逵夫先生学习,攻读博士学位。在甘肃学习工作的早些年间,我接触了一些秦出土文献,入学后聆听了赵先生关于西北地域文化的见解,便萌生了博士学位论文以秦文学研究为题的想法。2009年顺利通过博士学位论文答辩。答辩过程中,专家们建议拓宽思路,可以联系先秦地域文化以及中国文学的发展史,进一步研究秦文学。2010年,我以《地域文化背景下的秦文学研究》为题申报了国家社科基金项目,并获准立项。项目执行期间,我又进入华东师范大学中国语言文学博士后流动站进行合作研究,以《秦汉时期〈吕氏春秋〉接受研究》为题完成了博士后出站报告。在研究《吕氏春秋》的过程中,我对秦文学有了进一步的认识,基金项目于2016年结项,顺利通过验收。项目结项报告几易其稿,书稿付梓之际,心中涌动着深深的感激之情。

衷心感谢恩师赵逵夫先生。攻读硕士至今,跟随赵先生学习整二十年了。先生开阔的学术视野、敏锐的学术眼光、深厚的学术积淀以及扎实的学风深深感染了每一个学生,我常常为自己能遇到一位德高望重、学养深厚的老师感到庆幸。因为工作在兰州,我有了随时聆听赵先生教诲的便利。每次打电话或登门请教,先生总会在百忙中放下手中的工作,耐心细致地指导我,我需要的资料,他也及时打电话告诉我。学习上,赵先生对学生严格要求,生活中,又像慈父一样爱护学生。除了我的学习工作,他还经常关心爱人的工作、孩子的学习。每次想起这些,都备感温暖。由于自己生性驽钝,离先生的要求甚远,惭愧之余,只有铭记先生的殷切教导,以不懈的努力,报答先生二十年的教诲之恩。赵先生七旬有余,依然承担着繁重的科研任务,在书稿出版之际,又为本书作序。赵先生对学生的殷切期望与关心爱护之情,终生难忘。

我的博士后合作导师方勇先生为项目研究工作提供了许多帮助。方老师多次安排学生在上海协助我查阅复印资料,以解燃眉之急。向方先生致以真诚的谢意!

感谢参加我博士学位论文答辩的诸位先生:张新科先生、霍旭东先生、尹占华先生、陈晓龙先生、郝润华先生、伏俊琏先生、李占鹏先生,他们给我提出了许多宝贵意见,他们的意见,我都融入到本书当中,向几位先生表示深深的感谢!感谢项目立项评审专家和结项评审专家,专家们对项目的认可,以及对结项报告的肯定,对我是莫大的鼓励。借此机会,特致谢忱!

这部书稿,是我近期研究工作的总结,书稿中一定还存在一些问题,恳请学界专家批评指正。

延娟芹

2018 年 11 月 27 日

**图书在版编目(CIP)数据**

地域文化背景下的秦文学研究 / 延娟芹著. —上海：
上海古籍出版社，2018.12
（西北民族大学中华多民族文学遗产丛书）
ISBN 978-7-5325-9065-0

Ⅰ.①地… Ⅱ.①延… Ⅲ.①中国文学－古代文学史
－文学史研究－秦代 Ⅳ.①I209.33

中国版本图书馆 CIP 数据核字（2018）第 276540 号

西北民族大学中华多民族文学遗产丛书
**地域文化背景下的秦文学研究**
延娟芹 著
上海古籍出版社出版发行
（上海瑞金二路 272 号 邮政编码 200020）
(1) 网址：www.guji.com.cn
(2) E-mail: guji1@guji.com.cn
(3) 易文网网址：www.ewen.co
江阴金马印刷有限公司印刷
开本 890×1240 1/32 印张 13.75 插页 3 字数 345,000
2018 年 12 月第 1 版 2018 年 12 月第 1 次印刷
ISBN 978-7-5325-9065-0
I·3346 定价：56.00 元
如有质量问题,请与承印公司联系